삼언 三言

소설이 된 역사 인물

삼언三言
소설이 된 역사 인물

천대진 지음

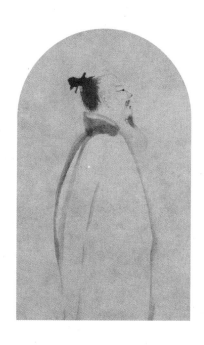

學古房

　근자에 인문학에 대한 관심이 날로 늘어가고 우리의 문학을 위시한 동아시아의 수많은 고전에 대한 지속적인 연구와 재해석이 이루어지면서 문학에 대한 사유의 지평도 점차 넓어지고 있음을 느낀다. 특히 중문학 분야에서는 그간 중국 학계의 연구 결과들을 적극 수용하고 소개하는 데에 그치지 않고 타자의 시선으로 그들의 문학을 비판적으로 들여다보는 노력의 결실이 질적·양적으로 다변화되고 있지만, 중문학에 대한 우리의 독자적인 학문적 토대를 쌓아가기 위해서는 보다 더 많은 노력과 혜안이 필요할 것으로 생각된다. 또한 중문학의 다양성을 담보하기 위해서는 다양한 각도에서 중국문학을 바라보는 타자의 시선이 필요하며, 무비판적 수용보다는 관점의 상대성이 좀 더 존중되고 수용될 수 있는 풍토가 조성되었으면 하는 바람도 가져 본다.

　필자는 박사학위논문에서 중국 고전단편소설집 '三言'에서 실존 역사인물을 소재로 한 30편의 작품을 선정하여 역사인물이 소설 속 인물로 변모해 나간 서사 과정을 연구하였다. 삼언에 수록된 역사인물들은 春秋戰國 시대부터 明代에 이르기까지 명말 당시 소설가들이 소설 속 인물로 변모시킬 만한 스토리텔링을 가지고 있는 인물들일 뿐만 아니라, 그 이름만 대면 누구나 알 만한 대중적 인지도를 가진 인물들이다. 그러나 이러한 역사인물들이 이미 소설로 탄생했었다는 사실을 아는 독자는 그리 많지 않을 것이다. 역대로 역사사건과 역사인물을 모티브로 창작된 다수의 작품이 있지만, 단편소설 분야에서 특별히 한 두 인물의 캐릭터에만 집중하여 소설화한 다수의 작품을 수록하고 있는 소설전집으로는 '삼언'

4

이 유일하다고 할 만하다.

필자는 박사학위 취득 이후에 해당 논문을 한층 발전시켜나간 몇 편의 논문을 집필하면서 역사인물이 소설 속 인물로 허구화 되어 온 소설사적 과정을 보다 심화시켜왔다. 특히 가장 최근 집필한 '唐寅'을 소재로 한 논문의 경우 역사인물이 문학작품 속 허구의 인물로, 그리고 현대적 문화키워드로 변모해온 과정을 연구하면서 현대 중국의 일반대중들이 역사인물과 관련 문학작품에 대해 가지고 있는 시각에 대한 진일보한 결론을 도출해 낼 수 있었다.

'삼언 역사인물'에 대한 연구는 중국 학계에서는 소수의 관련 연구가 있기는 하나 그 편수가 적고 축적된 연구결과 또한 많지 않으며, 국내에서는 이렇다 할 연구가 없었던 비교적 새로운 분야의 연구주제다. 따라서 그간 크게 주목하지 않았던 새로운 분야를 열어간다는 측면에서 이 글은 독창성에 후한 점수를 받을 수는 있겠으나, 늘 그렇듯 축적된 연구가 부족한 새로운 길을 가는 것에 대한 어려움이 있었고, 참신한 주제를 뒷받침하기에는 부족한 필자의 필력의 한계로 인해 앞으로 받게 될 독자들의 질책은 필자가 감내해야 할 몫으로 남아 있다.

이 책의 주된 독자층은 중국고전소설 전공자 및 대학원생이 될 것으로 생각되나, 글의 소재가 역사인물이고 또한 그들이 현대에 이르러 일반대중들에게 수용되고 있는 양상에 대한 연구도 포함하고 있기 때문에 역사·소설·희곡·문화콘텐츠에 이르는 다양한 학문 분야의 독자들이 참고로 삼을 수 있을 것이다.

끝으로 부족한 글의 출판을 위해 흔쾌히 노고를 아끼지 않으신 학고방의 출판 관계자 여러분께 깊은 감사의 말씀을 전한다.

- 죽림리에서 천대진 씀 -

1 인용문의 인명·지명·관직명 등 한자표기는 각주에 원문을 제시한 경우에는 한글로 표기하였고, 인용문이 특정 문헌을 요약 정리한 경우에는 필요한 어휘에 한해서 한자 표기를 병행하였다. 또한 학술지에 수록된 논문의 경우에도 이와 같은 원칙에 맞춰 수정하였으며, 앞서 제시된 한자가 있을 경우 가독성을 고려하여 가급적 한글 표기로 변환하였다.

2 이 책은 원래 박사학위논문에 수록되었던 내용을 보다 발전적으로 연구하여 학술지에 수록된 4편의 논문을 포함하고 있기 때문에 이 4편에 해당하는 인물의 내용은 학술지에 수록된 논문의 형식을 그대로 실었다. 따라서 서명이나 논문명을 나타내는 기호(〈 〉, 《 》)와 같은 문서양식이 본 책이 정한 기호와 통일되지 않는 점은 학회의 문서양식을 그대로 반영하였기 때문이다.

3 대륙에서 간행된 책과 논문 및 그 인용문은 간체자로 표기하는 것이 원칙이나, 본 책은 중국소설 전공자뿐만 아니라 역사·희곡·문화콘텐츠 분야의 다양한 독자층을 고려하였기 때문에 번체자 표기를 원칙으로 삼았다.(단, 정사의 기록이나 소설의 원문의 경우 당시 시대에도 간체자를 일부 활용한 경우 원문 그대로 수록하였다.)

4 학술지에 수록된 논문의 경우 특정 주제와 개념에 관한 설명을 위해 각주를 활용하였으나, 이 책의 전체 구성 속으로 들어왔을 때는 불필요하므로 논문의 원문과 달라지더라도 일부 각주를 생략하였다. 예) '역사인물', '역사인물소설' 등

▌목 차

1. 연구 목적과 방법

중국 명대 단편소설집 '三言'은 백화소설사의 발전과정에서 송·원·명대까지 전승되어 오던 다수의 소설의 원천들을 집약시킨 단편소설의 총체본이다. 특히 이후 명말·청대에 이르러 소설이 당시를 대표하는 문학 장르로 발돋움하는 데에 끼친 영향이 적지 않다는 점에서 중국소설사의 중요한 맥을 잇는 작품집이다.

지금까지 삼언에 관한 국내 연구는 삼언이 가지고 있는 소설사적 가치와 그 내용이 담고 있는 다양한 시대상과 인물상, 그리고 주제사상 등에 주목한 논문이 중심을 이루고 있다. 대표적인 유형으로는 주로 삼언의 제재에 관한 연구, 남녀 간의 애정을 주제로 한 연구, 상인을 주제로 한 연구, 불교나 도교의 색채를 띤 작품에 대한 연구, 發跡變泰[1])를 주제로

---

1) 발적변태란, '입신출세하거나 뜻을 이루어 그 모습이 완전히 탈바꿈한 모습이나 상태'를 말하는 것으로서 삼언 작품 중에는 낮고 가난한 신분의 인물이 고귀하고 부유한 인물로 탈바꿈하는 작품이 다수 등장하는데, 이를 '발적변태'라는 용어로 사용하고 있다.

한 연구, 기녀나 여성을 주제로 한 연구 등이 있다. 그러나 지금까지의 주제와는 별개로 새로운 주제들이 꾸준히 탐구되면서 점점 그 내용도 다변화되고 있다. 다만 삼언이 담고 있는 방대한 양의 작품을 총체적으로 고찰하는 것은 지난한 과제이기 때문에, 그간의 삼언 관련 논문들은 주제별, 혹은 선집별로 그 연구범위를 한정하여 연구하는 경우가 다수였다.

필자도 석사학위 논문에서 이미 삼언 작품 중에서 '비극'을 소재로 한 작품을 선별하여 연구하였다. 그리고 박사과정에서는 그간 다루어지지 않았던 새로운 주제에 접근해 보고자 삼언의 120편의 작품 중에서 약 30편에 달하는 역사인물 소재의 작품에 주목하게 되었다. 소설이란 허구적 각색이 주가 되기 때문에 역사인물 소재의 작품 또한 실제 역사와는 다른 허구적 각색을 담고 있을 것이라고 판단하였고, 1차적으로 먼저 正史와 소설을 비교 분석하는 작업을 통해서 역사인물 소설의 기본 구성에 대해 이해하고자 하였다. 아울러 이러한 역사인물이 소설 속 인물로 탄생하는 과정에서 어떠한 소설적 가공을 더하였는지에 대해 살펴봄으로써 명대에 탄생한 역사인물 소설들이 가지고 있는 창작 유형 내지는 각색 유형에 대해 고찰할 수 있을 것으로 판단하였다.

이러한 일련의 문제제기와 가설 단계를 구체화하기 위해, 삼언 속의 역사인물 소설 중 왕안석을 소재로 한 〈王安石三難蘇學士〉(警3)와 〈拗相公飮恨半山堂〉(警4) 두 작품을 우선적으로 비교 분석하였다.[2] 그리고 이를 바탕으로 다른 역사인물에 대한 연구를 확장하면서 이러한 연구가 가질 수 있는 유의미한 가치에 대해 주목하게 되어 연구를 진행하였다.

'삼언'에 관한 기존 연구는 번역과 연구라는 두 가지 측면에서 살펴볼 수 있다.

먼저 번역활동에서는 아직까지 국내에는 삼언의 완역본이 나오지 않

---

2) 정헌철·천대진 〈'三言'에 나타난 王安石의 形象〉 ≪中國學≫ 50 2015.

은 상태이기 때문에 삼언에 대해 관심을 가지고 있는 연구자나 독자들이 보다 쉽게 삼언을 접할 수 있는 매개체가 없다는 점이 아쉬움으로 남아있다. 그러나 이러한 답보상태 속에서도 최근 몇 년간 일부 연구자들의 노력들이 조금씩 결실로 이어지고 있는 것도 사실이지만, 삼언 속 단편소설 작품의 편수를 감안하면 보다 유의미한 집단적인 공동작업의 필요성이 요구된다. 현재까지 번역된 삼언 작품에 대해 살펴보면, 장영은 ≪喩世明言≫ 중 8편, ≪警世通言≫ 중 8편, ≪醒世恒言≫ 중 3편을 각각 번역하면서 문학성이 뛰어나 중국 ≪古代話本小說選集≫이나 ≪古代通俗小說鑑賞辭典≫ 등의 서적에 여러 번 발췌된 9편의 작품을 우선적으로 번역하고, 나머지 11편을 추가로 번역하여 책으로 출간하였다. 김진곤은 ≪유세명언≫ 중 5편, ≪경세통언≫ 중 2편, ≪성세항언≫ 중 1편을 번역하면서 사랑과 연애라는 주제에 묶일 수 있는 여덟 작품을 가려 뽑아 책으로 출간하였다. 최병규는 ≪유세명언≫ 중 3편, ≪경세통언≫ 중 2편, ≪성세항언≫ 중 3편으로 총 8편의 애정고사를 번역하여 책으로 출간하였다. 이러한 일련의 삼언 소설 번역의 유형을 살펴보면 애정류 작품이 상당수를 차지하고 있고, 또한 문학성이 뛰어난 것으로 평가받는 일부작품은 중복 번역되는 현상이 확인된다. 그리고 기타 의협류·사회류·공안류·신괴류·상인류·역사인물류 등 삼언이 담고 있는 다양한 소재의 작품에 대한 번역은 아직 소수에 머물고 있어서 앞으로의 과제로 남아있다.

　연구 분야에서는 남녀 간의 애정·여성·발적변태·도덕과 윤리·종교와 관련된 소재나 주제를 대상으로 한 연구가 다수를 차지하고 있다. 다만 최근 들어 '상인'을 주제로 한 작품군에 대해 담론이 이루어진 경우나 비극, 역사인물과 같이 연구 주제가 다변화되고 있는 현상은 삼언을 보다 다각적으로 바라보고자 한다는 측면에서 고무적인 현상이라고 할 수 있을 것이다.

　현재까지 삼언에 대한 선행연구는 다수가 있지만, 필자가 연구대상으로 삼고 있는 역사인물을 소재로 한 삼언소설, 내지는 명대 단편소설 중 역사인물소설로 그 주제어의 범위를 확대해보아도 해당 주제어와 관련된 연구 결과물은 그 수치가 많지 않다.

먼저 국내 연구에는 석사학위 논문이 2편이 있고 박사학위는 없으며, 기간논문으로는 8편의 관련 논문이 있다. 학위논문으로는 원은선의 《≪清平山堂話本≫에 나타난 역사인물의 소설화과정 연구》(2012), 박지민의 〈정사≪삼국지≫와 소설≪삼국연의≫비교 분석〉(2010) 2편의 석사학위 논문이 있다. 원은선은 ≪청평산당화본≫의 현전하는 29편 중 역사인물을 소재로 한 9편의 작품을 대상으로 각 작품의 주인공인 역사인물들의 소설화 과정을 밝히고 있다. 박지민은 정사 ≪삼국지≫와 소설 ≪삼국연의≫를 비교함으로써 소설에 쓰인 사실과 허구를 분별해 내고, 삼국의 인물들과 사건들이 나관중에 의해 어떻게 각색되어 후대에까지 영향을 미치고 있는지를 연구하였다.

기간논문으로는 모두 8편의 논문이 있는데, 조관희의 〈≪삼국지연의≫에서의 유비의 인물 형상〉(1997), 이지영의 〈≪문장풍류삼대록≫에 나타난 소설의 역사 수용 양상〉(2008), 김옥란의 〈≪삼국지연의≫의 "적벽대전"에 대한 역사적 고찰〉(2003), 이시찬의 〈역사와 소설의 경계에 대한 고찰 -≪荊軻傳≫과 ≪燕丹子≫를 중심으로〉(2013), 권호종·강재인의 〈≪삼국연의≫의 역사적 허실 소고〉(2011), 고숙희의 〈包公, 역사에서 문학 속으로〉(2003), 김진곤의 〈역사 기술과 역사소설의 관계 탐색을 위한 서설 : ≪삼국지연의≫의 경우〉(2003)와 〈역사 인식의 변환과 역사소설의 창작〉(2008)이 있다.

조관희는 〈≪삼국지연의≫에서의 유비의 인물 형상〉(1997)에서 역사와 달리 소설 속에서 유비의 긍정적인 측면과 부정적인 측면이 어떻게 그려지고 있는지에 대해 고찰하면서 ≪삼국지연의≫에 나타난 유비의 형상은 살아있는 존재에 대한 충실한 모방이나 묘사라기보다는 시대적 요청에 의해 그려진 상상적 존재이자 실험적 자아라고 보았다. 이러한 분석은 비록 삼언 소설과 관련성은 없지만, 역사인물의 형상이 소설 속에서 어떻게 재조명되었는지에 대한 의미 있는 고찰로 보인다.

이지영은 〈≪문장풍류삼대록≫에 나타난 소설의 역사 수용 양상〉 (2008)에서 한국 고소설로 남아있는 ≪문장풍류삼대록≫을 역사와 허구가 교직된 작품이라고 보고 그 구체적인 특징을 분석하였다. 그리고 이를 통해 소설에 수용된 역사적 사실의 의미를 정밀하게 검토하였다.

김옥란은 〈≪삼국지연의≫의 "적벽대전"에 대한 역사적 고찰〉(2003) 에서 소설 삼국지가 적벽대전을 어떻게 실제 역사와 다르게 묘사하였는 가와, 그러한 배경에는 작가의 어떤 역사관이 작용했는지에 대해 고찰하였다.

이시찬은 〈역사와 소설의 경계에 대한 고찰-≪형가전≫과 ≪연단자≫를 중심으로〉(2013)에서 역사적 기록이라 할 수 있는 ≪형가전≫과 소설로 분류되는 ≪연단자≫를 주된 텍스트로 정하고, 먼저 역사적 기록 속에 담겨진 진실성 이면의 허구성과 글쓰기 전략을 분석한 후에 소설 속에 담겨진 내용은 역사적 기록과 비교하여 과연 어떤 차별성과 의미를 갖는지 분석하였다. 아울러 역사와 소설의 경계에 대한 분석을 사상적 경향과 이야기의 플롯(plot)이라는 형식을 통해서 살펴보고 그 의미를 논하였다.

권호종 · 강재인은 〈≪삼국연의≫의 역사적 허실 소고〉(2011)에서 ≪삼국연의≫의 기록 가운데 그 내용이 진수의 ≪삼국지≫와 일치하지 않는 부분을 검토하여 ≪삼국연의≫가 지닌 소설적 허구성을 확인하고, 또 그러한 허구성을 창조해낸 작가의 의도를 파악하고자 하였다. 그리고 그 분석의 대상을 인물 중에서는 조조 · 유비 · 제갈량 · 주유 네 인물을 대상으로 하고, 사건에서는 관도대전 · 적벽대전 · 이릉대전의 3대 대전을 중심으로 고찰하였다.

고숙희는〈包公, 역사에서 문학 속으로〉(2003)에서 포공과 관련된 역사적 사실을 바탕으로, 실존인물에서 문학적 인물로 변화하는 포공 형상을 宋元 話本小說과 元 雜劇, 明 說唱詞話, 明末 短篇公案小說專集, ≪三俠五義≫ 등을 통해 살펴보았다. 포공은 일반 민중의 희망과 이상의 투영체인 동시에 봉건 사회의 인물로서 당시 최고 통치자의 요구에 부합하는 인물로서의 속성도 지니고 있음을 고찰하였다. 또한 그러한 이중적 의미를 지닌 문학형상으로서 포공은 다양한 문학장르를 통해 변모해 오면서 모든 이들의 희망과 이상을 반영하고, 그 실현을 위해 과감히 행동하는 청관으로, 그리고 지혜로운 판관으로 확고한 자리매김을 해 온 것으로 평가하였다.

　　김진곤은〈역사 인식의 변환과 역사소설의 창작〉(2008)에서 역사소설 ≪삼국지연의≫와 역사서 ≪삼국지≫를 대조하면서 역사소설에 등장하는 내용 가운데 역사서에 근거한 것과 근거하지 않은 것을 구분하고 역사서에 근거하지 않은 것은 모두 작가의 창작의 소산이거나 역사 사실에 위배되는 것으로 보는 것이 사안을 너무 안이하게 처리하는 것으로 보았다. 그리고 역사서와 역사소설의 관계를 다루는 문제는 역사서를 근거로 역사소설의 역사진실 준수 여부를 공박하는 것이 아니라 역사소설이 역사서와 다르게 사실을 가공하는 방식은 무엇이고, 그 방식이 채택되는 이유가 무엇인지를 따져 볼 필요성을 제기하였다.

　　이상과 같이 한국 논문은 ≪삼국지연의≫와 관련하여 그 역사적 사실과 소설작품의 비교 분석을 통해서 허구적 글쓰기의 양상과 작가의 창작 의도를 파악해내는 한편, 역사와 소설의 경계를 어떤 관점으로 바라보아야 할 것인가에 대한 몇몇 논점들이 주를 이루고 있다. 그 외에도 包拯과 같은 실존인물내지는 ≪荊軻傳≫과 같은 역사기록과 문학작품을 비교함으로써 역사서와 문학작품이 내포하고 있는 상관관계를 기술하고 있다.

　　중국 논문 중에서 대표성을 띠는 몇몇 논문을 살펴보면, 먼저 李雯娟

의 〈明代白話小說對唐傳奇精怪類小說的接受研究〉(2013), 黃大宏의 〈唐人小說對"三言二拍"素材與成書方式的影響〉(2002) 등은 당 전기소설이 명대 백화소설에 어떤 영향을 끼쳤는지에 대해 고찰한 논문으로서 본고가 지향하는 역사인물에 대한 직접적인 내용은 아니지만 제4장 역사인물의 각색 양상에서 일부 당 전기와 연원관계가 있는 작품을 고찰하는데 있어서 참고가 되었다.

黃大宏의 〈譚正璧《三言二拍資料》劄記〉(2002)는 삼언소설 연구의 중요한 자료집인 《三言二拍資料》가 가지고 있는 풍부한 자료의 가치에도 불구하고 제 자료와 '삼언이박'과의 관계에 대한 깊이 있는 고찰이 결여되어 있음을 지적하였고, 누락된 자료나 관련이 없는 자료의 수록 등에 대한 문제점을 논하고 있다. 黃大宏은 삼언이박 전체 작품 중 10작품에 대한 새로운 분석을 시도하였는데, 이중에서 본고가 텍스트로 삼고 있는 작품도 2작품이 포함되어 있기 때문에 《삼언이박자료》의 미비점을 보완할 수 있는 자료다.

韓希・施常州의 〈前代歷史人物故事在"三言二拍"中的衍變〉(2006)은 전대의 역사인물이 '삼언이박' 속에서 어떻게 형상화되었는지에 대해 고찰하면서 1) 역사모순의 단순화, 2) 인물면모의 평민화, 3) 인과논리의 관념화, 4) 덕을 쌓는 효용의 개인화, 5) 행동방식의 오락화라는 다섯 가지 측면을 살펴보았다. 이러한 분석 내용은 명대에 창작된 단편소설이 가지는 보편적 경향이라고도 볼 수 있으나, 작가는 역사인물과 관련된 당시 소설 창작의 면모와 가치 및 의의를 살펴보았다는 측면에서 새로운 접근으로 보인다.

何悅玲의 〈中國古代小說與史傳關系認知的歷史變遷〉(2011)은 고대에 '소설'과 '사전(史傳)'의 관계가 세 단계의 시대적 과정을 거치면서 변모해왔음을 말하고 있다. 첫째는 漢魏六朝의 시기로서 소설은 역사 이외의 자료라는 이른바 '外乘'이 되어서 '史'와 그 정신과 문화계통상 동일하거나 유사한 성격을 가지고 있었다고 보았다. 둘째, 당대에 이르러 창작된 전기는 의식적인 창작을 시작한 시기로서 소설의 본질적인 특징인 허구에 충분히 주목하면서 변화를 겪은 시기다. 셋째, 송·원대로부터 나타난 백화소설은 '史'와는 뚜렷한 거리를 두고 있고, 소설은 점차 자신만의 독립된 면모와 성격을 갖춘 시기다. 하열령은 이러한 소설의 변모는 소설이 주체성을 획득해가는 진화의 과정이며, 소설의 본질적인 특징이 부단히 심화되는 과정으로 보았다.

끝으로 葉鑫의 〈"三言"史傳軼事小說硏究〉(2013)는 삼언 중에 ≪유세명언≫ 속에 있는 몇몇 역사사건이나 역사인물과 상관된 소설 20편을 대상으로 분석하였다. 작가는 ≪유세명언≫ 속 역사인물 소설을 주제별로 분류하였고, 이 작품군이 가지고 있는 문체의 특징에 대해 고찰하면서 사서·문언필기·잡극과 비교하여 어떤 문체상의 차이가 있는지 비교하였다. 이 논문은 필자가 삼언 전체의 역사인물을 작품군으로 정한 것과 달리 ≪유세명언≫ 속 역사인물만을 대상으로 분석하였다는 점에서 차이가 있지만, 삼언의 역사인물을 대상으로 '史傳軼事小說'을 분석했다는 점에서 가장 유사성을 띠는 논문이다.

이상과 같이 중국 논문의 경우에는 이러한 소설 속 역사인물에 대한 연구가 비교적 새롭게 주목받는 연구 분야인 것으로 판단되나, 국내에서는 아직까지는 크게 주목받지는 못하고 있는 것으로 보인다. 따라서 필자는 본 연구를 통해서 중국 학계의 최근 경향을 국내에 소개하는 한편, 삼언 속 역사인물 소설의 면면을 고찰해 볼 수 있을 것으로 기대한다.

필자는 삼언 속에 산재되어 있는 역사인물을 소재로 한 작품군을 선별하여 각 작품들과 관련된 여러 문헌들을 고찰하고, 이를 통해 명대에 역사인물을 소재로 한 소설의 각색유형에 대해 보다 진일보한 결론을 도출해내고자 한다. 이를 위해 삼언 역사인물 서사 연구라는 주제를 다음과 같은 순서로 고찰해 보고자 한다.

서론에 이어 제2장에서는 각 작품을 문헌별로 분류하여 해당 인물에 대한 정사의 기록 유무에 따라 먼저 정사에 기록이 전하는 인물을 분류하고, 정사에 열전이 전하지 않는 인물의 경우에는 어떤 문헌을 비교의 대상으로 삼을 것인지 살펴볼 것이다. 아울러 각 작품의 주인공이 어떤 계층의 역사인물인지 살펴봄으로써 역사인물 소설이 주로 주목하고 있는 인물의 유형에 대해 살펴볼 것이다.

제3장에서는 역사인물 소재의 작품군을 윤리도덕 · 발적변태 · 회재불우 · 우화등선 · 청심과욕의 다섯 가지 주제로 분류함으로써 실존인물을 소설화한 작품들이 각각 어떤 주제를 담고 있는지 살펴볼 것이다.

제4장에서는 역사인물에 대한 역사기록과 소설을 비교분석하고, 이를 바탕으로 각 작품이 어떤 각색을 통해서 소설화의 과정을 거쳤는지 고찰할 것이다. 이를 위해 먼저 실제 역사인물과 소설 속 인물 사이에는 어떤 기술상의 차이가 있는지에 대해 고찰함으로써 역사소설의 각색 양상을 분석하기 위한 기본 지표를 얻고자 한다. 이를 바탕으로 현재까지 남아 있는 화본류 소설, 필기류 소설 등의 여러 문헌들과의 비교를 통해 이전 시대의 여러 기록들이 어떤 변화를 거치면서 소설화되었는지 살펴볼 것이다.

본고에서 활용하고 있는 판본은 다음과 같다. 본래 '삼언'은 다양한 판본이 존재하나, 그 원본은 명나라 天許齋刻本으로 일본 內閣文庫에 소장되어 있다. 1947년 商務印書館에서 촬영하여 조판 · 인쇄하였으며, 내각 문고본에 없는 부분은 일본의 '尊經閣別本'에 근거해서 교정하고 보충되었고, 1955년에는 文學古籍刊行社에 의해서 재판되었다. 1991년에는 北京 人民文學出版社에서 許政揚 · 顧學頡 注의 판본이 간행되었는데, 이것은 文學古籍刊行社의 재판본을 저본으로 삼아 원본사진과 비교하고, 아울러 ≪청평산당화본≫과 ≪古今奇觀≫을 참고하여 오자를 수정한 것이다. 따라서 본고는 현재까지 나온 판본 중에서 가장 보완이 잘 된 판본으로 판단되는 1991년 北京 人民文學出版社 출판본을 저본으로 삼고자 한다. 그러나 본고의 분석 대상인 〈金海陵縱慾亡身〉(醒23)의 경우에는 지나치게 외설적인 작품으로 인식되어 인민문학출판사 출판본에서는 해당 작품을 싣고 있지 않고 있어서 실질적으로 119편이 수록되어 있다. 따라서 〈금해릉종욕망신〉(성23)의 내용은 楊家駱 注 臺北 鼎文書局의 ≪성세항언≫ 1978년 출판본을 저본으로 삼아 번역하고 분석하였다. 또한 대륙에서 간행된 책이나 논문의 경우 간체자로 표기하는 것이 원칙이나, 소설 전공자뿐만 아니라 다양한 독자층의 가독성을 확보하기 위해 모든 한자를 번체자로 표기하였다.

2. '역사인물(歷史人物)'의 범주

소설의 유형을 분류하는 것은 상당히 다양한 시각과 방법이 존재하기 때문에 분석하고자 하는 소설의 유형을 어떤 기준에 따라 보느냐에 따라 각기 다를 수 있을 것이다. 본고가 텍스트로 삼고 있는 30편의 작품은 길이의 장단에 따른 분류에서는 단편소설에 해당하고, 구성성분에 따른 분류에서는 인물소설에 해당하며, 시간에 따른 분류에서는 역사소설에 해당한다. 그리고 삼언 속에서 확인 가능한 역사인물을 소재로 한 작품은 전체 120편의 단편소설 중에서 약 30편 안팎의 작품이 이에 해당한다.

중국 고대소설 분야에서 '역사인물소설'에 대한 명확한 장르적 분류는 아직 거론된 바가 없다. 대체로 '역사소설'은 모두가 공인하는 소설의 한 하위분류로 인식되나, '역사인물소설'이라는 용어는 아직 생소하고 '역사소설'의 하위분류로도 아직 사용된 바가 없다. 그러나 그간의 중국 역사소설에 대한 이해가 대체로 역사적인 사건들을 중심으로 여러 등장인물들의 복합적인 이야기가 전개되는 '장편소설' 혹은 '연의류소설'에 대한 개념적 이해였다면, '역사인물소설'은 대개 한 인물에 집중되어 한두 가지 혹은 몇 가지 사건을 중심으로 구성된 단편소설 분야에서 주로 나타나는 유형이기 때문에, 단순히 내용분류상 '역사소설'의 범주에 귀속시켜 버리기에는 다소 거친 접근으로 보인다. 또한 중국 고대단편소설 중 '역사인물소설'이라고 할 만한 작품들에 대한 연구는 그간 그다지 활발하지 않았으나, 최근 들어 중국소설 전공자들이 부분적으로 관심을 가지기 시작하는 분야로 보이기 때문에 이 용어사용의 적절성에 대해서는 더 논의가 필요할 것으로 생각된다. 필자는 '역사인물소설'이라는 용어가 30편의 작품을 분류해 내는데 있어서 비교적 적절한 개념으로 보고 있고, 이하 본문에서는 '역사인물소설'로 표기하고자 한다.

그럼 역사인물이란 무엇인가? 본고에서 규정하고 있는 역사인물이란 '正史와 같은 역사 기록을 통해서 그 인물의 本紀내지는 列傳이 남아 있는 경우나, 역사 기록이 없는 경우 개인 문집이나 작품, 혹은 사적 등의 자료들을 통해서 확인이 가능한 실존인물'로 그 경계로 삼았다. 그렇다 할지라도 그 경계를 명확하게 규정하는 것이 결코 쉽지 않은 것은 소설 속에 등장하는 일부의 인물들은 가상인물인지 실존인물인지가 명확하지 않은 경우도 있기 때문이다. 따라서 필자는 일단 각 시대마다 정사의 본기나 世家, 그리고 열전 속에 그 기록이 남아있는 인물들을 1차적으로 역사인물로 판단하였으나, 이에 해당하는 인물과 작품의 수는 그리 많지 않기 때문에 텍스트의 범위가 다소 좁아지는 단점이 있다. 따라서 비록 정사에는 기록이 없지만 개인 문집이나 작품 등을 통해서 상당한 인지도가 있는 실존인물까지 연구범위를 확대함으로써 모두 30편의 작품 속에서 31명의 역사인물을 선별할 수 있다.[3]

---

3) 송대의 간신 '秦檜'를 소재로 한 〈遊酆都胡母迪吟詩〉(喩32)까지 합산하면 실질적으로 31편의 작품으로 볼 수도 있으나, 진회를 소재로 한 이 작품은 진회가 작품의 전반에만 등장하고 후반부는 다른 가상인물을 통해 진회와 여러 간신들에 대한 이야기를 전개하고 있다는 점에서 온전히 한 인물에 초점이

현재까지 삼언에서 확인된 역사인물 소재의 작품은 30편인 것으로 확인되며, 각 작품을 작품 속 인물의 시대별로 나누어 살펴보면 아래의 표와 같다.

시대 작품명	春秋 戰國	漢魏晉南北朝	隋·唐 五代	宋	明
窮馬周遭際賣䭔媼(喩5)			馬周(唐)		
葛令公生遺弄珠兒(喩6)			葛從周(梁)		
羊角哀舍命全交(喩7)	羊角哀/ 左伯桃(楚)				
吳保安棄家贖友(喩8)			吳保安		
裴晉公義還原配(喩9)			裴度(唐)		
衆名姬春風吊柳七(喩12)				柳永	
張道陵七試趙升(喩13)		張道陵(東漢)			
陳希夷四辭朝命(喩14)			陳搏(五代/宋初)		
史弘肇龍虎君臣會(喩15)			史弘肇/郭威 (五代後漢)		
范巨卿鷄黍死生交(喩16)		範式/張劭(漢)			
臨安里錢婆留發跡(喩21)			錢鏐(梁)		
木綿菴鄭虎臣報冤(喩22)				賈似道	
晏平仲二桃殺三士(喩25)	晏嬰(齊)				
明悟禪師趕五戒(喩30)				佛印禪師/ 蘇軾	
梁武帝累修歸極樂(喩37)		蕭衍(梁)			
俞伯牙摔琴謝知音(警1)	伯牙(楚)				
莊子休鼓盆成大道(警2)	莊周(宋)				
王安石三難蘇學士(警3)				王安石/ 蘇軾	
拗相公飲恨半山堂(警4)				王安石	
李謫仙醉草嚇蠻書(警9)			李白(唐)		

맞춰져 있지 않기 때문에 보는 시각에 따라 편수의 차이가 있을 수 있다.

'삼언(三言)' 소설이 된 역사인물

시대 작품명	春秋 戰國	漢魏晉南北朝	隋·唐 五代	宋	明
三現身包龍圖斷寃(警13)				包拯	
趙太祖千里送京娘(警21)				趙匡胤	
唐解元一笑姻緣(警26)					唐寅
況太守斷死孩兒(警35)					況鍾
佛印師四調琴娘(醒12)				佛印禪師/ 蘇軾	
金海陵縱慾亡身(醒23)				完顏亮(金)	
隋煬帝逸遊召譴(醒24)			楊廣(隋)		
黃秀才徼靈玉馬墜(醒32)		黃損(漢)			
杜子春三入長安(醒37)		杜子春(漢)			
馬當神風送騰王閣(醒40)			王勃(唐)		
합 계 (30편)	4	5	10 (1편중첩)	10 (1편중첩)	2
	31				

상기 표와 같이 삼언 소설 속에 나오는 역사인물은 다양한 시대와 계층의 인물들을 그 소재로 삼고 있다. 이를 먼저 시대별로 살펴보면, 춘추 전국시대가 4편, 한위진남북조가 5편, 수당오대가 10편, 송대가 10편, 명대가 2편이다. 이중에서 〈陳希夷四辭朝命〉(喩14)은 도가의 인물인 陳搏에 대한 이야기인데, 오대와 송대에 걸쳐있어서 시대별로 볼 때는 총 31편의 작품으로 보이나 실질적으로는 30작품에 해당한다.

30편의 작품 속에 나오는 인물을 신분에 따라 살펴보면, 군주가 6명, 문인이 19명, 도인이 3명, 승려가 1명, 장군이 2명이다. 여기서 작품 수와 작품 속 인물이 일치하지 않는 이유는 한 작품 속에 두 인물을 이야기한 경우와, 한 인물이 여러 작품 속에 등장하는 경우가 있었기 때문이다. 예를 들어 소식은 세 작품에서 주인공으로 등장하고 있고, 왕안석 역시 두 작품에서 주인공 내지는 그에 준하는 비중을 가진 인물로 등장하고 있다.

CHAPTER 2 '삼언(三言)' 역사소설의 인물 분류

1. 정사인물(正史人物)

　소설과의 비교를 위한 역사 문헌으로서 가장 신뢰성을 가지는 문헌은 역시 정사다. 중국은 역대로 '24사'라는 방대한 역사기록을 가지고 있고, 각 시대의 기록은 후대 왕조에서 학문적으로 가장 영향력 있는 인물이 집필을 주관하는 것이 그 전통으로 되어있다. 물론 정사의 기록도 때로는 정치적 알력과 입장에 따라 수정을 거듭한 경우가 없지 않고, 사료의 수집과 선택, 그리고 집필과정에서 작용할 수밖에 없는 집필진의 주관적 개입을 고려한다면, 과연 오늘의 우리가 정사의 기록을 어느 정도까지 신뢰할 수 있을 것인가에 대해서도 약간의 회의를 품지 않을 수 없다. 그럼에도 불구하고 현존하는 가장 상세하고도 객관적인 인물의 기록을 우리는 정사에서 확인할 수 있기 때문에, 시대 고찰과 인물의 행적을 비교분석하는 연구에 직면하면 정사에 그 준거를 둘 수밖에 없는 것 또한 현실이다.

　본고에서 텍스트로 삼고 있는 30편의 역사인물소설 작품 중 각 인물에 대한 정사의 기록을 확인할 수 있는 인물은 모두 23명이다.[1]

23

소설집명	작품명	정사의 기록
≪喻世明言≫	〈窮馬周遭際賣䭔媼〉(喻5)	≪新唐書≫〈馬周傳〉
	〈葛令公生遣弄珠兒〉(喻6)	≪新五代史≫〈葛從周傳〉
	〈羊角哀舍命全交〉(喻7)	≪後漢書≫〈申屠剛鮑永郅惲列傳〉
	〈吳保安棄家贖友〉(喻8)	≪新唐書≫〈吳保安傳〉
	〈裴晉公義還原配〉(喻9)	≪新唐書≫〈裴度傳〉
	〈陳希夷四辭朝命〉(喻14)	≪宋史≫〈陳摶傳〉
	〈史弘肇龍虎君臣會〉(喻15)	≪五代史≫〈史弘肇傳〉
	〈范巨卿鷄黍死生交〉(喻16)	≪後漢書≫〈獨行列傳〉
	〈臨安里錢婆留發跡〉(喻21)	≪新五代史≫〈吳越世家〉
	〈木綿菴鄭虎臣報冤〉(喻22)	≪宋史≫〈賈似道傳〉
	〈晏平仲二桃殺三士〉(喻25)	≪史記≫〈晏子列傳〉
	〈梁武帝累修歸極樂〉(喻37)	≪南史≫〈梁武帝本記〉
≪警世通言≫	〈莊子休鼓盆成大道〉(警2)	≪史記≫〈老子韓非列傳〉
	〈王安石三難蘇學士〉(警3)	≪宋史≫<蘇軾傳>
	〈拗相公飲恨半山堂〉(警4)	≪宋史≫〈王安石傳〉
	〈李謫仙醉草嚇蠻書〉(警9)	≪新唐書≫〈李白傳〉
	〈三現身包龍圖斷冤〉(警13)	≪宋史≫〈包拯傳〉
	〈趙太祖千里送京娘〉(警21)	≪宋史≫〈太祖本紀〉
	〈唐解元一笑姻緣〉(警26)	≪明史≫〈唐寅傳〉
	〈況太守斷死孩兒〉(警35)	≪明史≫〈況鍾傳〉
≪醒世恒言≫	〈金海陵縱慾亡身〉(醒23)	≪金史≫〈海陵本記〉
	〈隋煬帝逸遊召譴〉(醒24)	≪隋書≫〈煬帝紀〉
	〈馬當神風送騰王閣〉(醒40)	≪新唐書≫〈王勃傳〉
합계	23	

1) 여기서 한 가지 적시해야 할 사항은 해당인물의 열전이 전하지는 않지만 다른 인물의 열전에 일부 이름이 거론된 경우에는 실존인물로는 판단하되, 여기에 분류하지는 않았다. 이는 그 인물에 대한 상세한 열전이 아님은 물론이고, 이름이나 그의 행적에 대한 아주 단편적인 기록만이 드러나는 정도이기 때문이다.

이상과 같이 23인의 인물은 군주의 경우는 본기나 세가에, 그 외 인물의 경우는 열전에 그 기록이 전한다. 그중에서 ≪후한서≫〈신도강포영질운열전〉의 경우에는 열전의 편명에 해당 인물의 이름이 드러나지 않지만 羊角哀와 左伯桃의 고사가 포함되어 있다. 그리고 ≪후한서≫〈독행열전〉에도 範式의 이름이 열전의 편명에 나오지 않으나, 범식을 비롯한 24명의 인물의 열전이 같이 실려 있고, ≪사기≫〈노자한비열전〉의 경우에도 莊子의 이름이 없으나, 老子에 이어 장자의 열전이 함께 실려 있다.

그리고 당대와 오대의 경우에는 ≪구당서≫와 ≪신당서≫의 구분이 있고, ≪구오대사≫와 ≪신오대사≫의 구분이 있으며, 裴度의 열전의 경우에는 두 문헌에서 편폭과 내용상의 차이가 있는 경우가 있었다. 따라서 소설과의 비교를 위해서는 저본으로 삼을 문헌을 선택해야하는 필요성이 제기되었다. 그런데 삼언 역사인물 중에 '吳保安'의 경우에는 ≪구당서≫에 그의 열전이 전하지 않지만 ≪신당서≫에는 열전이 전하고 있는 차이가 있었으므로, 필자는 ≪신당서≫와 ≪신오대사≫를 비교의 대상으로 삼았다. 그럼 정사에 기록이 전하는 인물의 유형을 계층별로 보다 자세하게 살펴보자.

1) 군주

삼언소설의 역사인물을 소재로 한 작품 중 실제 역사에서 한 국가의 황제나 제후로서 왕으로 칭해졌던 인물은 모두 6명이 있다. 이 여섯 명을 시대별로 살펴보면 南北朝時代 梁 武帝 蕭衍, 隋 煬帝 楊廣, 五代 後梁의 錢鏐, 五代 後周의 郭威, 宋 太祖 趙匡胤, 宋代 金의 海陵王 完顏亮이 바로 그 주인공이다. 시대범위로 볼 때 이 인물들은 남북조부터 송대에 이르기까지 역대 왕조의 황제와 왕들이었으며, 대체로 두 분류로 나누어 볼 수 있다.

첫째는 조대가 바뀌는 난세에 나온 영웅의 이미지를 가진 인물들로서,

이에 해당하는 인물로는 양 무제 소연, 오대 후량의 전류, 오대 후주의 곽위, 송 태조 조광윤이 있다. 양 무제는 남북조 시기 양나라 개국군주인 소연(464-549)이며, 502년에 齊 和帝로부터 선양을 받아서 남양을 건립한 후 재위한 48년 동안 큰 치적을 남긴 인물이다. 양왕 전류(852 - 932)는 당말 오대십국 시기에 국가는 사분오열되고 번진이 각 지역을 점유하면서 왕으로 칭하던 시기에 吳越國王이 되어 浙江 지역의 경제와 문화를 보존하고 발전시켜서 현명하고 재주가 많은 군주로 칭송된 인물이다. 오대 후주의 태조 곽위(904-954)는 劉知遠을 도와 후한을 건국한 공을 세운 인물이었으나, 이후 후한을 멸하고 후주를 건국한 개국시조였다. 송 태조 조광윤(927-976)은 오대십국의 혼란기를 종식시키고 거란군의 침공을 물리치기 위해 출정했다가 '陳橋의 변'으로 회군하여 恭帝의 양위를 받아 황제에 즉위한 인물이다.

그리고 두 번째는 역사적으로 군주로서의 치적으로 유명한 것이 아니라 失政 내지는 오명으로 이름이 난 인물들로서, 이에 해당하는 인물로는 수 양제 양광, 금 해릉왕 완안량이 있다. 수 양제 양광(569-618)은 수나라의 제2대 황제로서 만리장성을 수축하고 대운하를 완성하였으며, 세 차례에 걸쳐 고구려를 침입하는 과정에서 백성을 과중하게 혹사시킨 데다 기근과 수해까지 겹쳐서 결국 수나라를 멸망으로 이끌었다. 大業禮와 大業律令의 정비와 대운하의 완성과 같은 큰 업적을 남기기도 하였으나, 만년에는 전란을 외면하고 풍경이 아름다운 곳을 찾아다니며 사치스런 생활을 하다가 친위대 신하인 宇文化及에게 살해되었다. 해릉왕 완안량(1122-1161)은 금의 4대 황제로서 熙宗 完顔亶을 죽인 뒤 제위에 올랐다. 완안량은 재위한 12년간 사람됨이 잔인하고 흉폭하여 수많은 사람을 죽이면서 엄한 정치를 한 것으로 역사는 전한다. 수도를 연경으로 천도한 후부터는 중앙집권을 완화하여 금 왕조의 통치를 한층 공고히 다졌으나, 正隆 6년(1161)에 남송의 영토였던 瓜洲에서 도강하여 전쟁을 할 때 내란으로 죽음을 맞이했다.

2) 문인

삼언 역사인물 중에서 가장 많은 비중을 차지하는 항목이 바로 문인이다. 여기서 문인이란 '벼슬에 나아가서 관직을 지낸 인물과 비록 출사는 하지 못했지만 당시에 문학적인 소양을 가졌던 士人계층의 인물들'을 포괄적으로 지칭하는 것으로서, 이에 해당하는 인물은 모두 19명이 있다. 이 19명을 시대별로 살펴보면, 春秋戰國時代가 3작품에 4명, 漢魏晉南北朝가 4작품에 4명, 隋唐五代가 5작품에 5명, 宋代가 7작품에 5명, 明代가 2작품에 2명이 있다. 이중에서 〈羊角哀舍命全交〉(喩7)는 羊角哀와 左伯挑, 〈范巨卿鷄黍死生交〉(喩16)는 范式과 張劭의 두 인물이 주인공이어서 작품수와 인물수가 다르게 나타난다. 그리고 송대의 경우에는 일곱 작품이지만 소식과 왕안석이 중복 등장해서 실질적인 등장인물은 5명이다. 따라서 삼언 역사인물 전체에서 문인의 수는 모두 19명에 해당한다.

문인 중에서 정사에 그 기록이 전하는 인물은 앞에서 살펴본 바와 같이 모두 14명이며, 정사에 기록이 전하지 않는 인물은 柳永·伯牙·黃損·杜子春·張劭의 5명이 있다. 이중에서 '장소'의 경우에는 비록 열전이 전하고 있지 않으나, 범식의 기록에서 같이 전하고 있기 때문에 예외로 하면, 실질적인 인물은 4명에 해당한다.

3) 종교인

삼언 역사인물 중에는 모두 네 명의 종교적 성격을 띠는 인물이 등장하는데 도가의 인물이 3명, 불가의 인물이 1명이 있다. 먼저 도가의 인물이란 '주로 도가적 이상을 전면에 내세웠던 인물이나, 도가의 수행을 행한 행적을 이야기의 중심으로 삼고 있는 인물로 정의할 수 있다. 이를 시대별로 살펴보면 춘추전국시대가 1명, 한대가 1명, 오대와 송대에 걸친 인물이 1명으로 모두 3명이 있다. 이중 춘추전국시대의 인물인 莊周는 노자와 함께 도가의 종주로 일컬어지는 인물이어서 도가의 인물로 분류하였고, 동한의 인물 張道陵(34-156)은 正一盟威道의 창시자로서 도가의 도제들은 그를 '老祖天師' 혹은 '正一眞人'으로 칭한다. 陳搏(871-989)은 오대 말에서 송초까지 두 왕조를 살았던 실존 인물로서 '白雲先生'·'希夷先生'이라는 호를 황제로부터 하사받았으며, 북송의 저명한 도학자이자 역학가이자 內丹家였다. 이중 장도릉은 정사의 기록이 전하지 않는다.

종교인에 포함되지는 않았지만 작품 속에서 도가적 색채를 띤 또 하나의 인물로는 杜子春을 들 수 있다. 두자춘은 서한 말에서 동한까지 살았던 경학가이지만 소설에서는 인생의 후반기에 도가에 입문하여 득도하는 도인으로 등장하고 있어서 분류상의 혼란이 있으나, 소설적 가공보다는 역사기록에 드러난 두자춘이라는 인물에 준하여 문인에 분류하였다.

불가의 인물로 등장하는 역사인물로는 佛印禪師(1032-1098) 1명이 있다. 불인선사는 세 작품에 걸쳐서 등장하지만 정사에 그에 대한 기록이 없고, 현재까지 그가 실존인물인지에 대한 문헌적 뒷받침이 부족하나 불교계의 기록에 의거하여 역사인물로 분류하였다.

4) 장군

삼언에서 장군을 주인공으로 한 작품은 모두 2작품이 있다. 여기서 장군이란 '무장으로써 명성을 떨쳤던 인물'을 말하는 것으로서, 시대별로 살펴보면 五代 後梁의 葛從周, 後漢의 史弘肇가 있다. 먼저 후량의 갈종주(생졸년 미상)는 당말·오대 시기에 朱溫의 휘하에 있었던 장수로서 주온이 제위에 올랐을 때 左金吾衛上將軍과 右衛上將軍 등 여러 관직을 두루 거치면서 주온의 신임을 받았던 인물이다. 사홍조는 후한 고조인 劉知遠을 도와 후한을 건립하는 데에 공을 세웠고, 곽위가 후주의 태조가 되어 나라를 건국하였을 때 鄭王으로 봉해진 인물이다. 두 인물 모두 정사의 기록이 전한다.

2. 비정사인물(非正史人物)

　30편의 작품 중에서 정사의 기록이 없는 인물은 모두 7명으로서, 이에
해당하는 작품들은 먼저 해당 작품의 주인공이 실존인물인지 아닌지에
대한 기본적인 조사가 선행되어야 한다. 그리고 실존인물인 경우 정사를
대신할 만한 합당한 역사적 문헌을 제시해야 하는 절차가 필요하다. 따
라서 필자는 정사의 기록은 아니지만 그에 준할 수 있는 역사 문헌으로
서 아래의 표와 같이 여덟 인물에 대한 기록을 담고 있는 문헌을 선별하
였다.

소설집명	작품명	문헌명
≪喩世明言≫	〈衆名姬春風吊柳七〉(喩12)	≪避暑錄話≫
	〈張道陵七試趙升〉(喩13)	≪神仙傳≫〈張道陵〉
≪警世通言≫	〈明悟禪師趕五戒〉(喩30)	〈佛門謎人佛印禪師〉
≪醒世恒言≫	〈俞伯牙摔琴謝知音〉(警1)	≪列子≫〈湯問〉
	〈佛印師四調琴娘〉(醒12)	≪堅瓠已集≫
	〈黃秀才徼靈玉馬墜〉(醒32)	≪說郛≫·≪全唐詩≫注
	〈杜子春三入長安〉(醒37)	≪太學≫·≪太平廣記≫

　상기 표에서 각 작품과 비교하게 될 문헌의 선정이유는 다음과 같다.
　먼저 〈중명희춘풍조유칠〉(유12)은 송대를 대표하는 詞人인 柳永에 대
한 작품으로서 유영은 송 인종 때 진사에도 합격한 바가 있고, 중국문학
사에서는 사 작가로서 상당한 위치에 있는 인물이지만 정사의 기록이 없
다. 그 상세한 이유에 대해서는 다음 장에서 살펴볼 것이며, 정사 이외에
유영과 관련된 문헌을 종합한 결과 여러 문헌의 기록이 대체로 대동소이
하고 ≪피서록화≫2)의 기록이 유영과 관련된 기록으로는 가장 상세한

점을 들어 소설과 대비하는 문헌으로 결정하였다.

〈장도릉칠시조승〉(유13)은 도가의 종주인 張陵에 대한 작품으로서, ≪後漢書≫〈劉焉袁術呂布列傳〉에 나오는 張魯의 열전에 장릉이 그의 조부로 소개되고 있어서 역사의 기록에 그 이름이 나온다. 그러나 장노의 열전에서 장릉은 단지 이름만 거론될 뿐 상세한 기록이 없고, 장릉에 대한 단독의 열전 또한 없다. 장릉과 관련된 문헌들을 종합한 결과 ≪신선전≫[3]과 ≪太平廣記≫에 그의 열전의 성격을 띤 기록이 남아 있기 때문에, 본고에서는 ≪신선전≫의 내용을 소설과 비교하였다.

〈명오선사간오계〉(유30)는 蘇軾과 그의 지기로 나오는 佛印禪師에 대한 이야기를 다룬 작품으로서 소식은 이미 실존인물임이 분명하나, 불인선사가 실존인물인지에 대해 확인할 수 있는 정사의 기록은 없다. 따라서 불인선사에 대한 여러 기록을 조사하는 과정에서 불교계 인물이 쓴 글로 판단되는 〈불문미인불인선사〉[4]라는 글에서 불인선사에 대한 열전의 성격을 띠는 글을 확인할 수 있었다. 그러나 불인선사의 열전이 어떤 문헌을 바탕으로 정리된 것인지에 대한 명확한 문헌의 출처가 밝혀져 있지 않아서 보다 면밀한 고증을 거쳐야 하는 과제가 남아있기는 하나 현재까지 불인선사에 대한 가장 상세한 기록으로 판단되어 채택하였다.

〈유백아솔금사지음〉(경1)은 고전 속 이야기 중에서 가장 널리 알려져

---

2) ≪피서록화≫(1 · 2권)는 북송 말엽에 葉夢得(1077-1148)이 편찬하였다. 이 책은 명승고적, 이전 왕조 및 당대의 인물행적의 출처를 기록하였고, 민간의 흥미로운 逸事類 및 經史에 대한 議論들도 포함하고 있다. 이 책에 기록된 내용은 여러 자료의 고증에 상당한 도움이 되고 여러 견문을 보완할 만하다. ≪津逮秘書≫ · ≪學津討原≫ · ≪稗海≫ 등의 책들의 내용이 실려 있다.

3) 東晉 葛洪이 저술한 ≪신선전≫은 현재 2종류의 판본이 전하고 있다. 첫 번째는 92인에 부록에 2인을 더한 판본이 ≪道藏精華錄百種≫ 등의 道典에 전하고, 두 번째는 84인을 전하는 판본으로서 ≪四庫全書≫에 전한다.

4) 果然 〈佛門謎人佛印禪師〉 菩薩在線 2012.

있는 伯牙와 鍾子期를 소재로 한 작품으로서, 비록 정사에는 전하지 않지만 ≪열자≫⟨탕문⟩·≪荀子≫⟨勸學⟩·≪呂氏春秋≫⟨孝行覽⟩ 등 다수의 문헌에 그 기록이 있다. 따라서 본고에서는 이중 ≪열자≫⟨탕문⟩에 실려 있는 일화를 소설과의 비교를 위한 문헌으로 채택하였다.

⟨불인사사조금낭⟩(성12)은 불인선사·소식·기녀 琴娘 세 사람에 얽힌 일화를 다룬 작품이다. 이 작품 역시 소식은 거론할 필요가 없을 것이나, 불인선사와 금낭에 대한 기록에 맞추어 역사기록을 살펴보았다. 불인선사는 앞서 ⟨명오선사간오계⟩(유30)에서도 그에 대한 기록을 소개한 바가 있기 때문에 여기서는 소식·불인선사·금낭 세 인물의 기록을 전하는 ≪견호이집≫5)을 통해서 소설과의 비교를 시도하였다.

⟨황수재요영옥마추⟩(성32)는 당·오대 시기의 인물 黃損에 대한 작품으로서 ≪전당시≫에 그의 작품이 전하는 것으로 보아 실존인물임을 알 수 있다. 그러나 정사에 그의 열전이 전하지 않기 때문에 ≪설부≫6)와

---

5) 褚人獲이 편찬한 소설 ≪견호집≫은 正集이 10집이 있고, 별도로 續集·廣集·補集·秘集·餘集이 있어서 모두 15집 66권으로 되어 있다. ≪견호집≫은 고금의 법률제도·인물사적·詩詞예술·사회 민담·해학적 일화를 모두 기록하였고, 특히 명·청대의 軼事가 많은 비중을 차지하고 있다. 책 속에는 詩詞와 예술에 대해서도 논하고 있으나 그다지 고명한 견해는 많지 않다. 일화나 고증한 내용은 대부분 전대의 사람이 필기한 내용을 따라서 인용하여 베낀 것이다. 책 속에 담겨져 있는 잡다한 수많은 필기류들은 비교적 광범위하게 수집되어 집록되었으나, 범위만 넓고 정수가 없는 내용이 대부분이다. ≪견호집≫이 유행하여 출간된 것으로는 ≪清代筆記叢刊≫본과 ≪筆記小說大觀≫본이 있다.
6) ≪설부≫는 명대의 文言大叢書다. 원말명초의 학자 陶宗儀가 편찬한 것으로서 한·위에서 송·원에 이르기까지의 각종 필기류들을 합하여 편찬한 것이다. 서명은 揚子語의 "天地萬物郭也, 五經衆說郭也"에서 따왔는데 ≪설부≫라는 것의 의미는 바로 오경의 여러 말이란 뜻이다. 모두 100권으로 조목만 수만 개이고, 진·한에서 송·원에 이르는 유명한 인물의 작품을 모았으며, 제자백가와 각종 筆記·詩話·文論을 포함하고 있다. 그 내용은 각양각색의

≪전당시≫주에 나와 있는 짧은 기록과 소설과의 비교를 시도하였다.

〈두자춘삼입장안〉(성37)은 서한 말에서 동한까지 살았던 경학가 杜子春을 소재로 한 작품이다. 두자춘에 대한 단독의 열전은 없고, ≪사기≫나 ≪후한서≫의 다른 인물의 열전 속에 그의 언행과 행적에 대한 아주 짤막한 일부 기록을 확인할 수 있으나, 그 기록이 적어서 소설과의 비교가 용이하지 않다. 따라서 소설과의 비교를 위해서 ≪태학≫에 언급된 그에 대한 기록과 ≪태평광기≫에 실려 있는 기록을 통해서 소설과의 비교를 시도하였다.

정사에 기록이 없는 상기 인물들은 실존인물로서 중국문학사에서도 아주 높은 지명도를 가진 인물도 있었고, 사서에 수록될 만큼 그 시대의 영향력이나 지명도가 그리 높지 않은 인물도 있다. 그리고 정사의 기록을 바탕으로 할 수 없었기 때문에 소설과의 비교를 위해서는 정사에 준할 만한 문헌을 선별하고자 하였다.

것을 포함하고 있어서 經史傳記, 온갖 인물의 잡서, 옛 문문에 대한 고증, 산천의 풍토, 자연초목과 벌레와 어류, 詩詞評論, 古文奇字, 奇聞怪事, 천문 등을 포함하고 있다. 역대로 개인이 편집한 대형총서 중에서는 비교적 중요한 저작으로 평가된다.

CHAPTER 3
삼언 역사인물소설의 주제 분류

    소설을 창작하는 작가가 독자들에게 전하고자 하는 바는 대개 그 작품의 주제를 통해서 드러나기 마련이다. 그리고 다수의 단편소설을 담고 있는 소설집의 경우에는 작가가 작품 속에서 특정한 관념이나 사상을 그 주제에 드러냄에 있어서 공통된 하나의 주제만을 다룰 수도 있겠지만, 다양한 주제가 복합적으로 다루어진 경우도 있다. 따라서 이는 소설집을 편찬한 작가의 의도에 따라 다르게 나타나는 모습일 수 있을 것이다. 풍몽룡이 '삼언'을 집록하면서 120편의 작품들 속에 각각 어떤 주제를 담아내고자 했는지에 대한 문제는 필자의 연구의 중요한 출발점이라 할 수 있다. 필자는 처음에 작가가 작품 속에 담고 있는 이러한 주제의식을 창작의도와 관련지어 고찰한 바가 있으나, 120편 전체가 아닌 역사인물을 소재로 한 30편의 작품만을 대상으로 창작의도를 고찰하는 것은 한계가 있었다. 따라서 역사인물을 소재로 한 작품군은 각 작품이 가지고 있는 주제에 따라 그 성격을 분류하는 것이 보다 효과적일 것으로 판단하였다.

    그렇다면 풍몽룡은 삼언을 통해 어떤 주제를 관철시키고자 하였을까? 풍몽룡은 ≪성세항언≫〈서〉에서 삼언의 이름을 정하면서 먼저 다음과 같이 밝힌 바 있다.

> '밝힌다'는 것은 그것을 취하여 어리석은 사람을 이끌 수 있다는 것
> 이다. '깨닫는다'는 것은 그것을 취하여 세상사람에게 적용할 수 있다
> 는 것이다. '한결같다'라는 것은 그것을 익혀도 싫증나지 않고 그것을
> 전하여 오래 보존할 수 있다는 것이다. 이 셋이 각기 이름은 다르지만
> 그 뜻은 하나다.[7]

즉 풍몽룡은 밝히고 깨닫게 하고 전하여 오래 보존할 수 있는 이야기
라는 삼언의 편명을 통해서 세 소설집이 지향하는 바를 명확히 밝혀놓고
있는 것이다. 그리고 작가는 이러한 소설집의 편찬이 당시 독자들에게
미칠 수 있는 영향력에 대해서도 ≪유세명언≫⟨서⟩를 통해서 다음과 같
이 말하고 있다.

> 설화인이 현장에서 묘사하는 것을 보면 기쁘게도 만들고, 놀라게도
> 하고, 슬프게도 하고 울게도 하고, 노래하게도 하며 춤추게도 한다. 다
> 시 칼을 잡게도 하고, 다시 절을 하게도 하며, 다시 목을 자르게도 하
> 고, 다시 재물을 축내게도 한다. 비겁한 사람은 용맹하게 되고, 음탕한
> 사람은 정조 있게 되고, 경박한 자는 돈후하게 될 것이며, 아둔한 자는
> 땀 흘리게 된다. 비록 조금 ≪효경≫·≪논어≫를 암송해왔다 한들, 꼭
> 사람들을 이같이 빠르고 깊게 감동시키지는 못할 것이다. 아! 통속적이
> 지 않으면 이것이 어찌 가능하리오?[8]

소설이 ≪효경≫이나 ≪논어≫보다 더 빠르게 사람들을 감동시킬 수

---

7) ≪성세항언≫⟨서⟩. "明者, 取其可以導愚也, 通者, 取其可以適俗也, 恒則習之
 而不厭, 傳之而可久。三刻殊名, 其義一耳."
8) ≪유세명언≫⟨서⟩. "試今說話人當場描寫, 可喜可愕, 可悲可涕, 可歌可舞, 再
 欲捉刀, 再欲下拜, 再欲決脰, 再欲損金, 怯者勇, 淫者貞, 薄者敦, 頑鈍者汗下。
 雖小誦孝經論語, 其感人未必如是之捷且深也。噫, 不通俗而能之乎?"

있다는 풍몽룡의 주장은 소설의 효용성과 사회 교화적 가치에 대해 잘 이야기하고 있는 대목이다. 그렇다면 '이러한 소설의 효용성과 사회교화적 가치를 어떻게 전달할 것인가'의 방법론에 있어서 풍몽룡은 명말 당시의 시대가 안고 있는 여러 가지 문제를 다양한 주제를 통해서 이야기하고 있다. 본고는 삼언이 담고 있는 다양한 주제 중에서도 역사인물을 대상으로 한 작품군의 주제를 윤리도덕 · 발적변태 · 회재불우 · 우화등선 · 청심과욕의 다섯 가지로 분류할 수 있었다. 그럼 각 주제별로 해당 작품을 살펴보자.

1. 윤리도덕(倫理道德)

윤리도덕은 중국의 전통문화의 핵심적인 가치 중 하나로서 인간이 세상을 살아가는 데에 있어서 필요한 제반 언행의 규범이라 할 수 있다. 이는 비단 중국에만 국한된 것은 아니지만 전통적인 중국사회는 특히 예로부터 '仁 · 義 · 禮 · 智 · 信'을 강조하는 유교적 가치를 도덕적 · 윤리적 삶의 지표로 삼아왔고, 이러한 가치가 문학작품에 끼친 영향 또한 적지 않다.

역사인물을 소재로 한 작품 중에서 이러한 윤리도덕을 주제로 내세운 작품은 모두 15작품으로서 〈羊角哀舍命全交〉(喩7) · 〈吳保安棄家贖友〉(喩8) · 〈范巨卿鷄黍死生交〉(喩16) · 〈俞伯牙摔琴謝知音〉(警1) · 〈趙太祖千里送京娘〉(警21) · 〈葛令公生遣弄珠兒〉(喩6) · 〈裴晉公義還原配〉(喩9) · 〈莊子休鼓盆成大道〉(警2) · 〈三現身包龍圖斷寃〉(警13) · 〈況太守斷死孩兒〉(警35) · 〈木綿菴鄭虎臣報寃〉(喩22) · 〈王安石三難蘇學士〉(警3) · 〈拗相公飲恨半山堂〉(警4) · 〈隋煬帝逸遊召譴〉(醒24) · 〈金海陵縱慾亡身〉(醒23)이 있다. 이 15작품을 다시 세분해보면 전통적인 윤리도덕을 선양하기 위한 긍정적인 성격의 작품과 윤리도덕에 반하는 부정적

측면을 견책하기 위한 작품으로 나누어 살펴볼 수 있다.

1) 선양(宣揚)

선양이란 '작가가 소설을 창작 혹은 개작함에 있어서 독자들에게 윤리
도덕의 가치를 널리 알림으로써 독자를 교화하고자 한 유형'을 말한다.
대개 이러한 인물들은 영웅적 기개, 높은 도덕적 가치, 금석 같은 우정과
의리 등을 가진 인물들이기 때문에 이 유형의 작품은 독자들에게 도덕
적·윤리적 삶의 귀감이 되는 측면이 있다. 작가가 독자에게 윤리도덕을
선양하기 위해 창작한 작품은 다시 '우정'과 '의기'라는 두 가지 유형으로
나누어 살펴볼 수 있다.

먼저 '우정'을 주제로 창작한 작품은 〈양각애사명전교〉(유7)·〈오보안
기가속우〉(유8)·〈범거경계서사생교〉(유16)·〈유백아솔금사지음〉(경1)
이 있는데, 이 네 작품은 공통적으로 친구간의 진한 우정과 의리를 주제
로 하고 있다.

〈양각애사명전교〉(유7)는 춘추시대의 인물인 羊角哀와 左伯桃의 생
사를 같이한 우정에 대한 작품이다. 작품 속에서 좌백도는 초나라로 출
사하러 가는 길에 양각애와 만나게 되고, 두 사람은 서로의 문학적 재능
을 알아보고 의형제를 맺기에 이른다. 그러나 함께 초나라로 가는 길에
혹한의 비와 눈을 만나서 함께 살아남을 수 없는 지경에 이르자, 좌백도
는 양각애를 살리고 자신을 희생하고 만다. 좌백도의 희생에 힘입어 양
각애는 초나라에 도착하여 관직을 얻었고, 자신을 희생한 좌백도를 다시
찾아가서 시신을 정성스럽게 묻어준다. 그런데 좌백도가 혼령으로 나타
나서 荊軻[9]의 혼령이 자신을 괴롭힌다고 하소연하자 양각애는 자신의

---

9) 荊軻(?-BC.227)는 성이 薑이고 慶氏다. (옛날에는 '荊'과 '慶'이 음이 유사하였
   다.) 전국 말기 衛나라의 朝歌(지금의 河南 鶴壁淇縣)사람이다. 전국시대의
   유명한 자객이며, 慶卿·荊卿·慶軻로도 불렸다. 춘추시대 제나라의 大夫 慶

목숨 또한 희생하여 형가를 물리쳐주고, 두 사람은 결국 함께 묻힘으로써 생과 사를 함께 한 고결한 우정을 완성하였다.

〈오보안기가속우〉(유8)는 唐人 吳保安과 郭仲翔의 의로운 우정에 대한 작품이다. 오보안은 자신이 있던 관직의 임기가 다 되자, 동향 사람인 곽중상에게 등용을 부탁하게 되었다. 당시 李蒙 장군을 보필하고 있던 곽중상은 오보안의 사람됨을 알아보고 흔쾌히 관직에 천거해주었으나, 오랑캐를 토벌하러 출정했다가 대패하여 그만 오랑캐의 포로가 되고 말았다. 이 사실을 알게 된 오보안은 자신을 위해 등용에 힘써준 곽중상의 의리에 보답하고자 십 년간 장사를 하며 곽중상의 몸값을 벌기 위해 애를 썼으며, 결국 그를 구해내기에 이른다. 곽중상 역시 부친상을 마치고 운신이 자유로워졌을 때, 오보안에게 진 은혜를 갚기 위해 찾아갔다가 그가 이미 죽은 사실을 알게 된다. 곽중상은 오보안 부부의 유골을 천리 길을 짊어지고 돌아와서 삼년상을 지냈음은 물론, 그의 아들을 장가보내 주고 재산도 나누어 주는 등 극진히 보살펴 주었다. 두 사람은 동향이었다는 사실 이외에는 서로 알지도 못하는 사이였음에도 불구하고, 서로의

封의 후대다. 책읽기와 검술수련을 좋아하였고, 사람됨이 강개하고 협객다웠다. 후에 연나라까지 주유하다가 田光으로부터 太子丹에게 추천되었다. 진나라가 조나라를 멸한 후에 군대를 연나라의 남쪽 국경을 위협하고 있었기 때문에 태자단은 이를 두려워하여 형가가 진나라에 가서 진왕을 암살하도록 하였다. 형가는 태자단에게 계략을 바쳤는데 진나라의 반역자 樊於期의 수급과 연나라의 督亢지도를 진왕에게 바치면서 암살기회를 노릴 것을 모의하였다. 태자단이 번어기를 차마 죽이지 못하자 형가가 직접 번어기를 만나서 상황을 이야기했다. 번어기는 형가가 성공하도록 하기 위해 스스로 자결하였다. 서기전 227년 형가는 연나라의 독항지도와 번어기의 수급을 가지고 진왕을 죽이기 위해 진나라로 갔다. 떠나기 전에 태자단과 고점리 등 수많은 사람들이 역수 가에서 형가를 전송하였고, 그 장면이 매우 비장하였다. 결국 형가는 진왕을 암살하는데 실패하였는데, 진왕이 검을 뽑아서 그를 중상 입히고 시위대에 의해 살해당한다.

사람됨을 알아 본 이후에는 진정한 신의와 의리로 서로를 위해주었다.

〈범거경계서사생교〉(유16)는 漢代의 인물인 范式과 張劭 사이의 아름다운 우정을 그린 작품이다. 장소는 과거를 보러 가던 중에 한 주막에서 유행병에 걸려서 죽어가고 있던 범거경을 구해주고, 두 사람은 이를 계기로 의형제를 맺었다. 그리고 다음 해 중양절에 장소의 집에서 만나기로 했으나, 범거경은 중양절의 약속을 까맣게 잊고 있다가 약속을 지키기 위해서 목숨까지 끊는 의리를 보여주었다. 장소 또한 범거경이 자신과의 약속을 지키기 위해 죽음을 선택한 것을 알고 스스로 목숨을 끊어서 의형제와 함께 하기를 소원하며 매장되었다. 두 사람의 생사를 같이한 우정은 황제에게 보고되어 두 사람을 위한 사당이 세워졌고, 사람들은 이 사당을 '信義之祠'라고 불렀으며, 무덤은 '信義之墓'라고 불렀다.

〈유백아솔금사지음〉(경1)은 춘추시대의 伯牙와 鍾子期에 관한 작품이다. 소설 속 인물 兪伯牙는 晉王의 명을 받고 사신으로 초나라를 방문하였다가 자신의 거문고 연주를 정확하게 이해하는 종자기를 만나 의형제를 맺었고, 이듬해 중추절에 다시 만나기로 약속하였다. 그러나 이듬해 유백아가 종자기를 찾아 갔을 때 종자기는 뜻밖에 학업에 힘쓰다가 과로로 죽고 말았고, 이를 안 유백아는 자신의 거문고 소리를 알아줄 知音이 없음을 한탄하며 거문고를 부숴 버렸다. '지음'이라는 말의 유래가 된 두 사람의 슬프고도 아름다운 우정에 대한 이야기는 오랜 세월동안 인구에 회자되고 있다.

이처럼 우정을 주제로 한 네 작품은 대체로 춘추시대부터 당대에 이르기까지 널리 유행한 이야기로서, 명말 당시에 전승되어 오던 여러 가지 고사들을 바탕으로 각색된 작품에 해당한다. 그러나 소설은 실제 문헌에서 전해지는 일화들을 바탕으로 하고 있지만, 우정과 의리라는 주제를 한층 더 부각시키고 생동감 있게 묘사하기 위해, 그리고 두 사람의 우정을 더욱 비장하고 아름답게 묘사하기 위해 모두 '죽음'이라는 장치를 효과적으로 활용하고 있다. 〈양각애사명전교〉(유7)의 경우에는 좌백도가 양각애를 살리기 위해 자신을 희생하는 장면에서 다음과 같이 말한다.

내가 적석산을 떠나와서 아우님의 집에 도착했을 때, 만나자마자 오랜 지기 같았네. 아우님의 포부가 범상치 않음을 알았기에 이처럼 아우님에게 벼슬길을 구하러 가도록 권한 걸세. 불행히도 비바람이 앞을 막아 여기서 나의 천명은 다할 모양이구만. 만약 아우님마저 여기서 죽게 된다면 그것은 나의 죄가 되는 걸세.10)

작가가 두 사람의 우의를 더욱 감동적으로 부각시키기 위해 활용한 좌백도의 대사에서 우리는 자신의 목숨을 희생하면서까지 양각애를 살리고자 하는 좌백도의 숭고한 정신을 느낄 수 있다. 그리고 후에 양각애역시 형가의 혼령에 의해 괴롭힘을 당하는 좌백도를 구하기 위해 죽음을 선택함으로써 두 사람은 생과 사를 초월한 우애를 지켜나갔다.

이러한 죽음의 양상은 〈범거경계서사생교〉(유16)에서도 비슷하게 나타나고 있다. 범식에 대한 정사의 기록에는 장소가 몹쓸 병에 걸려서 죽는 것은 맞지만, 범식이 장소와의 약속을 지키기 위해 죽음을 선택했다는 내용은 나오지 않는다. 작가는 범식이 장소와의 약속을 지키기 위해 의롭게 죽음을 택한 것으로 이야기하고 있고, 장소는 범식의 그러한 의로운 우애에 감동하여 자신 또한 자결함으로서 같이 묻히기를 소원한 것으로 이야기하고 있다.

〈유백아솔금사지음〉(경1)의 경우에도 ≪열자≫〈탕문〉에는 백아가 연주를 하면 종자기는 백아의 거문고 소리를 모두 알아맞히고 그의 마음을 잘 이해하는 좋은 친구였음을 이야기하는 정도였지만, 소설에서는 백아

---

10) ≪유세명언≫. "我自離積石山, 至弟家中, 一見如故。知弟胸次不凡, 以此勸弟求進。不幸風雨所阻, 此吾天命當盡。若使弟亦亡於此, 乃吾之罪也。"

의 거문고 소리를 잘 이해하는 지음인 종자기가 그만 학업에 전념하다가 죽고 마는 줄거리의 변화가 생겼다. 백아는 자신을 알아주던 지음이 이 세상에서 없어진 슬픔을 거문고의 선율에 실어 죽은 넋을 달래지만 이를 알 리 없는 마을 사람들은 백아의 거문고 소리를 곱고 낭랑한 것으로 이해하고 박수를 쳐가며 크게 웃어댔다. 백아는 이를 슬퍼하며 다음과 같이 노래하였고, 이후 거문고 줄을 끊어버리고 다시는 거문고 연주를 하지 않았다.

> 憶昔去年春, 江邊曾會君。今日重來訪, 不見知音人。
> 但見一抔土, 慘然傷我心! 傷心傷心復傷心, 不忍淚珠紛。
> 來歡去何苦, 江畔起愁雲。子期子期兮, 你我千金義,
> 歷盡天涯無足語, 此曲終兮不復彈, 三尺瑤琴爲君死!
> 작년 봄에 강변에서 그대와 만난 것을 기억하는데
> 오늘 다시 찾아왔건만 지음은 보이지 않네
> 오직 한 줌의 무덤만 보이니
> 참담하여 내 마음 아프게 하네
> 마음이 아프고, 아프고 또 마음이 아파서
> 눈물이 방울 쏟아짐을 참을 수 없구나
> 돌아와서 기뻤는데 가버리다니 무엇 때문인가
> 강가에는 시름이 구름처럼 이는구나
> 자기야, 자기야, 너와 나의 천금 같은 의리
> 하늘 끝 다 가 봐도 족할 말이 없을 터
> 이 노래 끝나면 내 다시는 금을 타지 않으리
> 삼 척의 요금은 그대 위해 죽게 만들거라네[11]

작가는 우정을 주제로 한 작품들을 각색함에 있어서 '죽음'이라는 장치를 공통적으로 활용함으로써, 독자들에게 이러한 죽음이 주는 연민과 숭

---

11) 《경세통언》 참조.

고함, 그리고 비장함을 더욱 감동적으로 전한다. 이처럼 우정을 주제로 한 네 작품은 각기 고사의 시대적 배경과 인물은 다르지만 '비장한 죽음을 통한 우정의 승화'라는 주제를 관철시키고 있다.

'의기'를 주제로 창작한 작품은 〈갈령공생유농주아〉(유6)·〈배진공의 환원배〉(유9)·〈조태조천리송경낭〉(경21)이 있는데, 세 작품은 공통적으로 의로운 일을 한 인물을 소재로 하였다.

〈갈령공생유롱주아〉(유6)의 입화에는 의로운 인물에 대한 이야기를 풀어나가기 위해 춘추시대 楚 莊王[12]에 대한 일화를 먼저 예로 든다. 초 장왕이 하루는 연회를 열었는데, 한 신하가 불이 꺼진 틈을 타서 시중을 드는 미인에게 추태를 부렸고, 미녀는 그가 매고 있던 관모의 갓끈을 끊어버렸다. 추태를 부린 신하를 벌해야 한다는 미인의 하소연을 들은 장왕은 다음과 같이 생각하였다.

> 술을 마신 후에 흐트러지는 것은 누구나 늘 있는 일이다. 내 어찌 한 여자를 위해 좌중에 있는 사람에게 죄를 줄 것이며, 그를 웃음거리로 만들겠는가? 현자를 경시하고 여인을 챙긴다면 어찌 부끄럽지 않겠는가?[13]

그리고 좌중에 있던 모든 신하들에게 관모의 갓끈을 끊으라고 명함으로써 미인을 희롱한 자가 누구인지 알 수 없게 할 뿐만 아니라, 연회의 주흥을 슬기롭게 이어갔다. 훗날 장왕은 晉나라와 전쟁을 하다가 곤경에

---

12) 초 장왕(?-BC.591)은 형 장왕이라고도 부르며, 성은 芈, 熊氏이고 이름은 侶 다.(일각에서는 呂나 旅라고도 한다.) 초 목왕의 아들로서 춘추시대 초나라의 군주였으며, BC.613부터 BC.591년까지 재위하였다. '춘추오패' 중 한명으로서 중원의 패왕으로 불려서 명성이 드높았다.

13) ≪유세명언≫. "酒後疏狂, 人人常態。我豈爲一女子上坐人罪過, 使人笑戲？輕賢好色, 豈不可恥。"

처해 있었을 때 홀연히 한 장수가 나타나서 그를 위험으로부터 구해주었
는데, 그가 바로 지난 날 미인을 희롱했던 인물이었다. 장왕은 현자를
중시하는 그의 의로운 행동 덕분에 신하로부터 존경을 받았음은 물론,
후에 당시의 패왕으로 불리게 되었다. 정화에 나오는 갈영공 또한 장왕
과 같이 의로운 인물이다. 갈영공은 부하 장수 신도태가 자신의 분부를
듣지 못하고 애첩을 멍하니 바라보는 무례를 저질렀을 때에도 크게 개의
치 않았고, 전쟁에서 빛나는 전공을 세우고 돌아온 후에는 자신의 애첩
농주아를 그와 혼인시켜주었다. 뿐만 아니라 새로 관부를 옮기면서 옛
관부를 신도태에게 맡기는 신임까지 보여주었다. 갈영공은 실수를 하였
을 때 이를 문책하기보다는 사람의 감정을 깊이 헤아렸고, 현자를 중시
하며 여색을 가벼이 여기는 진정한 대장부의 면모를 보여서 사람들에게
칭송받았다.

〈배진공의환원배〉(유9)에서 裵度는 갈영공과 마찬가지로 의로운 행동
을 한 대표적인 인물이다. 배도는 당시에 재상으로 있으면서 정치적인
문제에 휘둘리지 않기 위해 조용히 여생을 보내고 있었는데, 그에게 아
첨하고자 하는 무리가 많았다. 그들 중에는 각 지역에서 예쁜 여인네들
을 뽑아서 가희로 삼아 배도에게 바친 이가 있었는데, 그 가희 속에는
唐璧이라는 젊은 관리의 약혼자인 黃小娥도 포함되어 있었다. 약혼자를
잃은 당벽은 우연히 변장을 하고 나타난 배도에게 자신의 처지를 호소하
기에 이른다. 젊은 남녀의 딱한 사연을 전해들은 배도는 자신이 의도치
않게 젊은 연인을 갈라놓았음을 알고서 두 사람을 혼인시켜줄 뿐만 아니
라, 당벽이 처한 어려움도 해결해주고 많은 재물까지 챙겨줌으로써 행복
을 빌어준다. 부부는 배진공의 의로운 은혜에 감격하여 침향으로 작은
조각상을 만들어서 아침저녁으로 절하며 기도를 드렸고, 그 복과 수명이
길게 이어지기를 기원하였다. 이후 배도가 팔순이 넘어서까지 자손이 번
창한 것은 바로 음덕의 소치임을 작가는 다음과 같은 시로써 칭송하고

있다.

無室無官苦莫論	아내도 관직도 없던 고행, 말로 다 못하고
周旋好事賴洪恩	일이 잘 풀린 것은 커다란 은혜에 기댄 것이네
人能步步存陰德	사람들이 걸음마다 음덕을 모아줄 수 있으니
福祿綿綿及子孫	복록이 끊임없이 자손에게 미치네14)

의로운 인물의 세 번째는 바로 〈조태조천리송경낭〉(경21)에 등장하는 송 태조 趙匡胤이다. 조광윤은 아직 황제가 되지 않았을 시기에 천하를 주유하던 중 숙부 趙景淸이 있는 청유관에 머물렀다. 그런데 뜻밖에도 산적들에게 납치된 趙景娘이라는 여인의 사정을 알게 되자, 그녀와 의남매를 맺고 천리나 되는 길을 마다하지 않고 집으로 데려다 주기로 한다. 마적들과의 한 판 승부도 모두 승리로 이끌고 결국 조경낭을 무사히 집으로 데려다 주었으나, 오랜 시간동안 두 사람이 함께 여행해왔기 때문에 조경낭의 집에서는 두 사람의 사이를 의심하기에 이른다. 결국 자신의 의로운 뜻을 이해하지 못하는 사람들에게 조광윤은 다음과 같이 말한다.

　　노인장! 이 몸은 의로운 생각으로 여기까지 왔거늘, 이따위 말로 나를 모욕하는 것인가! 내가 만약 여색을 탐하였다면 오던 길에 이미 일을 냈을 것이지, 뭣 하러 천리를 왔겠소. 당신같이 옳고 그름을 모르는 사람에게 내가 괜한 친절을 베풀었던 것이로군!15)

자신의 의로운 행동이 의심을 받았을 때 보인 조광윤의 이와 같은 반응을 통해 작가는 그의 협객다운 의기를 생동감 있게 드러내고 있다. 그

---

14) ≪유세명언≫ 참조.
15) 위의 책. "老匹夫！俺爲義氣而來, 反把此言來汙辱我。俺若貪女色時, 路上也就成親了, 何必千裏相送。你這般不識好歹的, 枉費俺一片熱心。"

리고 사사로운 정에 이끌리지 않고 악한 자를 겁내지 않는 조광윤의 면모는 그 누구와도 견줄 수 없는 영웅의 면모임을 이야기하고 있다.

이상과 같이 의기를 주제로 한 세 작품은 두 가지 측면에서 공통점을 가지고 있다. 그 첫째는 세 작품의 주인공이 모두 지위가 높은 황후장상의 신분을 가진 인물들이라는 점이다. 의를 중시하는 영웅적 기개를 가진 인물은 대개 큰일을 해내고 많은 사람들에게 그 영향력이 전파된 인물들일 때 독자들이 느끼는 감동이 더욱 크다는 점에서 평범한 소시민 계층의 인물을 소재로 한 작품에서 나타날 수 있는 유형으로 보이지는 않는다. 특히나 역사인물을 소재로 한 상기 세 작품에서는 황제나 재상은 물론, 한 지역을 통솔한 영공의 자리에 오를 만큼 높은 지위를 가졌던 인물이 중심이 되어 있다.

둘째는 작품 속에서 이야기하고 있는 의로운 행위의 대상이 모두 '여인'에 맞춰져 있다는 점이다. 의로운 행위라는 것이 비단 여인과의 관계에서만 일어날 수 있는 성격의 것은 아니지만 세 작품은 공교롭게도 '의로운 인물'과 '여인'이라는 두 가지 소재가 결합되어 있는 구조로 되어 있다. 갈영공은 가장 신임하는 부하 장수 신도태가 자신의 애첩 농주아를 사모하고 있음을 알아차리자, 부하를 문책하고 미워하기는커녕 두 사람을 혼인시켜 줌으로써 대인다운 면모를 보여주었다. 그리고 배도 또한 약혼자 황소아를 억울하게 빼앗기고 괴로워하던 당벽을 만난 후에, 자신의 집에 가희의 신분으로 와 있던 황소아를 당벽과 다시 만나게 해주고 혼례까지 올려주는 의로운 일을 한다. 조광윤은 산적에게 붙잡혀온 가여운 여인 조경낭을 무사히 집까지 데려다 줌으로써 의로운 여정을 마무리한다. 이처럼 세 작품속의 인물들이 보여주고 있는 의로운 행위의 대상은 모두 여인이었다.

2) 견책(譴責)

견책이란 '인간사의 여러 가지 도덕적·윤리적 관념 등에 상충되는 여러 행위에 대해 세상에 널리 경계로 삼고자한 것'을 말한다. 대개 이러한 견책을 주제로 삼은 작품이 꼭 특정 역사인물에만 국한되는 것은 아니나, 실존했던 역사인물을 대상으로 작가가 독자들에게 이야기했을 때 이러한 견책의 의미는 더욱 빛을 발할 수 있을 것이다.

역사인물을 소재로 한 작품 중에서 견책을 주제로 한 작품은 〈木綿菴鄭虎臣報冤〉(喩22)·〈莊子休鼓盆成大道〉(警2)·〈王安石三難蘇學士〉(警3)·〈拗相公飲恨半山堂〉(警4)·〈三現身包龍圖斷冤〉(警13)·〈況太守斷死孩兒〉(警35)·〈金海陵縱慾亡身〉(醒23)·〈隋煬帝逸遊召譴〉(醒24)의 8작품이 있다. 이러한 인물 중에는 나라를 잘못 다스려서 후대에 대대로 욕을 얻어먹는 군주도 있고, 재주는 뛰어났으나 경박한 성격 때문에 질책을 받는 문인도 있으며, 권세를 누리다가 나라를 망친 벼슬아치도 있고, 남녀 간의 정절을 헌신짝처럼 버린 여인네도 있다. 따라서 견책을 주제로 한 작품을 다시 세분해 보면 '남녀간의 정조관념'을 다룬 작품과 '정치적·도덕적 과오'를 다룬 작품으로 나누어 살펴볼 수 있는데, 이 두 가지에 해당하는 작품과 인물들은 대체로 윤리적·도덕적 관점에서 볼 때 부정적 이미지를 담고 있다.

먼저 '남녀간의 정조관념'을 주제로 한 작품으로는 〈장자휴고분성대도〉(경2)·〈삼현신포룡도단원〉(경13)·〈황태수단사해아〉(경35)가 있다. 세 작품은 모두 당시의 남녀가 가져야 할 정조관념을 주제로 다루고 있는데, 이중 〈삼현신포룡도단원〉(경13)과 〈황태수단사해아〉(경35)는 송대와 명대를 배경으로 한 대표적인 공안류 작품으로서 모두 남녀 간의 치정에 얽힌 사건을 주제로 하고 있다. 그리고 〈장자휴고분성대도〉(경2)는 비록 인물은 장자가 살았던 춘추시대를 배경으로 하고 있으나, 정작 그 내용은 명말 당시의 부부 관계에 대한 세태를 이야기함으로써 독자들로 하여금 남녀 간의 정조관념에 대해 시사하고 있는 것으로 볼 수 있다.

〈삼현신포룡도단원〉(경13)은 송대의 명판관으로 이름난 包拯이 부임한 임지에서 일어난 살인사건을 소재로 한 이야기다. 사건의 내용은 젊은 小孫押司와 눈이 맞은 大孫押司의 아내가 남편을 모의하여 살해하자, 억울하게 죽은 대손압사가 세 차례나 혼령으로 나타나서 자신의 원한을 풀어줄 것을 호소한 것이다. 포증은 당시 현령이자 판관으로서 치정에 얽힌 이 사건의 전말을 밝혀내고 죽은 이의 억울함을 풀어주었으며, 죄를 지은 두 사람을 사형에 처하였다. 소손압사는 어려운 처지에 있을 때 자신을 도와주고 관직을 갖는 것도 도와주었던 대손압사를 살해한 것도 모자라서, 그의 아내와 재산까지 차지하는 몰염치한 짓을 저질렀던 것이다. 그리고 살인의 동기에는 역시나 남녀 간의 치정이 가장 크게 작용하고 있었다.

〈황태수단사해아〉(경35)는 명대의 명판관으로 이름난 況鍾이 부임지로 가는 여정에서 한 사건의 판관으로 등장하는 이야기다. 남편이 죽어서 수절을 하고 있던 邵氏라는 여인은 支助의 사주를 받은 사내종 得貴의 유혹을 이겨내지 못하고 결국 정절을 잃고 말았으며, 아이까지 낳게 되었다. 소씨는 사람들에게 들킬까봐 아이를 죽이도록 득귀에게 명하였으나, 죽은 아기는 지조의 손에 넘어가서 약점을 잡히고 말았다. 결국 수절도 하지 못하고 간악한 자에 의해 약점까지 잡힌 소씨는 분노하여 득귀를 죽이고 자신도 목을 매어 함께 죽었다. 그러나 판관으로 나선 황종이 예리한 추리력으로 사건의 전말을 밝혀내었고, 결국 지조를 심판하였다. 이 작품에 등장하는 인물들은 모두 윤리적·도덕적 측면에서 많은 문제점을 드러낸다. 소씨는 정조를 잃은 후에 자신이 낳은 아기마저도 죽여서 사건을 은폐하고자 하는 대담함을 보였고, 하인 득귀는 신분을 넘어서서 윗사람을 범하는 비도덕적인 행위에 가담했으며, 지조는 한 여인을 취하기 위해 죽은 아기의 시신마저도 악용하는 비윤리적인 행위를 서슴지 않았던 것이다.

〈장자휴고분성대도〉(경2)는 莊子와 그의 셋째부인 田氏 사이에 있었던 아주 짧은 문헌 속 이야기를 소재로 삼아 당시 시대의 부부간의 세태를 여실히 보여주고 있다. 장자는 어느 날 길을 가다가 남편이 묻힌 무덤에 부채질을 하고 있는 한 여인을 만나서 그 여인이 재가를 하기 위해 남편의 무덤을 말리고 있다는 것을 알게 되었다. 한 평생 부부로 같이 살았는데 무덤의 흙이 다 마르기도 전에 재가를 생각하고 있는 그 여인의 행태를 한탄스러워하자, 장자의 아내 전씨는 지조 없는 그 여인을 호되게 질타하였다. 이에 장자는 전씨의 진심을 알아보기 위해 일부러 죽은 척하였고, 장례를 치르는 과정에서 전씨는 죽은 남편을 입관도 하지 않아서 조문을 온 초나라 왕손과 재가하기로 결심한다. 그리고 왕손의 병을 고치기 위해 심지어 장자의 골수를 꺼내려하자 장자가 깨어났고, 부끄러움을 못이긴 전씨는 자결하기에 이른다. 장자가 세태를 한탄하며 부른 다음의 노래는 작품의 주제를 잘 드러내고 있다.

大塊無心兮, 生我與伊。我非伊夫兮, 伊非我妻。偶然邂逅兮, 一室同居。大限既終兮, 有合有離。人之無良兮, 生死情移。眞情既見兮, 不死何爲！伊生兮揀擇去取, 伊死兮還返空虛。伊弔我兮, 贈我以巨斧；我弔伊兮, 慰伊以歌詞。斧聲起兮我復活, 歌聲發兮伊可知！噫嘻, 敲碎瓦盆不再鼓, 伊是何人我是誰！

하늘도 참 무심하구나！ 그대에게 나를 맺어주다니. 나는 그대의 남편이 아니고 그대는 나의 처가 아니라네. 우연히 만나서 같이 살게 되었구려. 죽을 날이 왔으니 만날 때가 있으면 헤어질 때도 있는 법. 인생이 좋을 것이 없구나. 생사의 정도 변하고 마니！ 본심이 보이니 죽지 않으면 뭐하겠는가！ 그대가 살아서는 이리저리 고르고, 그대가 죽어서는 공허함으로 되돌아간다네. 그대는 나를 상 치르면서 거대한 도끼를 나에게 주었고, 나는 그대를 상 치르면서 노래로 그대를 위로하네. 도끼소리가 나서 나는 다시 살아났고, 노래 소리가 나는데 그대는 알고

있을까! 허허 질버치를 부셔버렸으니 다시는 두드리지 않으리. 그대는
누구이며, 나는 누구인가!16)

상기 세 작품은 춘추시대와 송대와 명대라는 각기 다른 시대를 작품의
배경으로 삼고 있다. 하지만 실상은 명대 사회의 세태를 이야기하고 있
고, 남녀 간의 부정한 정조관념에 대한 강한 질타와 견책을 주제로 하고
있다는 점에서 공통점이 있다. 그런데 세 작품에서 드러나는 또 하나의
공통점은 남녀 간의 정조관념을 이야기함에 있어서 그 대상이 유독 '여
성'에 맞춰져 있다는 것이다. 이는 전통사회에서 정조라는 관념이 주로
남성보다는 여성에게 초점이 맞춰져 있었던 덕목이라는 점과 무관하지
않을 것이다. 〈황태수단사해아〉(경35)의 소씨 부인은 수절을 하는 여인
이었으나 하인과 부정을 저지르고 말았고, 〈장자휴고분성대도〉(경2)의
전씨는 남편의 시신이 출관도 하지 않아서 상중에 다른 남정네와 혼인을
올리려하였으며, 〈삼현신포룡도단원〉(경13)의 대손압사의 아내는 젊은
정부와 내통하여 남편을 살해하기에 이른다. 작가는 세 여인을 통해서
당시 사회의 여성들이 가지고 있는 정조관념에 대해 강하게 견책하고 있
는 것이다.

그렇다고 풍몽룡이 집록한 '삼언'이 유독 여성의 정조만을 강조하고 있
는 것은 아니다. 예를 들어 〈杜十娘怒浸百寶箱〉(警32)은 북경 명기 두십
낭과 태학생 이갑의 비극적인 사랑을 주제로 한 작품으로서, 두 사람은
선비와 기생이라는 신분의 격차에도 불구하고 서로 사랑하게 되었다. 그
리고 두십낭이 악적에서 벗어난 후 두 사람이 함께 강남을 유람하다가
이갑의 부모님께 인사를 드리기로 하였으나, 결혼에 부담을 느낀 이갑이
그만 손부라는 인물에게 두십낭을 황금 천 냥을 받고 넘겨주기에 이른
다. 사랑하는 사람에 대한 최소한의 의리라고는 없는 이갑의 행동을 두

---

16) ≪경세통언≫ 참조.

십낭은 다음과 같이 신랄하게 질책한다.

 내 본디 화류계 생활 몇 년 동안 남 몰래 돈과 보물을 모아 왔소이
다. 내가 특별히 월랑 언니에게 부탁하여 우리가 북경을 떠나오던 날
나에게 건네주도록 하였지요. 아마 그 패물함에 들어 있는 것만 해도
수만금은 족히 될 것이오. 나는 그것을 모두 그대를 위해 쓰고자 하였
지요. 당신의 부모가 나를 혹시 어여삐 여겨 거두어 주신다면 죽어도
여한이 없을 것이라 생각하였지요. 헌데 당신은 나를 믿지 못하고 다른
사람의 허황된 말을 믿고서 중도에 나를 버리고 나의 진심도 짓밟았소.
나는 여러 사람들 앞에서 패물함을 열어 보여 그깟 천금 정도는 아무것
도 아님을 보여주고자 하였소. 내 패물함에는 보물이 이리도 많았으나,
애석하게도 당신의 눈과 마음에는 하나도 들어오지 않았던 모양입니
다. 화류계 생활을 청산하고 새 삶을 찾는가 하였더니 내 팔자가 기구
하여 이렇게 다시 버림을 받는군요. 이제 저 많은 사람들이 모두 증명
해 줄 것이오. 내가 당신을 버린 것이 아니라 당신이 나를 버렸다는
것을…….[17]

 변절한 남자에 대한 두십낭의 신랄한 질타는 실로 비장함까지 느껴지
는 대목이다. 이처럼 삼언 속에 등장하는 당시 여성들의 면모는 당대 전
기소설에서 보이는 것과는 확연히 다름을 알 수 있다. 그러나 역사인물
을 소재로 한 상기 세 작품에서는 여성이 더 이상 남성의 종속물로 존재
하는 것이 아닌, 자신의 주체적 정체성을 명확하게 드러내는 그런 여성
의 모습은 보이지 않는다. 그리고 이 세 여성은 모두 도덕적·윤리적으
로 지탄받아야 마땅한 인물들로 구성되어 있고, 이는 작가가 윤리도덕의

---

17) ≪경세통언≫. "妾風塵數年, 私有所積, 本爲終身之計。自遇郎君, 山盟海誓,
白首不渝。前出都之際, 假托衆姊妹相贈, 箱中韞藏百寶, 不下萬金。將潤色郎
君之裝, 歸見父母, 或憐妾有心, 收佐中饋, 得終委托, 生死無憾。誰知郎君相信
不深, 惑於浮議, 中道見棄, 負妾一片眞心。今日當衆目之前, 開箱出視, 使郎君
知區區千金, 未爲難事。妾櫝中有玉, 恨郎眼內無珠。命之不辰, 風塵困瘁, 甫得
脫離, 又遭棄捐。今衆人各有耳目, 共作證明, 妾不負郎君, 郎君自負妾耳！"

교화성을 전달하고자 하는 목적에 맞춰져 있는 인물들이다.

두 번째로 '정치적·도덕적 과오'를 견책한 작품으로는 〈목선암정호신보원〉(유22)·〈왕안석삼난소학사〉(경3)·〈요상공음한반산당〉(경4)·〈금해릉종욕망신〉(성23)·〈수양제일유소견〉(성24)의 5작품이 있다. 이 중 賈似道·蘇軾·王安石은 모두 재상이나 높은 관료 출신의 문인들이고, 金 海陵王과 隋 煬帝는 황제의 지위에 있었던 인물들이다. 소설이 이야기하고 있는 이 인물들은 대부분 역사 기록을 살펴보아도 대체로 부정적 이미지가 많이 전하는 인물들이나, 소식이 부정적 형상을 가진 인물들과 같이 나열된 것은 이례적이다. 다만 소설에서 이야기하고자 하는 소식의 인물형상은 자신의 재주를 지나치게 드러내고 과시하는 경박한 성격의 소유자를 경계하기 위한 부정적 측면에 초점이 맞춰져 있기 때문에 주제의 성격상 견책으로 같이 분류하였다.

먼저 〈목선암정호신보원〉(유22)은 남송 말의 인물 가사도를 소재로 한 작품으로서, 작품은 가사도의 간신으로서의 부정적 면모를 부각시키기 위한 여러 가지 일화를 이야기하면서 가사도에 대한 역사적 평가와도 궤를 같이 하고 있다. 예를 들면 가사도가 학문적 성취도 없이 황제의 총애를 받는 누이의 도움으로 관직을 얻은 일, 황제의 총애를 믿고 서호에서 화려하고 방탕한 주연을 벌인 일, 당시 재상인 吳潛[18]을 모함하여

---

18) 오잠(1195-1262)은 자가 毅夫이고 호는 履齋이며, 宣州 寧國(지금의 안휘성에 속한다.)사람이다. 寧宗 嘉定 10년(1217)에 과거에 장원급제하였고 承事郎을 제수받았으며, 후에 江東安撫留守로 옮겨갔다. 理宗 淳祐 11년(1251)에 참지정사에 제수되고 우승상 겸 추밀사에 제수되었으며, 崇國公에 봉해졌다. 다음 해에 재상직을 그만두고 開慶 원년(1259)에 원나라 군대가 남침하여 鄂州를 공격하자 좌승상으로 임명되고 慶國公으로 봉해졌으며 후에 許國公으로 고쳐졌다. 가사도 등의 무리에 의해서 배척당하면서 재상직을 그만두었고 建昌軍으로 귀양갔다가 潮州와 循州로 옮겨 다녔다. 강기와 오문영 등과는 왕래가 있었으나, 사풍은 오히려 신기질에 가까웠다. 저작으로는 ≪履齋遺集≫이 있고, 사집으로는 ≪履齋詩餘≫가 있다.

탄핵시키고 자신이 재상의 자리에 오른 일, 송을 침공해 온 몽고군에게 조공을 줄 것을 빌미삼아 군대를 물러나게 한 후 적을 물리친 것처럼 공을 부풀린 일, 토지법과 화폐법을 무리하게 실시한 일, 魯港에서 송나라의 주력군 대부분을 상실한 일 등등 그가 저지른 수많은 악행과 독선적인 정치적 행보가 작품 속에는 상세하게 묘사되어 있다. 작가는 가사도의 이러한 간신의 이미지를 더욱 더 생동감 있게 묘사하였고, 부정적 면모를 더욱 부각시킴으로써 독자들에게 간신의 전형을 보여주고 있다.

〈왕안석삼난소학사〉(경3)는 송대의 문인 소식에 대한 작품인데, 역사 기록이나 기타 문헌을 살펴보아도 소식을 부정적으로 묘사하는 경우는 드문 경우라 할만하다. 그러나 이 작품에 등장하는 소식은 재주는 뛰어나나 매우 경박하게 자신의 재주를 드러내고 과시하는 인물로 묘사되어 있는 것으로 보아, 비록 작가가 소식이라는 인물을 소재로 가져오기는 했지만 실제로는 자신의 재주를 믿고 겸손하지 못하고 경박한 문인들을 질타하기 위해 가상의 일화를 각색해낸 것으로 보인다. 이는 제4장 소식 편에서 다시 자세히 살펴보겠지만 작품 속에서 말하고 있는 소식의 경박스러운 행동은 모두 사실과는 다른 허구의 내용이기 때문이다.

〈요상공음한반산당〉(경4)은 송대에 두 번이나 재상을 지내면서 송을 일신시키기 위해 신법을 시행했던 왕안석에 대한 작품이다. 작품의 제목에서 알 수 있듯이 '고집스런 재상'이란 의미의 요상공 왕안석은 신법을 시행하는 과정에서 정치적으로 많은 비판과 질타를 받았던 것이 사실이며, 이 작품의 경우에는 왕안석의 그러한 정치행보를 대단히 부정적 측면에 초점을 맞춰서 부각시키고 있다. 따라서 이 작품은 작가가 왕안석의 정치인으로서의 부정적 측면을 견책하는 것에 주제를 맞춘 대표적인 작품이라 할 만하다.

〈금해릉종욕망신〉(성23)의 해릉왕은 한때 금의 황제의 지위에 있었으나 이후 폐위되어 왕으로 봉해진 인물이다. 소설에서 말하는 그는 집권당시에 정치적으로는 물론 도덕적으로도 대단히 부도덕한 행위를 일삼았기 때문에 작가가 견책을 주제로 삼은 대표적 인물이라 할 수 있다. 해릉왕이 제위시절에 저질렀던 여러 가지 부도덕한 행위의 면면을 살펴보면, 阿里虎와 重節은 모녀 사이임에도 불구하고 두 여인을 비로 삼아 자신의 욕정을 채운 일, 柔妃인 彌勒을 들이는 과정에서는 迪輦阿不이 미륵을 범했다는 사실을 알고 적련아불을 죽임은 물론 그의 아내까지 궁으로 불러 들여 관계를 맺음으로써 복수한 일, 남편이 있는 여인으로 하여금 남편을 죽이게 하고 비로 들인 일, 종실의 여러 처들까지 비로 삼은 일, 욕정을 위해서는 이성과 동성을 가리지 않고 탐한 일 등 백성들의 모범이 되어야 할 황제가 한 일이라고 믿기 어려운 극악무도한 행동을 서슴지 않았다. 해릉왕에 대한 이러한 기술관점은 정사에서도 어느 정도 드러나 있기는 하지만, 작가 풍몽룡은 전통시대에 부정적인 평가를 가진 군주의 이러한 면모를 해릉왕을 통해서 통렬하게 비판하고 있고, 또한 올바르지 못한 군주가 백성들에게 끼치는 해악이 어느 정도인지를 생생하게 묘사함으로써 통치자의 도덕적·윤리적 모범의 중요성을 보여주고 있다.

〈수양제일유소견〉(성24) 또한 황제를 소재로 한 작품으로서, 수 양제를 통해 견책하는 작품이다. 수 양제는 재임기간의 치적 또한 적지는 않았으나, 수나라가 건국된 이래로 얼마 존속하지도 못하고 혼란에 빠져서 당나라로 넘어가고 마는 데에 있어서 그 핵심에 있는 인물이다. 소설은 수 양제가 황제가 된 이후의 행적에 대해 대단히 부정적으로 묘사하고 있다. 그 예로는 수만 명의 백성을 동원하여 국고가 바닥날 정도의 재원을 들여서 迷樓를 짓게 한 일, 100만 명의 백성을 동원하여 16개의 화원으로 된 西苑을 만들게 한 일, 광릉으로 유람가기 위해 수차례 대규모 운하를 건설하면서 500여만 명을 동원하고 백성들의 살림을 피폐하게 한 일 등 지극히 개인적인 욕망을 채우기 위해 백성들을 수탈하는 전형적인 폭군의 이미지를 드러낸다.

'정치적 · 도덕적 과오'에 초점이 맞춰진 상기 다섯 작품은 작가가 독자들에게 부정적 인물을 통해서 윤리도덕과 관련하여 인생의 교훈을 전달하고자 창작된 것으로 볼 수 있으며, 이는 '남녀 간의 정조관념'을 주제로 삼고 있는 세 작품 또한 같은 맥락에서 이해될 수 있다.

2. 발적변태(發跡變泰)[19]

'삼언' 중에서 발적변태를 주제로 하고 있는 작품의 수치는 연구자들마다 다소의 차이가 있어서 적게는 7편에서 많게는 13편의 작품이 이에

---

19) '발적변태'는 앞서 사전적 의미를 살펴본 바 있지만 먼저 이 용어의 유래와 의미에 대해 살펴볼 필요가 있다. 耐得翁의 ≪都城紀勝≫·〈瓦肆衆技〉條에는 당시 성행한 것으로 보이는 8항목의 소설 명목분류가 나오는데, 그 중에는 발적과 변태라는 각기 독립된 분야가 나열되어 있다. 그리고 이후 羅燁의 ≪醉翁談錄≫에는 발적과 변태를 빼고 요술과 신선을 넣은 대신 '發跡의 이야기를 함으로써 寒門으로 하여금 發憤하게 한다.'라는 말을 하고 있는 것으로 보아 송대에 발적과 변태가 가지고 있는 그 용어적 성격이 어느 정도 드러나 있다. 따라서 화본소설을 연구하는 학자들은 이러한 문헌에 보이는 용어의 기술상의 변화를 통해 발적변태에 대한 나름의 해석을 내놓기에 이르렀는데, 譚正璧은 '발적'을 '신선'으로, '변태'를 '요술'로 이해하였고, 이에 대해 Patric D. Hanan은 담정벽의 해석에 반론을 제기하면서 발적의 의미를 '突然崛起(벼락출세)'로 해석하기도 하였다. 그리고 이보다 더 후대에 나온 吳自牧의 ≪夢梁錄≫에 이르러서는 발적변태가 〈小說講經史〉條의 7가지 분류 중 한 항목으로서 다른 항목과 병렬되어 있는 것으로 보아 이 시기에 이르러 단독의 소설의 한 분류로 정착되어 간 것으로 유추해 볼 수 있다. 이후 명대에 들어서서 발적변태는 의화본소설의 단독의 한 주제로 분류될 만큼 다수의 작품이 탄생하였다. 그리고 이 용어의 의미도 담정벽이나 Patric D. Hanan의 다소 편협한 해석을 넘어서서 '失志人物이나 寒門家의 출세와 가난한 자의 치부를 의미'한다는 것이나, '정치적으로 귀해지고 경제적으로 부유해지는 것을 의미'하는 것 등의 보다 구체적인 의미를 도출해내기에 이르렀다. 최환 〈삼언 중 발적변태 고사의 구조와 의미 분석〉 ≪인문연구≫ 15-2 1994. / 민관동 〈삼언의 발적변태 고사의 현실묘사〉 ≪중국어문논총≫ 7 1994. 참조.

해당하는 것으로 보고 있다.[20] 13편의 작품을 분석의 대상으로 삼은 경우는 발적변태의 주제를 보다 포괄적으로 적용한 예로 볼 수 있고, 7작품으로 보는 견해는 계층상 무인에 해당하는 인물들의 작품이 이에 해당하지 않는다고 보는 시각이 반영되었기 때문이다.

역사인물 중에서 발적변태를 주제로 한 작품으로는 〈窮馬周遭際賣䭔媼〉(喩5)·〈臨安里錢婆留發跡〉(喩21)·〈史弘肇龍虎君臣會〉(喩15)의 세 편이 있는데, 각 작품 속의 인물들은 모두 성장과정에서 가난하고 보잘 것 없는 인물들로 그려지고 있다. 마주는 가난하여 출세하지를 못하자 매일 술로 나날을 보내면서 자신의 신세를 한탄하는 초라한 독서인에 지나지 않았고, 전류는 어려서 틈만 나면 도박을 하고 도적질에 소금밀매까지 손을 대서 관아의 수배령이 내려지는 악동이었으며, 사홍조 또한 의형제 곽위와 함께 매일 도박이나 일삼고 남의 집 닭과 개를 훔치는 것이 일상이었던 보잘 것 없는 하류인생이었다. 이런 천한 신분의 인물들이 훗날에 귀한 인물로 성장하는 상승구조를 보여주는 것이 바로 발적

---

20) 삼언 중에서 발적변태를 주제로 하고 있는 고사에 대해 김정육은 〈窮馬周遭際賣䭔媼〉(喩5)·〈趙伯昇茶肆遇仁宗〉(喩11)·〈史弘肇龍虎君臣會〉(喩15)·〈臨安里錢婆留發跡〉(喩21)·〈兪仲擧題詩遇上皇〉(警6)·〈鈍秀才一朝交泰〉(警17)·〈趙太祖千里送京娘〉(警21)·〈鄭節使立功神臂弓〉(醒31)의 8편이 있는 것으로 보았다. 최환은 이보다 더 많은 13편으로 규정하고 있는데, 상기 8작품 중에서 〈趙太祖千里送京娘〉(警21)을 포함시키지 않고, 〈汪信之一死救全家〉(喩39, 入話부분)·〈宋小官團圓破氈笠〉(警22)·〈施潤澤灘闕遇友〉(醒18)·〈張延秀逃生救父〉(醒20)·〈徐老僕義憤成家〉(醒31)·〈杜子春三入長安〉(醒37)을 더하였다. 민관동은 발적변태의 주인공의 신분의 유형을 독서인·무인·상공인으로 나누고, 이중 무인의 경우는 발적변태를 드러내기보다는 주인공의 영웅기질을 부각시키기 위한 것으로 보고 독서인과 상공인을 소재로 한 작품 7작품만을 발적변태에 해당하는 것으로 보았다. 그 7작품은 〈窮馬周遭際賣䭔媼〉(喩5)·〈趙伯昇茶肆遇仁宗〉(喩11)·〈汪信之一死救全家〉(喩39)·〈兪仲擧題詩遇上皇〉(警6)·〈鈍秀才一朝交泰〉(警17)·〈施潤澤灘闕遇友〉(醒18)·〈徐老僕義憤成家〉(醒31)가 해당한다.

변태의 전형적인 구조인 것이다.

발적변태를 주제로 한 역사인물을 소재로 한 세 작품에 대한 분석으로 다시 세밀하게 들어가 보면, 이 세 작품은 '낮고 가난한 신분의 인물이 귀한 인물로 발적한 경우'와, '태어날 때부터 이미 귀하게 될 운명을 타고 났지만 처음에는 두각을 나타내지 않다가 결국에는 귀한 인물로 발적한 경우'로 나누어 살펴 볼 수 있다. 〈궁마주조제매추온〉(유5)는 전자에 해당하고, 〈사홍조용호군신회〉(유15)와 〈임안리전파류발적〉(유21)의 경우는 후자에 해당한다. 그러나 세 작품은 공통적으로 작품 속 주인공이 귀하게 될 인물이라는 운명적 계시를 담고 있고, 그러한 계시와 복선을 통해서 인물의 출세와 성장을 완성시켜나가는 특징이 있다. 대체로 이러한 구조는 '貧'에서 '富'로 발적하는 유형이라기보다는 '賤'에서 '貴'로의 발적에 관한 이야기가 주를 이루고 있다.

예를 들어 〈궁마주조제매추온〉(유5)에서 마주는 학문을 널리 익히고 포부와 지략이 뛰어났으나, 어려서 부모를 잃고 가난하기 그지없어서 서른이 넘도록 처도 얻지 못하는 궁색한 처지였다. 그리고 매일 술에 의지하며 살아가게 되면서 주위 사람들도 그를 싫어하여 '거렁뱅이 마주', 혹은 '술귀신'이라고 불렀다. 그러나 마주가 장안으로 가게 되었을 때, 국수를 파는 왕씨 아주머니의 도움을 얻어 中郎將인 常何에게 몸을 의탁하게 되면서 출세의 계기를 만든다. 마주가 왕씨에게 찾아오던 그 전날 밤 왕씨는 이상한 꿈을 꾸게 되는데 그 꿈을 꾼 정황은 다음과 같다.

한편 왕씨는 전날 밤 이상한 꿈을 꾸었는데 꿈에서 본 한 필의 백마가 동쪽에서 오더니 그녀의 가게 안으로 와서는 면 국수를 한 입에 다 먹어버리는 것이었다. 자신은 채찍을 잡고 뒤쫓아 가다가 자신도 모르게 말의 등에 올라탔다. 그 말은 화룡으로 변해서 하늘을 뚫고 올라갔다. 깨어보니 온몸에 열이 났고 이 꿈이 범상치가 않다고 생각되었다. 마침 이 날에 외삼촌 왕공의 편지를 받았는데 성이 마씨인 손님에게

보내왔고 마침 마주는 하얀 옷을 입고 있었다.[21]

이처럼 왕씨의 꿈에 나타난 마주는 백마에서 화룡으로 변신하게 될 뛰어난 인물임을 암시한 것으로서, 당시의 마주는 아직 이렇다 할 두각을 나타내지 않은 평범한 서생에 불과했지만 이후 大唐 貞觀을 대표하는 인물로 성장하였다.

이러한 암시는 〈임안리전파류발적〉(유21)에서도 비슷한 양상으로 나타난다. 전류는 어머니가 임신을 하였을 때 여러 가지 괴이한 일이 벌어졌는데 그 내용을 살펴보자.

그의 어머니가 임신을 하였을 때 집안에 여러 차례 불길이 치솟아서 사람들이 임산부를 구하려고 달려가면 불길이 보이지 않자 식구들이 괴이하게 생각하였다. 어느 날 해질 무렵 전류의 아버지가 밖에서 집으로 돌아오다가 멀리서 보니 한 丈이 넘는 커다란 도마뱀 한 마리가 두 눈에서 섬광을 내뿜으며 지붕위에서부터 아래로 꿈틀꿈틀 내려오고 있었다. 전류의 아버지는 깜짝 놀라 소리를 지르려하니 그 도마뱀이 사라졌다. 대신 갑자기 불빛이 하늘에 가득하니 전류의 아버지는 불이 난 것으로 생각되어 이웃사람들을 불러 도움을 청하였다. 이웃들은 전씨의 집에 불이 났다는 소리를 듣고 잠을 자고 있던 사람들까지 모두 달려 나왔다. 그리고 쇠스랑이랑 물동이를 들고 불을 끄러 가보니 불은 무슨 불! 방안에서 응애응애 하는 소리만 들렸는데, 전류의 어머니가 해산을 한 것이다.[22]

---

21) 《유세명언》. "卻說王媼隔夜得一異夢, 夢見一匹白馬, 自東而來, 到他店中, 把粉絙一口吃盡。自己執箠趕逐, 不覺騰上馬背。那馬化爲火龍, 沖天而去。醒來滿身都熱, 思想此夢非常。恰好這一日, 接得母舅王公之信, 送箇姓馬的客人到來, 又馬周身穿白衣。"

22) 《유세명언》. "其母懷孕之時, 家中時常火發, 及至救之, 又復不見。擧家怪異。忽一日, 黃昏時候, 錢公自外而來, 遙見一條大蜥蜴, 在自家屋上蜿蜒而下。頭垂及地, 約長丈餘, 兩目熠熠有光。錢公大驚, 正欲聲張, 忽然不見。只見前後

전류의 아버지는 너무도 괴이한 이 일로 인해 태어난 아이가 요물일 것으로 생각하고 죽이려 했으나 왕할멈이라는 산파가 극구 만류하여 아기를 살릴 수 있었다. 그래서 전류는 '노파가 살려준 아이'라는 의미의 '婆留'라는 아명을 갖게 되었다. 작가는 전류가 기이한 탄생으로 인해 하마터면 죽임을 당할 뻔한 위기를 통해 영웅으로 거듭나기 위한 길이 결코 순탄치 않음을 이야기한다. 또한 後稷[23])의 탄생설화와 초나라의 전설적인 재상 子文[24])의 탄생설화를 통해서 뛰어난 인물의 탄생은 모두 역경과 고난을 거치는 법이고, 전왕의 탄생이 천명임을 말한다. 이 이외에도 전류가 대여섯 살 때 석경산에서 머리에 면류관을 쓰고 이무기가 그려져 있는 제왕의 옷과 옥대를 입고 있는 모습을 돌 거울에서 본 일화 또한 전류가 큰 인물이 될 것임을 암시하고 있다.

〈사홍조용호군신회〉(유15)의 사홍조의 경우에는 閻招亮이라는 피리

火光亘天, 錢公以爲失火, 急呼鄰里求救。衆人也有已睡的未睡的, 聽說錢家火起, 都爬起來。收拾撓鉤, 水桶來救火時, 那里有甚麼火! 但聞房中呱呱之聲, 錢媽媽已産下一個孩兒。"

23) 후직은 성이 姬이며 이름이 棄이며 黃帝의 고조손이다. 帝嚳의 嫡長子이고, 어머니는 薑原이다. 요순시대에 농업을 관장하는 관직을 맡았으며, 주 왕조의 시조다.

24) 鬪穀於菟(생졸미상)는 성이 羋이고 자는 子文이며, 鬪伯比의 아들로서 鬪邑(지금의 湖北 鄖西) 사람이다. 저명한 춘추시대의 초나라의 令尹이다. 鬪穀於菟는 음력 5월5일생으로 그의 어미는 두백비의 사촌여동생이자 鄖부인의 딸이었는데, 두백비와 사통을 해서 낳은 자식이었다. 운부인은 그 불미스러운 일을 덮기 위해서 夢澤에 아기를 버렸다. 鄖子가 夢澤의 들에서 사냥을 하다가 호랑이가 한 아기를 안고 그에게 젖을 먹이는 것을 보았는데 사람을 보고도 두려워하며 피하지 않았다. 운자는 그 아기를 신물로 여기고 후에 鄖國으로 데려가서 그의 딸이 키우도록 하였다. 세월이 흘러서 그의 딸을 초나라로 보내서 두백비와 혼인을 시켰다. 초나라 사람들은 '乳'를 '穀'이라고 하고, '虎'를 '於菟'라고 하기 때문에 이름이 '호랑이가 젖을 먹인 아이'라는 뜻의 鬪穀於菟가 되었다.

를 만드는 사람이 우연히 저승에 갔다 온 경험을 통해서 한 인물이 '四鎭令公'의 귀한 몸이 될 것임을 엿보게 되었는데, 그가 바로 사홍조였다. 염초량은 사홍조가 지금은 별 볼일 없는 미관말직에 있지만 장차 크게 될 인물임을 알았기 때문에 자신의 여동생 閻越英과 혼인시켰고, 염월영이 가지고 있는 재물을 바탕으로 사홍조가 성장하도록 도왔다. 그리고 사홍조는 후한 태조 유지원을 도와 전공을 세우고 單・滑・宋・汴의 4진을 다스리는 令公이 되어 부귀와 영화가 끝이 없었다.

이처럼 발전변태를 주제로 한 역사인물소설은 그들이 장차 귀한 인물로 성장할 것을 암시하는 복선이 깔려 있다는 공통점이 있었다. 대개 그러한 복선은 태어날 때의 기이한 현상이나 다른 이의 꿈을 통해서 나타나고 있는데, 마주는 국수 파는 왕씨의 꿈을 통해 그가 귀한 신분이 될 것을 암시하고 있고, 전류는 태어날 때의 신비한 현상을 통해 그가 장차 귀한 인물이 될 것을 암시하고 있으며, 사홍조는 저승을 갔다 온 염초량의 경험을 통해 그가 사진영공이 될 것이라는 하늘의 계시를 보여주고 있다. 이러한 '계시' 내지는 '복선'은 그들이 이미 그러한 발적변태할 인물로 성장할 것을 운명적으로 예견하고 있다.

〈사홍조용호군신회〉(유15)에 나오는 또 하나의 인물 郭威는 그의 외모를 통해서 장차 큰 인물이 될 것을 드러내고 있는데, 소설에서는 곽위를 다음과 같이 묘사하고 있다.

| 堯眉舜目 | 요임금의 눈썹과 순임금의 눈이요 |
| 禹背湯肩 | 우임금의 등과 탕임금의 어깨로다[25] |

옛 기록에 따르면 요임금은 눈썹이 여덟 색깔로 나누어졌었기 때문에 이미 제왕의 상을 가졌다고 전하고 있고, 순임금의 눈에는 두 개의 눈동

---

25) ≪유세명언≫.

자가 있었다고 한다.[26] 그리고 우임금은 장기간 치수 사업에 종사했기 때문에 등이 건장했고, 탕임금은 넓은 어깨를 가졌다. 이러한 요·순·우·탕 임금의 신체적 특징은 상고시대에 성군으로 칭송되는 인물들의 형상을 기이하게 나타냄으로써 보통사람과는 구별되는 제왕의 신비로움을 드러내고자 한 의도가 다분하다고 할 것이다. 그런데 곽위의 외모를 이러한 상고시대 성군들의 외모와 비교하고 있다는 것은 곽위가 제왕의 상을 타고 난 범상치 않은 인물이며, 장차 큰일을 도모할 만한 인물임을 암시하고 있는 것이다.

상기 세 작품 이외에 〈杜子春三入長安〉(醒37)의 경우에는 두자춘이 방탕한 생활을 하다가 재산을 탕진하고 신선의 도움으로 다시 거부가 되고 최후에는 신선으로 되는 과정을 발적의 과정으로 간주하기도 한다. 그러나 이 경우에는 두자춘이 최초에 거부의 신분이었고, 방탕한 생활로 인해 비천한 처지로 몰락한 후 다시 거부가 되고 결국 신선의 경지까지 이르게 되는 구조를 가지고 있기 때문에, '富→'賤'→'富'→'貴'라는 다소 복잡한 구조를 가지고 있다. 따라서 '賤'에서 '貴'로, '貧'에서 '富'로의 단순 도식과는 또 다른 분석이 필요한 구조라고 판단되어 포함시키지 않았다.

3. 회재불우(懷才不遇)

회재불우란 '재주를 가졌으나 불우하였다'는 뜻으로 그 의미로 풀어볼 수 있다. 그리고 회재불우한 인물이란 왕후장상이 될 만한 역량과 능력을 갖추었지만, 그 재주와 뜻을 펼칠 마땅한 기회를 얻지 못하고 불우한 운명을 맞이한 인물들을 말한다. 이 주제에 해당하는 대표적인 작품으로

---

26) ≪幼學瓊林≫에는 요임금과 순임금의 외모를 다음과 같이 묘사하였다 : 요임금의 눈썹은 여덟 색깔로 나누어지고, 순임금의 눈에는 두 개의 눈동자가 있다.(堯眉分八彩, 舜目有重瞳。)

는 〈衆名姬春風吊柳七〉(喩12)·〈李謫仙醉草嚇蠻書〉(警9)·〈唐解元一笑
姻緣〉(警26)·〈馬當神風送騰王閣〉(醒40)의 네 편을 들 수 있다. 그리고
각 작품에 등장하는 역사인물은 '初唐四傑'로 이름난 王勃, 盛唐를 대표
하는 천재시인 李白, 송대의 대표적인 사 작가 柳永, 명대의 재인 唐寅이
다. 이 네 인물은 각 시대를 대표할 만한 뛰어난 재주를 가졌던 문인들이
기도 하지만, 모두 관운이 없어서 벼슬을 얼마 지속하지도 못했거나 아
예 하지도 못한 불우한 운명을 맞이하였다는 공통점이 있다.

　≪避暑錄話≫에 따르면 유영은 첫 과거에서 진사에 합격하여 睦州掾
이 되었으나, 유영 때에 이르러 관리를 천거하는 법이 바뀜에 따라 관직
에 선발되고도 임명되지 못하는 불운을 겪었다. 그리고 인종 황제에게
지어 바친 〈醉蓬萊辭〉는 그 표현이 황제의 뜻에 어긋난 것이었기 때문
에, 인종도 그가 다른 마음을 품은 것은 아닌지 의심한 적이 있다고 하였
다.27) 유영은 사 작가로 명성이 자자했지만 결국 관직과는 인연이 없었
는데, 소설에서는 그가 평생 관직과 인연이 없었던 이유를 재상 呂夷
簡28)의 심기를 건드렸기 때문으로 이야기하고 있다. 유영은 애초에 여이
간에게 환갑을 축하하는 뜻으로 〈千秋歲〉를 지어서 보내려 하였으나, 연
이어 지은 〈西江月〉이라는 다른 사를 잘못 보냄으로써 여이간을 화나게
하였고, 결국 벼슬길이 막혀버린 것이다. 유영이 여이간에게 잘못 보낸
〈서강월〉은 다음과 같다.

---

27) 葉夢得 ≪避暑錄話≫ 中華書局 北京 2012 참조.
28) 여이간(978-1044)은 자가 坦夫이고, 壽州(지금의 安徽 鳳臺)사람이다. 선조는
　　원래 萊州(지금의 屬山東 지역)에 있었으나, 후에 집안이 수주로 옮겼다. 북
　　송의 유명한 정치가이며, 司空 呂蒙正의 생질이며 光祿寺丞 呂蒙亨의 아들이
　　다. 鹹平 3년(1000)에 여이간은 진사에 급제하였고 처음에는 絳州軍事推官으
　　로 보충되었다. 후에 刑部郎中으로 開封府를 전임으로 맡았다. 송 인종이 즉
　　위한 후 右諫議大夫로 승진하였고, 給事中으로서 參知政事를 맡았다. 天聖
　　6년(1028)에 同平章事 및 集賢殿大學土로 제수되었다.

'삼언(三言)' 소설이 된 역사인물

腹內胎生異錦	뱃속에서 기이한 비단 타고 났고
筆端舌噴長江	붓끝의 세치 혀는 장강까지 향기롭네
縱敎疋絹字難償	멋대로 몇 필의 비단으로 글자를 보상하기는 어려우니
不屑與人稱量	다른 이와 무게를 달아볼 가치도 없구나
我不求人富貴	나는 다른 이의 부귀를 구하지 않으나
人須求我文章	다른 이는 반드시 나의 문장을 구한다네
風流才子占詞場	풍류재자는 사를 짓는 곳에 있으니
眞是白衣卿相	진실로 백의의 재상이로다

자신은 부귀를 구하지 않는 고귀한 사람이고, 다른 사람은 자신의 뛰어난 문장을 앞 다투어 구하려 하니 자신이 진정 '백의의 재상'이라고 칭하고 있다. 호기롭고 방자한 뜻이 담긴 이 문장을 여이간에게 보냈으니, 여이간의 심기를 얼마나 건드렸겠는가? 결국 여이간의 간언으로 인종황제는 유영을 한림학사로 등용하려던 뜻을 바꾸었고 백의의 재상이 되어 시나 지으라고 하였다.

이백 또한 뛰어난 재주를 가지고도 관직과는 인연이 크게 없었던 대표적인 인물이다. ≪新唐書≫〈李白傳〉에 따르면, 이백은 당 현종과의 만남 이후에 한림학사로 내정될 예정이었지만, 현종의 술시중을 들다가 그만 高力士에게 신발을 벗기게 하는 실수를 저지르고 말았다. 이백은 이로 인해 관직에 등용되지 않을 것을 간파하고 천하를 주유하기 위해 현종의 곁을 떠났다.[29] 소설에서는 이백이 고력사와 楊國忠에게 지난날 과거장에서 겪은 수모를 갚기 위해 복수를 한 것으로 되어 있어서 이백이 관직운이 없었던 원인에 대한 기술에 다소 차이가 있다. 즉, 황제로부터 발해의 사신에게 줄 조서를 작성하도록 명을 받은 이백은 양국충에게 벼루를 들고 서있게 하고, 고력사에게는 신발을 벗기게 함으로써 지난날 자신을

---

29) ≪신당서≫〈이백전〉 참조.

업신여겼던 두 사람에게 통쾌하게 복수를 한 것으로 되어 있는 것이다. 그렇지만 결국 조정에서 중임되지 못할 것을 생각한 이백은 현종에게 작별을 고하고 천하를 주유하기에 이른다.

당인은 명대 弘治 11년에 향시에서 일등으로 급제한 후에 회시에 지원하기로 되어 있었는데, 당시 회시를 주관한 학사 程敏政과의 관계 때문에 벼슬길이 막히고 말았다. 본래는 徐經이라는 자가 정민정의 집 하인에게 뇌물을 주어 시험문제를 부정으로 얻은 사실이 발각된 것이 사건의 발단이었으나, 뜻하지 않게 당인까지 연루되어 옥살이를 하고 벼슬길도 막히고 만 것이다. 이후 당인은 관직과의 인연이 멀어졌고, 집으로 돌아가서는 방랑하며 살다가 여생을 마쳤다. 소설에서는 당인이 벼슬길이 막힌 이후에 秋香이라는 여인과 있었던 일을 풍류스럽게 이야기하고 있다.

왕발은 '초당사걸'로 불릴 만큼 그 재주를 인정받은 인재였으나, 역시 관운이 좋지 않았다.[30] 그는 초년 운은 좋아서 약관의 나이도 되지 않아 황제를 직접 알현할 기회를 얻어서 관직까지 제수 받았으며, 이후 沛王을 위해 책을 편찬하는 등 그 능력을 인정받았다. 그러나 여러 왕들의 鬪鷄에 관한 글을 쓴 것이 화근이 되어 결국 내쳐지고 말았다. 이후로는 지방의 낮은 관직을 지내다가 살인사건에 연루되면서 죽을 고비를 넘겼고, 자신으로 인해 부친마저 멀리 지방으로 좌천되는 불운이 계속되었다. 왕발은 부친을 만나기 위해 바닷길을 가다가 결국 스물아홉이라는 젊은 나이에 요절하고 말았다.

이 네 인물은 모두 시대를 대표할 만한 재인들이었지만, 결국 불우한 운명을 맞이하고 만 인물들이다. 작가 풍몽룡은 이러한 회재불우한 인물들을 소설로 창작함에 있어서 두 가지 키워드를 활용하고 있는데, 바로 '신선'과 '풍류'다. 먼저 신선과 관련해서, 작가는 위의 네 인물 중 유영·

---

30) '초당사걸'이란 당대 초기의 문학가 王勃·楊炯·盧照鄰·駱賓王을 일컫는다.

이백·왕발의 죽음을 모두 신선으로 변하여 하늘로 승천한 것으로 묘사하고 있다. 유영은 꿈에서 누런 옷을 입은 사자가 하늘에서 내려와서 옥황상제의 칙령을 받들어 유영을 데리러 왔다는 말을 듣자, 다음날 목욕재개하고 바로 승천하였다. 왕발 또한 멀리 바다 건너 한직으로 좌천된 부친을 만나러 가는 바닷길에 홀연히 선녀들과 신선이 나타나서 신선의 세계로 갈 것을 권하자, 말을 타고 하늘로 승천하였다. 이백의 이야기는 더욱 신비로움을 더한다. 전란으로부터 갖은 고생을 하던 이백은 侗庭의 岳陽으로 주유하다가 金陵을 지나서 千石 강변에 이르렀는데, 소설에서는 그가 신선이 되어 승천하는 장면을 다음과 같이 묘사한다.

밤이 되자 달이 그림처럼 밝았다. 이백은 강어귀에서 한껏 술을 마셨는데 홀연히 하늘에서 음악소리가 맑고 또렷하게 들리자 점점 배가 머무는 곳 가까운 곳까지 갔다. 뱃사공은 듣지 못하는데 이백만이 그 소리를 듣는 것이었다. 홀연히 강 한가운데에서 풍랑이 크게 일더니 수 장 길이의 고래가 불쑥 나타났는데, 선동 두 사람이 손에는 딸랭이 꽃을 들고 이백 앞으로 와서 말하였다. "옥황상제께서 태백성의 주인님을 다시 제자리로 맞아 오시랍니다." 뱃사공도 놀라서 기절했다가 잠시 후에야 깨어났다. 이학사는 고래 등에 타고 음악이 이끄는 곳으로 공중으로 올라갔다.[31]

이백이 본래 출생할 때 그의 어머니는 태몽으로 태백성이 품속으로 들어오는 꿈을 꾼 후 이백을 낳았는데, 이백을 맞이하러 온 동자는 옥황상제가 태백성의 주인을 다시 제자리로 맞아오라는 명을 받고 찾아왔으니, 태백성의 주인이 잠시 인간 세상에 내려왔다가 돌아간 셈이 되는 것

---

31) ≪경세통언≫. "是夜, 月明如畫。李自在江頭暢飲, 忽聞天際樂聲味嘹, 漸近舟次, 舟人都下聞, 只有李白聽得。忽然江中風浪大作, 有鯨魚數丈, 奮鬐而起, 仙童二人, 手持旌節, 到李白面前, 口稱："上帝奉迎星主還位。" 舟人都驚倒, 須臾蘇醒。只見李學士坐於鯨背, 音樂前導, 騰空而去。"

이다.

작가는 이처럼 회재불우한 인물들이 인간 세상에서 뜻을 다 펼치지 못하고 불우했던 것은 결국 그들이 원래 신선이 될 운명을 타고 난 것으로 귀결시키고 있다. 이백은 태백성의 태몽과 함께 이 세상에 태어나서 다시 태백성의 주인으로 돌아갔고, 왕발은 이미 신선이 될 운명이 정해져 있었기에 이른 나이에 요절한 것이며, 유영은 천상의 노래를 새로 지을 신선으로 초대되어 승천한 것이다.

회재불우한 인물 중 당인만은 신선과 관련된 줄거리를 가지지 않는데, 작가는 뛰어난 재주를 가지고도 관운이 없었던 당인을 '풍류재자'으로 변모시켰다. ≪明史≫〈唐寅傳〉에는 당인이 관직을 얻지 못하고 낙향한 이후의 행적에 대하여, "복숭아꽃이 있는 곳에 집을 짓고 손님들과 그 속에서 술을 마셨고, 그의 나이 54세에 죽었다."라는 아주 짧은 기록만을 확인할 수 있다.[32] 예로부터 복숭아꽃은 신선이 사는 무릉도원을 상징하는 것이기도 하지만, 당인의 말년이 신선처럼 세속과는 거리가 먼 삶이었음을 기록한 것으로 볼 수 있다. 이와 달리 소설에서는 당인이 공명에는 뜻을 버리고 고향으로 돌아와서 날마다 시나 짓고 술이나 마시며 방랑하며 살다가 강가에서 만난 추향이라는 여인을 사모하게 된 일화를 담고 있다. 당인은 그녀를 얻기 위해 자신의 신분마저 숨기고 無錫 華學士府로 들어가서, 결국 추향을 얻어 혼인을 한 이후에는 추향과 멀리 떠나서 살았다. 그러나 결국 화학사에게 들통이 나서 두 집안은 잘 지내게 되지만, 두 사람의 풋풋한 사랑이야기는 지금까지도 吳中지방에서 풍류스러운 이야깃거리로 전하고 있다고 한다.

이상과 같이 삼언 역사인물 중에서 회재불우한 운명을 주제로 한 네 인물은 대체로 '신선'과 '풍류'라는 두 가지 핵심어를 통해서 정사와는 다

---

32) ≪명사≫〈당인전〉. "築室桃花塢, 與客飮其中, 年五十四而卒。"

른 새로운 인물형상을 만들어 낸 것으로 볼 수 있다.

4. 우화등선(羽化登仙)

우화등선이란 '날개가 돋아 신선이 되어 하늘에 오르다'라는 뜻이다. 삼언 역사인물 중에는 도가적 이상을 전면에 내세운 작품이 있는데, 〈張道陵七試趙升〉(喩13)·〈陳希夷四辭朝命〉(喩14)·〈黃秀才徼靈玉馬墜〉(醒32)·〈杜子春三入長安〉(醒37)이 이에 해당한다. 이 중에서 張道陵·陳摶·杜子春의 경우는 모두 도가의 수련을 통해 신선의 도를 얻고, 도를 얻은 후에는 결국 하늘로 승천한 도가의 신비로움을 이야기하는 공통점이 있다.

장도릉은 신선의 계시로 '黃帝九鼎太淸丹經'을 얻은 후 수련을 통해서 득도하였고, 이후 제자들을 양성하는 과정에서 자신의 뒤를 이을 제자 趙升을 맞이하면서 일곱 가지 시험을 치르게 한다. 조승은 모욕을 주는 욕을 들어도 포기하지 않았고, 미색에도 마음이 동하지 않았으며, 황금을 보고도 취하지 않았고, 호랑이를 보고도 두려워하지 않았다. 그리고 비단을 배상해주면서 인색하지 않았고, 어려움에 처한 사람을 온 마음을 다해서 돌봐주었으며, 목숨을 버려서라도 스승을 따르고자 하였다. 이것은 도가에 입문한 사람이 가장 먼저 끊어내야 한다는 '七情'을 시험한 것으로서, 그 칠정이란 바로 기쁨·분노·걱정·두려움·사랑·증오·욕망을 말한다. 결국 시험에 통과한 조승은 스승 장도릉과 또 다른 제자 王長과 함께 하늘로 승천하였다.

진단은 일찍이 두 번이나 명산에 은거하였고, 평생토록 여색을 가까이하지 않으면서 인간사를 가까이하지 않았던 도가의 인물이다. 그는 잠을 통한 선가의 호흡수련법을 익혀서 한 번 잠에 빠져들면 몇 년간을 깨지 않는 기이한 행동을 하며 지냈다. 그리고 後唐 明宗부터 周 世宗, 宋 太

祖와 太宗에 이르기까지 네 명의 황제의 부름을 받았으나 사양하고 벼슬을 받지 않았다. 태종으로부터 '希夷先生'이라는 호를 하사받은 진단은 118세에 이르러 張超穀의 석실에서 죽었는데 칠일이 되어도 얼굴색에 생기가 있었고, 사지가 따뜻하고 특이한 향기가 풍겼다고 전한다.

두자춘은 본래 양주의 부유한 소금상의 후손으로서 조상이 남긴 재산을 흥청망청 쓰다가 모두 탕진하고 궁색해지기에 이르렀다. 하는 수 없이 장안의 친척들에게 도움을 요청하러 갔지만 모두 거절당하고, 안면도 없었던 한 노인에게서 연 이어 세 번에 걸쳐서 거액의 돈으로 도움을 받게 되었다. 두 번째까지는 빌린 돈마저 모두 탕진하고 말았던 두자춘은 세 번째에 비로소 깨달음을 얻고 재기하여 다시 부호로 거듭난다. 이후 두자춘은 그를 도와준 노인이 太上老君임을 알게 되고, 비록 선단을 주조하는 데에는 실패하였으나 끊임없이 수도하여 결국 득도하게 되었다. 자신의 아내 위씨도 함께 수도하여 도통하자, 두자춘 부부는 태상노군과 함께 승천하였다.

이처럼 세 인물은 모두 도가에 입문하여 도를 얻고 신선이 되었으며, 결국 하늘로 승천하였다는 도가적 신비로움을 드러내고 있다. 이와는 달리 〈황수재요영옥마추〉(성32)의 黃損은 도가의 인물도 아니고 그가 득도하여 하늘로 승천한 과정도 없으며, 자신이 가지고 있던 영험한 玉馬墜와 신선의 도움으로 사랑하는 사람을 다시 되찾는다는 세속의 이야기를 하고 있다. 그러나 이 모든 과정이 옥마추와 신선의 도움을 통해서 가능했고, 작품 전반에 걸쳐 도가적 색채가 매우 농후한 작품이다. 〈황수재요영옥마추〉(성32)의 말미에 신선과 옥마추의 영령인 백마가 승천하는 모습에 대한 묘사를 살펴보면 다음과 같다.

말을 마치자 아랫사람에게 제사상을 준비하게 하고 옥마추를 그 위에 공양한 후 술과 제물을 차려놓고 부부는 함께 절을 올렸다. 설씨 아주머니도 옆에서 고개 숙여 절하였다. 그런데 홀연히 한 장이 넘어 보이는 백마 한 마리가 제사상에서 뛰어나오더니 하늘로 승천하였다. 모두들 집을 나서서 그것을 살펴보니 구름 끝에 한 사람이 앉아 있는데 수염과 눈썹이 뚜렷하였다. 그가 누구였겠는가?……그 사람은 바로 앞서 말했던 유양 시장에서 만나서 옥마추를 달라고 했던 그 노인이었다.[33]

비록 세속의 두 연인의 사랑에 대해 이야기하고 있지만 그들의 사랑을 연결해주는 매개체인 옥마추는 바로 신선과 잇닿아 있는 연결고리이며, 결국 신선의 도움과 보살핌을 통해서 두 연인은 우여곡절 끝에 사랑을 되찾을 수 있었던 것이다.

이처럼 상기 네 작품은 도가의 수련을 통해서 득도하고 신선이 되어 하늘로 승천하는 도가적 이상을 주된 줄거리로 삼은 것도 있지만, 작품 전반에 걸쳐 도가적 색채가 농후한 작품도 있었다. 도가적 색채를 띠고 있는 작품 중에는 앞서 살펴본 '회재불우'에 해당하는 인물들도 이와 유사한 성격을 띠는 것으로 볼 수 있으나, 작품의 전체적인 주제가 주로 '재주를 가졌으나 불우했던 인물들의 도가적 승화'에 맞춰져 있다는 점에서 상기 작품들과는 다소 거리가 있다.

5. 청심과욕(淸心寡慾)

청심과욕이란 불가를 상징하는 용어로서 '마음을 깨끗이 하여 욕심을 적게 내라'는 의미로 풀이할 수 있다. 불교에서는 在家佛者와 出家佛者

---

33) ≪성세항언≫. "遂命設下香案, 供養玉馬墜於上, 擺列酒脯之儀, 夫妻雙雙下拜。薛媼亦從旁叩頭。忽見一白馬約長丈餘, 從香案上躍出, 騰空而起。衆人急出戶看之, 見雲端裏面站著一人, 鬚眉可辨。那人是誰?……那人便是起首說, 維揚市上相遇, 請那玉馬墜的老兒。"

들이 지켜야 할 각종 계율이 있는데, 이중에 가장 보편적으로 이야기하는 계율이 바로 五戒다.[34] 그리고 문학작품에서 이야기하는 불가의 계율은 대개 이 오계 중에서도 음욕을 하지 말라는 의미의 '색계'를 주제로 한 이야기가 다수를 차지하고 있다. 삼언 역사인물 작품 중에도 승려의 색계와 관련된 작품이 두 편이 있는데, 〈明悟禪師趕五戒〉(喩30)와 〈佛印師四調琴娘〉(醒12)이 이에 해당한다.

〈명오선사간오계〉(유30)의 승려 五戒禪師는 紅蓮이라는 여인을 범하는 색계를 범했다가 明悟禪師에게 발각되자 입적하고, 현생에 蘇軾으로 환생하였다. 명오선사 역시 謝瑞卿으로 환생하여 두 사람은 현생에서도 친구사이로 지내다가 관리와 승려로서 각자의 길을 가게 되었다. 소식은 관직생활을 하다가 '烏臺詩案'을 겪게 되었을 때, 전생에 자신이 홍련을 범한 파계승이었음을 깨닫게 되었다. 이후 佛印禪師가 된 사단경의 제도로 인해 큰 깨달음을 얻은 소식은 大羅仙이 되었다고 전한다.

〈불인사사조금낭〉(성12)도 소식과 불인선사간의 이야기라는 점에서 유사하지만, 그 줄거리는 다소 다르게 나타난다. 평소 불가에 관심이 많았던 사단경은 친구인 소식의 도움으로 황제의 용안을 보고자 했으나, 뜻하지 않게 황제의 눈에 띄어 '佛印'이라는 법호를 하사받았다. 소식은 사단경의 재주가 아까워서 출사하기를 권하고, 불인선사는 소식에게 출가할 것을 권하면서 두 사람은 관리와 승려로서의 관계를 이어갔다. 그러던 어느 날, 소식은 琴娘이라는 관기를 시켜서 불인선사를 유혹하게 하였으나, 불인선사는 결국 금낭의 유혹에 넘어가지 않고 승려가 지켜야 할 고매한 인품을 유지하였다. 소식도 그의 불심이 진심인 것을 깨닫고 더욱 존경하게 되었다.

---

34) 소승불교의 계율은 不殺生・不偸盜・不邪婬・不妄語・不飮酒의 5계를 중심으로, 8계・10계 및 三歸依戒 등의 在家戒, 그리고 출가승의 比丘 250계, 比丘尼 348계 등의 具足戒를 중심으로 하는 禁戒로 나뉜다.

이처럼 두 작품은 승려가 지켜야 하는 계율 중에 색계를 주제로 하고 있다는 공통점이 있지만, 〈명오선사간오계〉(유30)는 색계를 어긴 승려의 이야기를 하고 있고, 〈불인사사조금낭〉(성12)은 계율을 지켜낸 고매한 승려의 이야기를 하고 있다는 점에서 차이를 보이고 있다.

〈양무제루수귀극악〉(유37)은 불가의 승려가 등장하는 작품은 아니나, 주인공 양 무제는 불가에 대단히 심취했던 인물이기 때문에 작품의 내용 또한 불가적 색채가 농후하다. 작가는 작품의 전반부에서 양 무제가 3생에 걸친 불가의 인연으로 환생한 인물임을 드러냄으로서 그가 얼마나 불가와 인연이 깊은지를 이야기한다. 이후 양 무제는 황제가 되어서도 대규모의 불사를 짓고, 고승을 스승으로 모시는 등 불가를 떠받드는 일에 헌신을 다하였으며, 심지어 자신이 직접 불가에 귀의하기를 원하며 절에 머물기까지 하였다. 결국 문무 관료들의 간청으로 인해 마지못해 황궁으로 돌아올 정도였으니 그가 불교에 심취한 정도가 어느 정도인지를 알 수 있다. 양 무제는 결국 侯景의 반란으로 인해 황궁에 갇혀서 쓸쓸히 죽어갔는데, 작가는 황제의 신분으로 자신의 본분을 다하지 않고 불가에 지나치게 심취한 결과가 어떤 것인지를 그의 말로를 통해서 보여주고 있다.

이처럼 세 작품은 재가불자와 출가불자를 막론하고 불교를 신앙하고 수도하는 불제자가 가져야할 청신과욕의 자세와 계율에 대해 이야기하고 있고, 계율을 어기고 불도를 올바로 수행하지 못할 경우에 짊어지게 되는 업보가 어떤 것인지를 독자들에게 이야기하고 있다.

이상과 같이 거론한 윤리도덕 · 발적변태 · 회재불우 · 우화등선 · 청심과욕의 다섯 가지 주제에 포함되지 않는 기타 작품으로는 〈晏平中二桃殺三士〉(喩25) 한 편이 있다. 이 작품은 춘추시대 제나라의 晏嬰이 복숭아 두 개로 제나라의 세 세도가를 슬기롭게 물리친 이야기를 하고 있다는 점에서 안영의 '지혜'를 그 주제로 삼고 있다. 그러나 이와 같은 주제를 가진 작품은 소수에 해당하기 때문에 따로 분류하지는 않았다.

CHAPTER 4

역사인물의 각색 양상

1. 역사와 소설의 경계

중국문학에서 지금까지 나와 있는 역사소설에 관한 여러 연구자들의 분석과 연구를 살펴보면 대체로 역사소설이 가지고 있는 진실과 허구의 경계에 대해 많은 담론을 해 온 것을 알 수 있다. 이는 대개 역사소설을 접하는 독자가 가지게 되는 가장 자연스러운 호기심이 해당 작품이 가지고 있는 역사적 진실의 부합여부에 초점이 맞춰지기 때문인 것으로 보이며, 역사소설을 연구하는 연구자의 경우에도 대체로 역사와 소설의 사실관계와 허구적 양상을 통해 소설이 가지고 있는 특성에 대한 일차적 분석을 시도하고 이를 바탕으로 새로운 분석의 각도로 나아가기 때문일 것이다.

중국의 역사소설은 실제 역사를 배경으로 하면서 실존인물의 형상이 크게 변화되지 않는 범위 내에서 창작이 이루어지는 경우도 있지만, 수많은 야사와 필기류 소설들을 활용하여 전혀 새로운 인물 형상을 재창조해 내기도 하였다. 특히나 역사소설의 경우에는 실존인물의 형상을 소설의 소재로 빌려오기는 하나, 그 인물이 겪은 일화라고 믿을 수 없는 전혀 새로운 일화들이 결합됨으로써 우리가 역사적 기록에서 알고 있는 인물과는 다른 제3의 인물로 가공되기도 하였다. 그 대표적 예가 바로 ≪삼국지연의≫일 것이다. ≪삼국지연의≫ 속에 나오는 등장인물과 여러 가지 전쟁과 사건의 면면을 살펴보면, 진수의 ≪삼국지≫에서 말하는 역사와는 상당한 차이가 있음을 알 수 있다. 그래서 ≪삼국지연의≫의 역사적 사실과의 부합여부를 '七實三虛'라는 말로 표현하기도 한다.[1]

章學誠은 ≪文史通義≫에서 '三變'이라는 말을 통해서 중국 고대소설의 발전과정을 개괄한 바가 있다. 즉, 중국 고전소설은 한·위·육조의 志怪에서 당대의 傳奇로 이어진 후, 다시 송·원대의 백화소설로 이어지면서 "역대로 세 번의 변화를 거쳤고 옛 사람의 원류를 완전히 잃었다"고 말한다.[2] 지괴에서 전기로, 그리고 다시 백화소설로 변화한 '삼변'에 대해서는 누구나 통감할 것이나, 옛 사람의 원류를 완전히 잃었다는 것은 무엇을 뜻하는 것일까? 그것은 한위육조의 소설이 소위 말하는 '야사'로서 존재하면서 '사'와 본질적으로 유사한 성격을 띠는 글로써 존재했으나, 당 전기에 이르러 의도적 창작이 시작되면서 허구라는 소설의 본질적 특성이 서서히 생성하게 되었고, 이후 송·원대의 백화소설에 접어들어서는 소설과 '사'에 대한 인식이 변함으로써 소설은 '사'로부터 멀어지고 점차 소설만의 독립적인 장르로서의 면모와 성격을 갖게 되었음을 의미한다. 다시 말해서 소설의 발전과정을 살펴볼 때, 당인들은 한위육조의 지괴와는 달리 소설의 허구적 특징을 발굴해내어 실제기록에 근거하던 기술방식에서 허구적 기술방식으로 전환하는 계기를 만들었다. 그리

---

1) 章學誠 ≪章氏遺書外編≫권3. "惟'三國演義', 則七分實事, 三分虛構, 以致觀者, 往往爲所惑亂。(다만 '삼국연의'는 7할이 사실이고, 3할이 허구인데, 보는 이로 하여금 종종 미혹되게 한다.)
2) 葉瑛 ≪文史通義校注≫ 中華書局 北京 1985 pp.560-561. "歷三變而盡失古人之源流矣。"

72
'삼언(三言)' 소설이 된 역사인물

고 이러한 변화는 송·원대의 백화소설에 이르러 이전의 각종 관점들이 비록 지속적으로 존재하기는 하나, 소설과 '사'는 본질적으로 다른 것이라는 인식이 생겨났음을 말하는 것이다. 송·원대에 이르러 소설은 이제 하나의 문체가 되었고, 그 허구적 본질은 점차 사람들이 보편적으로 인식할 만한 것이 되었는데, ≪유세명언≫〈서〉에도 소설의 이러한 변화과정에 대한 인식이 잘 나타나고 있다.

> 史의 전통이 흩어지자 소설이 흥기하였다. 그것은 주나라 말에 시작되어서 당대에 이르러 흥성하였다가, 송대에 들어서는 점차 음란한 데로 빠져버렸다. ≪한비자≫나 ≪열자≫ 등이 소설의 시조다. ≪오월춘추≫ 등의 책은 비록 한대에 출현했지만, 진의 분서갱유 이후로 저술들이 더욱 드물어졌다. 그러다가 개원 이후로 문인들의 집필이 유행하게 되었다. 그런데 통속연의라는 것은 어떻게 시작되었는가? 남송 공봉국의 자료에 따르면 당시에는 설화인이라고 있었다고 했는데 그것은 오늘날의 설서와 유사한 종류로서, 그 문장은 반드시 통속적이었으나 작가는 알 수 없다고 하였다.……그러다가 시내암과 나관중 두 사람이 원대에 크게 활약하여 ≪삼국지≫·≪수호전≫·≪평요전≫의 여러 책들이 마침내 크게 성행하게 되었다.[3]

이것은 소설이 '史'의 영역을 벗어나면서 시대적으로 어떤 연변을 거쳤는지에 대한 명대 독서인의 이해로서, 당대에 이르러 문인들의 집필이 유행하고, 송대에 이르러 화본이 생겨나며, 명대에 이르러 연의소설이 생겨나게 된 상호 계승관계를 설명하고 있다. 또한 이러한 소설의 전체

---

3) ≪유세명언≫. "史統散而小說興。始乎周季, 盛於唐, 而浸淫於宋。韓非、列禦寇諸人, 小說之祖也。≪吳越春秋≫等書, 雖出炎漢, 然秦火之後, 著述猶希。迨開元以降, 而文人之筆橫矣。若通俗演義, 不知何昉? 按南宋供奉局, 有說話人, 如今說書之流。其文必通俗, 其作者莫可考。……曁施、羅兩公, 鼓吹胡元, 而≪三國志≫、≪水滸≫、≪平妖≫諸傳, 遂成巨觀。"

적인 계승관계는 바로 사실을 기반으로 '史'를 기술하던 전통적인 문체가 점차 그 힘을 잃어감에 따라 허구와 재미가 그 본질이 되는 소설의 창작이 흥기하게 되었음을 시사하고 있다.

또한 허구의 본질에 대해서도 '사'와 '소설'은 본질적으로 다른 접근법을 취하고 있는데, ≪경세통언≫〈서〉에서는 허구의 본질을 다음과 같이 말하고 있다.

> 야사가 모두 사실인 것인가? 꼭 그런 것은 아니다. 그러면 모두가 거짓인 것인가? 역시 꼭 그런 것은 아니다. 그렇다면 그 거짓을 버리고 사실만을 남겨둬야 할 것인가? 반드시 그래야 하는 것은 아니다. …… 이야기가 실제의 것이면 그 속의 이치도 거짓이 아니며, 이야기가 거짓일지라도 그 속의 이치가 진실할 수 있는 것이니 풍속의 교화에 해가 되지 않고 성현의 뜻에 그릇되지 않으며, 시·서와 경사에도 삐뚤어짐이 없는 것이라면, 이와 같은 것을 어찌 버릴 수 있겠는가?[4]

즉 소설은 사실과 허구가 공존하는 문학공간이기 때문에 '史'와 같이 거짓을 버리고 사실만을 남겨둘 필요가 없다는 것이며, 실제의 이야기 속에만 진실이 있는 것이 아니라 허구의 이야기 속에서도 그 이치는 진실한 것이 될 수 있음을 강조하고 있다. 이는 소설의 허구성을 긍정적으로 바라보는 시각이며, 아울러 예술적 진실에 도달하기 위해서는 사실적 묘사와 허구적 묘사의 구분은 중요하지 않음을 역설하고 있는 것이다.

비록 이러하다고는 하나 송·원대에서 명대에 이르러 탄생한 백화소설이 '史'의 영역으로부터 완전히 탈피했다고 볼 수 있느냐의 문제가 있다. 이에 대해 孟昭連은 송·원이래로 나온 백화소설의 창작원칙을 '虛

---

4) ≪경세통언≫〈서〉. "野史盡眞乎？曰：不必也。盡贗乎？曰：不必也。然則去其 贗而存其眞乎？曰：不必也。……事眞而理不贗，即事贗而理亦眞，不害於風化， 不謬於聖賢，不戾於詩書經史，若此者，其可廢乎？"

實相半', 즉 '허와 실이 서로 반씩 존재한다'라고 말한다.[5]

이러한 '허실상반'의 창작원칙과 소설의 허와 실의 상관관계에 대한 인식은 명대에 이르러 등장한 여러 소설이론들을 통해서 살펴볼 수 있다. 대체로 이러한 소설이론은 두 가지 견해로 양분될 수 있는데, 그 중 하나는 역사소설이 '事記其實(사건은 그 사실을 기록하여야한다)'의 원칙을 따라야 할 것을 주장하는 견해이고, 또 다른 하나는 '傳奇貴幻(기이한 것과 환상적인 것을 전하다)'의 원칙을 따라야 할 것을 주장하는 견해다.[6] 이러한 소설에 대한 완전히 다른 이론적 주장은 명대 사람들의 소설의 본질에 대한 인식의 차이를 반영하는 것이다. 그러나 소설이론에 대한 연구가 그 깊이를 더해가면서 소설이 사실의 기록에 입각해야 한다는 주장보다는 허구적 기록을 본질로 생각하는 입장이 보다 주요한 이론적 경향이 되었는데, 이 또한 명대에 이르러 독서인들의 소설과 허실론에 대한 인식이 한층 진보한 것으로 볼 수 있다.

그렇다면 '삼언' 속에서 역사인물을 소재로 한 작품들은 이러한 소설의 허와 실에 대해 어떤 각도에서 고찰되어야 할 것이며, 그러한 고찰이 어떤 의의가 있을 것인가의 문제가 남아있다. 백화소설은 대체로 '정사→필기류소설→화본소설→의화본소설'의 전승과정을 거쳤을 것이라는 기본 가설을 설정해 볼 수 있다. 그리고 대체로 이러한 전승과정을 거친 것으로 보이는 일부 작품들을 통해서 우리는 풍몽룡이 의화본소설을 집록하면서 어떤 자료를 근거로 삼아 각색하였는지에 대해 분석해봄으로써 계통성 있는 소설의 발전과정에 대한 이해를 재고시켜왔다. 그러나 삼언에 수록된 모든 작품들이 이러한 전승과정을 거쳤을 것으로 볼 수는 없는 작품마다의 특징들이 드러나고, 또한 현재까지 의화본소설로 탄생하기 바로 전단계라고 판단되는 화본소설류가 소수만 남아 있기 때문에 의화

---

5) 孟昭連〈明代小說創作虛實論〉≪南開學報≫ 南京 1998 참조.
6) 위의 논문 참조.

본소설의 원형이 화본소설로부터 온 것인지, 필기류 소설이나 잡극에서 바로 영향을 받아서 온 것인지에 대한 명확한 사실 규명이 어려운 경우가 많다. 따라서 현재로서는 각 작품과 관련하여 남아있는 제 문헌들을 바탕으로 소설의 원류와 각색양상을 규명하는 것을 최선으로 할 수 밖에 없는 한계를 가지고 있다.

그리고 본고가 텍스트로 삼고 있는 30편의 역사인물을 소재로 한 작품들은 대부분 역사 기록이 존재하기 때문에 소설과의 대비가 가능하나, 각각의 작품들이 가지고 있는 허구적 양상은 단선적 도식으로 도출해 낼 수 있는 성격의 것이 아니다. 이들 작품들 중에는 역사기록의 틀에 비교적 충실하면서 작품 속 인물의 형상을 보다 생동감 있게 그려내는 데에만 초점을 맞춘 작품도 있고, 역사에서 확인할 수 없는 전혀 새로운 사건들을 재구성함으로써 역사 사실에서 드러나는 사건과의 인과관계를 그럴싸하게 포장한 것도 있으며, 역사에 전혀 존재하지 않는 사실을 마치 해당인물에게 있었던 사건인 것처럼 창조하여 전혀 새로운 인물로 재창조된 경우도 있기 때문이다.

따라서 본장에서는 각 인물별로 역사인물에 대한 가장 신뢰성 있는 기록이자 원천적인 기록인 역사기록에 대해 고찰해보고, 이를 소설의 내용과 비교해봄으로서 일차적으로 소설과 역사기록이 가지고 있는 '허'와 '실'의 기본적 경계에 대해 살펴볼 것이다. 역사기록의 고찰 범위는 소설이 이야기하고 있는 줄거리의 범위에 준하여 살펴 볼 것이며, 비교 대상이 되는 문헌이 1000자 안팎의 지문일 경우에는 전문을 번역·인용할 것이고, 1000자 이상의 긴 지문일 경우에는 간략하게 요약형으로 정리하여 살펴 볼 것이다. 그런 다음 소설의 기본 줄거리를 요약한 후 역사기록과 소설 간의 차이점에 대해 대조해 볼 것이다.

2. 각색의 양상

소설은 역사적 기록과 달리 작가의 주관적 개입을 통해서 인물·사건·시간·장소 등을 재구성해낸 것이다. 따라서 사실적 기록과의 대조는 작가가 지향하고 있는 소설의 주제와 창작의도를 유추하게 한다는 점에서 의의가 있는 작업이다. 그것은 작가가 역사인물이 가지고 있는 역사적 평가를 크게 벗어나지 않는 범위 내에서 인물의 형상을 보다 생동감 있게 그려내기도 하지만, 실제 역사인물과는 다소 다른 새로운 인물을 만들어냄으로써 작가의 지향점을 투영하기도 하기 때문이다.

텍스트로 삼은 30편의 작품들은 특히 역사인물을 소재로 하고 있기 때문에 이미 역사기록이나 기타 문헌 속에서 인물에 대한 대체적인 면모나 역사적 평가가 문학사의 면면에 각인되어 있다. 그러나 소설은 때로는 지금까지의 역사적 인식을 벗어나는 창작과 각색을 통해서 긍정적 혹은 부정적 인물형상을 더욱 부각시키기도 하고, 때로는 재창조해 내기도 한다.

소설이 가지는 허구와 실제의 경계는 늘 그 소설이 지향하는 창작의 방향에 따라 각각 다른 모습으로 드러나기 마련이다. 특히나 역사인물을 소재로 한 소설의 창작은 실제 역사 기록에 허구적 사실을 어떻게 조합하느냐가 바로 작가의 창작의도와 직결되기 때문에 이러한 역사 사실과 각색의 기술양상을 비교하는 것은 분명 의의가 있을 것이다. 이는 작가가 실제 인물의 역사와 행적을 소설 창작의 바탕으로 삼되 그 인물을 어떤 인물로 형상화해낼 것인가에 따라 때로는 긍정적 인물과 부정적 인물로, 때로는 선한 인물과 악한 인물로 부각시키거나 재창조하는 각색의 과정을 거치기 때문이다.

삼언 속에는 이렇게 역사인물을 소설화하여 재탄생시킨 작품이 30편이 있고, 각 작품은 다소간의 편차는 있지만 실존인물의 역사를 변형하고 각색하여 소설화의 과정을 거쳤다. 삼언에 실려 있는 작품 중에서 실존인물이 소재가 아닌 작품의 경우에는 비록 창작연대가 명대였다고는 하나 춘추전국시대·한대·당대·오대·송대 등 다양한 시대의 이야기들이 작가의 각색에 의해 창작되었기 때문에 명대에 출간된 삼언 소설이 얼마나 각 작품의 시대상을 반영하였는가에 대해서는 의구심이 드는 반면, 역사인물을 소재로 한 작품은 이미 해당인물에 대한 역사기록과의 대비가 가능하기 때문에 역사와 소설이 가지고 있는 그 시대의 참모습을 읽어낼 수 있다. 또한 이를 통해서 삼언은 물론 명말 단편백화소설의 창작 유형에 대한 이해를 재고할 수 있다.

각색의 양상을 고찰하는 데 있어서 참고가 된 자료로는 먼저 담정벽의 ≪삼언양박자료≫를 들 수 있다. 담정벽은 이 책에서 '삼언양박'과 관련 있는 자료를 집록하면서 각 작품과 직접적인 내원이 되는 자료와 간접적인 내원이 되는 자료, 그리고 유사한 내원으로 보이는 자료의 세 종류를 모두 수록하였다. 수록된 자료가 방대하여 각 작품의 연원관계를 살펴보는 데 대단히 중요한 자료가 아닐 수 없다. 그러나 이 책은 단지 관련성이 있는 여러 문헌들을 종합적으로 수집하여 정리해놓았을 뿐, 해당 문헌이 작품과 어떤 내원관계에 있는지에 대한 어떠한 설명이나 세부적인 고찰이 없기 때문에 자료로서의 가치 이상의 평가를 내리기가 힘들다. 아마도 담정벽은 소설연구자들이 이러한 자료들을 삼언양박 연구의 참고로 삼아 소설연구의 새로운 장을 열어주기를 바랐는지도 모를 일이다. 어쨌든 이 책은 삼언을 연구하는 필자가 역사인물을 소재로 한 연구의 출발점이 되었고, 많은 문헌들의 내용과 삼언 소설을 비교 분석하는 주된 자료가 되었다.

그리고 두 번째 문헌으로는 담정벽의 ≪三言兩拍源流考≫를 들 수 있다. 이 책은 ≪삼언양박자료≫가 1959년에 완성되었고 그 수집한 자료가 중화인민공화국 건국이전에 출판한 것을 기준으로 하였기 때문에, 자료가 다소 부족했던 점을 보완하여 근래의 사람들의 저작을 참고하고 집록하여 2012년에 출판되었다. 그러나 새롭게 추가된 내용은 많지 않으며, 대체로 ≪삼언양박자료≫의 범위를 크게 벗어나지 않는다.

세 번째 문헌으로는 胡士瑩의 ≪話本小說槪論≫을 들 수 있다. 담정벽이 단지 삼언양박에 대한 자료를 수집하고 정리하는 데에 그쳤다면, 호사영은 삼언이박과 관련된 자료들을 바탕으로 각 작품의 내원과 영향관계에 대해 분석을 시도한 책이라고 할 수 있다. 비록 담정벽이 고찰한 내용 중에 ≪삼언양박자료≫에 나오지 않는 자료는 소량에 그치고 분석한 작품도 전체 120편 중에서 83편에 한정되어 있기는 하지만, 두 문헌은 분명 상호보완적 관계에 있다고 할 수 있다.

네 번째 문헌으로는 풍몽룡의 ≪情史≫를 들 수 있다. ≪情史類略≫ 혹은 ≪情天寶鑑≫이라고도 불리는 이 문헌은 역대 사서·필기·소설·시화 등의 작품 중에서 '情'과 관련 있는 이야기를 선별하여 모두 24권에 860여 편의 고사를 담고 있다. 金源熙는 ≪정사≫의 편찬과정에 대해 고찰하면서, ≪艶異編≫·≪廣艶異編≫·≪靑泥蓮花記≫·≪瓦史≫ 등의 소설선집이 ≪정사≫의 편집에 많은 도움을 제공하였고, '剪燈類의 소설'이나 ≪涇林雜記≫·≪涇林續記≫ 등의 작품 속에서 우수한 전기 작품들은 ≪정사≫에 선별되어 실렸으며, ≪說聽≫·≪獪園≫·≪耳談≫ 등의 작품 속의 명대와 관련이 있는 전설이나 軼事 등이 ≪정사≫의 내용을 한층 풍부하고 다채롭게 하였다고 보았다. 그리고 풍몽룡이 기타 문언소설집인 ≪古今譚槪≫·≪智囊補≫·≪太平廣記鈔≫를 편집한 경험을 통해서 ≪정사≫를 편찬한 것으로 보았다.[7] ≪정사≫의 편찬 연대는 대체로 삼언의 편찬 연대와 비슷하나 삼언보다는 다소 앞서는 것으로 보이며, 풍몽룡은 이 네 편에 걸친 문언소설집을 편찬하면서 주대부터 명

---

7) 金源熙 〈≪情史≫故事源流考述〉 復旦大學 博士學位論文 上海 2005 p.139 참조.

대에 이르기까지 다양한 시대의 소재들을 확보할 수 있었을 것으로 보인다. 이중에는 특히 당 전기소설이 다수를 차지하고 있는데, 실제로 삼언소설 중에도 변문과 속강에서 발전되어 화본으로 발전한 것으로 보이는 작품 이외에도 당 전기를 부분 혹은 전체적으로 활용하여 각색한 것으로 보이는 다수의 작품들이 포함되어 있고, 그간 이에 대한 연구가 지속적으로 진행되어 왔다. 黃大宏은 당인소설이 삼언에 활용된 작품을 입화와 정화로 구분하여 각각 다음과 같이 제시한 바가 있다.

○ 입화(총16권)
  - 《유세명언》 총6권 : 권9, 권12, 권30, 권33, 권35, 권36
  - 《경세통언》 총4권 : 권6, 권30, 권31, 권38
  - 《성세항언》 총6권 : 권2, 권3, 권4, 권18, 권25, 권35
○ 정화(총30권)
  - 《유세명언》 10권 : 권5, 권6, 권7, 권8, 권9, 권11, 권20, 권21,
                       권33, 권37
  - 《경세통언》 7권 : 권3, 권9, 권10, 권11, 권19, 권28, 권40
  - 《성세항언》 13권 : 권1, 권5, 권6, 권21, 권24, 권26, 권30, 권31,
                       권32, 권37, 권38, 권40[8)]

이를 통해 우리는 명대 단편백화소설의 원류가 비단 변문이나 속강과 같은 강창문학에서 변화발전된 것이라는 단선적인 시각에서 벗어나서 당대에 성행했던 문언소설인 전기가 백화소설 창작의 일부 소재가 되고 창작과 각색의 원천이 되었음을 알 수 있다. 아울러 당 전기와 명대 백화소설과의 연원관계에 관한 고찰은 중국소설사의 발전과정을 이해하는 데에 있어서 중요한 단초가 되고 있다는 측면에서도 의의가 있는 연구다.

본고가 텍스트로 잡고 있는 30편의 역사인물 작품 중에서도 당 전기에

---

8) 黃大宏 〈唐人小說對"三言二拍"素材與成書方式的影響〉 延安大學學報(社會科學版) 24-3 2002 pp.91-92.

그 연원관계가 있는 작품은 모두 11편의 작품이 해당하는데, 그 목록은 다음과 같다.

선집명	작품명
≪유세명언≫	〈窮馬周遭際賣䭔媼〉(喩5)
	〈葛令公生遣弄珠兒〉(喩6)
	〈羊角哀舍命全交〉(喩7)
	〈裴晉公義還原配〉(喩9)
	〈臨安里錢婆留發跡〉(喩21)
	〈梁武帝累修歸極樂〉(喩37)
≪경세통언≫	〈王安石三難蘇學士〉(警3)
	〈李謫仙醉草嚇蠻書〉(警9)
≪성세항언≫	〈隋煬帝逸遊召譴〉(醒24)
	〈黃秀才徼靈玉馬墜〉(醒32)
	〈杜子春三入長安〉(醒37)

다섯 번째 문헌으로는 ≪太平廣記鈔≫를 들 수 있다. ≪태평광기초≫는 원래 500권에 달하는 ≪태평광기≫를 80권으로 합병하면서 원서의 글자 수를 절반으로 줄이고 여기에 평점을 가하여 편찬한 책이다. 풍몽룡은 사가의 시각으로 역사인물을 평가하면서 특히나 역대로 방탕하고 잔혹했던 황제들에 대해 준엄한 비평을 가하기도 하였고, 또한 소설가로서 소설 창작 속에 숨어 있는 일련의 규칙성을 예리하게 통찰해냄으로써 당시 시대와 소설 창작 간의 관계에 대해 명쾌하게 이야기하였다. 평점에서는 옛 말을 빌려 와서 당시를 풍자하는 방식을 취하면서 명대사회에 존재하던 다양한 사회적 현상에 대한 비평을 가하였다. 본고와 관련하여 ≪태평광기초≫ 속에는 마주 · 두자춘 · 양무제 · 갈주 · 배도 · 안영 · 수양제의 7명의 역사인물에 대한 기록이 전하고 있는데, 그 중에서 양무제는 2편의 글이 전하고, 배도에 관해서는 무려 5편의 관련 고사가 전하고 있다. 또한

呂用之와 貫休와 같은 인물에 대한 기록은 황손과 전류를 주인공으로 한 작품과 직접적인 관련이 있는 인물들이므로 관련성을 따져볼 수 있다.

여섯 번째 문헌으로는 ≪淸平山堂話本≫과 ≪京本通俗小說≫을 들 수 있다. 먼저 ≪청평산당화본≫은 명대 洪楩이 편찬한 ≪六十家小說≫ 60편에서 현재 29편만이 전하는데, 이 중 몇몇 작품은 삼언과 같은 내용을 가진 작품이 있다. 본고가 텍스트로 잡고 있는 30편의 작품 중에는 〈柳耆卿詩酒翫江樓記〉·〈五戒禪師私紅蓮記〉·〈羊角哀死戰荊軻〉·〈死生交範張鷄黍〉의 네 작품이 연원관계에 있다. ≪경본통속소설≫은 청나라 때의 繆荃孫이 우연히 서재에서 발견하여 1915년 ≪煙畵東堂小品≫ 속에 수록하여 간행한 것으로서, 翻刻本을 포함하여 모두 8편이 전하는데, 이중에 〈요상공〉이 ≪경세통언≫〈요상공음한반산당〉과 거의 같은 내용으로 되어 있다. 명대 중기에 나온 것으로 추정되는 이 두 화본집은 삼언소설과의 대비를 통해서 백화소설의 발전과정과 연원관계를 살펴보는데 있어서 중요한 역할을 하고 있다.

이외에도 ≪滄州集≫〈三言二拍源流考〉·≪智囊補≫·≪古今譚槪≫·≪堅瓠(續)集≫·≪西湖遊覽志(餘)≫ 등의 문헌들도 많은 참고가 된 문헌들이다.

필자는 정사 이외의 상기 문헌들 속에 산재하고 있는 기록들을 바탕으로 역사인물을 소재로 한 작품이 창작된 과정을 각 소설집별로 고찰하고자 한다. 이를 위해 각 작품과 관련된 여러 문헌의 목록을 먼저 살펴보면 다음과 같다. 단, 아래의 표9)는 앞 장에서 살펴본 정사 이외의 기타 관련 문헌의 목록이며, 각 작품 속의 입화는 분석대상에서 제외시켰다.

---

9) 아래의 표는 담정벽 ≪삼언양박자료≫ 상해고적출판사 상해 1980과 호사영 ≪화본소설개론≫ 중화서국 북경 1980 및 기타 문헌들을 종합적으로 고찰하여 정리한 것이다. 각 문헌의 하위 편명은 이하 각 작품의 각색양상에서 자세하게 명시하였으며, 여기서는 문헌의 편명만 수록하였다.

'삼언(三言)' 소설이 된 역사인물

구분	작품명	역사인물과 관련 있는 문헌
《유세명언》	〈窮馬周遭際賣䭔媼〉(喩5)	《大唐新語》·《太平廣記》·《情史》
	〈葛令公生遣弄珠兒〉(喩6)	《韓詩外傳》·《說苑》·《太平廣記》·《智囊補》
	〈羊角哀舍命全交〉(喩7)	《列士傳》·《文選》·《六朝事跡編類》·《順天府志》·《淸平山堂話本》
	〈吳保安棄家贖友〉(喩8)	《紀聞》·《太平廣記》·《遠山堂明曲品》·《埋劍記》
	〈裴晉公義還原配〉(喩9)	《獨異志》·《唐摭言》·《唐語林》·《類說》·《太平廣記》
	〈衆名姬春風弔柳七〉(喩12)	《避暑錄話》·《唐摭言》·《北夢瑣言》·《澠水燕談錄》·《能改齋漫志》·《獨醒雜志》·《綠窓新話》·《醉翁談錄》·《歲時廣記》·《增修詩話總龜後集》·《靑泥蓮花記》·《宋元戲文輯佚》·《淸平山堂話本》
	〈張道陵七試趙升〉(喩13)	《神仙傳》·《太平廣記》·《雲笈七籤》·《歷代仙史》
	〈陳希夷四辭朝命〉(喩14)	《河南邵氏聞見前錄》·《玉壺淸話》·《東軒筆錄》·《澠水燕談錄》·《靑瑣高議》·《新編分門古今類事》·《續夷堅志》·《增修詩話總龜》·《歷代仙史》·《堅瓠續集》·《堅瓠辛集》
	〈史弘肇龍虎君臣會〉(喩15)	《玉壺淸話》·《畫墁錄郭雀兒》·《東皐雜錄》·《甕牖閒評》
	〈范巨卿鷄黍死生交〉(喩16)	《搜神記》·《焦氏類林》·《淸平山堂話本》
	〈臨安里錢婆留發跡〉(喩21)	《全唐詩話》·《唐詩紀事》·《七修類稿》·《稽神錄》·《湘山野錄》·《續湘山野錄》·《楓窓小牘》·《西湖遊覽志餘》·《西湖夢尋》
	〈木綿菴鄭虎臣報冤〉(喩22)	《齊東野語》·《三朝野史》·《山房隨筆》·《山居新話》·《西湖遊覽志餘》·《效顰集》
	〈晏平仲二桃殺三士〉(喩25)	《國語》·《述異記》·《晏子春秋》·《說苑》·《智囊補》

구분	작품명	역사인물과 관련 있는 문헌
	〈明悟禪師趕五戒〉 (喩30)	《太平廣記》·《獨異志》·《甘澤謠圓觀》·《西湖遊覽志》·《侯鯖錄》·《捫蝨新話》·《春渚紀聞》·《孫公談圃》·《河南邵氏聞見錄》·《貴耳集》·《東坡問答錄》·《錢氏私誌》·《堅瓠壬集》·《淸平山堂話本》
	〈梁武帝累修歸極樂〉 (喩37)	《朝野僉載》·《六朝事跡編類》·《二老堂雜志》·《戱瑕》·《遺愁集》
《경세통언》	〈俞伯牙摔琴謝知音〉 (警1)	《說苑》·《列子》·《荀子》·《呂氏春秋》·《韓詩外傳》·《新序》
	〈莊子休鼓盆成大道〉 (警2)	《莊子》·《遺愁集》
	〈王安石三難蘇學士〉 (警3)	《太平廣記》·《中朝故事李贊皇逸事》·《西塘集耆舊續聞》·《高齋漫錄》·《類說》·《餘菴雜錄》·《堯山堂外紀》
	〈拗相公飮恨半山堂〉 (警4)	《河南邵氏聞見錄》·《楓窓小牘》·《曲洧舊聞》·《桯史》·《孫公談圃》·《效顰集》·《兩山墨談》·《香祖筆記》·《京本通俗小說》·《大宋宣和遺事》
	〈李謫仙醉草嚇蠻書〉 (警9)	《松牕雜錄》·《酉陽雜俎》·《本事詩》·《唐摭言》·《靑瑣高議》·《容齋隨筆》·《酒史》·《野客叢書》·《國色天香》
	〈三現身包龍圖斷冤〉 (13卷)	《醉翁談錄》·《武林舊事》·〈新刊全相說唱包待制出身傳〉 외 6種
	〈趙太祖千里送京娘〉 (警21)	《飛龍全傳》
	〈唐解元一笑姻緣〉 (警26)	《情史》·《堅瓠丁集》·《茶餘客話》·《通俗編》·《劇說》·《兩般秋雨盦隨筆》·《茶香室叢鈔》·《三借盧筆談》·《小說技談》
	〈況太守斷死孩兒〉 (警35)	《國琛集》·《蘇談》·《濯纓亭筆記》·《見聞雜記》·《海公案》
《성세항언》	〈隋煬帝逸遊召譴〉 (醒24)	《隋遺錄》·《海山記》·《迷樓記》·《開河記》·《脚氣集》
	〈馬當神風送滕王閣〉 (醒40)	《唐摭言》·《太平廣記》·《類說》·《新編分門古今類事》·《歲時廣記》

구분	작품명	역사인물과 관련 있는 문헌
	〈佛印師四調琴娘〉 (醒12)	《堅瓠已集》·《冷齋夜話》·《西湖遊覽志》
	〈金海陵縱慾亡身〉 (醒23)	《情史》
	〈黃秀才徼靈玉馬 墜〉(醒32)	《全唐詩》注·《說郛》·《宣室志》·《劍俠傳》· 《情史》·《歲時廣記》
	〈杜子春三入長安〉 (醒37)	《續玄怪錄》·《太平廣記》·《酉陽雜組續集》

그리고 소설 창작의 원천이 되었을 것으로 판단되는 문헌의 수치는 각 작품마다 다르게 나타났는데, 〈금해릉종욕망신〉(성23)의 경우는 관련 문헌이 1편 정도인 반면, 〈명오선사간오계〉(유30)의 경우는 14편이나 되는 관련 문헌을 확인할 수 있다. 그리고 한 작품이 아닌 다수의 작품에서 다양한 일화를 제공한 것으로 판단되는 일부 문헌 중에서 3작품 이상에서 일화의 원천이 되었을 것으로 판단되는 문헌만을 편수별로 나열해 보면 아래와 같다.

관련 문헌명	관련 작품의 수
《太平廣記》	9작품
《堅瓠(續)集》	6작품
《西湖遊覽志(餘)》	4작품
《唐撫言》	4작품
《淸平山堂話本》	4작품
《情史》	3작품
《說苑》	3작품
《河南邵氏聞見(前)錄》	3작품

이상의 8문헌은 30작품의 각종 일화와 관련하여 고르게 분포되어 있고, 작가가 소설을 창작하는 데에 있어서 상당한 역할을 한 문헌이었을

것으로 추정된다. 이중 주목할 만한 문헌으로는 ≪태평광기≫와 ≪정사≫
가 있는데, 먼저 ≪태평광기≫의 경우에는 작가 풍몽룡이 이 문헌과 관
련하여 ≪태평광기초≫를 집필한 바가 있기 때문에 ≪태평광기≫ 속에
산재되어 있는 수많은 소설의 원천들을 속속들이 접하고 평가하는 과정
을 거쳤을 것이고, 또한 이것이 소설 창작의 주요한 원천이 되었을 것으
로 판단된다. 그리고 ≪정사≫ 또한 풍몽룡 자신이 집록한 문언소설집이
고, 책이 나온 연대가 삼언보다는 약간 앞서는 것으로 추정되므로 삼언
소설의 창작과정에서 적지 않은 영향을 끼쳤을 것으로 판단된다.10)

　≪견호(속)집≫과 ≪서호유람지(여)≫의 경우에는 다양한 종류의 필기
류 소설들을 담고 있는 문헌으로써 비록 그 길이가 짧아서 긴 정절의
줄거리 구성을 가지고 있지는 않지만, 작가가 소설을 각색하고 창작하는
데에 있어서 많은 참고가 된 문헌이었을 것으로 추정된다.

　마지막으로 ≪청평산당화본≫의 경우에는 명대 중엽에 출간되었을 것
으로 추정되는 화본소설집으로써 역사인물을 소재로 한 작품 중에는 4작
품과 서로 관련이 있는데, 이중 〈중명희춘풍조류칠〉(유12)의 전신으로
보이는 〈柳耆卿詩酒翫江樓記〉의 경우에는 5할 정도의 줄거리가 대체로
일치하는 반면에, 〈양각애사명전교〉(유7)·〈범거경계서사생교〉(유16)·
〈명오선사간오계〉(유30)와 대응되는 작품들은 거의 9할 이상의 내용이
일치하고 있어서 앞서 나온 작품을 집록하였다고 보는 것이 타당하다.
그리고 상기 문헌들을 전체적으로 고찰해 볼 때, 여타 문헌에 비해 필기
류소설이 다수의 비중을 차지하고 있다는 점도 특징으로 볼 만하다.

10) ≪정사≫의 成書年代에 대해서는 삼언 출간 이전인지 이후인지에 대해 학자
　　들 간의 이견이 있으나, 유정일은 ≪정사≫에서 ≪古今譚槪≫나 다른 풍몽룡
　　의 작품들을 거리낌 없이 인용하고 있음에도 불구하고 삼언이나 ≪태평광기
　　초≫와 ≪智囊≫ 등은 전혀 언급되지 않은 점 등을 근거로 ≪정사≫가 삼언
　　출간 이전에 간행된 것으로 보고 있다. 유정일 〈≪정사≫의 평집자와 성서연
　　대 고증〉 중국소설논총 45 2015 참조.

'삼언(三言)' 소설이 된 역사인물

3. 삼언 속 역사인물

삼언의 역사인물은 ≪유세명언≫·≪경세통언≫·≪성세항언≫의 순서로 나열하였고, 각 편도 권별 순서로 정리하였다. 각 인물별 내용은 역사와 소설 간의 경계에 대해 먼저 이야기하고, 이어서 소설과 제 문헌 간의 관계를 통해서 각 작품의 각색 양상에 대한 소결을 이끌어내는 방식을 취하였다.

1) 마주(馬周)
── 〈窮馬周遭際賣鎚媼〉(≪유세명언≫ 권5)

'빈궁한 마주가 국수 파는 아주머니를 만나다.'라는 제목의 이 작품은 唐 太宗 貞觀 改元 때 사람 마주에 대한 이야기다. 마주에 대한 역사 기록은 ≪신당서≫〈마주전〉이 있다. 마주는 中郞將인 常何에게 몸을 의탁할 당시에 상하를 대신해서 황제에게 올릴 상소를 써주었다가 황제에게 발탁되어 이후 관직이 吏部尙書에까지 이른 인물이다.

소설이 설정하고 있는 입신양명의 과정을 실제 역사와 대비하기 위해서 ≪신당서≫〈마주전〉의 내용을 요약해보면 다음과 같다.

> ○ 마주는 자가 賓王으로 淸河 茌平 사람이다. 어려서 고아가 되어 가난하였으나, 학문하기를 좋아하였다. 특히 ≪詩≫·≪傳≫류에 정통하였으나, 곤궁하여 마을 사람들의 존경을 받지 못하였다.
> ○ 武德 시기에 博州助敎에 공석이 나서 갔으나 매일 술을 마시고 취해서 강의를 제대로 하지 않자, 刺史 達奚恕가 누차 질책하였다.
> ○ 마주는 曹·汴 등지를 주유하였고 또한 浚儀令 崔賢에 의해 모욕을 당하자 분개하여 長安으로 갔다.
> ○ 新豊의 여관에서 머물렀는데 주인이 상인들만 응대를 하고 마주를 응대하여 않자 술 한 말을 혼자 마셨고, 주인이 그를 매우 남다르게 여겼다.

○ 京師에 이르러 중랑장 상하의 집에 머물렀다.

○ 정관 5년에 태종이 정사의 득실을 말하도록 백관에게 명하였다. 상하는 무관이어서 경학을 섭렵하지 못하였기에 마주가 상하를 위해 이십 여 가지 일을 써서 조정에 올리게 하였는데, 그 모든 것이 황제의 뜻과 부합하였다.

○ 태종이 그의 능력을 기이하게 여겨서 상하에게 물으니, 상하는 마주가 대신 써 주었음을 사실대로 고하였다.

○ 태종은 즉시 마주를 불렀으나 오지 않자, 사자를 네 번이나 보내서 재촉하였다.

○ 결국 마주가 태종을 알현하러 가자, 태종은 마주에게 直門下省의 관직을 하사하였다.

○ 정관 6년 마주는 監察禦使를 제수 받았다.

○ 태종은 마주를 천거한 공으로 상하에게 비단 삼백 필을 하사하였다.

○ 마주는 태종에게 상소를 올리고, 태종은 마주의 상소를 받아들여서 侍禦史 겸 朝散大夫로 관직을 제수하였다.

○ 정관 11년에 마주가 또 다시 상소를 올리자, 태종이 대단히 칭찬하였다.

○ 관직이 給事中에 이른 후, 태종 12년에 中書舍人으로 관직을 옮겼다.

○ 태종 15년에 治書侍禦史 겸 知諫議大夫가 되었고 檢校晉王府長史를 겸직하였다.

○ 태종이 황태자를 정하자 (마주를) 中書侍郞 겸 太子右庶子로 제수하였다.

○ 태종 18년에 중서령으로 옮겨갔고 태자우서자를 여전히 겸하였다.

○ 태종이 요동을 정벌하러 가면서 황태자가 定州를 지키게 하고, 마주와 高士廉 · 劉洎留로 하여금 황태자를 보좌하게 하였다.

○ 태종이 요동에서 돌아와서 본래의 관직으로 되돌리면서 이부상서에 임명하였다.

○ 태종 24년 48세의 나이에 사망하였다.[11]

---

11) ≪新唐書≫〈馬周傳〉 참조.

그러면 《신당서》〈마주전〉과 달리 〈궁마주조제매추온〉은 역사기록과 어떤 차이를 보이는지 살펴보기 위해서 먼저 소설의 줄거리를 살펴보면 다음과 같다.

博州 荏平 사람인 마주는 어려서 부모를 여의고 홀로 되어 서른이 넘도록 처를 얻지 못하였다. 사서에 정통하고 학문이 뛰어나고도 등용되지 못하는 현실 때문에 답답함을 술로 풀었고, 주위사람들은 '거렁뱅이 마주', 혹은 '술귀신'이라고 불렀다.

그러던 어느 날 博州刺史 達奚가 마주의 학문이 뛰어나다는 것을 듣고 博州助教로 초빙하여 채용하였으나, 마주는 잦은 술 문제 때문에 물의를 일으켜서 이마저 얼마 있지 못하고 결국 길을 떠났다.

목적지를 장안으로 정하고 길을 가던 마주는 新豊의 어느 객점에 머물렀고, 가진 돈이 없었으나 객주 王公의 호의로 노잣돈까지 챙겨서 장안까지 도착하였다. 장안에서는 왕공의 생질인 왕씨 아주머니의 집을 찾아가서 당분간 신세를 질 생각이었는데, 왕씨의 남편 趙三郎은 이미 재작년에 죽어서 왕씨는 혼자 수절을 하고 있었다.

과부 왕씨는 본래 一品夫人이 될 좋은 관상을 타고나고도 과부가 되어 지내고 있었다. 마주가 오던 날 왕씨는 기이한 꿈을 꾸자 손님으로 찾아온 마주를 극진히 대접하며 머물게 하였다. 그리고 왕씨는 자신의 국수집에 찾아오는 손님을 통해서 마주가 몸을 의탁할 수 있는 중랑장 상하와 연결해 주었다.

마주는 상하를 대신하여 조정에 올릴 상소를 작성하였고, 후에 그 재능을 인정받아 결국 태종의 총애를 받게 되면서 禦使公에 봉해지고, 給諫이라는 관직까지 얻게 되었다. 그리고 아직 장가를 들지 않은 처지였기에 지난 날 자신을 극진히 보살펴 주었던 왕씨에게 청혼하고 혼례를 올렸다. 마주는 태종을 보필한 지 삼 년이 되지 않아서 이부상서가 되었고, 왕씨는 부인의 지위에 봉해졌다.[12]

이상과 같이 열전과 소설은 모두 마주가 입신양명하기까지의 과정에

---

12) 《유세명언》 참조.

있어서 기본적으로 같은 맥락을 가지고 있다. 열전과 소설의 차이는 크게 두 가지로 살펴볼 수 있는데 이를 표로써 살펴보면 다음과 같다.

내용　구분	≪新唐書≫〈馬周傳〉	〈窮馬周遭際賣䭔媼〉
장안으로 가는 여정	曹·汴 등지를 주유하였고 또한 준의령 최현에 의해 모욕을 당하자 분개하여 장안으로 감.	준의령 최현과의 일화가 없고, 객점 주인과의 일화가 전함.
왕씨와의 연분	경사에 이르러 중랑장인 상하의 집에 머물렀다는 기록만 있을 뿐 왕씨 아주머니는 등장하지 않음.	왕씨의 도움으로 중랑장인 상하에게 소개되고 이를 계기로 이후 입신양명하게 됨.

상기 표와 같이 열전과 소설은 '마주가 장안으로 가는 여정'과 '마주와 왕씨와의 연분'이라는 두 가지 부분에서 차이를 보이고 있다.

첫째, 장안으로 가는 여정과 관련해서 열전에는 준의령 최현에 의해 모욕을 당했고, 이어서 신풍의 한 객점에 머물렀다는 기록이 나와 있다. 이와 달리 소설에서는 최현이 등장하지 않고 있고, 다만 풍리에서 만난 객점 주인의 호의를 받고 장안으로 향했다는 내용이 나와 있다. 소설은 아마도 이후 장안에서 마주가 왕씨 아주머니와의 연분을 이어가기 위한 연결고리를 만들기 위해 왕씨의 친척인 왕공을 등장시킨 것으로 보인다.

둘째, 장안에 도착한 마주의 행적에 대한 기록에 관해서 열전은 중랑장 상하의 집에 머물렀다는 기록만 있을 뿐, 마주가 어떤 여인을 만나서 혼인을 하였다는 가정사가 전혀 기록되어 있지 않다. 이와 달리 소설은 마주가 풍리의 객점 주인 왕공이 소개해준 왕씨 과부의 도움을 얻어 한동안 그녀의 집에서 머물렀고, 또한 왕씨의 소개로 중랑장 상하에게 몸을 의탁하게 된 것으로 되어 있다. 그리고 마주는 관직에 나아가서 출세하게 되자, 지난날 자신을 돌봐 주었던 왕씨의 은혜에 보답하기 위해 그녀와 혼례를 올리고 부인으로 삼았다.

소설의 줄거리는 마주의 정사 ≪신당서≫〈마주전〉과 비교했을 때, 기본적으로 줄거리의 창작 범위와 인물 설정을 역사 사실에 준한 것으로 볼 수 있다. 그러나 마주의 출세과정에 결정적인 조력자이자 연인으로 등장하는 왕씨 아주머니에 대한 이야기는 소설에서 가장 핵심적인 내용이지만, 열전에는 나오지 않는 허구적 각색이다. 마주의 출세에 대한 이야기는 唐人 劉餗의 ≪隋唐佳話≫와 趙自勤의 ≪定命錄≫ 등의 책에 그 기록이 보인다.[13] 孫楷第는 ≪中國通俗小說書目≫권1에서 ≪醉翁談錄≫의 신선류에 〈馬諫議〉가 있는데, 이 작품과 같은 것으로 추측하고 있다.[14] 그리고 이 작품의 창작과 관련해서는, 삼언 창작 이전에 풍몽룡이 편찬한 것으로 판단되는 ≪정사≫에 이미 이 작품이 실린 것으로 보아 아마도 풍몽룡이 ≪정사≫에 수록한 전기소설을 바탕으로 〈궁마주조제매추온〉을 창작한 것으로 보인다. ≪정사≫에는 소설과 마찬가지로 마주와 한 여인에 대한 이야기가 실려 있는데 121자의 아주 짧은 편폭으로 되어 있다. 그 전문을 번역하여 살펴보면 아래와 같다.

당 마주는 어려서 고아가 되어 빈곤하였고, 박주조교가 되었다. 술을 좋아하여 자사 달해를 거스르게 하였다. 직책의 옷을 벗고 수도로 갔고, 국수를 파는 아주머니의 가게에 머물렀다. 며칠이 지나서 (마주는) 그 아주머니에게 한 장소를 찾아봐 주기를 청했다. 그 아주머니는 그리하여 중랑장 상하의 집으로 인도해 주었다. (마주는) 상하를 대신하여 상주문의 초안을 썼는데, 황제의 뜻에 부합하였다. 태종은 마주가 쓴 것임을 물어서 알게 되자 즉시 불러들여서 만났고, 남찰어사를 제수하였다. 아주머니가 전에 국수를 팔고 있을 때, 이순풍과 원천강은 늘 만나면 그녀를 이상하게 여기며 몰래 말하였다. "저 부인은 크고 귀하게 되어야 마땅한데 어찌 여기에 있단 말인가?" 마공이 귀하게 되자 마침내 장가를 들어 아내로 삼았다. 수년 내에 마공은 재상에 제수되고 아주머니는 부인이 되었다.[15]

---

13) 胡士瑩 ≪話本小說概論≫ 中華書局 北京 1980 p.541 참조.
14) 孫楷第 ≪中國通俗小說書目≫ 中華書局 北京 2012 참조.

이처럼 《정사》에 나오는 마주와 여인의 일화는 소설이 가지고 있는 줄거리 구성과 거의 일치한다. 그리고 현재까지 이 작품과 관련하여 화본소설류의 작품이 없기 때문에 현존하는 문헌을 바탕으로 판단컨대, 풍몽룡이 문언소설인 《정사》의 내용을 바탕으로 단편소설 길이의 삭품으로 각색하여 창작한 것으로 추정해 볼 수 있다. 《정사》이외에 《大唐新語》권6·《太平廣記》권164〈마주〉에도 마주에 대한 기록이 실려 있으나, 이 기록들은 대체로 열전의 내용과 비슷하다.[16)

2) 갈종주(葛從周)
— 〈葛令公生遣弄珠兒〉(《유세명언》권6)

'갈영공이 농주아를 억지로 시집보내다.'라는 제목의 이 작품은 五代 梁의 용맹한 장수였던 갈종주에 대한 이야기다. 갈종주에 대한 역사기록은 《신오대사》〈갈종주전〉이 있다. 그 내용은 대체로 갈종주가 朱溫에게 투항한 이후에 여러 전쟁에서 전공을 세운 내용으로 채워져 있고, 기타의 기록은 간략하다. 이를 소설의 줄거리 범위와 대비하여 개괄적으로 살펴보면 다음과 같다.

○ 최초에 황소의 난이 일어났을 당시에 군중에서 軍校를 맡았다.
○ 中和 4년에 주온 등이 '王滿渡'에서 황소의 군대를 대패시키자 갈
　　종주는 주온에게 투항하였다.
○ 이후 수차례에 걸쳐서 전공을 세웠다.

---

15) 《情史》〈賣鎚嫗〉. "唐馬周, 少孤貧, 爲博州助敎。以嗜酒忤刺史達奚, 拂衣至京, 停於賣食追嫗肆。數日, 祈嫗覓一館地。嫗乃引致於中郎將常何之家。代何草封事, 稱旨。太宗詢知周所爲, 卽日召見, 拜藍察禦史。嫗之初賣食追也, 李淳風, 袁天罡常遇而異之, 皆竊雲, "此婦當大貴, 何以在此?"及馬公旣貴, 竟取爲妻。數年內, 馬公拜相, 嫗爲夫人。"
16) 譚正璧 《三言兩拍資料》 上海古籍出版社 上海 1980 참조.

'삼언(三言)' 소설이 된 역사인물

○ 당 주온이 황제에 등극한 이후에 갈종주는 左金吾衛上將軍에 제
수되나 병이 나서 사직하였고, 황제는 그에게 右衛上將軍을 제수
하고 偃師에서 거주하게 하였다.
○ 末帝가 즉위하자 昭義軍節度使와 陳留郡王을 제수하고 그 봉록
으로 먹고 살게 하였다.
○ 갈종주가 사망하자, 황제는 太尉의 벼슬을 하사하였다.[17]

≪신오대사≫에 나오는 갈종주에 대한 기록은 인물의 출생·성장과
정·결혼·가족사·사망과 같은 신변적인 내용이 거의 없으며, 그가 입
신하여 관직에 있으면서 주온에게 투항한 후 여러 차례 전공을 세우고
이후 병들어 죽기까지 지냈던 관직의 변화를 주로 담고 있다. 그럼 갈종
주의 열전과 소설의 차이를 비교하기 위해서 소설의 내용을 개괄적으로
살펴보면 다음과 같다.

당시에는 梁이 河北의 後唐과 국경을 접하고 있었기 때문에 양 주온
은 특별히 신임이 가는 갈주에게 兗州를 지키게 하였다. 갈주는 사람들
에게 갈영공이라고 불리었고, 그의 수하에는 정예부대 10만이 있었으
며 유능한 장군이 수없이 있었다. 그의 수하에는 申徒泰라는 걸출한
무장이 있었는데, 처음에는 갈영공 휘하의 친위병이었으나 용감하고
출중한 궁마솜씨로 중책에 발탁되었다.
신도태는 가난하여 아직 장가를 들지 못한 총각이었다. 어느 날 그는
갈영공의 애첩 중에 弄珠兒를 보고 한 눈에 반하였고, 그녀를 쳐다보느
라 갈영공의 명령을 듣지 못하는 실수를 저지르고 만다. 갈영공은 대수
롭지 않게 여기면서 신도태의 의중을 간파했으나, 신도태는 자신의 실
수 때문에 벌을 받을까봐 전전긍긍하였다. 때마침 후당의 李存璋이 산
동을 침범하였다는 소식을 접하자 전군은 출병하게 되었고, 갈영공의
군대는 후당의 군대를 크게 무찌르는데 신도태의 활약이 눈부셨다.
신도태를 더욱 신임하게 된 갈영공은 전쟁이 끝나고 연주로 돌아와

---

17) ≪신오대사≫〈갈종주전〉 참조.

서 자신의 애첩인 농주아와 그를 혼인시켜주고 많은 재물도 주었을 뿐만 아니라, 새로 관부를 옮기면서 구관부를 신도태에게 맡기는 신임을 보여주었다.

갈영공은 사람의 감정을 깊이 헤아리고 현자를 중시하며 여색을 가벼이 여기는 진정한 대장부의 행동을 한 것으로 사람들에게 칭송받았고, 갈영공의 치세에 사람들이 진심으로 탄복하여 그가 다스리는 지방이 안정되었다.[18]

이상과 같이 ≪신오대사≫에 등장하는 갈종주와 소설 속의 갈주는 일치하는 내용이 거의 없다. 소설은 대체로 ≪태평광기≫에 담겨 있는 고사를 각색한 것으로 보이나, 여기서는 정사와의 비교를 우선적으로 살펴보기로 한다.

내용　　구분	≪新五代史≫〈葛從周傳〉	〈葛令公生遣弄珠兒〉
주인공의 이름	葛從周	葛周 혹은 葛令公으로 불림.
梁 朱溫이 황제였을 당시 갈종주의 관직	갈종주는 左金吾衛上將軍에 제수되나 병이 나서 사직하였고, 황제는 그에게 右衛上將軍을 제수 하여 偃師에서 거주하게 함.	갈주는 中書令 겸 領節度使의 관직으로 봉해져서 兗州에 주둔하여 변방을 지킴.

상기 표에서 보는 바와 같이 실제 역사와 소설에서 차이라고 할 수 있는 것은 두 가지 단편적인 사실의 차이 정도다.

첫째는 인물의 이름으로서 정사에는 이름이 갈종주로 되어 있으나, 소설 속에서는 갈주로 되어있다. 그러나 두 인물은 시대와 역사적 배경을 고려했을 때 동일인물이다.

둘째는 갈종주가 당 주온에게 투항하여 그의 휘하에 있을 때 지냈던

---

18) ≪유세명언≫ 참조.

관직의 차이다. 정사에서는 당 주온이 제위에 있던 시기에 갈종주가 좌금오위상장군에 제수되나 병이 나서 사직하게 되자, 황제는 그에게 우위상장군을 제수하여 언사에서 거주하게 한 것으로 되어있다. 이후 말제에 이르러 관직이 다시 바뀌나 이는 소설의 줄거리 범위를 벗어나는 내용이다. 이에 반해서 소설에서는 당 주온이 갈주를 중서령 겸 영절도사의 관직으로 봉하였으며, 연주에 주둔하여 지키게 한 것으로 되어있다. 이는 연주가 하북과 근접한 곳이고, 하북은 후당 李克用의 땅이어서 특별히 신임하는 갈주가 지키도록 하여 산동을 압박하고 하북을 주시하도록 한 것이다. 이를 통해 볼 때, 갈종주가 지낸 벼슬도 정사와 일치하는 부분이 없고, 그가 장군으로 있으면서 다스렸던 지역의 명칭도 정사와 소설은 각각 다르게 나타나고 있다.

이처럼 ≪신오대사≫에는 갈종주의 신변적인 내용이 거의 없다. 그리고 그가 입신하여 관직에 있으면서 주온에게 투항한 후 여러 차례 전공을 세우고, 이후 병들어 죽기 전까지 지냈던 관직의 변화를 주로 담고 있기 때문에 열전이 소설의 모태가 되었을 가능성은 적어 보인다.

정사 이외에 이 작품과 관련된 일화를 담고 있는 문헌으로는 ≪太平廣記≫권177〈葛周〉·≪韓詩外傳≫권7·≪說苑≫권6〈復恩〉·≪智囊補≫권1 등이 있는데, 이중 ≪한시외전≫·≪설원≫·≪지낭보≫에는 작품의 입화에 실린 초 장왕에 대한 일화와 거의 같은 내용이 담겨 있고, 정화의 내용은 북송 태종 태평흥국 3년(978)에 편찬된 ≪태평광기≫에서 이 일화를 ≪玉堂閑話≫에서 인용하고 있음을 밝히고 있는데, 그 줄거리가 본편과 거의 유사하다.[19] 소설은 입화와 정화의 두 이야기를 결합하여 소설로 창작하면서 편폭이 대폭 늘어났다. 그럼 ≪태평광기≫에 수록된 일화를 살펴보자.

---

19) 譚正璧 ≪三言兩拍資料≫ 上海古籍出版社 上海 1980 참조.

양대에 시중이었던 갈주는 연주진수사로 있을 당시 하루는 밖으로
놀러 나가서 한 정자에 앉아 있었다. 갈주에게는 갑이라는 한 부장이
있었는데 마침 장년이 되어도 장가를 들지 못하였다. 이 부장은 생긴
모습이 준수하고 말을 타고 활을 쏘는 것도 잘하였을 뿐만 아니라 담력
도 뛰어났다. 한 번은 보고받을 일이 있어서 갈영공이 그를 불러 들였
다. 그때 갈주의 여러 애첩들은 그 자리에서 시중을 들고 있었다. 그
중에 한 애첩은 자태가 너무나 아름다웠는데, 갈영공이 대단히 총애하
며 늘 함께 데리고 다녔다. 갑부장은 그 여인을 보고서 계속해서 쳐다
보았다. 갈주가 물어볼 것이 있어서 여러 번 불렀지만 그는 애첩을 쳐
다보며 대답해야할 것도 잊고 있었다. 갈영공은 단지 고개를 수그릴
뿐이었고, 그런 후에 공은 살짝 웃어보였다. 옆에 있던 자가 갑에게 이
사실을 알려주자 갑은 비로소 두려워했다. 그러나 정신이 혼미해져 갈
영공이 시킨 일을 기억할 수 없었다고 말하였다. 며칠 동안 헤아릴 수
없는 죄를 걱정하였다. 공은 그의 걱정이 깊은 것을 알고 온화한 얼굴
로 그를 맞이했다. 얼마 지나지 않아서 조정에서 출정하여 하상에서
당의 군대를 막으라는 조서가 내려왔다. 당시에 갈영공의 군대는 적과
결전을 벌였다. 교전한 지 며칠이 지나서 적군이 진지를 지키며 움직이
지 않았다. 날은 저물고 군사들은 허기에 지쳐서 거의 죽을 지경이 되
었다. 공은 갑을 불러서 그에게 말하였다. "자네가 저 진지를 함락할
수 있겠는가?" 갑이 답하였다. "네" 그리고 즉시 말고삐를 잡아당기며
쏜살같이 달려서 수십 기병과 함께 적군에게로 달려갔고, 수십 명의
적군의 수급을 베었다. 공의 대군이 그를 따라 연이어 쳐들어가자 당의
군대는 대패하였다. 마침내 갈영공은 개선하였고 애첩에게 말하였다.
"갑이 전쟁에서 큰 공을 세워서 마땅히 보상이 있어야 하니 너를 그에
게 줄 것이다." 애첩은 눈물을 흘리며 명을 거부했지만 공은 다독이며
말하였다. "다른 사람의 아내가 되는 것이 남의 첩이 되는 것보다 낫지
않겠느냐?" 그리고 결혼할 예물을 준비해 주었는데 그 값이 수 천 냥의
가치였다. 공은 갑을 불러서 그에게 말하였다. "너는 하상에서 공을 세
웠고, 네가 아직 혼인을 하지 않은 것을 내가 알고 있으니 지금 아내를
맞이하게 해주고 서열직을 겸하게 하겠다. 그 여인은 바로 네가 전에
보았던 사람이다." 갑은 연신 사죄하며 감히 명을 받들려고 하지 않았
다. 공이 끝내 그에게 줄 것을 고집하니 갑이 받아들였다. 아! 옛날에

'삼언(三言)' 소설이 된 역사인물

절영과 도마[20]와 같은 신하가 있었다지만 어찌 갈영공을 능가하겠는가! 갈영공은 양의 명장이 되어 명성이 적국에 널리 퍼져있었다. 하북지방 속담에 이르기를, "산동의 칡 한 뿌리 공연히 건드리지 마라"는 말이 있다.[21]

이상과 같이 ≪태평광기≫에 나오는 일화는 소설에서 등장하는 주요 인물인 갈주와 그의 부하장수인 신도태(≪태평광기≫에서는 甲으로 등장), 그리고 갈주의 애첩 농주아(≪태평광기≫에서는 애첩이라고만 표기됨)라는 세 인물에 얽힌 이야기와 거의 일치하므로 소설의 모태가 되었음을 짐작할 수 있다.

---

20) "절영도마"는 원래 서한의 문학가인 劉向의 ≪說苑≫에 나온다. '절영'의 이야기는 기원전 605년 초 장왕 때 한 신하가 주연을 벌일 때 장왕의 애비를 희롱했으나, 장왕이 슬기롭게 이를 용서하고 넘겼고, 후에 그 신하는 전쟁에서 장왕의 목숨을 구하여 보답하였다는 이야기를 말한다. '도마'의 이야기는 진 목공 때 300여명의 배고픈 백성들이 말을 훔쳐 먹은 사건이 일어났는데 목공은 이를 용서하였고, 후에 전쟁이 나자 이 백성들이 목공을 위험으로부터 구해주어 은혜를 갚은 이야기를 말한다.

21) ≪太平廣記≫〈葛周〉. "梁葛侍中周鎮兗之日, 嘗遊從此亭。公有廳頭甲者, 年壯未婚有神彩, 善騎射, 膽力出人。偶因白事, 葛公召入。時諸姬妾幷侍左右。內有一愛姬, 乃國色也, 專寵得意, 常在公側。甲窺見愛姬, 目之不已。葛公有所顧問, 至於再三, 甲方流眄於殊色, 竟忘其對答。公但俯首而已。既罷, 公微哂之。或有告甲者, 甲方懼, 但雲神思迷惑, 亦不計憶公所處分事。數日之間, 慮有不測之罪。公知其憂甚, 以溫顏接之。未幾, 有詔命公出征, 拒唐師於河上。時與敵決戰。交鋒數日, 敵軍堅陣不動。日暮, 軍士饑渴, 殆無人色。公乃召甲謂之曰:"汝能陷此陣否?"甲曰:"諾。"即攬轡超乘, 與數十騎馳赴敵軍, 斬首數十級。大軍繼之, 唐師大敗。及葛公凱旋, 乃謂愛姬曰:"大立戰功, 宜有酬賞, 以汝妻之。"愛姬泣涕辭命, 公勉之曰:"爲人之妻, 可不愈於爲人之妾耶?"令具飾資妝, 其直數千緡。召甲告之曰:"汝立功於河上, 吾知汝未婚, 今以某妻, 兼署列職, 此女即所目也。"甲固稱死罪, 不敢承命。公堅與之, 乃受。噫! 古有絕纓盜馬之臣, 豈逾於此。葛公爲梁名將, 威名著於敵中。河北諺曰:"山東一條葛, 無事莫撩撥"雲。"

97
4. 역사인물의 각색 양상

본편과 관련된 화본소설은 확인된 바가 없기 때문에 현재까지 확인 가능한 문헌을 바탕으로 종합해보면, 본편은 갈종주와 관련된 여러 필기류 소설, 특히 ≪태평광기≫에 실려 있는 일화가 소설 창작의 주 원천이 되었을 것으로 추정할 수 있다.

3) 양각애(羊角哀)와 좌백도(左伯桃)
— 〈羊角哀舍命全交〉(≪유세명언≫권7)

'양각애가 목숨을 바쳐 우정을 완성하다'라는 제목의 이 작품은 춘추시대 인물 양각애와 좌백도의 아름답고도 슬픈 우정을 이야기한 작품이다. 양각애에 대한 역사기록은 ≪後漢書≫〈申屠剛鮑永郅惲列傳〉에 그 내용이 전하는데 사서의 기록에는 양각애와 좌백도에 대한 고사를 漢代 劉向의 ≪列士傳≫에서 인용하였음을 밝히고 있다.[22) ≪후한서≫에 나오는 내용은 대체로 소설의 내용과 유사하나 그 기록이 총 141자로 짧고 간략한데, 그 전문을 살펴보면 다음과 같다.

> 열사전에서 말하였다. "양각애와 좌백도 두 사람은 의형제가 되어 초나라에 출사하고자 하였으나, 길은 막히고 비와 눈을 만나서 나아갈 수 없게 되었고, 허기지고 추워서 둘 다 온전히 살아남을 수 없을 것으로 생각하였다. 좌백도는 양각애에게 말하였다. "둘 다 죽으면 유골도 거두지 못하니 솔직히 말하자면, (내가) 아우보다는 못하다는 것을 알기 때문에 살아서도 도움이 안 될 것이며, 아우의 능력을 버리게 될 것이니 나는 나무속에 있는 것으로 족하다네." 양각애가 그의 말을 따랐고, 좌백도는 나무속으로 들어가서 죽었다. 초 평왕은 양각애의 어짐

---

22) 西漢 劉向의 ≪列士傳≫은 혹은 ≪烈士傳≫이라고도 하며, 원서는 이미 실전되었으나 그 실전된 문장은 남북조이래의 여러 서적 안에서 보인다. 清 章宗源·姚振宗·王仁俊 등이 ≪열사전≫의 실전된 글들에 대해서 고증하여 편집한 바 있고, 今人 熊明이 상세한 輯校을 한 바 있다. 양각애와 좌백도에 대한 기록은 ≪후한서≫〈신도강포영질운열전〉에서 고증해 낸 기록이다.

을 좋아하였고, 상경의 예로 좌백도를 장례 치르게 하였다. 양각애가 꿈을 꾸었는데 좌백도가 말하였다. "아우의 은덕을 입어 후한 장례를 치루었으나, 마침 형가 장군의 묘가 가까이 있는 것이 괴롭다네. 이번 달 15일에 결전을 치러서 승패를 가를 것이네." 양각애는 그 날이 되자, 군사들을 그 무덤에 진을 치게 하고 오동나무로 된 사람 세 개를 만들어 자결한 후 묻혀서 그를 따랐다."[23]

이상과 같이 양각애와 좌백도가 초나라로 출사하러 떠났다가 눈을 만나는 바람에 좌백도는 희생하여 죽고 양각애는 초나라에 도착하여 벼슬을 하였으며, 양각애가 좌백도의 시신을 수습하여 묻어주었다는 아주 짧은 이야기다. 이에 반해서 소설은 두 사람의 여정을 보다 상세하게 더하고, 신괴적인 요소까지 곁들임으로써 소설적 요소를 가미한 것으로 볼 수 있다. 소설의 내용을 요약해서 살펴보면 다음과 같다.

초나라 元王이 유교를 숭상하고 도를 중시하며 현자를 널리 받아들이자, 천하의 사람들이 그 소문을 듣고 많이 모여들었다. 西羌 積石山의 좌백도는 어려서 부모를 잃고 면학에만 힘써서 학문이 경지를 이르자, 원왕을 흠모하여 초나라로 떠났다. 좌백도는 길을 가다가 비바람을 만나서 한 인가에 들어갔는데, 그 초가집이 바로 양각애의 집이었다. 두 사람은 서로가 학문을 좋아하고 군자의 기품을 갖춘 현인인 것을 알아보고 의형제를 맺었다. 좌백도는 양각애에게 함께 초나라로 가서 출사할 것을 권했고, 양각애도 좌백도의 뜻을 따르게 되면서 두 사람은 함께 길을 떠났다.

---

23) 《후한서》〈신도강포영질운열전〉. "烈士傳曰 : 羊角哀、左伯桃二人為死友, 欲仕於楚, 道阻, 遇雨雪不得行, 飢寒, 自度不俱生。伯桃謂角哀曰 : "俱死之後, 骸骨莫收, 内手捫心, 知不如子。生恐無益而棄子之能, 我樂在樹中。" 角哀聽之, 伯桃入樹中而死。楚平王愛角哀之賢, 以上卿禮葬伯桃。角哀夢伯桃曰 : "蒙子之恩而獲厚葬, 正苦荊將軍塚相近。今月十五日, 當大戰以決勝負。" 角哀至期日, 陳兵馬詣其塚, 作三桐人, 自殺, 下而從之。"

길을 떠난 지 얼마 되지 않아서 또 다시 비를 만난 두 사람은 여관에 머물렀는데, 여비와 양식이 얼마 남지 않게 되었다. 두 사람은 어쩔 수 없이 비를 무릅쓰고 길을 떠났지만, 비는 곧 눈으로 변해서 여정이 혹독하게 힘들어졌다. 그러다 얼마 못가서 인가도 나오지 않고 입은 옷도 얇아서 진퇴양난에 빠지고 말았다.

좌백도는 두 사람이 함께 가면 분명 모두 추위와 굶주림으로 죽을 것이라고 판단하고, 양각애에게 남은 양식을 가지고 떠나서 성공하기를 권한다. 서로 양식을 가지고 떠나기를 여러 번 권하다가 좌백도는 결국 얼어 죽어갔고, 양각애는 어쩔 수 없이 초나라로 떠나서 초왕을 만나 中大夫의 벼슬을 얻었다. 그러나 홀로 남겨둔 좌백도의 시신을 수습하기 위해 다시 돌아가기를 왕에게 고하자, 초왕은 좌백도도 중대부에 명하고 장례비를 후히 하사하였다.

좌백도가 죽어있던 곳으로 돌아온 양각애는 죽은 자리에 그대로 있는 좌백도의 시신을 수습해서 분묘를 만들었으며, 담장과 사당까지 지어서 예를 다하였다. 그런데 이미 죽었던 좌백도의 혼령이 나타나서 자신의 무덤이 진나라 왕을 죽이려다가 실패하여 참수 당했던 형가의 묘지와 너무 가까이 있어서 편안히 쉴 수가 없다고 하였다. 양각애도 좌백도를 위해 몇 가지 조치를 취해보았지만 별 소용이 없었다. 결국 양각애는 자결하여 좌백도를 괴롭히는 형가를 직접 처단하고, 두 사람은 함께 무덤에 묻혔다. 초왕은 양각애를 上大夫에 임명하고 '忠義之祠'라는 사당의 편액을 하사해서 두 사람의 고결한 우정을 기록하게 하였다.[24]

소설의 내용은 전체적으로 세 부분으로 나누어 살펴볼 수 있다. 첫째는 좌백도가 초나라로 출사하기 위해 길을 떠났다가 양각애와 만나서 서로 의형제를 맺는 단락이다. 둘째는 함께 출사하기 위해 길을 떠났다가 눈 폭풍을 만나게 되고, 두 사람이 같이 살아남기에는 식량과 옷이 부족하여 결국 좌백도가 희생하며 양각애를 초나라로 떠나가게 하는 단락이

---

24) ≪유세명언≫ 참조.

다. 셋째는 초나라에 도착한 양각애가 벼슬을 얻은 후 자신을 위해 희생한 좌백도의 시신을 수습하여 장례를 치러주고, 또 좌백도의 혼령을 괴롭히는 형가를 응징하기 위해 자신의 목숨마저 버리고 좌백도와의 우정과 의리를 지키는 단락이다.

여기서 첫째 단락과 둘째 단락은 대체로 ≪후한서≫의 내용과 유사하지만, 셋째 단락은 전혀 새로운 소설적 가공이 더해진 부분임을 알 수 있다. 그러면 ≪후한서≫와 〈양각애사명전교〉의 내용이 가지고 있는 차이점을 표로써 살펴보면 다음과 같다.

내용 　　구분	≪後漢書≫〈申屠剛鮑永郅惲列傳〉	〈羊角哀舍命全交〉
두 사람이 친구가 되는 과정	없음	좌백도가 초나라에 출사하기 위해 길을 떠났다가 우연히 양각애의 집에 묵게 되면서 친구가 됨.
양각애가 초왕으로부터 하사받은 벼슬	上卿	中大夫
형가의 혼령과의 결전 결과	양각애도 자결하여 15일로 정해진 결전에 참여한 것으로 맺음.	좌백도가 형가의 혼령 때문에 괴롭힘을 받자 양각애가 자결하여 형가를 처단하고 두 사람이 함께 묻힘.

상기 표와 같이 ≪후한서≫와 소설은 기본적으로 세 가지 뚜렷한 차이점을 가지고 있다. 첫째는, 양각애와 좌백도가 친구가 되는 과정에 대한 것으로서 ≪후한서≫에서는 두 사람이 이미 의형제 사이로 등장하여 같이 초나라로 떠난 것으로 되어 있으나, 소설에서는 초나라로 벼슬길을 떠나던 좌백도가 길을 가는 도중에 양각애의 집에 들러 신세를 지게 되면서 서로 의형제를 맺게 되는 과정이 나와 있다.

둘째는 양각애가 초나라에 도착하여 초나라 왕으로부터 하사받은 벼슬의 차이가 있다. 《후한서》에서는 양각애가 상경의 벼슬을 하사받았다고 되어 있으나, 소설에서는 중대부의 벼슬을 하사받았고, 두 사람의 각별한 우정의 이야기를 전해들은 초왕은 좌백도에게도 중대부의 벼슬을 하사하였다는 점은 《후한서》와는 다르다.

셋째는 양각애가 관직을 하사받고 다시 좌백도가 있었던 곳으로 돌아가서 장례를 치러주는 과정의 차이다. 《후한서》에서는 양각애가 좌백도의 시신을 수습하여 장례를 치러준 후, 좌백도가 형가의 혼령과 결전을 벌일 예정임을 알고 자신도 자결하여 그를 따랐다는 기록만이 있다. 이에 반해서 소설에서는 장례를 다 마친 후에 좌백도가 혼령으로 나타나서 형가의 혼령 때문에 괴롭힘을 받고 있음을 호소하자, 양각애는 스스로 자결하여 좌백도를 괴롭히는 형가를 직접 처단하고 두 사람이 함께 묻혔다는 사건의 결말이 더 가미되어 있는 차이가 있다.

또한 《후한서》의 기록은 《열사전》의 내용을 인용하는 방식을 취하고 있음에도 불구하고 열사전의 기록과는 세부적인 사항에 있어서 약간의 차이를 보이고 있다. 《열사전》과 《후한서》의 기술상의 차이는 바로 시대배경으로서 《후한서》에서는 언급되어 있지 않지만, 《열사전》은 양각애와 좌백도 이야기의 시대배경을 '六國'이라고 명시하고 있다.[25] 하지만 이 '육국'이 어느 왕조의 어느 왕의 시대인지를 가늠할 수 있는 연호도 누락되어 있는데, 통상적으로 6국은 전국시대를 말한다. 이에 반해서 소설은 춘추시대 楚 元王[26]을 시대배경으로 명시하고 있으나, 실제

---

25) 六國은 또 다른 말로 山東六國이라고도 하며, 齊·楚·燕·韓·趙·魏를 가리킨다. 전국시대에 천하는 '전국칠웅'이라고 하여 서쪽의 진과 동쪽의 육국이 서로 대립하였고, 산동의 여섯 나라가 합종하여 진에 대항하였기 때문에 통상적으로 육국이라고 불렸다.

26) 楚 元王 劉交(?-179)는 漢의 太上皇帝 劉太公(劉煓)의 넷째 아들이고, 漢 高祖 劉邦의 동생이다. 생모는 太上皇後 李氏(劉太公의 서첩)다. 서기 전 201년에 한 고조 유방에 의해 초왕으로 봉해졌고, 죽은 후에는 시호를 '元'으로 하였기

로 역사에 기록된 초 원왕은 한 고조의 동생 劉交(?-기원전 179)를 지칭하기 때문에 소설에서 말하는 춘추시대의 초 원왕과는 상당한 시간적인 거리가 있다. 또한 소설의 후반부에 등장하는 '형가'는 진시황제를 시해하려다가 실패한 인물이니 소설에서 말하는 楚 元王은 秦 이후를 말하는 것이 분명하나, 소설을 쓴 작가는 춘추시대 초 원왕으로 말하고 있다는 점에서 기술상의 혼동이 있었음이 분명하다. 그도 아니면 소설적 각색을 위해 시대 배경을 인위적으로 변화시킨 것으로 밖에 해석할 수 없다.

4) 오보안(吳保安)

— 〈吳保安棄家贖友〉(≪유세명언≫권8)

'오보안이 집안을 내팽개치고 친구를 속죄시키다'라는 제목의 이 작품은 당인 오보안에 대한 작품이다. 오보안에 대한 정사의 기록은 ≪신당서≫〈오보안전〉이 전하고 있는데, 먼저 열전의 전문을 살펴보면 다음과 같다.

> 오보안은 자가 영고이고, 위주사람이다. 기상이 자못 특별하고 속되지 않았다. 예종 때, 요 지역과 전지역의 오랑캐가 반란을 일으키자, 이몽을 요주도독으로 제수하였다. 재상 곽원진이 동생의 아들 중상을 이몽에게 의탁하게 하자, 이몽은 표를 올려 판관으로 삼았다. 이때 오보안은 의안위에서 파직되고, 아직 관직을 받지 못한 상태에서 중상이 고향사람이었으므로 개의치 않고 말하였다. "당신을 통해서 이장군에게 일을 얻고자 하는데 가능하겠습니까?" 중상은 비록 친한 사이는 아니었으나 그의 궁색함을 애처로워하여 힘껏 그를 추천하였다. 이몽은 장서기로 표를 올렸다. 오보안이 후에 가보니 이몽은 이미 (적진) 깊이 들어가서 오랑캐와의 전투에서 패하고, 중상은 포로가 되어 있었다. 오

때문에 역사에서는 '초 원왕'이라고 칭한다. 역사 기록에서 나오는 초 원왕은 漢에만 등장하고 춘추전국시대에는 초 원왕에 대한 정확한 기록이 전하는 것이 없다.

랑캐에게 포로로 잡힌 화인은 반드시 많은 재물을 요구하고 나서야 풀어주려 했는데, 듣자하니 중상은 귀족 출신이라서 천 필의 비단을 요구했다. 때마침 곽원장이 사망하여 오보안은 전주에 남아서 중상의 몸값을 구하기 위해 강구하였으나 아무리 해도 재물을 구할 수 없었다. 그리하여 힘껏 십 년간 재물을 모아서 비단 700필을 얻었다. 처자식은 수주에서 객지생활을 하다가, 고달프게 오보안이 있는 곳으로 찾아왔으나 요주에서 곤경에 처해서 나아갈 수가 없었다. 도독 양안거가 이 상황을 알고 그 이유를 이상하게 여기고 재물을 보내서 오보안이 그것을 얻도록 하였으며, 말을 함께 전하게 하였다. "그대는 집안을 내팽개치고 친구의 우환을 서두름이 극진하도다! 내가 관의 물자를 빌려서 그대의 부족함을 돕고자 한다." 오보안은 크게 기뻐하며 즉시 비단을 오랑캐에게 주고 중상을 데리고 돌아갈 수 있었다. 처음에 중상은 오랑캐의 노예가 되었을 때, 세 번 도망갔다가 세 번 다 붙잡혀서 결국 멀리 있는 오랑캐 두목에게 팔려갔다. 오랑캐 두목은 그를 혹독하게 대하면서 낮에는 부역을 시키고 밤에는 감금하였는데, 결국 15년이 되어서야 비로소 돌아왔다.

양안거 또한 승상과도 연고가 있는 관리였기에 오보안의 우의를 칭찬하고 곽중상에게 후한 예로 대했으며, 의복과 각종 용품을 보내주고 격문으로 가까운 현의 현위가 되게 하였다. 오랜 후에 비로소 울주녹사 참군으로 파견되었고, 후대하여 대주호조로 관직을 옮기게 하였다. 모친이 돌아가시자 상을 끝내고 탄식하며 말하였다. "나는 오공 덕분에 죽을 뻔 하다가 살았는데, 이제는 나의 모친이 돌아가셨으니 그의 뜻을 행하게 할 수 있겠다." 그리하여 오보안을 찾아 나섰다. 당시에 안타깝게도 오보안은 팽산승으로 객사하였고, 그의 처도 또한 죽어서 상이 돌아올 수가 없었다. 곽중상은 상복과 허리띠를 입고, 그의 유골을 자루에 담아서 단지 맨발로 그것을 짊어지고 위주로 돌아가서 장례를 치렀으며, 삼년간 묘를 지키다가 떠났다. (곽중상은) 후에 남주장사가 되어서 오보안의 자식을 맞아들여서 장가들게 해주고 관리가 되도록 해주었다.[27]

---

27) ≪신당서≫〈오보안전〉. "吳保安字永固, 魏州從。氣挺特不俗。睿宗時, 姚、雟蠻叛, 拜李蒙爲姚州都督, 宰相郭元振以弟之子仲翔托蒙, 蒙表爲判官。時保安

이상과 같이 열전은 크게 두 부분으로 나누어 살펴볼 수 있다. 첫째는 오보안이 곽중상의 도움으로 이몽 장군의 휘하에 들어갈 기회를 얻었으나, 관직에 채 부임하기도 전에 당의 군대가 전투에 패배하여 곽중상이 오랑캐에게 포로로 붙잡히고 말았다. 오보안은 곽중상이 자신의 관직을 천거해준 의리를 저버리지 않고 그를 석방시키기 위해 온갖 노력을 다하였고, 결국 비단 천 필을 마련하여 그를 포로의 신분에서 해방시키는 단락이다. 두 번째는 포로의 신분에서 풀려난 곽중상이 모친이 죽자 지난날 자신을 위해 힘써 주었던 오보안에게 은혜를 갚고자 찾아갔으나, 오보안은 이미 사망하고 말았다. 곽중상은 그를 극진히 장례 치러 주고 그의 아들을 장가보냄은 물론 관직까지 천거하여 주었다는 단락이다. 열전의 이름은 〈오보안전〉이나 실상 오보안과 곽중상의 의로운 결초보은의 이야기가 복합적으로 기술되어 있다.

그럼 소설은 열전과 달리 어떤 줄거리를 가지고 있는지 그 내용을 요약 정리하여 살펴보면 다음과 같다.

大唐 開元 연간에 재상 곽원진의 조카 곽중상은 문무의 재능을 겸비하고 의협심이 강하였으나 규율에 얽매이지 않아서 천거하는 사람이

罷義安尉, 未得調, 以仲翔里人也, 不介而見曰: "願因子得事李將軍可乎?" 仲翔雖無雅故, 哀其窮, 力薦之。蒙表掌書記。保安後往, 蒙已深入, 與蠻戰沒, 仲翔被執。蠻之俘華人, 必厚責財, 乃肯贖, 聞仲翔貴胄也, 求千縑。會元振物故, 保安留巂州, 營贖仲翔, 苦無貲。乃力居貨十年, 得縑七百。妻子客遂州, 間關求保安所在, 困姚州不能進。都督楊安居錄其狀, 異其故, 資以行, 求保安得之。引與語曰: "子棄家急朋友之患至是乎! 吾請貸官貲助子之乏。" 保安大喜, 即委縑於蠻, 得仲翔以歸。始, 仲翔爲蠻所奴, 三逃三獲, 乃轉鬻遠酋, 酋嚴遇之, 晝役夜囚, 沒凡十五年乃還。安居亦丞相故吏, 嘉保安之誼, 厚禮仲翔, 遺衣服儲用, 檄領近縣尉。久乃調蔚州錄事參軍, 以優遷代州戶曹。母喪, 服除, 喟曰: "吾賴吳公生吾死, 今親歿, 可行其志。" 乃求保安。於時, 何安以彭山丞客死, 其妻亦沒, 喪不克歸。仲翔爲服緦絰, 囊其骨, 徒跣負之, 歸葬魏州, 廬墓三年乃去。後爲嵐州長史, 迎保安子, 爲娶而讓以官。"

없었다. 그의 부친은 그가 성장하도록 이룬 것이 없자 그가 경사에 있는 곽원진을 찾아가도록 시켰고, 마침 오랑캐를 토벌하러 출정하는 이몽 장군의 휘하의 行軍判官의 자리를 얻게 되었다. 오랑캐를 토벌하기 위해 출정했던 곽중상은 오보안의 등용부탁의 편지를 받고, 그가 동향 사람이고 의로운 사람이라고 판단하여 이도독에게 천거하였다. 이도독은 오보안을 管記로 채용하기로 하고 사람을 시켜 불러오게 하였다. 그러나 오랑캐와의 첫 전투에서 승기를 잡았던 이몽 장군은 더 이상 들어가서는 안 된다는 곽중상의 간언을 무시하고 적진 깊숙이 들어갔다가 적에게 대패하고 말았고, 곽중상은 적의 포로가 되고 말았다.

곽중상은 오보안에게 편지를 보내서 숙부로 하여금 자신의 배상금을 내고 풀어주게 해줄 것을 부탁했지만, 이때 재상 곽원진은 이미 사망하고 없었다. 오보안은 어쩔 수 없이 곽중상을 석방시키기 위해서 아내와 자식마저 내팽개치고 장사를 시작하였다.

오보안의 아내는 都督 楊安居를 만나서 이 사실을 고하자, 양안거는 오보안에게 석방에 필요한 부족한 비단을 빌려주었다. 오보안은 그간 자신이 벌은 700필의 비단과 양안거가 빌려준 비단으로 곽중상을 풀려나게 하였다. 갖은 고초를 겪던 곽중상은 양안거와 오보안의 은혜에 감사하고, 고향으로 돌아가서 아버지를 봉양하였다.

곽중상은 아버지가 돌아가시자 뒤늦게나마 오보안의 은혜에 보답하기 위해 찾아갔다. 그러나 오보안 부부는 이미 아들만 남기고 병사한 상태였기에, 곽중상은 아들과 함께 그들을 장례 치러 주고 삼년상을 마쳤다. 그리고 홀로 남은 아들에게 짝을 찾아 혼례를 올려주고 자신의 재산도 절반을 나누어 주었으며, 오보안의 의로운 일을 관에 알렸다.[28]

이상과 같이 소설의 줄거리 또한 앞서 살펴본 열전과 대체로 줄거리가 일치하며, 두 문헌 간의 큰 차이를 발견할 수 없다. 다만 400여자의 열전에 비해 소설은 세부 정절이 보다 자세해진 차이가 있고, 일부 관직명이나 사건의 선후관계가 약간 달라진 차이가 있을 뿐이다. 그럼 열전과 소설의 차이를 표로써 살펴보자.

---

28) ≪유세명언≫ 참조.

구분 내용	《新唐書》〈吳保安傳〉	〈吳保安棄家贖友〉
오보안이 천거 받은 관직	掌書記	管記
곽중상과의 만남	중개를 거치지 않고 직접 만 나서 등용을 부탁함.	편지를 보내서 등용을 부탁함.
곽중상의 포로생활	세 번 도망갔다가 세 번 잡혀 와서 멀리 보내지고 고초를 겪음.	한 번 도망갔다가 잡혀서 멀리 南洞 主 新丁蠻에게 팔려갔고, 다시 도주 하다가 잡혀서 또 다른 오랑캐 민족 에게 팔려감.
포로가 된 기간	15년	10년
곽중상의 귀국 후의 관직 이동	귀국 후 가까운 縣尉로 복직 →蔚州錄事參軍으로 제수됨 →代州戶曹參軍으로 승진하 여 옮겨감→장안으로 가서 嵐 州長史를 지냄.	귀국 후 都督府判官으로 복직됨→ 蔚州錄事參軍으로 제수됨→代州戶 曹參軍으로 승진하여 옮겨감→장안 으로 가서 補嵐州長史 겸 朝散大夫 에 제수됨.
곽중상의 親喪	모친상	부친상
오보안의 아들에 대한 곽중상의 배려	嵐州長史가 된 뒤에 오보안의 아들을 불러서 장가도 보내주 고 관직도 갖게 해줌.	오보안 부부를 장례 치러 주고 아들 을 장가보내며, 嵐州長史가 된 후에 오보안의 아들을 불러들여서 관직 에 천거해줌.

　이상과 같이 열전과 소설은 줄거리 구성이 거의 일치하고 있고, 부분
적인 세부 사항에서만 미미한 차이를 보인다. 예를 들어 관직명의 경우
에 오보안이 이몽 장군 휘하에 등용된 관직명을 열전에서는 '掌書記'로
기록하고 있고, 소설은 '管記'라고 하고 있는데, 실상 이 두 관직은 같은
관직을 지칭하는 것으로 보인다. 그리고 곽중상이 포로로 있었던 기간이
열전과 소설이 각각 15년과 10년으로 이야기한 것이나, 곽중상의 親喪에
대해 열전에서는 모친상이고 소설은 부친상이라는 차이는 있지만, 이는
작품의 전체적인 줄거리와 주제에 별다른 영향을 끼치지 않는 요소다.
줄거리 구성상 두 문헌이 가지고 있는 다소 큰 차이로 보이는 '오보안의

아들에 대한 곽중상의 배려'는 열전과 소설이 선후관계에 있어서 차이가 있다. 그러나 이 또한 곽중상이 오보안에게 입은 은혜를 갚기 위해서 그의 아들을 잘 보살펴주었다는 전체적인 틀을 벗어나지 않는 범위 내에서의 변화임을 알 수 있다.

이러한 차이는 작품의 전체적인 주제나 대의가 바뀔만한 차이가 아니며, 정사와 소설은 편폭이 달라지고 세부사건의 묘사가 더욱 상세해진 차이 이상을 발견할 수 없다.

정사 이외에 오보안에 대한 고사를 전하는 문헌으로는 당대의 牛肅[29] 이 편찬한 ≪紀聞≫을 들 수 있는데, ≪太平廣記≫권166에 이 문헌의 기록을 전하고 있으며 본편과 줄거리가 거의 일치한다. 그리고 明 沈璟의 ≪埋劍記≫라는 전기 또한 같은 일화를 연출한 것이다.[30]

그런데 정사와 당 전기, 그리고 의화본소설로 이어지는 세 문헌은 그 연원관계에 있어서 다른 작품들과는 다른 경로를 걸어온 것으로 판단되어 주목을 끈다. 그 이유는 〈오보안전〉이 ≪구당서≫에는 없다가 宋祁가 ≪신당서≫를 편찬하는 과정에서 ≪기문≫〈오보안전〉의 내용을 가공하여 정사에 수록한 것으로 판단되기 때문이다.[31] 대개는 정사의 내용이 당 전기 혹은 필기류 소설로 변화해 나가는 원천이 되고, 사실을 바탕으로 하는 '史的' 기술에서 '虛構的' 기술로 변모하면서 점차 소설의 문체로 정착되어가는 과정을 겪는다. 이와는 달리 오보안의 경우에는 당 전기가 오히려 ≪신당서≫에 반영되어 수록되는 과정을 거치게 되면서 일반적인 소설의 발전과정과는 상당히 다른 경로를 거친 것이다. 이후 ≪태평

---

29) 생졸이 상세하지 않으나, 唐 德宗 貞元 말(804년 전후) 쯤에 생존했던 인물로 추정된다.
30) 胡士瑩 ≪話本小說槪論≫ 中華書局 北京 1980 p.543 참조.
31) 柳卓霞 〈≪新唐書≫列傳敍事硏究〉上海大學 博士學位論文 2010 p.248. / 賴瑞和 〈小說的正史化—以≪新唐書≫〈吳保安傳〉爲例〉≪唐史論叢≫ 1期 2009 참조.

'삼언(三言)' 소설이 된 역사인물

광기≫에 수록된 것 이외에는 다른 형태의 필기류소설이나 화본소설의 흔적을 현재로서는 확인할 수 없는 상태이기 때문에 정사와 당 전기, 그리고 의화본소설 세 작품 사이의 구성과 줄거리상의 비교가 최선으로 보인다.

정사와 본편을 비교한 내용에서는 관직명이나 사건의 선후관계와 같은 부분에서 약간의 차이가 있을 뿐 거의 차이가 없는 것을 알 수 있었다. 그런데 ≪태평광기≫에 수록된 ≪기문≫〈오보안전〉의 내용 역시 정사와 본편의 내용과 거의 유사하며, 그 차이라고 할 수 있는 내용 또한 미미한 정도여서 재비교의 의미가 없을 정도다. 다만 ≪태평광기≫〈오보안전〉과 달리 본편은 오랑캐와의 전쟁과정, 오보안이 곽중상을 데려오기 위해 가정을 내팽개치고 장사를 하면서 고군분투하는 과정, 곽중상이 오보안의 아들에게 은정을 베풀고 오보안의 덕을 관에 알리는 세 부분에서 줄거리가 대폭 늘어나면서 2000여 자에서 6000자에 가까운 긴 편폭의 작품으로 변모하였다.

5) 배도(裴度)
  ― 〈裴晉公義還原配〉(≪喩世明言≫卷9)

'배진공이 의롭게 원래 배필을 돌려보내다.'라는 제목의 이 작품은 당대 중기의 정치가이자 문학가였던 배도(765 - 839)에 대한 이야기다. 배도에 대한 정사의 기록은 ≪신당서≫〈배도전〉에서 확인할 수 있는데 출생지를 제외한 대부분의 내용이 입신하여 관직에 있으면서 일어난 사건에 대한 기록이 주를 이루고 있다. 열전은 1,000자 이상의 내용이기 때문에 소설과의 비교를 위해서 요약형으로 정리하여 살펴보면 다음과 같다.

  ○ 배도는 자가 中立이고 河東 聞喜 사람이다. 貞元 연간 초에 진사로 급제하였고 監察禦史에 제수되었다. (황제가) 권신을 지나치게

총애하는 것에 대해 상소를 올렸다가 河南功曹參軍으로 되었다.

○ 이후 禦史中丞으로 승진하였고, 宣徽院의 五坊에 있는 小使들이 지방 관리들에게 뇌물을 요구하였는데 下邽 縣令인 裴寰이 이를 거부하다가 모함을 당했다. 배도가 배환을 변론하여 풀어주도록 하였다.

○ 元和 10년에 황제가 급히 吳元濟를 토벌할 것을 명하자, 王承宗과 李師道가 蔡의 군대를 원조하기 위해 京師에 잠입해 들어가서 조정대신들을 암살하게 하였다. 재상 元衡을 먼저 죽이고 배도도 공격하였으나, 배도는 溝으로 피신하였기 때문에 자객의 공격을 피할 수 있었다.

○ 조정대신들이 배도를 파직시켜서 두 지역의 반란을 안정시키려하나, 황제는 노하며 배도를 절대적으로 신임하면서 신하들의 요구를 일축시켰다.

○ 당시에 채를 토벌하기 위해 수차례 시도하였으나 여의치 않아서 여러 신하들은 파병을 그만 둘 것을 앞 다투어 청하였다. 오직 배도만이 반란군을 토벌하기를 청하자 황제는 배도를 門下侍郎, 彰義軍節度 겸 淮西宣慰招討處置使로 임명하였다.

○ 배도는 郾城에 주둔하여 병사들의 사기가 진작시키고, 각 路의 장군들이 환관의 지휘를 받지 않고 전적으로 지휘하게 하여 군의 사기를 배가시켰다.

○ 얼마 후 李愬가 밤을 틈타 채주를 공격해 들어가서 오원제를 사로잡았고, 배도는 채주로 입성하여 백성들을 위로하고 안정시켰다.

○ 배도는 도적과 살인을 한 이들은 사형시키고 나머지는 모두 사면하였으며, 밤낮으로 왕래를 제한하지 않으니 백성들이 비로소 생활의 즐거움을 알게 되었다.

○ 배도는 채주의 투항한 병사들을 휘하에 두고 한 백성처럼 대하니 채주의 백성들은 감동하여 눈물을 흘렸다.

○ 開成 3년에 배도는 병으로 다시 東都로 돌아갈 것을 간청하였고, 그의 나이 76세에 죽었다.[32]

---

32) ≪신당서≫〈배도전〉 참조.

'삼언(三言)' 소설이 된 역사인물

열전은 크게 세 가지 내용으로 분류해 볼 수 있다. 첫 번째는 배도의 출생과 관직에 나아간 이후에 간언을 꺼리지 않는 그의 성격이 드러나는 부분이다. 두 번째는 당시 반란을 일으킨 오원제와 그를 원조하던 왕승종·이사도가 보낸 자객에 의해서 목숨을 잃을 뻔했으나 살아남았고 조정대신들의 반대에도 불구하고 황제의 두터운 신임을 얻었다는 대목이다. 세 번째는 배도가 황제의 명을 받고 직접 반란군을 정벌하러 나서서 군영을 정비하고 군사들의 사기를 높임으로써 결국 채주를 제압하였으며, 제압된 점령지의 백성들을 잘 다스림으로써 백성들로부터 존경을 받았다는 내용이다. 이와 같이 열전은 크게 세 가지 사건을 중심으로 구성되어 있는 반면에, 소설은 배도가 반란군 오원제를 평정한 후 재상에 임명되었고 조정에 있는 간신들의 시샘을 경계하여 평생 주색만을 탐하며 살아가던 노후의 시기를 주된 시간적 범위로 설정하고 있다는 점에서 차이가 있다. 그럼 소설의 기본 줄거리를 요약하여 살펴보면 다음과 같다.

배도는 어렸을 때 집안이 가난하여 출사의 기회를 얻지 못하였고, 그의 관상을 본 관상가는 縱理紋이 입으로 들어가는 상이라서 굶어죽을 상이라고 하였다. 그러나 香山寺를 유랑하던 중 한 부인이 잃어버린 세 개의 寶帶를 주웠다가 찾아준 음공으로 운명이 바뀌는 천운을 얻었다. 唐 憲宗 元和 13년에 배도는 군사를 이끌고 淮西의 반란군 오원제를 평정하고, 조정으로 돌아와서 재상에 임명되었다. 이후에도 지방에서 할거하던 번진들이 하나 둘씩 투항하자, 그의 명성이 더욱 높아졌다. 헌종 황제는 나라가 태평해지자 대규모 토목 공사를 시작하고 간신들의 말에 귀를 기울이면서 오히려 배도를 의심하고 시샘하였다. 배도는 죄를 얻을까 두려워서 조정의 일을 입 밖에 내지 않으면서 평생 주색을 탐하며 여생을 즐겼다.
晉州의 萬泉縣에는 唐璧이라는 인물이 있었는데 타향에서 관직을 맡느라 정혼한 小娥라는 여인과 두 번이나 혼기를 놓쳤다. 그런데 소아가 18세가 되어 아름다운 여인이 되자 晉州 刺史가 배진공에게 아첨하기 위해서 관할지에 속한 미모의 가희 한 무리를 선발하면서 소아를 몰래 데려가 버렸다.

관직에서 돌아온 당벽은 萬泉 현령에게 소아를 구해 줄 것을 부탁하였지만 허사였고, 소아의 아버지 黃太學도 자사를 찾아가서 직접 하소연하였지만 소용이 없었다. 결국 당벽은 승진하여 장안으로 보고하러 가야했기 때문에 이참에 배진공의 집을 찾아가서 방법을 찾아보려 하였지만, 이마저 여의치 않아서 결국 임지로 떠났다. 그런데 당벽은 배를 타고 가던 도중에 도적떼를 만나서 가진 돈과 임관을 증명하는 공문서를 모두 잃어버리고 거지꼴로 다시 장안에 돌아오고 말았다.

여관에 머물던 당벽은 시위무관으로 변장을 하고 놀러 나온 배진공을 우연히 만나서 자신이 겪은 억울한 신세를 한탄하였다. 배진공은 다음 날 당벽을 불러들여 소아를 만나게 해주고, 두 사람의 혼례를 직접 주관해 준다. 그리고 다시 관직에 제수한다는 칙서와 함께 비단과 황금을 주어서 두 사람의 혼인을 경축해 주었다.

부부는 배진공의 은혜에 감격하여 임지에 도착한 후 침향으로 작은 조각상을 만들어서 아침저녁으로 절하며 기도를 드렸고, 그 복과 수명이 길게 이어지기를 기원하였다. 후에 배진공은 팔순이 넘도록 자손이 번창 하였는데, 사람들이 모두 음덕의 소치라고 여겼다.[33]

소설의 줄거리는 전체적으로 두 부분으로 나누어 살펴볼 수 있다. 첫 번째는 배도의 성장과정과 출사하여 조정에 공을 세우고 재상의 지위까지 이르는 과정에 대한 부분이다. 그러나 이 부분은 소설 전체 분량의 불과 1할 정도만을 차지하는 비교적 간략한 인물 소개 수준이다. 두 번째는 당벽이라는 젊은 관리와 그의 약혼자 황소아의 억울한 이별을 알게 된 배도가 그들을 서로 만나게 해주고, 혼례까지 주선해주는 의로운 역할을 하는 부분으로서 이는 소설 전체의 약 9할을 차지하는 주된 내용이라고 할 수 있다.

따라서 정사와 소설의 비교는 소설의 전반부와 관련하여 어떤 역사적 사실과의 차이가 있는지에 대해 살펴보는 것이 주가 되는데 표로써 살펴

---

33) ≪유세명언≫ 참조.

'삼언(三言)' 소설이 된 역사인물

보면 다음과 같다.

구분 내용	≪新唐書≫〈裵度傳〉	〈裵晉公義還原配〉
반란군 吳元濟를 진압하는 과정의 관직 변화	禦史中丞의 관직에 있다가 반란 군을 토벌하기 위해 門下侍郎, 彰義軍節度 겸 淮西宣慰招討處 置使로 임명되었고, 반란군을 토 벌한 후에는 그 지역을 다스렸다 는 기록만 전하고 동경으로 돌아 온 이후의 관직의 변화에 대한 언급 없음.	배도가 군사를 이끌고 淮西 의 반란군 吳元濟를 평정하 고, 조정으로 돌아와서 재상 에 임명됨.
헌종 황제의 신임 여부	조정대신들의 간언에도 불구하 고 황제는 배도를 신임하였고, 반란군 토벌의 책임자로 임명함.	나라가 태평해지자 황제는 대규모 토목 공사를 벌이고 간신들 때문에 배도를 오히 려 의심함.

이상과 같이 열전과 소설은 크게 두 가지 부분에서 차이를 보이고 있
으나, 이는 소설의 전체적인 줄거리 구성에 그다지 영향을 미치지 않는
단편적 사실의 차이로만 나타난다. 첫 번째는 배도가 반란군 오원제를
진압하는 과정에서 그의 관직이 어떻게 변모했는지에 대한 차이다. 열전
에서는 그가 어사대의 수장격인 어사중승의 관직에 있다가 반란군을 진
압하기 위해 황제로부터 문하시랑, 창의군절도 겸 회서선위초토처치사
로 임명되었다. 그리고 반란군이 진압된 이후에는 그 지역을 잘 다스렸
다는 기록만이 나와 있으며, 이후의 관직변화에 대한 어떠한 언급도 없
다. 열전의 맨 마지막 구절에서는 '개성 3년에 배도는 병으로 다시 동도
로 돌아갈 것을 간청하였고, 그의 나이 76에 죽었다.[34]'는 기록만이 전하
고 있다. 이에 반해서 소설에서는 반란군 오원제를 진압한 배도는 조정

---

34) ≪신당서≫〈배도전〉. "開成三年, 以病丐還東都, 年七十六而薨."

으로 돌아와서 재상에 임명되었다는 점에서 차이가 있다.

두 번째는 헌종 황제의 신임 여부이다. 열전에서는 반란군 무리의 자객에 의해 배도가 피살될 위기를 겪게 되고, 조정대신들은 정국을 안정시키기 위해 배도를 파직시켜야 한다고 주장한다. 그러나 헌종 황제는 오히려 배도를 반란세력을 진압하기 위한 진압군의 수장으로 임명하는 절대적 신임을 나타내고 있으며, 이후의 역사적 사실은 확인할 길이 없다. 이에 반해서 소설에서는 배도가 반란군을 진압하고 조정으로 돌아온 후 재상의 자리에 있게 되자, 간신들이 시기하고 황제마저 그를 의심한 것으로 되어 있다. 물론 시기적으로 반란군 진압과정의 시기와 반란군 진압이후의 시기상의 차이는 있지만 헌종 황제의 배도에 대한 신임의 정도에는 확연한 차이가 있다.

배도의 이러한 행적과는 별개로 이후 전개되는 소설은 모두 젊은 남녀와 얽혀있는 배도의 의로운 선행에 대한 이야기가 중심이어서 역사 사실과의 비교의 각도에서 벗어나 있다.

이처럼 정사의 내용은 소설과 짧은 내용만이 겹치고 소설의 거의 9할에 해당하는 중·후반부의 일화는 열전과 관련성이 없기 때문에 다른 문헌과의 비교를 필요로 하는데, 본편과 관련된 문헌으로는 ≪史記≫권125 〈佞幸列傳〉·≪獨異志≫권下·≪唐摭言≫권4〈節操〉·≪唐語林≫권6〈補遺〉·≪類說≫·≪太平廣記≫권167〈裴度〉등이 있다.[35] 이중 ≪사기≫에는 작품의 입화에 나오는 한 문제 때 인물 鄧通에 대한 이야기가 실려 있고, ≪독이지≫에도 등장인물은 다르지만 관상에서 종리문이 입으로 들어가는 것이 굶어죽을 상이라는 속설에 대한 또 다른 일화가 실려 있다. 그리고 ≪당척언≫과 ≪당어림≫에는 정화의 초반에 배도가 한 여인이 잃어버린 보대를 찾아주는 일화와 동일한 이야기가 실려 있다. 그러

---

35) 譚正璧 ≪三言兩拍資料≫ 上海古籍出版社 上海 1980 참조.

'삼언(三言)' 소설이 된 역사인물

나 정화의 전체 이야기의 원형이라고 할 수 있는 고사는 바로 ≪玉堂閑
話≫에서 인용한 것으로 밝히고 있는 ≪태평광기≫에 나온다. ≪태평광
기≫에 수록된 배도에 대한 기록은 다음과 같다.

　　원화 연간에 새로이 호주녹사참군으로 제수 받은 이가 있었는데, 아
직 임지로 가지도 않아서 강도를 만나 '고칙역임문박'까지 거의 다 약
탈을 당해서 남아있는 것이 아무 것도 없었다. 그리하여 가까운 읍에서
허름한 옷을 부탁하고 이리저리 겨우 돈을 빌려서 머물던 여관으로 돌
아왔다. 여관은 배진공의 집 가까이에 있었다. 이때 배진공은 변장을
하고 있었는데 평복으로 나서서 근교를 노닐다가 호주녹사참군 두가
있는 여관으로 왔다. 서로 읍을 하고 앉아서 이리저리 말을 주고받았
다. (두가) 말하였다. "저의 괴로운 일은 다른 사람이 차마 들을 수가
없을 것입니다." (두는) 말을 꺼내면서 눈물을 흘렸고, 진공이 그를 불
쌍히 여겨서 그 일을 세세하게 물었다. 그가 대답했다. "제가 경사에
수년간 있다가 강호에 관직을 제수 받았으나 강도를 만나 빈털터리가
되고 미천한 목숨은 죽지 않았습니다. 이것은 또한 작은 일일 뿐입니
다. 제가 장차 장가들기로 하고 아직 혼인하여 맞이하지 않았는데, 군
목이 강제로 약혼녀를 보내서 재상 배공에게 바친 일을 당했습니다."
배진공이 말하였다. "그대의 여인의 성씨가 어찌 되시오?" (두가) 답하
였다. "성은 모씨에 자는 황아입니다." 배진공은 이때 자주색 적삼을
입고 있었고 그에게 말하였다. "내가 기왕 진공과 친교가 있으니 당신
을 위해서 한 번 얘기해보리다." 그리하여 성명을 물어보고 갔다. (두
는) 또 다시 그것을 후회했다. 그 사람이 혹시라도 중령의 가까운 사람
이어서 들어가서 이 사실을 말하면 분명 화가 미칠 것이었다. 잠도 편
안히 잘 수가 없었다. 날이 밝아오자 배도의 집 근처에서 몰래 탐문해
보니 배도는 이미 내실에 들어간 뒤였다. 저녁이 되자 붉은 옷을 입은
아전들이 여관으로 찾아와서 다급하게 영공이 부른다고 말하였다. 두
는 그 말을 듣고 놀라고 두려웠으나 급히 아전들과 함께 갔다. 저택에
도착한 잠시 후 작은 대청으로 맞아들이자, (두는) 절을 하고 엎드려
땀을 흘리며 감히 고개 들어 쳐다볼 수가 없었다. 곧 그가 앉을 것을
청하였다. (두가) 그를 살펴보니 바로 어제 자주색 옷을 입었던 압아였

다. 그리하여 연신 잘못을 고하자, 중령이 말하였다. "어제 만나서 했던 말이 진실로 측은하였도다. 오늘 내가 조금이라도 그대의 상심을 위로하고 싶구나." 곧 상자 속에서 관직을 명하는 명부를 꺼내서 그에게 주어 다시 호주 녹사참군을 제수하게 명하였다. 기쁨이 채 끝나기도 전에 공이 또 말하였다. "황아는 임지로 함께 갈 수 있을 것이네." 특별히 명하여 그 여관으로 짐을 천 관이나 보내주었고, (두 사람은) 함께 가서 부임하였다.(≪옥당한화≫에 나옴)[36]

위와 같이 ≪태평광기≫에 수록된 이야기는 바로 소설의 중심 내용인 당벽과 황소아, 그리고 배도와 얽힌 이야기의 원형이라고 할 수 있다. 다만 그 줄거리의 전개에 있어서 몇 가지 차이점 즉, 소설의 등장인물인 당벽이 ≪태평광기≫에는 紃라는 이름으로 나오고 그의 정혼자 황소아가 황아로 나오는 점, 당벽이 정혼한 황소아를 빼앗기자 관직을 이동해 가는 길에 경사에 들렀다가 황소아를 찾아나서는 소설의 전반부가 ≪태평광기≫에는 없는 점, 당벽이 강도를 만나 죽을 고비를 넘길 때 蘇氏 노인의 도움을 받아 다시 장안으로 오는 과정이 ≪태평광기≫에서는 소략되어 있는 점 등이 있기는 하지만, 대체로 소설은 ≪태평광기≫의 줄

---

36) ≪태평광기≫〈배도〉. "元和中, 有新授湖州錄事參軍, 未赴任, 遇盜, 勤剽殆盡, 告敕曆任文薄, 悉無子遺。遂於近邑求丐故衣, 迤假貨, 卻返逆旅。旅舍俯逼裴晉公第。時晉公在假, 因微服出遊側近邸, 遂至湖紃之店。相揖而坐, 與語周旋, 問及行止。紃曰："某之苦事, 人不忍聞。"言發涕零。晉公憫之, 細詰其事。對曰："某至京數載, 授官江湖, 遇寇蕩盡, 未殘微命, 此亦細事爾。某將娶而未親迎, 遭郡牧強以致之, 獻於上相裴公矣。"裴曰："子室之姓氏何也？"答曰："姓某字黃娥。"裴時衣紫袴衫, 謂之曰："某即晉公親校也, 試爲子偵。"遂問姓名而往。紃復悔之, 此或中令之親近, 入而白之, 當致其禍也。寢不安席。遲明, 詣裴之宅側偵之, 則裴已入內。至晚, 有頹衣吏詣店, 頗匆遽, 稱令公召。紃聞之惶懼, 倉卒與吏俱往。至第斯須, 延入小廳, 拜伏流汗, 不敢仰視。即延之坐。竊視之, 則昨日紫衣押牙也。因首過再三。中令曰："昨見所話, 誠心惻然。今聊以慰其憔悴矣。"即命箱中官誥授之, 已再除湖紃矣。喜躍未已, 公又曰："黃娥可於飛之任也。"特令送就其逆旅, 行裝千貫, 與偕赴所任。(出≪玉堂閑話≫)"

거리를 바탕으로 서사구조를 확장시킨 것으로 판단된다.

따라서 본편과 관련된 화본소설이 확인된 바가 없기 때문에 현재까지 확인 가능한 문헌을 바탕으로 종합해보면, 입화는 ≪사기≫와 ≪독이지≫의 내용을, 정화는 ≪당척언≫·≪당어림≫·≪태평광기≫에 있는 내용을 바탕으로 하고 있으며, 그중에서도 ≪태평광기≫의 내용이 전체 작품의 근간이 되었다고 볼 수 있다.

6) 유영(柳永)37)
― 〈衆名姬春風吊柳七〉(≪유세명언≫ 권12)

(1) 들어가며

유영은 송대를 대표하는 사 작가로서 경지를 이룬 인물이었지만 회재불우했다.38) 유영의 문학적 성취에 대해 중국문학사에서는 '慢詞를 유행시킴으로써 송사의 형식적·내용적 발전을 이루는 데 기여한 작가로 평

---

37) 유영에 관해서는 확장 연구의 필요성을 느껴서 〈柳永의 小說化에 대한 고찰〉(千大珍·鄭憲哲 공저, 2017)이라는 제목의 논문을 대한중국학회에 투고하여 등재되었다. 본문은 학회에 등록된 원문을 수록하되 서두에서 이미 언급된 내용에 한하여 일부 각주는 생략하고, 일부 한자는 가독성을 고려하여 한글 표기로 전환하였다.

38) 이 글은 풍몽룡이 집록한 명대단편소설인 '三言'을 그 저본으로 삼고 있다. 삼언은 다양한 주제를 다루고 있는데 그중 유영은 '懷才不遇'했던 역사인물 중 하나다. '회재불우'란 '재주를 가졌으나 불우하였다'는 뜻으로, '회재불우한 역사인물'이란 王侯將相이 될 만한 능력이나 재주를 가졌지만, 그 재주와 뜻을 펼칠 마땅한 기회를 얻지 못하고 불우한 운명을 맞이한 역사인물을 말한다. '삼언' 중에서 이 주제에 해당하는 작품으로는 「衆名姬春風吊柳七」(喻12)·「李謫仙醉草嚇蠻書」(警9)·「唐解元一笑姻緣」(警26)·「馬當神風送騰王閣」(醒40)의 네 편을 그 예로 들 수 있다. 각각의 작품에 등장하는 역사인물은 '初唐四傑'로 이름난 '王勃', 盛唐를 대표하는 천재시인 '李白', 宋初의 대표적인 詞 작가 '柳永', 明代의 才人 '唐寅'이다.

가'하고 있고, 고전소설 속에도 유영의 이야기는 시대를 막론하고 인구에 회자되는 소재가 되어왔다.[39)]

　필자는 풍몽룡이 집록한 '삼언' 중 역사인물을 소재로 한 30편의 작품을 고찰하는 과정에서 유영을 소재로 한 단편소설이 있음을 인지하게 되었고, 유영과 관련된 여러 필기류와 화본 및 의화본 소설로 이어지는 서사과정을 고찰하면서 유영의 소설화 과정에 대해 주목하게 되었다. 유영에 대한 정사의 기록은 전하지 않기 때문에 유영의 행적에 대해서는 그의 사후에 나온 여러 필기류의 기록을 통해 역사적 편린을 더듬어 볼 수밖에 없는 한계를 가진다. 그러나 시대를 이어오면서 필기류·화본·의화본으로 이어지는 문학작품 속에서 유영은 그야말로 다양한 인물형상을 가진 소설 속 주인공으로 변모해 나갔기 때문에 이를 바탕으로 각 문헌 간 비교를 통해서 유영이라는 인물을 재조명해 볼 수 있을 것으로 판단하였다.

　이 글은 유영의 이러한 인물형상의 변화과정을 고찰하기 위해 세 분야로 나누어 살펴보고자 한다. 먼저 송대에서 명대 초기에 이르기까지 여러 필기류 속에 남아있는 유영의 모습과 이러한 필기류의 기록들이 가지고 있는 성격은 어떠한지에 대해 살펴볼 것이다. 이어서 송말·원초에 널리 유행한 화본과 잡극과 같은 문학 작품 속에 등장하는 유영은 어떤 세속화의 길을 걸어갔는지 살펴 볼 것이다. 마지막으로 명말 풍몽룡이 개작한 의화본에 이르러 세속적이고 희화되었던 인물형상의 티를 벗고 다시 문인화의 길로 접어든 것은 화본의 그것과는 어떤 차이가 있는지에 대해 살펴볼 것이다.

　끝으로 실존 했던 역사인물이 시대의 흐름과 함께 문학작품 속 주인공으로 등장하는 과정에서 나타난 이러한 다양한 변화를 고찰하는 것이 중

---

39) 김학주, 『중국문학사』, 신아사, 2008, 322-3쪽 참조.

국 단편 고전백화소설의 발전과정과 어떤 연관성을 가질 수 있는지에 대해서도 살펴보고자 한다.

(2) 필기류 속 불우한 풍류재자

유영은 송 인종 때 진사에 합격하고 늦은 나이에 屯田員外郎이라는 벼슬을 하였다는 기록이 있으나, 그에 대한 정사의 기록은 전하지 않는다.[40] 따라서 유영이라는 인물에 대한 대략적인 면모는 여러 필기류의 기록을 통해서 확인할 수밖에 없는 한계를 가지고 있다. 현재까지 확인 가능한 유영 관련 문헌으로는『避暑錄話』·『澠水燕談錄』(권8)「事誌」·『能改齋漫錄』(권16) 「柳三變詞」·『獨醒雜志』(권4)·『綠窓新話』(권上)「柳耆卿因詞得妓」·『醉翁談錄』丙集(권2) 「花衢實錄柳屯田耆卿」·『歲時廣記』(권17) 「弔柳七」·『增修詩話總龜後集』(권32) 「樂府門」·『靑泥蓮花記』(권7) 「江淮官妓」·『靑泥蓮花記』(권12) 「周月仙」·『方與勝覽』(권11)·『苕溪漁隱叢話』(권39) 「藝苑雌黃」·『宋元戲文輯佚』「柳耆卿詩酒玩江樓」·『芥舟撮記』·『情史』「柳耆卿」·『淸平山堂話本』「柳耆卿詩酒玩江樓記」·『喩世明言』(권12) 「衆名姬春風吊柳七」 등이 있다.[41]

본장에서는 이중 먼저 화본소설 속 가공의 인물로 등장하기 이전의 유영에 대한 여러 필기류의 기록을 통해 유영의 면모를 살펴보고자 하며,

---

40) 譚正璧,『三言兩拍資料』, 上海古籍出版社, 1980, 61쪽 참조.
41) 위의 문헌은 譚正璧의『三言兩拍資料』와『三言兩拍源流考』, 胡士瑩의『話本小說槪論』, 葉根華의 「從馮夢龍對柳永形象的重塑看話本小說的文人化」, 柳翠翠의 「宋元小說話本「柳耆卿詩酒玩江樓記」研究」에 수록되어 있는 내용과 그 외 기타 문헌상의 기록들을 종합하여 정리한 것이다.『청평산당화본(淸平山堂話本)』「유기경이 완강루에서 시와 술로 즐긴 일을 적다(柳耆卿詩酒玩江樓記)」는 이하 「유기경시주완강루기」(청)으로 표기하였고,『유세명언(喩世明言)』권12「여러 명기들이 봄바람이 불면 유칠을 조문하다(衆名姬春風吊柳七)」은 이하 「중명희춘풍조유칠」(유12)로 표기하였다.

특히 그중에서도 여러 문헌이 중점적으로 다루고 있는 '登龍門', '弔柳會', '풍류재자의 형상'이라는 세 가지 측면을 중심으로 살펴보고자 한다.

첫째 유영의 등용문에 관해서는 먼저 『피서록화』를 살펴볼 필요가 있는데, 여타 문헌에 비해 『피서록화』에는 유영의 생애에 대한 전반적인 내용이 담겨 있다.

> 유영은 자가 기경이고, 과거에 응시준비를 할 때부터 기루에 많이 놀러 다녔으며 노래가사를 잘 지었다. 교방의 악공은 새로운 곡조를 얻으면 반드시 유영이 가사를 지어 주기를 청해야만 비로소 세상에 유행하게 되었고, 결국 그 노래는 한 시대를 전하게 되었다. 첫 과거에서 진사에 합격하여 목주연이 되었다. 전에는 관리로 임명하는 천거법이 과거에 합격했는지에 제한을 두지 않았다. (그러나) 유영이 관리가 될 시기에는 군장이 그의 이름을 알고 있었기에 감사와 함께 그를 추천하려하자 물의를 일으켜서 떠들썩했다. 다시 조정으로 돌아가서 관직에 선발되었으나, 말로써 헐뜯는 자가 있어서 결국 임명되지는 않았다. 이로부터 처음 부임하는 관리는 반드시 치적이 있어야 천거가 될 수 있다는 조서가 내려진 것은 유영으로부터 비롯되었다. 유영은 처음에 「상원사」를 지었는데, 그 속에 있는 "악부의 남녀 배우와 이원의 웅장한 연주"라는 구절은 궁중으로 전해져서 많이 불려졌다. 후에 가을 늦은 시기에 주연을 열어 「취봉래사」를 지어서 바쳤는데 그 표현이 황제의 뜻에 어긋난 것 때문에 인종도 다른 마음을 품은 것은 아닌지 의심하였으나, 그냥 내버려두고 묻지 않았다. 유영은 또한 다른 사람을 위해서 글을 지어주는 것을 좋아했는데, 처음에는 그것 때문에 명성을 얻었지만 (그것이) 결국 자신의 장애가 되고 만 것을 후회하였고, 후에 이름을 '삼변'으로 고쳤지만 결국은 되돌릴 수 없었다. 선택이란 신중하게 하지 않을 수 없다. 내가 丹徒로 부임해 갔을 때, 일찍이 한 서하의 귀명관을 만나 "무릇 우물을 마실 곳이 있으면 곧 유영의 사를 노래할 수 있다."고 말한 것은 유영의 사가 널리 펴져있다는 것을 말한 것이다. 유영은 말년에 둔전원외랑이 되었으나, 객사하여 윤주승사에 영구가 안치되었다. 왕화보가 그곳을 다스릴 때 그의 후손을 찾으려 해도 그럴 수가 없어서 돈을 내서 그를 장사 치러 주었다.[42]

'삼언(三言)' 소설이 된 역사인물

『피서록화』에는 유영이 관직에 나아가지 못한 원인과 그가 지은 글이 당시에 어느 정도로 유행했는지에 대한 기록은 물론, 그의 말년에 대한 기록까지 비교적 상세하다. 그 중에서도 유영이 관직에 나아가지 못한 원인이 그가 지은 「취봉래사」가 황제의 뜻에 어긋났기 때문임을 전하고 있는데, 이는 송나라 사람 王闢之의 『澠水燕談錄』(권8) 「事誌」와 陳元靚의 『歲時廣記』(권17) 「弔柳七」의 기록과도 유사하다.[43] 그러나 송나라 사람 吳曾의 『能改齋漫錄』(권16) 「柳三變詞」에서는 유영이 관직에 등용되지 못한 원인을 과거에 낙방한 후 상심하여 지은 「鶴衝天」때문으로 말하는 것으로 보아, 문헌 간에 다소 차이는 있으나 대체로 유영이 지은 詞가 자신의 출세를 막은 걸림돌이 되었던 것으로 보는 시각은 공통적으로 나타난다. 이중 『능개재만록』에서 그 근거로 말하고 있는 「학충천」의 내용을 살펴보자.

　　과거 합격자 명단 위에서 공교롭게도 장원급제의 꿈을 잃었구나. 현명한 시대가 현자를 내치니 어디로 향할꼬. 풍운의 뜻 이루지 못했으니 어찌 방탕하게 놀아보지 않을 수 있나. 득실을 따져서 무엇 하리. 재능 있는 사인은 본디 백의의 재상이었다네.　　청루는 전처럼 (나를) 단청

---

42) 譚正璧, 『三言兩拍資料』, 上海古籍出版社, 1980, 61쪽에 나오는 원문은 다음과 같다 : "柳永, 字耆卿, 爲擧子時多遊狹邪, 善爲歌辭。教坊樂工每得新腔, 必求永爲辭, 始行於世, 於是聲傳一時。初擧進士登科, 爲睦州掾。舊初任官薦擧法不限成考, 永到官, 郡將知其名, 與監司連薦之, 物議喧然。及代還, 至銓, 有摘以言者, 遂不得調。自是詔初任官須滿考乃得薦擧, 自永始。永初爲『上元辭』, 有 "樂府兩籍神仙, 梨園四部弦管"之句, 傳禁中, 多稱之。後因秋晚張樂, 有使作 『醉蓬萊辭』以獻, 語不稱旨, 仁宗亦疑有慾爲之地者, 因置不問。永亦善爲他文辭, 而偶先以是得名, 始悔爲己累, 後改名三變, 而終不能救。擇術不可不愼。余仕丹徒, 嘗見一西夏歸明官雲 : "凡有井水飮處, 即能歌柳詞。"言傳之廣也。永終屯田員外郞, 死旅, 殯潤州僧寺。王和甫爲守時, 求其後不得, 乃爲出錢葬之。"
43) 譚正璧, 『三言兩拍資料』, 上海古籍出版社, 1980, 61쪽의 『澠水燕談錄』권8 「事誌」의 기록과 65-6쪽의 『歲時廣記』권17 「弔柳七」의 기록 참조.

병풍 속으로 맞아들이는구나. 요행히 마음에 품은 사람 있으니 찾아가 볼 수 있겠구나. 이렇게 기생놀이나 하며 평생 풍류나 만끽하리라. 청춘은 짧디 짧으니 헛된 名利걸랑 접어두고 한가롭게 술 마시며 노래하는 일과 바꿨다네.[44]

黃金榜上偶失龍頭望明代暫遺賢, 如何向？未遂風雲便, 爭不恣遊狂蕩？何須論得喪！才子詞人, 自是白衣卿相。 煙花巷陌, 依約丹靑屛障。幸有意中人, 堪尋訪。且恁偎紅倚翠, 風流事, 平生暢。靑春都一餉, 忍把浮名, 換了淺斟低唱。

『능개재만록』에서는 「학충천」의 '헛된 名利걸랑 접어두고 한가롭게 술 마시며 노래하는 일과 바꿨다네.'라는 구절을 문제 삼아 인종이 그를 특별히 낙방시켰고, 景祐 元年에야 비로소 과거에 급제시킨 것으로 말하고 있다.[45] 유영이 이후 목주연과 둔전원외랑 등과 같은 관직을 지냈다는 여타의 기록으로 보아 과거에 급제한 후 여러 관직을 두루 거친 것이 사실로 확인되나, 정확한 과거급제 시기와 그의 출생 연월에 대해서는 문헌간의 차이로 인해 명확하게 규명하기가 어려운 상태다.[46] 다만 유영은 그가 가진 문재에 비해 줄곧 지방관으로서 전전하며 중앙 정계에 진출하지 못한 우울한 일생을 살았던 점만은 문헌상에서 대체로 일치하고

---

44) 吳曾, 『能改齋漫錄』, 木鐸出版社, 1982, 480쪽.
45) 吳曾, 『能改齋漫錄』, 木鐸出版社, 1982, 480쪽에 나오는 원문은 다음과 같다 : "忍把浮名, 換了淺斟低唱."
46) 王輝斌, 「柳永生平訂正」, 『南昌大學學報』, 35-5, 2004, 79-81쪽에 따르면, 왕 휘빈은 유영의 과거 급제시기에 대해서 '景祐元年說(1034)'과 '景祐末年說 (1037)' 두 가지로 요약하고 있다. 이중 '경우원년설'의 경우에는 『能改齋漫錄』· 『宋詩紀事』·『四庫全書總目』卷198·『建寧府志』·『福建通志·文苑傳』 등의 기록에 근거하고 있다. 이에 반해서 '경우말년설'은 『澠水燕談錄』에서 "柳三 變景祐末登進士第"라고 밝히고 있는 것에 근거하고 있다. 그러나 이 두 가지 설도 유영이 관리로 부임한 적이 있는 지역의 『餘杭縣志』와 『湘山野錄』 등의 기록과 송대의 관제와는 일치하지 않고 있기 때문에 유영의 정확한 과거 급 제시기와 출생연도는 고증할 길이 없는 것으로 보고 있다.

'삼언(三言)' 소설이 된 역사인물

있다.

둘째 유영의 사후에 그를 기리기 위해서 여러 지인들이 주최했던 '조유회'에 대해서는 『독성잡지』·『개주촬기』·『세시광기』·『방여승람』 등의 문헌을 통해 확인할 수 있다. 이 문헌들에서는 공히 유영이 죽자 가까운 지인들이 청명절이 되면 그의 묘에 모여서 애도하는 '조유회' 내지는 '조유칠'이라는 모임을 가진 것으로 전하는데, 이중 『독성잡지』의 기록을 살펴보자.

> 유기경은 풍류가 빼어나서 한 시대에 명망이 있었다. 그가 죽자 조양현 화산에 매장되었다. 멀고 가까운 사람들이 매번 청명일이 되면 술과 안주를 많이 가져와서 유기경의 무덤 옆에서 먹고 마셨는데, 이를 '조유회'라고 불렀다.[47]

이외에도 『개주촬기』에서는 위와 같은 모임을 '조유칠'이라고 한 차이는 있으나 내용은 대동소이하고, 유영의 죽음 이후에 집안에는 재산이 없어서 군내의 기생들이 돈을 모아서 그를 장사지냈다는 내용이 더해져 있다.[48] 『歲時廣記』(권17) 「조유칠」에도 경사의 기녀들이 돈을 모아서 棗陽縣 花山에 매장했으며, 유영을 기리는 모임을 '조유칠'이라고 불렀다는 기록이 있다.[49] 유영의 장지에 대해서도 襄陽 · 棗陽 · 潤州 · 儀征의 네 곳으로 각 문헌마다 차이가 있지만, 유영의 사후에 여러 지인들이 모여서 그를 기리는 모임을 가졌다는 내용은 관련 문헌 간에 큰 차이 없이 일치하는 내용이다. 명대에 나온 의화본 「중명희춘풍조유칠」(유12)에서

---

47) 譚正璧, 『三言兩拍資料』, 上海古籍出版社, 1980, 62쪽의 『獨醒雜志』권4에 나오는 원문은 다음과 같다 : "柳耆卿風流俊邁, 聞於一時。旣死, 葬於棗陽縣花山。遠近之人, 每遇淸明日, 多載酒肴, 飮於耆卿墓側, 謂之'弔柳會'。"
48) 위의 책, 86쪽.
49) 위의 책, 85쪽.

는 청명절에 유칠(유영의 별호)의 무덤으로 답청을 가서 그를 기리던 모임이 하나의 풍속이 되었다가 고종 황제가 남송으로 천도한 후에야 비로소 그치게 되었다고 묘사하고 있는데, 필기류와 소설 모두에서 유영을 기리는 지인들의 모임이 있었음을 시사한다.[50]

셋째 유영의 풍류재자로서의 면모가 잘 드러나 있는 필기류로는 『녹창신화』와 『취옹담록』을 들 수 있다. 『녹창신화』에는 유영이 江淮에 있을 때 좋아하게 된 한 관기에 대한 이야기가 나오는데, 이것은 「중명희춘풍조유칠」(유12)에서 유영이 浙江 관하의 餘杭縣宰에 제수되어 부임하러 가는 길에 江州에 이르러 '謝玉英'이라는 기생을 만나 연분을 가진 일화와 유사하여 상호 연원관계에 있는 것으로 보인다. 그리고 송나라 사람 나엽이 쓴 『취옹담록』에는 유영이 아직 관직을 얻지 못하고 기루에서 많은 시간을 보내던 시기에 세 기녀와 각별하게 지냈던 이야기를 다루고 있는데, 이 내용은 이후 「유기경시주완강루기」(청)과 「중명희춘풍조유칠」(유12)에서 세 기녀의 이름은 각기 달라지지만 후대의 소설화 과정에서 소재가 된 것으로 보인다. 여기서 주목할 것은 기타의 필기류들이 대체로 유영에 대한 열전의 성격을 띠는 글이나 짤막한 일화들을 담고 있는 것과는 달리 『녹창신화』와 『취옹담록』의 내용은 유영의 풍류재자다운 모습을 이야기로 창작해낸 것으로 보이며, 이것이 이후 원대에 이르기까지 소설·희문·잡극에 이르는 다양한 작품으로 창작되는 출발점이 된 것으로 보인다. 『취옹담록』 속에는 「柳屯田耆卿」·「耆卿譏張生戀妓」·「三妓挾耆卿作詞」·「柳耆卿以詞答妓名朱玉」의 4편의 글이 담겨져 있는데, 그 중에서 「삼기협기경작사」·「유기경이사답기명주옥」의 내용이 후대의 소설과 연원관계에 있다고 할 만하다.

이처럼 송대까지의 문헌 속에 남아 있는 유영의 형상은 뛰어난 문재를

---

50) 馮夢龍, 『喩世明言』, 人民文學出版社, 1991, 198쪽 참조.

갖추고도 중앙정계에 진출하지 못한 회재불우한 인물이자, 사 창작을 위안삼아 풍류스럽게 살아간 문인의 모습으로 그려지고 있다. 그러나 이후 「유기경시주완강루기」(청)와 「중명희춘풍조유칠」(유12)에 이르러서는 유영이 각기 다른 성격의 인물로 점차 변모해 나가기 시작한다.

(3) 화본의 세속화

송사의 발전에 끼친 영향력에 있어서 이후 秦觀・賀鑄・周邦彦 같은 작가들의 艶詞가 모두 유영을 본받은 것이고, 黃庭堅도 처음에는 유영의 사풍을 모방했다고 평가되는 점을 감안할 때 유영과 같이 송대를 대표하는 사인이 정사에 전하지 않는 점은 다소 의아한 부분이 아닐 수 없다.

이에 대해 歐姝俐는 「淺析『宋史』中缺失柳永名字的原因」에서 유영이 송사에 실리지 못한 이유를 대략적으로 세 가지로 밝힌 바 있다. 그 첫째는 그의 詞作 중에는 세상에 대한 불만을 토로한 점이 황제의 뜻에 반하여 미움을 받은 점, 둘째는 송대의 문인과 관료들이 유영을 도덕적으로 문제 삼은 점, 셋째는 송사를 기술한 원대 관료체제의 윤리사상으로 볼 때 유영의 행실은 다소 지나치게 부도덕한 것으로 치부되어 배척의 대상으로 여겨진 점을 들고 있다.[51] 유영이 지은 사가 황제의 뜻에 반하였다는 사실은 몇몇 필기류의 기록을 통해서도 확인이 가능하고, 유영은 당시 문인들이 지었던 고아한 문인사 이외에도 도시 남녀들의 화려하고 음란한 생활을 상세하게 묘사한 속사도 두루 창작하여 크게 명성을 떨쳤으나 중앙정계에 있는 문인들로부터 배척을 받았던 점 등으로 볼 때, 첫째와 둘째의 원인에 대해서는 현전하는 문헌들을 통해서도 어느 정도 유추가 가능하다.

그러나 원대에 들어서서 『송사』의 기술을 주도했던 脫脫과 阿魯圖를

---

51) 歐姝俐, 「淺析『宋史』中缺失柳永名字的原因」, 『教學交流』, 2013, 161쪽.

위시한 문인들이 왜 유영을 부도덕한 인물로 판단하고『송사』에서 그를 배제했는지에 대해 歐姝俐는 "元朝는 이미 "天理를 지켜나가고 인간의 욕망을 없애야 한다."는 程朱理學을 제도화된 관료사상으로 고도화시켰으며,『송사』를 수찬한 관료들은 봉건윤리를 존중하고 받드는 문인이었다."는 점을 그 원인으로 보았고, 유영은 이러한 정주이학적 관료사상에 의해 희생된 불우한 인물이었다고 말한다.52) 물론 구주리의 주장을 뒷받침할 원대의 유영 관련 문헌이 부족하기는 하지만 그의 견해는 일면 수긍이 가는 부분이다. 그도 그럴 것이『송사』열전의 사적 기술 태도로 볼 때 송대에 영향력을 끼쳤던 문인 혹은 정치인 중에는「간신전」에 분류되어 송 조정에 상당한 부정적 영향을 끼친 인물까지도 정사에 총 망라되어 있는 점을 감안하면, 유영과 같이 송조에서 오랫동안 관직에 있었고 당시 문단에 적지 않은 영향을 끼친 인물이 정사에서 배제되었다는 것은 분명 정치적 측면과는 다른 측면의 배제가 있었던 것으로 보인다. 필자는 유영이 이처럼 정사에서 배제된 원인을 송말·원초에 널리 유행했던 유영 관련 문학작품들에서 그 맥락을 찾고자 한다.

앞서 살펴본 필기류 속에서 드러난 유영은 풍류재자다운 문인의 모습을 하고 있었으나, 송말·원대의 또 다른 문헌들은 유영을 대단히 세속화된 인물로 묘사하고 있는데, 그 대표적인 예로는『青泥蓮花記』「周月仙」·「柳耆卿詩酒玩江樓記」(淸)·「玩江樓」·『情史』「柳耆卿」·『青樓小名錄』「周月仙」등을 들 수 있다. 이러한 작품들 속에서 그려지고 있는 유영의 인물형상은 전대의 필기류나 후대의 풍몽룡이 쓴 의화본소설과는 상당한 격차가 있다.

이 중에서 송말·원대에 창작된 것으로 추정되는「유기경시주완강루

---

52) 歐姝俐,「淺析『宋史』中缺失柳永名字的原因」,『教學交流』, 2013, 161쪽에 나오는 원문은 다음과 같다 : "元朝已經把'存天理, 滅人慾'的程朱理學上升到制度化的官方思想的高度,『宋史』的官修者尊奉封建倫理的文人。"

'삼언(三言)' 소설이 된 역사인물

기」(청)의 내용을 중심으로 그 기술양상을 살펴보자.

유영은 자신이 부임한 임지에서 周月仙이라는 관기를 좋아하게 되지만 그녀로부터 거절을 당하게 된다. 이에 뱃사공을 사주하여 주월선을 겁탈하게 하여 약점을 잡음으로써 주월선을 자신의 여인으로 만들어버린다. 작품 속 유영은 이미 다른 정인을 마음속에 품고 있는 관기를 자신의 여인으로 만들기 위해 음흉한 계략까지도 서슴지 않는 세속적인 인물로 희화되어 버린 것이다. 이는 당시 유행했던 송·원대의 희문 「玩江樓」에서도 나타나는 공통적인 현상이었으며, 명나라 사람 梅鼎祚이 지은 『靑泥蓮花記』에도 유사한 줄거리가 지속되는 것으로 보아 송말부터 명대 중기에 이르기까지 문학작품 속의 유영은 상당 기간 세속화된 모습을 유지한 것으로 보인다.

원래 화본은 그 속성상 일반 대중을 대상으로 연행을 하기 위해 창작된 것이다 보니, 실존인물을 작품 속에서 세속적·풍자적 인물로 희화시키는 각색은 흔한 현상이었다. 이러한 화본소설 속 역사인물의 세속화 현상은 비단 유영의 경우에만 국한된 것은 아니었으며, '삼언'에서 역사인물에 해당하는 군주·문인·승려와 같은 고귀한 신분의 주인공들 또한 유영과 같이 상당부분 세속화의 과정을 겪었다. 즉, 당 전기의 경우처럼 작품 속 주인공이 문인의 고아한 풍모를 가진 인물로 등장한 것과 달리, '삼언'을 위시한 화본소설의 주인공은 낮은 계층의 소시민은 물론, 설사 상류층 인물에 대한 이야기라 할지라도 고아한 품격을 유지하는 인물로 묘사되지는 않는다. 특히나 역사인물을 소재로 한 작품에서 이러한 인물 성격의 세속화는 더욱 두드러진 현상으로 나타난다.

예를 들면 「拗相公飮恨半山堂」(警4)에서 왕안석은 재상을 지낼 당시의 失政으로 인해 금릉으로 낙향하는 과정에서 늙은 노파에게서 개나 닭이나 다름없는 인간 이하의 취급을 받고, 「史弘肇龍虎君臣會」(喩15)에서 사홍조와 곽위는 입신양명하기 전까지 남을 등쳐먹는 불한당 같은 삶을 사는 인물들로 그려지고 있으며, 「臨安里錢婆留發跡」(喩21)에서 전류는 어려서 온갖 사고를 도맡아 치고 다니는 악동의 이미지로 그려지고 있다. 「明悟禪師趕五戒」(喩30)에서 소식의 전생으로 등장하는 오계선사는 한 사찰의 지주라는 고귀한 신분이지만 홍련을 범하는 파계승으로 그려지고, 「王安石三難蘇學士」(警3)의 소식은 자신의 재주를 지나치게 뽐내느라 경박하고 진중하지 못한 문인의 대명사로 나오며, 「金海陵縱慾亡身」(醒23)의 완안량은 평생 온갖 색욕만을 즐기다가 군주의 자리에서마저 쫓겨나고 마는 인물로 그려지고 있다.

이러한 인물형상의 변화는 正史와는 상당한 거리가 있거나 몇몇 경우는 아예 찾아볼 수 없는 내용으로서, 화본은 대업을 이룬 군주나 장수, 혹은 문인들을 세간의 인물과 다를 바 없는 세속적이고 희화된 인간으로 묘사하고 있음은 물론, 심지어 그들의 과오나 약점을 신랄하게 비판하기까지 하는 과감함을 보이고 있다. 이는 실존인물을 소설 속 주인공으로 변모시키는 과정에서 소설적 리얼리티를 구현하기 위한 창작의 흔적으로 이해될 수 있다. 그러나 풍몽룡이 집록한 '삼언'은 이미 전대에 있었던 여러 화본들을 바탕으로 각색된 것이기 때문에, 이러한 세속화가 모두 풍몽룡에 의한 것은 아닐 것이다. 오히려 풍몽룡은 전대의 화본소설에서 상당부분 세속화된 상류층의 인물들을 다시 그들의 고상한 품격에 맞는 인물로 文人化한 경우도 있는데, 유영이 이러한 유형의 대표적인 예에 해당되며 이에 대해서는 제3장에서 다시 언급할 것이다.

따라서 송말원초부터 명대 중기에 이르기까지 진행된 필기류·소설·희곡에 걸친 유영의 세속화는 풍몽룡에 의해 다시 문인화되는 각색을 거치기 전까지 상당기간 지속된 것으로 보이며, 『송사』의 집필 주체였던 원대 관료들이 그를 도덕적으로 문제가 있는 인물로 판단하고 열전에서 배제시키는 원인 중 하나로 작용했을 것으로 유추해 볼 수 있다.

그림 「유기경시주완강루기」(청)는 전대의 필기류와 비교했을 때, 어떤 측면의 세속화가 진행되었는지에 대해 문헌 간 비교를 통해서 살펴보자. 「유기경시주완강루기」(청)의 줄거리는 크게 세 부분으로 나누어 볼 수 있는데, 첫째는 유영이 동경의 세 歌妓와 지낸 일에 대한 것이고, 둘째는 유영이 완강루에 올라 「虞美人」을 지은 일이며, 셋째는 유영이 지방관으로 부임하여 주월선이라는 관기와 있었던 일에 대한 것이다. 이중 첫째에 해당하는 동경의 세 가기에 대한 이야기는 송나라 사람 羅燁의 『新編醉翁談錄』에도 유사한 이야기가 전한다. 두 문헌은 이야기의 배경이 되는 장소가 '京華'와 '京師'인 점, 세 歌妓의 이름이 '張師師 · 劉香香 · 錢安安'이던 것이 '陳師師 · 趙香香 · 徐冬冬'으로 약간 변한 점, 유영이 세 가기를 위해 지어준 사에 「西江月」이라는 사패명이 있고 없는 점 등의 몇 가지 차이를 제외하면 전체적인 줄거리가 상당히 유사하다. 따라서 「유기경시주완강루기」(청)의 전반부의 내용은 『신편취옹담록』의 내용을 바탕으로 소설적 각색을 시도한 것임을 어렵지 않게 유추할 수 있다.

둘째는 유영이 완강루에 올라 「우미인」을 지은 것에 대한 것으로, 사실상 이 사는 남당 후주 이욱이 지은 작품이기 때문에 유영과는 아무런 상관이 없다. 아마도 이는 작가가 사 작가로 이름난 유영을 더욱 부각시키기 위한 의도적 각색으로 보인다.

셋째로 유영과 주월선 사이에 있었던 일화는 본 화본에서 가장 주목할 만한 부분이며, 전대의 필기류의 기록과 달리 유영이 세속화된 대표적인 부분에 해당한다. 유영이 지방관으로 부임하여 알게 된 한 관기에 대한 일화는 전대의 필기류인 『녹창신화』에서도 유사한 일화가 있다. 그러나 이러한 필기류 속에 나오는 유영과 관기의 일화는 「유기경시주완강루기」(청)와는 전혀 다른 성격을 띠고 있는데, 이를 아래의 표로써 비교해보자.

구분	『綠窓新話』「柳耆卿因詞得妓」	『淸平山堂話本』「柳耆卿詩酒玩江樓記」
官妓의 이름	이름 없이 官妓로만 나옴.	周月仙으로 餘杭縣에 소속된 官妓임.
관기를 만난 지역	江淮	餘杭縣
관기를 알게 된 과정	없음. (유영의 관직여부에 대한 언급이 없고, 강회에 있을 때 알게 된 것으로만 기술함)	餘杭縣 縣宰로 부임하여 소속 관기인 주월선을 만남.
관기를 겁탈하게 한 계략을 꾸민 사실	없음.	주월선에게 이미 정인이 있음을 알고 사공에게 그녀를 겁탈하게 하고, 이를 약점으로 삼아 자신의 여인으로 삼음.

상기 표와 같이 두 문헌은 네 가지 정도에서 부분적 혹은 상당한 차이점을 보인다.

첫째, 관기의 이름에 대해 「유기경인사득기」(녹)에서는 관기라는 신분만이 드러날 뿐 그녀의 이름이 무엇인지가 드러나 있지 않지만, 「유기경시주완강루기」(청)에는 관기의 이름이 주월선임을 말하고 있다.

둘째, 유영과 관기가 서로 만난 장소에 대해 「유기경인사득기」(녹)에서는 유영이 '강회'에 있을 때 알게 된 관기임을 밝히고 있으나, 「유기경시주완강루기」(청)에서는 유영이 절강성 여항현 현재로 부임하여 만난 것으로 되어있는 차이가 있다. 그러나 여기서 '강회'란 광의적으로 볼 때 장강 이북과 회하 이남을 가리키는 것으로 강남 일대를 폭넓게 지칭한 명칭이기 때문에, 여항현을 포괄하는 명칭으로 볼 수도 있어서 큰 차이는 아니다.

셋째, 유영이 관기를 알게 된 과정에 대해 「유기경인사득기」(녹)에서는 유영이 관직을 제수 받고 강회에 간 것인지, 아니면 개인적인 체류였는지에 대한 어떠한 언급이 없이 그저 '유영이 일찍이 강회에 있을 때'라

'삼언(三言)' 소설이 된 역사인물

고만 말하고 있다. 하지만 「유기경시주완강루기」(청)에서는 유영이 여러 관료들의 추천을 받아서 여항현 현재로 부임하였다가 주월선을 만난 것으로 되어 있어서, 만남의 장소는 일치하나 만남의 과정과 인물에 대한 구체적 언급 등에 있어서 약간의 차이가 있다.

넷째, 유영이 사공을 사주하여 관기를 겁탈하게 한 후 자신의 여인으로 만든 계략을 꾸민 일화는 「유기경시주완강루기」(청)에만 나오는 내용이고 「유기경인사득기」(녹)에는 나오지 않는다. 이는 필기류와 화본이 가지고 있는 가장 큰 차이점이며, 유영의 인물됨이 세속화된 핵심적인 부분이다. 「유기경인사득기」(녹)에도 유영이 강회에서 사이좋게 지냈던 관기와의 일화가 있기는 하나, 「유기경시주완강루기」(청)와 같은 세속적이고 극적인 줄거리 전개는 보이지 않는다. 작품 속에서 유영은 경사로 돌아간 뒤 관기가 자신을 따라 올라오기를 기다렸지만 답이 없자, 마침 강회로 떠나는 인편으로 「擊梧桐」이라는 사를 그녀에게 지어 보냈다. 관기는 유영의 사를 받아보자, 곧 유영을 찾아와서 평생 유영을 따랐다고만 전하고 있어서 두 사람 사이에 어떠한 구체적인 사건도 명시되어 있지 않다.[53] 따라서 「유기경인사득기」(녹)에서 드러나는 유영과 관기의 관계는 한 문인과 관기 사이에 있었던 풍류스러운 애정고사 정도로 보아도 이상할 것이 없다.

이에 반해, 「유기경시주완강루기」(청)에서는 유영이 임지에서 알게 된 관기 주월선을 마음에 들어 하나 그녀에게는 이미 정인이 있음을 알게 된다. 풍류재자라면 거기에서 선을 넘지 않거나 좀 더 낭만적인 사건 전개를 기대할 수도 있을 것이다. 그러나 작품 속 유영은 그야말로 비열한 계략을 꾸미는 인물로 변모한다. 즉, 유영은 주월선이 이미 정인이 있으며 저녁마다 강 건너에 사는 정인을 만나러 간다는 것을 알아낸 후 강을

---

53) 南宋皇都風月主人編, 『綠窓新話』, 世界書局, 1975, 103-4쪽 참조.

건너 주는 사공으로 하여금 그녀를 겁탈하게 하고, 이를 빌미 삼아 주월선을 자신의 여인으로 만들어 버린다. 관기의 신분으로 더 이상 어쩔 수 없음을 알아차린 주월선은 그때부터 유영을 임기 내내 따랐다고 전한다.

이처럼 필기류 속에서 풍류재자의 이미지가 강했던 유영이 화본 속에서는 풍류재자의 이미지와 세속적 욕망을 거침없이 드러내는 인물이라는 이중적 측면을 동시에 가진 인물로 변모하였다. 소설적 리얼리티라는 측면에서 볼 때, 유영의 이러한 인물형상의 변화는 소설적 재미를 더하기 위해 새롭게 재탄생된 것이므로 자연스러운 변화라 할 만하다. 즉 화본 속 유영은 이제 더 이상 역사인물로서의 유영이라기보다는 작가의 상상력에 의해 새롭게 재창조된 소설 속 주인공이며, 사실적 기술과는 상당한 거리를 가진 허구적 인물로 재탄생한 것이다.

(4) 의화본의 문인화

명말 풍몽룡은 송·원대에 있었던 여러 화본소설들을 새롭게 각색하고 일부 창작하여 '삼언'으로 내놓았다. '삼언' 속에는 유영과 같이 역사인물을 소재로 한 30여 편의 작품이 있는데, 이 30여 편 속에 등장하는 역사인물들 또한 상당한 세속화를 면치 못하였다. 이러한 변화는 역사인물의 소설화 과정에서 나타난 보편적 각색이었으며, 역사인물을 보다 현실적이고 세속적 이야기 속으로 끌어들이기 위한 장치로 이해할 수 있다.

그러나 명말 풍몽룡에 이르러서 과거 화본 속 역사인물들과는 달리 새롭게 문인화의 과정을 거친 것으로 보이는 작품 또한 확인이 되는데, 이는 유영의 경우와 같이 '삼언'의 전신이라고 할 수 있는 화본들이 현전하는 일부 작품들을 통해서만 비교가 가능하다. 풍몽룡은 『청평산당화본』으로부터 11편의 작품을 '삼언' 속에 각색하여 수록하였는데, 그 중에서 「유기경시주완강루기」(청)는 풍몽룡에 의해 가장 큰 폭으로 개작이 되어 「중명희춘풍조유칠」(유-12)이라는 편명으로 수록되었다. 이러한 개

작은 전작과 성격을 완전히 달리하는 새로운 작품으로 탄생하였다고 할 만하며, 그 차이를 고찰하는 것이 두 시대 사이에 화본소설이 변모해온 과정을 이해하는 데에도 도움이 되는 부분이다.

그렇다면 풍몽룡이 어떤 각색을 시도하였는지 알아보기 위해 먼저 「유기경시주완강루기」(청)와 「중명희춘풍조유칠」(유12)의 전체적인 내용을 상호 비교해 보자.

내용 \ 구분	「柳耆卿詩酒玩江樓記」	「衆名姬春風吊柳七」
기루의 세 명기와의 일화	활용한 시와 사가 서로 다르다는 차이는 있지만 거의 동일함.	
맹호연에 관한 입화	없음	孟浩然이 唐 玄宗을 만나나 그가 지은 시 때문에 현종에게 크게 기용되지 못한 일화.
江州의 謝玉英과의 일화	없음	부임길에 江州를 지나가다가 謝玉英을 만나게 되고, 사옥영은 유영을 흠모하여 기생의 일을 그만두고 유영이 임기를 마치고 돌아올 때까지 기다리기로 함.
周月仙과의 일화	유영이 餘杭의 관기인 周月仙을 좋아하여 관계를 맺으려 하나 주월선이 黃員外라는 사내를 좋아하고 있었기 때문에 머뭇거리자, 뱃사공을 시켜서 겁탈하게 하고 이 약점을 이용해서 두 사람이 가까워지게 됨.	○주월선은 黃秀才라는 젊은이를 사랑했으나, 아직 혼인을 하지 못한 상태였는데, 같은 현에 사는 劉二員外라는 자가 뱃사공과 작당하여 주월선을 겁탈하게 하고, 이를 빌미 삼아 주월선을 자신의 여인으로 만듦. ○주월선의 딱한 사정을 들은 유영은 팔만 錢의 거금을 내주어서 주월선을 樂籍에서 벗어나게 해주고, 황수재와 주월선이 부부가 되게 함.
유영이 京師로 돌아온 이후의 일화들	없음	○임기가 끝난 유영은 다시 경사로 돌아가서 이전에 교류하던 기생들과 사옥영과의 인연을 이어감. ○당시 재상이던 呂夷簡을 위해 詞를

구분 내용	「柳耆卿詩酒玩江樓記」	「衆名姬春風吊柳七」
		지어주는 과정에서 다른 사를 전달하는 실수로 여이간을 불쾌하게 만들고, 여이간의 간언에 의해 仁宗이 翰林學士로 임명하려던 것을 포기함. ○유영이 옥황상제의 부름을 받아 죽자, 그의 묘로 가는 길에 온 장안의 기생들이 모여들었고, 해마다 淸明節이 되면 名妓들이 유영의 묘에 모여서 조문을 함.

상기 표와 같이 두 작품은 부분적으로 유사한 줄거리를 가지고 있지만 「유기경시주완강루기」(청)에 비해 「중명희춘풍조유칠」(유12)이 더 많은 일화들을 담고 있고, 보다 확장된 서사구조를 가지고 있다는 점에서 더 후대에 창작된 작품임을 알 수 있다. 두 작품은 크게 줄거리 구성의 변화, 체제의 변화, 詩 · 詞 운용의 완숙도의 차이, 유영의 문인화라는 네 가지 측면에서 주요한 차이를 보인다.

가. 줄거리 구성의 변화

줄거리 구성의 변화에 있어서는 「유기경시주완강루기」(청)에는 없거나 단순했던 내용들이 「중명희춘풍조유칠」(유12)에서 보다 확장되거나 주인공 유영의 성격이 변화하는 등의 세 가지로 요약해 볼 수 있다. 첫째 '江州의 사옥영과의 일화'는 「유기경시주완강루기」(청)에는 나오지 않고 「중명희춘풍조유칠」(유12)에서만 나타나는 이야기인데, 유영이 지방관으로 부임해 가는 과정에서 만난 한 가기와의 또 다른 낭만적인 일화를 덧붙임으로써 유영의 풍류재자로서의 이미지를 한층 고취시키는 효과를 거두고 있다. 둘째, '유영이 경사로 돌아온 이후의 일화들' 역시 전작에서 전혀 다루어지지 않았던 내용이다. 작가는 유영이 중앙 정계에 크게 등용되지 못한 이유를 당시 재상이던 여이간의 심기를 불편하게 해서 일어난 일로 허구화 하였고, 유영이 죽음에 이르러서는 옥황상제의 부름을 받아 신선이 되어 승천한 것으로 묘사함으로써 주로 관운이 없었던 문인들을 소설 속 인물로 창조할 때 나타나는 전형적인 각색의 한 유형으로 보인다.[54] 셋째, 줄거리 비교에서 가장 주목할 점은 바로 '주월선과의 일화'다. 먼저 「유기경시주완강루기」(청)에서는 앞서 살펴본 바와 같이 유영은 주월선이라는 관기를 자신의 여인으로 만들기 위해 사공을 사주하여 겁탈하게 하는 비열한 계략을 꾸미는 인물로 등장한다. 이는 소위 문학적 중간층이라고 할 수 있는 說書人이 당시 시민 계층의 구미에 맞춰 유영을 세속적인 인물로 그려내기 위한 각색으로 보이며, 이 또한 당시의 시민계층의 심미관이 녹아 있는 것으로 이해할 수 있다. 이에 반해 「중명희춘풍조유칠」(유12)에서는 주월선이 黃秀才(「유기경시주완강루기」(청)에서는 黃員外로 등장하는 차이가 있음)를 좋아한 것까지는 똑같으나, 주월선을 탐내서 그녀를 차지하기 위해 계략을 꾸민 인물로 유영이 아닌 劉二員外라는 인물이 등장한다. 유영은 오히려 주월선이 그러한 어려운 처지에 놓인 것을 알게 되자 팔만 전이라는 거액을 들여서 그녀를 악적에서 벗어나게 해주었을 뿐만 아니라, 황수재와 주월선이 부부가 되도록 주선해 주기까지 하였다. 그야말로 문인의 풍류를 엿볼 수 있는 대목이다.

줄거리의 이와 같은 변화는 작품의 내용을 더욱 풍부하게 하고, 유영의 특정시기의 몇 몇 일화만을 소설화한 전작과 달리 유영의 일대기의

---

54) 삼언 역사인물 중에는 회재불우한 운명을 주제로 한 인물로 王勃, 李白, 柳永, 唐寅이 있다. 이 네 인물은 각 시대를 대표할 만한 뛰어난 재주를 가졌던 문인들이기도 하지만, 모두 관운이 없어서 벼슬을 얼마 지속하지도 못했거나 아예 하지도 못한 불우한 운명을 맞이하였다는 공통점이 있다. 작가는 이 인물들을 '신선'과 '풍류'라는 두 가지 핵심어를 통해서 정사와는 다른 새로운 인물형상을 만들어 내었다.

거의 대부분을 담은 작품으로 변모한 것이다. 또한 줄거리의 전체적인 인과관계나 각 일화들 간의 상호 연결고리 또한 전작에 비해 더욱 긴밀해졌다고 할 만하다.

나. 체제의 변화

두 작품의 체제에서 가장 두드러진 변화는 바로 입화고사의 활용 유무다. 풍몽룡은 「유기경시주완강루기」(청)에 본래 있던 개장시를 없애버리고 「중명희춘풍조유칠」(유12)에 새로이 맹호연에 관한 이야기를 入話로 도입하였다. 이러한 변화는 우선 '삼언'의 다수의 작품이 입화고사를 활용하고 있다는 점에서 그 형식적 틀을 맞춘 것이라고 볼 수도 있다. 그러나 무엇보다도 당 현종을 알현할 기회를 얻고도 현종이 원하는 시를 짓기는커녕 완약한 시를 지어 바침으로써 결국 관직에 등용되지 못하고 불우한 삶을 살았던 맹호연의 고사는 정화에서 다루게 될 유영의 삶과 그 주제가 맞닿아 있다. 즉, 유영은 경사로 돌아온 후에 詞 작가로 이름을 떨침은 물론 관직에도 나아갈 기회를 엿보고 있었으나, 여이간의 심기를 건드림으로써 결국 인종에 의해 등용되지 못하는 불운을 맞이하고 만다. 풍몽룡은 입화고사를 새롭게 도입하면서 '회재불우'한 인생을 살았던 문인의 삶이라는 주제를 더욱 부각시키기 위해 유영과 유사한 삶을 살았던 맹호연의 고사를 활용함으로써 작품의 완성도를 높임은 물론, 유영의 인물형상을 더욱 두드러지게 하는 효과를 만들어 내었다.

다. 詩 · 詞 운용의 완숙도

「유기경시주완강루기」(청)에는 모두 11편의 시와 사가 활용되어서 초기 화본이 韻散결합의 형식을 취했던 장르적 특징을 잘 보여주는 작품이라 할 수 있다. 그리고 「중명희춘풍조유칠」(유12)에 이르러서는 모두 16편을 사용하고 있고, 시 · 사의 내용에 있어서도 더욱 완숙된 운영을 보여주고 있다. 시와 사의 활용 편수의 증가는 서사문학의 가독성을 해친 다는 측면에서 반드시 전작에 비해 발전된 모습이라고 말하기는 어렵다. 그러나 작품 속에서 활용된 백화시나 사의 내용을 들여다볼 때, 한층 완숙된 문장으로 다듬어졌음을 확인할 수 있는데, 이를 몇 가지의 예를 통해 살펴보자.

첫째 「유기경시주완강루기」(청)와 「중명희춘풍조유칠」(유12)에 공통적으로 등장하는 시와 사 중에서, 유영과 경사의 세 가기가 함께 지내는 모습을 묘사한 사를 살펴보면 다음과 같다.

「유기경시주완강루기」(청)
사사는 애교부리는 모습이 예쁘고, 향향은 나와 정이 두터우며, 동동은 나와 어찌나 비위가 잘 맞는지, 오로지 이 세 사람만 있으면 위안이 되네.   글을 짓는 창왕이라 아직 하지는 못하고, 잠시나마 '호'자를 저만치 놓아두네. 지금은 생각이 어디에 머물러 있나? '간'자 중간에 나를 끼워본다.
師師媚容豔質, 香香與我情多, 冬冬與我煞脾和, 獨自窩盤三個。
撰字蒼王未肯, 權將'好'字停那。如今意下待如何?'姦'字中間著我。

「중명희춘풍조유칠」(유12)
희롱이야 사사가 최고이고, 향향은 은근한 정 많으며, 동동은 나와 어찌나 비위가 잘 맞는지, 오로지 이 세 사람만 있으면 위안이 되네.   '관'자 아래의 것과는 인연이 없고, '폐'자에 점 하나 찍으면 어떠할까? 잠시나마 '호'자를 저만치 놓아두고, '간'자 중간에 나를 끼워본다.
調笑師師最慣, 香香暗地情多, 冬冬與我煞脾和, 獨自窩盤三個。
'管'字下邊無分, '閉'字加點如何?權將'好'字自停那, '姦'字中間著我。

위의 사에서 전반부의 네 구는 세 가기의 특징을 묘사하고 있어서 자구가 약간 바뀐 차이를 제외하면 거의 대동소이하다. 그러나 후반부는 이와 달라서 「유기경시주완강루기」(청)에서는 '好'자와 '姦'자만을 가지고 작자의 처지를 이야기하고 있으나, 「중명희춘풍조유칠」(유12)에서는 한층 더 정교하게 '管' · '閑' · '好' · '姦'자를 통해 언어적 유희를 더하고 있다. 즉, '管'자의 아래 부분은 '官'이므로 자신이 관직과는 인연이 없음을 이야기하고, '閉'자에 점 하나 찍으면 '閑'자가 되니 한가로이 살아가는 것은 어떠한지 자문하고 있다. 그리고 '好'란 문인으로서 관직에 등용되는 호시절을 뜻하나 이를 잠시 접어두고, '姦'의 중간에 자신을 끼워본다는 것은 아리따운 가기들 속에서 한바탕 놀아보리라는 작가의 심정을 말하고 있는 것이다.

둘째, 「유기경시주완강루기」(청)에서 사용된 사 중 '「우미인」(春花秋月)'은 실제로 남당 후주 이욱의 작품인데, 작가는 이를 유영이 지은 작품으로 기술하고 있다. 풍몽룡은 비록 소설 창작이 허구를 전제로 하는 것이기는 하나, 대중에게 널리 알려져 있는 작품의 저자를 다른 문인으로 설정하는 것의 문제점을 수정하고자 이 작품을 삭제한 것으로 보인다. 이는 소설이 비록 허구이기는 하나 현실세계의 이야기를 담고 있는 소설적 리얼리티를 확보해야하는 필요성에 의한 것이었다고 볼 수 있다.

셋째, 「중명희춘풍조유칠」(유12)의 산장시는 입화고사에서 활용된 맹호연의 시와 그 주제에 있어서 아주 잘 호응하고 있는데, 산장시는 다음과 같다.

樂遊原上妓如雲　　낙유원에 기생은 구름처럼 많아서
盡上風流柳七墳　　모두들 유칠의 묘에서 성묘를 하네
可笑紛紛縉紳輩　　우습게도 하 많은 벼슬아치들은
憐才不及衆紅裙　　재인을 아끼는 마음 기생들만 못하였네

즉 「유기경시주완강루기」(청)의 시와 사는 단순히 풍류재자의 오락적 요소와 기이한 일을 기술하는 데에 그친 반면, 「중명희춘풍조유칠」(유12)의 시와 사는 '회재불우'라는 주제를 작품의 처음과 끝에 이르기까지 보다 효과적으로 부각시킨 것이다.

　라. 유영의 문인화

　풍몽룡이 「유기경시주완강루기」(청)와는 달리 「중명희춘풍조유칠」
(유12)에서 유영을 이처럼 문인화한 이유는 무엇보다도 유영을 문인계층
을 대표하는 인물로 복귀시키고자 한 것으로 해석된다. 즉, 명말에 이르
기까지 화본 속에서 지나치게 세속화의 길을 걸어왔던 유영을 문인계층
의 심미관을 가진 인물로 새롭게 탄생시킴으로써, 작가는 명말 의화본소
설의 주된 독자층이었던 지식인들의 구미에 맞출 필요가 있었을 것이다.
또한 독자들뿐만 아니라 의화본소설의 창작주체 역시 중하층의 說書人
이었던 전대와는 달리, 문인들의 참여가 늘어남에 따라 소설 창작의 방
향 또한 지나친 세속화를 지양하고 고아한 표현과 작품의 완성도에 더
공을 들인 결과로 해석될 수 있다.
　풍몽룡이 유영을 세속적 인물에서 다시 고아한 문인의 형상을 가진
인물로 각색한 것과 같은 현상이 '삼언' 전체에서 보편적으로 이루어졌는
지의 여부는 의화본소설의 전신이라고 할 수 있는 '화본소설'이나 '평화
류'와 같은 현전하는 전작들이 소수에 그치고 있다는 한계로 인해 고증
에 어려움이 있다. 그러나 『경본통속소설』·『청평산당화본』과 '삼언'에
서 중복되어서 그 연원관계가 있는 것으로 추정되는 11편의 작품 중에는
역사인물을 소재로 한 4편의 작품이 있는데, 이중 3편의 작품은 원작의
내용과 거의 유사하고 인물의 성격변화도 거의 없는 것으로 드러난다.
즉, 「拗相公」(京)과 「拗相公飮恨半山堂」(警3)의 경우 왕안석이 신법을
시행하여 국가와 백성을 도탄에 빠뜨린 고집스런 재상이었다는 기본 줄
거리는 거의 동일하게 드러나며 왕안석의 인물형상은 모두 부정적이다.
「羊角哀死戰荊軻」(淸)와 「羊角哀捨命全交」(유7)의 경우도 양각애와 좌
백도의 생과 사를 넘나드는 우정을 그린 이야기는 거의 동일하게 드러나

며, 「五戒禪師私紅蓮記」(淸)와 「明悟禪師趕五戒」(유30)의 경우에도 소식과 불인선사의 전생과 이생에 걸친 인연에 대한 이야기가 줄거리 전개나 인물형상에 있어서 대동소이하게 나타난다. 물론 이러한 작품들 또한 풍몽룡의 윤색을 거치면서 교화성이 강화되거나 언어가 한층 雅化되는 변화를 겪었다고 할 만하나, 「중명희춘풍조유칠」(유12)의 경우처럼 등장인물이 文人化되는 것과 같은 성격변화를 찾아보기는 어렵다.

추론컨대 풍몽룡은 당시까지 전해지던 여러 화본이나 평화 속에 남아있는 역사인물을 '삼언'으로 집록하는 과정에서 인물의 성격변화를 시도하지 않으면 안 될 필요성을 느낀 작품이 있었을 것이고, 「중명희춘풍조유칠」(유12)은 그러한 작품 중 하나였을 것이다. 비록 풍몽룡은 기존의 작품들을 개작하고 윤색한 '2차 작가'였다고는 하나, 작가의 의식적 판단을 통해서 역사인물에 대한 재해석을 내놓았다. 역사상 정치적·도덕적 이유로 인해 동시대와는 달리 후대에 이르러 그 평가가 달라지는 인물들이 간혹 있는 점으로 볼 때, 적어도 명말 당시 풍몽룡이라는 소설작가의 의식 속에 왕안석은 여전히 부정적 이미지를 이어 오는 인물이었을 것이며, 유영은 새로운 각색을 통해 재조명할 이유가 있는 문인으로 비쳐진 것으로 해석해 볼 수 있다. 작가의 이러한 창작의식이 '삼언'을 집록한 모든 작품에 반영되었다고 보기는 어려우나, 적어도 유영과 관련하여 풍몽룡은 역사인물에 대한 작가 나름의 재평가와 재해석을 담고자 하였다고 할 것이다.

(5) 나오며

송초 사인을 대표하는 유영은 비록 정사에 그 기록이 전하지 않지만 필기류·화본·의화본에 걸친 다양한 문헌 속에서 그에 대한 기록들을 접할 수 있다. 그리고 각 시대별·문헌별로 유영은 풍류재자의 형상에서 세속화된 인물의 형상으로, 그리고 다시 고아한 문인의 형상으로 뚜렷한 변화의 과정을 거쳤다. 이러한 변화는 때로는 화본소설이라는 장르의 성격에 따라, 때로는 의화본소설을 쓴 작가의 창작의도에 따라 각기 다른 인물로 재탄생을 거듭했으며, 이는 백화단편소설의 성장과정과도 일면 맥을 같이 하고 있다.

비교적 전대에 나온 것으로 평가되는 화본소설의 경우는 현전하는 편수가 제한적이기는 하나, 실존 역사인물을 모티브로 한 작품의 경우 상당부분 세속적이고 희화된 인물로 그려냄으로써 시민계층의 심미관과 잘 들어맞는 소설 속 인물로 탄생하였다.

이에 반해서 의화본소설의 경우에는 명말 문인계층의 창작활동 참여로 인해 줄거리 구성, 체제, 시·사의 운용, 등장인물의 문인화 등과 같은 요소에 있어서 변화를 겪었다. 이러한 변화가 소설 창작의 방향을 다소 정형화되고 경직되게 한다는 한계점을 지적하기도 하나, 화본소설에서 다소 세속적이고 희화된 방식으로 편향되었던 인물을 고아한 문인의 형상으로 되살림으로써, 독서본의 주된 독자라 할 수 있는 문인층의 심미관과 기호에 한층 부합하는 창작을 이끌어낸 것이다. 명말 풍몽룡에 의해 이루어진 이러한 의식적 각색의 예로써 전면에 내세울 수 있는 작품이 바로 「중명희춘풍조유칠」(유12)이다. 명말 단편백화소설의 문인화 현상이 갖는 서사문학의 발전과 퇴보에 대한 상관관계와는 별개로, 필자는 유영이 중국 서사문학 속에서 어떤 모습으로 소설화되어 생명을 이어왔는지에 보다 초점을 맞춰 재조명하고자 하였다.

7) 장릉(張陵)

― 〈張道陵七試趙升〉(≪유세명언≫ 권13)

'장도릉이 일곱 번 조승을 시험하다'라는 제목의 이 작품은 도가의 제1대 시조로 존숭되는 장릉(소설에서는 張道陵으로 나옴)과 그의 제자 趙升에 관한 이야기를 다룬 작품이다. 장릉에 관한 역사 기록은 ≪後漢書≫〈劉

焉袁術呂布列傳)에 그의 손자인 張魯에 대한 열전 속에 "장로의 조부 장릉은 順帝 때 객으로 촉 땅에 살았으며 鶴鳴山 속에서 도술을 공부하였고, 부적을 만들어서 백성들을 현혹하는 데에 썼다. 장릉의 도법을 전수받은 자는 늘 쌀 다섯 두를 바쳤기에 '쌀 도둑'으로 불리게 되었다. 장릉은 아들 張衡에게 전수하였고, 장형은 아들 장로에게 전수하였으며, 장노는 스스로를 '師君'이라고 불렀다."와 같이 그의 신분을 확인할 수 있는 기록이 있다.[55] 그러나 장로에 대한 열전을 기록하면서 장릉에 대해서는 잠깐 언급한 정도여서 이를 장릉에 대한 열전 성격의 글이라고 할 수는 없다. 장릉에 대한 기록은 ≪神仙傳≫卷8 〈張道陵〉편에 그에 대한 대략적인 열전이 전하고 있고, ≪太平廣記≫卷8 〈張道陵〉에도 거의 대동소이한 기록이 전한다. 본고에서는 ≪신선전≫에 나오는 기록을 비교문헌으로 살펴보고자 하며, 전문의 내용을 요약하여 정리하면 다음과 같다.

○ 장도릉은 沛國 사람으로 본래 태학생이었고 오경에 널리 통달하였다.
○ 학문이 수명에는 아무 득이 되지 않는다고 생각하여 '長生之道'를 배웠다.
○ '黃帝九鼎丹法'을 얻었으나 단약을 만드는데 돈이 들자 촉 땅으로 갔고, 학명산에 살면서 道書 24편을 저술하였다.
○ 하늘에서 신선이 내려와서 장도릉에게 새로 나온 '正一明威之道'를 전수해주자 도릉은 병을 치료할 수 있는 능력을 갖게 되어서 백성들이 받드는 스승이 되었고, 제자가 수만 명에 이르게 되었다.
○ 장도릉은 백성들을 데리고 도로와 다리를 수리하는 등 주변 시설을 개선하지 않은 것이 없어서 이를 문장으로 남겼다.

---

55) ≪후한서≫〈유언원술여포열전〉. "張魯的祖父張陵, 順帝時客居蜀中, 在鶴鳴山中學習道術, 制作符煉文書, 用來迷惑百姓。接受張陵道法的總是拿出五斗米, 所以被稱爲"米賊"。張陵傳給兒子張衡, 張衡傳給兒子張魯, 張魯於是自稱爲"師君"。"

○ 백성들의 마음을 다스리는 법을 가르쳐서 교화시켰다.

○ 장도릉은 많은 재물이 모이자 약재를 사서 단약을 만들어 절반을 복용하였고, 이로써 하늘에 승천할 정도는 아니었지만 수십 명으로 분신할 수 있게 되었다.

○ 도법을 전수받을 사람은 王長과 동방에서 새로 오게 될 조승임을 제자들에게 말하였다.

○ 장도릉이 말한 날짜에 조승이 도착하였고, 그는 조승을 일곱 차례에 걸쳐서 시험하였으나 모두 통과하여 丹經을 전수해주었다.

○ 첫 번째 시험은 조승이 도장에 도착하였을 때 들여보내주지 않고 사십여 일이나 온갖 욕을 하였으나 노숙하며 가지 않고 그것을 받아들인 것이다.

○ 두 번째 시험은 조승으로 하여금 초가집에서 기장의 묘목을 지키게 하였는데, 어느 미녀가 나타나서 유혹하였지만 끝까지 정도를 잃지 않은 것이다.

○ 세 번째 시험은 조승이 길을 가다가 우연히 황금더미를 발견했지만 취하지 않고 가버린 것이다.

○ 네 번째 시험은 조승으로 하여금 산에 가서 나무를 해오게 하였는데 세 마리의 호랑이를 만났지만, 두려워하지 않자 호랑이가 스스로 물러난 것이다.

○ 다섯 번째 시험은 조승이 시장에 가서 비단을 샀는데 비단주인이 돈을 받지 못했다고 우기자, 자신의 옷을 벗어서 대신 값을 치러주면서 전혀 인색하게 굴지 않은 것이다.

○ 여섯 번째 시험은 조승이 전답을 지키고 있는데 걸인이 와서 구걸을 하자, 자신의 옷도 벗어주고 음식도 나눠준 것이다.

○ 일곱 번째 시험은 장도릉이 모든 제자들과 운대라는 절벽 위로 올라가서 절벽 바로 아래에 있는 복숭아나무에 내려가서 복숭아를 따오게 하였으나 아무도 나서지 않자, 조승이 내려가서 복숭아를 따왔다. 장도릉이 제자들을 시험하기 위해 벼랑으로 몸을 던지자 조승과 왕장만이 스승을 따라 벼랑에 몸을 던져서 스승을 진실로 믿는 모습을 보여주었다.

○ 후에 장도릉과 조승 왕장 세 사람은 대낮에 하늘로 올라갔다.[56]

이상과 같이 ≪신선전≫에 전하는 장도릉에 대한 이야기는 다분히 도가적 신선담으로 구성되어 있다. 그리고 이야기의 주체는 장도릉이지만 그의 제자인 조승을 시험하고 도를 이루는 과정에 대한 부분이 전체의 절반을 차지하고 있어서 소설과 비교해볼 때 스토리의 전개가 거의 동일하다. 소설은 장도릉과 조승 두 사람의 이야기에 보다 세부적인 상황을 첨가하고, 장도릉이 요괴들과 싸우는 신괴적 요소들을 추가하면서 소설로서의 편폭과 완성도를 높였다고 할 수 있다. 소설의 내용을 요약정리하면 다음과 같다.

> 장도릉은 자가 輔漢으로 沛國 사람이었고, 張子房의 제8대손이었다. 도릉은 일곱 살에 바로 ≪도덕경≫을 풀어서 말할 수 있었고, 河圖讖緯의 책에 이르기까지 통달하지 않은 것이 없었으며, 열여섯에 오경을 통달하였다.
> 젊어서 태학에 들어갔으나 장생불사의 도술을 얻고자 왕장과 함께 천하의 명산을 주유하다가 한 동자를 만나 '黃帝九鼎太清丹經'을 얻는다. 사제 두 사람은 도법을 밤낮으로 공부한 후, 촉 지방의 학명산에 오두막을 짓고 사람들을 치료하고 문하에 제자를 두게 되었다.
> 도릉이 60세가 되던 해에 龍虎大丹을 수련하여 단약을 먹은 후에는 도력이 더욱 높아져서 백성들을 괴롭히는 西城의 白虎神과 廣漢 靑石山의 독뱀을 벌하기도 하였다. 이에 하늘에서 태상노군이 하늘에서 내려와서 도릉에게 대신 귀신들을 벌하여 사람들을 복되게 하면 훗날 하늘에서 만날 수 있을 것이라고 약속하였다.
> 도릉은 태상노군의 명을 받들어 益州에서 인간세상을 돌아다니며 백성들을 포악하게 살해하는 여덟 귀신두목을 벌하였으나, 귀신을 벌하면서 지나치게 조화를 부린 것이 하늘의 도를 어지럽힌 것으로 질책 받았고 태상노군으로부터 더욱 더 근신하며 수행할 것을 명받는다. 그리고 이후에 하늘로 올라 갈 사람은 세 명이 될 것이라는 계시도 받는다.
> 어느 날 도릉에게 조승이라는 젊은이가 찾아왔는데 도릉은 그가 도

---

56) 葛洪 撰 胡守爲 校釋 ≪神仙傳≫ 中華書局 北京 2010 참조.

를 얻고자 하는 마음이 진심인지를 시험하기 위해 일곱 번에 걸쳐서 시험한다. 첫 번째 시험에서 조승은 모욕적인 욕을 들어도 스승을 만나기 위해 가지 않았고, 두 번째 시험에서 미색에도 마음이 동하지 않았다. 세 번째 시험에서는 황금을 보고도 취하지 않았고, 네 번째 시험에서는 호랑이를 보고도 두려워하지 않았다. 다섯 번째 시험에서는 비단을 배상해주면서 인색하지 않았고, 모함을 받아도 신경 쓰지 않았다. 여섯 번째 시험에서는 온 마음을 다해서 남을 돌봐주는 마음을 내보였고, 일곱 번째 시험에서는 목숨을 버려서라도 스승을 따르고자 하였다.

　　때가 되어 장도릉·왕장·조승 세 사람은 하늘의 부름을 받고 신선들과 함께 학명산에서 대낮에 하늘로 올라갔다.[57)]

　소설의 전체적인 구성은 세 단락으로 나누어 살펴볼 수 있다. 첫 단락은 장도릉의 유년시절과 젊어서 태학에서 공부하다가 도술에 뜻을 두게 되어 도교로 입문하게 되는 과정에 대한 부분이다. 두 번째 단락은 장도릉이 수련을 통해서 도력이 높아진 후 태상노군의 명을 받아 백성들을 괴롭히는 요괴들을 물리치는 신괴적 요소가 다분한 부분이다. 세 번째 단락은 장도릉의 제자 조승이 도장에 찾아오자 그의 도심의 깊이를 알고자 일곱 번의 시험을 치르고, 그 후 함께 하늘로 승천하는 부분이다.

　≪신선전≫의 기록과 〈장도릉칠시조승〉은 그 세절의 부분적 차이는 있지만 대체로 〈장도릉칠시조승〉이 ≪신선전≫을 바탕으로 소설화하였음을 어렵지 않게 확인할 수 있다. 장도릉이 도가에 입문하는 과정과 수련과정, 제자 조승을 만나서 일곱 번의 시험을 치르는 과정 등의 내용은 ≪신선전≫과 소설이 거의 대동소이하다. 다만 소설은 ≪신선전≫과 달리 장도릉이 도력이 높아진 후에 여러 요괴들을 물리치는 이야기들이 군데군데 덧붙여져 있는데 그 세세한 차이를 표로써 살펴보면 다음과 같다.

---

57) ≪유세명언≫ 참조.

구분 내용	≪神仙傳≫〈張道陵〉	〈張道陵七試趙升〉
蜀 땅에서의 활동	백성들을 동원하여 도로나 다리 등 기반시설을 수리하는 등에 기여한 것을 글쓴이가 기록으로 남기고자 함.	없음
백성들을 치료하는 능력의 소유 경로	하늘에서 신선이 내려와서 '正一明威之道'를 전수해주어서 병을 치료할 수 있는 능력이 생김.	부적을 쓰는 법을 배운 것을 이용하여 백성들의 병을 치료함.
단약을 복용한 이후의 행적	하늘에 승천할 정도는 아니지만 수십 명으로 분신할 수 있는 능력을 가지게 됨.	○ 西城의 白虎神과 廣漢 靑石山의 독뱀을 벌함. ○ 태상노군의 명을 받들어 益州의 여덟 귀신두목을 벌하지만 지나친 조화를 부린 것으로 질책을 받고 계속 수행할 것을 명받음.

이상과 같이 ≪신선전≫과 〈장도릉칠시조승〉은 크게 두 가지 부분에서 차이를 보이고 있다. 그 차이에 앞서 우선 전반부에 장도릉이 도가에 입문하여 도가의 비법을 전수받는 과정과 후반부에 장도릉이 제자 조승을 만나 시험을 거치는 과정은 두 문헌이 거의 일치하는 줄거리를 가지고 있다. 다만 차이라고 할 수 있는 부분은 상기 표와 같이 '장도릉이 백성들을 치료하는 능력은 어떤 경로를 통해서 갖추게 되었는가'인데, ≪신선전≫에서는 하늘에서 신선이 내려와서 '정일명위지도'을 전수해줌으로써 백성들의 병을 치료할 수 있는 능력이 생겼고, 이를 통해 단약을 조제할 수 있는 재물을 모을 수 있게 된 것으로 말하고 있다. 그러나 〈장도릉칠시조승〉에서는 도가와의 관련성에 대한 언급이 없이 장도릉이 수년 전에 부적을 쓰는 법을 배운 바가 있어서 이를 이용하여 백성들의 병을 치료하였고, 이를 통해 재물을 모을 수 있었다고 한 것에 차이가 있다.

'삼언(三言)' 소설이 된 역사인물

두 번째는 단약을 복용한 이후의 장도릉의 행적의 차이다. ≪신선전≫에서는 단약을 복용한 이후의 장도릉의 행적에 대해서 '하늘에 승천하는 것 뿐 아니라 수십 명으로 분신할 수도 있게 되었다.'는 정도의 간략한 내용만 나오는 반면에, 소설에서는 장도릉이 도를 통한 후에 백성들을 괴롭히는 여러 못된 신들을 벌하는 행적을 나열하고 있다. 대략적으로 전체 소설의 4분의 1에 해당하는 긴 이야기가 바로 장도릉이 신들을 벌하는 신괴적 이야기로 채워져 있는 것이다. 또한 이는 두 문헌이 가지는 가장 큰 차이라고 할 수 있는 부분이기도 하다.

이외에도 기본 이야기의 구성은 같지만 세세한 명칭이나 행동의 차이도 부분적으로 발견되는데 이는 다음과 같이 정리해볼 수 있을 것이다.

구분 내용	≪神仙傳≫〈張道陵〉	〈張道陵七試趙升〉
장도릉이 얻은 단약 제조비법	黃帝九鼎丹法	黃帝九鼎太淸丹經
저술활동	道書 24편을 저술함	없음
조승의 황금발견 과정(세 번째 시험)	길을 가다가 발견	나무하러 갔다가 나무뿌리 밑에서 발견함.
장도릉이 제자들을 이끌고 간 봉우리	雲臺	天柱峰

장도릉에 관한 정사이외에 문헌으로는 ≪神仙傳≫권4〈張道陵〉·≪太平廣記≫권8·≪雲笈七籤≫권109〈神仙傳張道陵〉·≪歷代仙史≫권1〈漢仙列傳正一天師〉·≪歷代仙史≫권1〈漢仙列傳趙昇〉등이 있다.[58] 그중 ≪태평광기≫에 나오는 내용은 鵠鳴山이 鶴鳴山으로 표기되어 있는 것을 제외하면 ≪신선전≫의 내용과 거의 동일하며, 나머지 ≪운급칠첨≫과 ≪역대선사≫에 나오는 내용 또한 ≪신선전≫의 내용과 크게 다르지

---

58) 譚正璧 ≪三言兩拍資料≫ 上海古籍出版社 上海 1980 참조.

않다. 소설은 대체로 ≪신선전≫에 전해 내려오는 내용을 바탕으로 장도릉이 도를 통한 후 요괴들을 혼내주는 신괴적 이야기를 가미함으로써 단편소설이라고 할 수 있는 분량으로 각색된 것으로 보인다. 그리고 嚴敦易는 이 작품의 입화에 "國朝唐解元"이라는 네 구의 시를 인용하고 있는 것에 대해 '唐解元'은 바로 '唐寅'을 가리키는 것이므로 이 작품의 창작 시기는 적어도 明 正德(1491-1521) 이후의 작품일 것으로 보고 있다.[59]

본편과 관련된 화본소설이 아직 확인된 바가 없기 때문에 현재까지 확인 가능한 문헌을 바탕으로 종합해보면, 장도릉과 관련된 여러 필기류 소설, 특히 ≪신선전≫이 소설 창작의 주 원천이 되었을 것으로 추정할 수 있다.

8) 진단(陳搏)
― 〈陳希夷四辭朝命〉(≪유세명언≫권14)

'진희이가 네 번 조정의 명을 사양하다.'라는 제목의 이 작품은 오대와 송대에 걸쳐 실존했던 인물 진단에 대한 이야기다. 진단은 도가의 인물로서 ≪송사≫〈진단전〉에 그 내용이 전하고 있고 전문은 모두 1071자로 구성되어 있으나, 그 중 마지막 부분은 소설과의 관련성이 없는 일부 내용이 있으므로 이 부분을 제외한 열전의 부분을 살펴보면 다음과 같다.

> 진단은 자가 도남, 박주 진원 사람이다. 4 · 5세 때 와수안 가에서 놀다가 푸른 옷을 입은 아주머니가 그에게 젖을 주었는데 이때부터 총명함과 깨달음이 나날이 더했다. 성장해서는 경사와 백가의 글을 읽었는데 한 번 보고 외울 수 있어서 조금도 까먹는 일이 없었고, 시로 명성을 얻었다. 후당 장흥 연간에 진사 시험을 보았으나 급제하지 못해서 벼슬길을 구하지 않고 자연을 낙으로 삼았다. 일찍이 손군방과 장피라는 고상한 두 사람을 만났는데 진단에게 "무당산 구실암이 은거할 만하

---

59) 胡士瑩 ≪話本小說槪論≫ 中華書局 北京 1980 p.544 참조.

다."고 말하였다. 진단은 그곳으로 가서 살았다. 그곳 공기를 마시며 골짜기에서 이십 여 년 동안 보냈고, 매일 술은 단지 몇 잔만을 마셨다. 화산 운대관으로 옮겨 가서 소화석실에 또한 머물렀다. 매번 잠이 든 곳에서 수백 일 동안 일어나지 않았다.

주 세종이 황백술을 좋아하였는데 진단의 명성을 들은 자가 있어서 현덕 3년에 화주에 명하여 진단을 대궐로 오게 하였다. (황제가) 궁중에 한 달 여를 머물게 하며 거리낌 없이 연단술을 물어보자, 진단이 대답하였다. "폐하께서는 사해의 주인이 되셨으니 마땅히 나라를 다스리는 일을 생각하셔야지 어찌하여 연단술의 일에 관심이 있으십니까?" 세종이 그를 책망하지 않고 간의대부가 되도록 명하였으나, (진단은) 군이 사양하고 받지 않았다. 그가 다른 도술이 없다는 것을 알고서 원래 거처로 돌아가도록 보내주었고, 화주의 장리가 철 마다 문안을 하도록 하였다. 현덕 5년에 성주자사 주헌이 황제에게 인사를 하고 부임해 갈 때 세종이 비단 오십 필과 차 삼십 근을 진단에게 하사하도록 명했다.

태평 흥국 연간에 조정에 왔을 때 태종이 그를 대접함이 심히 후하였다. 9년에 다시 조정에 왔을 때 더욱 더 예를 다하며 재상 송기 등에게 말하였다. "진단은 자기 한 몸의 선만을 생각하고 권세와 재리를 쫓지 않는 소위 방외지사다. 진단은 화산에 기거한 지 이미 사십 여년이 되었고 근 백 세 가까이 살았다. 오대의 난리를 거쳐 왔고 다행히 천하가 태평하여 조정에 찾아온 것이라고 말하였다. 그의 말은 실로 들을 만하다." 그리하여 중사를 중서로 보내서 송기 등이 편하게 물었다. "선생께서는 현묘한 수양의 도를 얻으셨는데 가르침을 주실 수 있겠습니까?" 진단이 답하였다. "저 진단은 초야의 사람으로서 세상에는 아무 쓸모가 없습니다. 또한 신선의 연단술이나 토납[60]양생의 이치를 알지 못해서 전할 만한 방술도 없습니다. 가령 대낮에 하늘을 오른다하더라도 또한 세상에 무슨 이득이 있겠습니까? 지금 주상의 용안이 특출 나서 천하 사람들의 본보기가 되며, 널리 고금에 통달해서 깊이 헤아려 혼란을 다스리시니 진정 도가 있고, 인자한 성령이 있는 주인이십니다. 군신이 서로 협력하는 것을 바로 세우고 정치를 다하는 이 시기

---

60) 道家의 수련법의 일종. 입으로 더러운 氣를 토하고 코로 신선한 기를 마시는 수련법이다.

를 흥하게 하여 부지런히 행하고 수련하면 이보다 더 나은 것은 없습니다." 송기 등은 좋다고 말하고 이 말을 황제에게 전하였다. 황제가 더욱 그를 중히 여겨서 조서를 내려 희이선생이라는 호를 하사하고, 자색 옷 한 벌을 하사하여 진단이 궁궐에 남게 하였으며, 머물고 있는 운대 관을 증축하도록 명하였다. 황제는 누차 그와 시부로 화답하였고, (진단은) 수개월이 지나서야 산으로 돌아갔다.

단공 초에 홀연히 제자 가덕승에게 말하였다. "너는 장초곡에 돌을 깎아서 석실을 만들면 내가 장차 쉴 것이다." 단공 2년 가을 7월에 석실이 완성되자, 진단은 수백 言을 직접 써서 표를 썼는데 그 대략적 내용은 다음과 같다. "신 진단은 수명이 다하여 성조와 이별하기가 아쉽습니다. 금월 22일에 연화봉 아래 장초곡에서 생을 마감할 것입니다." 그날이 되자 죽었는데 7일이 되도록 몸에 온기가 있었다. 오색구름이 동굴 입구를 가려서 한 달이 되도록 흩어지지 않았다.

진단은 ≪易≫을 읽기 좋아하여 손에서 책을 놓지 않았다. 늘 자신을 부요자라고 불렀고 ≪지현편≫ 81장을 저술하여 양생과 환단에 관한 것을 말하였다. 재상 왕부가 또한 이에 의거하여 81장에 주석을 달아 저술하였다. 진단은 또 ≪삼봉우언≫ 및 ≪고양집≫·≪조담집≫을 남겼고 시 육백 여 수가 있다.

진단은 사람의 의도를 예지할 수 있었다. 그의 감실에 큰 표주박이 벽에 걸려 있었는데 도사 가휴복이 속으로 그것을 가지고 싶어 하였는데, 진단이 그 뜻을 이미 알고 가휴복에게 말하였다. "네가 여기 온 것은 다른 뜻이 있어서가 아니라 아마도 나의 표주박을 가지고 싶었을 따름이다." 시중드는 이를 불러서 표주박을 가져다가 그에게 주니, 가휴복이 크게 놀라서 진단을 신처럼 여겼다. 곽항이라는 자가 있었는데, 어려서는 화음에 살았고 밤에는 운대관에 투숙했다. 진단은 한밤중에 불러서 속히 집으로 돌아가라고 명하였는데도 곽항이 미적거리고 있자, 잠시 후 진단이 다시 말하였다. "돌아가지 않아도 된다." 다음날 곽항이 집으로 돌아가 보니 과연 밤중에 모친이 급히 심장이 아파서 거의 죽을 뻔했으나 음식을 먹고 얼마 지나서 나았었다.

화음의 은둔자 이기는 스스로를 당 개원 때의 낭관이고 이미 수백 살이라고 말하였는데, 그를 본 사람이 드물었다. 관서의 은둔자 여동빈은 검술을 익혀서 백 여세였지만 동안이었고, 발걸음은 경쾌하고 빨라서 눈 깜짝할 사이에 수백 리를 갔으며, 세상 사람들에게 신선으로 여겨졌다. 이 두 사람 모두 여러 번 진단의 감실에 왔으니 사람들이 이를 놀랍게 여겼다. 대중 상부 4年에 진종이 화음에 와서 운대관에 이르렀는데 진단의 화상을 보고 운대관의 토지세를 면제해 주었다.[61]

---

61) ≪송사≫〈진단전〉. "陳摶, 字圖南, 亳州眞源人. 始四五歲, 戲渦水岸側, 有青衣媼乳之, 自是聰悟日益. 及長, 讀經史百家之言, 一見成誦, 悉無遺忘, 頗以詩名. 後唐長興中, 舉進士不第, 遂不求祿仕, 以山水爲樂. 自言嘗遇孫君仿, 獐皮處士二人者, 高尚之人也, 語摶曰: "武當山九室岩可以隱居." 摶往棲焉. 因服氣辟穀歷二十餘年, 但日飲酒數杯. 移居華山雲臺觀, 又止少華石室. 每寢處, 多百餘日不起. 周世宗好黃白術, 有以摶名聞者, 顯德三年, 命華州送至闕下. 留止禁中月餘, 從容問其術, 摶對曰: "陛下爲四海之主, 當以致治爲念, 奈何留意黃白之事乎?" 世宗不之責, 命爲諫議大夫, 固辭不受. 既知其無他術, 放還所止, 詔本州長吏歲時存問. 五年, 成州刺史朱憲陛辭赴任, 世宗令齎帛五十匹, 茶三十斤賜摶. 太平興國中來朝, 太宗待之甚厚. 九年復來朝, 上益加禮重, 謂宰相宋琪等曰: "摶獨善其身, 不幹勢利, 所謂方外之士也. 摶居華山已四十餘年, 度其年近百歲. 自言經承五代離亂, 幸天下太平, 故來朝觀. 與之語, 甚可聽." 因遣中使送至中書, 琪等從容問曰: "先生得玄默修養之道, 可以教人乎?" 對曰: "摶山野之人, 於時無用, 亦不知神仙黃白之事, 吐納養生之理, 非有方術可傳. 假令白日沖天, 亦何益於世? 今聖上龍顏秀異, 有天人之表, 博達古今, 深究治亂, 眞有道仁聖之主也. 正君臣協心同德, 興化致治之秋, 勤行修煉, 無出於此." 琪等稱善, 以其語白上. 上益重之, 下詔賜號希夷先生, 仍賜紫衣一襲, 留摶闕下, 令有司增葺所止雲臺觀. 上屢與之屬和詩賦, 數月放還山. 端拱初, 忽謂弟子賈德升曰: "汝可於張超穀鑿石爲室, 吾將憩焉." 二年秋七月, 石室成, 摶手書數百言爲表, 其略曰: "臣摶大數有終, 聖朝難戀, 已於今月二十二日化形於蓮花峰下張超穀中." 如期而卒, 經七日支體猶溫. 有五色雲蔽塞洞口, 彌月不散. 摶好讀≪易≫, 手不釋卷. 常自號扶搖子, 著≪指玄篇≫八十一章, 言導養及還丹之事. 宰相王溥亦著八十一章以箋其指. 摶又有≪三峰寓言≫及≪高陽集≫, ≪釣潭集≫, 詩六百餘首. 能逆知人意, 齋中有大瓢掛壁上, 道士賈休復心慾之, 摶已知其意, 謂休復曰: "子來非有他, 蓋慾吾瓢爾." 呼侍者取以與之, 休復大驚, 以爲神. 有郭沆者, 少居華陰, 夜宿雲臺觀. 摶中夜呼令趣歸, 沆未決; 有頃, 復曰: "可勿歸矣." 明日, 沆還家, 果中夜母暴得心痛幾死, 食頃而愈. 華陰隱士李琪, 自言唐開元中郎官, 已數百歲, 人罕見之; 關西逸人呂洞賓有劍術, 百餘歲而童顏, 步履輕疾, 頃刻數百里, 世以爲神仙. 皆數來摶齋

열전은 전체적으로 다섯 시기로 나누어 정리해 볼 수 있다. 첫째는 진단의 어린 시절부터 그가 성인으로 성장하여 과거에 대한 뜻을 버리고 도가에 심취하며 은둔자로 살아간 시기다. 둘째는 주 세종 때 연단술을 좋아한 세종의 초청을 받아 대궐로 갔다가 황제가 주고자 한 관직도 사양하고 화음으로 돌아가서 계속 도를 닦은 시기다. 셋째는 태평 흥국 연간에 조정에 가서 태종의 후한 대접을 받았고, 9년에 다시 조정에 갔을 때 가르침을 청하는 재상 송기 등에게 치도의 길을 조언하고, 황제로부터 '希夷先生'이라는 호를 하사받은 시기다. 네 번째는 단공 초에 제자 가덕승에게 자신이 입적할 석실을 완성해 줄 것을 부탁하고 석실이 완성되자 황제에게 표를 올린 후, 연화봉 아래 장초곡에서 생을 마감한 시기다. 다섯 번째는 진단이 저술한 서적과 작품, 가휴복과 곽항에 얽힌 이야기를 통해서 진단의 예지력에 대한 기록을 전하는 내용이다. 그 외에 조정에서 장수한 백성에게 작위를 주고 옷과 곡식을 하사한 이야기는 진단의 행적과는 크게 관련이 없는 부분이므로 여기에 포함시키지 않았다.

그럼 정사에서 전하고 있는 역사적 기록과의 대비를 위해 소설의 전체적인 줄거리를 요약해보면 다음과 같다.

> 진단은 어려서 5·6세까지 말을 할 수 없어서 사람들은 모두 벙어리라고 불렀으나, 어느 날 선녀를 만나서 말문이 트이고 그녀가 준 '주역'을 독파한 후 연이어 수많은 책을 읽었고, 18세가 되어 부모님이 모두 돌아가시자 가산을 정리하고 산에서 은거하며 살았다.
> 점차 그의 명성이 세상에 알려지자, 後唐 明宗 長興 연간에 그의 고상한 이름을 듣고서 황제가 친필로 된 친서로 칙명을 내려 관직을 주고자 그를 불렀다. 그러나 황제를 알현한 진단은 정작 관직에는 뜻이 없음을 말하였고, 그를 붙잡기 위해 황제는 미인계를 시도했지만 진단은 홀연히 떠났다.

中, 人鹹異之。大中祥符四年, 眞宗幸華陰, 至雲臺觀, 閱搏畫像, 除其觀田租."

'삼언(三言)' 소설이 된 역사인물

두 번째는 周 世宗 顯德 연간에 진단이 지은 네 구의 시가 황제의 귀에 들어가자, 세종은 진단을 불러들여서 국운과 관련하여 물어보고자 하였다. 진단은 조태조가 주를 대신하여 황제가 된 것을 모르고 국호를 송이라고 하였으며, 그의 국운이 오래 갈 것임을 예언한 후 작위를 주는 것도 사양하고 떠났다.

세 번째는 송 태조 조광윤과의 만남이었는데, 조광윤이 어렸을 때 이미 그를 보고 황제가 될 운명을 예언하였고, 조광윤이 황제가 된 이후에 조정으로 불러 들였을 때는 끝내 사양하고 가지 않았다.

네 번째는 태조가 죽고 즉위한 태종이 또 다시 진단을 만나기를 청하자, 진단 또한 이에 응해서 태종과 독대하게 된다. 태종은 그를 황제의 스승으로 추대하고자 하였으나, 진단은 황제와의 만남 후에 거절하고 떠나간다. 그러나 후에 태자 간택 때에는 스스로 찾아와서 도움을 주기도 하였다.

화산 구석암에서 문하생들을 가르치던 진단은 나이가 118세가 되자 홀연히 눈을 감고 죽었는데, 그가 안치된 계곡입구에는 오색구름이 몇 달 동안 흩어지지 않아서 후인들이 그곳을 '希夷峽'이라고 이름 지었다고 한다.[62]

이상과 같이 소설은 그 제목에서 드러나는 것과 같이 모두 네 번에 걸쳐서 조정의 부름을 받았지만 이를 사양하고 도가의 인물로서 자신의 길을 묵묵히 간 행적을 이야기하고 있다. 전체적으로 소설은 여섯 단락으로 나누어서 살펴볼 수 있다. 그 첫째는 진단의 성장과정과 도가에 입문하게 된 과정에 대한 이야기다. 둘째는 후당 명종 황제의 부름을 받고 조정으로 갔으나 관직도 미인도 마다하고 홀연히 떠난 이야기다. 셋째는 후주 세종 현덕 연간에 세종이 국운과 관련하여 진단에게 자문을 구하였으나 역시 작위를 사양하고 떠난 이야기다. 넷째는 송 태조 조광윤이 조정으로 불렀으나 끝내 가지 않은 이야기다. 다섯 번째는 송 태종이 진단

---

62) ≪유세명언≫ 참조.

을 만나 스승으로 추대하고자 하였으나 사양하고 떠난 이야기다. 여섯 번째는 진단이 118세가 되어 화산 구석암에서 죽음을 맞이한 이야기다.

이처럼 소설은 그의 탄생과 죽음에 이르는 전체 과정이 다 이야기되고 있지만, 그 중에서 네 번에 걸쳐서 조정에 부름을 받고도 끝내 관직과 작위를 사양하고 도가의 인물로 남기를 원했던 진단의 행적에 대부분의 초점이 맞춰져 있음을 알 수 있다.

정사와 소설은 기본적으로 진단의 생과 사에 이르는 일대기적 기록을 전하고 있다는 점에서 일단 유사한 구성을 가지고 있다고 볼 수 있다. 그러나 그의 주요 행적과 관련해서는 정사와 다른 여러 가지 차이점을 발견할 수 있는데, 정사와 소설의 이러한 차이점을 표로써 살펴보면 다음과 같다.

구분\n내용	《宋史》〈陳摶傳〉	〈陳希夷四辭朝命〉
後唐 明宗의 중용 사실	後唐 長興 연간에 진사 시험을 보았으나 급제하지 못해서 벼슬길을 구하지 않고 山水를 낙으로 삼았고, 명종과의 만남에 대한 기록 없음.	長興 연간에 명종이 관직을 주고자 하였으나, 진단은 사양함. 그를 잡기 위해 황제가 미인계를 시도하나, 진단은 홀연히 떠나감.
武當山으로 가는 과정	孫君仿과 獞皮가 진단에게 "武當山 九室岩이 은거할 만하다." 고 말하자 가서 살게 됨.	명종 황제의 중용의 뜻을 고사하고 홀연히 떠나간 곳이 무당산이고, 孫君仿과 獞皮가 등장하지 않음.
周 世宗과의 만남	周 世宗이 黃白術을 좋아하여 진단을 궁중으로 불러서 이에 대해 물었고, 諫議大夫의 작위를 내리려 하나 굳이 사양하고 받지 않고 떠나감.	周 世宗이 국운을 묻고자 진단을 조정으로 부르나, 진단은 다음 황제 송 태조에 대한 이야기만을 남기고, 작위도 사양하고 떠나감.
宋 太祖의 부름	宋 太祖에 대한 어떠한 언급도 없음.	宋 太祖 조광윤이 여러 차례 진단을 조정으로 데려오게 하나 진단이 끝까지 사양하고 가지 않음.

구분 내용	≪宋史≫〈陳摶傳〉	〈陳希夷四辭朝命〉
입적하는 과정	端拱 초에 제자 賈德升에게 석실을 만들게 하여 완성되자, 조정에 表를 올리고 자신이 말한 날에 죽음.	조정에 표를 올리는 과정이 없음.
진단의 예지력에 대한 이야기	賈休復과 郭沆과의 이야기를 통해서 진단이 예지력이 있는 인물임을 드러냄.	賈休復과 郭沆에 대한 고사가 전하지 않음.

정사와 소설은 이상과 같이 여섯 가지 정도의 차이를 보이고 있지만, 이중에서 비교적 뚜렷한 차이는 세 가지 정도로 압축할 수 있다.

첫째는 후당 명종이 진단을 중용하고자 한 사실이다. 소설에서는 명종이 진단에게 大官의 관직을 주고자 하였으나 진단이 끝내 사양하였고, 어떻게든 진단을 붙잡고 싶었던 명종이 미인계를 써서 진단을 유혹해 보았으나 이마저도 성공하지 못하였다. 진단은 홀연히 떠나갔다. 그러나 정사에서 진단은 후당 명종 장흥 연간에 진사 시험을 보았으나 급제하지 못해서 더 이상 벼슬길을 구하지 않은 것으로 되어 있고, 이후 무당산과 화산을 거치면서 도가수행에 전념한 것으로 되어 있다.

둘째는 후주 세종과의 만남이다. 주 세종과의 만남은 정사와 소설에서 모두 나오는 공통점이 있다. 그러나 정사에서는 세종과 진단의 만남이 전체 열전의 주요한 일화로 자리하고 있고, 세종이 진단에게 관직을 하사하려 했던 것은 물론이고 이를 거절하고 떠나간 진단을 관할지역 관리가 살펴봐 주도록 명하고, 成州刺史 朱憲이 진단이 있는 지역으로 부임해 갈 때에는 황제가 비단 50필과 차 30근을 하사하는 등 극진한 대우를 한 것을 알 수 있다. 그러나 소설에서는 세종이 진단을 조정으로 불러들여서 국운에 대해 묻자, 진단은 엉뚱하게도 주를 뒤이어 등장하는 송의 개국군주 태조 조광윤에 대한 이야기만을 하고 떠나간다. 세종은 진단에게 작위를 하사하려 하나 진단이 사양하였고, 세종이 그에게 '백운선생'이라는 호를 하사한 것도 정사와는 다른 부분이라고 할 수 있다.

셋째는 송 태조와의 만남이다. 정사에서는 태조를 이은 태종에 대한 이야기가 여타의 다른 단락과 비교했을 때 가장 큰 비중을 차지하는 반면에 송 태조와 관련한 어떠한 언급도 없다. 그러나 소설에서는 진단이 조광윤을 어린 아이였을 때 한 번 만나고, 20대 청년이 되었을 때 한 번 만나는 등 조광윤과의 인연을 비교적 비중 있게 그려나가고 있다. 그러나 정작 황제가 된 조광윤이 칙명을 내려 진단을 조정으로 불러 들였을 때는 진단이 이를 거절하였다. 118세까지 산 진단은 후당 명종, 후주 세종, 송 태조, 송 태종에 이르기까지 4대의 황제와 같은 시대를 살았으나, 정사는 직접적으로 관련이 있었던 황제는 후주 세종과 송 태종만을 기록하고 있다. 따라서 소설은 두 황제와의 직접적인 기록과 관련성은 물론이고 진단과 같은 시대범위에 있는 후당 명종과 송 태조에 대한 이야기도 첨가한 것으로 보인다.

≪삼언양박자료≫에 따르면 정사를 제외한 진단에 관한 문헌으로는 모두 12종이 있고, 이를 다시 분류해보면 두 가지 유형으로 살펴볼 수 있다.

첫째, 진단에 대한 열전의 성격을 띠는 문헌으로는 ≪송사≫〈진단전〉·≪靑瑣高議前集≫권8〈希夷先生傳〉·≪歷代仙史≫권4〈宋仙列傳陳仙翁〉이 있는데, 이 문헌들은 진단의 출생에서 죽음에 이르기까지 그에 대한 일대기의 내용을 담고 있다.

둘째, 진단에 대한 짤막한 일화를 담고 있는 문헌으로는 ≪河南邵氏聞見前錄≫권7·≪玉壺淸話≫권8·≪東軒筆錄≫권1·≪澠水燕談錄≫권4〈高逸〉·≪續夷堅志≫권2〈陳希夷靈骨〉·≪增修詩話總龜≫권14〈神仙〉·≪堅瓠續集≫권3〈陳希夷對禦歌〉·≪堅瓠辛集≫권3〈陳圖南〉·≪新編分門古今類事≫권2〈陳搏睨趙〉 등이 있는데, 이 문헌들은 소설

속에서 이야기하고 있는 진단과 관련된 크고 작은 일화들을 담고 있다[63]. 예를 들어, ≪하남소씨문견전록≫은 송 태종과 진종과의 일화를 주로 다루고 있고, ≪동헌필록≫은 진단과 송 태조와의 일화와 태종과 진종과의 일화를 모두 다루고 있으며, ≪민수연담록≫은 진단과 송 태종과의 일화만을 주로 다루고 있다. 그리고 ≪신편분문고금유사≫에는 ≪朝野雜錄≫이 출처임을 밝힌 일화가 있는데, 이는 진단이 송 태조와 태종, 그리고 韓王 趙普를 만난 일화를 담고 있다. 이중 ≪조야잡록≫의 내용을 소설과 비교하여 살펴보면 다음과 같다.

> 태조와 태종이 아직 두각을 나타내지 않을 시기에 한왕 조보와 함께 장안시를 주유할 때, 마침 진단이 나귀를 타고 가다가 그들을 보았고 나귀에서 내려서 두건과 비녀가 거의 떨어질 정도로 크게 웃으며 왼손으로는 태조를 잡고 오른손으로는 태종을 잡으며 말하였다. "시장으로 따라와서 한 잔 하겠소?" 태조와 태종이 말하였다. "조학구와 함께 세 사람이 같이 다니니 마땅히 그와 함께 가야합니다." 진단이 한왕을 한참동안 쳐다보더니 천천히 말하였다. "그러시구려! 그러시구려! 그가 아니면 이런 자리도 만들 수도 없었겠지." 술집으로 들어간 이후에 한왕이 발이 피곤하여 무심코 왼쪽 자리에 앉자, 진단이 노하여 말하였다. "자미원의 작은 별 따위가 어찌 상석을 차지하려 하는가?" 그에게 오른쪽으로 앉도록 호통을 쳤다. 후에 태조와 태종은 황제가 되었고 한왕은 결국 이들을 보좌하였다. 이소원이 말하였다. "운때가 장차 올 때가 되면 필시 성군을 나게 하고 충성스럽고 어진 신하가 있게 하니 그 서로의 만남이야 구하지 않아도 자연히 합해진다." 또한 말하였다. "대업을 주는 것은 하늘이요, 대업을 알려주는 것은 신이며, 대업을 이루는 것은 운명이로다." 그것은 누가 말한 것이겠는가? ≪조야잡록≫에 나온다.[64]

---

63) 譚正璧 ≪三言兩拍資料≫ 上海古籍出版社 上海 1980 참조.
64) ≪新編分門古今類事≫. "祖宗潛耀日, 與趙韓王普遊長安市。時陳搏乘一驢, 過之, 下驢大笑, 巾簪幾墜, 左手握聖祖, 右手挽聖宗, 曰 "可相從市飮乎?" 祖宗曰

진단이 장안 시장에서 이미 조광윤 형제가 천자가 될 위인들임을 간파하였다는 이 일화는 소설 속에서도 큰 차이 없이 그대로 활용되었는데, 이를 소설의 내용과 비교해 보면 다음과 같다.

    또 하루는 선생이 장안 시장을 돌아다닐 때, 우연히 조광윤 형제와 조보와 마주쳤는데 세 사람은 술집에서 술을 마시고 있었다. 선생도 술을 사러 술집에 들어갔는데 조보가 두 조씨의 오른쪽에 앉아 있는 것을 보고서는 조보를 밀어제치고는 말하였다. "그대는 한낱 자미원 옆에 있는 작은 별에 불과하면서 어찌 감히 상석에 앉는단 말인가?' 조광윤은 그 말을 기이하게 여겼다. 진단 선생을 아는 이가 그를 가리키며 말하였다. "이 분은 백운 진단 선생이십니다." 조광윤은 앞서 있었던 일에 대해 물었다. 진단 선생은 말하였다. "당신들 두 형제의 별이 그보다 훨씬 크다오!" 조광윤은 이때부터 스스로를 대단하게 여겼다.(후략)65)

    이상과 같이 ≪조야잡록≫의 일화는 등장인물과 줄거리 전개가 소설 속 이야기와 거의 일치하고 있음을 알 수 있다.
    본편과 관련된 화본소설이 아직 확인된 바가 없기 때문에 현재까지 확인 가능한 문헌을 바탕으로 종합해보면, 본편은 위와 같이 다양한 필기류 속의 짧은 일화들이 소설의 각 위치에 배치되는 형식으로 복합적으

"與趙學究三人並遊, 可當同之。" 陳眡睨韓王甚久, 徐曰 "也得! 也得! 非渠不可預此席。" 既入酒舍, 韓王足疲, 偶坐席左。陳怒曰 "紫微帝垣一小星, 輒據上次可乎?" 叱之使居席右。後祖宗龍飛, 韓王乃爲佐命。李蕭遠曰 "運之將隆, 必生聖明之君, 必有忠賢之臣。其相遇也, 不求而自合。" 又曰 "授之者天也, 告之者神也, 成之者運也。" 其斯之謂歟? 出朝野雜錄。"

65) ≪유세명언≫. "又一日, 先生遊長安市上, 遇趙匡胤兄弟和趙普, 共是三人, 在酒肆飲酒。先生亦一肆沽飲, 看見趙普坐於二趙之右, 先生將趙普推下去道 : "你不過是紫微垣邊一個小小星兒, 如何敢占在上位?" 趙匡胤奇其言。有認得的, 指道 : "這是白雲先生陳摶。" 匡胤就問前程之事。陳摶道 : "你弟兄兩個的星, 比他大得多哩!" 匡胤自此自負。"

'삼언(三言)' 소설이 된 역사인물

로 활용된 것으로 판단된다.

9) 사홍조(史弘肇)

― 〈史弘肇龍虎君臣會〉(《유세명언》권15)

'사홍조의 군신의 만남'이라는 제목의 이 작품은 후한 고조인 劉知遠과 그를 도와 후한을 건립하는 데에 공을 세운 史弘肇, 그리고 그의 의형제이자 후주 고조인 郭威 세 사람에 대한 이야기다. 사홍조에 대한 정사의 기록은 《신오대사》〈사홍조전〉에 그에 대한 열전이 전하고 있다. 열전의 내용을 소설의 내용과 대비하여 요약정리하면 다음과 같다.

○ 사홍조는 자가 化元이며, 鄭州 滎澤사람이다. 사람됨이 용맹하여 달리는 말을 쫓아가서 능히 오를 수 있었다.

○ 梁末에 이르러 일곱 호마다 한 명의 병사를 차출하였는데, 사홍조는 군인이 되어 선봉을 여는 지휘 장수에게 속해 있었다. 이후 禁軍으로 선발되어 晉 高祖 아래에서 호위관으로 지내다가, 진고조가 제위에 오르자 控鶴小校를 맡았다.

○ 한 고조가 太原을 다스릴 때 사홍조를 함께 데려가기를 원해서 牙校로 승진시켰고, 사홍조로 하여금 武節左右를 지휘하게 하였다. 사홍조는 후에 멀리 雷州刺史로 부임하였다.

○ 한 고조 개국 원년 代州 王暉가 배신을 하여 성을 거란에게 바치자 사홍조가 이를 정벌하였고, 그 공으로 許州節度使에 부임하고 侍衛步軍都指揮使를 겸임하였다.

○ 王守恩이 속한 上黨이 귀속하기를 청했을 때 거란이 압박을 가해오자, 고조는 사홍조가 출정하여 그 지역을 귀속시키게 하였고, 이어서 澤州도 한에 귀속시켰다.

○ 한 고조는 蒲州, 陝州에서 洛陽까지 모두 한의 땅이 된 것은 사홍조가 선봉을 맡은 공로라고 말하였다.

○ 사홍조는 侍衛親軍馬步軍都指揮使로 관직을 옮긴 뒤, 歸德軍節度使와 同中書門下平章事의 관직을 제수 받았고, 후에 中書令을 제수 받았다.

○ 사홍조는 신상필벌이 엄하였고, 문인과 탐관오리들을 싫어하였
    으며 조정에서의 권력이 커지자 조정대신과 황제의 미움을 샀다.
○ 乾佑 3년에 사홍조가 입궐하였다가 황제의 명에 의해 죽임을 당
    했고 전 가족이 멸족을 당했다.
○ 후주 태조 곽위가 즉위하던 날에 鄭王으로 추봉되었다.[66]

  사홍조의 열전은 단순히 사홍조의 일대기로만 구성되어 있다기보다는
그와 같은 시대에 밀접한 관계를 맺고 있었던 후한 고조 유지원과 후주
고조 곽위와의 관계 및 역사적 사실로 구성되어 있으나, 여기에서는 사
홍조의 행적과 관련한 부분만을 선별적으로 살펴보았다. 열전의 이러한
구성은 소설에서도 유사하게 전개되고 있음을 확인할 수 있는데, 소설은
대체로 사홍조에 대한 일화와 그의 의형제 곽위에 대한 일화가 균등하게
배분되어 있다. 그리고 소설의 주인공은 사홍조로 되어 있지만 사실상
두 인물에 대한 이야기를 하나의 소설로 재구성한 것으로 볼 수 있는
작품이다. 그럼 소설의 내용을 요약정리하면 다음과 같다.

    출신이 빈곤했던 사홍조는 자신이 장가를 갈 때에도 의형제와의 약
  속을 잊지 않고 떠돌아다니던 의형제 곽위를 자신의 집에 머물도록 돌
  봐주었고, 젊어서 두 사람은 그 지역에서 훔치고 싸우고 마을 사람들을
  괴롭히는 바람에 그들을 싫어하지 않는 사람이 없었다.
    당시에는 唐 明宗이 죽고, 閔帝가 새로이 등극하자 궁에 있던 궁녀
  들을 모두 내보내서 시집가게 하였다. 그 중에 柴夫人이라는 궁녀가
  있었는데, 그녀는 하늘의 기운을 보니 鄭州에 큰 인물이 날 것으로 보
  여서 그곳을 향해 떠났고, 그곳에서 사홍조의 의형인 곽위를 만나 결혼
  을 하게 되었다. 그리고 시부인은 곽위를 자신의 삼촌인 符令公에게
  보내서 관직을 갖게 하였는데, 후에 곽위가 사람을 죽이는 바람에 부영
  공의 조언대로 유지원의 진영으로 들어가게 되었다. 유지원은 당시에

---

66) 《신오대사》〈사홍조전〉 참조.

재상 桑維翰과의 갈등으로 인해 멀리 太原府로 가게 되었고, 거기에서 사홍조를 만나게 된다. 결국 사홍조와 곽위는 유지원의 왼팔과 오른팔이 되었다.

후에 거란이 석경당의 후진을 멸하게 되자 유지원은 거병하였고, 사홍조와 곽위를 선봉으로 삼아 거란을 내쫓고 진을 대신하여 황제가 되었으며, 국호를 후한이라고 하였다. 사홍조는 이때부터 크게 성공하여 單·滑·宋·汴의 四鎭令公이 되었다.

후에 곽위가 다시 후주의 태조가 되었을 때, 사홍조는 이미 죽었고 鄭王에 봉해졌다.[67]

소설의 구성은 전체적으로 두 부분으로 나누어져 있음을 알 수 있다. 먼저 전반부는 사홍조가 閻招亮의 여동생인 閻越英과 인연을 맺으면서 결혼에 이르게 되는 과정과 사홍조가 의형제를 맺은 곽위가 사홍조를 찾아와서 의탁하게 되면서 두 사람이 아직 출세를 하지 못한 시기에 온갖 불량한 짓을 저지르는 시기까지다.

그리고 후반부는 곽위가 뜻하지 않게 궁중에서 나온 시부인과 혼인을 하게 된 후 부인의 권유로 부영공을 찾아가서 관직을 얻게 되나, 악행을 저지르는 사람을 죽이는 사건에 휘말리게 된다. 다행히 곽위는 부영공의 도움으로 태위 유지원을 만나게 되면서 크게 출세를 하게 될 뿐만 아니라, 자신의 의형제인 사홍조와도 만나게 되면서 함께 후한을 건국하는데 공을 세운다는 내용이다.

전체적으로 이 작품은 사홍조 한 사람에 한정된 이야기가 아니고, 사홍조와 곽위 두 인물 각자의 이야기가 결합되어 있는 특징을 갖고 있다. 그리고 작품의 마지막 부분에서는 두 사람이 다시 재회하여 후한을 건국하는 데에 공을 세우는 과정이 간략하게 묘사되어 있다. 즉, 정사에는 그다지 상세하지 않은 두 사람의 성장과 출세과정을 소설적 가공을 거쳐

---

[67] ≪유세명언≫ 참조.

구체적으로 그려냈으며, 사홍조의 경우에는 그가 사진영공의 신분까지 출세할 인물임을 도가적 색채를 띠는 암시를 통해 연결시키고 있다. 정사와 소설이 가지고 있는 차이점을 표로써 살펴보면 다음과 같다.

내용 \ 구분	≪新五代史≫〈史弘肇傳〉	〈史弘肇龍虎君臣會〉
後漢 高祖 劉知遠에게 발탁되기 이전의 행적	군인이 되어 禁軍으로 선발되었고, 晉 高祖 아래에서 호위관으로 지내다가, 晉 高祖가 제위에 오르자 控鶴小校를 맡음.	開道營의 長行軍兵으로 지낼 당시의 신분만 드러나고 이후의 행적은 나타나지 않음.
유지원이 太原지방을 다스리러 갈 때 사홍조와의 만남과 행적	황제에게 사홍조를 함께 데려가기를 부탁하여 牙校로 승진시켰고, 사홍조로 하여금 武節左右를 지휘하게 하였으며, 사홍조는 후에 멀리 雷州刺史로 부임함.	侍衛司 差軍校 사홍조가 자발적으로 유지원을 뒤따라와서 태원까지 호송하기를 원하자, 유지원은 사홍조를 牙將(호위장수)으로 삼음.
유지원이 후한 고조에 즉위한 이후의 사홍조의 활동	代州, 上黨, 澤州 등을 정벌하고 귀속시킴으로써 한의 땅을 넓히는데 많은 공을 세움.	후한 고조 즉위 후 單·滑·宋·汴의 四鎭令公이 되었다는 간략한 내용만 전함.

이상과 같이 정사와 소설은 모두 세 가지 부분에 있어서 그 차이를 정리해 볼 수 있다. 첫째는 사홍조가 유지원에게 발탁되기 이전의 그의 성장과정과 행적에 대한 부분이다. ≪신오대사≫〈사홍조전〉에는 사홍조가 군인으로 성장해 가는 과정과 관직의 이동이 명확하게 기술되어 있지만, 소설은 이러한 출세의 과정을 과감하게 결하고서 사홍조가 염월영이라는 여인과 인연을 맺게 되는 과정을 통해서 그의 비범함을 드러내는 데 초점이 맞춰져 있다.

둘째는 사홍조가 후한 고조 유지원에게 발탁되는 과정의 차이다. 정사에서는 유지원이 사홍조를 데려가기를 황제에게 청탁하였다는 기록이 전하나, 소설에서는 사홍조가 스스로 유지원을 흠모하여 찾아가서 그의

'삼언(三言)' 소설이 된 역사인물

휘하에 있기를 청하는 것으로 되어있다.

세 번째는 유지원이 후한 고조로 즉위한 이후의 사홍조의 활동과 행적의 차이다. 정사에서는 사홍조가 여러 지방을 정벌하고 귀속시키는 데에 있어서 핵심적인 역할을 했음을 강조하고 있고, 이후 중서령의 지위까지 오르게 되는 과정과 죽음에 이르는 과정이 상세하다. 반면에 소설에서는 사홍조가 후한 고조 즉위 후 연이어 공을 세워 사진영공이 되었다는 간략한 기록만을 전하고 있고, 이후 그가 조정에서 황제에 의해 살해되었던 비극적인 결말에 대한 언급은 드러나 있지 않다.

이처럼 정사의 열전과 소설은 사홍조와 곽위 두 사람의 이야기가 서로 연결되어 있는 구조이고, 소설의 내용은 부분적 차이는 있었으나 정사의 기록에 준하고 있다고 볼 수 있다. 그러나 정사에는 그다지 상세하지 않은 두 사람의 성장과 출세과정에 보다 많은 소설적 가공이 더해졌음이 드러난다.

정사 이외에 이 작품과 관련된 문헌으로는 ≪玉壺淸話≫권6·≪畵墁錄郭雀兒≫·≪東皐雜錄≫권1·≪甕牖閒評≫권2 등이 있는데, 이 네 문헌에 실려 있는 일화는 공통적으로 후주 태조 곽위의 柴后와 관련된 내용이다.[68] 소설 속에서도 곽위는 후당 민제가 즉위하자 출궁한 시부인과 혼례를 올린 일화를 소설화하여 각색한 내용이 나온다. 그러나 정사와 소설 그리고 관련 문헌에서 말하는 곽위의 부인이자 황후인 시후에 대한 기록은 다소 차이가 있어서 이를 표로써 비교해 보면 다음과 같다.

구분 내용	곽위의 부인이자 황후인 柴夫人에 대한 기록
≪五代史≫ 〈周太祖本紀〉	廣順 원년(951) 4월 3일에 부인 董氏를 德妃로 삼음.
〈史弘肇龍虎君臣會〉	明宗이 죽고 閔帝가 즉위한 후, 출궁한 柴夫人과 혼례를 올림.

68) 譚正璧 ≪三言兩拍資料≫ 上海古籍出版社 上海 1980 참조.

구분 내용	곽위의 부인이자 황후인 柴夫人에 대한 기록
≪玉壺淸話≫권6	莊宗이 죽고 明宗이 즉위하자 柴公의 딸은 출궁하여 周祖를 만남.
≪龍川別志≫	周 高祖 柴后는 魏나라 成安 사람으로, 그의 부친은 柴三禮이며, 莊宗이 죽고 明宗이 즉위하자 柴公의 딸은 출궁하여 周祖를 만남.
≪畫墁錄郭雀兒≫	곽위가 도인을 만나 참새와 곡식을 목 주위에 새겨 넣은 일화.
≪東皐雜錄≫권1	五代史家人傳에는 周 太祖 柴后의 이야기가 전하지 않고, 우연히 ≪東都事略≫·〈張永德傳〉에서 시후에 대한 기록을 접하였고, 그 내용은 다른 문헌과 대동소이함.
≪甕牖閒評≫권2	魏人 柴翁의 딸은 莊宗이 죽고 明宗이 즉위하자 출궁하여 곽위를 만남.

이상과 같이 〈사홍조용호군신회〉는 정사에 기술된 두 인물에 대한 역사기록과 기본 줄거리는 유사하나 정사에서 다루어지지 않는 몇몇 일화들을 담고 있는데, 정사의 기본 내용에 이러한 몇몇 일화들이 덧붙여졌을 것으로 추정된다.

10) 범식(范式)과 장소(張劭)
   ― 〈范巨卿鷄黍死生交〉(≪유세명언≫권16)
'범거경의 닭과 수수의 약속을 지킨 생사의 우정'이라는 제목의 이 작품은 漢 明帝 때의 인물 범식과 장소가 주인공이다. 범식은 자가 巨卿이고 한대에 관직이 廬江太守에 이르렀던 인물로서 ≪後漢書≫〈獨行列傳〉에 그의 열전이 전하고 있는 반면에, 장소는 범식의 열전에서 그의 기록을 확인할 수 있을 뿐 열전이 전하지 않는다. 그럼 범식의 열전에 나와 있는 두 사람의 아름다운 우정에 대한 역사 기록 중 소설의 줄거리와 일치하는 단락을 요약정리하면 다음과 같다.

○ 범식은 자가 巨卿이고 山陽 金鄉 사람이며, 일명 氾이라고도 한다. 젊어서 태학에 다니면서 여러 유생을 도왔고, 汝南의 張劭와는 친구가 되었다. 장소는 자가 元伯이고, 두 사람은 동문수학하다가 서로 작별을 하고 고향으로 돌아갔다.

○ 범식은 장소에게 2년 후에 다시 돌아오면 장소의 부모님과 자식도 만나보겠다고 약속하였다.

○ 약속한 날이 다가 오자 장소는 모친에게 이 사실을 이야기하고 음식을 준비하게 한 후 그를 기다렸다.

○ 모친은 아들의 말을 믿지 않았으나, 장소는 범식이 반드시 올 것을 확신하였다.

○ 약속한 날에 범식이 과연 도착하였고, 두 사람은 한껏 술을 마신 후 헤어졌다.

○ 범식은 郡의 功曹[69]의 벼슬을 하였고, 후에 장소는 몹쓸 병에 걸려서 자리에 누웠다. 같은 군에 사는 郅君章·殷子徵이 아침저녁으로 정성껏 그를 보살펴 주었다.

○ 장소는 임종할 때 절친한 친구 범식을 만나지 못하는 것을 아쉬워하였다.

○ 친구 殷子徵이 범식을 찾는 이유를 장소에게 묻자, 두 사람은 살아생전의 좋은 친구이나, 범식은 죽음에 이르러 서로 기대를 저버리지 않을 친구라고 하며 곧 죽었다.

○ 범식은 꿈속에서 장소를 만났는데 장소가 자신은 죽었으니 한 번 와서 얼굴이나 볼 수 있겠는지를 물었다.

○ 범식은 크게 슬퍼하며 태수에게 이 사실을 고하고 장소에게 달려갔으나 범식이 도착하기도 전에 영구는 이미 출발하여 묘지에 안장하려 하고 있었고, 영구가 무덤 속으로 들어가려 하지 않았다.

○ 범식이 무덤에 도착하여 관을 끌어주자 영구가 비로소 천천히 앞으로 움직였다.

○ 범식은 묘지에 남아서 장소를 위해서 묘지를 정리하고 나무도 심어준 후 그곳을 떠났다.

---

69) 漢代에 郡守에는 功曹史가 있었는데 간칭으로 功曹라고 하였으며, 인사를 관장하는 것 이외에 군의 정무에도 참여할 수 있었다.

○ 후에 경사로 와서 태학에서 공부하였고, 관직이 廬江太守에 이르렀다.[70]

열전의 내용은 크게 세 부분—1) 범식과 장소가 태학에서 서로 알게 된 후 범식이 장소의 집을 방문하겠다는 약속을 하고 이를 지키는 단락, 2) 장소가 병에 걸려서 죽고 범식이 장소를 찾아가서 장사지내주는 단락, 3) 범식이 다시 태학에서 공부하여 관리로서 활동하는 단락—으로 나누어 살펴 볼 수 있다. 이 중에서 1)과 2)가 소설과 직접적인 관련이 있는 부분이고 3)은 장소의 죽음 이후 범식의 여생에 대한 내용이어서 소설과는 무관하다.

그러면 《후한서》<독행열전>과 달리 〈범거경계서사생교〉는 어떤 차이를 보이는지 살펴보기 위해서 소설의 줄거리를 요약정리해보면 다음과 같다.

장소는 과거를 보기 위해서 낙양으로 가던 중 한 주막에 들르게 되었는데, 그곳에서 유행병에 걸려서 거의 죽어가고 있던 과거수험생 범거경을 만났다. 아무도 돌봐주려 하지 않는데 장소는 기꺼이 그를 극진히 돌봐주었고, 결국 두 사람은 그해의 과거도 보지 못하였다. 그러나 자신의 목숨을 구해준 장소의 은혜에 감동하여 범거경은 그와 의형제를 맺었고, 다음 해 중양절에 장소의 집에서 함께 술 한잔하기로 약속하고 각자의 집으로 돌아갔다.

이듬해 중양절이 되자 장소는 일찍부터 범거경이 올 것을 대비하여 음식을 장만하였으나, 그는 오지 않다가 저녁이 되어서야 그림자가 도착하는 것을 보았다. 알고 보니 범거경은 중양절의 약속을 까맣게 잊고 있다가 약속을 저버릴 수 없어서 스스로 목숨을 끊고 귀신이 되어 장소의 집으로 온 것이었다. 장소는 사실을 확인하기 위해서 범거경의 집까지 달려가 보니 진짜 범거경이 죽어서 상을 치르고 있었다. 가족들은

---

70) 《후한서》〈독행열전〉 참조.

진작에 매장을 하려하였으나 장소가 도착하기 전까지는 관이 움직이지를 않았으며, 장소가 도착하자 비로소 매장을 할 수 있었다.

장소는 자신과의 약속을 지키기 위해 죽음을 선택한 범거경의 우정에 탄복하여 자신 또한 스스로 목숨을 끊고 같이 매장되기를 소원했다.

결국 두 사람은 한 무덤에 매장되었고, 그 지역 태수가 이 사실을 황제에게 보고하자, 황제는 두 사람의 의로운 행동에 감동하여 사당을 지어주고 관직을 하사하였다.[71]

소설에서는 범식과 장소가 서로간의 약속과 신의를 지키기 위해 목숨을 초개와 같이 버리는 의로운 모습을 보여주고 있다. 그러면 실제 역사와 소설은 어떤 차이를 가지는지 표로써 살펴보자.

구분 내용	≪後漢書≫＜獨行列傳＞	〈范巨卿鷄黍死生交〉
두 사람의 만남	같이 太學에 다니면서 친구가 됨.	장소가 과거를 보러 가는 길에 한 주막에서 중병에 걸려서 신음하고 있는 범식을 만남.
약속에 대한 전개과정	약속한 날에 범식이 도착하고 함께 한껏 술을 마신 후 헤어짐.	범식이 중양절을 잊고 있다가 약속을 지킬 수 없게 되자, 자결해서 혼령이 되어 옴으로써 약속을 지킴.
두 인물의 죽음의 양상	약속이 이행된 이후에 장소가 병으로 사망하고, 범식의 꿈에 나타나서 한 번 보기를 청하며, 범식이 장소의 장례를 잘 마무리 하고 떠남.	범식이 장소와의 약속을 지키기 위해 자결하여 혼령이 되어 장소를 찾아오고, 장소는 범식의 장례를 치루면서 자결하여 함께 무덤에 묻힘.

이상과 같이 열전과 소설은 모두 세 가지 부분에서 차이를 보이고 있다. 첫째는, 두 사람이 서로 만나는 과정에 있어서 열전에서는 태학에서 서로 만나서 동문수학하다가 친구가 되었다고 되어 있으나, 소설에서는

71) ≪유세명언≫ 참조.

과거를 보러 가던 장소가 어느 주막에서 중병에 걸려서 신음하고 있던 범식을 만나 그를 위해 정성스럽게 간호를 해줌으로써 목숨을 구하고, 그 은혜를 계기로 서로 의형제를 맺은 것으로 되어 있다.

둘째는 범식이 2년 후 중양절이 되면 장소의 집을 방문하기로 약속을 하였는데, 열전에서는 범식이 약속을 잘 이행하여 두 사람이 마음껏 술을 마신 후 헤어진 것으로 되어있다. 이와 달리 소설에서는 시기적으로 아직 죽지 않은 범식이 약속을 지키기 위해 자결하고 혼령이 되어 천릿길을 달려와서 장소와의 약속을 지킨 것으로 되어있다.

셋째는 등장인물의 죽음과 관련해서 열전에서는 장소가 범식과 중양절에 만난 후 몹쓸 병에 걸려서 죽었고, 혼령이 범식을 찾아가서 얼굴이라도 한 번 볼 수 있기를 청하자 범식은 장소를 찾아가서 극진히 장례를 치러준 것으로 되어있다. 이와 달리 소설에서는 범식이 장소와의 약속을 지키기 위해 이미 자결한 후 혼령이 되어 장소의 집에 방문한 것으로 되어있고, 장소는 범식의 사정을 들은 후 직접 범식의 장례에 찾아가서 자신도 자결함으로써 함께 무덤에 묻혔다. 이로써 두 사람은 서로 간에 지켜야할 의리를 다한 것이다.

이처럼 범식의 열전과 소설은 두 사람의 우정을 이야기하는 줄거리 구성을 크게 벗어나지는 않았으나, 죽음의 여부와 죽음의 인과관계에 대해서는 다소 큰 변화가 있었다.

본편과 관련하여 정사 이외의 문헌으로는 ≪搜神記≫권11・≪焦氏類林≫권5下〈傷逝〉・≪淸平山堂話本≫〈死生交范張鷄黍〉 등이 있다. 이 중에서 ≪수신기≫와 ≪초씨유림≫은 대체로 ≪후한서≫와 줄거리가 흡사하고 그 편폭도 400자 이내로 짧으며 본편의 줄거리와는 다소 차이가 있다. 그런데 ≪청평산당화본≫의 경우에는 본편과 내용이 거의 9할 이상이 일치하고 있어서 연원관계에 있는 작품이라고 할 만한다. 두 작품은 줄거리에 있어서는 소소한 자구의 차이를 제외하면 거의 일치하고 있으나, 작품 속의 詩歌의 활용에서 뚜렷한 차이를 보이고 있는데 그 차이는 다음과 같다.

○ 개장시 : 7언 절구 → 7언 율시
○ 범거경이 혼령이 되어 찾아왔다가 돌아가는 장면에서 7언 절구 한 수가 추가됨.
○ 장소가 범거경의 장례를 치러주기 위해 길을 떠나는 장면에서 7언 절구 한 수가 추가됨.
○ 산장시 : 聊陳二의 시 → 무명씨의 사 〈踏莎行〉

이처럼 ≪청평산당화본≫이 개장시와 산장시를 포함해서 3수의 시를 활용한 것에 반해 본편은 4수의 시와 1수의 사를 사용함으로써 운문의 활용비율이 상대적으로 높아졌다. 또한 풍몽룡은 ≪청평산당화본≫에서는 산장시로 활용된 시를 본문 속의 한 정절 속으로 이동시키고, 산장시에는 무명씨의 〈답사행〉이라는 사를 통해서 작품의 전체적인 대의를 이야기하고 있다. 무명씨의 〈답사행〉을 살펴보자.

千裏途遙, 隔年期遠, 片言相許心無變。寧將信義托遊魂, 堂中鷄黍空勞勸。　月暗燈昏, 淚痕如綿綿, 死生雖隔情何限。靈輀若候故人來, 黃泉一笑重相見。
　천릿길도 멀고 만날 약속도 멀었지만 몇 마디 말로도 서로 허락한 마음 변치 않았네 신의를 떠도는 혼령에게 의탁했어도 초당에서 닭과 수수로 대접한 것이 헛되이 되었네　달은 어둡고 등불도 져가니 눈물은 하염없이 흐르고 생사는 가로막혀있다고는 하나 우정은 어찌 끝이 있겠는가 영구가 만약 옛 친구 오기를 기다린다면 황천에서 웃으면서 다시 만날 수 있다네[72)]

---

72) ≪유세명언≫ 참조.

이 사는 마치 작품의 전체적인 줄거리를 고스란히 담고 있는 듯 작품의 처음부터 끝까지의 줄거리와 각 연마다 작가의 평론과 감상을 적절히 배합해 놓은 형식으로 되어 있다.

두 작품은 이러한 운문 활용에 있어서 다소간의 변화를 제외하면 거의 같은 작품이라 할 수 있고, 현재까지는 그 연원관계를 고찰해낼 방법이 없지만 두 작품만을 놓고 비교해 본다면, 아마도 풍몽룡이 ≪청평산당화본≫을 모본으로 삼아 윤색했을 가능성이 높아 보인다. 따라서 본편의 경우에는 정사의 기록과 東晉시기의 지괴소설, 그리고 명대 중기의 화본소설에 이어, 명말 의화본소설로 탄생한 것으로 그 연원관계를 따져볼 수 있다.

11) 전류(錢鏐)
— 〈臨安里錢婆留發跡〉(≪유세명언≫권21)

'임안부의 전파류가 출세하다.'라는 제목의 이 작품은 당말·오대에 吳와 越 지역을 실질적으로 다스렸던 전류가 그 주인공이다. 전류에 대한 역사기록은 ≪신오대사≫〈오월세가〉에 기록이 전하고 있는데, 전문의 내용을 요약정리하면 다음과 같다.

○ 전류는 자가 具美이고, 杭州 臨安 사람이다. 점술가가 왕의 기운이 감도는 것을 보고 전류를 찾아와서 귀인이 될 것을 말해주고 자중자애할 것을 당부하였다.

○ 당 乾符 2년에 적은 군대로 황소의 대군을 八百里에서 물리쳤다. 董昌에 의해 都指揮使로 임명되고 후에 靖江都將으로 임명되었다.

○ 中和 2년에 越州觀察使 劉漢宏이 동창과 사이가 나빠져서 공격하려 하자, 전류가 八都兵을 이끌고 가서 그를 패배시켰다. 유한굉은 결국 會稽에서 전류에게 참수 당하였다. 전류는 그 공을 동창에게 돌림으로써 동창이 유한굉의 지위를 대신하게 하고 자신은 杭州에 남았다.

○ 光啓 3년에 전류에게 左衛大將軍 · 杭州刺史가 제수되었고, 동창에게는 越州觀察使가 제수되었다.

○ 昭宗이 전류에게 杭州防禦使를 제수하였고, 전류는 여러 전투에서 전공을 세웠다.

○ 景福 2년에 전류에게 鎭海軍節度使 · 潤州刺史를 제수하였고, 乾寧 원년에 同中書門下平章事의 관직을 더하였다. 건녕 2년에 越州의 동창이 두 차례에 걸쳐서 반란을 일으키자 전류가 이를 제압하였고, 동창은 자진하여 물에 빠져 죽었다.

○ 소종이 조서를 내려서 전류에게 鎭海 · 鎭東軍節度使 · 加檢校太尉 · 中書令의 관직을 제수하였고, 아홉 번 죽음을 면할 鐵券을 하사하였다.

○ 天祐 원년에 전류를 吳王으로 봉하였다.

○ 梁 태조가 즉위하자 전류를 吳越王 겸 淮南節度使로 봉하였다.

○ 開平 2년에 전류에게 中書令의 관직을 더하고, 3년에는 太保의 관직을 더하였다.

○ 乾化 원년에 전류에게 尙書令 겸 淮南 · 宣潤等道四面行營都統의 관직을 더하였다.

○ 건화 2년에 梁 郢王 友珪가 옹립하자 전류를 尙父로 높여서 책봉하였다.

○ 末帝 貞明 3년에 전류에게 天下兵馬都元帥의 관직을 더하였다.

○ 明宗이 즉위하자 安重誨에 의해서 전류의 王爵 · 元帥 · 尙父의 직위를 박탈하고 太師의 벼슬을 주었으나, 안중해가 죽자 전류의 관직을 회복시켜 주었다.

○ 長興 3년에 전류는 81세의 나이에 사망했고, 시호를 武肅이라고 했으며 그의 아들 元瓘이 그의 자리를 물려받았다.[73]

이처럼 세가의 기록은 전류의 출생부터 죽음까지의 일대기가 고스란히 담겨져 있고, 그가 지냈던 수많은 관직에 대한 기록도 상세하다. 세가의 내용은 크게 세 단락으로 나누어 살펴볼 수 있다. 그 첫째는 전류의

---

73) ≪신오대사≫〈오월세가〉 참조.

출생과 성장과정에 대한 부분이고, 둘째는 전류가 동창 휘하에서 활약하면서 수많은 전공을 세우던 시기이며, 셋째는 동창이 반란을 일으켜서 죽은 후 조정으로부터 절대적인 신임을 얻어서 수많은 관직을 두루 거침은 물론 결국 오월왕으로 봉해져서 말년까지 줄곧 높은 지위를 누린다는 내용이다. 전체적으로 세가의 내용은 전류에 대한 역사기록에 충실한 것으로 보이며, 이는 소설에서도 나타나는 특징이기도 하다. 그럼 세가의 기록과 달리 소설은 어떻게 전류를 묘사하였는지 그 내용을 요약정리해서 살펴보면 다음과 같다.

전왕은 그의 어머니가 임신을 했을 때 멀리서 보면 집이 불타는 듯한 괴이한 징조가 잦았고, 해산을 하던 날에는 커다란 도마뱀 한 마리가 두 눈에서 섬광을 내뿜으며 지붕위에서 내려오는 것이 목격된 데다가, 불빛이 하늘을 가득 메우니 사람들이 모두 불이 났다고 착각할 정도로 기이한 일이 일어났다. 전왕의 아버지는 흉조라 여기고 태어난 아이를 죽이려 하였으나, 산파가 이를 만류하였다. 그래서 전류는 '산파가 살린 아이'라는 뜻의 婆留라는 아명을 갖게 되었다.

전파류는 자라면서 또래보다 건장하고 출중하였으나, 성장하여서는 줄곧 도박을 일삼고 할 일 없이 지내다가 鍾明과 鍾亮이라는 두 인물과 의형제를 맺으면서 세 사람은 '전당의 세 호랑이'로 이름을 날리게 되었다. 한번은 전파류가 도적질을 일삼다가 관부에 쫓기는 신세가 되었을 때 종명과 종량의 도움으로 가까스로 위기를 모면하였고, 이후로는 종명과 종량의 부친이자 관리였던 鍾起의 비호를 받으며 성장한다. 당말의 혼란기를 틈타 황소의 난이 일어나자, 전파류는 자신이 나고 자란 지역의 형세를 이용하고 기지를 발휘하여 동창 휘하에서 반란군을 무찌르는 공을 세운다.

한편 동창이 황소의 반란군을 크게 무찔렀다는 소문을 들은 월주의 유한굉은 동창의 공을 시기하였고, 공을 세운 전파류를 제거하기 위해 구원을 요청하는 척하였다. 동창과 전파류는 오히려 그 계책을 눈치채고 유한굉을 항주로 유인하여 일시에 궤멸시킨다. 반란을 진압한 공으로 동창은 越州觀察使로 승진하고 전파류는 杭州刺史에 임명되었다.

'삼언(三言)' 소설이 된 역사인물

그러나 이후 세력이 커진 동창마저 천하를 도모하고자 스스로를 월왕이라 칭하고 주변지역을 침공하기 시작하면서 전파류와는 사이가 멀어졌다. 전파류는 동창과의 한 판 승부를 벌였고, 결국 전투에서 승리하였다. 전파류는 조정에 난을 진압했다는 승전보를 올려서 그 공으로 월왕에 봉해졌으며, 다시 오왕으로도 봉해져서 14개 주를 다스리는 왕이 되었다.[74]

소설은 세가처럼 출생과 사망까지 전류에 대한 일대기를 그린 작품이라는 점에서 상당히 유사하다. 다만 세가와의 비교에서 가장 큰 차이라고 할 수 있는 부분은 세가가 전류의 출생과 성장과정에 대한 기록이 간략한 것과 달리 소설은 이 부분에 대한 이야기가 전체 작품 중에 거의 절반에 가까운 분량을 차지하고 있는 점이다. 이 이외에도 세가와 소설이 가지고 있는 몇 가지 차이점을 표로써 살펴보자.

구분\n내용	≪新五代史·吳越世家≫〈錢鏐〉	臨安里錢婆留發跡(喻21)
錢王의 아명 婆留에 대한 기록	없음.	錢王의 아버지는 아들이 태어날 때 기이한 징조들이 생기자 흉조라고 여기고 죽이려 했으나, 산파의 만류로 목숨을 구했다고 해서 '婆留'라는 아명을 가짐.
劉漢宏의 반란과 죽음	劉漢宏은 동창과 사이가 나빠져서 반란을 일으켰고, 결국 회계에서 전류에게 죽임을 당함.	전류의 군대와 싸운 후 패주하다가 전류의 의형제 顧全武에게 항주에서 죽임을 당함.
董昌의 죽음	전류에게 패하여 스스로 물에 뛰어들어 자결함.	패주하다가 백성의 집에 숨어들었는데 백성의 신고로 잡혀서 고전무에게 죽임을 당함.
전류의 고향의	昭宗황제가 전류를 불러서 衣	전류가 吳越王으로 봉해진 후 고

74) ≪유세명언≫ 참조.

구분 내용	≪新五代史·吳越世家≫〈錢鏐〉	臨安里錢婆留發跡(喩21)
명칭 개명.	錦營을 衣錦城으로 승격시켜주고, 石鑒山을 衣錦山으로, 大官山을 功臣山으로 부르게 함.	향 臨安縣로 귀향하여 자신의 고향 이름을 衣錦軍으로 바꾸고, 石鑑山을 衣錦山으로 이름 지음.

이상과 같이 열전과 소설은 그다지 큰 차이를 보이지 않고 전류에 대한 일대기적 전기를 잘 보여주고 있으나, 상기 표와 같이 이름이나 지명과 관련된 차이와 특정 인물의 죽음의 과정을 약간 각색한 정도의 차이점을 보이고 있다.

첫째로 '전파류'라는 이름은 열전에는 거론된 바 없고, 소설에서만 등장하는 이름으로서 전왕이 '파류'라는 아명을 얻게 된 계기를 이야기로서 풀어 나가고 있다. 소설에서 큰 인물이 태어날 때 상스러운 징조들을 사용하는 것을 자주 나타나는 현상이다. 전왕의 아버지는 이를 흉조로 보고 아들이 태어나자 죽이려 하였으나, 아기의 출산을 도왔던 산파가 이를 만류하였다. 이로 인해 전왕은 목숨을 건졌기 때문에 아명을 '파류'로 지은 것이다.

둘째와 셋째는 유한굉과 동창의 죽음과 관련된 차이로서 열전에서는 두 인물이 각 시기별로 전류에게 패하여 죽은 것으로 되어 있는데, 소설에서는 전왕에게 패한 것은 맞으나 두 인물을 직접 참한 인물이 전왕의 의형제 顧全武임을 말하고 있어서 약간의 차이가 있다. 그러나 큰 틀에서 보면 두 인물 모두 전왕에 의해 각 시기별로 세력다툼에서 패배한 인물들이어서 큰 차이는 아니다.

넷째, 소설에서는 큰 공을 세우고 오월왕이 된 전왕이 자신의 고향을 방문하여 고향 臨安縣의 이름을 衣錦軍으로 고치는 등 여러 지명을 새로 바꾸었다는 내용이 나오는데 이는 열전과 다르다. 열전에서는 부분적인 명칭에는 차이가 있지만 소종 황제가 전류를 불러서 衣錦營을 衣錦城으로 승격시켜 주는 등의 교지를 내려서 개명된 것으로 되어 있다.

이처럼 정사와 소설의 비교에서는 큰 차이를 보이고 있지 않지만, 이름이나 지명과 관련된 차이, 특정 인물의 죽음의 과정을 약간 각색한 정도의 차이, 그리고 입화가 더해진 차이 정도가 있었다. 그러나 정사 이외의 여러 자료들에 실려 있는 일화들을 면밀히 살펴보면 정사와는 약간씩 다르면서 소설의 원형이 되었을 것으로 판단되는 다수의 일화들이 있다.

먼저 ≪全唐詩話≫권6 〈僧貫休〉·≪唐詩紀事≫권75 〈僧貫休〉·≪七修類稿≫권34 〈詩文類禪月大師〉에는 소설의 입화에 나오는 貫休와 전류 간의 일화가 소설과 거의 별 차이 없이 활용되어 있다. 그리고 정화와 관련해서는 ≪稽神錄≫권1 〈董昌〉·≪湘山野錄≫권中·≪續湘山野錄≫·≪楓窓小牘≫권上·≪西湖遊覽志餘≫권1 〈帝王都會〉·≪西湖夢尋≫권4 〈西湖南路錢王祠〉 등의 자료를 통해서 내원고사를 확인할 수 있다.[75] 먼저 ≪계신록≫에는 한때 전류의 상관이었던 동창이 스스로를 왕이라 칭하고 반란을 일으키게 된 과정에서 한 노인의 예언이 있었음을 이야기하고 있다. 그러나 소설에서는 羅平이라는 인물이 황제가 될 징조를 담고 있는 진귀한 돌과 말하는 새를 발견하여 이를 동창에게 바치면서 동창이 황제가 되기를 부추기는 것으로 약간의 각색이 이루어진 것으로 보인다. ≪상산야록≫에는 전류가 오월왕으로 봉해진 후 귀향해서 일어난 여러 가지 일화를 다루고 있는데 대체로 소설의 줄거리와 유사하다. ≪속상산야록≫에는 전류가 오월왕이 되어 위세를 떨친 이야기와 관휴를 만난 이야기가 복합적으로 섞여 있다. ≪서호유람지여≫는 6가지의 길고 짧은 관련 일화들이 실려 있는데, 이 여섯 가지 일화들은 1) 전류의 출생과 유년시절, 2) 유한굉과 동창을 차례대로 물리치고 오월왕으로 불리는 과정, 3) 동창 휘하에서 황소의 군대를 물리치며 공을 세우는 과정,

---

75) 譚正璧 ≪三言兩拍資料≫ 上海古籍出版社 上海 1980 참조.

4) 오월왕으로 봉해진 후 귀향해서 있었던 일화 등을 담고 있어서 소설의 원형이라고 판단할 만하다.

본편은 기본적으로 정사의 기록과도 상당히 유사한 줄거리 구조를 가지고 있으나, ≪서호유람지여≫와 같은 문헌과 그 내용이 유사한 것이 많기 때문에 해당 자료에서 소설 각색의 원천을 수용하였을 것으로 판단된다.

12) 가사도(賈似道)[76]
— 〈木綿菴鄭虎臣報寃〉(≪유세명언≫ 권22)

(1) 들어가며

역사적으로 '간신'은 한 나라의 권력을 틀어잡고 전횡을 일삼아서 종국에는 망국의 길로 이끈 경우가 적지 않았기에 역대 왕조 중에는 간신의 기록을 정사에 남겨서 이를 경계하고자 한 경우도 있었다. ≪宋史≫·〈奸臣傳〉에는 송의 국력을 약화시키고 송이 결국 원에게 패망하기까지 그 핵심에 있었던 간신 22명이 따로 분류되어 있는데, 蔡確·吳處厚·邢恕·呂惠卿·章敦·曾布·安敦·蔡京·蔡卞·蔡攸·蔡絛·蔡崇·趙良嗣·張覺·郭藥師·黃潛善·汪伯彦·秦檜·萬俟卨·韓侂胄·丁大全·賈似道가 바로 그들이다.

---

76) 가사도는 송대를 대표하는 간신이다. '삼언'에는 간신의 이미지를 가진 인물로 가사도 이외에도 진회를 소재로 한 〈遊酆都胡母迪吟詩〉(喩32)라는 작품이 있다. 다만 이 작품은 진회에만 국한되지 않고 전·후반의 이중적인 이야기 구조를 가지고 있기 때문에 박사학위 논문에는 포함시키지는 않았으나, 삼언 역사인물을 포괄적으로 다룬다는 측면에서 이 글에는 포함시켰다. 필자는 이 두 인물과 관련하여 〈삼언소설 속 간신의 형상 일고찰〉(2017)이라는 제목의 논문을 동아인문학회에 투고하여 등재되었다. 본문은 학회에 등록된 원문을 수록하되, 책의 체제에 맞추어 약간의 수정을 거쳤다.

필자는 이 22명의 인물들 중에서 풍몽룡이 집록한 명대 단편소설집 '삼언' 속 작품의 주인공으로 등장하는 간신 진회와 가사도가 소설 속 인물로 탄생하게 된 서사과정을 고찰하고자 하며, 두 간신을 소설 속 주인공으로 삼은 풍몽룡의 지향점은 무엇인지에 대해서도 살펴보고자 한다.

이를 위해 ≪송사≫·〈간신전〉에 분류되어 있는 〈진회전〉과 〈가사도전〉에 대한 역사 기록, 명대 단편소설인 <木綿菴鄭虎臣報寃>(喩22)과 〈遊酆都胡母迪吟詩〉(喩32), 진회와 가사도에 대한 다양한 필기류의 기록들을 텍스트로 삼아, 정사와 필기류 속에 산재해 있던 다양한 기록들이 하나의 완정한 단편소설로 탄생하기까지의 서사 과정을 고찰함으로써 명대 단편백화소설의 탄생과정에 대한 이해를 재고하고자 한다.

(2) 정사와 소설의 비교

가. 가사도

가사도에 대한 역사적 평가는 그간 남송을 망하게 한 천하의 간신으로 여겨져 왔으나 남송의 시대적 상황과 당시 지배계층의 구조, 그리고 公田法 등을 시행한 그의 정치적 결단, 황제와 태후의 두터운 신임 등을 고려해 볼 때, 과연 가사도가 열전에 기록된 것과 같은 희대의 간신이었는지에 대해서는 비록 소수에 머무르고 있으나 회의적인 시각을 제기하는 연구도 있다.[77] 따라서 이에 대해서는 보다 면밀한 역사적 고증과 논의가 필요한 것으로 보인다.

≪송사≫·<가사도전>은 가사도의 출생에서 사망에 이르는 일대기가 담겨 있다. 열전의 내용은 가사도가 입신하여 관직에 머물렀던 시기와 元과의 전쟁에서 패하고 실권하여 결국 목숨을 잃게 되는 시기에 집

---

77) 王述堯 <歷史的天孔 - 略論賈似道及其與劉克莊的關係> 蘭州學刊 2004年 第3期 上海 2004의 p.237 참조, 何忠禮 <實事求是正確評價歷史人物的關鍵>探索與爭鳴 上海 2004의 p.17 참조.

중되어 있다. 반면에 그의 출생과 어린 시절의 성장과정, 그리고 가족사
와 학문적 성취와 같은 내용은 비교적 간략하다. 비교대상인 소설의 내
용이 가사도의 일대기를 모두 담고 있는 점을 감안하여 ≪송사≫ · <가
사도전>의 전체 내용을 요약해보면 다음과 같다.

○ 가사도는 자가 師憲, 臺州사람이며, 制置使 賈涉의 아들이다.
○ 어려서부터 실의하여 방탕하였고, 놀고 싸움질을 일삼았으며 행실
  에 크게 신경 쓰지 않았다.
○ 귀비인 누이의 도움으로 太常丞 · 軍器監으로 발탁되었다.
○ 이후 조정에서 다음과 같은 관직을 두루 거쳤다 : 太常丞 · 軍器監
  → 澧州로 부임 → 湖廣總領(淳祐 元年) → 戶部侍郎을 겸함(淳祐
  3年) → 沿江制置副使와 江州 겸 江西路安撫使를 맡음(淳祐 5年)
  → 京湖制置使 겸 江陵府로 옮겨감 → 寶文閣學士와 京湖安撫制置
  大使를 지냄(淳祐 9年) → 樞密院事와 臨海郡開國公을 겸함(寶祐 2
  年) → 參知政事를 겸함(寶祐 4年)→ 樞密院事를 겸함(寶祐 5年)→
  兩淮宣撫大使로 부임(寶祐 6年)
○ 元 憲宗 때 원군이 공격해 오자, 우승상으로 발탁된 가사도는 군을
  이끌고 나가서 원과 대적하다가 원과 화친을 맺는 역할을 하였다.
○ 吳潛과 그의 당파사람들을 거의 폄적시켰으나, 高達만은 理宗 황제
  의 반대로 뜻대로 되지 않았다.
○ 가사도는 공전법을 시행하였으나 지주들의 반대가 많았다.
○ 권력의 실세가 되어 모든 조정의 일은 가사도를 거치게 되었다.
○ 度宗 황제 때, 자신의 뜻대로 하지 않았다는 사소한 이유로 귀비의
  아버지를 파직시키고 귀비를 비구니로 만들어 버린 사건이 있었다.
○ 襄陽을 둘러싼 전쟁 때 매번 출정을 청하는 척하면서 다른 대신들
  로 하여금 궁에 남아 있도록 뒤에서 조정하였고, 전세가 위태로워
  졌을 때에는 그간 자신을 출정시키지 않은 것에 대해 도종 황제를
  질책하였다.
○ 어머니 胡氏가 사망하자, 황제가 대신들에게 명을 내려 극진한 예
  를 다하게 하였다.
○ 도종이 죽자 전쟁이 크게 났고, 가사도는 송의 정예병을 이끌고 출

정하여 원과 맞서 싸우나 魯港에서 대패하고 揚州로 들어갔다.

○ 조정에서는 가사도의 죄를 물어야 한다는 상소가 이어졌고 심지어 그를 참해야 한다고 주장하자, 謝太后가 高州의 團練使로 좌천시키고 循州에 안치하도록 조서를 내렸다.

○ 鄭虎臣의 호송 하에 高州로 가던 도중 漳州 木綿庵에서 가사도는 정호신에 의해 죽임을 당하였다.[78]

열전의 내용은 출생에서 승상의 지위에 오르기까지의 과정, 승상이 되어 조정의 실권을 쥐고 국정을 전횡하는 과정, '魯港喪師[79]'로 실권하고 결국 폄적되어 가다가 죽임을 당하는 과정의 세 부분으로 나누어 볼 수 있다. 이 중에서도 승상이 되어 조정에서 국정을 좌지우지하는 과정에 대한 내용이 다른 두 부분에 비해 많은 비중을 차지하고 있고, 가사도의 악행을 폭로하고 부각시키는 작용을 하고 있다. 반면에 나머지 두 부분은 비교적 간략한 내용만을 전한다.

그러면 ≪송사≫·<가사도전>과 달리 <목면암정호신보원>(유22)은 역사기록과 어떤 차이를 보이는지 살펴보기 위해서 소설의 줄거리를 요약하면 다음과 같다.

○ 남송 寧宗 황제 嘉定 연간에 浙江省 臺州에 賈涉이라는 관리가 臨安府에 부임하러 가는 길에 어느 민가에 들렀다가 胡氏라는 여인을 만나 첩으로 맞이하고 아들 가사도를 낳았다.

○ 정부인인 唐氏의 시기와 질투로 호씨는 결국 아이와 생이별을 한 후 어느 석공에게 시집가게 되고, 아들 가사도는 백부에게 맡겨져

---

78) ≪宋史≫ 卷474 ≪奸臣傳≫ 列傳333 <賈似道> 참조.
79) 宋 恭宗 德友 元年(1275)에 원의 군대가 송을 대거 공격하였을 때, 당시 재상을 맡았던 가사도는 군을 이끌고 魯港에서 원나라의 군대와 결전을 벌이나 이 전투에서 송의 주력이 완전히 와해될 정도로 패하게 되는데, 이를 역사에서는 '魯港喪師'라고 칭한다.

서 고향 태주에서 자라게 되었다.

○ 가사도가 청년이 되었을 때 아버지 가섭과 백부가 일찍 세상을 뜨자, 가진 재산을 모두 탕진하고 궁으로 들어간 누이를 만날 기대감으로 임안으로 갔다.

○ 임안에서 궁색한 생활을 하던 가사도는 부친과 친분이 있었던 劉八太尉를 만나서 그의 도움으로 귀비가 된 누이를 만났고, 황제의 배려로 많은 재산을 하사받았다.

○ 귀비의 후광을 입은 가사도는 연일 주색에 빠져 방탕한 생활을 이어가다가 兩淮制置大使로 봉해져서 淮揚 일대를 다스리게 되었고, 이때 어릴 적 헤어졌던 어머니 호씨를 다시 모셔 와서 효도를 다한다.

○ 이후 다시 조정으로 돌아온 가사도는 재상 오잠을 모함하여 파직시키고 자신이 재상이 되면서 조정에서 표독스러움을 드러냈다.

○ 원과의 전투에서는 적을 돈으로 매수하여 돌아가게 하고는 공을 세운 것처럼 자신을 과장하는 등 온갖 거짓과 권력남용을 일삼았다.

○ 원의 세력이 커져서 남송을 침공하고 원과의 전쟁이 불가피하던 시기가 되자, 가사도는 都督諸路軍馬로 임명되어 노항에서 원의 군대와 맞섰으나 송의 주력군을 대부분 잃으면서 완전 참패하고 말았다.

○ 조정에서는 가사도의 죄를 물어서 귀양을 보내게 되었는데, 이때 호송관으로 나선 인물이 가사도에 의해 억울하게 죽은 鄭隆의 아들 정호신이었다.

○ 정호신은 가사도를 귀양지까지 호송하는 과정에서 갖은 핍박을 가하다가 결국 목면암에서 가사도와 두 아들을 몽둥이로 때려 죽여서 국가와 자신의 가문의 원수를 갚았다.[80]

가사도에 대한 소설의 기술태도 또한 열전과 마찬가지로 부정적이나, 둘 사이에는 크게 두 가지 측면에서 뚜렷한 차이를 보인다. 첫째, 소설은 열전에는 나오지 않으나 이야기의 전개상 시간 공백이 큰 부분에 대해서

---

80) 馮夢龍 《喩世明言》 北京 人民文學出版社 1991의 제22편 <木綿菴鄭虎臣報冤> 참조.

도 비교적 상세하고도 고른 극적 전개를 포함하고 있다. 즉, 소설은 상대적으로 입신 이후에 조정의 국정을 좌지우지하며 갖은 악행을 일삼는 내용에 집중되어 있는 열전과는 달리 출생에 대한 비화와 마지막에 처참하게 죽음에 이르는 과정을 상당부분 증편함으로써 소설이 갖춰야할 구성상의 짜임새가 한층 보완되었다. 둘째, 소설에서 작가는 가사도의 부정적 이미지를 부각시키기 위해 여러 가지 각색의 장치를 활용하고 있다. 단, 여기서 말하는 각색이란 소설에는 나오지만 열전에는 나오지 않는 내용에 대한 차이에 한정하며, 이를 시간 순으로 나열해 보면 다음과 같이 같다.

표 1)

전개의 내용	≪宋史≫·＜賈似道傳＞	＜木綿菴鄭虎臣報冤＞(喩22)
출생과 성장과정	• 臺州 사람. • 가섭의 관직을 물려받음.	• 賈涉의 임지인 萬年縣에서 출생. • 가섭의 사망 이후 방탕한 생활을 함.
가족관계	• 가섭은 관직에 대한 기록만 나옴.	• 부친이 관직을 옮겨 다닌 과정과 첩실 호씨를 만나 가사도를 낳게 되는 과정이 상세함.
	• 모친 호씨에 대해서는 죽은 날 장사지내는 과정에서만 출현.	• 모친 호씨가 가사도를 낳게 되는 과정과 이별 후 가사도가 입신하여 다시 모셔오는 과정 등의 기록이 상세함.
	• 누이는 理宗의 총애를 받아 귀비가 되었고, 가사도가 출세하는 데 일조하였다는 짧은 언급만 있음.	• 누이를 만나는 과정과 만난 이후의 일련의 과정이 한층 상세함.
西湖에서 주연을 벌인 일	• 이종이 사람을 시켜서 잘못을 지적하는 훈계를 내림.	• 이종이 귀비를 시켜 상을 내려서 주연의 흥을 돋워줌.
吳潛을 폄적시킨 사건	• 오잠에 대한 상소를 올려 탄핵하고 循州로 폄적시킴.	• 유언비어를 퍼트리고 理宗에게 참하자, 이종이 바로 귀양을 보냄.

전개의 내용	≪宋史≫·<賈似道傳>	<木綿菴鄭虎臣報冤>(喩22)
패전 후 가사도에 대한 상소 과정	• 陳宜中의 상소 → 謝太后가 거절 → 가사도에 의해 폄적된 관리들이 원적에 회복되고, 高斯得·王爚·王應麟 등 수많은 대신들이 잇따라 상소를 올림 → 循州로 폄적시키기로 결정.	• 진이중의 상소 → 어사들이 상소에 동참함 → 恭宗이 바로 죄를 물음.
귀양길과 죽음	• 귀양 가는 과정의 묘사가 간단함.	• 귀양 가는 과정과 정호신이 가사도를 핍박하고 죽이는 과정이 상세함.
	• '오잠'의 글이 나옴.	• '오잠'의 글은 안 나옴.
	• 역모죄를 언급함.	• 역모에 대한 언급 없음.

상기 표 1)과 같이 열전과 달리 소설이 이야기의 전개상 시간 공백이 큰 부분을 가상으로 더하여 각색한 부분으로는 '가사도의 출생과 성장과정', '귀양길과 죽음'의 두 부분이 주목할 만하다.

첫째로 가사도의 출생과 성장과정에 대해 ≪송사≫·<가사도전>의 내용은 다음과 같이 간략하다.

가사도는 자가 사헌이고 태주 사람이며, 제치사 가섭의 아들이다.[81]

여기서 말하는 '臺州人'이란 가사도가 태주 태생임을 말하고 있으나, 소설 <목면암정호신보원>(유22)에서는 가사도의 부친 가섭이 첩 胡氏를 얻어 가사도를 낳은 출생지가 '臺州'가 아닌 '萬年縣'으로 되어 있다. 소설 속에서 말하는 가사도의 출생과정을 따라가 보면 다음과 같다.

浙江省 臺州에서 임안부로 부임해서 가는 길에 錢塘의 鳳口里에서

---

81) ≪宋史≫ 卷474 ≪奸臣傳≫ 列傳333 <賈似道>에 나오는 원문은 다음과 같다 : 賈似道字師憲, 臺州人, 制置使涉之子也。

'삼언(三言)' 소설이 된 역사인물

호씨를 만나고 첩으로 삼음 → 임안부에서 반년 간 호씨와 같이 지냄 → 九江에 있는 만년현의 보좌관으로 뽑혀서 정부인 당씨와 첩 호씨와 함께 임지로 떠남 → 임지에서 가사도를 낳음 → 정부인 당씨에게 박해를 받을 것을 걱정하여 친형 賈濡에게 부탁하여 가사도를 고향 대주에서 키워주기를 부탁함.[82]

즉, 소설에서는 가사도의 부친 가섭이 태주 출신의 관리였고 부임지인 만년현에서 가사도를 낳은 것으로 말하고 있고, 정사에서 결여된 가족사에 대한 이야기가 구체적이고 짜임새 있다. 그리고 가사도의 성장과정에 대해서도 열전은 '어려서부터 실의하여 방탕하였고 놀고 싸움질을 일삼았으며, 행실에 크게 신경 쓰지 않았다.'는 평가로 아주 대략적인 정보만을 제시하고 있다.[83] 그러나 소설 속 가사도는 부친 가섭과 백부 가유가 모두 일찍 죽자 4·5년 만에 남은 가산을 모두 탕진하고, 궁에 있는 누이에게 의탁해 볼 생각으로 임안으로 유랑을 떠나는 것으로 나온다. 단지 인물됨과 품행만을 간략하게 언급한 열전과는 달리 소설은 그가 어릴 때부터 총명하기는 하였으나 방탕한 생활을 하면서 학문에 매진하기는커녕, 자신이 가진 인맥과 운에만 의지하는 졸속한 인물로 묘사하고 있는 것이다.

둘째, 가사도의 귀양길과 죽음에 이르는 과정에 관해 열전에서는 호송관 정호신이 循州까지 가사도를 호송하면서 杭州를 거쳐 漳州 木綿庵에 이르게 되자 가사도에게 자살하라고 핍박하였지만, 가사도가 말을 듣지 않자 직접 가사도를 죽였다는 것으로 내용이 간략하다.[84] 그러나 소설에

---

82) 馮夢龍 ≪喩世明言≫ 北京 人民文學出版社 1991의 제22편 <木綿菴鄭虎臣報冤> 참조.
83) ≪宋史≫ 卷474 ≪奸臣傳≫ 列傳333 <賈似道>에 나오는 원문은 다음과 같다 : 少落魄, 爲遊博, 不事操行.
84) 호송관 '정호신'이라는 인물은 열전에서 가사도와 어떠한 원한관계가 드러나지 않은 인물이고, 단지 가사도를 순주까지 호송하기로 나선 인물로만 나와

서는 정호신이 출발지부터 목면암에 이르기까지 갖은 핍박을 가하는 장면이 묘사되어 있으며, 그 외에도 호송 도중에 葉李라는 인물을 만나는 장면, 장주태수를 만나는 장면, 그리고 목면암에 도착해서 독을 삼키고 쉽게 빨리 죽으려는 가사도에게 정호신이 호되게 매질을 가하는 장면에 이르기까지 그 핍박의 장면이 생동감 있다. 그리고 결국에는 정호신이 가사도와 그의 아들 둘을 몽둥이로 때려죽이는 장면에서 이야기는 절정으로 치닫는다. 이외에도 가사도가 폄적시킨 오잠이 남으로 귀양 가면서 쓴 글은 다른 인물로 변형하고, 가사도가 역모에 가담한 사실을 소설에서는 차용하지 않은 차이는 있으나, 가사도의 귀양길과 죽음에 대한 내용은 도입부의 성장과정과 마찬가지로 작가의 상당한 상상력을 통한 분량의 확장이 있었음을 알 수 있다.

위의 두 가지 이외에도 가사도의 가족관계, 서호에서 주연을 벌인 일, 오잠을 폄적시키는 과정, 패전 후 가사도에 대한 대신들의 상소 과정 등도 가사도의 부정적 이미지를 부각시키는 장치로 활용되었다.

나. 진회

가사도에 대한 역사적 평가가 일부 재고의 여지가 있는 것으로도 나타나는 것에 반해, 진회의 경우에는 정사·소설·필기류 등의 모든 문헌에서 그의 인물됨은 부정적으로 관철되어 있다. 소설 속 인물로 탄생한 진회의 면모를 살펴보기 위해 먼저 정사의 기록을 요약형으로 살펴보면 다

있다. 그러나 실제로 정호신의 아버지 鄭塤은 남송 理宗 시절에 越州同知를 지낸 인물이고, 가사도에게 모함을 당하여 귀양을 가서 죽었다는 역사 기록이 있다. 따라서 정호신은 가사도와 원한관계에 있었기 때문에 그 누구도 나서기 꺼려하는 호송관을 자진해서 맡아 나선 것이다. 소설은 이와 달리 정호신의 아버지 鄭塤을 鄭隆으로 개명하여 등장시키고 있고, 가사도가 정륭을 묵형에 처하여 죽게 한 것으로 각색되어 있다. 따라서 열전에는 드러나 있지 않은 정호신과 가사도의 원한관계가 소설에서는 표면화되어 있는 차이가 있다.

음과 같다.

○ 진회는 자가 會之이고 江寧 사람이다. 政和 5년에 진사에 급제하였고 密州敎授로 충원되었으며, 이어서 詞學 겸 茂科에 붙어서 太學學正을 맡았다.

○ 금이 남하할 당시에 삼진을 떼어줌으로써 휴전할 것을 협상하기 위해 禮部侍郞으로 가장하여 肅王을 보좌해서 금으로 갔고, 성사되어 돌아온 후에 殿中侍禦史로 천거되었다.

○ 금이 변경을 함락하고 두 황제가 끌려갈 때 진회 또한 금의 군영으로 끌려갔다. 금에 있을 때 금의 군주 吳乞買가 그의 아우인 撻懶에게 보내서 종군하게 했는데, 이때 군영을 탈출해서 남송의 行在로 돌아왔고, 禮部尚書에 제수되었다.

○ '만약 천하가 무사하기를 원한다면 남쪽은 남쪽대로 북쪽은 북쪽대로 있어야 한다.'는 글을 고종에게 올려서 신임을 얻게 되었고, 이후 관직이 계속 높아졌다.

○ 이후 관직의 추이는 다음과 같다 : 紹興 원년 2월에 參知政事에 제수됨. → 8월에 右仆射와 同中書門下平章事 겸 知樞密院事로 임명됨 →소흥 2년 8월에 재상을 그만두고 觀文殿學士이자 擧江州太平觀에 제수됨. → 소흥 5년에 금의 황제가 죽고 撻懶가 정권을 잡아서 화의가 이루어지자, 2월에 다시 資政殿學士로 복직됨. → 얼마 後 醴泉觀使 겸 侍讀에 제수되고, 行宮留守에 충원됨. → 6월에 觀文殿學士와 知溫州에 제수되고, 소흥 6년 7월에 知紹興府로 직책을 옮김. → 소흥 8년 3월 右仆射와 同中書門下平章事 겸 樞密使로 임명됨. → 소흥 10년 이후로 18년간 재상을 맡음.

○ 趙鼎이 실각하고 떠나자 진회는 단독으로 국정을 전담하여 금과의 화의를 추진해 나갔다.

○ 殿中侍禦史 張戒는 상소를 올려서 趙鼎을 남게 할 것을 간청하고 화의가 잘못된 것임을 말해서 진회를 거슬렸고, 王庶 또한 화의는 옳지 않다고 일곱 차례나 상소를 올렸다. 이후 樞密院 編修官 胡銓, 校書郎 許忻, 樞密院編修官 趙雍, 司勳員外郎 朱松, 館職 胡王呈, 張擴, 淩景夏, 常明, 範如圭, 權吏部尚書 張燾, 吏部侍郎 晏敦復, 魏

石工, 戶部侍郎 李彌遜, 梁汝嘉, 給事中 樓火召, 中書舍人 蘇符, 工部侍郎 蕭振, 起居舍人 薛徽言 등이 연이어 금과의 화의가 잘못되었고 진회를 책망하는 입장을 견지하였다.

○ 소흥 10년에 금이 침략해 들어와서 東京·南京·西京·永興軍를 함락하여 河南의 모든 군들이 연이어 함락되었고, 화의를 주장하던 진회의 입지는 더욱 공고해져서 이후 18년간 재상자리를 차지하게 되었다.

○ 張浚·王勝·岳飛·韓世忠이 각지에서 승리하였으나, 진회는 힘써 군대를 철수시켰다. 9월에 악비를 행재로 돌아오게 하고, 楊沂中은 鎭江로, 劉光世는 池州로, 劉錡는 太平州로 돌아오도록 조서를 내렸다. 소흥 10년 12월에 악비가 진회에게 독살 당하였다.

○ 소흥 12년부터 소흥 25년까지 재상으로 장기 집권하면서 수많은 인물들이 진회에 의해 박해와 배척을 당하였는데, 주요인물은 다음과 같다.

- 소흥 12년 胡銓이 新州로 폄적됨. 曾開와 李彌遜이 모두 파직 당함.
- 소흥 13년 洪皓가 直翰苑에서 쫓겨남.
- 胡舜陟이 조정을 조롱한 죄로 옥에 갇혀 죽고, 張九成은 근거 없는 말을 떠벌렸다하여 폄적 당했으며, 僧宗杲은 변방으로 쫓겨 감.
- 張邵는 모함을 당해서 外祠로 배척당함.
- 14년에 黃龜年이 진회와 논쟁을 벌여서 폄적 당함.
- 太學生 張伯麟은 자신이 쓴 글 때문에 유배당함.
- 解潛이 南安으로 가서 죽고, 辛永宗이 肇慶에 안치되었다가 죽음.
- 吏部尚書 吳表臣이 진회와 의견이 다르다하여 파직 당함.
- 소흥 17년 8월에 조정이 吉陽軍에서 죽자, 조정과 연고가 있는 관리도 모두 죄명을 꾸며댔고, 그의 죽음에 탄식만 한 사람이라도 죄를 씌웠으며, 呂頤浩의 아들 呂撫을 藤州로 쫓아냄.
- 소흥 18년 李顯忠이 중원을 회복할 계책을 올리자 군직을 파해서 宮祠의 직책으로 옮기게 함.
- 소흥 20년 정월에 殿司小校 施全이 진회를 암살하려다 실패하자 시장에서 사지가 찢어지는 형벌을 받고 죽음.
- 이광의 아들 이맹이 부친이 쓴 야사를 보다가 고발당해서 峽州에 발령되고, 조정 인사 중에 연좌된 자 8인은 모두 파직되고 관등도

낮아짐.
- 소흥 22년 조정을 비난하였다하여 王庶의 두 아들인 王之奇·王之
荀과 葉三省·楊煒·袁敏求에 대한 네 번의 큰 옥사가 일어남.
- 소흥 23년 진사 黃友龍이 조정을 비방하여 묵형을 당하고 嶺南으로
보내졌고, 내시 裵詠이 조정을 지탄한 것 때문에 瓊州로 보내짐.
- 소흥 24년 楊炬는 동생 楊煒가 연루되어 죽은 일 때문에 邕州로
보내짐.
- 何兌는 그의 스승 馬伸에 연루되어 英州로 보내짐.
- 6월에 王循友는 전에 진회의 족당에 대해 죄를 물은 적이 있어서
藤州에 안치되었고, 8월에 李光을 변론하다가 辰州로 보내짐.
- 조정을 비방한 적이 있다는 이유 때문에 鄭王己는 容州로, 賈子展
은 德慶府로 폄적됨.
- 方疇는 胡銓과 서신을 교환한 것 때문에 永州로 쫓겨남.
- 12월에 魏安行과 洪興祖는 程王禹의 ≪論語解≫를 널리 유포한 일
때문에 위안행은 欽州로 보내졌고, 홍흥조는 昭州로 보내짐.
- 程緯는 황제께 무례하고 예의가 없다는 죄목으로 축출 당함.
- 소흥 25년 2월에 沈長卿이 전에 李光과 함께 화의를 비아냥거린
것 때문에 고발당해서 化州로 보내지고, 芮燁는 武岡軍으로 보내짐.
○ 소흥 25년 진회가 병이 들어 향년 66세로 사망하였고, 사후에 황제
가 申王의 작위를 하사하였으며, 시호는 '忠獻'이었다.
○ 진회는 장기간 집권을 위한 수단을 만들어서 자신에게 부합하는 자
는 승진시키고 그렇지 않은 자는 10년이 지나도록 승진이 없게 하
였으며, 재상이 되어 죽기까지 집정을 28명이나 바꾸었다.

이상과 같이 진회의 열전은 그의 출신지에 대한 언급을 제외하면 모두
관직에 오른 이후의 행적에 집중되어 있다. 그리고 그의 관직생활은 소
흥 10년에 두 번째로 재상이 되는 시점을 기준으로 전기와 후기로 양분
할 수 있다. 전기는 조정에서 자신의 입지를 공고히 하기 위해 금과의
화의를 적극적으로 추진함으로써 고종의 신임을 얻는 시기이며, 후기는
재상으로 장기 집권하면서 조정을 전횡하던 시기다. 진회의 열전은 그야

말로 간신의 이미지가 전형적으로 잘 나타나 있다.

　그럼 소설은 진회의 일대기 중 어디부터 어디까지를 이야기로 구성하였는지 그 내용을 요약하면 다음과 같다.

○ 송조의 첫째가는 간신으로 말하자면 성이 秦, 이름이 檜, 자가 會之로 江寧 사람이다. 그는 태어날 때부터 특이한 외모를 가졌는데, 발등에 발가락이 이어져 있었고 그 길이가 1尺 4寸이었다. 태학에 다닐 시기에는 모두 그를 '긴 발을 가진 수재'라고 불렀고, 후에 과거에 급제 하였다.

○ 靖康 연간에는 관직이 禦史中丞에 이르렀는데, 이 시기는 금나라 군대가 변량을 함락시켜서 휘종과 흠종 황제가 모두 북쪽으로 잡혀갔을 때였다. 진회 또한 포로의 무리 속에 있었는데 금의 우두머리 중 한 명인 撻懶郎君과 잘 아는 사이여서 그에게 금의 첩자가 되겠다고 맹세하고 임안행재로 돌아왔다.

○ 고종 황제가 진회에게 정견을 묻자, 금이 강성하니 화친하여 남북을 경계로 삼으며 모든 장수의 병권을 박탈해야한다고 간하였다.

○ 고종은 진회를 신임하며 尙書僕射로 임명하였고, 얼마 후 좌승상이 되었다.

○ 진회는 화친을 주관하면서 趙鼎·張浚·胡銓·晏敦復 등의 반대하는 무리들을 모두 폄적시켜서 내쫓았다.

○ 악비가 변방에서 금을 상대로 승전하자, 金兀術이 진회에게 밀서를 보내서 악비를 죽여야 화친이 성사될 것이라고 종용하였다.

○ 진회는 악비의 부하 王俊을 매수하여 악비의 부하 張憲이 襄陽을 점거하여 악비에게 병권을 돌려주기 위해 음모를 꾸미고 있는 것으로 날조하였다. 이를 빌미로 악비, 악비의 아들 岳雲·張憲·王貴를 모반죄로 잡아들였고, 악비를 옥중에서 목매달아 죽였다.

○ 악비 사후에 금과의 화친이 정해졌고, 진회는 공으로 벼슬이 더해지고 대저택을 하사받았다.

○ 진회의 아들 秦熺는 열여섯에 장원급제하여 한림학사에 제수되고, 손자 秦塤은 갓난아이일 때 바로 한림학사의 직책이 내려졌으며, 진희의 여식은 태어나자마자 곧 崇國夫人으로 봉해졌다.

○ 숭국부인이 아끼던 고양이를 잃어버리는 사건이 일어나자, 임안부 부윤까지 나서서 조사하였으나 찾지 못해서 결국 황금으로 금고양이를 주조하여 바치고서야 잠잠해졌다.

○ 만년에 진회는 제위를 찬탈할 음모를 꾀하며 조정·장준·호전 등 53명의 사람을 반역을 꾀한 것으로 모함하려하였다.

○ 어느 날 서호에서 주연을 즐기던 진회는 악비의 혼령이 나타나 호되게 꾸짖자, 이후 병이 들어서 황제에게 바칠 반역자들에 대한 보고서에 서명도 하지 못한 채 죽고 말았다.

○ 진회의 사후 아내 장설부인이 진회를 기리기 위해 재단을 설치하고 방사로 하여금 기도를 하게 하였는데 방사는 진회를 만나 저승까지 따라갔다. 저승까지 가보니 진회·만사설·왕준이 산발에 지저분한 얼굴을 하고서 쇠로 된 형틀을 메고 있는 것이 보였다. 온갖 귀신들이 커다란 몽둥이를 들고 그들의 걸음을 재촉하고 있었는데 그 몰골이 너무도 힘들어 보였다.

○ 진회가 방사에게 지난 날 부인 왕씨와 동창에서 의논했던 일이 다 들통 났다는 말을 전해주기를 청하였고, 방사가 돌아와서 왕씨에게 전하니 왕씨는 그로 인한 충격으로 병들어 죽었다.

○ 진희와 진훈 마저 다 죽고 나자 몇 년이 지나지 않아 진씨 가문은 쇠락하였다.

소설은 진회의 일대기를 다루고 있기는 하나 열전과 마찬가지로 진회의 관직생활에 그 내용이 집중되어 있다는 점에서 기술범위가 거의 일치한다. 다만 소설적 각색을 시도한 것으로 보이는 몇 가지 차이점을 정리해보면 다음과 같다.

표 2)

전개의 내용	≪宋史≫·<秦檜傳>	〈遊酆都胡母迪吟詩〉(喩32)
출생과 외모	• 외모에 대한 언급 없음.	• 발등에 발가락이 이어져 있는 등의 특이한 외모를 가짐.(간신의 이미지)

전개의 내용	≪宋史≫·<秦檜傳>	〈遊酆都胡母迪吟詩〉(喩32)
金에서 돌아오는 과정	• 金으로 끌려갔을 때 금의 군주 吳乞買가 그의 아우인 撻懶에게 보내서 종군하게 함. 이때 군영을 탈출해서 남송의 행재로 돌아왔고, 禮部尚書에 제수됨.	• 金이 변량을 함락시켰을 때 진회 또한 포로로 잡혀감. 금의 우두머리 중 한 명인 撻懶郎君과 잘 아는 사이여서 그에게 금의 첩자가 되겠다고 맹세하고 臨安行在로 돌아옴.
岳飛를 살해하는 과정	• 張浚·王勝·岳飛·韓世忠이 각지에서 승리하였으나, 진회는 힘써 군대를 철수시킴. 소흥 10년 9월에 악비를 행재로 돌아오도록 조서를 내렸고, 같은 해 12월에 모반을 꾀한 것으로 뒤집어 씌워서 악비를 독살시킴.	• 岳飛가 변방에서 승전하자, 金兀術이 진회에게 밀서를 보내서 악비를 죽여야 화친이 성사될 것이라고 종용함. 진회는 張憲이 악비에게 병권을 돌려주기 위해 음모를 꾸미고 있는 것으로 날조하여 악비를 모반죄로 잡아들이고 옥중에서 목매달아 죽임.
진회의 자손들에 대한 내용	• 소흥 12년 아들 秦熺는 진사에 합격하고, 소흥 14년에 秘書少監이자 領國史에 제수되며, 소흥 15년에 翰林學士 겸 侍讀으로 제수됨. • 소흥 24년 손자 秦塤은 廷試에서 3등으로 과거에 급제함. • 진희의 딸에 대한 내용은 없음.	• 진회의 아들 秦熺는 열여섯에 장원급제하여 한림학사에 제수되고, 손자 秦塤은 갓난아이일 때 바로 한림학사의 직책이 내려졌으며, 진희의 여식은 태어나자마자 곧 崇國夫人으로 봉해짐.
崇國夫人의 고양이 분실사건	• 없음.	• 숭국부인이 아끼던 고양이를 잃어버리자 臨安府 府尹까지 나서서 조사하였으나 찾지 못했고, 결국 황금으로 금고양이를 주조하여 바치고서야 사건이 마무리됨.
제위 찬탈 시도	• 없음.	• 만년에 진회는 제위를 찬탈할 음모를 꾀하며 趙鼎·張浚·胡銓 등 53명을 반역을 꾀한 것으로 모함하려함.

위의 표 2)와 같이 열전과 소설은 모두 6가지 내용상의 차이를 보인다. 그중에서 '금에서 돌아오는 과정'과 '악비를 살해하는 과정'은 작가가 이

'삼언(三言)' 소설이 된 역사인물

미 진회를 금의 첩자노릇을 한 인물로 설정하고 이야기를 전개하고 있기 때문에 나타난 차이로 보인다. 그리고 '진회의 자손들에 대한 내용'과 '숭국부인의 고양이 사건'은 진회 일가의 세도가 얼마나 극에 달했는가를 부각시키기 위한 각색으로 볼 수 있다. 마지막으로 '제위 찬탈 시도'에 대해 열전에서는 어떠한 언급도 없었으나, 소설에서는 진회가 제위를 찬탈하기 위해 고심한 과정이 나오며, 이를 위해 조정 등의 53명을 완전히 제거해야할 필요성을 느끼고 이들을 축출하기 위한 조서를 황제에게 올리기 직전에 죽음을 맞이한 것으로 되어 있다. 이로 볼 때 소설은 진회를 나라를 배신한 첩자이자, 무소불위의 세도를 휘두른 권신이자, 제위를 찬탈하려는 음모를 꾸민 역도라는 세 가지 인물됨이 줄거리에 반영되어 있다.

(3) 필기류와 소설의 비교

풍몽룡이 집록한 '삼언'은 작품에 따라 소설화의 과정이 다양하게 나타난다. 그중에는 〈拗相公飮恨半山堂〉(驚4)와 같이 '삼언' 이전에 전해지던 초기 화본소설을 일부 각색하여 수록한 작품도 있고, 〈窮馬周遭際賣鎚媼〉(喩5)와 같이 전대의 전기소설을 확장하여 재창작한 작품도 있으며, 〈況太守斷死孩兒〉(警35)와 같이 풍몽룡의 순수창작으로 판단되는 작품이 있는가 하면, 전대의 여러 필기류의 기록들을 저본으로 삼아 재창작한 작품도 있어서 소설화의 유형을 어느 한 가지로 규정할 수는 없다.[85] 본 장은 〈목면암정호신보원〉(유22)과 〈유풍도호모적음시〉(유

---

85) 〈拗相公飮恨半山堂〉(驚4)은 ≪河南邵氏聞見前錄≫·≪楓窓小牘≫·≪曲洧舊聞≫·≪程史≫·≪孫公談圃≫·≪效顰集≫·≪兩山墨談≫·≪香祖筆記≫와 같은 문헌에서 관련 내원고사를 확인할 수 있으나, 명대 중기에 나온 것으로 추정되는 ≪京本通俗小說≫〈拗相公〉과 내용이나 분량이 거의 일치하고 있기 때문에 전대의 화본소설을 각색한 의화본소설로 볼 수 있다. 〈窮馬周遭

32)가 이중 어떤 소설화의 방식을 취하였는지에 대해 살펴보고자 한다.

가. 가사도

앞서 정사와 소설의 비교를 통해서 가사도의 실제 행적과 소설화된 이야기의 차이점이 무엇인지 살펴보았다. 그런데 가사도에 대한 기록은 열전 이외에도 여러 야사에서 전하고 있고, 그중에는 소설의 모태가 되었을 것으로 판단되는 다수의 일화들이 존재한다. 〈목면암정호신보원〉(유22)의 내용과 관련 있는 문헌으로는 《齊東野語》〈賈相壽詞〉·《齊東野語》〈龜溪二女貴〉·《齊東野語》〈徐謂禮相術〉·《齊東野語》〈賈氏前兆〉·《三朝野史》·《山房隨筆》·《山居新話》·《西湖遊覽志餘》〈佞倖盤荒〉·《西湖遊覽志餘》〈才情雅致〉·《西湖遊覽志餘》〈幽怪傳疑〉·《效顰集》 등이 있다.[86] 이중에서 《제동야어》에는 4편, 《삼조야사》에는 2편, 《산방수필》에는 3편, 《서호유람지여》에는 14편의 짧은 관련 기록 및 일화들이 전한다. 이러한 문헌들 속에 전하는 일화들은 대체로 소설의 내용과 같은 맥락이거나, 내용이 거의 일치하는 일화

際賣餾媼〉(喩5)은 《隋唐佳話》·《定命錄》과 같은 문헌에서 관련 내원고 사를 확인할 수 있으나, 삼언 창작 이전에 풍몽룡이 편찬한 《情史》에 이미 이 작품이 실린 것으로 보아 풍몽룡이 《정사》에 수록한 전기소설을 바탕으로 의화본소설을 창작한 것으로 판단된다. 〈況太守斷死孩兒〉(警35)는 《國琛集》·《蘇談》·《灌纓亭筆記》·《見聞雜記》·《海公案》 등에서 유사한 공안사건에 대한 일화를 확인할 수 있으나, 그 내용이 況鍾과는 아무런 관련이 없는 것으로 보아 풍몽룡이 海瑞(1514-1587)와 관련된 몇몇 공안작품에서 소재로 빌려오되 작가의 순수창작에 가까운 창작을 통해서 탄생한 작품으로 판단된다. 마지막으로 전대의 여러 필기류의 기록들을 저본으로 삼은 유형에 대해서는 본고에서 분석하고자 하는 두 작품에서 확인할 것이다.

86) 위의 문헌과 표의 내용은 譚正璧 《三言兩拍源流考》 上海 上海古籍出版社 2012와 胡士瑩 《話本小說概論》 中華書局 北京 1980 및 기타 문헌을 종합적으로 고찰하여 정리한 것이다.

'삼언(三言)' 소설이 된 역사인물

들이 대부분을 차지하고 있다. 각 문헌 속에 나온 일화들의 내용을 표로써 나타내 보면 다음과 같다.

표 3)

편명		내용
≪齊東野語≫	〈賈相壽詞〉	가사도의 생일에 寥瑩中을 비롯한 여러 아첨하는 무리들이 시를 지어 가사도에게 바치고 이를 남긴 일화.
	〈龜溪二女貴〉	가사도의 아버지 賈涉과 어머니인 胡氏가 만나서 인연을 맺게 된 일화.
	〈徐謂禮相術〉	가사도가 관상을 잘 보는 徐謂禮와 한 도인을 만나 자신의 미래가 어떠할지를 예언해 주는 일화.
	〈賈氏前兆〉	가사도가 실권한 후 귀양을 갈 때 호송관 鄭虎臣을 만나고 결국 죽임을 당하는 일화.
≪三朝野史≫	첫 번째 일화	가사도가 자신의 생일 때 시를 쓴 일화.
	두 번째 일화	가사도가 한식날에 시를 지은 일화.
≪山房隨筆≫	첫 번째 일화	가사도가 吳潛을 재상의 자리에서 끌어내리고 자신이 재상이 되었다가 후에 실각됨. 호송관 정호신에 의해 호송되다가 죽임을 당하는데 이때 가사도의 문객이었던 趙介如가 가사도를 위해 변론을 하나 무위로 끝난 일화.
	두 번째 일화	가사도가 정씨인 인물과 인연이 좋지 않음을 알고 정호신이 급제했을 때 그를 내쳤고, 후에 실권을 하자 정호신에 의해서 귀양지로 호송되다가 죽은 일화.
	세 번째 일화	가사도의 魯港喪事로 국운이 기운 후, 어떤 사람이 쓴 시에 대한 일화.
≪山居新話≫		점술가인 富春子가 가사도를 위해 점을 쳐서 글을 쓴 후 봉해 준 것이 있는데 후에 가사도가 뜯어보니 그의 말이 맞았음을 보고 감탄한 일화.
≪西湖遊覽志餘≫	〈佞倖盤荒〉	가사도가 귀비인 누이의 후광을 업고 재상의 위치까지 가서 권세를 누리는 것에 대한 일화.
		가사도가 부국강병책으로 公田法과 排打量之法을 시행하였는데 민간에 끼친 해악이 컸음을 시를 통해 비꼬는 일화.
		가사도가 士籍이라는 제도를 도입하여 과거에는 없

편명	내용
	던 엄격한 과거제도를 시행하자 수재들이 지나친 제도라고 비판한 일화.
	가사도가 馬廷鸞과 葉夢鼎을 불러서 시를 논한 일화.
	가사도가 사람을 시켜서 소금을 팔아서 이익을 취하자 태학생이 시를 지어 비꼰 일화.
	가사도가 서호에서 놀 때 한 첩이 미소년을 보고 혹하자, 그녀의 목을 베어 다른 처첩들에게 본보기로 보인 일화.
	가사도가 수차례 출정하지 않고 핑계를 대다가 결국 출정하여 원군과 결전을 벌이나 대패하고 揚州로 피신해 간 일화.
	가사도가 度宗 황제에게 북방의 위기를 알리는 사람은 가차 없이 죽여 버리고, 자신은 집에서 방탕한 생활을 이어간 것을 이야기한 일화.
	가사도가 글자점을 보는 점술가를 만나 자신의 점을 보게 한 후, 좋지 못한 일이 누설될까 두려워 점술가를 죽여 버린 일화.
	가사도가 전쟁에 패한 후 조정에서 그를 유배시킬 것을 논의하게 되고, 결국 정호신에 의해 유배를 가다가 죽임을 당한 일화.
	가사도의 어머니 호씨와 아버지 가섭이 서로 만나서 가사도를 낳게 되는 과정, 호씨는 가섭과 같이 살지 못하고 석공과 살게 된 과정, 후에 가사도가 장성하여 호씨를 모셔오고 석공을 죽여서 사실을 은폐하는 과정 등의 어머니 호씨에 관한 일화.
	가사도의 가신인 요영중에 대한 일화.
〈才情雅致〉	太白 葉李가 가사도의 신법 대신 '鈔式'으로 할 것을 주장하다가 가사도에 의해 폄적되었으나, 가사도가 전쟁에 패한 후 다시 등용되어 벼슬이 中書左丞에 이른 일화.
〈幽怪傳疑〉	가사도가 승려 천 명을 초청하여 식사를 대접하였는데, 초대받지 못했던 한 승려가 가사도가 후에 죽을 곳을 예언하며 그릇에 적어놓고 떠난 일화.

'삼언(三言)' 소설이 된 역사인물

위의 표 3)과 같은 다양한 필기류 속 일화 중에서 ≪제동야어≫의 〈가상수사〉·〈귀계이녀관〉·〈가시전조〉는 소설의 내용과 거의 일치하는 짧은 일화가 나오고, 〈서위예상술〉의 경우에도 가사도의 미래를 예언해 주는 인물이 서위예와 한 도인으로 등장하나 소설에서는 한 도인의 예언만 나오는 차이 이외에는 대체로 일치한다. ≪삼조야사≫의 두 번째 일화는 가사도가 한식날에 시를 지은 것에 대한 이야기인데 소설에서 동일하게 활용되었다. ≪산방수필≫의 경우 첫 번째 일화는 소설의 흐름과 거의 일치하나, 두 번째 일화의 경우 가사도가 정씨인 인물을 경계해야 함을 알고 정호신이 급제했을 때 그를 내쳐서 원한관계를 만든 것임을 말하고 있지만, 소설에서는 가사도가 정호신의 아버지 정룡을 억울하게 귀양 보내서 죽게 하여 이에 대한 원한으로 정호신이 호송관을 자청한 것으로 되어 있어서 차이가 있다. ≪산거신화≫에는 점술가인 부춘자가 가사도를 위해 점을 쳐 준 일화가 나오는데 소설에서 거의 가감 없이 활용되었다.

이중 주목할 만한 문헌은 바로 ≪서호유람지여≫인데, 이 책에는 모두 14개의 길고 짧은 가사도 관련 일화들을 담고 있다. 그리고 소설 속에서 이 14가지의 일화는 거의 동일하게 활용되고 있는 것으로 보아, 풍몽룡은 ≪서호유람지여≫를 소설 창작의 주된 저본으로 삼은 것으로 판단된다. ≪서호유람지여≫의 내용 중 가사도의 아버지 가섭과 첩실 호씨가 가사도를 낳는 과정, 가사도가 누이인 귀비의 후광을 업고 재상이 되어 권세를 누리는 과정, '노항상사'로 실권하여 결국 귀양 가다가 호송관 정호신에 의해 맞아죽는 과정 등의 전반적인 줄거리가 소설과 일치하고 있고, 소설의 곳곳에 나오는 길고 짧은 일화들이 ≪서호유람지여≫의 일화와 거의 동일하다.

이 14가지의 일화 중에서 '가사도가 서호에서 놀다가 한 희첩을 잔인하게 죽인 일화'를 비교해보면 다음과 같다.

≪서호유람지여≫〈연행반황〉

가사도는 서호에 살았는데 하루는 누각에 의지하여 한가로이 놀고 있었고 여러 희첩들도 따랐다. 두 서생이 있었는데 멋진 옷차림에 깃털로 된 부채를 가지고 있었으며 작은 배를 타고 노닐다가 호숫가로 올랐다. 한 희첩이 말하였다. "아름답구나. 두 젊은이여!" 가사도가 말하였다. "네가 그를 섬기기를 바란다면 마땅히 신랑의 예물을 받아야겠구나." 희첩은 웃을 뿐 아무 말이 없었다. 얼마 후 (가사도는) 한 사람에게 함을 받쳐 들게 하고 모든 희첩들을 앞으로 불러 모아서 말하였다. "좀 전에 어떤 희첩이 함을 받았느니라." 상자를 열어서 그것을 살펴보니 바로 그 희첩의 머리였다. 모든 희첩들이 벌벌 떨었다.[87]

<목면암정호신보원>(유-22)

하루는 가사도가 여러 희첩들과 호수 위에서 누각에 기대어 한가로이 놀고 있는데, 두 명의 서생이 아름다운 옷에 깃털로 된 부채를 가진 것이 풍채가 멋스러웠고 작은 배를 타고 노닐다가 호숫가로 오르는 것을 보았다. 옆에 있던 한 희첩이 소리 내어 감탄하며 말하였다. "아름답구나. 두 젊은이여!" 가사도는 그 말을 듣고서 말하였다. "네가 저 두 사람에게 시집가고 싶다면, 저들이 너에게 장가들도록 만들어 보지." 그 희첩은 황망하고 두려워 죄를 고하였다. 얼마 후 가사도는 모든 희첩들을 불러 모으고 한 희첩에게 상자를 들고 앞에 서도록 하고는 말하였다. "좀 전에 어떤 희첩이 호수 위에 있던 서생을 사모하게 되었는데 내가 이미 그 서생에게서 함을 받았느니라." 모든 희첩들이 믿지를 않자 상자를 열어 그것을 보여주는데, 바로 그 희첩의 머리였다. 좌중의 희첩들이 벌벌 떨지 않는 이가 없었다. 희첩들을 대하는 것이 잔혹하기가 이와 같았다.[88]

---

87) 田汝成 輯撰 ≪西湖遊覽志餘≫ 上海 上海古籍出版社 1980의 88쪽에 나오는 원문은 다음과 같다 : 似道居湖上, 一日, 倚樓閑眺, 諸姬皆從。有二人道裝羽扇, 乘小舟遊湖登岸。一姬曰, "美哉二少年!" 似道曰, "汝願事之, 當留納聘。" 姬笑而不言。逾時, 令人捧一合, 喚諸姬至前, 曰, "適一爲某姬受聘。" 啟視之, 乃姬之首也, 諸姬股栗。
88) 馮夢龍 ≪喩世明言≫ 北京 人民文學出版社 1991에 나오는 원문은 다음과 같

'삼언(三言)' 소설이 된 역사인물

필기류와 소설에서 사용한 어휘와 표현을 각각 비교해보면, '乘小舟遊
湖登岸.'과 '美哉二少年!'과 같은 표현은 글자 하나 틀리지 않고 동일하게
사용되었고, '一姬曰'를 '傍一姬低聲贊道'로, '似道曰'를 '似道聽得了, 便
道'로 표현을 달리한 것은 인물의 행동을 보다 구체화 한 변화로 보인다.
또한 '逾時'를 '不多時'로, '曰'를 '說道'로, '適一爲某姬受聘'를 '適間某姬愛
湖上書生, 我已爲彼受聘矣'로 한 것은 문어체를 구어체로 각색한 것으로
보이며, 마지막에 추가된 '其待姬妾慘毒, 悉如此類.'와 같은 작가의 평론
은 명대 장·단편소설에서 나타나는 글쓰기의 패턴이다. 그러나 이러한
몇몇 차이에도 불구하고 두 문헌의 기본 줄거리는 거의 같은 내용이라
할 만하다.

풍몽룡이 '삼언'을 집록하면서 120편의 단편을 모두 위와 같은 패턴으
로 각색한 것은 아니나, 필자가 역사인물을 소재로 한 30여 편의 작품들
을 대상으로 연구한 바에 따르면 상당수의 작품들이 이처럼 전대에 널리
전하던 필기류를 저본으로 삼아 그 내용을 확장하여 재창작한 것이다.[89]

나. 진회

진회 또한 가사도와 마찬가지로 여러 야사가 전하고 있고, 그중에는
소설의 모태가 되었을 것으로 판단되는 다수의 일화들이 존재한다. 〈유
풍도호모적음시〉(유32)의 줄거리와 직·간접적으로 관련 있는 문헌으로
는 ≪桯史≫〈秦檜死報〉·≪朝野遺記≫·≪貴耳集≫·≪西湖遊覽志餘≫

다 : 一日, 似道同諸姬在湖上倚樓閑玩, 見有二書生, 鮮衣羽扇, 豊致翩翩, 乘
小舟遊湖登岸. 傍一姬低聲贊道 : "美哉, 二少年!" 似道聽得了, 便道 : "汝願嫁
彼二人, 當使彼聘汝." 此姬惶恐謝罪. 不多時, 似道喚集諸姬, 令一婢捧盒至前.
似道說道 : "適間某姬愛湖上書生, 我已爲彼受聘矣." 衆姬不信, 啟盒視之, 乃某
姬之首也, 衆姬無不股栗. 其待姬妾慘毒, 悉如此類.

89) 천대진 〈三言 歷史人物 敍事 硏究〉 경상대학교 대학원 박사학위논문 2016
참조.

〈侫倖盤荒〉·≪效顰集≫〈續東窓事犯傳〉·≪說岳全傳≫〈胡夢蝶醉後吟詩遊地獄〉·≪說岳全傳≫〈金兀術三曹對案再興兵〉·≪堅瓠甲集≫〈東窓事犯〉 등이 있다.90) 이중에서 ≪정사≫에 1편, ≪설악전전≫에 2편의 일화가 있고, ≪서호유람지여≫〈녕행반황〉에는 모두 14편에 달하는 진회 관련 일화가 전하나, 이 중 소설의 내용으로 차용된 일화는 4편에 해당한다. 그리고 ≪효빈집≫〈속동창사범전〉과 ≪설악전전≫〈호몽접취후음시유지옥〉·≪설악전전≫〈김울술삼조대안재흥병〉은 진회의 일대기와는 상관없이 胡母迪이라는 후대의 가상인물을 통해 진회의 악행을 드러내는 소설의 후반부 내용과 거의 일치한다. 각 문헌 속에 나온 일화들의 내용을 요약해보면 다음과 같다.

표 4)

편명		내용
≪桯史≫	〈秦檜死報〉	진회는 정권을 잡은 말년에 張忠憲과 胡文定 등의 일족을 축출하기로 모의하였으나, 이때에 이미 병이 들어서 황제에게 올릴 글에 서명을 하지 못하고 결국 죽음.
≪朝野遺記≫		진회와 왕씨가 東窓에서 岳飛를 죽여야 함을 모의함.
≪堅瓠甲集≫	〈東窓事犯〉	진회와 왕씨가 동창에서 악비를 죽일 음모를 꾸며서 죽인 후에 저승으로 간 진회가 방사를 통해 왕씨에게 지난날 동창에서 모의한 일이 탄로 났다고 전함.
≪西湖遊覽志餘≫	〈侫倖盤荒〉 첫 번째 일화	진회가 두 황제와 함께 금으로 끌려갔다가 금의 추장 달라와 친분이 있어서 땅을 떼어주고 화친할 것을 모의함. 이후 岳飛·趙鼎·張浚·胡銓 등을 모두 축출함.

90) 위의 자료와 표의 내용은 譚正璧 ≪三言兩拍源流考≫ 上海 上海古籍出版社 2012와 胡士瑩 ≪話本小說槪論≫ 北京 中華書局 1980 및 기타 문헌의 내용을 종합하여 정리한 내용이다. 그러나 ≪삼언양박원류고≫에서 제시하고 있는 일부 내용 중에서 ≪桯史≫〈優伶誂語〉와 ≪貴耳集≫과 같은 문헌은 확인 결과 소설 속 인물과의 관련성은 있다 할지라도 소설의 내용과는 직접적인 관련이 없는 것으로 나타났다.

'삼언(三言)' 소설이 된 역사인물

편명		내용
	두 번째 일화	진회의 손녀 崇國夫人이 고양이를 잃어버려서 臨安府 府尹까지 나서서 소동을 벌임.
	세 번째 일화	진회의 가문이 쇠퇴한 후 조정에서 운하를 건설하느라 진회의 집 앞에 흙을 쌓아둔 모습을 보고 어떤 이가 시를 지음.
	네 번째 일화	진회가 아내 왕씨와 악비를 죽일 모의를 하여 죽인 후, 악비의 혼령이 나타나 진회를 크게 꾸짖었고, 죽어서 저승으로 간 진회는 지난 날 동창에서 모의한 일이 탄로 났음을 방사를 통해 왕씨에게 전함.
《效顰集》	〈續東窓事犯傳〉	元대에 胡迪이라는 유생이 진회의 전기를 읽다가 분노하여 시를 지었는데 염라대왕의 무능을 질책하는 시여서 저승으로 끌려감. 염라대왕이 분노하여 호적에게 간신들에 대한 판결문을 써보게 하였는데 그 내용이 염라대왕을 흡족하게 함. 호적은 이후 저승에서 진회를 비롯한 여러 간신들이 큰 벌을 받고 있는 것과 충신들이 융숭한 대접을 받고 있는 것을 직접 보고 난 후에 다시 이승으로 돌아옴.
《說岳全傳》	〈胡夢蝶醉後吟詩遊地獄〉·〈金兀術三曹對案再興兵〉	《효빈집》〈속동창사범전〉의 내용과 거의 동일하나, 호적이 이승으로 돌아와서 식구들에게 자신의 경험을 이야기 해준다는 대목이 더 늘어나 있는 차이가 있음.

위의 표 4)와 같은 다양한 필기류 속 일화 중에서 《정사》〈진회사보〉는 진회가 축출하려는 세력이 장충헌·호문정 일족으로 말하고 있으나, 소설에서는 조정·장준·호전 등의 53명으로 말하고 있는 차이를 제외하면 진회의 말년과 사망과정에 대한 기술이 거의 일치한다.[91]

《조야유기》와 《견호갑집》〈동창사범〉에 나오는 일화는 진회가 부인 왕씨와 동창에서 악비를 주살하기를 모의하여 죽인 후, 저승으로 간진회가 이 일이 탄로 난 것을 방사를 통해 왕씨에게 전한다는 일화로써

---

91) 岳珂 撰 《桯史》 北京 中華書局 1981. 134-135쪽.

두 문헌과 소설 속 이야기가 거의 일치한다.[92]

　≪서호유람지여≫〈녕행반황〉에 전하는 네 가지 일화는 소설 속에서 거의 가감 없이 사용된 것으로 보아 풍몽룡은 ≪서호유람지여≫〈녕행반황〉을 소설로 각색하기 위한 주 저본으로 삼았다고 할 만하다. 이는 가사도의 경우 14가지에 달하는 일화를 활용한 것에 비해 다소 적은 수치일 수 있으나, 진회의 일생을 다룬 소설 속 분량이 가사도에 비해 1/6에 지나지 않는 것을 감안하면 결코 적지 않은 비중인 것이다. 이 네 가지 일화 중 네 번째 일화를 문헌 간 비교를 통해 살펴보면 다음과 같다.

　　≪서호유람지여≫〈녕행반황〉의 네 번째 일화
　　진회는 악비를 죽이고자 하여 동창아래에서 처 왕씨와 그 일을 모의하였다. 왕씨가 말하였다. "호랑이를 잡기는 쉽지만 놓아주기는 어려운 일이지요!" 그 뜻이 결국 결정되었다. 후에 진회가 서호에서 놀고 있을 때, 배 위에서 몸이 안 좋았는데 한 사람이 산발을 하고 고함을 지르며 말하였다. "너는 나라를 그르치고 백성을 해하여서 내가 이미 하늘에 고발해서 하늘이 그 뜻을 들어 주었느니라!" 진회는 집으로 돌아가서 아무런 이유도 없이 죽었다. 얼마 후 아들 진희도 또한 죽었다. 왕씨가 재단을 설치한 후 방사가 엎드려 기도를 하자 진희가 쇠로 된 칼을 둘러쓰고 나타났으며, (방사가) 물었다. "태사께서는 어디에 계십니까?" 진희가 말하였다. "저승에 계십니다." 방사가 그의 말대로 가 보니 진회와 만사설이 모두 쇠로 된 칼을 둘러쓰고 온갖 고통을 받고 있는 모습을 보았다. 진회가 말하였다. "번거롭겠지만 부인에게 말 전해주시오. 동창에서의 일이 탄로 났다고."[93]

---

92) 叢書集成初編 ≪朝野遺記≫ 北京 中華書局 1991. 13쪽.
93) 田汝成 輯撰 ≪西湖遊覽志餘≫ 上海 上海古籍出版社 1980의 73쪽에 나오는 원문은 다음과 같다 : 檜之欲殺岳飛也, 於東窗下與妻王氏謀之。王氏曰："擒虎易, 縱虎難！" 其意遂決。後檜遊西湖, 舟中得疾, 見一人披發厲聲曰："汝誤國害民, 吾已訴天, 得請矣"檜歸, 無何而死。未幾, 子熺亦死。王氏設醮, 方士伏章, 見熺荷鐵枷, 問："太師何在？" 熺曰："在酆都。"方士如其言而往, 見檜與萬俟

〈유풍도호모적음시〉(유-32)

소송이 이미 끝나자 진회는 홀로 동창 아래에 앉아서 이 사건에 대해 주저하고 있었다. ……이렇게 마음을 결정하지 못하고 있었는데, 그의 아내 장설부인 왕씨가 마침 다가와서 물었다. "상공께서는 무슨 일로 망설이고 계신가요?" 진회는 이 일을 그녀와 상의하였다. 왕씨는 소매에서 홍귤 하나를 꺼내서 두 손으로 쪼개고는 절반을 남편에게 주며 말하였다. "이 귤을 둘로 쪼개는 것이 뭐 그리 어렵겠습니까? 옛말에 호랑이를 잡기는 쉽지만 호랑이를 놓아주기는 어렵다는 말을 들어보지 못하셨습니까?" 바로 이 말은 진회를 깨닫게 했고 그의 뜻을 정하게 했다. 진회는 밀서를 써서 단단히 봉한 후 대리사의 간수에게 보냈다. 그날 밤 옥중에서 악비는 목매달아져서 죽었다. 그의 아들 악운은 장헌·왕귀와 함께 저잣거리로 압송되어 참수되었다. ……이날 진회는 마침 서호에서 놀면서 술과 음식을 즐기고 있던 차에 홀연히 한 사람이 산발을 하고 다가오기에 살펴보니 바로 악비였다. 악비는 호되게 꾸짖었다. "너는 충직하고 선량한 이를 해치고 백성과 나라에 재앙을 가져왔기에 내 이미 옥황상제께 고하고 너의 목숨을 거두러 왔느니라!" 진회는 깜작 놀라서 좌우에 물어보니 모두 아무 것도 보이지 않는다고 말하였다. 진회는 이 때문에 병이 나서 부로 돌아갔다. ……진회가 죽은 지 얼마 지나지 않아서 진희 또한 죽었다. 장설부인이 죽은 진회를 기리기 위해 재단을 설치하고 방사가 재단에 엎드려 주문을 외우니 진희가 쇠로 된 형틀을 지고 서 있는 것이 보였다. 방사가 물었다. "태사께서는 어디 계십니까?" 진희가 답하였다. "저승에 계십니다." 방사가 저승까지 가보니 진회, 만사설, 왕준이 산발에 지저분한 얼굴을 하고서 쇠로 된 형틀을 메고 있는 것이 보였고, 온갖 귀신들이 커다란 몽둥이를 들고 그들을 걸으라고 재촉하고 있었는데 그 몰골이 너무도 힘들어 보였다. 진회는 방사에게 말하였다. "수고롭겠지만 그대가 부인에게 말을 전해주시오. 동창에서 의논했던 일이 다 밝혀졌다고." 방사는 그 말이 무슨 말인지 모르고 왕씨에게 알려주었는데, 왕씨는 그 말을 알아듣고 크게 놀랐다. 과연 인간세상의 비밀스런 말도 하늘은 천둥처럼 듣고 있었던 것이고, 밀실에서 일어나는 비양심적인 일도 다 보고 있었던

高俱荷鐵枷, 備受諸苦。檜曰 : "可煩傳語夫人, 東窗事發矣"。

것이다.94)

　위와 같이 '동창에서의 모의', '악비의 혼령 등장', '진회의 저승 이야기'
의 세 가지 이야기로 구성된 《서호유람지여》〈녕행반황〉의 네 번째 일
화는 〈유풍도호모적음시〉(유32)로 각색되는 과정에서 하나의 줄거리로
이어져 있는 것이 아니라 다른 일화와 뒤섞여서 여러 위치에 재배치되었
다. 그리고 필기류와 소설에서 사용한 어휘와 표현을 비교해보면, "擒虎
易, 縱虎難！"이 "此柑一劈兩開, 有何難決？豈不聞古語雲'擒虎易縱虎難'
乎？"로, "汝誤國害民, 吾已訴天, 得請矣"가 "汝殘害忠良, 殃民誤國, 吾已
訴聞上帝, 來取汝命。"으로 바뀐 차이로 볼 때, 문어체를 구어체로, 그리
고 간략한 표현을 자연스러운 대화체의 표현으로 각색하였음을 알 수 있
다. 또한 말미에는 '果然是人間私語, 天聞若雷, 暗室虧心, 神目如電。'과
같은 작가의 평론을 더함으로써 필기류와는 다른 글쓰기 패턴이 보이고,
줄거리의 분량도 거의 세 배에 가까운 확장이 이루어졌다.
　두 작품의 소설화의 과정을 전체적으로 살펴 볼 때, 작가 풍몽룡은 작

---

94) 馮夢龍 《喩世明言》 北京 人民文學出版社 1991에 나오는 원문은 다음과 같
　다 : 獄旣成, 秦檜獨坐於東窗之下, 躊躇此事。……心中委決不下。其妻長舌夫
　人王氏適至, 問道："相公有何事遲疑？"秦檜將此事與之商議。王氏向袖中摸出
　黃柑一只, 雙手劈開, 將一半奉與丈夫, 說道："此柑一劈兩開, 有何難決？豈不
　聞古語云'擒虎易縱虎難'乎？"只因這句話, 提醒了秦檜, 其意遂決。將片紙寫幾
　個密字封固, 送大理寺獄官。是晚就獄中縊死了岳飛。其子岳雲與張憲, 王貴, 皆
　押赴市曹處斬。……是日, 檜適遊西湖。正飮酒間, 忽見一人披發而至, 視之, 乃
　岳飛也。厲聲說道："汝殘害忠良, 殃民誤國, 吾已訴聞上帝, 來取汝命。"檜大驚,
　問左右, 都說不見。檜因此得病歸府。……檜死不多時, 秦熺亦死。長舌王夫人設
　醮追薦, 方士伏壇奏章, 見秦熺在陰府荷鐵枷而立。方士問："太師何在？"秦熺
　答道："在酆都。"方士徑至酆都, 見秦檜, 萬俟卨, 王俊披發垢面, 各荷鐵枷, 衆鬼
　卒持巨梃驅之而行, 其狀甚苦。檜向方士說道："煩君傳語夫人, 東窗事發矣。"方
　士不知何語, 述與王氏知道。王氏心下明白, 吃了一驚。果然是人間私語, 天聞若
　雷, 暗室虧心, 神目如電。

품을 창작하는 과정에서 전대의 화본소설을 각색한 것도 아니고, 자신의 순수창작으로 쓴 것은 더더욱 아니었다. 즉, 〈목면암정호신보원〉(유22)과 〈유풍도호모적음시〉(유32)는 당시까지 여러 필기류 속에 산재해 있던 길고 짧은 수많은 소설적 원천을 바탕으로 작가가 새롭게 소설적 재구성을 시도한 것이다. 이 과정에서 작가는 작품의 주인공이 가지고 있는 성격에 따라 정면인물은 더욱 더 정면인물다운 면모를 부각하고, 반면인물은 더욱 철저하게 반면인물의 면모를 부각하여 인물을 정형화 했다. 대개는 이러한 인물형상이 이미 전대의 필기류 속에 어느 정도 형성되어 있었다고 할 수도 있으나, 작가가 필기류에서 단편소설로 재창작하는 과정에서 이러한 인물의 전형을 더욱 부각하고 생생하게 만들어 낸 것이다. 또한 기존의 필기류 속에 있던 수많은 퍼즐 조각들은 적게는 2·3배, 많게는 4·5배까지 확장되면서 단편소설의 분량이라 할 만한 편폭으로 늘어났고, 소설의 완정한 구성을 위해 결핍되어 있는 부분에는 작가의 상상력이 더해졌다. 명·청대를 대표하는 장편소설의 경우에도 그 출발은 대개 짧은 이야기에서 시작해서 점차 그 분량과 완성도를 높여나간 적층문학의 성격을 띠는 것처럼, 풍몽룡은 한 시대의 역사인물을 소설 속 인물로 재탄생시키기 위해 확장과 재창작의 역할을 수행한 작가였던 것이다.

(4) 풍몽룡의 지향점

작가 풍몽룡은 '삼언'을 통해 실로 다양한 인물 군상을 보여준다. 그 인물 중에는 제왕·문인·무장·상인·천민·기녀에 이르기까지 다양해서 당 전기와 같이 문인중심의 제한된 등장인물과는 확연한 차이를 보인다. 이는 시민계층의 성장과 독서시장의 급속한 성장에 힘입은 명대의 소설 환경과 무관하지 않을 것이다. 또한 명·청대에는 실존인물들이나 역사사건을 소재로 한 역사연의류 작품이 상당히 유행하였는데, 이는 비단 장편소설에만 국한된 것은 아니어서 '삼언'과 같은 단편소설에서도 흔히 볼 수 있는 유형이나, 그간 고전소설 분야에서 이러한 주제에 대해서는 그다지 주목하지 않은 것으로 보인다. '삼언' 속의 다양한 소설적 원천들은 비록 '사대기서'와 같이 장편의 줄거리를 가진 대작들로 발전할 기회를 가지지는 못했지만, 명말까지 다양한 필기류 속에서 그 명맥을 유지해오다가 풍몽룡에 의해 새롭게 탄생한 것이다.

필자가 확인한 바에 따르면 '삼언'에서 실존 역사인물을 소설의 주인공으로 삼은 작품은 모두 31편에 달한다.[95] 이중 진회를 소재로 한 작품의 경우에는 진회가 작품의 전반에만 등장하고 후반부는 다른 가상인물을 통해 진회와 여러 간신들에 대한 이야기를 전개하고 있다는 점에서 온전히 한 인물에 초점이 맞춰져 있지 않기 때문에 보는 시각에 따라 편수의 차이가 있을 수 있으나, 어쨌든 30편을 상회하는 다수의 작품이 역사인물을 주인공으로 한 작품에 해당하는 것이다. 이중 가사도와 진회를 소재로 한 작품은 그 다양한 인물 군상 중에서도 '간신'을 주제로 한 작품들이다.

그렇다면 풍몽룡은 가사도와 진회를 소설 속 주인공으로 탄생시키면서 그들을 통해 어떤 소설적 가치를 부여하고자 하였을 것인가? 작가가 독자들에게 전하고자 하는 바는 대개 그 작품의 주제를 통해서 드러내기 마련이지만, 명대까지 전해오던 다수의 일화들을 집록한 '삼언'의 경우에는 작가의 관념이나 사상을 특정한 한두 가지 주제에 한정하여 담아내는 것이 용이한 일은 아니었을 것이다. 따라서 풍몽룡은 120편에 달하는 방

---

95) 31편에 등장하는 역사인물은 羊角哀/左伯桃·晏嬰·伯牙·莊周·張道陵·范式/張劭·蕭衍·黃損·杜子春·馬周·葛從周·吳保安·裴度·陳搏·史弘肇/郭威·錢鏐·李白·楊廣·王勃·柳永·賈似道·秦檜·佛印禪師/蘇軾·王安石·蘇軾·包拯·趙匡胤·完顔亮·唐寅·況鍾이다. 편수와 인물수가 일치하지 않는 것은 한 편에 두 인물이 나오는 경우와 한 인물이 2편 내지는 3편에 중복해서 나오는 경우가 있기 때문이다.

대한 작품을 소설집으로 펴내면서 소설의 효용론이나 가치에 대한 기본 논지를 序文을 통해 밝혀놓았으나, 실상 삼언 속 작품들은 다양한 주제를 담고 있다. 그중에서 역사인물을 소재로 한 30여 편의 작품군도 윤리도덕·발적변태·회재불우·우화등선·청심과욕이라는 다섯 가지 주제로 다시 세분해 볼 수 있는 것만 보아도 이를 짐작케 한다.

이 다섯 가지 주제 중에서 윤리도덕의 경우에는 '宣揚'과 '譴責'이라는 두 가지 주제로 다시 세분할 수 있다. 여기서 '선양'이란 작가가 소설을 창작 혹은 개작함에 있어서 '독자들에게 윤리도덕의 가치를 널리 알림으로써 독자를 교화하고자 한 것'을 말한다. 그리고 '견책'이란 '인간사의 여러 가지 도덕적·윤리적 관념 등에 반하는 행위에 대해 널리 세상에 경계로 삼고자한 것'을 말한다. 이중 견책을 주제로 한 작품으로는 〈木綿菴鄭虎臣報宼〉(喩22)·〈莊子休鼓盆成大道〉(警2)·〈王安石三難蘇學士〉(警3)·〈拗相公飮恨半山堂〉(警4)·〈三現身包龍圖斷宼〉(警13)·〈況太守斷死孩兒〉(警35)·〈金海陵縱慾亡身〉(醒23)·〈隋煬帝逸遊召譴〉(醒24)·〈遊酆都胡母迪吟詩〉(喩32)로 모두 아홉 작품이 있다. 이러한 인물 중에는 국가를 잘못 통치하여 욕을 먹는 군주도 있고, 재주는 뛰어나나 경박하여 뭇사람들의 지탄을 받는 문인도 있다. 그리고 온갖 권모술수로 권세를 누리다가 나라를 망친 간신도 있고, 남녀 간의 정절을 배신한 여인도 있다. 따라서 견책을 주제로 한 작품은 대체로 '남녀 간의 정조관념'과 '정치적·도덕적 과오'를 주된 내용으로 삼고 있으며, 작품 속 인물들은 한결같이 윤리적·정치적·도덕적으로 부정적 이미지를 띠고 있다.[96]

이로 볼 때, 가사도와 진회와 같이 간신을 소재로 한 작품은 '견책'이라

---

96) 천대진 〈三言 歷史人物 敍事 硏究〉 경상대학교 대학원 박사학위논문 2016.
   18-31쪽.

는 주제에 자연스럽게 들어맞는다. 가사도와 진회는 공히 송대의 인물이면서 송의 국력이 쇠락하여 결국 元의 지배로 넘어가는 과정에서 결정적인 원인 제공을 한 간신으로 역사에 각인되었다. 따라서 풍몽룡은 이러한 간신들을 견책하고 역사의 반면교사로 삼음으로써 다시는 이러한 과오를 되풀이하지 말아야 한다는 교훈을 독자에게 전달하고자 하였을 것이다. 특히나 환관정치의 폐해가 극에 달했던 명대의 정치 환경을 우회적으로 풍자함에 있어서 송대의 국가적 위기와 패망의 주된 원인이었던 간신들의 이야기는 독자들의 관심을 끌기에 충분한 이야기꺼리였을 것이다.

또한 작가는 〈유풍도호모적음시〉(유32)를 통해 역대로 이름난 간신부터 진회와 가사도에 이르기까지 여러 간신들을 시대별 · 인물별로 나열하면서 이들이 지옥에서 겪는 고초가 어떤 것인지를 신랄하게 보여준다. 가사도와 진회를 위시한 간신들이 '風雷之獄', '火車之獄', '金剛之獄', '溟泠之獄'이라는 네 가지 지옥문에서 겪는 고초를 표사한 장면을 살펴보면 다음과 같다.

> 곧 진회 등을 풍뢰지옥으로 몰고 가서 동으로 된 기둥에 동여맸다. 한 사졸이 채찍으로 온 몸을 때리니 곧 칼바람이 어지러이 휘몰아쳐서 그들의 몸을 휘감아 찌르자 진회 등은 채를 치는 것처럼 몸을 떨었다. 한참 후에 엄청난 천둥소리가 그들을 공격하니 몸이 가루가 되는 듯하고 피가 흘러서 땅에 엉겨 붙었다. 잠시 후 강풍이 빙 돌며 그들의 골육에 불어대니 다시 사람의 형상으로 돌아왔다. 간수가 호모적에게 말하였다. "이 천둥은 날벼락이고, 불어오는 것은 업보의 바람입니다." 또 다시 사졸을 불러서 금강 · 화차 · 명령 등의 지옥으로 몰고 가서 진회 등에게 더욱 심한 형벌을 받게 했다. 배고프면 쇠구슬을 먹게 했고, 목마르면 동으로 된 쇳물을 마시게 했다. 간수가 말하였다. "이들은 모두 삼일동안 모든 지옥을 두루 경험하면서 온갖 고초를 겪습니다. 3년 후에는 소 · 양 · 개 · 돼지로 변해서 세상에 태어나고 사람을 위해서 도살

되고 가죽이 벗겨지고 고기는 먹힙니다. 그의 처 또한 암퇘지가 되어서 먹는 사람들이 불결하다고 여겨서 죽을 때가 되어서는 도살되어 삶아지는 고통을 피할 수 없습니다. 지금 이 무리들은 이미 짐승류가 되어 세상에 간 것이 50여 차례나 되었습니다." 호모적이 물었다. "그 죄는 언제 벗어날 수 있습니까?" 간수가 답하였다. "천지가 다시 한 번 혼돈이 일어나야 비로소 벗어날 수 있습니다."[97)

　작품 속에는 호모적이라는 가상인물이 등장하는데, 그는 나라를 망친 간신들에게 하늘이 합당한 벌을 내리지 않는 것에 대해 한탄하는 시를 썼다가 결국 염라대왕에게 끌려가게 된다. 그러나 호모적은 이내 역대 간신들이 살아생전에 백성과 선량한 이들에게 가했던 악행보다 지옥에서 백배, 천배 더 혹독한 고초를 겪고 있는 것을 목도하고서야 자신의 생각이 틀렸음을 깨달았다. 이처럼 작가가 호모적이라는 인물을 통해 간신들의 비참한 사후 세계를 보여주는 것은 독자들이 간신들에게 가지고 있는 역사적·감정적 분노를 해소시켜주기 위함일 것이다. 비록 현실은 늘 '善'보다는 '惡'이 더 득세하고 판을 치는 세상일지라도, 소설에서만큼은 그래도 '惡'보다는 '善'의 승리를 보여줌으로써 작가는 독자들에게 감정적 카타르시스를 안겨주는 것이다. 또한 작가는 독자들이 살아가는 이 세상에 '인과응보'라는 보편적 가치는 아직 살아있고, 세상만물은 늘 순

---

97) 馮夢龍 ≪喩世明言≫ 北京 人民文學出版社 1991에 나오는 원문은 다음과 같다 : 即驅檜等至風雷之獄, 縛於銅柱。一卒以鞭扣其環, 即有風刀亂至, 繞刺其身, 檜等體如篩底。良久, 震雷一聲, 擊其身如齏粉, 血流凝地。少頃, 惡風盤旋, 吹其骨肉, 復聚爲人形。吏向迪道 : "此震擊者, 陰雷也 ; 吹者, 業風也。"又呼卒驅至金剛、火車、溟泠等獄, 將檜等受刑尤甚。餓則食以鐵丸, 渴則飲以銅汁。吏說道 : "此曹凡三日, 則遍歷諸獄, 受諸苦楚。三年之後, 變爲牛、羊、犬、豕, 生於世間, 爲人宰殺, 剝皮食肉。其妻亦爲牝豕, 食人不潔, 臨終亦不免刀烹之苦。今此眾已爲畜類於世五十餘次了。"迪問道 : "其罪何時可脫 ?"吏答道 : "除是天地重復混沌, 方得開除耳。"

리대로 흘러가고 있음을 말하고 있다.

(5) 나오며

필자는 소설·정사·필기류라는 세 종류의 문헌 간 비교를 통해 간신을 소재로 한 명대 단편소설이 재창작된 서사과정을 고찰하였다. 중국고전소설은 전대의 창작패턴을 완전히 탈피하여 전혀 새로운 순수창작으로 발전한 작품보다는 전대부터 전해오던 것에 새로운 창작의 요소를 가미하여 재창작한 작품이 다수를 차지하는데, 삼언의 경우도 예외는 아니다. 특히 역사인물을 소재로 한 30여 편의 작품군의 경우에도 이와 같은 재창작의 현상이 두드러졌으며, 본 편에서 살펴본 두 작품도 전대의 필기류로부터 그 창작의 원천들을 차용하여 각색함으로써 하나의 새로운 작품으로 탄생시켰다는 점에서 그 궤를 같이 하고 있다.

간신은 시대의 그림자이자 어두운 역사의 치부라 할 수 있다. 그러나 간신도 작가의 상상력과 가공을 거쳐 소설 속 인물로 탄생하고 나면 當代를 살아가는 독자들이 삶의 의미를 음미해보는 반면교사가 될 수도 있고, 그도 아니면 우리 삶의 한 전형적인 인물의 삶의 이야기가 될 수도 있다. 풍몽룡은 삼언의 서문을 통해 소설이 독자들에게 미치는 교화적 역할을 강조한 바 있지만, 소설 속 주인공으로 재탄생한 두 간신의 이야기는 단순히 독자를 교화시키기 위한 역사의 반면교사라는 차원을 넘어서 우리의 역사와 삶의 한 일부가 되어 오랜 시간 독자와 공존하고 있다.

13) 안영(晏嬰)
― 〈晏平仲二桃殺三士〉(≪유세명언≫권25)

'안평중이 복숭아 두 개로 세 사내를 죽이다.'라는 제목의 이 작품은 춘추열국 시대에 齊 景公 때 인물인 안영에 대한 이야기이다. 안영에 대한 역사기록은 ≪사기≫〈안자열전〉에서 확인할 수 있고, 소설 속에 등장하는 여러 가지 단편적인 일화들은 ≪國語≫·≪述異記≫·≪晏子春秋≫·≪說苑≫ 등에서 그 원류라고 할 수 있는 고사를 확인할 수 있다. 본고에서는 안영의 정사 기록이라고 할 수 있는 ≪사기≫〈안자열전〉을 중심으로 안영에 대한 역사 기록을 살펴보고 이를 소설의 내용과 대조해 볼 것이다. 그럼 먼저 ≪사기≫〈안자열전〉의 전문을 번역하여 살펴보면 다음과 같다.

안평중 영은 래 땅의 이유 사람이다. (그는) 제나라 영공·장공·경공을 섬겼는데, 근검절약하고 열심히 일했기 때문에 제나라에서 중용되었다. 제나라 재상이 되었지만 식사에는 고기를 두 가지 이상을 차리지 않았고, 처첩들은 비단옷을 입지 않았다. 그가 조정에서 군주가 언급한 일이면 곧 직언을 하였고, 군주가 언급하지 않은 일이라도 곧 정직하게 행하였다. 나라에 정도가 있으면 곧 명에 순종하였고, 정도가 없으면 곧 그 명을 헤아려 보았다. 이 때문에 3대에 이르도록 제후들에게 이름 나 있었다.

월석부는 어진 사람이었는데 감옥에 있었다. 안자가 외출했다가 그와 길에서 마주쳤고 (마차의) 왼쪽 말을 풀어서 그를 속죄시켜 주고 마차에 태워서 돌아왔다. (안자는) 인사도 하지 않고 집으로 들어갔다. 한참이 지나자 월석보는 절교하기를 청했다. 안자가 당황하여 의관을 고쳐 매고 사과를 하며 말하였다. "이 안영이 비록 仁하지는 않지만 당신을 어려움에서 구해주었는데, 어찌하여 당신은 절교를 하자는 말이 그리도 빠르답니까?" 월석보가 말하였다. "그렇지 않습니다. 제가 듣기로 군자는 자신을 몰라주는 이와는 절교하고, 자신을 알아주는 이를 믿는다고 했습니다. 바야흐로 제가 감옥에 있을 때 다른 사람들은 저를 알아주지 않았습니다. 당신께서 이미 아시고 저를 속죄시켜주신 것은 바로 저를 알아주셨기 때문이지요. 저를 아시면서도 예를 다하지 않으니 차라리 감옥에 있는 것만 못합니다." 안자가 그리하여 안으로 청해서 귀빈으로 대했다.

안자가 제나라 재상이 되어 외출을 하려할 때 그의 마부의 아내가 문 쪽에서 남편을 몰래 살펴보았다. 남편은 재상의 마차를 모는데 (위를) 큰 천막으로 드리우고 네 필의 말을 채찍질하며 의기양양하고 매우 만족해했다. 얼마 후에 집으로 돌아오자, 그의 아내가 떠나기를 청했다. 남편이 그 이유를 물으니 아내가 말하였다. "안자께서는 키가 6척도 되지 않으시나 신분은 제나라의 재상이며 명망이 제후들에게 드높습니다. 오늘 소첩이 그 분이 나가시는 모습을 보니 뜻이 깊지만 늘 자신을 남의 아래에 있게 하십니다. 지금 당신은 키가 8척이나 되지만 아직 다른 사람의 마부가 되어 마차를 모는데도 오히려 당신의 뜻은 만족스러워 보이니 소첩은 이 때문에 떠나기를 청하는 것입니다." 그 후로 남편은 공손하고 겸손하였다. 안자가 이상하게 여겨 그에게 물으니 마부가 사실대로 답하였다. 안자가 (그를) 大夫가 되도록 추천하였다.

태사공이 말하였다. "나는 안자춘추를 읽었는데 그의 말들이 상세하게 실려 있다. 기왕 그의 저서를 보았으니 그의 행적을 보여주고자 순서에 따라 내용을 전한다. 그 책에 대해서는 세상에 많이 있으니 여기서는 말하지 않고 그 일화만을 말한다.

바야흐로 안자가 장공의 시신 앞에 엎드려 울고, 예를 다한 후 떠나갔다. 어찌 소위 "의를 보고 행하지 않는다면 용감함이 없는 것이다."는 것이 아니겠는가? 그가 직언을 함에 있어서는 군주의 위엄을 무릅썼으니 이를 소위 "나아가서는 충을 다하기를 생각하고 물러나서는 과오를 고치기를 생각한다."는 것이 아니겠는가! 가령 안자가 아직도 살아있다면 나는 설령 그를 위해 채찍을 든다할지라도 기뻐하며 흠모할 것이로다.[98]

---

98) ≪사기≫〈안자열전〉. "晏平仲嬰者, 萊之夷維人也。事齊靈公、莊公、景公, 以節儉力行重於齊。既相齊, 食不重肉, 妾不衣帛。其在朝, 君語及之, 即危言; 語不及之, 即危行。國有道, 即順命; 無道, 即衡命。以此三世顯名於諸侯。越石父賢, 在縲絏中。晏子出, 遭之塗, 解左驂贖之, 載歸。弗謝, 入閨。久之, 越石父請絶。晏子懼然, 攝衣冠謝曰:"嬰雖不仁, 免子於緦何子求絶之速也?"石父曰:"不然。吾聞君子詘於不知己而信於知己者。方吾在縲絏中, 彼不知我也。夫子既已感寤而贖我, 是知己; 知己而無禮, 固不如在縲絏之中。"晏子於是延入爲上客。晏子爲齊相, 出, 其禦之妻從門閑而窺其夫。其夫爲相禦, 擁大蓋, 策駟馬, 意氣揚揚甚自得也。既而歸, 其妻請去。夫問其故。妻曰:"晏子長不滿六尺, 身相齊國, 名顯諸侯。今者妾觀其出, 志念深矣, 常有以自下者。今子長八尺, 乃爲人仆禦, 然子之意自以爲足, 妾是以求去也。"其後夫自抑損。晏子怪而問之, 禦以實對。晏子

열전은 모두 네 단락으로 나누어 살펴볼 수 있다. 첫째는 안영이 제나라 재상을 지낼 당시의 행적이고, 둘째는 월석부와 얽힌 일화이며, 셋째는 안영의 마부에 대한 일화이고, 넷째는 사기의 저자인 사마천의 말을 인용한 것이다. 대체로 열전은 그의 행적에 얽힌 일화들을 중심으로 기술되어 있고, 첫 단락만이 안영이 재상으로 있을 당시의 행적과 품성 등을 상세하게 전한다.

그럼 열전의 기록과는 달리 소설 속에 비친 안영의 모습은 어떤지 〈안평중이도살삼사〉의 내용을 요약정리해서 살펴보면 다음과 같다.

제 경공에게는 세 명의 대장부가 있었는데, 그 중 첫째는 경공과 사냥을 나갔다가 달려드는 호랑이를 맨손으로 때려잡아 공을 세운 田開疆이었다. 그리고 두 번째는 경공이 황하를 건널 때 위해를 가하던 황하의 교룡을 때려잡아서 공을 세운 顧冶子였다. 세 번째는 진나라의 십만 대군과의 전투에서 위기에 빠진 경공을 단숨에 구해내어 공을 세운 公孫接이었다. 이 세 인물은 당시 조정의 세도가가 되어 조정에서 횡포를 부리고 군신관계를 어지럽고 있었다. 어느 날, 초의 사신이 와서 화친을 도모하고자 하였다. 세 세도가가 사신을 죽이려 하자 재상인 안영이 이를 만류하였고, 자신이 직접 초로 가서 초가 제를 상국으로 받들게 하겠다고 호언한다.

안자가 초에 도착하자, 초나라 문지기는 문을 열어놓지 않고 대궐문 아래에 있는 闡門만 반쯤 올려놓았다. 자신을 욕보이려는 속셈인 것을 뻔히 안 안자가 그 속으로 들어가려하자 아랫사람이 이를 만류하였고, 안자는, "내가 듣기로는 '사람에게는 사람이 드나드는 문이 있고, 개에게는 개가 드나드는 문이 있다.'고 하였다. 사람이라면 사람 문으로 들어오게 하고, 개라면 개구멍으로 들어오게 하는 것인데 뭐가 이상할

薦以爲大夫。太史公曰：吾讀晏子春秋，詳哉其言之也。既見其著書，欲觀其行事，故次其傳。至其書，世多有之，是以不論，論其軼事。方晏子伏莊公屍哭之，成禮然後去，豈所謂"見義不爲無勇"者邪？至其諫說，犯君之顔，此所謂"進思盡忠，退思補過"者哉！假令晏子而在，餘雖爲之執鞭，所忻慕焉。"

것이 있느냐?"며 초나라인들의 옹졸함을 나무라자, 초의 신하들이 대궐 문을 열고 영접하였다.

안자가 초왕을 만나서 두 나라간의 자랑을 늘어놓으며 서로 국력의 우위를 논하고 있을 때, 초의 신하들의 계획대로 한 호위무사가 안자의 수행원을 체포해 왔다. 혐의는 물건을 도둑질하였다는 것이었는데, 이를 놓고 초의 신하가 제의 사람을 폄하하였다. 안자는 '南橘北枳'를 빗대어 초왕과 신하들을 설복시키고, 초가 제를 상국으로 대하고 조공을 바치겠다는 약속을 받아낸다.

그러나 초왕은 그러기 위해서는 제의 세 세도가를 없애주어야 한다는 조건을 제시하였고, 제로 귀국한 안자는 경공에게 이 사실을 고한 뒤 세 세도가를 없앨 수 있는 꾀를 낸다. 당시에는 복숭아나무가 귀했고, 정원에는 다섯 개의 복숭아가 탐스럽게 열려서 이를 이용해서 공이 큰 사람 순으로 상을 내리기로 하였다. 첫째와 둘째와는 달리 세 번째 세도가가 상을 받지 못하자 분개하여 자결하였다. 셋째의 죽음에 미안함을 느낀 첫째와 둘째도 생사를 같이 하기로 한 형제간의 맹세를 지키기 위해 같이 자결하고 만다. 그 후로부터 제와 초는 계속 화친을 이루고 전쟁을 하지 않았고, 안자는 만세에 이름을 날렸으며, 공자도 그의 훌륭함을 칭찬하였다고 한다.[99]

소설은 크게 세 부분으로 나누어 살펴볼 수 있다. 첫 번째는 제나라 경공을 보필하는 세 세도가인 전개강·고야자·공손접에 대한 이야기다. 두 번째는 초가 화친을 청해오자 안자가 초에 사신으로 가서 초왕을 설득하고, 결국 제나라를 상국으로 모시도록 기지를 발휘하는 이야기다. 세 번째는 안자가 꾀를 내어 제의 세 세도가를 복숭아를 이용해서 자결하게 만든 후 초와 화친을 이룸으로써 그의 명성을 날린다는 이야기다. 이 중 두 번째 이야기는 야사로 널리 알려져 있어서 소설 이외의 여러 문헌에도 몇 가지 유형으로 전하고 있다. 그리고 첫 번째와 세 번째 이야기는 다소 황당무계한 능력을 가진 세 세도가가 제 경공을 위해 공을

---

99) ≪유세명언≫ 참조.

세웠으나, 이후에 그들의 세도가 지나쳐서 조정에 큰 장애가 되자 경공과 안자가 슬기롭게 이들을 축한 것을 우화적으로 그리고 있다.

그럼 ≪사기≫〈안자열전〉과 소설 〈안평중이도살삼사〉가 가지고 있는 줄거리 상의 차이를 소설을 기준으로 살펴보면 다음과 같다.

내용 \ 구분	≪史記≫〈晏子列傳〉	〈晏平仲二桃殺三士〉
田開疆·顧冶子·公孫接의 존재	없음. (≪晏子春秋≫卷2 內篇諫에 나옴)	齊 景公을 보필하는 세 세도가 田開疆·顧冶子·公孫接이 있었는데 세도가 지나쳐서 재상 안자에게 함부로 대하고 초와의 화친에 걸림돌이 됨.
안자가 楚에 사신으로 간 이야기	없음. (≪說苑≫卷12 奉使編에 나옴)	사신으로 온 키 작은 안자를 초왕과 신하들이 희롱하나, 안자가 설전으로 이들을 꼼짝 못하게 함.
복숭아를 이용해서 田開疆·顧冶子·公孫接을 자결하게 한 이야기	없음. (≪晏子春秋≫卷2 內篇諫에 나옴)	안자가 功過를 따지는 자리에서 복숭아로 세 세도가를 자결하게 만들고 초와는 화친을 이루어냄.

이상과 같이 열전과 소설 사이에는 어떠한 공통점도 없으며, 소설의 기본 줄거리는 열전 이외의 문헌을 통해서 확인이 가능하다. 안영에 대한 역사기록은 ≪사기≫〈안자열전〉에서 확인할 수 있으나 소설 작품 속에 등장하는 여러 가지 단편적인 일화들과의 관련성을 확인할 수는 없고, 사기의 기록과 소설은 전혀 다른 내용으로 되어 있음을 알 수 있었다.

소설에 등장하는 여러 일화들은 기타 문헌들 속에서 확인이 가능한데 ≪國語≫권5 〈魯語〉·≪述異記≫권上·≪晏子春秋≫권2 〈景公養勇士三人無君臣之義〉·≪說苑≫권12 〈奉使〉·≪智囊補≫권14 〈晏嬰〉 등이 그것이다.100) 이중에서 ≪국어≫와 ≪술이기≫에는 소설의 입화에 나오는

---

100) 譚正璧 ≪三言兩拍資料≫ 上海古籍出版社 上海 1980. 위 문헌의 대부분은

防風氏와 관련된 이야기들이 실려 있으므로 여기서는 다루지 않기로 한다.

≪안자춘추≫·≪설원≫·≪지낭보≫에는 각각 소설의 원형이라고 할 만한 일화들을 담고 있는데, 먼저 ≪안자춘추≫에는 안평중이 복숭아로 세 세도가인 전개강·고야자(소설에서는 顧冶子로 등장함)·공손접을 죽인 일화의 원형이 있다. 그리고 풍몽룡이 지은 ≪지낭보≫에도 이와 거의 유사한 일화가 있는데, 일화의 말미에는 제갈공명이 세 사람의 죽음을 애도하며 〈梁甫吟〉을 지었다는 기록이 약간 더해졌을 뿐 내용의 차이는 거의 없다.

≪설원≫에는 안영이 형나라와 초나라에 각각 사신으로 간 두 가지 일화가 전한다. 첫 번째 일화는 안영이 형나라에 사신으로 갔을 때, 형나라 왕과 신하들은 안영이 현인인 것을 알고 있었기에 그를 욕보이고자 하여 아랫사람을 도둑으로 몰자, 안영이 '남귤북지'를 들어 형나라 왕을 설복시킨 일화다. 둘째는 안영이 초나라에 사신으로 갔을 때, 초나라 사람들이 안영이 키가 작은 것을 욕보이고자 대문 옆의 작은 문을 열어 놓고 들어오기를 기다리자, 안영이 "사신이 개나라에 이르면 개문으로 들어오라고 합니다. 지금 신은 초나라에 사신으로 왔으니 이 문을 통하는 것은 부당합니다.[101]"라고 하여 초나라 사람을 무안하게 한 일화다. 소설에서는 이 두 가지 일화가 모두 안영이 초나라에 사신으로 갔을 때 일어난 사건으로 각색하였다는 차이는 있으나 기본 내용은 같다. ≪지낭보≫에도 이와 같은 내용의 두 일화가 실려 있으나, 두 나라 이외에도 오나라에 사신으로 간 일화가 하나 더 있다는 차이가 있다.

≪삼언양박자료≫를 근거로 정리한 것이나 ≪삼언양박자료≫에는 ≪智囊補≫가 빠져 있다. ≪지낭보≫에는 안영이 세 세도가를 슬기롭게 처리하는 이야기를 담은 〈晏嬰〉과 사신으로 가서 겪는 이야기를 담은 〈晏子〉의 두 편의 글이 실려 있다.

101) ≪說苑≫ "使至狗國者, 從狗門入。今臣使楚, 不當從此門。"

이상과 같이 〈안평중이도살삼사〉는 역사기록인 ≪사기≫〈안자열전〉과는 시대와 인물의 공통점을 제외하면 거의 일치하는 부분이 없고, ≪안자춘추≫·≪설원≫·≪지낭보≫와 같은 문헌의 일화들을 모태로 하여 소설화된 것으로 보인다. 그리고 현대에 들어 漢陽에서 서한 시대 벽화가 출토되었는데 춘추시대 고사를 묘사한 것 중에 이 작품에 관한 그림이 있고, 한말의 武梁祠의 석각에도 〈晏嬰二桃殺三士圖〉가 있는 것으로 보아 이 고사가 일찍부터 민간에 널리 전해졌음을 알 수 있다.102)

본편과 관련된 화본소설이 확인된 바가 없기 때문에 현재까지 확인 가능한 문헌을 바탕으로 종합적으로 말하자면, 안영과 관련된 여러 고문헌과 필기류 소설이 소설 창작의 주 원천이 되었을 것으로 추정된다.

14) 소식(蘇軾)과 불인선사(佛印禪師)103)

(1) 〈明悟禪師趕五戒〉(≪유세명언≫권30)

'명오선사가 오계선사를 쫓아가다.'는 제목의 이 작품은 송대 문인 소식과 그의 친구로 등장하는 불인선사 간의 전생과 후생을 이은 우정을 그린 작품이다. 작품의 주인공인 소식은 송대의 이름난 문인이기 때문에 더 이상 설명이 필요치 않으나, 불인선사와 관련하여 소식의 열전에서는 그와의 관계에 대한 어떠한 기록도 찾을 수 없다. 또한 소식의 지기로 등장하는 불인선사가 실존인물인지는 열전이 남아 있지 않기 때문에 정사를 통한 규명은 어려우나, 불교계 문헌에 따르면 불인선사에 관한 기

---

102) 胡士瑩 ≪話本小說槪論≫ 中華書局 北京 1980 p.487. 沈從文 〈從文物談談古人的胡子問題〉≪光明日報≫ 1961년 10월 21일자 신문에 실렸음을 밝히고 있다.
103) 소식과 불인선사를 주인공으로 한 작품은 2편이 있기 때문에 〈明悟禪師趕五戒〉(≪유세명언≫권30)과 〈佛印師四調琴娘〉(≪성세항언≫권12)의 순서로 각 작품별로 정리하였다.

록이 전한다. 普濟의 ≪五燈會元≫권16에는 "여러 사찰의 주지를 맡아온 불인선사는 머리가 뛰어나고, 풍채가 표연하며, 空宗[104]에 뜻을 두어서 출가하였다.[105]"라는 기록이 전하고, 불교계의 승려인 것으로 보이는 果然이 쓴 〈佛門謎人佛印禪師〉에는 불인선사에 대한 열전의 성격이라고 할 만한 내용이 실려 있다. 〈불문미인불인선사〉에서 말하고 있는 불인선사에 대한 열전을 살펴보면 다음과 같다.

불인선사(1032-1098)는 송대 운문의 종승이었다. 법명은 료원, 자는 각로이고, 속세의 성은 임이며, 요주 부량(옛날에는 강서성 파양군에 속해 있었으나 지금은 강서성 경덕진시에 속함) 사람이다. 3세에 ≪논어≫와 제가의 시를 암송할 수 있었고, 5세에 시 3000수를 암송할 수 있었다. 성장하면서 오경에 정통하고, 풍격이 표일하여 신동으로 불리었다. 일찍이 죽림사에서 ≪대불정수능엄경≫을 읽었고, 보적사(지금의 강서성 평향시 관내에 있음) 일용을 스승으로 삼아 예를 갖추고 선법을 학습하였다. 일찍이 여산에 올라가서 운문의 4대 사찰인 개선사의 선섬을 방문하였고, 다시 원통거눌(1010-1071)을 방문하였으며, 종사운문사세인 연경자영을 스승으로 따랐다. 스승이 감탄하며 말하였다. "골격이 설두선사[106]와 같아서 후에 뛰어나겠구나." 이때가 19세였다. 28살에 선섬의 불법을 이어받아 불법에 정통하도록 공부하여 '영민한 화상'으로 불리게 되었다. 강주(지금의 강서 구강시)의 승천사에서 살았다. 후에 회하에 있는 두방사(지금의 호북성 희수현 경내에 있음), 강서 여산의 개선과 귀종, 강소진의 강금산과 초산, 강서의 대양산 등의 사찰에서 두루 살았고, 40세 전후에 덕으로 널리 감화시켰다. 일찍이 남강 운거산에 네 번 건너가서 살았고, 사방에서 오는 공양을 받았다. 소동파와 서로 교류가 매우 깊었고 글을 주고받은 것이 적지 않다.

---

104) 空宗이란 인도 大乘佛敎의 주요한 유파 중 하나이다.
105) 普濟 ≪五燈會元≫卷16. "擔任多座寺廟住持的高僧佛印"才思俊邁, 風韻飄然, 志慕空宗, 投師出家。"
106) 雪竇禪師는 宋人이고 그는 曾會라고 불리는 저명한 학사와 서로 교류가 깊었다.

'삼언(三言)' 소설이 된 역사인물

또한 불교의 백련사 유파를 정리하여 편찬하였고, 청송사의 사주를 맡았으며, 정토사상에 대해서 관심이 매우 많았다. 송 신종이 금 바리를 하사하여 그 덕을 널리 알렸다. 불인의 문하에는 의천, 덕연, 정오 등이 있었다. 원부 원년 1월 4일 입적하였고 향년 67세였다. 불가에 입문한 지 52년이었으며, 조정에서 '불인선사'라는 호를 하사하였다.[107]

불인선사에 관한 기록으로는 위의 자료가 가장 상세하며, 본문 속에는 소동파와 서로 교류가 매우 깊었고 글을 주고받은 것이 적지 않다는 기록이 나오는 것으로 보아 불인선사가 소동파와는 아주 친밀한 관계였음을 유추하게 한다. 실제로 소식은 도가뿐만 아니라 불가에도 많은 관심을 가지고 심취했다는 여러 기록들을 확인할 수 있다. ≪오등회원≫에 따르면, 불인선사 이외에도 宋 哲宗 元祐 말에 妙總大師라는 호를 하사받은 유명한 詩僧 道潛과도 20여 년간의 깊은 친교를 가졌다고 전한다.[108] 그러나 도잠 또한 ≪송사≫에는 전하고 있지 않기 때문에 불인선사와의 관계를 추가적으로 살펴볼 수 있는 연결고리는 더 이상 없는 것으로 보인다.

---

107) 果然 〈佛門謎人佛印禪師〉 菩薩在線 2012. "佛印禪師(1032-1098), 宋代雲門宗僧。法名了元, 字覺老, 俗姓林, 饒州浮梁 (舊屬江西省鄱陽郡, 今屬江西省景德鎮市) 人。三歲能誦≪論語≫, 諸家詩, 五歲能誦詩三千首, 長而精通五經, 風韻飄逸, 稱爲神童。曾於竹林寺讀≪大佛頂首楞嚴經≫, 禮寶積寺 (在今江西省萍鄉市境內) 日用爲師, 學習禪法。曾登臨廬山參訪雲門四世開先善暹, 復參圓通居訥(1010-1071), 從師雲門四世延慶子榮, 師贊歎說: "骨格似雪竇, 後來之俊也。"時年十九歲。二十八歲, 嗣善暹之法, 由於精究空宗, 被稱爲"英靈的衲子", 住江州 (今江西九江市) 承天寺。後曆住淮上門方寺 (在湖北省浠水縣境內), 江西廬山開先, 歸宗, 江蘇鎮江金山, 焦山, 江西大仰山等刹, 前後四十年, 德化廣泛。嘗四度住南康雲居山, 接得四方雲衲 ; 與蘇東坡相交頗深, 應酬文字不少 ; 幷整編白蓮社流派, 擔任青松社社主, 對於淨土思想甚爲關心。宋神宗敕賜金鉢, 以旌其德。佛印門下有義天, 德延, 淨悟等。元符元年一月四日示寂, 享年六十七歲, 法臘五十二, 朝廷賜號"佛印禪師"。"
108) 普濟 ≪五燈會元≫ 卷16 北京 中華書局 1984.

그럼 역사기록과는 달리 소설은 소식과 불인선사에 대한 전·후생에
걸친 인연을 어떻게 묘사하고 있는지 요약정리해서 살펴보면 다음과 같다.

먼저 입화에서는 삼생에 걸쳐서 서로 인연을 이어간 낙양의 이원과
혜림사의 주지인 원택의 이야기를 통해 불교의 윤회가 어떤 것인지 이
야기 한다.

대송 영종 치평 연간에 절강로 영해군 전당문 밖에는 정자효광선사
라는 명산고찰이 있었는데, 이 절에는 오계선사와 명오선사라는 사형
지간의 승려가 있었다. 하루는 절 앞에 한 아이가 버려진 것을 발견하
고 오계선사는 도사 청일에게 잘 키워서 좋은 사람에게 보내주기를 당
부하였다. 그러나 청일은 홍련을 16살이 될 때까지 딸처럼 잘 키웠는
데, 어느 날 오계선사가 홍련의 미색을 보고 자신의 방으로 불러들여서
색계를 범하고 만다. 법력이 높았던 명오선사는 오계선사가 색계를 범
한 것을 간파하고 시로써 오계선사를 꾸짖자, 오계는 부끄러움을 참지
못하고 곧 입적하였다. 오계선사의 입적 사실을 알게 된 명오선사는
자신 또한 입적하여 오계선사를 따라 나섰다.

오계선사의 영혼은 사천 미주 미산현에서 소순의 아들 소식으로 환
생하였고, 명오선사는 사원의 아들 사서경으로 환생하여 어릴 때부터
두 사람은 동무로서 서로 사이가 돈독하였다. 소식과 사서경은 둘 다
총명하고 학문도 뛰어났으나, 소식이 먼저 과거에 응시하여 일거에 이
름을 날렸고, 사서경은 관직보다는 불경 공부에 관심이 더 많아서 과거
에 응하지 않았다.

사서경의 재주를 익히 알고 있는 소식은 그를 동경으로 맞이해 와서
관직에 등용시킬 계획을 세우나, 뜻밖에도 황제가 친히 주관한 기우제
에서 사서경은 황제의 눈에 띄어 승려로 임명되고, 법명을 불인선사로
하사받았다.

이때부터 두 사람은 관리와 승려로서 서로 교류하면서 소식은 사서
경에게 승려를 그만두고 출사하기를 권했고, 사서경은 소식에게 관직
을 버리고 수행할 것을 권했다. 그러던 어느 날 소식은 자신이 지은
시 몇 수 때문에 죽을 고비를 맞이하여 감옥에 갇혔는데, 꿈속에서 전
생에서 자신이 색계를 저질렀던 홍련이 나타나 꾸짖자 크게 깨달음을

얻는다. 다행히 죽음을 면하고 황주로 폄적되어 가는 길에 효광선사를
방문하여 전생에 저지른 업보를 상세하게 알게 되었고, 그 뒤부터는
불인선사의 말대로 불교에 심취하여 이후 대라선이 되었다고 전한
다.[109]

위와 같이 소설은 입화와 정화의 두 이야기로 나누어져 있는데, 입화는
먼저 정화에서 다룰 불교의 윤회사상을 이야기하기 위해 삼생에 걸쳐서
서로 인연을 맺었던 이원과 승려 원택의 이야기를 싣고 있다. 그리고 정
화는 또 전생과 후생의 두 일화가 서로 결합되어 연결되어 있는 구조를
가지고 있다. 전생의 오계선사는 소식으로 환생하고, 전생의 명오선사는
불인선사로 환생해서 두 사람은 이생에 걸쳐서 서로간의 인연을 이어간
것이다. 오계선사와 명오선사에 대한 이야기는 삼언보다 더 먼저 명대
중기에 간행된 것으로 추정되는 ≪清平山堂話本≫에 〈五戒禪師私紅蓮
記〉라는 제목으로 이미 실린 바가 있다. 〈오계선사사홍련기〉는 본편과
비교했을 때, 정화의 절반에 해당하는 명오선사와 오계선사, 그리고 홍련
에 얽힌 일화만을 주로 담고 있다. 따라서 풍몽룡의 〈명오선사간오계〉는
전체적으로 볼 때, 세 가지 일화를 종합적으로 연결하여 하나의 큰 이야
기로 만들어낸 것으로 보인다. 그럼 〈불문미인불인선사〉에 실린 불인선
사의 열전과 소설은 어떤 차이가 있는지 표로써 살펴보면 다음과 같다.

구분 내용	〈佛門謎人佛印禪師〉	〈明悟禪師趕五戒〉
불인선사의 속세에서의 출생과 이름	속세의 성은 林이며, 饒州 浮梁 사람임.	어머니 章氏가 꿈에서 한 나한 이 손에 인장을 가지고 집으로 와서 탁발을 하는 꿈을 꾸고 낳 았다하고, 나이가 들어서는 謝 瑞卿이라는 이름을 가졌으며, 소식과 같은 眉山縣 출신임.

109) ≪유세명언≫ 참조.

구분 내용	〈佛門謎人佛印禪師〉	〈明悟禪師趕五戒〉
불인선사라는 호를 황제로부터 하사 받은 사실	향년 67세이던 元符 元年 1월 4일 입적하였고, 조정에서 '佛印禪師'라는 호를 하사함.	인종 황제가 기우제를 지내기 위해서 기도장을 설치하고 제를 지내는 과정에서 사단경이 인종의 눈에 띄어서 불인선사라는 도첩을 받고 승려가 됨.

상기 표와 같이 〈불문미인불인선사〉와 소설에서 비교할 수 있는 것은 불인의 출신지와 속세의 이름, 그리고 '불인선사'라는 호를 하사받은 시점에 대한 두 가지 정도에 그치고 있으며, 소설 속의 대부분의 일화들은 불인선사에 대한 기록과 비교할 수 있는 내용이 적다.

불인선사에 대한 불교계의 열전 이외에 본편과 관련된 일화들로는 ≪太平廣記≫권154 〈李源〉(≪獨異志≫에 나옴)·≪甘澤謠圓觀≫·≪西湖遊覽志≫권11 〈北山勝跡〉·≪侯鯖錄≫권7·≪捫蝨新話≫권15 〈房琯裵師德張文定蘇東坡知前身〉·≪春渚紀聞≫권1 〈坡穀前身〉·≪孫公談圃≫권上·≪河南邵氏聞見錄≫권13·≪貴耳集≫권上·≪東坡問答錄≫〈與佛印嘲戲〉·≪東坡問答錄≫〈納佛印令〉·≪錢氏私誌≫·≪堅瓠壬集≫권1 〈子瞻前後身〉·≪淸平山堂話本≫〈五戒禪師私紅蓮記〉 등이 있다. 이중에서 ≪독이지≫·≪감택요원관≫·≪서호유람지≫에는 작품 속 입화와 유사한 일화들이 수록되어 있다. 소설에서는 이원이라는 인물과 혜림사 주지 원택 두 사람의 삼생에 걸친 인연을 이야기하고 있는데, 네 문헌은 '圓澤'이 '圓觀'으로 이름이 다르다든지, 삼생이 아닌 이생에 걸친 인연을 이야기하는 등의 약간의 차이는 있지만 대체로 같은 줄거리를 가진 일화들을 담고 있다. 그 중에서도 ≪감택요원관≫의 일화는 소설의 입화와 가장 유사한 줄거리를 가지고 있기 때문에 입화고사의 원형이 된 문헌으로 추측된다. 다만 입화는 정화에서 소식과 불인선사간의 이생에 걸친 인연을 이야기하기 위한 보조적인 장치로 활용되고 있기 때문에 상세한 설명을 줄인다.

  정화의 이야기와 유사한 일화를 담고 있는 문헌은 모두 9편이 있으나,
이중 ≪손공담포≫·≪하남소씨문견록≫에는 소식이 황주단련부사로 폄
적되어 가게 된 계기가 무엇이었는지에 대한 일화를 싣고 있는데 정사와
도 이미 비교가 가능한 일화이므로 상세한 고찰은 생략한다. 그리고 나
머지 7편은 이생에 걸친 인연에 대한 일화들을 담고 있는데, 소식과 불인
선사에 대한 것뿐만 아니라 다른 인물에 대한 것도 복합적으로 다루어지
고 있어서 표로써 살펴보자.

문헌명	기본 내용
≪侯鯖錄≫ 권7	張安道는 어려서 滁州에 폄적되어 갔다가 한 불가의 사찰에 들어 갔는데 전생에 그 사찰의 승려이었던 것을 깨닫고 楞伽經 4권을 썼다. 그 절의 승려에게 물어보니 이전에 노승이 평생 그 경전을 읽었고 스스로 써서 상자에 넣어 보관하고 있다고 말하였고, 직접 내려서 살펴보니 자신의 필적과 같았다. 그리하여 소동파에게 부 탁하여 이 경을 필사했고, 金山寺에 돈을 맡겨서 了元長老로 하여 금 판각해서 널리 전하게 하였다. 소동파가 後序를 써서 이 과정 을 자세하게 기록하였다. 소동파는 杭州에 부임해 갔을 때 壽星院 을 돌아보았는데, 문에 들어서자마자 이미 온 적이 있는 것을 느 꼈고, 그 정원과 후당에 있는 방과 산과 돌이 있는 곳을 말할 수 있어서 시를 써서 그것을 기록하였다.
≪捫蝨新話≫ 권15 〈房琯斐師德張 文定蘇東坡知前 身〉	옛날에 말하기를 房琯은 전생이 永禪師였고 斐師德은 전생이 遠 法師였으니, 소위 총명하고 영준하다는 사람들은 모두 불가에서 나왔다. 張文定公은 滁州의 관리가 되어서 琅琊山寺를 유람하다 가 절 안으로 들어가 장원에 이르자 고개를 들고 오랫동안 쳐다보 았다. 갑자기 좌우에 명해서 사다리를 놓고 대들보에 올라가서 경 하나를 얻었는데 열어보니 楞伽經이었다. 그 경문의 앞 네 마디를 읽어보고 크게 깨달아 눈물을 흘렸으며 전생을 알게 되었다. 소동 파의 전생 또한 具戒和尚이었다. 동파도 일찍이 말하기를 항주에 있을 때 壽星寺에 들어갔는데 들어가자마자 온 적이 있다는 것을 느끼고 그 정원의 후당의 방과 돌의 위치를 말할 수 있었다고 말 했다. 그래서 시에 '전생에 이미 왔었다.'는 말이 있었다.
≪春渚紀聞≫	세간에 山谷道人은 전생이 여자였다고 하나 그 말이 일치하지 않

문헌명	기본 내용
권1 〈坡穀前身〉	는다. 陳安國을 만났더니 그가 말하기를, 산곡은 돌에 새겨져 있는 것이 있는데 그 일이 배릉강 바위에 기록되어 있다고 하였다. 그 돌은 봄여름이 되면 물에 잠겨있기 때문에 세상 사람들이 잘 알지 못했다. 돌에 새겨져 있는 것은 대략 이러하다. 산곡은 처음에 동파와 전생에서 淸老者를 만났는데, 청노자가 동파에게는 전생에 五祖 戒和尙이라고 말하였다. 그리고 산곡에게는 전생이 여자였으나 상세하게는 말할 수 없으며 훗날에 산곡이 배릉까지 가면 말해줄 사람이 있을 것이라고 말하였다. 산곡은 원래 귀양 갈 곳이 아니어서 배릉으로 가지 않은 것인데 그 말을 듣고 깨달음이 있었다. 후에 배릉에 가자 얼마 후 꿈에서 한 여인이 나타나서 말하기를 산곡은 전생에 여자였으나 남자가 되어 名師가 되기를 소원했고, 지금 산곡이 질환이 있는 것은 전생의 무덤이 훼손되어서 그런 것이라고 말해주었다. 산곡이 직접 확인해보니 맞아서 무덤을 이장하였으며 그 후 병이 나았다.
≪貴耳集≫ 권上	소식이 옥중에서 子由에게 지어서 보낸 두 수의 시에 대한 일화
≪東坡問答錄≫	〈與佛印 嘲戲〉 : 불인과 소동파는 서로 관계가 돈독했는데 神宗 연간에 큰 가뭄이 일어서 기우제를 지내기 위해서 나라에서 道場을 설치하였다. 동파는 불인에게 숨어들어가서 구경하라고 권했다. 그러다 불인은 신종에게 눈에 띄어서 정말로 和尙이 되었다. 후에 동파와 불인이 함께 한 자리에서 동파가 불인이 승려가 된 것을 희롱하자 불인이 이에 화답하였고, 동파는 불인의 재주를 더욱 아꼈다. (불인의 속세의 본명이 나오지 않음) 〈納佛印令〉 : 동파와 불인이 시를 주고받은 일화
≪錢氏私誌≫	동파가 惠州에 있을 때 불인은 江浙에 있었기에 거리가 멀어서 서찰을 가져다 줄 사람이 없어서 걱정하였다. 그때 卓契順이라는 도인이 서찰을 가져다주기로 하여 동파에게 전달되었다. 서찰은 내용은 동파가 이제 불가에 귀의하기를 권하고 있다.
≪堅瓠壬集≫ 권1 〈子瞻前後身〉	소식의 전생과 후생은 각각 어떤 인물이었는지에 대한 몇 편의 기록을 전함.

'삼언(三言)' 소설이 된 역사인물

상기 7편의 관련 문헌 속의 8가지 기록들은 대체로 전생과 후생에 대한 이야기들로 구성되어 있다. 이중에서 《후청록》·《문슬신화》에는 각각 張安道와 張文定公이 滁州에 있는 사찰에 들렀다가 전생에 자신이 승려였음을 깨닫고 불가에 입문하였다는 유사한 줄거리를 가지고 있지만 등장하는 인물의 이름이 다르다는 차이가 있다. 그리고 소식의 전생에 대해서도 소식이 황주에 왔을 때 방문한 壽星寺에서 전생에 와본 곳임을 깨닫게 되었다는 내용으로 동일하다. 두 문헌은 등장인물의 이름만 달라졌을 뿐, 전생이 승려였던 인물과 소식의 전생에 대한 두 가지 이야기를 담고 있다는 점에서 거의 동일하다. 《춘저기문》에서는 소식의 전생이 五祖戒和尙이었다는 기록이 전하고, 《견호임집》에도 소식의 전생과 후생이 어떤 인물이었는지에 대한 기록이 전한다.

상기 문헌에서 가장 주목해야할 문헌은 바로 《동파문답록》과 《청평산당화본》〈오계선사사홍련기〉다. 먼저 《동파문답록》에는 소동파와 불인선사가 돈독한 친구 사이였고, 나라에서 기우제를 지내는 도장을 열었을 때 소식의 권유로 행사를 구경하러 갔던 불인선사가 황제의 눈에 띄어서 승려가 되었다는 줄거리가 나오는데 이는 소설의 줄거리와 거의 일치하고 있다. 따라서 《동파문답록》은 불인선사와 관련된 본편과 같은 화본소설이 탄생하게 된 직접적인 원천이 되었을 것으로 추정된다. 또 한편은 《청평산당화본》〈오계선사사홍련기〉로서 이 작품은 본편과 비교했을 때, 분량과 줄거리에 있어서 정화의 내용과 상당부분이 같고, 일부의 내용만이 다르다. 〈오계선사사홍련기〉는 明代에 나온 《寶文堂書目》에도 그 이름이 나오는데, 鄭振鐸·譚正璧·趙景深 등이 일찍이 이 작품이 宋人話本일 것으로 고증한 바가 있다. 또한 《繡穀春容》私集과 餘公仁의 《燕居筆記》권9에는 모두 〈東坡佛印二世相會〉라는 작품이 전하는데, 그 이야기의 줄거리가 〈오계선사사홍련기〉와 같고, 단지 몇몇 자구상의 윤색의 차이와 후반부가 산실된 차이가 있다. 《수곡춘용》

과 ≪연거필기≫는 모두 명 만력 연간(1573-1620)에 출간되었고, 풍몽룡의 ≪고금소설≫은 天啓 초년(1621)에 출간되었는데 이 시기 이전에 이 고사와 유사한 다른 작품은 확인된 바가 없다.[110] 따라서 〈명오선사간오계〉 또한 풍몽룡이 〈오계선사사홍련기〉를 윤색하여 각색해 낸 작품으로 보이며, 그 체제와 내용상의 차이에 대해서 표로써 살펴보면 다음과 같다.

내용 \ 구분		〈五戒禪師私紅蓮記〉	〈明悟禪師趕五戒〉
유사점		○ 줄거리의 전반부에 해당하는 五戒禪師와 明悟禪師에 대한 일화는 완전히 일치함. ○ 오계선사가 蘇軾으로 환생하고, 명오선사가 謝端卿(謝瑞卿)으로 환생한 과정까지는 완전히 일치함.	
차이점	전반부의 형식	入話만 있고 바로 正話로 들어감.	入話·篇首·頭回로 이루어짐.
	줄거리의 전체 구성	오계선사가 紅蓮을 범하는 파계의 내용이 전체 줄거리에서 더 큰 비중을 차지하고, 後生의 이야기는 상대적으로 짧은 것이 특징.	오계선사가 홍련은 범하는 파계의 내용과 후생의 내용이 균등하게 나누어져 있어서 후생의 내용을 대폭 보완한 것이 특징.
	주제어	'私' (승려의 파계에 더 중점을 둠)	'度' (제도에 더 중점을 둠)[111]
	사단(서)경의 어린 시절	사단경이 출가할 것을 원하자 부모가 이를 바로 허락하였고, 절로 보냄.	사단경이 출가할 것을 원하였지만, 부모는 허락하지 않고 억지로 학문을 하도록 권함. 사서경은 불경만 좋아하며 공명의 일을 하찮게 여김.
	환생 후 소식과 사단(서)경의 관계	두 사람은 모르는 사이로 지내다가, 후에 서단경이 소식의 명성을 듣고 찾아감.	어려서부터 동창으로 사이가 돈독했고, 불가에 대한 서로 상반된 견해를 주고받음.

---

110) 胡蓮玉 〈從≪明悟禪師趕五戒≫對≪五戒禪師私紅蓮記≫的改寫論馮夢龍的藝術成就〉 ≪安徽大學學報(哲學社會科學版)≫ 2001 p.100 참조.

내용 \ 구분	〈五戒禪師私紅蓮記〉	〈明悟禪師趕五戒〉
사단(서)경이 佛印이라는 법명을 얻는 과정	어려서 불경에 심취하자 부모가 절로 보내서 바로 불인이라는 법명을 얻게 됨.	사서경이 仁宗 황제가 주관하는 기우제에 몰래 도사로 참관했다가, 황제의 눈에 띄어서 불인이라는 법명을 하사받음.
소식의 깨달음의 과정	불인선사가 소식을 찾아가고 두 사람간의 교류를 통해서 소식이 깨달음을 얻고, 두 사람은 결국 道를 얻음.	소식이 '烏臺詩案'으로 옥고를 치르는 과정에서 꿈을 통해서 전생에 홍련과 있었던 업보에 대한 깨달음을 얻고, 이후 黃州로 폄적됨.

상기 표와 같이 두 작품은 유사점과 차이점을 나누어서 살펴볼 필요가 있는데, 먼저 유사점에 대해 살펴보자. 두 작품은 줄거리의 전반부에 해당하는 오계선사와 명오선사에 대한 일화는 몇몇 자구의 차이를 제외하고는 거의 같은 내용이라고 보아도 무방하다. 그리고 후생으로 가서 소식과 사단(서)경으로 환생한 두 인물이 성장하는 과정부터 약간의 줄거리 차이를 보이기 시작하고, 소식이 깨달음을 얻는 과정에서 완전히 다른 줄거리로 전개된다.

차이점은 소설의 형식, 줄거리의 구성, 주제어, 세부내용의 차이라는 네 분야로 나누어 살펴볼 수 있다. 먼저 소설의 형식을 살펴보면 〈오계선사사홍련기〉는 입화에 7언 절구의 詩가 나온 후에 곧 바로 정화로 들어가지만, 〈명오선사간오계〉는 역시 같은 7언 절구의 시가 나오고 연이어 '篇受'에서는 이원과 원택 사이의 '삼생에 걸친 인연'에 대한 일화가 나온다. 그런 후에 다시 '頭回'로 돌아가서 정화의 이야기를 이끌어가는 구조로 되어 있다. 따라서 〈오계선사사홍련기〉는 초기 화본소설의 형식으로서 아직 완전한 형식적 틀을 갖추고 있지 않은 초기 화본소설의 형

---

111) 李停停 〈明代前中期話本小說演變探徵-從〈五戒禪師私紅蓮記〉到〈明悟禪師趕五戒〉〉《語言文學》 2010 p.65 참조.

식임에 반해서, 〈명오선사간오계〉는 명말 의화본소설이 가지고 있는 전형적인 형식으로 변모한 형태로 이해할 수 있다.

줄거리의 구성은 상기 표에서 제시한 바와 같이 전반부의 일화와 후반부의 일화간의 비율이 다소 변화가 생겼음을 의미한다.

주제어에 있어서는, 〈오계선사사홍련기〉의 경우 단순히 오계선사가 홍련을 사사로이 겁탈하고 파계승이 된 줄거리에 더 많은 분량이 배정되어 있고, 후생으로 환생한 소식이 깨달음을 얻는 과정도 홍련을 범한 전생의 업보를 철저하게 깨달음으로써가 아니라 불인선사와의 만남을 통해서 자연스럽게 제도되었다는 정도로 묘사되고 있어서, 그 깨달음의 인과관계가 뚜렷하고 철저하지 못한 한계를 가지고 있다. 이에 반해 〈명오선사간오계〉의 경우에는 후생의 소식이 꿈을 통해서 다시 오계선사로 지냈던 절을 방문하고 홍련과 만남으로써 자신의 잘못을 철저하게 뉘우치고 깨닫는 과정을 거친다. 따라서 이 작품은 단순히 한 승려의 파계와 흥밋거리인 '私'에 초점이 맞춰져 있다기보다는 불인선사에 의해 소식이 제도되고 깨달음을 얻는 과정인 '度'에 보다 큰 초점이 맞춰져 있는 차이가 있는 것이다.[112]

내용에 있어서는 모두 4가지의 차이점을 확인할 수 있었는데, 그 중 두 가지를 보다 상세하게 살펴보면, 먼저 소식과 사단(서)경의 관계를 들 수 있다. 〈오계선사사홍련기〉에서는 오계선사와 명오선사가 사제지간이었으나, 소식과 사단경으로 환생한 이후에는 서로 다른 환경에서 자라다가 소식이 한림학사가 되고, 불인선사가 대상국사의 주지가 된 이후에 불인선사의 방문으로 서로 친하게 되고 이후 친교를 이어간 것으로 되어있다. 반면에 〈명오선사간오계〉에서는 후생의 소식과 사서경이 이미 어릴 때부터 동문수학하는 사이로 나오고 사서경이 불인이라는 법명

---

112) 李停停 〈明代前中期話本小說演變探徵-從〈五戒禪師私紅蓮記〉到〈明悟禪師趕五戒〉〉《語言文學》 2010 p.65 참조.

을 받아 승려가 되고 난 이후에도 소식은 관리로서 불인선사는 승려로써 서로 친밀한 관계를 계속 이어가는 것으로 되어 있는 차이가 있다.

두 번째는 소식의 깨달음의 과정의 차이로서 앞서 언급한 주제어에서 말한 바와 같이 〈오계선사사홍련기〉에서는 소식이 불인선사와 만남을 가지는 과정에서 자연스럽게 제도되는 것과 달리, 〈명오선사간오계〉에서는 소식이 꿈을 통해 홍련과 있었던 전생의 업보를 알게 되고 이를 통해 깨달음을 얻게 되는 차이가 있다.

이상과 같이 두 작품을 전체적으로 볼 때 본편은 〈오계선사사홍련기〉보다 형식적인 틀이 더 갖춰지고, 구체적인 세절묘사가 있으며, 작품의 주제가 보다 더 선명하게 부각된 차이가 있으므로 〈오계선사사홍련기〉를 바탕으로 각색된 것으로 추론할 수 있다.

또한 본편은 여러 인물의 전생과 후생의 인연과 관련한 제반 문헌들과 명대 중기에 나온 화본소설의 내용을 복합적으로 연결하여 하나의 큰 줄거리를 만들어낸 것으로 보인다.

(2) 〈佛印師四調琴娘〉(≪성세항언≫권12)

'불인선사가 금낭을 네 번 희롱하다.'라는 제목의 이 작품은 소식과 그의 절친한 친구로 등장하는 불인선사, 소식의 관아소속의 관기 금낭이 주요 등장인물이다. 세 인물 중 소식은 이미 역사인물임이 확실하나, 불인선사와 관기 금낭이 실존인물인지에 대해서는 정사의 기록을 확인할 길이 없다. ≪송사≫〈소식전〉에서도 불인선사와 금낭에 대한 기록은 나와 있지 않기 때문에 이 작품을 정사와 비교할 수는 없다. 불인선사는 앞서 그에 대한 열전의 성격을 띤 기록을 〈불문미인불인선사〉를 통해서 살펴보았다. 그러나 여기에서는 본 작품과 관련하여 유사한 줄거리를 가지고 있는 세 문헌 중에서 ≪堅瓠已集≫卷1 〈佛印書壁〉의 기록을 소설과의 비교에 활용하고자 하며, 그 전문을 번역하여 살펴보면 다음과 같다.

소동파가 기녀를 데리고 금산에 올라서 술로 불인을 취하게 하고서 기녀에게 그와 동침하도록 명하였다. 불인은 깨어나서 벽 위에 써놓았다. "밤이 되어 술에 취해 침상에서 잠들었는데, 어느새 비파가 베게 머리에 있구나. 한림 소학사에게 말 전하노니, 한 가닥의 선율도 탄 적이 없었다네.[113]

≪견호이집≫의 내용은 불과 51자의 짧은 내용이지만 소설의 후반부에 해당하는 소식과 불인선사, 금낭 세 사람에게 얽힌 일화를 고스란히 담고 있다. 그럼 소설의 줄거리를 요약정리해서 살펴보면 다음과 같다.

신종 황제 때 소식은 과거를 보기 위해 동경으로 온 사단경이라는 인물과 교우하게 되었고, 두 사람은 막역한 친구가 되었다. 그러던 어느 날, 나라에 가뭄이 들어서 특별히 대상국사에 재단을 세우고 단비를 기원하는 행사가 열리자, 소식은 하늘에 호소하는 제문을 작성하였고, 사단경은 소식의 힘을 빌려 때마침 황제를 가까이에서 볼 수 있는 기회를 얻고 싶어 했다.
그런데 절에서 수행하는 사람으로 변장하고 있던 사단경의 범상치 않은 풍모를 보고 신종이 그에게 친히 가사를 하사하고 불인이라는 법명까지 지어주니 사단경은 졸지에 승려가 되는 기이한 운명을 맞이한다. 본래 불교와 도교에 심취해 있던 그여서 자신의 운명을 받아들인 불인선사는 불가에서 도를 닦기로 하였다.
불인선사가 원하지도 않는 일을 하게 되었다고 믿었던 소식은 불인선사를 시험하기 위해서 술자리에 노래와 악기연주가 뛰어난 관기 금낭을 불인선사에게 소개해주니 술기운이 오른 불인선사도 은근한 농을 주고받기 시작하였다. 술자리를 파하자 소식은 금낭으로 하여금 불인선사와 함께 잠자리를 하도록 사주한다.
소식의 명을 받은 금낭은 어쩔 수 없이 불인선사의 침소에 들어가서 그를 유혹하나 불인선사는 그 의도를 간파하고 금낭을 뿌리칠 뿐만 아

---

113) ≪堅瓠已集≫. "東坡挾妓登金山, 以酒醉佛印, 命妓同臥。佛印醒而書壁云, "夜來酒醉上牀眠, 不覺琵琶在枕邊。傳語翰林蘇學士, 不曾彈動一條絃!"

니라, 자신을 유혹하지 못한 금낭을 나무라지 못하도록 시를 써서 소식에게 전한다. 소식은 이때부터 불인선사를 더욱 존경하게 되었고, 그 또한 불가에 심취하게 되었다. 사람들이 소동파를 파선이라고 부르는 것은 바로 불인이 그를 교화한 공이 큰 까닭이다.[114]

이상과 같이 소설은 크게 두 부분으로 나누어 살펴볼 수 있는데, 그 첫째는 소식과 절친한 친구 사이인 사단경이 동경에 있는 소식을 찾아와서 황제를 가까이 볼 수 있는 기회를 얻고자 하다가 뜻하지 않게 불가에 입문하게 된 일화다. 두 번째는 소식이 불인선사로 불리게 된 사단경의 불심을 시험하기 위해 금낭이라는 관기를 이용하여 유혹하게 하나, 결국 불인선사는 고매한 승려로서의 본분을 다한다는 일화다.

≪견호이집≫과 〈불인사사조금낭〉은 줄거리의 절반에 해당하는 부분과 일치하며, 사단경이 불인선사로 불가에 입문하게 되는 과정을 이야기한 전반부는 공통점이 없다. 그럼 두 문헌은 어떤 차이가 있는지 표로써 살펴보면 다음과 같다.

구분 내용	≪堅瓠已集≫〈佛印書壁〉	〈佛印師四調琴娘〉
謝端卿이 불인선사로 법명을 황제로부터 하사 받음	없음	황제의 용안을 보고 싶어 했던 사단경이 소식의 도움을 받아 기우제에 참석했다가, 황제의 눈에 띄어서 법명을 하사받음.
소식과 불인선사가 함께 술을 마시며 금낭을 만난 장소	金山	소동파의 관아 후원에 있는 亭子
불인선사가 금낭을 사양하며 소식에게 보낸 글	벽 위에 시를 써놓음.	자신을 유혹하지 못한 금낭을 나무라지 못하도록 시를 써서 소식에게 전하게 함.

---

114) ≪성세항언≫ 참조.

상기 표와 같이 두 문헌은 세 가지 정도의 차이를 보이고 있는데 가장 큰 차이라고 할 수 있는 부분은 소설의 전반부의 내용이 문헌에는 드러나 있지 않다는 점이다. 그리고 두 번째와 세 번째는 세 인물이 함께했던 장소의 차이와 불인선사가 소식에게 시를 전하는 방식의 차이일 뿐, 큰 차이는 아니다. 기본적으로 ≪견호이집≫의 내용은 〈불인사사조금낭〉에서 거의 큰 변화 없이 활용되고 있고 그 편폭이 다소 길어진 것으로 보인다.

소식과 불인선사, 그리고 금낭에 대한 일화를 다룬 이 작품은 ≪견호이집≫ 이외에 두 가지 문헌이 더 확인되는데, ≪冷齋夜話≫권6 〈東坡稱賞道潛詩〉와 ≪西湖遊覽志餘≫권16 〈香奩豔語〉가 바로 그것이다. 그런데 이 세 문헌은 소식이라는 공통된 등장인물이 있다는 점을 제외하면 각각 소식과 다른 인물간의 일화를 이야기하고 있다. 즉, ≪견호이집≫은 소설 속 등장인물과 마찬가지로 소식과 불인선사, 그리고 금낭에 대한 일화를 다루고 있는 반면, ≪냉재야화≫는 소식과 道潛이라는 승려가 시를 주고받은 것에 대한 일화이며, ≪서호유람지≫는 소식과 參廖子가 서로 시를 주고받은 것에 대한 일화다. 이 중에서 ≪견호이집≫만이 소설에서 등장하는 인물의 이름과 일어난 사건의 전개 과정이 일치하며, ≪냉재야화≫와 ≪서호유람지≫의 경우에는 소식이 기생으로 하여금 각 인물들에게 시를 지어 줄 것을 청하게는 하나, 소식이 기생을 이용해서 두 인물과 동침을 하게 하였다는 내용은 보이지 않는다. 두 문헌은 소식과 승려, 그리고 관기가 함께 자리한 일화라는 기본 정황만 일치하는 것이다.

〈불인사사조금낭〉에 등장하는 세 인물 중에는 오직 소식만이 역사인물로 고증이 가능하며, 정사의 기록을 통해서 소설의 원형을 확인할 길은 없다. 다만 정사 이외의 세 문헌을 통해서 이 작품을 창작한 모티브가 되었을 만한 일화들을 확인할 수 있고, 세 문헌에 등장하는 인물도 '소식

'삼언(三言)' 소설이 된 역사인물

+승려+관기'의 조합과 '소식+문객+관기'의 조합으로 일정하지 않게 나타
나고 있다.

15) 소연(蕭衍)
― 〈梁武帝累修歸極樂〉 (《유세명언》권37)
'양 무제가 거듭된 수행으로 극락으로 돌아가다.'는 제목의 이 작품은
남북조시대 후양의 무제 소연에 대한 작품이다. 양 무제에 대한 정사의
기록은 《南史》〈梁武帝本記〉가 있기 때문에 소설과의 비교가 용이하
다. 먼저 정사의 기록을 소설과 관련된 부분을 주 범위로 정하여 요약정
리해서 살펴보면 다음과 같다.

○ 梁 高祖 武皇帝의 이름은 衍이고, 자는 叔達, 어릴 때 자는 練兒이
며, 南蘭陵 中都里 사람이다. 성은 蕭氏이고, 齊나라 황실과 같이
淮陰令蕭整을 계승했다.

○ 무제는 송조의 孝武帝 大明 8년(464)에 秣陵縣 同夏里 三橋家에서
태어났다. 무제의 모친 장씨는 꿈에서 태양을 품는 꿈을 꾼 후 임신
을 한 후 무제를 낳았다. 무제는 태어나자마자 기이한 빛이 났고,
오른손에는 '武'자라는 무늬가 있었다.

○ 무제는 성장한 후에 박학했고 모략도 좋아하여 문무의 재능을 겸비
하였다.

○ 建武 2년에 魏國에서 쳐들어 왔을 때, 무제는 左衛將軍 王廣之의
부하로 전쟁에 참여해서 반간계로 위국을 물리쳤고, 전공으로 建陽
縣男으로 봉해졌다.

○ 司州刺史를 지낼 당시 관내에서 명성이 높았으나, 齊 明帝가 시샘
이 많은 성격이어서 자신의 부하들을 해산시키고 자신은 소가 끄는
작은 마차를 타고 다녔다. 명제가 무제의 청렴하고 검소함을 칭찬
하였다.

○ 建武 4년 魏國의 孝文帝가 직접 군대를 이끌고 雍州로 쳐들어오자,
명제는 무제와 崔慧景을 파견하여 대적하게 하였다. 위국이 십여

만 기병을 이끌고 오자, 최혜경은 병사들을 이끌고 철수해버리는 바람에 무제와 제나라 군대는 대패하였다. 무제는 독자적으로 군대를 이끌고 응전하여 위군을 퇴각시켰고, 輔國將軍으로 임명되어 雍州의 정무를 감독할 것을 명받았다.

○ 후에 제 명제가 죽으면서 무제를 都監 겸 雍州刺史로 임명하였고, 정국이 혼란스러울 것을 대비하여 동생 蕭偉와 蕭憺를 불러들여서 은밀히 무기를 만들고, 배를 만들 재료로 대나무와 목재를 비축하였다.

○ 永元 2년(500) 겨울, 대신들이 주살당하고 蕭懿도 해를 입자 거병하였다. 영원 3년 2월 南康王이 무제를 征東將軍으로 임명하였으며, 3월에 남강왕이 황제에 즉위한 후 東昏候를 涪陵王으로 폐위시켰으며, 무제를 尙書左仆射 겸 征東大將軍, 都督征討諸軍, 假黃鉞로 임명하였다.

○ 동혼후는 이후에도 굴하지 않고 계속 저항하였으나, 12월 6일 兼衛尉張稷이자 北徐州刺史인 王珍國에 의해서 살해되었다.

○ 무제는 경성으로 입성하여 동혼후가 총애하던 潘妃를 잡아서 죽였고, 동시에 凶黨王 口亙之 이하 48명의 관리를 처단하였으며, 궁녀 2000명을 장군과 사병들에게 상으로 주었다.

○ 宣德皇後는 폐위되었던 부릉왕을 동혼후로 회복시키고, 무제를 中書監・大司馬・錄尙書・驃騎大將軍・都督・揚州刺史・封建安郡公으로 임명하고, 식읍 일만 호와 의장대 40명을 주었으며, 黃鉞・侍中・征討諸軍事의 직무는 그대로 유지시켰다.

○ 9일 선덕황후가 임시로 수렴청정을 하면서 무제를 대사마로 임명하고, 25일에는 相國과 梁公으로 봉하려 하였으나 무제가 단호하게 사양하였다. 2월 2일에 이르러 재차 권하여 상국과 양공의 직위를 받아들였다.

○ 3월 5일 梁王이 될 것을 명받았고, 3월 28일에 황제가 조서를 내려서 제위를 무제에게 선양하려 하였으나, 무제는 이를 사양하였다. 세 번에 걸쳐서 선양받기를 청하자 무제가 비로소 받아들였다.

○ 天監 元年(502) 4월 8일에 무제가 南郊에서 즉위하였다. (무제 즉위부터 후경 등장까지 생략)

○ 太淸 2년(548) 8월 侯景이 거병하여 반란을 일으켰다. 무제는 開府

儀同三司邵陵王 蕭綸을 파견하여 후경을 정벌하였고, 南豫州의 죄에 대해서는 특별 사면하였다.

○ 10월에 후경이 譙州을 습격했고, 歷陽까지 진군했으며, 21일에 무제는 臨賀王 蕭正德을 平北將軍으로 임명하여 후경을 정벌하게 하였으나, 11월 2일 후경이 남문 앞에서 소정덕을 천자로 옹립시켰다. 4일에 東府城을 함락시키자, 여러 제후들이 무제를 구하러 달려왔다.

○ 태청 3년(549) 정월에 후경이 거짓으로 화친을 청해오자 무제가 이를 받아들였으나, 후경이 다시 배신하면서 황궁으로 진격했다. 3월 12일에 후경의 군대가 황궁을 점령하고, 15일 후경은 자신을 都督中外諸軍事·大丞相·錄尙書事로 임명하였다.

○ 4월 24일 무제는 원하던 물건들을 제공받지 못하자 우울증이 나서 병으로 누웠다. 그 달에 靑冀二州刺史 明少遐, 東徐州刺史 湛海珍, 北靑州刺史 王奉伯이 東魏에 투항하였다.

○ 5월 2일 무제는 淨居殿에서 죽었으며 당시 나이 86세였다. 27일 관을 太極前殿으로 옮겼다. 11월 4일 修陵에서 장사지내고 武皇帝로 추대하였으며, 廟號를 高祖로 하였다.[115]

위와 같이 〈양무제본기〉는 소연의 출생부터 그의 죽음까지의 일대기가 상세하게 드러나 있는 장편의 글이다. 또한 여타 왕들의 기록과 마찬가지로 주로 그의 공적과 언행에 대한 기록이 상세하다. 그럼 소설 속에 그려진 양 무제의 모습은 어떠한지 소설의 내용을 요약정리해서 살펴보면 다음과 같다.

전생이 지렁이였던 황복인은 다음 생에 동씨와 부부가 되었으나, 두 사람 모두 불가와의 인연이 깊어서인지 함께 수도자가 되어 같은 날 입적하였다. 그리고 황복인은 소씨네 집안의 아들 소연으로 환생하였고, 동씨는 지씨네 집의 여식으로 환생하였다.

소연은 어려서부터 총명하였고 어린 나이에도 식견이 탁월하였다. 한 번은 지방에서 반란이 일어나자 숙부 소의는 조정에서 파견한 양표

---

115) ≪南史≫〈梁武帝本記〉 참조.

에게 소연을 소개하여 반란군을 무찌를 수 있는 계략을 내게 하였다. 소연의 말대로 반란군이 진압되자 소연의 명성은 올라갔고, 곧 조정으로 들어간 소연은 나라의 근심거리를 명쾌하게 해결하여 황제의 신임을 얻고 雍州刺史의 관직도 얻었다.

이후 제에 접어들어 군주인 보권은 소연이 반란의 뜻을 품고 있다고 생각하여 그를 암살하도록 사람을 파견하였다. 소연은 이를 간파하고 암살을 피하였고, 단숨에 조정으로 쳐들어가서 제나라 보권을 폐위시키고, 태후에 의해 大司馬 겸 國相으로 칭해지다가 황제로 등극하였다.

황제로 등극한 후 무제는 백성들을 위한 대법회를 열고 부처에게 공양하는 등 불가와의 인연을 이어갔고, 전생의 아내였던 支長老를 다시 만나서 더욱 더 불교에 심취한다. 지장로가 태자를 병으로부터 살려낸 이후부터는 불사에 많은 재물을 기부하였고, 로마제국의 관할 하에 있는 條枝國의 침공도 불력으로 물리쳤다.

무제의 만년에는 侯景이 蕭正德과 연합하여 결국 조정을 장악하였고, 조정의 실권을 거머쥔 후경은 溧陽공주를 핍박하여 혼인을 올린다. 모든 권력을 잃고 폐위된 양 무제는 86세의 나이로 쓸쓸히 죽어갔다.

후에 梁 湘東王 蕭繹은 후경에 의해 무제가 죽었다는 소식을 듣고 세력을 규합하여 후경을 축출해 냈고, 후경은 오 지방으로 도주했다가 羊侃의 둘째아들 羊鵾에 의해 살해당하였다.[116]

소설은 전체적인 내용을 세 부분, 즉 소연의 전생, 황제가 되기까지의 소연, 그리고 황제가 된 이후의 여러 일화로 나누어 살펴볼 수 있다. 먼저 소연의 전생은 지렁이에서 황복인으로, 그리고 소연으로 이어지는 三生의 윤회를 거쳤는데, 물론 이는 역사 기록과는 무관한 각색이다. 그리고 소연이 태어나서 황제가 되기까지의 과정은 비교적 소연에 대한 역사 기록과의 대비가 가능한 시기이고, 마지막으로 황제가 된 이후의 여러 일화들도 다분히 비현실적인 요소가 많다. 그럼 정사의 기록과 소설은 어떤 차이가 있는지 살펴보면 다음과 같다.

---

116) ≪유세명언≫ 참조.

구분 내용	《南史》〈梁武帝本記〉	〈梁武帝累修歸極樂〉
소연의 부모	부친 성명 : 없음 모친 성명 : 張氏	부친 성명 : 蕭二郎 모친 성명 : 單氏
모친의 태몽	해를 품은 꿈을 꿈.	황금 옷에 면류관을 쓴 사람이 나타나서 절을 함.
태어날 때의 특징	손에 '武'자가 새겨져 있음.	5월 5일에 태어나서 상스럽지 않은 것으로 여겨짐.
楊嘌의 李賁 토벌	없음 (魏國과의 전쟁에서 공을 세 워서 雍州의 정무를 맡게 되 었고, 齊 明帝가 죽으면서 소 연을 雍州刺史로 임명했다는 기록이 있음)	어린 소연이 양표에게 계책을 바쳐서 전쟁을 승리로 이끌었 고, 황제에게 불려가서 옹주자 사를 제수 받음.
齊 寶卷이 소연을 주살하려한 사실	없음	鄭植이 황제의 명을 받들어 소 연을 죽이러 갔으나, 암살계획 이 발각되어 죽임을 당함.
소연의 친인척 蕭懿	큰 형으로 나옴	숙부로 나옴
제 보권 폐위 이후의 소연의 관직	12월에 大司馬·相國·梁公 으로 임명하였으나 계속 사 양하다가 이듬해 2월에 받아 들임.	大司馬·國相·梁國公으로 봉해 지고, 바로 받아들임.
황제 등극 시기	제 군주 폐위 이듬해 3월	제 군주 폐위 이듬해 4월
侯景이 溧陽공주와 결혼한 사실	없음	溧陽공주가 황실 가족의 안위 를 위해서 후경과 혼인함.
支公長老	존재 없음	양무제의 전생의 아내였고 현 생에서는 양무제에게 여러 가 지 도움을 주는 인물임.
후경의 최후에 대한 기록	없음	梁 湘東王 蕭繹이 후경을 축 출하고 吳 지방으로 도주했다 가 羊侃의 둘째아들 羊鴟에 의해 살해당함.

이상과 같이 정사의 기록과 소설은 12가지 정도의 차이점을 나열해
볼 수 있다. 그러나 세부적인 내용으로 들어가서는 그 차이는 더 늘어날

수 있으며, 상기 표는 소설을 기준으로 한 차이임을 밝힌다.

상기 표에서 언급한 것 중 중요한 두 가지 사항만 부연설명 해보면, 첫째 소연의 가족 관계는 문헌마다 일정하지 않다는 특징이 있다. 정사에는 부친의 이름도 없고 모친은 장씨라고 기록하고 있으며, 소설에서는 부친이 소이랑이라고 하였으나, 이 또한 정식 성명이 아닌 가족 내 호칭으로 보이고 모친도 단씨로 되어 있다. 이로 보아 소연의 출생과 가족 관계는 분명치 않기 때문에 단지 전하는 말에 따라 각기 달리 기록하고 있음을 알 수 있으며, 이는 다른 문헌에서도 나타나는 현상이기도 하다.

둘째는 소설에서는 여러 가지 소설적 가공으로 보이는 일화들을 활용하고 있는데, 예를 들면, 전생에 대한 일화나 소연이 양표를 도와 이분을 토벌한 일화, 제 보권이 소연을 주살하려 한 일화, 로마제국의 침공을 불력으로 막은 일화, 후경이 조정을 장악한 후 율양공주와 혼인한 일화 등이 이에 해당한다.

본편은 제왕의 일대기적 성격의 이야기를 하고 있다는 점에서 정사와의 비교를 통해서 소설의 각색 양상을 살펴보는 데 용이할 것으로 판단하였으나, 정작 소설은 정사의 기록과는 상당히 거리가 있었다. 따라서 정사 이외의 문헌들을 살펴봐야 할 필요성이 제기되는데, 소설과 관련된 일화를 담고 있는 기타 문헌으로는 ≪朝野僉載≫권2·≪六朝事跡編類≫ 권上〈六朝與廢梁武皇帝〉·≪六朝事跡編類≫권下〈同泰寺〉·≪六朝事跡編類≫권下〈郗氏化蛇〉·≪二老堂雜志≫권5〈記金陵登覽〉·≪戲瑕≫ 권2〈郗皇后〉·≪遺愁集≫권3〈負心〉등이 있다.[117] 각각의 문헌들은 소설 속 일화들의 원형이라고 할 만한 일화들을 담고 있는데, 각 문헌별로 소설과의 관련성을 살펴보면 다음과 같다.

---

117) 譚正璧 ≪三言兩拍資料≫ 上海古籍出版社 上海 1980 참조.

편명	내용	
≪朝野僉載≫권2	양무제가 礎頭師라는 인물을 매우 공경하고 신임하여 하루는 그를 불러 놓고 다른 사람과 바둑을 두고 있었음. 양무제가 바둑을 두는 데 정신이 팔려서 바둑알을 죽이라는 말을 하였는데 아랫사람들은 개두사를 죽이라는 말로 오인해서 그를 죽였고, 개두사는 이것이 전생의 빚을 갚은 것이라는 말을 남김.	
≪六朝事跡編類≫	〈六朝興廢梁武皇帝〉	출생과 사망까지의 일대기적 기록을 요약하여 정리함.
	〈同泰寺〉	양 무제가 佛事에 지나치게 많은 국고를 낭비하여 결국 후경에게 정권을 내주고 말았음을 이야기함.
	〈郗氏化蛇〉	郗后가 죽은 후에 양무제에게 커다란 뱀으로 나타나서 저승에서 고통 받고 있다고 호소하여 양무제가 다음날 치후를 위해 승려들을 불러 모아 불경을 쓰고 참회문을 쓰자, 치후가 다시 본 모습으로 나타나서 양무제에게 감사의 인사를 함.
≪二老堂雜志≫권5〈記金陵登覽〉	鹿苑寺라는 절 뒤에는 석굴이 있는데 바로 양무제의 치후가 있는 이무기 굴이라고 전하나 믿을 만 하지 않음.	
≪戲瑕≫권2〈郗皇后〉	치후에 대한 여러 가지 기록을 나열함. ○ 양무제가 집대성하게 한 자비도장의 도움으로 뱀이 되었던 치후가 승천한 일화가 있음. ○ ≪兩京記≫에는 치후가 투기심이 심해서 우물 속으로 빠져 죽어 독룡으로 환생하여 사람들이 가까이 가지 못하자 양 무제가 용천왕으로 봉하고 우물위에 사당을 지은 일화가 나옴 ○ 楊蘷의 ≪止妒論≫에서도 창경이 음식으로 질투심을 치료하게 하자 실제로 질투심이 반감되었으니, 치후가 질투심이 많았다는 것은 믿을만한 사실임. ○ ≪梁書列傳≫에 따르면 치후가 여인들이 하는 모든 일은 다 할 수 있다는 기록이 있음. 제 건무 때 고조가 옹주자사가 되어 다스리다 후에 황후를 그 주에 맞아들였으나 얼마 안 있어 양양 관사에서 죽었는데 당시 나이가 32세였음. 고조가 후에 황후로 올려서 시호를 내림.	
≪遺愁集≫권3〈負心〉	侯景이 반란을 일으켜서 도성을 함락시킨 후 양무제와 대면한 후 양무제의 위용에 감탄함. 그리고 양무제는 자신의 신세를 한탄하며 우울해하고 분노하다가 병이 생기고 이내 죽음.	

문헌별로 소설과의 관련성을 살펴보면 먼저 ≪조야검재≫에 나오는 일화는 소설에서 거의 가감 없이 사용된 일화다. 다만 그 일화의 대상이 되는 인물이 '개두사'가 소설에서는 '합두화상'으로 등장하는 차이가 유일하다. 그리고 ≪육조적편유≫의 경우에는 치후가 죽은 후 뱀이 되어 양무제와 만난 일화 또한 소설에서 활용되었다. 다만 소설에서는 양무제가 꿈속에서 저승을 방문하고, 지옥에서 고통 받고 있는 수많은 백성들과 치후를 만나고 나서 꿈을 깬 후 그들을 위해 대법회를 열어줌으로써 고통에서 구제해 준 것으로 되어 있어서 약간의 차이가 있다.

≪이노당잡지≫에는 치후가 뱀이 되어 있었다는 석굴에 대한 전설을 짤막하게 전하고 있고, ≪유추집≫에서는 후경이 도성을 함락시킨 후 양무제가 쓸쓸히 죽어간 것에 대한 일화가 소설 속 줄거리와 유사하다.

이상과 같이 〈양무제누수귀극악〉은 양무제의 일대기를 담고 있는 작품이므로 ≪남사≫〈양무제본기〉와 일정부분 같은 줄거리 범위를 가지고 있다고 할 수 있다. 그러나 본편과 관련된 화본소설이 확인된 바가 없기 때문에 현재까지 확인 가능한 문헌을 바탕으로 종합해보면, 본편은 양무제와 관련된 ≪조야검재≫·≪육조적편유≫·≪이노당잡지≫·≪유추집≫과 같은 여러 필기류 소설들을 복합적으로 활용한 것으로 판단된다.

16) 백아(伯牙)와 종자기(種子期)
― 〈俞伯牙捧琴謝知音〉(≪경세통언≫권1)

'유백아가 거문고를 부셔서 지음에게 사례하다.'라는 제목의 이 작품은 백아와 종자기에 관한 이야기다. 백아에 대한 열전은 가장 이른 시기의 사서인 ≪사기≫에도 그 내용이 전하지 않는다. 백아와 종자기에 대한 열전은 ≪列子≫〈湯問〉·≪荀子≫〈勸學〉·≪呂氏春秋≫〈孝行覽〉·≪韓詩外傳≫·≪新序≫〈雜事〉·≪說苑≫〈談叢〉 등에 그 기록이 있다. 본고에서는 ≪열자≫〈탕문〉에 나오는 원문을 그 저본으로 삼아 소설과 비교

분석해 볼 것이며, 모두 132자로 구성된 전문을 살펴보면 다음과 같다.

　　백아는 거문고 연주를 잘하였고 종자기는 듣는 것을 잘하였다. 백아
가 거문고를 연주할 때 그 마음이 높은 산을 올랐다. 종자기가 말하였
다. "좋구나! 높고 험하기가 태산과 같구나!" (백아의) 마음이 흐르는
물에 있었다. 종자기가 말하였다. "좋구나! 드넓기가 강물과 같구나!"
백아가 생각하는 것이면 종자기는 반드시 그것을 알아냈다. 백아가 태
산의 북쪽을 여행하다가 갑자기 폭우를 만나서 한 바위 아래에 이르렀
는데, 마음이 슬퍼서 거문고를 부여잡고 연주를 하였다. 처음에는 〈임
우지조〉118)를 연주하고, 또 다시 〈붕산지음〉을 연주하였다. 매 한 곡
을 연주할 때마다 종자기는 곧 그 의미를 이해할 수 있었다. 백아는
바로 거문고를 내려놓고 탄식하며 말하였다. "좋구나, 좋아! 자네니까
내 마음을 들어주는구먼! (자네가) 상상한 뜻이 나의 마음과 같으이.
내가 어디에다 소리를 숨길 수 있겠나?"119)

　《열자》〈탕문〉에 나오는 백아와 종자기에 대한 기록은 여타 다른 문
헌보다 두 사람의 관계에 대한 이야기가 상세한데, 전반적으로 백아의
거문고 연주를 종자기가 가장 잘 이해한다는 내용이 주를 이루고 있다.
백아가 산을 연상하며 연주하든 강물을 연상하며 연주하든, 종자기는 음
악을 통해서 그의 마음을 모두 이해할 수 있는 경지를 보여주고 있다.
그 외에 두 인물에 대한 상세한 기록이 전하지 않아서 두 사람의 성장과
정이나 출사 여부 등에 대한 어떠한 기록을 찾을 수가 없다. 그러면 소설

---

118) 〈霖雨之操〉에서 霖雨는 줄기차게 내리는 비를 의미하고, 操는 거문고 곡의
　　일종이다.
119) 《열자》〈탕문〉. "伯牙善鼓琴, 鍾子期善聽。伯牙鼓琴, 志在登高山。鍾子期
　　曰："善哉！峨峨兮若泰山！"志在流水。鍾子期曰："善哉！洋洋兮若江河！"
　　伯牙所念, 鍾子期必得之。伯牙遊於泰山之陰, 卒逢暴雨, 止於岩下；心悲, 乃
　　援琴而鼓之。初爲霖雨之操, 更造崩山之音, 曲每奏, 鍾子期輒窮其趣。伯牙乃
　　舍琴而歎曰："善哉, 善哉, 子之聽夫志, 想象猶吾心也。吾於何逃聲哉？""

〈유백아솔금사지음〉에서는 두 사람의 아름다운 우정이야기가 어떻게 소설로 탄생했는지 줄거리를 요약정리해서 살펴보자.

　　유백아는 춘추시대 초나라 사람이면서 진나라에서 벼슬을 하여 관직이 上大夫에 이르렀다. 어느 날 그는 진왕의 명을 받고 사신으로 초나라를 방문하였다. 초나라에서의 공무를 마친 유백아는 오랜만에 고국 강산을 두루 유람하고자 초왕에게 수로로 돌아갈 것을 고하니, 초왕이 이를 허락하고 배 두 척을 내어주었다.
　　배가 한양 강구에 이르렀을 때 홀연히 광풍이 크게 일고 큰 비가 내려서 더 이상 나아갈 수가 없자, 유백아는 배를 정박시키고 비가 그치기를 기다렸다. 때는 마침 중추절 밤이어서 백아는 밝은 달을 보고 회포를 풀기 위하여 거문고를 꺼내서 타고 있었는데, 갑자기 거문고 줄이 끊어졌다. 거문고 줄이 끊어진 것은 누군가 몰래 엿듣는다는 징조라는 말이 있었기 때문에 유백아는 동자를 시켜서 주위를 찾아보게 하였다. 마침 바위 뒤에서 한 나무꾼이 나타나 자신이 거문고 소리를 듣고 있었다고 하였다. 유백아는 일개 나무꾼이 거문고 연주를 이해할 리가 없다고 생각하였으나, 나무꾼 종자기는 유백아가 타던 곡조의 내용을 정확하게 설명하였다. 유백아는 그가 보통사람이 아닌 것을 알고 배에 오르게 하였다. 유백아는 자신의 거문고 소리를 알아주는 종자기와 의형제를 맺었고, 이듬해 중추절에 다시 만나기로 약속하고 헤어졌다.
　　이듬해 유백아는 중추절에 약속 장소에 찾아와서 기다렸으나 종자기가 보이지 않았다. 그리고 거문고를 탔을 때 상현에서 슬픈 소리가 나는 것을 보고 종자기에게 변고가 있을 것으로 짐작하고, 종자기의 집으로 찾아갔다.
　　종자기의 집을 찾아가던 유백아는 도중에 우연히 종자기의 부친 종공을 만나서 그가 이미 죽었다는 소식을 접하게 되었다. 죽음의 이유는 지난해 유백아를 만나고 와서 학업에 힘쓰다가 과로로 죽은 것이라고 하였다. 유백아는 종공으로부터 그날이 종자기가 죽은 지 백일이 되는 기일임을 듣고 종공과 함께 종자기의 무덤으로 찾아갔다. 그리고 그를 위해 거문고를 타고 있는데 이를 듣던 마을 사람들이 그 소리가 기쁜 뜻을 담고 있는 줄 알고 크게 웃었다. 유백아는 자신의 거문고 소리를

'삼언(三言)' 소설이 된 역사인물

알아줄 지음이 없음을 한탄하고 거문고를 부숴 버렸다.

　유백아는 종공에게 자신이 돌아가서 벼슬을 그만두고 종자기를 대
신하여 종공 부부를 모실 것을 약속하고 길을 떠났다.[120]

　이상과 같이 소설은 크게 두 단락으로 나누어 볼 수 있다. 그 첫째는
유백아가 종자기와 거문고를 통해서 처음 만나서 의형제를 맺는 단락이
고, 두 번째는 다음 해에 다시 두 사람이 만나기로 하여 유백아가 종자기
의 고향으로 찾아왔을 때 이미 종자기가 죽었음을 알게 되고, 자신을 알
아주는 지음이 없어졌음을 한탄한 나머지 거문고를 부셔버리는 단락이
다. 소설은 두 사람이 운명적인 만남을 통해서 형제의 결의를 맺었음을
극적으로 그려나가고 있고, 또한 종자기의 죽음을 통해서 두 사람의 우
정을 더욱 아름다운 경지로 승화시키고 있다.

　그러면 ≪열자≫〈탕문〉에 등장하는 백아와 종자기의 이야기와 소설
속에 등장하는 두 인물의 이야기는 어떤 줄거리상의 차이점을 보이는지
소설을 중심으로 살펴보면 다음과 같다.

구분 내용	≪列子≫〈湯問〉	〈兪伯兒摔琴謝知音〉
백아와 종자기의 만남 과정	없음	晋나라 上大夫였던 백아가 楚나라에 사신으로 왔다가 뱃길로 돌아가던 중, 배를 정박하고 거문고를 연주할 때 이를 엿듣고 있던 종자기와 만나서 의형제를 맺음.
종자기의 죽음	없음	첫 만남 이후 다음해 중추절에 다시 만나기로 하였으나 종자기는 이미 죽고 이를 안 백아는 슬퍼함.
백아가 거문고를 부순 일	없음	자신의 연주를 알아주는 지음이 더 이상 없게 되자 거문고를 부수고 더 이상 연주를 하지 않기로 함.

120) ≪유세명언≫ 참조.

이상과 같이 역사기록과 소설은 세 가지 정도의 뚜렷한 차이점을 보이고 있다. 대체로 ≪열자≫〈탕문〉에 나오는 기록의 편폭이 짧은 관계로 두 인물에 대한 상세한 기록이 없다는 점을 감안할 때, 소설은 이를 바탕으로 두 사람의 우정을 보다 극적으로 그려내기 위해 몇 가지 각색의 장치를 활용하고 있음을 알 수 있다.

첫째는 백아와 종자기의 만남이다. 역사기록은 두 사람이 이미 친구 관계로 되어 있기 때문에 두 사람의 만남의 과정에 대한 어떠한 언급을 확인할 수 없다. 반면에 소설에서는 백아가 초나라에 사신으로 왔다가 초나라를 주유하면서 돌아가는 길에 광풍과 비를 만나서 정박해 있다가 자신의 거문고 연주를 엿들은 종자기와 만나게 된다. 두 사람의 첫 만남에서 작가는 거문고 연주에 대한 종자기의 놀라운 해석능력을 부각시킴으로써 두 사람이 의형제를 맺는 모습을 자연스럽게 연출하고 있는 것이다.

두 번째는 종자기의 죽음이다. 역사기록에는 종자기가 죽었다는 어떠한 기록을 찾아볼 수 없다. 모두 두 사람이 친구 관계를 유지하는 시기에 있었던 일화를 바탕으로 하고 있는 것이다. 이에 반해 소설에서는 두 사람이 첫 만남 이후 이듬해 다시 만나기로 약속하였으나 종자기가 글공부를 과하게 하다가 그만 죽고 말았고, 이를 알게 된 백아는 형제를 잃은 슬픔을 달래기 위해 무덤 앞에서 거문고를 연주한다.

세 번째는 백아가 거문고를 부순 일이다. 이 또한 역사기록에는 존재하지 않는 사건이다. 반면에 소설에서는 종자기의 죽음을 알게 된 백아가 종자기의 무덤을 찾게 되고, 형제를 잃은 슬픔을 거문고 연주로 달랜다. 이 과정에서 종자기의 마을 사람들이 자신의 연주를 잘못 이해하자, 자신의 연주를 알아줄 지음이 없음을 한탄하고 다시는 연주를 하지 않을 것을 다짐하며 거문고를 부셔버린다. 이 또한 지음이자 형제인 종자기의 죽음을 통해서 두 사람의 우정을 한층 아름답고도 비장하게 그려내기 위한 장치로 이해할 수 있다.

백아와 종자기에 대한 역사 이외의 기록으로는 ≪荀子≫〈勸學〉·≪呂氏春秋≫〈孝行覽〉·≪韓詩外傳≫·≪新序≫〈雜事〉·≪說苑≫〈談叢〉 등이 있다.[121] 이 문헌들에 나오는 두 인물의 일화는 대체로 대동소이하나 다소간의 차이를 보이고 있는데 이를 문헌별로 비교해 보면 다음과 같다.

문헌	내용
≪列子≫〈湯問〉	鍾子期는 伯牙의 연주 듣는 것을 잘해서 높은 산의 소리든 흐르는 물의 소리든 모두 잘 알아내고 이해함. 백아도 자신의 소리를 알아주는 종자기를 진정한 지음으로 여김.
≪呂氏春秋≫〈孝行覽〉	鍾子期는 伯牙의 연주 듣는 것을 잘해서 높은 산의 소리든 흐르는 물의 소리든 모두 잘 알아내고 이해함. 종자기가 죽자 백아는 거문고 현을 끊어버리고 평생토록 거문고를 연주하지 않음.
≪韓詩外傳≫	鍾子期는 伯牙의 연주 듣는 것을 잘해서 높은 산의 소리든 흐르는 물의 소리든 모두 잘 알아내고 이해함. 종자기가 죽자 백아는 거문고 현을 끊어버리고 평생토록 거문고를 연주하지 않음. 유독 거문고만 이러한 것이 아니라서 현자 또한 이러한 마음이 있어야 함.
≪新序≫〈雜事〉	종자기가 하루는 구슬픈 음악소리를 듣고서 연주한 사람을 불러서 알아보니 아비는 사람을 죽여서 돌아오지 못하고 어미는 관가의 노예로 팔려간 딱한 처지의 악공이 연주한 것이었음. 진실로 마음에서 우러나오는 연주는 사람들을 감동시킬 수 있음을 이야기함.
≪說苑≫〈談叢〉	종자기가 죽자 백아는 세상에 거문고를 연주해줄 사람이 없음을 알고 줄을 끊고 거문고를 부숨. 惠施가 죽자, 장자는 세상에 함께 이야기할 사람이 없어졌음을 알고 눈을 감고 말이 없었음.

위의 문헌들은 대체로 ≪신서≫〈잡사〉를 제외하고 백아와 종자기 사이의 일화를 다루고 있고, ≪설원≫〈담총〉 또한 백아와 종자기의 이야기와 혜시와 장자의 이야기를 들어 세상에 둘도 없는 지기에 대해 이야기하고 있다. 그런데 ≪신서≫〈잡사〉에는 유독 백아와 종자기 두 사람에

121) 譚正璧 ≪三言兩拍資料≫ 上海古籍出版社 上海 1980 참조.

대한 일화가 아닌 종자기와 한 악공에 대한 일화가 나오는데, 이 일화는
비록 종자기와 관련된 일화이기는 하나 소설에서 그 내용을 차용한 흔적
을 찾아볼 수 없기 때문에 분석대상에서 제외시켰다. ≪신서≫〈잡사〉를
제외하면 전반적으로 ≪열자≫〈탕문〉에 나오는 기록과 대동소이하고,
여기에 문헌마다 약간의 견해를 가하는 정도의 차이를 보일 뿐이다.

명대에 접어들어서 만력 말년에 나온 ≪小說傳奇合刊本≫에는 〈貴賤
交情〉이라는 작품이 실려 있는데, 호사영은 이 작품을 본편의 저본일 것
으로 추정하고 있다.[122]

이상과 같이 백아와 종자기에 대한 일화는 ≪열자≫〈탕문〉에 실린 기
록들이 후대에 여러 문헌 속에 전승되면서 약간의 차이를 보이며 나타나
나, 대체로 유사한 줄거리를 가지고 있다. 소설은 이러한 해당인물에 대
한 고사를 바탕으로 하되, 특히 같은 명대에 나온 ≪소설전기합간본≫
〈귀천교정〉을 그 저본으로 삼았을 것으로 보인다.

17) 장주(莊周)
— 〈莊子休鼓盆成大道〉(≪경세통언≫권2)

'장자가 질버치를 두드리는 것을 멈추고 대도를 이루다.'라는 제목의
이 작품은 주나라 말기의 제자백가 중 한 명인 장주(장자)에 대한 작품이
다. 장주에 대한 역사적 기록은 ≪史記≫〈老子韓非列傳〉에서 찾아볼 수
있는데, 제목에서 보는 바와 같이 노자와 한비자를 주로 기술한 열전이
나, 노자에 대해 언급하면서 장주에 대한 열전이 같이 실려 있다. 사기에

---

122) 胡士瑩 ≪話本小說概論≫ 中華書局 北京 1980. ≪小說傳奇合刊本≫〈貴賤交
情〉은 〈俞伯牙捧琴謝知音〉과 화본의 형식, 편폭, 줄거리의 구성 등에 있어
서 거의 일치하나, 글을 서술해나가는 문체에 있어서 다소간의 차이가 있는
정도이다. 따라서 출판시기를 고려했을 때 〈俞伯牙捧琴謝知音〉의 저본이
되었을 가능성이 매우 높아 보이는 문헌이라 할 만하다.

실려 있는 장주에 대한 기록은 전체 235자의 아주 짧은 편폭을 가지고
있는데, 그 전문을 살펴보면 다음과 같다.

장자는 몽지역 사람이고 이름은 주다. 장주는 일찍이 몽지역의 칠원
리를 맡은 적이 있고, 양 혜왕과 제 선왕과 동시대 사람이다. 그의 학문
은 살펴보지 않은 바가 없었는데 그 요체는 노자의 말에 근본을 두고
있다. 그래서 그가 쓴 책은 십여 만 言이고, 대체로 우언으로 되어있다.
그가 쓴 어부 · 도척 · 거협은 공자의 제자들을 비방하고, 노자의 학설
을 밝힌 것이다. 외루허 · 항상자 같은 부류는 모두 공허한 말이고 사실
성이 없다. 그러나 (장주는) 문장을 잘 썼고 사물의 이치를 진술하고
그 정황을 비유하는 데에 뛰어났으며, 이를 이용해서 유가와 묵가를
공격하고 논박하였으니 비록 당시에 학식 있는 자라 할지라도 그의 논
박을 면할 수가 없었다. 그의 말은 기세가 웅장하고 크나 제멋대로여서
그 자신에게 적합하였고, 그런 고로 왕손이나 대인들이 그를 중용하지
않았다. 초 위왕은 장주가 어질다는 것을 듣고 재상이 되도록 허락하기
위해 사자로 하여금 후한 예물을 주고 그를 맞아오게 하였다. 장주가
웃으면서 초나라 사자에게 말하였다. "천금은 후한 재물이고, 재상은
존귀한 자리이외다. 당신은 설마 제사를 지내기 위해 희생으로 쓰는
소를 보지 못하였단 말이오? 그 소를 몇 년간 잘 키우며 먹이고 화려하
게 수놓은 옷으로 입혀서 태묘로 들어가게 하지요. 그때가 되어서야
비록 외로운 돼지가 되고 싶을지언정 어찌 그리 될 수 있겠소이까? 당
신은 어서 돌아가시오. 나를 더럽히지 말고. 나는 더러운 도랑에서 놀
며 즐거워할지언정 나라를 가진 자에 의해 속박당하고 싶지는 않소이
다. 평생토록 출사하지 않아서 나의 마음을 즐겁게 할 따름이외다."[123]

---

123) ≪사기≫〈노자한비열전〉. "莊子者, 蒙人也, 名周。周嘗爲蒙漆園吏, 與梁惠
王、齊宣王同時。其學無所不闚, 然其要本歸於老子之言。故其著書十餘萬言,
大抵率寓言也。作漁父、盜蹠、胠篋, 以詆訿孔子之徒, 以明老子之術。畏累虛、
亢桑子之屬, 皆空語無事實。然善屬書離辭, 指事類情, 用剽剝儒、墨, 雖當世宿
學不能自解免也。其言洸洋自恣以適己, 故自王公大人不能器之。楚威王聞莊
周賢, 使使厚幣迎之, 許以爲相。莊周笑謂楚使者曰:『千金, 重利; 卿相, 尊位
也。子獨不見郊祭之犧牛乎? 養食之數歲, 衣以文繡, 以入大廟。當是之時, 雖

이상과 같이 열전에서 전하는 장주에 대한 기록은 대략적으로 두 단락으로 나누어 볼 수 있다. 첫째는 장주의 글과 문장의 특징에 대한 것이다. 장주는 노자와 함께 도가를 대표하는 인물이기 때문에 〈노자열전〉속에 함께 기술된 것으로 보이며, 그의 글이 가지고 있는 특색에 대한 기술이 상세하다. 둘째는 장주가 재상으로 초빙된 것과 관련한 일화다. 이는 장주가 세상을 바라보는 시각과 삶에 대한 철학을 엿볼 수 있는 이야기로서, 인위적이지 않고 자연의 섭리대로 살아가야한다는 도가의 철학이 녹아 있는 우화라고 할 수 있다.

그럼 열전과 달리 소설 속에서는 장주가 어떻게 그려지고 있는지 〈장자휴고분성대도〉의 줄거리를 요약정리해서 살펴보면 다음과 같다.

> 주나라 말기에 고결한 현자가 있었는데 이름은 莊周였고, 자는 子休였으며, 송나라 蒙邑 사람이다. 일찍이 주나라에 출사하여 漆園吏가 되었다. 그는 도교의 조종이자 대성인 노자 李耳를 스승으로 삼았다. 장자는 노자로부터 자신이 전생에 나비였음을 듣고서 깨달음을 얻었고, 노자로부터 ≪道德≫ 오천 자의 비결을 전수 받은 후 관직을 버리고 천하를 주유하였다.
>
> 제나라를 주유하던 장자는 田宗의 여식 田氏를 아내로 맞이하였고, 두 사람은 행복하게 살았다. 그러던 어느 날, 초 위왕이 장자의 현명함을 듣고 재상으로 초빙하고자 사자를 보내자, 장자는 재상으로 관직에 있는 것이 소가 화려한 비단을 입고 태묘에 들어가서 제물이 되는 것에 비유하며 사양한다. 그리고 宋으로 돌아가서 曹州의 南華山에 은거하였다.
>
> 하루는 장자가 외출하여 산하를 주유하다가 무덤 앞에서 부채질을 하는 한 여인을 발견하였는데, 알고 보니 남편 무덤의 흙이 다 말라야 재가할 수 있다는 남편의 말을 따르기 위해 부채질을 하고 있는 것이었다. 장자는 도술을 써서 흙을 마르게 해주었고, 집으로 돌아와서 이 사

慾爲孤豚, 豈可得乎 ? 子亟去, 無汚我。我寧遊戱汚瀆之中自快, 無爲有國者所羈, 終身不仕, 以快吾志焉。"

연을 전씨에게 이야기 해주었다. 전씨는 그 여인을 욕하였고, 장자가 전씨도 장자가 죽으면 그럴지도 모른다고 하자 장자에게도 욕을 해댄다. 장자는 이런 전씨를 시험하기 위해 일부러 죽은 척 하였고, 전씨는 장자의 장례를 치르기에 이른다.

장례를 치르던 어느 날, 용모가 준수하고 단정한 초나라 왕손이 장자의 제자가 되기를 청하러 왔다가 장자가 죽은 것을 알게 되었다. 왕손은 제자로서 백 일간 상을 지키기를 전씨에게 청하였는데 전씨도 이를 허락하였다. 상을 치르는 과정에서 두 사람은 서로 가까워졌고, 결국 전씨의 적극적인 유혹으로 두 사람은 장례 도중에 혼례를 치르게 되었다. 그런데 왕손이 갑자기 병으로 쓰러지고, 이 병을 낫게 할 수 있는 것은 사람의 골수밖에 없다고 하자 전씨는 장자의 시신에서 골수를 빼내려하였다. 그런데 장자가 갑자기 다시 살아나서 전씨의 행실을 책망하자 전씨는 부끄러움을 못 이기고 목을 매고 자결하였다. 장자는 죽은 전씨를 관에 묻어주고 질버치를 두드리며 인생사의 교훈을 노래하였다.[124]

소설은 전체 구성을 세 단락으로 나누어 살펴볼 수 있다. 첫째는 주나라 관리를 지내던 장자가 노자를 스승으로 삼아 깨달음을 얻게 되는 과정에 대한 이야기다. 둘째는 천하를 주유하던 장자가 전씨와 세 번째 혼인을 하고 초 위왕으로부터 재상으로 초빙되나 이를 거절하는 이야기다. 셋째는 초야에 은거하던 장자가 부인 전씨의 정조관념을 시험하기 위해 일부러 죽은 척하였는데, 결국 전씨는 장자를 배신하고 개가하려다가 발각되자 부끄러움을 못 이기고 자결한다는 이야기다. 세 일화 중 첫 번째와 두 번째는 비교적 짧은 이야기로서 대체로 장자에 관해 전해지고 있는 역사 기록을 바탕으로 한 것임을 알 수 있고, 세 번째 일화는 이 작품의 가장 주가 되는 부분으로서 장자와 그의 세 번째 부인 전씨에 얽힌 남녀 간의 정조관념에 대한 이야기다.

---

124) ≪경세통언≫ 참조.

그럼 열전과 소설이 가지고 있는 줄거리의 차이를 비교하여 살펴보면 다음과 같다.

구분 내용	≪史記≫〈老子韓非列傳〉	〈莊子休鼓盆成大道〉
노자와 사제지간의 여부	장주가 쓴 십만 言이 노자의 학설을 밝힌 것이라는 점만 드러남.	장자가 노자를 스승으로 모시고 자신의 꿈에 등장하는 나비에 대한 대화를 통해 깨달음을 얻고, 노자로부터 ≪道德≫ 오천 자의 비결을 전수받음.
장자의 혼인관계	드러나지 않음.	세 번의 결혼을 하였는데, 첫 번째 부인은 요절했고, 두 번째는 쫓겨났으며, 세 번째 부인 전씨가 작품의 주 인물로 등장함.
죽은 남편의 무덤에 부채질을 한 여인에 대한 일화	없음	죽은 남편의 유언대로 무덤의 흙이 다 말라야 재가할 수 있다고 말하는 한 여인을 도와 장자가 무덤의 흙을 말려줌.
장자의 아내의 죽음에 대한 일화	없음	죽음을 가장하여 전씨의 정절을 시험하였는데, 결국 전씨는 장자를 배신하고 초나라 왕손과 혼인을 하려다가 발각되어 자결하였고, 장자는 질버치를 치며 노래함.

열전과 소설에서 초 위왕의 재상초빙과 같은 일화는 거의 차이가 없을 정도로 그 내용이 같은 반면, 소설은 열전과 달리 두 가지 측면에서 큰 차이를 보인다.

첫째는 노자와 장자간의 사제지간에 대한 대목이다. 열전에서는 장자의 학문의 깊이에 대해 이야기하면서 그가 쓴 십만 언이 노자의 학설을 밝힌 것이라는 점만을 드러내고 있어서 이를 통해 장자가 노자의 제자이자 노자의 학설을 계승하고 있는 인물임을 간접적으로 드러낼 뿐이다.

반면 소설에서는 노자와 장자가 사제지간임을 밝히고 있고, 장자가 노자를 통해서 도를 깨쳐서 ≪도덕≫ 오천 자의 비결을 전수받은 것으로 보다 직접적인 관계를 설정하고 있다.

둘째는 장자의 아내의 죽음에 대한 일화이다. 장자의 아내의 죽음에 대한 일화는 열전에 전혀 나오지 않는다.

소설에 나오는 장자에 대한 몇 가지 일화들은 기본적으로 ≪장자≫ 〈소요유〉편과 〈지락〉편에 나오는 일화들과 유사하며, 이 이외에 ≪遺愁集≫권11〈警悟〉에도 장자에 관한 일화가 전하나, 이것은 장자 아내의 죽음을 소재로 한 ≪장자≫〈지락〉편과 유사한 내용이다.125) 따라서 소설 줄거리와 맥락을 같이하는 ≪장자≫〈지락〉편의 줄거리를 살펴보고 소설과의 관련성을 비교해 보자.

> 장자의 아내가 죽자 혜자가 그를 조문하였다. 장자는 마침 두 다리를 뻗고 앉아서 질버치를 두드리며 노래를 부르고 있었다. 혜자가 말하였다. "그녀와 함께 살고 자식을 장성시키느라 몸이 늙었는데, 아내가 죽어도 울지 않는 것은 그래도 괜찮으나, 질버치를 두드리며 노래를 하다니 심하지 않소이까!" 장자가 말하였다. "그렇지 않습니다. 아내가 처음에 죽었을 때, 나라고 어찌 슬퍼하는 마음이 없을 수 있었겠습니까. 그 시작을 살펴보면 본래 삶은 없었던 것이고, 삶만 없었던 것이 아니라 본래 형체도 없었던 것이지요. (그리고) 형체만 없었을 뿐만 아니라 본래 氣도 없었다오. 흐릿한 속에 어지러이 섞여 있다가 변해서 기가 있게 되고, 기가 변해서 형체가 있게 되며, 형체가 변해서 삶이 있게 되는 것이지요. 지금 다시 변해서 죽은 것은 춘하추동이 서로 계절이 되어 가는 것과 같답니다. 이 사람은 지금 거대한 방에서 편안히 자고 있는데 내가 곡소리를 내며 따라서 그녀를 위해 운다면 천명을 모르는 것이라 생각되어 그래서 그친 것입니다."126)

125) 譚正璧 ≪三言兩拍資料≫ 上海古籍出版社 上海 1980 참조.
126) ≪장자≫〈지락〉 "莊子妻死, 惠子吊之, 莊子則方箕踞鼓盆而歌。惠子曰 : "與

《장자》〈지락〉편은 생사의 애락을 초월하고 일체의 기성관념을 넘어 생사를 하나로 알고, 자연에 순응하여 무위의 경지에서 유유히 노니는 데에 있다고 강조하고 있다.127) 이에 반해서 소설은 기본적으로 아내의 죽음을 소재로 한 이야기라는 점에서는 동일하나, 아내가 죽음에 이르게 된 인과관계를 줄거리에 가미함으로써 《장자》〈지락〉편의 내용을 새롭게 각색한 것임을 알 수 있다.

따라서 본편과 관련된 화본소설이 확인된 바가 없기 때문에 현재까지 확인 가능한 문헌을 바탕으로 종합적으로 말하자면, 《장자》〈지락〉편이 소설 창작의 주된 원천이 되었을 것으로 추정할 수 있다.

18) 왕안석(王安石)128)
― 〈王安石三難蘇學士〉(《경세통언》권3)/〈拗相公飮恨半山堂〉
(《경세통언》권4)

(1) 머리말
중국 명대 단편소설집 '삼언' 중에는 역사 인물을 소재로 창작된 적지

___

人居, 長子老身, 死不哭亦足矣, 又鼓盆而歌, 不亦甚乎!' 莊子曰:"不然。是其始死也, 我獨何能無概然！察其始而本無生, 非徒無生也, 而本無形, 非徒無形也, 而本無氣。雜乎芒芴之間, 變而有氣, 氣變而有形, 形變而有生, 今又變而之死, 是相與為春秋冬夏四時行也。人且偃然寢於巨室, 而我噭噭然隨而哭之, 自以為不通乎命, 故止也。"'

127) 안동림 역주 《장자》 현암사 서울 2011 p.445.
128) 삼언에는 〈王安石三難蘇學士〉(《警世通言》卷3)과 〈拗相公飮恨半山堂〉(《警世通言》卷4)의 두 작품이 왕안석을 소재로 한 작품이다. 그런데 두 작품에서 드러나는 왕안석의 형상은 분명한 차이가 있기 때문에 소설 속에서 그려지고 있는 왕안석을 재조명할 필요성이 있었다. 따라서 필자는 천대진 · 정헌철 공저로 〈'三言'에 나타난 王安石의 形象〉(2015)이라는 제목의 논문을 대한중국학회에 투고하여 등재되었고, 해당논문의 목차에 따라 본문에 수록하였다.

않은 작품들이 산견된다. 대체로 그간의 삼언에 관한 연구는 주로 남녀 간의 애정을 주제로 한 소설, 상인을 주제로 한 소설, 불교나 도교적 색채를 띤 소설, 기녀나 여인들을 주제로 한 소설 등의 특정 주제와 소재에 대한 연구가 많았다면, 실존 역사 인물을 그 창작대상으로 삼은 작품에 대한 연구는 그간 그다지 주목하지 않은 분야로 보인다. 필자는 이러한 역사인물을 대상으로 창작된 소설 작품들의 연구 가치에 대해 주목하게 되면서 삼언 속에서 확인 가능한 '역사인물소설'을 개략적으로 살펴 본 바, 전체 120편의 단편소설 중에서 약 30편 안팎의 작품들이 이에 해당하는 것임을 확인할 수 있었다. 여기서 말하는 역사인물이란 '정사와 같은 역사 기록을 통해서 그 인물의 열전이 남아 있는 경우나, 열전 이외의 개인 문집, 혹은 사적 등의 자료들을 통해서 확인이 가능한 인물'로 그 경계를 삼을 수 있을 것이다. 그러나 우선은 각 시대의 왕들에 대한 기록이나 정사의 열전 속에 기록이 남아있는 인물들을 소재로 삼은 소설작품에 대한 연구를 선행해 볼 수 있을 것이며, 차후에는 비록 정사에서는 기록을 확인할 수 없지만 방대한 역사 문헌기록 속에서 상당한 인지도가 있는 인물에 대해서도 그 연구대상의 범위를 점차 확대하는 방식을 고려해 볼 수 있을 것으로 사료된다. 따라서 향후 진행하게 될 일련의 삼언 속 역사인물 고찰에서 이 글은 그 시발점의 성격을 띤다.

현재까지 왕안석에 대한 역사적인 자료는 ≪송사≫〈왕안석전〉을 위시한 여러 문인들의 문집 속에서 직·간접적으로 확인할 수 있는데, 시대별로 그리고 그를 바라보는 시각별로 왕안석에 대한 평가는 긍정적 시각과 부정적 시각으로 나누어져 있음을 확인할 수 있다. 왕안석에 대한 부정적 시각은 ≪송사≫〈왕안석전〉을 위시해서 송대와 명·청대에 이르기까지 대체로 끊임없이 이어져 왔으나, 남송대의 육구연과 주희, 명대의 이지, 청대의 채상상, 민국 연간의 양계초, 곽말약 등은 왕안석을 부분적 혹은 전반적으로 긍정적 평가를 해왔음을 확인할 수 있다.[129]

왕안석에 대한 이러한 긍정적 시각과 부정적 시각은 명대 말기에 출간된 단편소설집 삼언 속에서도 드러나는데, ≪송사≫와 같은 역사기록 속에서 그려지고 있는 왕안석과 명대 단편소설 속에서 그려지고 있는 왕안석에 대한 비교는 명대에 성행한 역사인물소설의 각색 양상에 대해 고찰해 볼 수 있다는 점에서 연구 의의가 있는 것으로 판단된다.[130]

필자는 삼언 소설작품 중에서 왕안석을 소재로 창작된 두 작품 ≪경세통언≫ 제3권 〈왕안석삼난소학사〉와 제4권 〈요상공음한반산당〉에 드러난 왕안석에 대한 대조적 인물형상을 작품 간 비교를 통해 고찰함과 동시에, 명대 단편소설 속에서 그려지고 있는 왕안석에 대한 시대적 관점은 어떤 것이었는지 고찰해 보고자 한다. 또한 두 작품에 등장하는 역사적 사건과 인물들에 대해 작가는 어떤 각색을 통해서 소설화하였는지를 분석해 볼 것이다. 이를 통해 우리는 명대 역사인물소설이 가지고 있는

---

129) 史蘇苑 〈關於王安石評價的幾個問題〉 ≪中州學刊≫ 1988年 第6期, 참조.

130) 먼저 〈요상공음한반산당〉은 명대 중기에 출간된 것으로 추정되는 ≪경본통속소설≫에 〈요상공〉이라는 제목으로 처음 실렸고, 이어서 이 보다 뒤인 明 熹宗 天啟 4년(1624년)에 출간된 ≪경세통언≫에 다시 실렸다. ≪경세통언≫은 宋·元代의 소설과 明代의 소설을 수집·각색·창작한 작품들이 혼재해 있기 때문에 〈요상공음한반산당〉의 창작 시기는 추정에 그칠 수밖에 없으나, 본문 속에서 '如今說先朝一個宰相', '這時代不近不遠, 是北宋神宗皇帝年間', '後人論宋朝元氣, 都爲熙寧變法所壞, 所以有靖康之禍'과 같이 말한 것을 유추해 보건데, 이는 최소한 남송대 내지는 남송대 이후(원대, 명대)에 창작한 것으로 볼 수 있다. 鄭振鐸의 〈明淸二代的平話集〉에서는 이 작품의 창작연대를 南宋代로 추정하고 있다. 이와 달리 〈왕안석삼난소학사〉는 송대 曾慥가 펴낸 ≪高齋漫錄≫에서 이 고사의 일부 내원을 찾아볼 수 있으나, 그 창작연대를 판단할 만한 자료가 부족하고 소설 작품 속에서도 이를 추정할 만한 표현이 거의 드러나지 않기 때문에 송·원대 창작, 송·원대 창작 후 명대 각색, 명대 창작이라는 세 가지 가능성을 모두 생각해 볼 수 있다. 鄭振鐸의 〈明淸二代的平話集〉에서는 이 작품의 창작연대를 명대로 보고 있다. 鄭振鐸 ≪中國文學論集≫(香港: 港靑出版社, 1979) / 김정욱 〈〈三言〉小說硏究〉 (서울: 成均館大學校大學院 中語中文學科 박사학위논문, 1987) 참조.

창작성향에 대해 다소간 이해의 폭을 넓힐 수 있을 것이다.

(2) 〈요상공음한반산당〉에 나타난 부정적 형상

≪경세통언≫ 제4권 〈요상공음한반산당〉은 "요상공이 반산당에서 한을 삭히다"는 제목으로서, 여기서 '요상공'이란 '고집스런 재상'이란 뜻이며, 바로 왕안석을 부정적으로 비꼬는 말이다. 작품 속에서 왕안석은 재상직을 그만두고 강녕부로 내려가는 과정에서 갖은 수모와 수치를 당하고, 자신이 재상으로 있었을 당시의 정치적 과실이 어느 정도까지 일반백성에게 해악을 끼쳤는지를 뒤늦게 깊이 깨닫는다는 것이 이 작품이가지고 있는 대략의 줄거리이다.[131] 즉, 작품 속에서 왕안석은 나라와 백성을 망친 고집스런 재상으로 비춰지고 있고, 백성들이 그를 얼마나 증오하고 미워하는지를 여정 내내 체험하게 되면서 자신의 과오를 뉘우친다는 설정으로서, 전체적으로 그 인물됨을 철저히 부정적으로 묘사하고 있다.

먼저 입화에서 작가는 두 인물에 대한 고사를 인용함으로써 왕안석에 비유될 만한 인물을 통해 그에 대한 역사적 평가를 풀어가고 있다. 그중 한 인물은 주 문왕의 막내인 주공에 대한 일화이다. 주공은 문왕이 죽자 어린 무왕을 보좌하며 주나라의 대업을 이어갔으나, 管叔과 蔡叔의 유언비어 때문에 하마터면 왕위를 찬탈하려하는 역적으로 몰릴 뻔하였다. 다행히 중상모략한 그 전모가 드러나서 관숙과 채숙은 주살되고, 위태롭던 주왕실은 다시 안정을 되찾는다. 그리고 주공은 유언비어 때문에 변방인 東國으로 피신했었는데, 작자는 만약 이 시기에 주공이 죽기라도

---

131) 강녕부는 중국 송대에 설립된 府의 이름으로서 지금의 남경을 관할하던 행정단위이다. 이곳은 왕안석이 처음 관직생활을 시작하며 명성을 쌓아간 곳이기도 하며, 재상을 완전히 그만두고 다시 돌아와서 1년간 다시 판강녕부를 지내다가 은거한 곳이기도 하기 때문에 왕안석과의 인연이 깊은 지역이다.

했다면 역사에서는 '호인'이 '악인'으로 되는 일이 벌어질 수도 있었음을 말한다.

두 번째 인물은 王莽이다. 왕망은 西漢 平帝의 외숙으로서, 그는 한나라 왕위를 찬탈하기 위해 현자들을 존중하고 예를 다하면서 거짓으로 공평하게 행하며, 업적을 가장하였다. 그리고 민심이 자신에게 있다고 판단한 순간, 평제를 독살하고 왕위를 빼앗았다. 이후 南陽 劉文叔이 군사를 일으켜 그를 주살하기까지 왕망은 18년간 재위에 있었다. 작자는 만약 왕망이 18년 전에 일찍 죽었더라면 그는 훌륭한 재상으로서 이름을 남겼겠지만, 역사는 그를 '악인'으로 기억함을 말한다.

작자가 입화에서 이 두 인물을 먼저 거론한 것은 바로 왕안석이 재상에 오르면서 세상 사람들에게는 '악인'으로 간주될 수밖에 없었음을 시사하고 있다. 실제로 왕안석은 신종 희녕 2년(1069년)에 처음 재상을 맡았고, 희녕 8년(1075년)에 다시 재상에 복직하였는데, 작자는 재상을 맡기 전까지 그가 관직에 있으면서 쌓았던 좋은 평판과는 달리 재상이 되는 순간 '호인'에서 '악인'으로 평가받게 되었음을 꼬집고 있는 것이다.

이어서 정화는 크게 세 단락으로 나누어져 있다. 첫 번째 단락은 왕안석이 아들 王雱의 죽음을 계기로 재상을 그만두고 낙향하기를 결심하는 단계이다. 그리고 두 번째 단락은 왕안석 일행이 강녕부로 내려가면서 온갖 수모를 겪는 단계이다. 그리고 세 번째 단락은 금릉에 도착한 왕안석이 지난날을 뉘우치다 결국 피를 토하며 병사하는 단계이다. 본고에서는 왕안석의 부정적 인물형상이 집중적으로 잘 드러나 있는 두 번째 단락을 중심으로 자세히 살펴보고자 한다.

재상을 맡고 있었던 왕안석은 아들 왕방이 죽자 그 슬픔을 못 이기고 강하게 사직을 원하였고, 신종이 이를 허락하자 재상직을 그만두고 강녕부로 내려가게 되었는데, 이는 ≪송사≫〈왕안석전〉과도 일치하는 부분이다.

왕안석은 재상에 복귀해서도 누차 병을 핑계로 사직을 요청하였고, 아들인 왕방이 죽자 더욱 그 슬픔을 견딜 수 없어 더 강하게 사직을 청하였다. 신종도 그가 더욱 싫어져서 파직시켜 진남군절도사동평장사로서 판강녕부가 되게 하였다.[132]

그러나 당시 왕안석이 강녕부로 내려가는 동안의 여정은 정사의 기록에는 나오지 않는 부분으로서 소설은 이를 하나의 플롯으로 설정하였고, 그간의 정치적 행보가 가져온 부정적 결과를 이 여정을 통해서 여실히 보여주게 된다. 왕안석이 백성들에게 네 차례에 걸쳐 모진 수모를 겪는 과정을 요약해보면 다음과 같다.

첫 번째는 동경을 출발하여 금릉으로 향하던 왕안석 일행이 鍾離지방을 지날 때 한 인가의 주인과의 대화에서, 그리고 저자거리에서 심상치 않은 민심을 접하면서 겪는 수모에 대한 일화이다. 두 번째는 하룻밤을 묵기 위해 들른 한 촌가에서 만난 촌로의 말을 통해 자신이 시행한 신법에 대해 신랄한 비판을 받고, 촌로의 격한 반응을 보며 급히 자리를 피하는 일화이다. 세 번째는 다시 길을 가던 왕안석 일행이 또 다른 촌가에 묶게 되었을 때, 촌가의 노파가 자신의 집에 있는 돼지를 '요상공'이라 부르고, 닭을 '왕안석'이라고 부르는 모습을 목격하며 능욕을 당하는 일화이다. 네 번째는 민가에서 더 이상 머물 수가 없게 된 왕안석 일행이 역정에 머물고자 했으나, 여기에서마저 수모를 당하고 금릉으로 급히 도망가는 일화이다.

이 네 번의 수모를 통해서 그려지고 있는 왕안석의 부정적 인물형상을 보다 상세하게 들여다보자.

먼저 첫 번째는 종리 지방에 도착한 왕안석 일행이 뱃길을 포기하고

---

132) ≪宋史≫ 327 〈王安石傳〉. "安石之再相也屢謝病求去, 及子雱死尤悲傷不堪, 力請鮮幾務。上盆厭之罷爲鎭南軍節度使同平章事判江寧府。"

육로를 택해야 하는 상황에서 발생했다. 일행은 육로로 가기 위해 말과 가마가 필요했으나, 민가에서 들은 실정은 백성들이 곤궁해져서 한가롭게 말이나 노새를 키울 여력이 없다는 것이었고, 이윽고 어렵게 구해온 것은 노새 한 마리와 당나귀 한 마리가 전부였다. 이것은 당시에 민가의 곤궁한 생활이 어느 정도였는지 그 실상을 폭로하고, 왕안석이 실시한 신법의 폐해가 컸음을 꼬집기 위한 장치로 보인다.

그리고 가마와 말을 구하는 동안에 왕안석은 저자거리로 나가 보았는데, 저자거리 또한 생기가 없고 점포도 드문 것을 목격할 수 있었으며, 어느 찻집에 들어갔다가 벽 위에 있는 한 수의 시를 발견하였다.

祖宗制度至詳明　조종의 제도는 지극히 상세하고 분명하여
百載餘黎樂太平　백년 넘게 즐겁고 태평하였으나
白眼無端偏固執　백안이 까닭 없이 고집만 부리며
紛紛變亂拂人情　분분한 변란으로 인정을 거슬렀네[133]

자신을 비방한 글임을 알아차린 왕안석은 황급히 찻집을 나와서 다른 곳으로 이동하였으나, 한 사원의 기둥에 붙어있는 또 한 장의 종이를 발견하게 되는데, 이 또한 자신이 '조종의 법도를 바꾸고 어지럽혀 종국에는 송나라 세상을 태평하지 못하게 한' 인물로 그려지고 있음을 발견하게 된다.[134] 민심을 알아차린 왕안석은 황급히 그곳을 떠나 다시 여정에 오른다.

그리고 두 번째는 종리를 떠난 왕안석 일행이 다시 길을 가다 어느 촌가에 머물면서 벌어진다. 한 촌가의 일흔 여덟이 된 노인은 자식이 넷이나 있었지만, 신법의 해악 때문에 자식을 모두 잃고 말았고, 青苗法,

---

133) 馮夢龍 ≪警世通言≫ 4卷 〈拗相公飮恨半山堂〉(北京: 人民文學出版社, 1991), 44쪽.
134) 위의 책 44쪽. "變亂祖宗法度, 終宋世不得太平。"

256
'삼언(三言)' 소설이 된 역사인물

保甲法, 助役法, 保馬法, 均輸法 등이 백성들에게 끼친 악영향을 눈물을 흘리며 토로하였다.

> ……처음에 청묘법을 설치하여 농민들을 학대하였고, 연이어 세운 보갑법, 조역법, 보마법, 균수법 등은 난잡하기가 한두 가지가 아니었답니다. 관부는 위로 조정을 받들면서 아래로 백성을 학대하니 몽둥이질에 약탈을 일삼기가 다반사였지요. 벼슬아치들은 밤에 성문으로 불러내니 백성들은 편안하게 잠을 잘 수가 없었습니다. 그래서 생업을 내팽개치고 처자를 데리고 깊은 산속으로 도망간 사람들이 하루에도 수십 명이나 되었지요. 이 마을에는 백 여 가구가 있었는데, 지금은 여덟아홉 집이 있답니다. 소인의 집에도 남녀가 모두 열여섯 명이 있었지만, 이제는 네 식구만이 근근이 살아갈 뿐이랍니다![135]

촌로의 넋두리 역시 당시에 왕안석이 실시한 신법의 제도적 폐해를 질타하기 위해 넣은 의도적인 장치로 볼 수 있다. 그러나 신법의 효용과 폐해에 대한 역사적 평가에 대해서는 4장에서 다시 살펴보겠지만, 작품 속에서는 이 법들을 실제로 체감하고 살아가던 백성들의 당시 세 부담이 상당히 과중했음을 강조하고 있는 대목으로 이해할 수 있다.

세 번째는 다시 길을 가던 왕안석 일행이 또 다른 촌가에 머문 다음날에 벌어진다. 하룻밤 신세를 지게 된 촌가의 노파가 자신의 집에서 키우는 돼지와 닭을 몰고 나가 밥을 주는 과정에서, 돼지들을 보며 "꿀꿀꿀, 요상공아 와라.", "꼬꼬꼬, 왕안석아 와라."하며 왕안석을 가축에 비유하며 능멸하게 되고, 이를 지켜 본 왕안석은 아연실색한다. 노파는 면

---

135) 馮夢龍 ≪警世通言≫ 4卷 〈拗相公飮恨半山堂〉(北京: 人民文學出版社, 1991), 46-47쪽. "……始設靑苗法以虐農民, 繼立保甲, 助役, 保馬, 均輸等法, 紛紜不一。官府奉上而虐下, 日以棰掠爲事。吏卒夜呼於門, 百姓不得安寢。棄産業, 攜妻子, 逃於深山者, 日有數十。此村百有餘家, 今所存八九家矣。寒家男女共一十六口, 今只有四口僅存耳！"

역이니 조역이니 해서 세금 부담이 크고, 부역 또한 여전해서 생업을 이어가기 어려운 처지를 토로하며 자신이 키우는 짐승을 왕안석에 비유한 이유를 다음과 같이 설명한다.

키우는 닭과 돼지를 모두 요상공, 왕안석이라고 부르는 것은 왕안석을 짐승으로 여기기 때문입니다. 금생에서는 그를 어찌할 수 없으니 내생에라도 그를 다른 짐승으로 변하게 해서 삶아 먹어야만 가슴 속의 한을 풀 수 있겠소이다![136)

네 번째는 더 이상 민가에서 머물 수 없다고 판단한 왕안석 일행이 역참에 있는 관사에 들러서 하룻밤을 쉬어가려하다 겪게 되는 일화이다. 그러나 민가가 아닌 관사에서도 왕안석을 비방하는 시가 두 군데나 붙어 있는 것을 발견하고, 왕안석은 결국 발끈하며 역졸에게 따져 물었다. 그런데 역졸의 대답은 이러한 시가 모든 역참에 다 붙어 있는 것이고, 이 시가 어떻게 지어진 것인가에 대해 다음과 같이 답한다.

왕안석이 신법을 세워 백성을 해롭게 하였기 때문에 백성들의 한이 골수에 뻗었습죠. 근자에 듣기로 왕안석이 재상의 자리에서 사직하고 강녕부로 부임해서 간다고 하니 필시 이 길을 통해서 지나갈 것입니다. 아침저녁으로 늘 마을 농민 수백 명이 이 부근에 모여들어서 그가 오기를 기다리고 있습니다.[137)

그리고 왕안석이 백성들이 모여드는 이유가 자신을 배알하기 위한 것

---

136) 馮夢龍 《警世通言》 4卷 〈拗相公飮恨半山堂〉(北京: 人民文學出版社, 1991), 49쪽. "畜養雞豕, 都呼爲拗相公, 王安石, 把王安石當做畜生。今世沒奈何他, 後世得他變爲異類, 烹而食之, 以快胸中之恨耳！"
137) 위의 책 50쪽. "因王安石立新法以害民, 所以民恨入骨。近聞得安石辭了相位, 判江寧府, 必從此路經過。早晚常有村農數百在此左近, 伺候他來。"

'삼언(三言)' 소설이 된 역사인물

인지를 묻자, 역졸은 답한다.

　　원수 같은 인간인데 어찌 배알하는 사람이 있겠습니까! 여러 백성들
　이 몽둥이를 들고 그가 오기를 기다렸다가 때려 죽여서 나눠먹을 따름
　입니다.[138]

　왕안석은 크게 놀라서 식사도 그른 채 급히 역참에서 도망쳐서 이틀
길을 하루같이 쉬지 않고 달려서 금릉에 도착하였다.
　이 이외에도 작품 사이사이에는 왕안석의 마음을 적잖이 곤혹스럽게
한 시들이 여러 수가 있었고, 수차례에 걸친 수모를 당한 왕안석은 결국
건강이 악화되어 얼마 지나지 않아서 피를 토하고 죽고 말았다. 작가는
왕안석이 피를 토하며 죽는 과정 또한 자신이 재상으로 있을 때 내친
唐介라는 인물이 억울하게 피를 토하며 죽은 것에 대한 벌을 받는 것이
고, 똑같은 모습으로 죽었으나 당개는 왕안석보다 더한 명성을 얻었음을
말한다.
　작자는 마지막까지 시종일관 그의 부정적 형상을 부각하기 위한 각종
의 장치를 활용하였고, 작품 마지막에는 후인들의 그에 대한 평가를 한
편의 시로 압축하였다.

熙寧新法諫書多	희녕의 신법을 많이도 간하였으나
執拗行私奈爾何	고집 부려 사사로이 행하니 어찌 하겠는가
不是此番元氣耗	이 시기에 원기를 소모하지 않았더라면
虜軍豈得渡黃河	오랑캐가 어찌 황하를 건넜겠는가[139]

---

138) 위의 책. 50쪽. "仇怨之人, 何拜謁之有！衆百姓持白梃, 候他到時, 打殺了他,
　　　分而啖之耳。"
139) 馮夢龍　≪警世通言≫　4卷　〈拗相公飮恨半山堂〉(北京：　人民文學出版社,
　　　1991), 51쪽.

259
4. 역사인물의 각색 양상

특이한 점은 작품의 맨 마지막에 짧은 한 수의 시가 더 등장하는데, 이 시는 마지막까지 일관되었던 부정적 태도와는 약간 다르게 왕안석의 재능을 애석하게 여기고 있다.

好個聰明介甫翁　　너무나 총명했던 개보옹은
高才歷任有淸風　　높은 재능으로 관직에 올라 고결한 품격 있었네
可憐覆餗因高位　　가련하게도 솥을 엎은 것은 높은 지위 때문이었으니
只合終身翰苑中　　단지 평생 한림원 속이 어울렸다네[140]

그러나 이 시조차도 표면적으로는 정치인으로서보다 학자로서의 삶이 더 어울렸을 것이라는 안타까움을 드러내는 듯하나, 실상은 정치인으로서의 왕안석의 실패를 우회적으로 질타하고 있다는 점에서 이를 긍정적 평가로 보기는 힘들다.

이상과 같이 〈요상공음한반산당〉은 왕안석이 백성들로부터 네 번의 수모를 겪는 장면을 통해 철저하게 왕안석에 대한 부정적 인물형상을 관철시키고 있고, 왕안석이 시행한 신법이 나라는 물론 백성에 이르기까지 끼친 해악이 극에 달했음을 말하고 있다.

작가는 작품을 통해서 주공이나 왕망의 예처럼 역사에서 '호인'이 '악인'이 되고, '악인'이 '호인'이 될 수도 있는 古來의 예를 빌어 '올바른 정치적 처신의 중요성'이라는 주제를 전체 줄거리 속에서 드러내고 있다.

(3) 〈왕안석삼난소학사〉에 나타난 긍정적 형상

《경세통언》 제4권 〈요상공음한반산당〉과 마찬가지로 제3권 〈왕안석삼난소학사〉 또한 왕안석을 소재로 한 작품임에도 불구하고 왕안석에 대한 작가의 창작 태도는 판이하게 다름을 확인할 수 있다.

---

140) 위의 책 51쪽.

〈왕안석삼난소학사〉는 '왕안석이 소학사(소식)를 세 번 난처하게 하다'는 뜻으로 언뜻 보기에는 누가 긍정적 인물이고 누가 부정적 인물인지가 잘 드러나지 않으나, 작품 속에서 왕안석은 학문과 도량이 넓고 깊은 대학자의 이미지를 가지고 있는 반면, 소식은 세 번에 걸쳐 왕안석에게 경박한 실수와 학문적 한계를 드러내면서 왕안석에게 무안을 당한다는 이야기 전개를 담고 있다. 그리고 〈왕안석삼난소학사〉는 〈요상공음한반산당〉에서처럼 왕안석에만 국한된 이야기가 아니라, 소식을 주된 인물로 삼고 왕안석을 소식에 대한 대비적 인물로 그려나가고 있다는 점에서 차이를 보이고 있다.

실제 역사에서 두 사람은 16살의 나이 차이가 있었으며, 신당파와 구당파로 나뉘어 정치적으로는 서로 대립관계에 있었다. 소설 속에서는 왕안석과 소식이 사제지간임을 말하고 있는데, 소식은 자신의 경박한 행동으로 인해 왕안석에게 모두 세 번에 걸친 실수와 무안을 당하는 것으로 되어 있다.

그 첫 번째는 소식이 왕안석의 서재에서 아직 미완으로 남겨 둔 시제에 손을 대어 왕안석의 분노를 사고 이로 인해 지방으로 좌천되는 일화이다. 두 번째는 왕안석의 부탁을 받은 소식이 瞿塘의 三峽 중 中峽의 물을 떠다 주기로 하였으나, 사정상 下峽의 물을 떠다 주고서 中峽의 물이라고 변명을 하였다가 결국 들통이 나서 무안을 당하는 일화이다. 세 번째는 두 사람이 오랜만에 해후하여 학문의 깊이를 겨루는 자리에서 왕안석은 막힘없이 소식의 문제에 답하였으나, 소식은 왕안석이 낸 시제에 두 번이나 답하지 못하여 무안을 당하는 일화이다.

그러면 이 세 번의 일화를 통해서 왕안석은 소설 속에서 각각 어떤 인물로 비춰지고 있는지 살펴보자.

첫 번째 일화는 왕안석이 남겨 둔 한 편의 미완의 詩에서 출발하였다. 지방관의 임기를 마치고 상경한 소식은 왕승상부로 왕안석을 만나러 갔다가, 왕안석의 서재에서 기다리게 된다. 그리고 벼루 밑에 있던 아직 미완의 시를 보고서는 순간 그 시의 내용이 터무니없다고 여기게 되었는데, 그 미완의 시란 바로 다음과 같다.

西風昨夜過園林　　서풍은 어젯밤 원림을 지나가더니
吹落黃花滿地金　　누런 꽃 떨어트려 온 대지가 금빛이네[141]

　국화의 성질은 강해서 서리에도 결코 꽃잎이 떨어지지 않는다고 생각한 소식은 왕안석의 시가 터무니없다고 생각하였고, 순간 감흥이 일어서 글을 남겼다.

秋花不比春花落　　가을꽃은 봄꽃처럼 떨어지지는 않으니
說與詩人仔細吟　　시인에게 자세히 음미해보기를 말해보네[142]

　그런 후에 소식은 자리를 떴고, 뒤늦게 자신의 시에 소식이 손을 댄 것을 안 왕안석은 그의 경박스러움에 치를 떤다. 하지만 이는 잠시 순간적인 감정이었을 뿐, 곧 이어 마음의 안정을 되찾은 왕안석은 소식을 황주단련부사로 보낼 것을 황제에게 건의하게 되고, 결국 소식은 황주로 떠나게 된다. 그리고 황주의 국화꽃이 가을이 되어 꽃잎이 모두 떨어져서 바닥이 금빛으로 변한 것을 직접 눈으로 본 소식은 뒤늦게 자신의 경박함을 뉘우친다.
　이 과정을 표면적으로 살펴보면 왕안석이 소식을 황주로 좌천시키는 정황이 마치 공과 사를 구분하지 못하고 자신의 권력을 휘두르는 인물로 비춰질 수도 있으나, 다시 감정을 추스르고 소식으로 하여금 직접 황주

---

141) 馮夢龍 ≪警世通言≫ 3卷 〈王安石三難蘇學士〉(北京: 人民文學出版社, 1991) 28쪽.
142) 위의 책. 28쪽.

로 가서 국화를 보며 배움을 몸소 체득하도록 하였다고 보는 관점에서는 결코 악의가 아닌 그의 깊은 의중이 깔려있음을 생각할 수 있는 대목이다. 다시 말해서 소설 속에서 왕안석과 소식은 한림학사 출신의 사제지간으로 묘사되고 있기 때문에 다른 정치적 성향 등과 같은 외적인 요소들을 배제하고 보면, 스승이 재기는 넘치나 경박스러운 제자를 올바르게 훈계하기 위한 행동으로 보는 것이 가능한 것이다.

두 번째는 왕안석이 고질적인 천식을 앓고 있어서 먼 길을 떠나는 소식에게 구당의 삼협 중 중협의 물을 떠다 달라는 부탁에서 비롯된 사건이다. 왕안석은 자신의 병을 치료하기 위해서는 약재와 함께 반드시 구당의 삼협 중 중협의 물을 써야 하는 사정이 있어서 소식에게 물을 떠다 줄 것을 부탁하였는데, 소식은 이를 기꺼이 승낙하였다. 그리고 소식은 병이 난 부인을 眉州까지 바래다주는 길에 중협에 들러서 물을 길으려 했으나, 그만 때를 놓쳐서 하협의 물을 가져갈 수밖에 없었다. 두 사람이 마주한 자리에서 소식은 왕안석이 하협의 물을 떠온 사실을 간파하게 되자 결국 자신의 잘못을 사죄하였고, 왕안석은 첫 번째 사건과 두 번째 사건을 싸잡아서 훈계하며 학식의 우위를 드러낸다.

독서인은 경거망동해서는 안 되고 반드시 세심하게 이치를 살펴야 하지요. 이 노부가 직접 황주에 직접 가서 국화를 본 적이 없다면 어떻게 시 속에서 감히 국화 꽃잎이 떨어진다고 함부로 말하겠소? 이 구당의 물의 성질은 《수경보주》에 나오지요. 상협의 물의 성질은 너무 급하고 하협은 너무 완만하답니다. 오로지 중협만이 완급이 딱 절반이랍니다. 태의원관은 명의이니 이 노부가 천식이 있음을 알아차리고 전고를 사용하여 중협의 물을 이용하게 한 것이오. 이 물에 양이차를 끓이면 상협의 물은 맛이 진하고, 하협의 물은 맛이 연하며, 중협의 물은 진하고 연한 것의 중간이지요. 지금 보니 차색이 한참이 지나서야 비로소 나타나니 그런고로 이것은 하협의 물이라는 것이오.[143]

세 번째는 오랜만에 해후한 두 사람이 그간의 학문이 발전하였는지 서로 시험해보는 장면에서이다. 두 사람은 서로에게 문제를 내어 이에 답하지 못하면 배움이 없는 것으로 치는 시험을 치르게 되었는데, 먼저 왕안석은 소식에게 좌우 스물 네 개의 책장에 가득 차 있는 책 중에서 아무 책이나 선택하여 어느 한 구절을 읽으면 자신이 뒤 구를 답하는 것으로 정하였고, 소식이 문제를 냈다.

　　소동파는 꾀를 내어 먼지가 아주 많은 곳을 골랐는데, 오랫동안 보지 않아서 잊었을 것이라고 생각하였다. 마음대로 한 권을 뽑아서 쓰인 제목도 보지 않고 중간쯤을 펼쳐서 보이는 대로 한 구절을 읽었다. "여의군은 잘 계시는가?" 형공이 이어서 답하였다. "'내가 이미 그것을 삼켜버렸다.'가 아닌가?" "맞습니다."라고 소동파는 답하였다.[144]

이 내용은 《漢末全書》에 나오는 〈如意君傳〉[145]이라는 고사의 한 구

---

143) 馮夢龍 《警世通言》 第3卷 〈王安石三難蘇學士〉(北京: 人民文學出版社, 1991), 35쪽. "讀書人不可輕擧妄動, 須是細心察理。老夫若非親到黃州, 看過菊花, 怎麼詩中敢亂道黃花落瓣？這瞿塘水性, 出於《水經補注》。上峽水性太急, 下峽太緩。惟中峽緩急相半。太醫院官乃明醫, 知老夫乃中脘變症, 故用中峽水引經。此水烹陽羨茶, 上峽味濃, 下峽味淡, 中峽濃淡之間。今見茶色半晌方見, 故知是下峽。"

144) 위의 책 35쪽. "東坡使乖, 只揀塵灰多處, 料久不看, 也忘記了。任意抽書一本, 未見籤題, 揭開居中, 隨口念一句道：'如意君安樂否？'荊公接口道：'竊已啖之矣。'可是？'東坡道：'正是。'"

145) 위의 책 36쪽: 《漢末全書》 〈如意君傳〉은 그 문헌 기록을 《警世通言》에서만 확인할 수 있으며, 왕안석과 소식이 문답으로 주고받았던 고사의 줄거리는 대략 다음과 같다. "한나라 말 靈帝 때, 長沙郡의 武岡山 뒤에는 여우굴 하나가 있었는데, 수 장 안으로 깊이 들어가면 꼬리 아홉 달린 구미호 두 마리가 있었다. 세월이 흘러가면서 둘 다 변신을 할 수 있게 되었고, 때때로 아름다운 부인으로 변해서 남자들이 지나가는 것을 보게 되면 동굴 속으로 꾀어서는 즐겁게 놀았다.……후에 성이 劉이고 이름이 璽인 한 방중술에

'삼언(三言)' 소설이 된 역사인물

절이었는데, 왕안석은 명쾌하게 답하였다. 그리고 소식에게 이 이야기가 어떤 구절에 나오는 것인지를 물었으나, 소식은 답하지 못하였다.

이어서 이번에는 왕안석이 소식에게 문제를 냈다. 소식은 평소에 대련을 잘 짓기로 유명하다는 것을 안 왕안석은 두 번에 걸쳐서 자신이 지은 대련에 대한 대구를 지어보도록 청하였다. 그러나 소식은 두 번 모두 대구를 지어 답하지 못하자, 사죄하며 밖으로 나가고 말았다.

왕안석은 소동파가 듣기 싫은 말을 들었지만, 끝내 그 재주가 아까워서 다음 날 신종 천자에게 아뢰어 그를 한림학사로 복직시켰다. 비록 경박스러움으로 실수를 하기도 하였으나 소식의 재주를 높이 산 왕안석이 그를 다시 한림학사에 복직시키기를 주저하지 않는다는 대목에서 작가는 왕안석의 대인다운 풍모를 부각시키고 있다.

이 세 번의 일화를 통해서 작가는 소식을 학문적 깊이가 왕안석만 못할 뿐 아니라 자신의 재주만을 믿고 경박스럽게 행동하는 다소 신중하지 못한 인물로 묘사하였다. 그리고 이와는 반대로 왕안석에 대해서는 박학다식함과 겸허한 학문자세를 갖추었을 뿐만 아니라 학문적 성취가 대단

뛰어난 사람이 있었는데, 산에 들어가서 약초를 캐다가 두 요괴에게 사로잡히고 말았다.……하루는 큰 여우가 먹이를 구하러 산을 나서자 작은 여우가 굴속에 있으면서 운우의 정을 요구하였으나 그 욕정을 이루지 못하였다. 작은 여우는 크게 노하여 劉璽를 뱃속으로 산채로 삼켜버렸다. 큰 여우는 굴로 돌아와서 마음속으로 유새를 그리워하여 물었다. "如意君은 잘 계시는가?" 작은 여우가 대답하였다. "내가 이미 삼켜버렸어." 두 여우는 서로 다투면서 쫓고 쫓기며 온 산에 고함을 쳤고, 나무꾼이 몰래 듣고는 그것을 상세하게 '漢末全書'에 기록하였다."

"漢末靈帝時, 長沙郡武岡山後有一狐穴, 深入數丈。內有九尾狐狸二頭。日久年深, 皆能變化, 時常化作美婦人, 遇著男子往來, 誘入穴中行樂。……後有一人姓劉名璽, 入山采藥, 被二妖所擄。……一日, 大狐出山打食, 小狐在穴, 求其雲雨, 不果其欲。小狐大怒, 生唊劉璽於腹內。大狐回穴, 心記劉生, 問道, '如意君安樂否？' 小狐答道：'竊已唊之矣。' 二狐相爭追逐,　滿山喊叫。樵人竊聽, 遂得其詳, 記於'漢末全書'。"

히 높은 대가의 풍모를 그려내고 있다. 따라서 〈왕안석삼난소학사〉는 전반적으로 왕안석에 대해 상당히 긍정적인 인물형상을 드러내고 있다.

이상과 같이 〈요상공음한반산당〉과 〈왕안석삼난소학사〉에 나타난 왕안석의 대조적 인물형상을 살펴보았는데, 삼언 전체를 통틀어 보아도 특정인물에 대한 창작관점이 이토록 극명하게 다른 두 작품이 존재한다는 점은 정말 보기 드문 현상이 아닐 수 없다. 이는 송대 이래로 역사 속에서 비춰지고 있는 왕안석에 대한 엇갈린 평가들과도 무관하지 않을 것으로 생각된다. 그리고 이 두 작품은 비록 풍몽룡이 펴낸 소설집에 함께 수록되어 있지만 창작자에 대한 정확한 정보가 없기 때문에 같은 작자가 쓴 두 작품인지, 아니면 서로 다른 작자가 쓴 것을 수집하여 수록한 것인지에 대한 궁금증이 증폭되는 작품들이 아닐 수 없다.

만약 한 작자가 서로 상반된 입장의 두 작품을 창작하였다면, 이는 작자가 왕안석에 대한 기존의 부정일변의 편향된 시각에 균형을 주고자 한 것으로 해석해볼 수도 있으나, 그럴 가능성은 적어 보인다. 왜냐하면 〈요상공음한반산당〉은 명대 중기 《경본통속소설》에 〈요상공〉이라는 제목으로 처음 실린 후 《경세통언》에 다시 실릴 정도로 줄곧 인기를 구가한 작품으로써 대체로 남송대 혹은 그 이후에 처음 창작된 작품으로 추정하는 반면, 〈왕안석삼난소학사〉은 《경세통언》에 처음 실렸고 같은 류의 다른 작품집에 실린 예가 없는 것으로 보아 명대에 들어서서 창작되었으리라는 것에 더 무게가 실리고 있기 때문이다. 따라서 두 작품은 각기 다른 시기에 다른 작가에 의해 창작된 것으로 보는 것이 설득력 있어 보인다.

창작자와 창작시기에 대한 이상과 같은 문제와는 별개로, 풍몽룡은 〈왕안석삼난소학사〉와 〈요상공음한반산당〉을 나란히 《경세통언》 제3권과 제4권에 수록하였다. 풍몽룡은 여러 단편소설 작품들을 수집·각색·편집하여 '세상에 널리 경고하는 이야기'들을 수록하면서, 한 작품은

'삼언(三言)' 소설이 된 역사인물

왕안석을 꼬집고 비판하는 이야기로, 한 작품은 소식을 꼬집고 비판하는 이야기로 구성하여 ≪경세통언≫이 지향하는 취지를 분명하게 드러내 보이고 있다. 그런데 이 과정에서 왕안석을 부정적으로 그려낸 〈요상공음한반산당〉과는 달리, 소식을 부정적으로 그려낸 〈왕안석삼난소학사〉에서는 소식과 대조적인 인물형상을 가진 인물로 왕안석을 전면에 내세움으로써 소식의 단점과 대척점에 있는 정면인물로 활용하고 있으며, 작품 속에서 왕안석이 글의 전개를 끌어가는 과정에서 차지하는 비중 또한 그리 적지가 않다.

명대에 이르기까지 주로 부정적 측면이 많이 부각되던 왕안석에 대해 풍몽룡은 소설을 통해서 새롭게 재조명할 필요성을 인식하고 의도된 각색을 한 것은 아닌지에 대해서는 문헌을 통해서 확인할 길이 없으나, ≪경세통언≫을 통해서 세상에 널리 경고하는 경계의 이야기의 표본으로 활용하였음은 의심의 여지가 없어 보인다. 물론 ≪경세통언≫에 실린 40편의 작품이 모두 이러한 주제를 관철시키고 있는 것은 아니기 때문에 삼언속 작품들의 창작의도를 소설집 전체를 대상으로 이끌어내는 것은 무리가 따른다.146) 따라서 필자는 본고에서 왕안석 관련 두 작품이 가지고 있는 경세적 성격에 집중하여 고찰하였음을 밝혀둔다.

(4) 각색의 양상

〈요상공음한반산당〉과 〈왕안석삼난소학사〉에서 살펴본 왕안석에 대한 대조적 인물 형상에 대해서는 우선 역사기록에서 그 근거를 확인해

---

146) ≪경세통언≫ 제1권 〈兪伯兒捧琴謝知音〉'는 兪伯兒와 그의 知音 鍾子期에 대한 아름답고도 슬픈 우정의 이야기를 담고 있는데, 이 작품에서는 '경세'의 의미를 찾을 수가 없다. 또 ≪유세명언≫ 제22권 〈木綿菴鄭虎臣報寃〉같은 작품은 '警世'의 창작의도가 뚜렷하게 드러나는 작품임에도 불구하고 ≪경세통언≫에는 실리지 않은 것을 그 예를 들 수 있다.

볼 수 있다. 사실을 지향한 건조한 역사적 기록과 달리 작가의 개입을 통해서 인물·장소·시간·사건의 인과관계 등을 각색한 소설은 인물에 대한 새로운 상상력을 더한 공간이기에, 사실적 기록과의 대조는 작가가 지향하고 있는 소설의 주제와 창작의도를 유추할 수 있게 한다는 점에서 의의가 있는 작업이기도 하다.

먼저 〈요상공음한반산당〉은 작품의 구성상 앞서 말한 바와 같이 정사에는 나오지 않는 일정 시기를 하나의 플롯으로 설정하여 만들어낸 창작이기 때문에 작품의 전체내용이 완전한 허구에 해당한다. 다만, 왕안석이 실시한 신법에 대한 백성들의 부정적인 반응은 실제 역사와 작자의 창작의도간의 격차가 있을 수 있기 때문에, 이에 대한 사실과 각색 여부를 살펴볼 필요는 있어 보인다.

신종 희녕 2년(1069)에 왕안석은 신종의 부름을 받고 참지정사를 거쳐 재상에 임명되었으며, 이후 당시의 정치·경제·국방 전반에 걸쳐 신법을 실행하기에 이른다. 이때 시행된 정책 중 대표적인 것에는 청묘법·보갑법·조역법·보마법·균수법·시역법·농전법 등이 있는데, 여기에서는 각종 법이 제정되던 애초의 취지에 따라 백성들과 중소상인의 고충을 덜어주기 위한 법과 국가 경영상 세 부담을 늘게 할 수밖에 없었던 법을 편의상 구분하여 각각 '社會救濟法'과 '非社會救濟法'으로 나누어 살펴본다.147)

---

147) 아래 표의 신법의 세부 내용은 이근명 〈王安石 新法의 시행과 黨爭의 발생〉 《역사문화연구》46(2013)의 내용을 참고하여 정리하였다. 여기서 말하는 '社會救濟法'과 '非社會救濟法'의 분류는 어디까지나 농민과 중소상인들의 입장에서 세 부담을 줄게 한 법인지, 그렇지 않은 법인지에 대한 단일기준으로 분류해 본 것일 뿐 이것이 국정 전반과 전체 계층에 대한 종합적인 평가가 아님을 밝혀둔다.

'삼언(三言)' 소설이 된 역사인물

	세제	내용
社會 救濟法	靑苗法	정부의 재정 적자를 해소하는 목적과 함께 대지주들의 고리대로부터 농민들을 구제하려는 취지에서 시행된 신법. 재해와 기근에 대비해 常平倉, 廣惠倉 등에 비축한 양곡을 현금화하여 춘궁기에 식량이나 볍씨가 필요한 농민에게 대여하였다가 년 2할의 이율로 양곡이나 현금으로 회수하는 방식. 지주층의 반발이 심했지만 국가 재정과 농민에게는 상당한 도움을 준 제도.
	市易法	거상의 시장 독점과 고리대금에 고통 받던 중소상인의 이익을 보호하려는 취지에서 제정된 신법. 정부 자금으로 물자를 매입해주거나 연리 2할의 저리로 자금을 대부해주는 방식으로 시행. 거상들의 반발과 舊法黨의 압력으로 결국 폐지됨.
	農田法	황무지 개간을 목적으로 시행된 신법. 혜택을 받는 농민들이 세대별 등급에 따라 비용을 분담하는 방식으로 시행. 각지에서 적극적으로 호응하면서 척박한 황무지들을 옥토로 변모시킴.
非社會 救濟法	保甲法	군사비 절감과 농촌 民兵制의 원활한 운영을 목적으로 제정된 신법. 保 단위로 치안 유지 및 사건 신고 등의 의무를 부과하는 방식으로 시행. 처음에는 遼나라 등 외세와의 군사적 충돌에 대비하여 군제를 募兵制에서 民兵制로 바꿈으로써 군대를 강화하기 위한 정책이었으나 농민들의 부담이 점차 가중되자 폐지됨.
	免役法	조세징수, 치안유지, 공물수송에 농민을 징발하도록 규정한 송대 초기의 差役法이 중소 지주나 자작농에게 과중한 부담을 주자, 이에 대한 개선책으로 농민에게는 당초의 노역 대신 免役錢을 내게 한 방식. 그러나 부족한 재원 충당을 위해 면역 특권을 가진 관료·사원·상인 등으로부터 免役錢의 반액에 해당하는 助役錢을 내도록 규정하여 이들의 반발을 삼.
	保馬法	부국강병책의 일환으로 기마대 육성을 위해 보갑법에 따라 편성된 保戶에게 한두 필의 말을 대여하고 이의 공급·사육을 위탁하는 방식. 그러나 사육 중인 말이 폐사하는 경우 배상 책임이 保戶에게 돌아가는 등 농민의 부담이 가중되자 폐지됨.

상기 표에서 살펴본 바와 같이 청묘법, 시역법, 농전법과 같은 제도들은 실질적으로 농민이나 중소상인을 보호하여 민생고를 덜어주는 역할을 하였을 뿐만 아니라, 국가 재정을 늘리는 데에도 기여했던 이른바 '사회구제법'의 성격을 띠고 있음을 알 수 있다. 그 중에서 작품 속에서 언

급되고 있는 청묘법은 최초 실행 당시에 지주들에 의한 고리대에 시달리고 있던 백성들이 매우 반겼던 정책이었으나, 시간이 지나면서 이를 집행하는 관리의 착취와 부조리로 인해 그 취지가 일부 퇴색되자 구법당 인사들로부터 심한 반대에 부딪쳤다. 〈요상공음한반산당〉에 나오는 한 촌로의 입을 통해 신법에 대해 성토한 내용에서, "처음에는 청묘법을 실시하여 농민들을 학대하였고"와 같이 말한 발언은 결국 그 법의 시행 취지와 본질의 문제라기보다는 이를 실행하는 과정에서 드러난 폐단에 대한 불만이었다고 보는 것이 합당하나, 소설은 이러한 백성들의 역성을 온전히 왕안석의 탓으로만 돌리고 있는 것이다.[148)

더 근본적인 문제는 당시에 요와 서하와 같은 외세와의 전쟁 내지는 굴욕적인 외교를 해왔던 송 정권으로서는 평시보다 더 많은 국가 재정이 필요했는데, 이를 충당하기 위해 백성과 중소상인이 겪어야 할 세 부담이 적지 않았던 것이 사실이다. 따라서 백성들의 민생고를 덜어주기 위한 일부 사회구제적 성격의 법들이 시행되어 긍정적 효과를 본 사례도 확인되나, 왕안석의 신법이 갖는 본질이 대부분 국가 재정 지출은 줄이고 수입은 늘려야 하는 재정확보책과 국가안보를 탄탄히 하기 위한 강병책이라는 이중고를 타개하기 위한 개혁에 초점이 맞춰져 있었다는 점과, 당시 북송의 관료적 병폐가 안고 있던 고질적인 문제점으로 인해 신법의 시행이 백성들에게 실질적으로 가져다 준 수혜가 그다지 크지 않았음을 유추해 볼 수 있다.[149)

---

148) 馮夢龍 ≪警世通言≫ 第4卷 〈拗相公飮恨半山堂〉(北京: 人民文學出版社, 1991) 46쪽. "始設靑苗法以虐農民"
149) 왕안석의 신법을 성공적으로 시행한 사례는 신법을 반대하는 입장이었던 曾鞏의 예에서 확인된다. 증공은 越州通判을 지낼 때 월주에 때마침 대기근이 나자 청묘법을 시행하여 백성들의 기근문제를 효과적으로 해결한 바가 있다. 齊州軍州事 때는 수리사업을 일으켰으며, 증공이 쓴 ≪行狀≫에 따르면 保甲法을 실시하여 치안이 매우 좋아져서 백성들이 대문도 닫아놓지 않

소설 또한 이미 신법의 부당성을 전제로 하여 전개되어 있고, 작자는
신법을 그 본질과는 무관하게 왕안석의 부정적 이미지를 부각시키기 위
한 장치로만 일관되게 사용하고 있다.

〈왕안석삼난소학사〉에서는 왕안석을 긍정적 인물로 그려내면서 모두
네 가지의 역사적 사실과 다른 각색의 흔적을 확인할 수 있다.

첫째는, 왕안석이 ≪字說≫을 지어서 한 글자의 의미를 하나로 해석한
것에 대해 두 사람이 나눈 대화에 관한 일화이다.[150] 소설에서는 왕안석
이 ≪자설≫을 지은 후, 소식의 호인 동파에 대한 자구해석을 일화로 실
었다.

> 형공이 ≪자설≫을 지은 것으로부터 한 글자를 하나의 의미로 해석
> 하였다. 우연히 소동파의 '坡'자를 논하였는데, '土'와 '皮'로 되어 있으
> 니 '坡'는 곧 흙의 표면이라고 말하였다. 동파는 웃으면서 말하였다.
> "상공께서 말씀하신대로라면 '滑'자는 곧 물의 뼈가 되겠군요."
> 하루는 형공이 또 '鯢'자를 언급하면서 '魚'자와 '兒'자로 되어 있으니
> 합친 의미는 '魚子'라 하였고, '四馬'는 '駟'라 하며, '天蟲'은 '蠶'이라 하
> 면서 옛 사람들이 글자를 만드는데 반드시 뜻이 없는 것이 아니라고

고 길에 떨어진 물건도 줍지 않았다는 기록이 있다. 또한 면역법을 적절히
시행하여 백성들이 불편하지 않게 하였을 뿐만 아니라, 그 비용을 몇 배나
절약하는 효과를 거두는 등 신법을 성공적으로 수행하였다는 기록이 있다.
王琦珍 ≪曾鞏評傳≫(南昌: 江西高校出版社, 1990), 260-262쪽 참조.

150) 북송 왕안석에 의해 편찬된 책으로 모두 20권으로 되어 있다. ≪송사≫ 〈왕
안석전〉에서는 다음과 같이 말한다. "만년에는 金陵에 거주하면서 ≪字說≫
을 지었는데 대부분 견강부회한 내용이었다. 그것은 불가와 도가에 속하는
내용이었는데, 일시에 학자들은 전하여 익히지 않을 수 없었다. 과거의 시험
관은 순전히 이것으로써 관리를 채용하였고, 士人들은 자신의 이름으로 학
설을 펼 수 없었다. 이전에 유가에서 전하던 주석서들 일체가 폐기되고 사용
되지 않았다.(晩居金陵 又作字說 多穿鑿附會. 其流入於佛老 一時學者無敢
不傳習. 主司純用以取士 士莫得自名一說. 先儒傳注一切廢而不用.)" 후에 新
政이 끝나게 되자, 이 책도 금지를 당하여 소멸되고 전하지 않는다.

하였다. 동파는 읍을 하며 진언하였다. "'鳩'자는 '九鳥'인데 어떤 연유가 있는지 알 수 있겠습니까?' 형공이 진지하게 여기며 기꺼이 가르침을 청했다. 동파는 웃으며 말하였다. "≪모시≫에서 말하기를, '산비둘기가 뽕나무에 있는데 그 새끼가 일곱이구나.'라고 하였는데, 어미 새와 아비 새까지 합치면 모두 아홉이겠군요." 형공이 잠자코 있으면서 그 경박함을 미워하였고, 호주자사로 좌천시켰다.[151]

위의 일화대로라면 소식이 호주자사로 좌천된 것은 왕안석과의 대화에서 경박한 행동을 한 것을 빌미로 벌어진 일로 묘사하고 있으나, 실제로 소식은 북송 신종 희녕 10년(1077)부터 원풍 2年(1079)까지 徐州太守로 부임해 있었다가, 신종 원풍 2년 3월에 서주태수의 관직을 그만두고 禮部員外郎直史館知湖州로서 4월에 호주로 부임한 사실이 있다. 당시 나이가 44세였던 소식이 호주로 부임한 것과 관련하여 열전에는 어떠한 배경설명이 나와 있지 않다.[152] 또한, 왕안석은 희녕 9년(1076)에 재상에서 사의를 표하고 강녕부로 이미 내려가 있을 시기이기 때문에 왕안석이 소식과 직접 대면할 기회도 없었거니와, 소식의 관직과 관련하여 영향력을 행사할 수 있는 시기가 아니었으므로 이는 허구적 각색이 분명하다. 아마도 작가는 ≪高齋漫錄≫에 나오는 이야기를 차용하여 이야기를 구성하는 과정에서 의도적으로 소식의 경박스러움을 부각시키기 위해 그가 호주로 부임한 역사적 사실에 근거하여 하나의 새로운 허구를 가미한

151) 馮夢龍 ≪警世通言≫ 3卷 〈王安石三難蘇學士〉(北京: 人民文學出版社, 1991), 26쪽. "荊公因作≪字說≫, 一字解作一義。偶論東坡的坡字, 從土從皮, 謂坡乃土之皮。東坡笑道: "如相公所言, 滑字乃水之骨也。"一日, 荊公又論及鯢字, 從魚從兒, 合是魚子。四馬曰駟, 天蟲爲蠶, 古人制字, 定非無義。東坡拱手進言: "鳩字九鳥, 可知有故。"荊公認以爲眞, 欣然請教。東坡笑道: ≪毛詩≫雲: '鳴鳩在桑, 其子七兮。'連娘帶爺, 共是九個。"荊公默然, 惡其輕薄。左遷爲湖州刺史。"
152) ≪宋史≫ 338 〈蘇軾傳〉. 참조

'삼언(三言)' 소설이 된 역사인물

것으로 보인다.[153)]

둘째는 소식이 황주로 좌천된 일화이다. 소설에서는 소식이 왕안석의 미완의 시에 손을 댔다가 왕안석의 미움을 사고, 직접 황주로 가서 황주의 국화를 직접 눈으로 봄으로써 자신의 잘못을 깨닫는 것으로 되어 있다. 그러나 소식이 실제로 황주로 좌천된 것은 바로 '烏臺詩案'이라는 사건 때문이었다.[154)] 이 사건으로 투옥되어 갖은 고초를 당한 후 출옥한 소식은 이후 황주단속부사로 폄적되어 갔던 것이기 때문에 이 또한 완전한 허구이다. 물론 '오대시안'을 주도하여 소식을 궁지로 몰아넣은 인물들이 당시 왕안석과 밀접한 관련이 있었던 신법당 인물들이었기 때문에, 왕안석과의 관련성이 전무하다고 할 수는 없다. 이에 대해 혹자는 소식을 궁지에 몰아넣은 무리의 실체가 왕안석이었을 가능성과 왕안석에게 잘 보이기 위한 아랫사람들의 과잉 충성이었을 두 가지 가능성을 제기하기도 한다.[155)] 그러나 표면적으로는 왕안석도 신종황제에게 상소를 올려 소식의 구명운동에 동조한 것으로 되어있다.[156)]

'黃菊'과 관련된 일화는 ≪西塘集耆舊續聞卷第一≫에 나오는 구양수와 왕안석에 얽힌 이야기를 차용한 것으로서 작가는 소식이 황주로 폄적

---

153) 譚正璧 ≪三言兩拍資料≫ (上海: 上海古籍出版社 1980) 240쪽 참조.

154) 北宋 元豐 2年(1079년) 당시 소식의 나이 44세 때, 新法黨과의 악연으로 筆禍사건이 터졌다. '烏臺詩案'이라고 불리는 이 사건은 소식이 썼던 시들 속에 임금과 정부를 모욕하고 비방하는 내용이 있다는 新法黨 인물인 李定·舒亶·何正臣의 참소로 일어났다. 136일 동안 감옥 생활을 하며 사형 명령이 떨어질 수도 있었던 상황에서 소식은 다행히 사형은 면했지만, 이듬해인 元豐 3年(1080년)에 黃州로 유배령이 내려졌다. ≪宋史≫ 338 〈蘇軾傳〉. 참조

155) 李國文 著 김세영 譯 ≪중국문인의 비정상적인 죽음≫(서울: 에버리치홀딩스, 2009), 281쪽.

156) 曾棗莊 ≪蘇軾評傳≫(成都: 四川人民出版社, 1981), 130쪽 : "王安石當時已退居金陵, 也上書說 : "安有聖世而殺才士乎？"王安石是神宗器重的人物, 雖已退隱, 但這話仍很起作用. 據說, 這場公安就"以公（王安石）一言而決"

된 역사적 사실을 바탕으로 하나의 새로운 허구적 인과관계를 가미함으로써, 이를 통해 왕안석의 긍정적 인품을 드러내고 소식의 경박스러움을 부각시키는 일화로 활용하고 있다.[157]

셋째는 병 치료를 위해 구당의 중협 물을 떠다 달라는 왕안석의 부탁을 받은 소식이 중협의 물이 아닌 하협의 물을 떠다 주었다가 무안을 당한 일화이다. 이는 ≪中朝故事李贊皇逸事≫와 ≪太平廣記≫ 권399 〈零水條引中朝故事〉에 나오는 李德裕와 관련한 고사가 그 내원이라고 할 수 있다. 기록에서 이덕유는 揚子江 中領水를 부탁했으나 이를 부탁받은 사람이 石城의 하협수를 떠다 주었다가 무안을 당하는 내용으로 나오고 있다.[158] 작가는 또한 이 고사를 차용하여 왕안석의 해박한 학식을 부각시키고, 상대적으로 소식의 학식이 이에 미치지 못함을 드러내는 각색의 장치로 활용하였다.

넷째는 소식이 황주에서 경사로 다시 돌아와서 왕안석과 그간의 공부에 대해 서로 시험을 한 후, 왕안석의 추천에 의해 다시 한림학사로 임명되었다는 일화이다. 실제로 소식은 오대시안으로 황주로 폄적된 이후로 汝州, 常州, 登州에서 한직을 두루 거쳤고, 원풍 8년(1085) 10월에야 禮部郎中召回로 임명되어 경사로 돌아왔다가, 이듬해인 철종 원우 원년(1086)년 1월에 중서사인 겸 한림학사에 임명된 사실이 있다.[159] 그러나 이 시기 또한 왕안석은 이미 재상을 그만두고 강녕부에 내려간 지 10년이 지난 시기였고, 원풍 7년(1084) 7월에 소식이 황주에서 汝州團練副使로 전출 가던 길에 금릉에서 왕안석을 만나서 해후한 사실은 확인되나, 왕안석이 재상으로 있으면서 소식과 경사에서 서로 만났다는 설정은 완전한 허구인 것이다.[160] 그리고 소식이 51세의 나이에 한림학사로 임명

---

157) 譚正璧 ≪三言兩拍資料≫ (上海: 上海古籍出版社, 1980) 239쪽 참조.
158) 위의 책. 338-339쪽 참조.
159) ≪宋史≫ 338 〈蘇軾傳〉. 참조.

되던 철종 원우 원년(1086)은 공교롭게도 왕안석이 사망한 해이기도 하다. 작가는 소식이 다시 한림학사에 복직된 역사적 사실에도 허구적 인과관계를 가미하여 각색하였고, 아울러 학식과 재주가 높은 인물을 아끼고 중히 여길 줄 아는 왕안석의 인품을 드러내는 장치로 활용하고 있다.

〈왕안석삼난소학사〉는 이처럼 왕안석과 소식의 네 가지 실제 행적을 허구화하여 왕안석과 소식의 학문적 깊이와 인간적인 풍모를 대비시키고 있다. 당송 8대가로서 시대를 풍미한 두 인물간의 학문적 성취에 대한 일화는 그 글을 누가 전개해 나가느냐에 따라 때로는 왕안석이, 때로는 소식이 한 수 위였음을 말하고 있다. 그만큼 두 사람의 학문적 성취는 당시에 인구에 회자될 만큼 훌륭한 소설의 소재였고, 500여년이 흐른 명대에도 두 사람의 일화는 세간에 유행하는 이야깃거리로 전해지고 있었으며, 900여년이 지난 지금까지도 우리를 주목하게 한다.

실제 역사인물을 소재로 한 두 작품 〈요상공음한반산당〉과 〈왕안석삼난소학사〉는 기본적으로 실제 한 역사인물을 둘러싼 역사적 사건들을 허구화하였다는 점에서 그 공통점이 있으나, 두 작품이 가지고 있는 각색의 양상은 약간의 차이를 보이고 있다. 즉, 〈요상공음한반산당〉은 왕안석이 재상을 그만두고 경사에서 강녕부로 내려가는 단일 사건을 이야기의 중심소재로 삼아 완전히 허구화한 것으로서, 실제 역사기록에서는 이렇다 할 사건이 일어나지 않았던 시간과 공간의 장을 활용하고 있다. 작가는 이러한 새로운 창작공간을 설정하여 가상의 사건들을 엮어냄으로써 왕안석이 가지고 있는 부정적 인물형상을 극대화하였다는 데에 그 특징이 있다. 이에 반해서, 〈왕안석삼난소학사〉는 왕안석과 소식에 관한 여러 가지 역사적인 기록과 행적을 빌려 오되, 주로 왕안석과 소식의 실

---

160) 張祥浩 魏福明 著 ≪王安石評傳≫(南京: 南京大學出版社, 2006). 176-177쪽 참조.

제 일대기 속에서 일어난 몇 가지 주요 사건들을 줄거리의 소재로 활용하고 있다. 그리고 그 사건이 발생한 직접적인 인과관계를 허구화함으로써 소식과 대비되는 왕안석의 긍정적 인물형상을 부각시키는 장치로 활용하였다는 점에서 그 차이를 보인다.

(5) 맺음말

역사를 뛰어넘어 명대 말기까지 세간에 전해지던 두 작품은 분명 당시 유행하던 소설의 훌륭한 소재거리였고, 역사 인물을 바라보는 시대적 관점을 내포하고 있다는 점에서 시사하는 바가 적지 않다. 이는 소설이 정사와 같은 역사기록과는 달리 특정 역사인물에 대해 일반 대중의 시선으로 바라본 하나의 중요한 자료가 될 수 있기 때문이다. 다만 그 글을 써내려가는 작가의 주인공에 대한 관점이 어떠했느냐에 따라 일정부분 혹은 상당부분 왜곡과 각색이 불가피하겠지만, 예나 지금이나 일반 대중이 수긍하기 힘든 통속성의 결여는 대중들에게 호소력을 가질 수 없다는 측면에서 볼 때, 두 작품은 분명 송말 혹은 명말 당시 대중들이 바라보는 왕안석에 대한 시선을 대변하고 있다고 말할 수 있다. 특히나 명말 통속소설은 대부분 대중성을 담보로 상업적 목적에 따라 제작되었기 때문에, 소설작품의 흥행여부는 분명 대중과 호흡할 수 있는 시대적 관점이 녹아 있을 때 빛을 발할 수 있기 때문이다.

900여년이 지난 오늘에 이르러 왕안석에 대한 역사적 평가는 일대 변화를 겪어왔다. 그의 개혁정신을 높이 평가하고 본받고자 한 일부 개혁가들이 있었는가 하면, 당시의 개혁이 성공적이지 못했다는 평가에도 불구하고 그 개혁의 역사적 의의에 대해 많은 이들이 주목하고 있다. 그가 살았던 시대에는 정치적 소용돌이 속에서 악평에 시달렸지만, 그의 개혁정신을 돌아 본 많은 후인들은 그의 정신을 새롭게 되새기고 있는 것이다. 또한 시대를 넘어 대중들의 입에 오르내리는 소설 속에서도 그는 여

지없이 독자들의 관심을 한 몸에 받는 인물로 남아있으면서, 아울러 중
국소설사의 시대적 단면을 들여다 볼 수 있게 하는 귀중한 존재로 남아
있다.

19) 이백(李白)

― 〈李謫仙醉草嚇蠻書〉(≪경세통언≫권9)

'이적선이 취하여 오랑캐를 겁주는 글을 쓰다'라는 제목의 이 작품은
당대 천재시인 이백의 일대기를 이야기한 작품이다. 이백은 당대를 대표
하는 문인이며, 이백에 대한 열전은 ≪신당서≫〈이백전〉이 전하는데 열
전의 전문을 살펴보면 다음과 같다.

이백은 자가 태백이고 흥성 황제의 9대손이다. 그의 선조는 수나라
말기에 죄를 지어서 서역으로 가게 되었다. 신룡 초에 다시 돌아와서
파서[161]에서 타향살이를 하였다. 이백이 태어날 때 어머니는 장경
성[162]을 꿈꾸었기 때문에 그의 이름으로 지어주었다. 열 살 때 시서를
통달하였고, 성장해서는 민산에 은거하였다. 州에서 학식이 있었기에
천거하였으나 과거에 응시하지 않았다. 소정이 익주장사로 있을 당시
에 이백을 만나서 그를 비범하게 여기며 말하였다. "이 자는 천재처럼
영특하니 조금만 더 학문을 갈고 닦으면 사마상여에 비할 만 할 것이
다." 그러나 (이백은) 종횡술과 검술을 좋아하여 협객이 되고자 하였고,
재물을 가벼이 여기고 베푸는 것을 중시하였다. (이백이) 또 임성에서
타향살이를 하면서 공소부·한준·배정·장숙명·도면과 조래산에서
지냈고, 매일 술 마시는 데 빠져서 '죽계육일'로 불리었다.
천보 초에 남으로 가서 회계로 들어갔다가 오균과 친하게 되었고,
오균이 조정으로 불려가자 이백도 장안으로 갔다. (이백은) 하지장을
만나러 갔는데, 하지장이 그의 문장을 보고 감탄하며 말하였다. "그대
는 귀양 온 신선이로군요!" 이 말이 현종에게 들어가자, (현종은) 금란

---

161) 지금의 사천성 지역을 가리킨다.
162) 태백성의 또 다른 이름이다.

전으로 불러들여 만났고, (이백은) 당대의 세상사를 논하면서 한 편의
시를 바쳐 노래하였다. 황제가 음식을 하사하고 직접 죽을 식혀주기도
하였으며, 조서를 내려 한림학사로 봉하고자 하였다. (하루는) 이백이
여전히 주객과 시장에서 취해 있었다. 황제가 침향정에 앉아 있다가
느낀 바가 있어서 이백이 악장을 짓게 하고자 하여 궁궐로 불러들였다.
그러나 이백은 이미 취해 있어서 좌우에서 물을 얼굴에 뿌리자 조금
깨어났고, 붓을 들어 문장을 이루니 그 아름답고 알맞기가 흠잡을 데가
없었다. 황제는 그의 재주를 아껴서 수차례 연회로 불러 만났다. 이백
은 일찍이 황제의 시중을 들다가 술에 취해 고력사로 하여금 신발을
벗게 하였다. 고력사는 본래 귀한 신분이었기에 이를 수치스럽게 여겼
고, 이백의 시를 들추어내서 양귀비를 자극하였다. 황제는 이백에게 관
직을 주고 싶었으나, 양귀비가 바로 저지하였다. 이백은 (황제의) 측근
에 의해서 받아들여지지 않을 것을 알고 더욱 방탕해짐이 걷잡을 수
없었다. 하지장·이적지·여양왕 이진·최종지·소진·장욱·초수와
더불어 '여덟 술 신선'이 되었다. (이백이) 산으로 돌아갈 것을 간곡히
청하자, 황제는 금을 하사하여 돌아가도록 놓아주었다.

이백은 사방을 떠돌아다니다가 일찍이 배를 타고 최종지와 함께 채
석로부터 금릉에 이르렀는데 궁금포를 입고 배 위에 앉아서 옆에 아무
도 없는 듯 유유자적 하였다.

안록산이 반란을 일으키자 (이백은) 숙송과 광려 사이를 전전하였
다. 영왕 린이 부의 요좌로 벼슬을 주었으나, 린이 거병하자 팽택으로
도망쳐 돌아갔다. 린의 거사가 실패하니 (이백은) 마땅히 주살당해야
했다. 전에 이백은 병주를 주유하다가 곽자의를 만났는데, 그를 특출나
게 여겼다. 곽자의는 일찍이 법을 어겼는데 이백이 그를 위해 구해주었
다. 이번에는 곽자의가 관직을 포기하면서까지 속죄해주기를 청하니
(이백을) 오랫동안 야랑으로 유배시키라는 조서가 있었다. 사면을 받
아서 심양으로 돌아가다가 어떤 일로 죄를 지어서 하옥되었다. 당시에
송약사가 오지방 군사 3000을 이끌고 하남으로 가는 길에 심양을 경유
했다가 (이백을) 감옥에서 풀어주고 참모로 삼았으나, 얼마 안 있어서
사직하였다. 이양빙이 도령으로 삼으니 이백이 그에게 의탁하였다. 대
종이 즉위하여 좌습유로 임명하여 불렀으나 이백은 이미 죽었으니 그
의 나이 60여세였다.

'삼언(三言)' 소설이 된 역사인물

이백은 만년에 황로사상을 좋아하여 우저기를 거쳐 고숙에 이르렀
을 때 집을 떠나 청산에서 놀기를 좋아하였으며 그곳에서 생을 마감하
고자 하였다. 죽음에 이르렀을 때 동록에 장사지냈다가, 원화 말에 선
흡관찰사 범전정이 그의 묘에 제사를 지내면서 그 주위에 땔나무를 못
하게 하였다. 그의 후손을 방문해보니 오로지 두 손녀만이 평민의 아내
로 시집을 갔는데 행동거지에 여전히 그의 풍모가 있었다. 두 손녀는
울면서 말하였다. "선조께서는 뜻이 청산에 있으셨는데, 잠시 동록에
장사지낸 것은 본디 그분의 뜻이 아니었습니다." 범전정이 그를 위해
이장을 해 주었고, 두 개의 비석을 세웠다. (범전정은) 두 손녀에게 사
족에게 개가하여 궁핍한 신세를 면하라고 명하였으나, 두 손녀는 개가
하기를 원하지 않았다. 범전정이 칭찬하고 감탄하며 그들의 지아비의
부역을 면제해 주었다. 文宗 때 조서를 내려서 이백의 가시, 배민의 검
무, 장욱의 초서를 '삼절'이라고 하였다.[163]

---

163) ≪新唐書≫〈李白傳〉. "李白, 字太白, 興聖皇帝九世孫。其先隋末以罪徙西域,
神龍初, 遁還, 客巴西。白之生, 母夢長庚星, 因以命之。十歲通詩書, 旣長, 隱
岷山。州擧有道, 不應。蘇頲爲益州長史, 見白異之, 曰:"是子天才英特, 少益
以學, 可比相如。"然喜縱橫術, 擊劍, 爲任俠, 輕財重施。更客任城, 與孔巢父、
韓准、裴政、張叔明、陶沔居徂徠山, 日沈飲, 號"竹溪六逸"。天寶初, 南入會稽,
與吳筠善, 筠被召, 故白亦至長安。往見賀知章, 知章見其文, 歎曰:"子, 謫仙
人也!"言於玄宗, 召見金鑾殿, 論當世事, 奏頌一篇。帝賜食, 親爲調羹, 有詔
供奉翰林。白猶與飲徒醉於市。帝坐沈香亭子, 意有所感, 欲得白爲樂章;召入,
而白已醉, 左右以水頮面, 稍解, 援筆成文, 婉麗精切無留思。帝愛其才, 數宴
見。白嘗侍帝, 醉, 使高力士脫靴。力士素貴, 恥之, 摘其詩以激楊貴妃, 帝欲官
白, 妃輒沮止。白自知不爲親近所容, 益驁放不自修, 與知章、李適之、汝陽王李
璡、崔宗之、蘇晉、張旭、焦遂爲"酒八仙人"。懇求還山, 帝賜金放還。白浮遊四方,
嘗乘舟與崔宗之自采石至金陵, 著宮錦袍坐舟中, 旁若無人。安祿山反, 轉側宿
松、匡廬間, 永王璘辟爲府僚佐。璘起兵, 逃還彭澤, 璘敗, 當誅。初, 白遊幷州,
見郭子儀, 奇之。子儀嘗犯法, 白爲救免。至是子儀請解官以贖, 有詔長流夜郎。
會赦, 還尋陽, 坐事下獄。時宋若思將吳兵三千赴河南, 道尋陽, 釋囚辟爲參謀,
未幾辭職。李陽冰爲當塗令, 白依之。代宗立, 以左拾遺召, 而白已卒, 年六十
餘。白晚好黃老, 度牛渚磯至姑孰, 悅謝家靑山, 欲終焉。及卒, 葬東麓。元和末,
宣歙觀察使範傳正祭其塚, 禁樵採。訪後裔, 惟二孫女嫁爲民妻, 進止仍有風

이상과 같이 열전은 모두 네 부분으로 나누어 살펴볼 수 있다. 첫째는 이백의 성장과정과 젊은 시절의 호기로운 행적이다. 둘째는 장안으로 온 이백이 현종의 총애를 받아 조정에서 활동하던 시기에 대한 이야기다. 셋째는 안록산의 난 이후로 여러 가지 고초를 겪는 시기에 대한 이야기다. 넷째는 이백 사후의 이야기다. 이처럼 열전은 그의 출생부터 사후까지의 기록까지 비교적 상세하게 전하고 있고, 특히 현종과의 일화들이 여타의 기록에 비해 보다 상세하다. 그럼 소설 〈이적선취초혁만서〉에서는 이백이 어떻게 그려지고 있는지 소설의 줄거리를 요약하여 살펴보자.

이백은 그의 어머니가 꿈에서 태백성이 품속으로 들어와서 그를 낳았다하여 이름과 자에 모두 그것을 사용하였다. 이백은 어려서부터 자태와 용모가 수려하였고, 세상 사람과는 달리 표연한 모습이어서 사람들은 그가 신선이 강림한 것이라고 여겨 이적선이라고 부르기도 하였다. 하루는 迦葉司馬를 만났는데 이백의 재능을 흠모하여 장안으로 가면 분명 관직에 오를 것이라고 권하자, 이백은 장안으로 왔다가 한림학사 하지장을 만나서 의형제가 된다.

마침 과거를 치를 시기가 되어서 이백은 과거시험에 응했으나 시험관이었던 양국충과 감시관이었던 고력사에게 뇌물을 쓰지 않았다는 이유로 자신의 재능을 제대로 평가받지도 못하고 시험장에서 내쫓기는 수모를 겪는다.

그로부터 1년 후 番使가 국서를 가지고 당 조정으로 찾아왔는데, 番書를 읽고 해독할 수 있는 관리가 아무도 없자 하지장이 이백을 추천하였다. 이백은 거침없이 그 내용을 해독해낼 뿐만 아니라 천자를 도와 번국의 언어로 국서를 작성하여 번사에게 호통치니 그 영민함과 위용에 사신이 벌벌 떨 정도였다. 그리고 지난 날 자신을 욕보였던 양국충과 고력사에게도 국서를 작성하는 동안 자신의 신발을 벗기게 하고 먹

範, 因泣曰："先祖志在青山, 頃葬東麓, 非本意。"傳正爲改葬, 立二碑焉。告二女, 將改妻士族, 辭以孤窮失身, 命也, 不願更嫁。傳正嘉歎, 復其夫徭役。文宗時, 詔以白歌詩、裴旻劍舞、張旭草書爲"三絕""

'삼언(三言)' 소설이 된 역사인물

을 갈고 시립하게 함으로써 지난날의 치욕을 씻는다.

　이후 이백은 현종의 총애를 독차지하나, 이를 시기한 고력사가 이백을 모함하자 결국 황제에게 떠날 것을 간청하고 홀연히 떠나간다.

　유랑길에 오른 이백은 이후 황제가 하사한 금패를 이용하여 백성들을 못살게 구는 관리를 교화시키기도 하고, 안록산의 난이 일어나서 갖은 고초를 겪기도 하였으나, 결국 자유의 몸이 되어 천하를 주유하다가 금릉을 지나서 千石 강변에 다다른다. 그리고 황홀한 달밤에 취해 한껏 술을 마시다가 하늘에서 그를 맞이하러 선동과 함께 고래를 타고 하늘로 올라갔다.164)

　이상과 같이 소설은 이백의 출생부터 그가 죽기까지의 일대기를 전체적으로 이야기하고 있다. 열전 또한 이백의 일대기적 성격의 구성을 가지고 있다는 측면에서 소설과의 차이는 그리 크지 않지만, 각 일화와 관련하여 소설은 분명 열전을 바탕으로 각색하였을 것으로 추정되는 몇 가지 차이점이 확인된다. 그럼 열전과 소설의 차이를 살펴보면 다음과 같다.

구분 \ 내용	《新唐書》〈李白傳〉	〈李謫仙醉草嚇蠻書〉
長安으로 가기 전 이백의 재능을 알아본 인물	益州長史 蘇頲이 이백을 만나서 그의 글재주를 비범하게 여김.	迦葉司馬가 이백의 재능을 흠모하여 장안으로 가면 분명 관직에 오를 것이라고 권함.
과거에 응시하여 낙방하고 수모를 당한 일화	岷山에 은거할 때, 州에서 그의 학식을 알아보고 천거하였으나, 과거에 응시하지 않음.	과거시험에 응했으나 시험관 楊國忠과 감독관 高力士에게 뇌물을 쓰지 않았다는 이유로 자신의 재능을 제대로 평가받지도 못하고 시험장에서 내쫓기는 수모를 겪음.
渤海의 사신에 대한 일화	없음	발해의 사신을 맞이하였으나, 그 나라 글을 해독할 수 있는 인물이 없자, 이백이 나서서 모든 문제를 해결하고 현종의 총애를 얻음.

---

164) 《경세통언》 참조.

내용 　　　　구분	《新唐書》〈李白傳〉	〈李謫仙醉草嚇蠻書〉
양국충과 고력사에 대한 복수	현종과의 연회에서 술에 취해 고력사로 하여금 신발을 벗게 하였고, 이로 인해 고력사의 미움을 삼.	먼저 과거장에서 이백이 양국충과 고력사에게 수모를 당한 후, 발해의 사신을 해결하는 과정에서 이백은 과거에서 낙방시킨 것에 대한 복수로 양국충이 벼루를 들고 서있게 하고, 고력사가 신발을 벗기게 함으로써 지난날의 수모를 갚음.
華陰縣 지현을 교화시킨 일화	없음.	황제가 하사한 금패를 이용하여 백성을 괴롭히는 華陰縣 지현을 훈계하여 교화시킴.
左拾遺 임명에 대한 기록	代宗이 즉위하여 左拾遺로 임명하여 불렀으나 이백은 이미 죽은 뒤였음.	肅宗이 이백을 左拾遺로 삼고자 하였으나, 이백은 관직의 세계에 빠지게 되면 유유자적할 수 없음을 한탄하며 거절하고 받지 않음.

　열전과 소설의 차이는 대략 여섯 가지로 요약할 수 있다. 첫째는 이백이 장안으로 가기 전 그의 학문과 글재주를 알아보고 큰 인물이 될 것임을 암시하는 인물이다. 열전에서는 익주장사 소정이 이백을 만나고, 그의 글재주를 본 후 이백이 천재처럼 영특하니 조금만 더 학문을 갈고 닦으면 사마상여에 비할 만 하다고 하였으나, 정작 이백은 검술이 좋아서 협객이 되고자 하였다. 이와 달리 소설에서는 이백이 어느 날 가엽사마를 만났고, 가섭사마는 이백의 재능을 높이 사서 장안으로 가면 필히 관직에 오를 수 있을 것임을 추천하였다.
　둘째는 과거에 낙방한 일화다. 열전에서는 이백이 과거에 응시했다는 어떠한 기록을 찾아볼 수 없고, 민산에 은거할 때 주에서 그의 학식을 알아보고 천거하였으나 오히려 과거에 응시하지 않았다고 기록하고 있다. 반면에 소설에서 이백은 장안으로 간 후 하지장을 만나 그에게 의탁하고, 곧이어 과거에 응시하였으나 양백충과 고력사에게 수모를 겪은 후

'삼언(三言)' 소설이 된 역사인물

낙방하고 만 것으로 되어있다. 아마도 소설은 이후 고력사로 하여금 이
백의 신발을 벗기게 한 사건에 대한 인과관계를 짜 맞추기 위한 장치로
생각된다.

셋째는 발해의 사신에 대한 일화다. 열전에서는 발해의 사신에 대한
어떠한 언급도 없다. 이에 반해서 소설에서는 현종 재위 당시에 발해에
서 사신이 와서 발해말로 되어 있는 외교문서를 당 조정에 제시하자, 당
조정에는 이를 해독할 인재가 없었다. 이때 하지장의 추천으로 이백이
나서서 그 외교문서를 해독하여 현종에게 풀이해 주었을 뿐만 아니라,
당 조정의 입장을 밝히는 외교문서를 직접 작성하여 사신의 간담을 서늘
하게 하였다는 일화가 나온다.

넷째는 양국충과 고력사에 대한 복수다. 실제 열전에서도 이백이 현종
과의 연회에서 술에 취해 고력사로 하여금 신발을 벗게 하였고, 이로 인
해 고력사의 미움을 삼으로써 관직에 나아가는 데 어려움을 겪었음을 기
록하고 있다. 이에 반해서 소설은 이미 앞에서 언급한 바와 같이 이백이
과거에 응시했을 때, 양국충과 고력사가 자신에게 치욕스런 수모를 주었
기 때문에 현종을 위해 외교문서를 작성해야 하는 임무를 수행할 때, 양
국충에게는 벼루를 들고 서 있게 하고 고력사에게는 신발을 벗게 하는
복수를 하였다.

다섯째는 화음현 지현을 교화시킨 일화다. 황제의 측근들에 의해 미움
을 산 이백은 결국 조정을 떠나서 유랑길에 오르는데, 열전에서는 이백
이 이후 안록산의 난을 겪으며 갖은 고초를 당하다가 대종이 하사한 좌
습유의 관직에 오르지도 못하고 결국 60여세의 나이로 죽은 것으로 되어
있다. 이에 반해서 소설에서는 안록산의 난을 겪는 과정은 비슷한 전개
를 가지나, 그 이전에 이백이 황제로부터 받은 금패를 이용하여 백성을
괴롭히던 화음현 지현을 훈계하고 결국 그들을 훌륭한 목민관으로 교화
시켰다는 일화가 있는데 이는 열전에는 없는 내용이다.

여섯째는 좌습유 임명과 관련된 기록이다. 열전에서는 "대종이 즉위하
여 좌습유로 임명하여 불렀으나 이백은 이미 죽었으니 그의 나이 60여세
였다."[165)고 전하고 있으나, 소설에서는 "숙종은 결국 이백을 좌습유로
삼고자 하였다. 이백은 관직의 세계에 빠지게 되면 유유자적할 수 없음
을 한탄하여 거절하고 받지 않았다."[166)라고 하여 열전과는 차이를 보이
고 있다. 그리고 관직을 제수한 황제도 열전은 대종이라고 하고 있으나
소설에서는 숙종으로 명시하고 있다. 또한 열전에서는 관직에 임명하려
하였으나 그가 이미 죽고 없다고 한 것과는 달리, 소설에서는 이백이 관
직생활에 회의적인 태도를 보이며 거절한 것으로 이야기하고 있다. 이처
럼 본편은 이백의 출생부터 사망에 이르기까지 그에 대한 역사적 행적이
소설 속에서도 상당부분 사실적으로 그려지고 있기 때문에 정사의 기록
과 공통점이 많은 작품이라고 할 수 있다.

　그러나 작품명에서 알 수 있는 바와 같이 이 작품은 이백이 당시 번국으
로 불리던 발해의 사신을 맞이하여 자신의 재능을 마음껏 발휘하여 사신
을 꼼짝 못하게 함으로써 현종으로부터는 총애를 얻고, 양국충과 고력사
에게는 복수를 한 일화가 작품 전체 줄거리의 근간이 된다. 그러나 역사기
록에는 이백이 오랑캐를 놀라게 할 조서를 썼다는 기록이 전혀 나와 있지
않다. 따라서 소설의 근거가 된 일화를 담고 있는 문헌을 확인할 필요가
있는데, ≪신당서≫ 이외에 소설의 내용과 관련된 문헌으로는 ≪松牎雜錄≫·
≪酉陽雜俎≫권20〈語資〉·≪本事詩≫〈李白〉·≪唐摭言≫권13〈敏
捷〉·≪靑瑣高議後集≫권2〈李太白〉·≪容齋隨筆≫권3〈李太白〉·≪酒
史≫권上〈飮酒小傳〉·≪野客叢書≫권7〈李白〉·≪國色天香≫권3〈快覩
爭先番書〉 등이 있다.[167) 각 문헌에서 모두 이백에 대한 일화를 담고 있

<hr/>

165) ≪신당서≫〈리백전〉. "代宗立, 以左拾遺召, 而白已卒, 年六十餘."
166) ≪경세통언≫. "肅宗乃徵白爲左拾遺。白歎宦海沉迷, 不得逍遙自在, 辭而不
　　受。"

'삼언(三言)' 소설이 된 역사인물

으나, 일화가 담고 있는 내용과 범위가 약간씩 차이를 보이고 있기 때문에 먼저 문헌별로 그 내용을 살펴보면 다음과 같다.

문헌명	기본 내용
≪松牕雜錄≫	玄宗이 술에 취한 이백을 불러서 淸平調를 짓게 하고, 이후 이백은 현종의 총애를 받으나, 高力士가 이를 시기하여 楊貴妃에게 이백의 시에 대해 꼬투리를 잡게 하여 결국 이백은 관직을 얻을 길이 막힘.
≪酉陽雜俎≫ 권20〈語資〉	이백이 현종에게 시를 지어 바치는 과정에서 고력사에게 신발을 벗게 한 일화.
≪本事詩≫ 〈李白〉	이백이 賀知章을 만나 교류하던 시기부터 사망에 이르기까지의 행적에 대해 개괄함.
≪唐摭言≫ 권13〈敏捷〉	이백이 술에 취해 있다가 현종에게 불려가서 시를 바치는 일화.
≪青瑣高議後集≫ 권2〈李太白〉	이백이 翰林院을 떠나서 술에 취해서 華陰縣을 지나가다가 지현과 대화를 나눈 일화.
≪容齋隨筆≫ 권3〈李太白〉	이백의 죽음에 대한 일화.
≪酒史≫권上 〈飮酒小傳〉	이백이 하지장을 만나 교류하던 시기부터 조정에서 현종과 고력사와 있었던 일화, 화음현을 지나다가 지현과 대화를 나눈 일화, 마지막 임종까지의 일화가 전반적으로 다루어짐.
≪野客叢書≫권7 〈李白〉	이백의 일화가 각 문집마다 조금씩 다름을 비교 설명함.(송대)
≪國色天香≫권3 〈快覩爭先番書〉	嚇蠻書의 내용이 실림.

상기 문헌 중에서 소설의 줄거리와 가장 가깝고 소설의 모태가 되었을 만한 문헌으로 추정되는 것은 바로 ≪주사≫다. 물론 ≪주사≫에도 이백의 출생과 장안으로 가기까지의 행적에 대한 일화는 나오지 않지만, 이백이 장안으로 가서 하지장과 교류를 하고 그 후에 현종을 알현할 수

---

167) 譚正璧 ≪三言兩拍資料≫ 上海古籍出版社 上海 1980 참조.

있는 기회를 얻어서 그의 능력을 인정받는 과정, 현종과 고력사와 있었던 일화, 화음현을 지나다가 지현과 대화를 나눈 일화, 마지막 임종까지의 일화가 고스란히 담겨 있어서 소설의 기본 내용과 거의 일치한다. 작가는 300자 안팎의 짧은 이야기를 대략 20배에 달하는 긴 줄거리를 가진 작품으로 탄생시킨 것이다. 그러나 ≪주사≫에는 이백이 오랑캐를 놀라게 할 조서를 썼다는 내용이 아주 간략하게 언급되어 있지만, ≪국색천향≫에는 그 내용이 자세하다는 차이가 있다. 그리고 당나라 사람 范傳正의 〈唐左拾遺寒林學士李公新墓碑幷序〉에도 본 편의 내용과 유사한 내용이 전하고 있다.[168]

〈이적선취초혁만서〉는 이백의 일대기를 다룬 작품으로서 정사의 기록을 바탕으로 인물의 일대기를 그려나간 것으로 보이나, 실상 정사에서는 나오지 않는 '혁만서'의 일화를 중심으로 작품을 각색하였다. 그리고 본편과 관련된 화본소설이 확인된 바가 없기 때문에 현재까지 확인 가능한 문헌을 바탕으로 종합해 볼 때, 이백과 관련된 여러 필기류 소설이 소설 창작의 주 원천이 되었을 것으로 추정된다.

20) 포증(包拯)
  ― 〈三現身包龍圖斷冤〉(≪경세통언≫권13)

'세 번이나 나타나서 포룡도가 원통함을 판결하게하다'라는 제목의 이 작품은 송대의 명판관 '포증'을 소재로 한 작품이다. 포증에 대한 이야기는 1993년에 대만에서 제작 방송된 TV드라마 '포청천'으로 유명해졌고, 우리나라에서도 1994년부터 1996년까지 '판관 포청천'이라는 제목으로 방송된 바가 있어서 더욱 친근한 인물이기도 하다. 포증에 대한 역사 기록은 ≪송사≫〈포증전〉이 전하고 있어서 그에 대한 일대기를 살펴볼 수

---

168) 胡士瑩 ≪話本小說槪論≫ 中華書局 北京 1980 p.552 참조.

'삼언(三言)' 소설이 된 역사인물

있다. 열전의 전문을 살펴보면 다음과 같다.

포증은 자가 희인이며 여주 합비 사람이다. 처음에 진사에 합격했을 때 건창현 지현으로 나갔으나, 부모가 모두 연로해서 사직하고 관직을 구하지 않았다. 감화주세의 벼슬을 얻었으나 부모가 또 가기를 원하지 않자, 포증은 관직을 포기하고 귀향하여 부모를 봉양하였다. 수년 후에 부모가 연이어 돌아가셨다. 포증은 부모의 묘를 지키며 상을 끝낸 후에도 여전히 배회하며 가기를 꺼려하자, 마을의 원로가 수차례 그를 격려했다.

오랜 시간이 지난 후 (포증은) 천장현 지현으로 부임해 갔다. 다른 사람 소의 혀를 해친 한 도둑이 생기자 소 주인이 와서 고발하였다. 포증은 말하였다. "그대는 돌아가서 소를 죽여서 팔아버려라." 또 한 사람이 사사로이 소를 죽인 자가 있다고 와서 고발하자 포증은 말하였다. "뭣 하러 남의 소 혀를 상하게 하고서 또 그를 고발하는가?" 도둑은 놀라며 탄복하였다.

단주 지현으로 옮겨 갔을 때, 전중승으로 관직을 옮겼다. 연주는 벼루를 생산하는데 전의 태수는 녹으로 바치는 비율을 수십 배로 취해서 권세가에게 바쳤다. 포증은 제작자에게 공물의 숫자가 충분하게만 명하였고 한 해가 다 가도록 단 하나의 벼루도 가지고 가지 않았다.

(포증이) 거란에 사신으로 갔을 때, 거란의 영전객이 포증에게 말하였다. "웅주가 새로이 편문을 연 것은 바로 우리나라의 반역자들을 꾀어내서 변경의 일을 염탐하려는 것이 아니오?" 포증이 말하였다. "탁주 또한 일찍이 문을 열었는데 변경을 염탐하는 일이라면 뭣 하러 변문을 열겠소이까?" 그 사람은 결국 아무런 대답을 못하였다.

잠시 개봉부의 지현을 맡도록 명을 받았다가 우사랑중으로 관직을 옮겼다. 포증은 조정에 들어가서도 강직하고 의연해서 귀족과 환관들이 그 때문에 함부로 경거망동하지 않았고 (그에 대해) 들은 자들은 모두 그를 두려워했다. 사람들은 포증의 웃음을 황하가 맑아지는 것과 같이 보기 힘듦을 비교했다. 어린 동자와 부녀자들도 역시 그의 명성을 알고 있어서 그를 '포대제'라고 불렀다. 경사에는 그 때문에 생긴 말이 있다. "청탁이 안 되는 사람으로는 염라대왕과 포공이 있다." 옛 제도에 모든 송사는 직접 관청에 도달할 수가 없었다. 포증은 정문을 열어서

(직접) 관청에 와서 옳고 그름을 말하도록 하니 아전들이 감히 속일 수가 없었다.

환관과 세족들이 정원과 집을 건축하면서 혜민하를 침범하였고, 이로 인해 강물이 막혀 통하지 않게 되었다. 마침 경사에 큰 물난리가 나자 포증이 그리하여 모두 부셔버렸다. 한번은 지권을 가지고 허위로 땅의 보폭 수를 늘려 말한 자가 있었는데, 모두 심사하고 검사해서 그들을 (황제에게) 보고하여 탄핵하였다.

포증은 성정이 엄준하고 강직하여 아전들이 가혹하게 하는 것을 싫어하였고, 돈후함을 추구하며 비록 악인을 미워해도 일찍이 관용을 베풀지 않은 것은 아니었다. 다른 사람과 억지로 맞추려고 하지는 않았고, 다른 사람을 기쁘게 하기위해 거짓으로 말하고 얼굴색을 띠지도 않았다. 평소에 사사로운 글은 없었고, 오랜 친구와 친척들과도 왕래를 끊었다. 비록 높은 신분이었으나 옷이며 생활용품이며 음식은 그가 평민일 때와 같이 했다. (포증이) 일찍이 말하였다. "후세의 자손이 관직에 출사해서 뇌물죄를 지은 자는 본가로 돌려보내지 않고 죽어도 가족 무덤에 장례치를 수도 없다. 나의 뜻을 따르지 않으면 나의 아들이나 손자가 아니다."[169]

---

169) 《宋史》〈包拯傳〉. "包拯字希仁, 廬州合肥人也。始擧進士, 出知建昌縣, 以父母皆老, 辭不就, 得監和州稅, 父母又不慾行, 包拯即解官歸養。後數年親繼亡。拯廬墓終喪, 猶徘徊不忍去, 里中父老數來勸勉。久之, 赴調, 知天長縣。有盜割人牛舌者, 主來訴。拯曰 : "第歸, 殺而鬻之"尋復有來告私殺牛者, 拯曰 : "何爲割牛舌而又告之?" 盜驚服。徙知端州, 遷殿中丞。端土産硯, 前守緣貢率取數十倍以遺權貴。拯命制者才足貢數, 歲滿不持一硯歸。使契丹, 契丹令典客謂拯曰 : "雄州新開便門, 乃慾誘我叛人, 以刺疆事耶?" 拯曰 : "涿州亦嘗開門矣, 刺疆事何必開便門哉?" 其人遂無以對。召權知開封府, 遷右司郎中。拯立朝剛毅, 貴戚宦官爲之斂手, 聞者皆憚之。人以包拯笑比黃河淸。童稚婦女, 亦知其名, 呼曰"包待制"。京師爲之語曰 : "關節不到, 有閻羅包老。" 舊制, 凡訟訴不得徑造庭下。拯開正門, 使得至前陳曲直, 吏不敢欺。中官 (宦官) 勢族築園榭, 侵惠民河, 以故河塞不通, 適京師大水, 拯乃悉毀去。或持地券自言有僞增步數者, 皆審驗劾奏之。拯性峭直, 惡吏苛刻, 務敦厚, 雖甚嫉惡, 而未嘗不推以忠恕也。與人不苟合, 不僞辭色悅人, 平居無私書, 故人、親黨皆絶之。雖貴, 衣服、器用、飮食如布衣時。嘗曰 : "後世子孫仕宦, 有犯贓者, 不得放歸本家, 死不得

열전의 내용은 세 부분으로 나누어 살펴볼 수 있는데, 첫째는 그가 부모님에 대한 효성이 지극해서 두 번에 걸쳐서 관직마저 고사한 것에 대한 일화다. 둘째는 관직의 이동과 함께 그가 관리로서 행했던 여러 가지 모범적이고 귀감이 되는 다수의 일화다. 셋째는 포증이 가지고 있는 인간적인 면모와 성정에 대한 기록이다. 전체적으로 열전은 포증이 관리로서의 전형을 보여 줄 만큼 청렴하고 강직하여 당시 사회의 청백리였음을 말하고 있다. 그럼 이와 달리 소설은 포증을 어떤 인물로 묘사했는지 요약정리해서 살펴보면 다음과 같다.

大宋 元佑 연간에 大常大卿 陳亞는 江東留守安撫使 겸 知建康府에 제수되어 하루는 강가에서 관리들과 연회를 열고 있었는데 한 눈 먼 노인이 사주팔자도 없이 흥망을 능히 알 수 있다고 말하자, 진아는 그 노인을 불러서 그의 능력을 시험했다. 화려한 배 한 척이 마침 강물을 따라 떠내려 오자 진아는 그 배가 누구의 배인지를 물었고, 점쟁이 노인은 知臨江軍 李郎中이 변고를 당해서 고향으로 실려 오는 것임을 알아맞혔다. 진아는 그의 능력을 신통하게 여겨서 술과 은자로 포상하였다.

또 한 점쟁이 李傑은 동경 개봉부 사람으로서, 兗州府 奉符縣에 가서 점집을 열었는데 한 사람이 찾아와서 점을 보기를 청하였다. 그 사람은 봉부현 제일의 孫押司였는데 점쟁이가 점을 쳐보니 그가 그날 밤 삼경 삼점 자시에 죽을 것이라는 점괘가 나왔다. 손압사는 자신이 죽는다는 사실에 화가 났지만 주위에서 말리는 바람에 그냥 집으로 돌아갔고, 그날 밤 삼경이 되어서 진짜로 강물에 뛰어들어 죽고 말았다.

갑자기 남편의 죽음을 맞이한 압사의 아내는 상을 치른 얼마 후 중매쟁이의 주선으로 봉부현의 제2압사이자 같은 孫가인 小孫押司에게 재가를 했고, 자신의 집에서 시중을 들던 迎兒라는 시종은 죽은 大孫押司의 혼령을 봤다는 이유로 시집을 보내버렸다.

술주정꾼이자 도박꾼에게 시집을 간 영아는 남편의 성화에 못 이겨서 압사의 아내를 찾아가 생활비를 빌리나 이내 다 탕진하고 만다. 두

葬大塋中。不從吾志, 非吾子若孫也。""

번째로 압사의 집으로 찾아갔을 때는 시간이 늦은 밤이었는데 죽은 이
전 압사가 나타나서 영아에게 은자 꾸러미까지 건네준다. 그리고 압사
의 아내와 영아가 함께 東峰岱嶽에 향불을 피우러 갔을 때 이전 압사는
또 나타나서 알 수 없는 수수께끼가 담긴 종이 한 장을 건넨다.

한 해가 지나고 봉부현에는 包拯이 부임해 왔는데, 그는 꿈에서 알
수 없는 뜻의 대구를 보게 되고 이를 해석할 수 있는 자에게 상금을
내리도록 방을 붙였다. 지현이 내건 방에 있는 대구가 자신이 한 해
전에 봤던 종이의 내용과 똑같은 것을 눈치 챈 영아의 남편 王興은 그
종이를 포증에게 보여주며 사실대로 고한다. 종이에 적혀있던 글자는
이미 사라지고 없었으나 그 글을 외우고 있던 왕흥이 그 수수께끼를
말하자, 포증은 모든 사건의 전말을 알아차린다.

결국 사건의 전말은 압사의 아내와 소손압사가 꾸며서 이전 압사를
목 졸라 살해하고 두 사람이 그의 재산을 차지함은 물론 부부로 살기
위한 치밀한 계획에 의한 것임이 드러났고, 두 사람은 사형에 처해졌
다. 포증은 처음 부임하여 송사를 해결하면서 천하에 이름이 알려졌고,
후대 사람들에게도 包龍圖라는 이름이 널리 전하게 되었다.170)

소설은 한 살인사건과 관련하여 포증이 말미에 지방관으로 부임하여
판관으로서의 역할을 하는 이야기로서 포증이 등장하는 부분은 전체 작
품의 3할 이내의 범위에 있다.

대손압사의 도움을 받아 목숨을 구한 것은 물론 관아에서 관리로까지
승진하여 지내던 젊은 소손압사는 대손압사의 아내와 눈이 맞았고, 두
사람은 치밀하게 계획하여 대손압사를 살해하기에 이른다. '세 번이나
나타나서 포룡도가 원통함을 판결하게 하다.'라는 제목에서 말하고 있듯
이 죽은 대손압사는 혼령이 되어 영아라는 시종에게 세 번이나 나타나서
자신의 억울한 원한을 풀어줄 것을 부탁한다. 그리고 판관인 포증에게도
암시를 주어서 사건을 해결할 수 있는 단서를 제공하였다. 비록 죽은 혼

---

170) 《경세통언》 참조.

'삼언(三言)' 소설이 된 역사인물

령의 도움을 얻는 방식이기는 하나 포증은 판관으로서의 예리함을 보여주고 있고, 수수께끼만으로도 사건의 전말을 파악할 만큼 명석한 두뇌의 소유자로 등장한다.

그럼 열전과 소설에서는 포증을 어떻게 다르게 말하고 있는지를 살펴봄과 동시에 소설에는 어떤 가공의 요소가 있는지에 대해 살펴보자.

구분 내용	≪宋史≫〈包拯傳〉	〈三現身包龍圖斷寃〉
첫 부임지	建昌縣 지현	兗州府 奉符縣 지현
包龍圖라고 불린 호칭	열전에는 언급이 없음.	龍圖閣學士[171]의 관직을 제수 받았기 때문에 包龍圖라고 불림.
살인사건의 내용	없음	치정에 의한 남편 살인사건

소설은 단지 하나의 살인사건을 설정하고 이를 해결하는 판관으로 포증을 등장시키는 구조로 되어 있기 때문에 포증의 일대기와 관련한 많은 기록은 싣고 있지 않다. 이는 〈況太守斷死孩兒〉(警35)와도 유사한 구성을 가지고 있는 것으로서 볼 수 있는데, 이로 인해 인물의 열전과 관련하여 대비해볼 만한 내용이 적다는 단점이 있다. 상기 표에서 말하고 있는 차이점에 앞서 포증의 출생지에 대한 열전과 소설의 기록은 여주 합비와 여주 금두성으로 다른 지명으로 보이나 실상 합비가 당시에 새로 건축한

---

171) 龍圖閣學士는 송대 관직명이다. 宋 眞宗 때 龍圖閣을 지어서 宋 太宗의 禦書와 禦制文集 · 典籍 · 그림 · 상스러운 물건 및 宗正寺에서 올린 屬籍과 世譜 등을 수장하였다. 景德 元年(1004)에 龍圖閣侍制를 설치하였다. 4年에 龍圖閣學士를 배치하였다. 龍圖閣學士는 겸직으로서 문관에게 더해지는 관직으로 사용하였다. 그들은 고문역할도 하고 정사를 논의하기도 하였으며 황제의 존중과 총애를 받았다. 北宋의 龍圖閣直學士는 겸직으로서 일종의 실권이 없는 명예직이었다. 1052年에 包公이 외척인 張堯佐에 의해 탄핵당해서 인종의 심기를 건드리게 되자 그가 경성을 떠나 河北督轉運使로 옮겨가게 했고, 龍圖閣直學士의 관직을 더해 주었다.

성인 금두성이고, 이후에 합비의 또 다른 명칭이기 때문에 이는 같은 것으로 보는 것이 맞다.[172]

열전과 소설에서의 차이점 중 첫째는 포증의 첫 부임지에 대한 언급이다. 열전에서는 포증이 "처음 진사에 합격했을 때 건창현 지현으로 나갔고, 부모가 모두 연로해서 사직하고 관직을 구하지 않았다.[173]"라고 하고 있고, 설사 부모로 인해 거의 관직생활을 하지 않을 것으로 보고 이후 부임지인 천장현 지현을 첫 부임지로 본다고 해도 소설의 첫 부임지인 연주부 봉부현 지현과는 차이가 있다.

둘째는 포증이 '포룡도'라고 불린 호칭에 대한 것이다. 송사에 실린 포증의 열전에는 포증이 龍圖閣直學士로 임명되었다는 기록을 찾아볼 수 없다. 그러나 용도각직학사에 대한 일반적인 기록을 살펴보면, 1052년 포증이 외척인 張堯佐에 의해 탄핵되면서 인종의 비위를 거스르게 되자 河北督轉運使로 부임하면서 용도각직학사의 직을 겸한 것으로 되어 있다.

마지막으로 소설의 주 내용인 살인사건은 역사기록을 확인할 수 없는 가상의 설정으로 판단된다.

소설과 관련한 정사 이외의 문헌들로는 ≪醉翁談錄≫권1〈小說開闢〉·≪武林舊事≫권10〈官本雜劇段數〉·〈新刊全相說唱包待制出身傳〉외 6종 등이 있다. 이중에서 ≪취옹담록≫과 ≪무림구사≫에는 모두 〈三獻身〉이라는 제목의 작품명이 나오는데 그 내용이 없기 때문에 확인할 길은 없으나 본편과 같은 내용의 작품일 것으로 추정하고 있고, 송대에 본편과 유사한 고사가 화본과 잡극으로 이미 존재한 것으로 보고 있

---

172) 左輔 ≪合肥縣志≫ 合肥王揖唐今傳是樓 1920. "今南半城, 名'金斗城'……蓋漢城旣壞, 改築土城於今所.至唐代宗時, 廬州刺史路應始加甓。(지금의 南半城은 이름이 金斗城인데……漢나라 때의 성이 무너져서 지금의 장소에 토성을 개축한 것이다. 唐 代宗 때에 廬州刺史 路應이 비로소 벽돌로 개축했다.)"
173) ≪宋史≫〈包拯傳〉. "始擧進士, 出知建昌縣, 以父母皆老, 辭不就。"

'삼언(三言)' 소설이 된 역사인물

다.174) 〈신간전상설창포대제출신전〉외 6종은 1967년 上海 嘉定縣에서
발견된 명대의 문헌으로서 명대 중엽 成化 7년부터 14년(1471-1478) 사
이에 北京 永順堂에서 간인한 13종의 '說唱詞話'다. 이 13종은 강사 3종,
공안 7종, 전기영괴 3종으로 구성되어 있는데, 이중 공안 7종이 모두 포
증에 대한 내용이다. 이 7가지 공안 작품은 책의 상태에 따라 완전하게
복원되지 않은 것도 포함하고 있으나, 그 속의 담긴 내용을 요약해보면
아래의 표와 같다.175)

편명	내용
〈新刊全相說唱包待制出身傳〉	포증은 盧州 鳳凰橋 옆 小包村 사람이다. 과거에 급제한 후 定遠縣에 3년간 부임하였다가, 定遠 3년에 포증은 轉運使의 부정부패를 탄핵하였는데, 仁宗이 누가 開封府尹으로 좋은지 묻자, 黑王相公이 포공을 추천하여 개봉부윤으로 임명하였다. 포증은 개봉부윤이 되기 위해서 자신을 지지해줄 8명의 관리가 있어야함을 요구했다.(淸末에 ≪七俠五義≫제2회에서 제4회까지의 내용이 포롱도의 내용을 전하나 본편과는 완전히 다르다.)
〈新刊全相說唱包龍圖陳州糶米記〉	陳州의 백성들이 곡식문제로 굶주리고 관리의 부패가 심하자 仁宗이 포공을 파견하였고, 포공은 부임해서 가는 길에 암행을 하며 여러 가지 부조리한 사건들을 겪는다. 이후 이 모든 사건들을 정당하게 판결하였다.
〈新刊全相說唱足本仁宗認母傳〉	宋代 李宸妃의 일을 빌어 와서 쓴 글이나 明代의 紀太後의 일을 이야기한 것이다. 작가는 송대의 일을 빌어 와서 당시 사회에 반영하였다.(작품의 상세한 줄거리는 나와 있지 않음)
〈新刊說唱包龍圖斷曹國舅公案傳	袁文正의 가족은 과거를 보기 위해 東京에 왔다가, 皇親 두 사람을 만났다. 황친 두 사람은 원문정과 그의 아이도 죽여 버리고, 그의 아내를 데려갔는데, 포공이 이 사건을 판결하여 二國舅는 사형시키고, 大國舅는 풀어주었다.

174) 譚正璧 ≪三言兩拍源流考≫ 上海古籍出版社 上海 2012 p.370 참조.
175) 위의 표는 胡士瑩 ≪話本小說概論≫ 中華書局 北京 1980의 pp.381-395의 내용을 바탕으로 정리한 것이다.

편명	내용
〈新編說唱包龍圖斷 歪烏盆傳〉	(元代의 〈盆兒鬼〉가 이 작품과 같음을 설명하고 구체적 줄거리는 없음.)
〈新編說唱包龍圖趙 皇親孫文儀案傳〉	司馬受의 아내가 東京에 등불구경 갔다가 仁宗의 아우 趙王에게 눈에 띄어서 강제로 잡혀갔다. 아내는 계책을 써서 남편이 오도록 했으나 조왕에게 발각되어 남편과 온 가족은 죽임을 당하고, 아들만 살아남았다. 후에 동생 司馬都가 이 사실을 관에 알리는 과정에서 포공이 알게 되어 조왕을 판결하고 사형시켰다.(출토될 당시 상태가 좋지 않았으나 몇 쪽을 복원하여 대략의 줄거리가 나타남.)
〈新編說唱包龍圖斷 白虎精傳〉	沈百萬은 아들 元華가 東京으로 과거를 보러 갈 때 好色을 경계하도록 당부했다. 원화는 길을 가다가 伏虎大王廟를 지나갔는데 白虎精이 미녀로 변신해서 같이 침소에 들자고 유혹하였다. 원화가 다음날 놀러 나갔는데 天慶觀 張觀主가 그에게서 요괴의 기운을 보고서 부적을 주었다. 백호경은 이를 알고 장관주를 먹어치우고 산으로 돌아갔다. 원화는 포공에게 張天師의 도움으로 백호경을 죽였다고 알렸다.

그러나 상기 〈신간전상설창포대제출신전〉외 6종은 본편의 내용과는 완전히 다른 내용이기 때문에 비교의 대상은 아니나, 포증과 관련된 이러한 공안류의 화본소설이 명초에 성행했던 정황을 확인할 수 있다는 점에서 대단히 중요한 자료가 아닐 수 없다.

본편은 송대에 이미 화본으로 나왔을 것으로 판단되고, 명초에 이르러 이와 유사한 다양한 종류의 공안류 작품이 성행한 정황이 확인되며, 명말에 이르러 풍몽룡에 의해 의화본소설로 탄생하였다는 점에서 송·원·명대를 관통하는 소설사적 흐름을 확인할 수 있는 중요한 작품으로 평가해 볼 수 있다.

21) 조광윤(趙匡胤)
　　─ 〈趙太祖千里送京娘〉(≪경세통언≫권21)

'조태조가 경낭을 천리 길까지 바래다주다'라는 제목의 이 작품은 송을 건국한 태조 조광윤과 趙京娘이라는 여인에 관한 이야기다. 송 태조에 대한 역사 기록은 ≪송사≫〈태조본기〉에서 확인할 수 있다. 〈태조본기〉의 전체 내용은 조광윤의 고조부에 대한 기록부터 태조가 제위에 오르기까지의 일대기적 기록으로 되어 있는데, 이 중에서 조광윤이 출생부터 황제가 된 시점까지의 기록이 소설의 시간 범위와 일치하므로 이에 대한 기록을 요약정리해서 살펴보면 다음과 같다.

○ 태조는 이름이 匡胤이고, 성이 趙다. 涿郡 사람이며, 洛陽 夾馬營에서 출생하였다.

○ 태조의 부친 宣祖는 후주에서 장수로서 공을 세워 관직이 檢校司徒와 天水縣男으로 올라서, 태조와 함께 각각 禁軍을 관리하였다.

○ 後漢 초에 목적 없이 사방을 주유하며 다니다가 襄陽의 한 사원을 빌려 머물렀는데, 관상을 잘 보는 한 화상이 태조의 얼굴 관상을 보며, "제가 모든 재물을 당신께 드려서 노잣돈으로 쓰게 해드릴 테니 당신은 북쪽으로 가시면 반드시 기이한 만남이 있을 것입니다."라고 하였다. 때마침 周祖가 樞密使의 신분으로 李守貞을 정벌하러 가고 있었는데, 태조는 병사모집에 응하여 그의 휘하로 들어갔다.

○ 後周 광순 초년에 東西班行首의 관직을 메우기 위해 滑州副指揮의 관직을 맡았고, 開封府 馬直軍使를 거쳐서 禁軍을 맡았다.

○ 北漢과의 전쟁에서 공을 세우자 世宗이 태조에게 殿前都虞候를 맡도록 명하고, 嚴州刺史의 관직을 겸하게 하였다.

○ 후주 顯德 3년, 세종과 淮南으로 출정하여 南唐節度使 皇甫暉와 싸워서 이기고 姚鳳을 사로잡았다. 승전하여 조정으로 돌아온 후 殿前都指揮使에 봉해지고 얼마 후 定國軍節度使에 봉해졌다.

○ 후주 顯德 4년에 태조는 세종과 함께 출정하여 壽春, 濠洲, 泗州, 楚州 등에서 전승하여 淮南 일대를 평정하고, 조정으로 돌아와서 忠武軍節度使에 봉해졌다.[176)

---

176) ≪송사≫〈태조본기〉 참조.

이상과 같이 〈태조본기〉 중 태조 조광윤의 출생부터 송을 건국하기까지의 과정은 그가 후주 세종 휘하에서 세운 여러 가지 전공에 대한 기록이 대부분을 차지하고 있다. 그리고 그가 후주 세종을 만나 입신양명하기 전까지에 대한 기록은 극히 적어서 소설과의 대비가 용이하지 않다. 그럼 〈조태조천리송경낭〉에서 아직 입신양명하지 않은 시기의 조광윤의 모습은 어떻게 그려졌는지 소설의 내용을 요약정리해서 살펴보면 다음과 같다.

　　조광윤은 젊어서 얼굴이 붉은빛을 띠고, 눈은 계명성 같았으며, 힘은 능히 만 명을 대적할 수 있을 정도여서 온 천하를 호령하였다. 하루는 太原 지방에 있던 숙부 趙景淸을 만나서 병을 치료하다가 절에 잡혀 있는 조경낭이라는 아리따운 여인을 만났다. 여인의 사연은 아버지와 함께 분향을 나왔다가 그 지역에 출몰하는 도적떼의 수괴들에 의해 잡혀 왔던 것이었는데, 이를 들은 조광윤은 분개하여 경낭과 의남매를 맺고 직접 집까지 바래다주기로 결심하였다.
　　태원에서 경낭의 고향인 蒲州까지는 천리 길이었고, 그 길을 가기 위해서는 張廣兒와 周進이라는 산적 두목들의 위협을 헤쳐 나가야했다. 汾州에 도착한 조광윤 일행은 한 주점에 머물게 되었는데, 알고 보니 주점의 주인이 산적두목 주진과 내통하는 사이였다. 조광윤은 홀연히 나타난 노인의 도움으로 이들의 간계를 알게 되나, 피하지 않고 당당하게 길을 가서 주진 일당을 일거에 제압해버렸다.
　　다시 길을 떠난 조광윤 일행은 다음 마을에 도착했는데, 그곳에서는 장광아를 두려워하는 마을 사람들이 그를 맞이하기 위해 성대한 음식을 준비하고 있었다. 조광윤은 사람들 사이에 섞여 있다가 단번에 장광아를 없애버리고, 그를 따르는 무리들을 해체시켜서 마을의 평화를 가져다주었다.
　　한편 조경낭은 조광윤의 사내다움에 탄복하고, 그를 구해준 은혜도 갚기 위해 부부가 되기를 소원하였다. 그러나 조광윤은 의로운 일을 하기 위해 한 것이고, 두 사람이 동성동본이기 때문에 그럴 수 없다고 단호하게 거절하며 고향 포주까지 바래다주었다.

'삼언(三言)' 소설이 된 역사인물

고향에 도착하자 조경낭의 가족들은 그녀가 살아 돌아 온 것은 기쁜 일이나, 도적들에게 납치되었던 일과 조광윤과 먼 길을 같이 오면서 함께 지냈던 일 때문에 두 사람이 혼인하기를 청하였다. 조광윤은 자신의 진심을 오해한 가족들에게 불같이 화를 내며 떠났고, 조경낭은 자신의 정조를 증명할 길이 없어서 결국 목을 매고 자결한다.

후에 황제가 된 조광윤은 조경낭의 소식을 탐문하였는데, 조경낭이 자신의 정조를 증명하기 위해 자결하며 남긴 시를 읽고 탄식하였고, 그녀를 貞義夫人에 봉하고 그녀의 마을에 사당을 지어주었다.[177]

소설의 전체 줄거리는 단일 일화로 되어 있어서 여러 단락으로 나눌 필요가 없으며, 주 내용은 조광윤이 아직 후주 세종을 만나 입신양명하기 전 젊은 시절에 한 여인을 구해준 의로운 일화를 소재로 삼고 있다.

소설의 시간적 범위는 역사기록과 대조해보면 청년으로 성장한 이후부터 후주의 세종 휘하에서 관직을 지내던 시기 이전까지와 일치한다. 이 시간적 범위 내에서 역사 기록과 소설의 차이를 표로써 살펴보면 다음과 같다.

내용 \ 구분	《宋史》〈太祖本紀〉	〈趙太祖千里送京娘〉
황제의 勾欄을 부수고 화원을 어지럽힌 일	없음	변경성에서 황제의 勾欄[178]을 부수고 황제의 화원을 어지럽히는 등, 황제를 화나게 하여 도망자 신세가 됨.
太原 지방으로 와서 숙부 趙景清을 만난 사실	後漢 초에 목적 없이 사방을 주유하며 다니다가 襄陽의 한 사원을 빌려 머무름.	太原에서 清油觀에 출가한 숙부 趙景清을 만나러 왔다가, 병이 나서 수개월을 요양함.
趙京娘을 고향까지 데려다 준 일화	없음	산적 두목 張廣兒와 周進을 물리치고 조경낭을 고향까지 무사히 데려다 줌.

---

177) 《경세통언》 참조.

내용 \ 구분	≪宋史≫〈太祖本紀〉	〈趙太祖千里送京娘〉
경낭을 貞義夫人에 봉한 일	없음	제위에 오른 후 경낭의 소식을 수소문하였는데 억울함을 못 이기고 자결했다는 소식을 듣고 그녀를 貞義夫人으로 봉하고 그녀의 마을에 사당을 지어줌.

　소설의 줄거리에 준하여 역사사실과 비교해 볼 수 있는 항목은 상기 표와 같이 네 가지 정도의 항목이다. 그 첫째는 조광윤이 후한 황제의 구란을 부수고 화원을 어지럽힌 죄를 짓고 도망자 신세가 된 일인데, 소설에서는 조광윤이 이를 계기로 자신의 숙부인 조경청을 찾아간 것으로 되어 있으나, 역사 기록에서는 확인할 수 없는 사실이다.

　두 번째는 태원 지방으로 와서 숙부 조경청을 만난 사실이 있는지에 대한 부분에서, 소설에서는 조광윤이 "관서호교에 이르러서는 동달을 죽이고 명마 적기린을 얻었다. 황주에서는 송호를 제거하고, 삭주에서는 이자영을 세 번 만에 때려죽이고, 노주왕 이한초의 일가를 다 없애버렸다. 그리고는 태원 지방으로 와서 숙부 조경청을 만났다"[179]라고 하고 있으나, 역사 기록에서는 "후한 초에 목적 없이 사방을 주유하며 다니다가 양양의 한 사묘를 빌려 머물렀다"[180]는 기록만이 전하고 있어서 비슷한 시기에 한동안 방랑생활을 했다는 점과 사원에서 머물렀다는 공통점은 있으나 그 구체적 행적에 있어서는 일치하고 있지 않다.

---

178) 고대에 배우나 기녀가 기예를 보여주던 장소를 말한다. 후에 妓院이라는 통칭이 되었다. 여기에서 禦勾欄이란 황제를 모시는 기녀들이 거처하던 곳으로서 敎坊司와 대략적으로 가깝다고 할 수 있다.
179) ≪경세통언≫. "到關西護橋殺了董達，得了名馬赤麒麟。黃州除了宋虎，朔州三棒打死了李子英，滅了潞州王李漢超一家。來到太原地面，遇了叔父趙景淸。"
180) ≪송사≫〈태조본기〉. "漢初，漫遊無所遇，舍襄陽僧寺。"

세 번째 소설의 주된 소재인 조경낭을 고향까지 데려다 준 일화는 역사 기록에서 찾아 볼 수 없고, 네 번째인 조 태조가 제위에 오른 후에 조경낭을 정의부인에 봉하고 그녀를 위해 사당을 지어 주었다는 내용도 역사 기록에서는 확인할 수 없는 것이다.

이처럼 소설은 정사의 내용을 바탕으로 소설화하였다고 볼 수 있는 요소가 거의 없다. 그러나 송대의 필기류소설과 화본, 금·원·명 시기의 화본과 잡극, 원·명 시기의 소설을 거쳐서 청나라 초기 李玉의 ≪風雲會≫에 이르기까지 조광윤의 고사는 단계적으로 발전하여 성숙과정을 거치면서 각종 작품들을 형성하기에 이르렀다. 가장 대표적인 야사로는 조광윤이 주인공으로 등장하는 〈飛龍傳〉이라는 평화가 전해지다가 청대 건륭 33년에 이르러 ≪飛龍全傳≫이라는 책이 출간되었는데, 이를 통해 송대부터 명·청대에 이르기까지 조광윤을 소재로 한 작품이 민간에서 널리 전해져 온 것임을 알 수 있다.[181] 그리고 〈비룡전〉과의 전후 관계는 규명할 수 없으나, 풍몽룡이 ≪경세통언≫을 편찬하기 이전인 명대 가정 연간(1507-1567)에 ≪南北宋志傳≫ 合刊이 나오고, 이보다 앞서 ≪南宋志傳≫이 나온 것으로 보아 풍몽룡은 당시에 유전되던 〈비룡전〉 혹은 ≪남송지전≫을 모본으로 하여 각색한 것이라는 추론이 가능하다.[182]

---

181) 鄒赫 〈≪說岳全傳≫成書年代硏究〉 ≪內江師範學院學報≫ 2006 참조.
182) ≪南宋志傳≫은 ≪南宋飛龍傳≫이라고도 하며, 역사기록이 아니라 통속역사소설이다. 五代의 "石敬塘發兵征蜀"부터 이야기하기 시작해서 "宋祖賜宴"과 "曹彬誓衆定江南"에 이르기까지 宋 太祖가 거병하여 천하를 통일하는 역사이야기를 담고 있다. ≪南宋志傳≫에 이어서 또 ≪北宋志傳≫이 나왔는데 쓴 사람의 이름은 나와 있지 않다. 후인이 두 이야기를 합해서 ≪南北兩宋志傳≫으로 불렀다. 明 葉昆池가 간행한 ≪新刻玉茗堂批點繡像南北宋志傳≫은 명대에 이미 ≪南北兩宋志傳≫합간본이 있었음을 증명하고 있다.

내용 \ 구분	〈趙太祖千裏送京娘〉	≪飛龍全傳≫
유사점	○ 趙京娘이 滿天飛 張廣兒와 著地滾 周進에 의해 납치된 경위, 그녀의 고향이 蒲州 解梁縣 小祥村인 점, 조광윤이 고향까지 데려다 주기로 하고 의남매를 맺은 점. ○ 가는 길에 두 산적 두목을 해치우고 고향까지 무사히 도착. ○ 조경낭이 조광윤의 영웅적인 모습에 반하여 고백하나 거절당함. ○ 고향에 도착한 후 두 사람이 혼인을 할 것을 권고받자 조광윤은 화를 내며 떠나가고, 조경낭은 자신의 정절을 증명하기 위해 목을 매고 자결함.	

차이점	작품의 길이	9700여 자	6600여 자
	조광윤이 머물은 사원	清油觀	神丹觀
	주지와의 관계	조광윤의 숙부 趙景清	이름은 褚元이고 관계는 나와 있지 않음.
	토지신을 만난 일화	토지신을 만나서 앞으로 일어날 일에 대해 미리 듣고 대비함.	없음
	장광아를 제압하는 일화	조광윤이 주진을 없앤 후, 장광아가 지나가기로 되어 있는 마을을 지키고 있다가 단숨에 장광아 일행을 제압함.	장광아가 주진이 죽었다는 소식을 듣고 조광윤을 쫓아왔으나 조광윤에게 살해됨.
	조경낭의 오빠의 이름	趙文	趙文正
	조광윤이 떠나간 이후의 일화	없음	조광윤은 자신의 호의가 오해받자, 화가 나서 길을 나섰다가 날이 어두워져 곤란을 겪었는데 조경낭이 혼령이 되어 나타나 가는 길을 밝혀줌.

그리고 본편은 ≪비룡전전≫보다 시대가 더 앞서기는 하지만 작품의 편폭이 ≪비룡전전≫보다 더 길고, 줄거리의 서사구조도 더 자세하고 세련되게 각색되었다는 특징들이 있어서 두 작품의 선후 영향관계를 논하

는 것이 어려운 것이 현실이다. 따라서 본고에서는 두 작품이 가지고 있는 유사점과 차이점을 중심으로 원전인 〈비룡전〉 혹은 ≪남송지전≫이 명대와 청대에 각각 어떤 모습으로 각색되었는지를 비교해서 살펴보는 것을 최선으로 삼았다.

상기 표와 같이 두 작품의 유사점과 차이점을 비교해 보았을 때, 줄거리의 기본 흐름이 대체로 같고, 세부적인 사항에 있어서만 약간의 차이를 보인다는 점에서 두 작품은 분명히 연원관계에 있는 작품이라고 할 수 있다. 그리고 두 작품이 가지고 있는 줄거리 상의 차이점은 크게 네 가지로 정리해 볼 수 있다.

첫째는 부분적인 인물의 이름과 장소의 명칭 차이다. ≪비룡전전≫에서는 도관의 명칭이 신단관이었으나 소설에서는 청유관이었고, 도관의 주지도 ≪비룡전전≫에서는 저원이라는 인물이면서 조광윤과의 관계는 나와 있지 않았으나, 소설에서는 조광윤의 숙부 조경청으로 되어 있다. 그리고 조경낭의 오빠의 이름도 ≪비룡전전≫에서는 조문정으로 나오나, 소설에서는 조문으로 나온다.

둘째는 길을 떠난 조광윤이 수상한 자를 뒤쫓다가 토지신을 만나서 앞으로 일어날 일에 대한 암시를 받는 일화가 나오지만, ≪비룡전전≫에는 이러한 일화가 없다.

셋째는 조광윤이 장광아를 제압하는 일화다. ≪비룡전전≫에서는 단순히 장광아가 같은 산적 두목 주진의 죽음을 전해 듣고 격분하여 조광윤을 쫓아왔다가 결국 조광윤과의 결전 후에 죽음을 맞이하는 것으로 되어 있으나, 소설에서는 이 부분을 조광윤이 오히려 한 마을에서 장광아를 기다리다가 제압하는 것으로 구성되어 있는 것으로 보아 작가가 조광윤의 영웅적 기개를 보다 부각시키기 위해 각색을 시도한 것으로 보인다.

넷째는 죽은 조경낭이 혼령이 되어 밤길을 가던 조광윤의 앞길을 밝혀준 일화는 ≪비룡전전≫에서만 나오고 본편에서는 나오지 않는다.

이처럼 두 작품은 몇 가지의 차이점을 가지고 있지만 거의 팔·구 할의 줄거리가 서로 일치하고 있다는 점에서 동일한 이야기의 다른 판본으로 이해할 수 있고, 향후 연구의 여지가 남아 있는 작품이다.

22) 당인(唐寅)[183]
― 〈唐解元一笑姻緣〉(≪경세통언≫ 권26)

(1) 들어가며

그간 중문학의 교육적 측면은 주로 어학 분야에서 많은 연구와 논의가 있어 온 것이 사실이다.[184] 이에 반해 문학 분야는 대학 강단에서의 교육을 위해 각 장르별로 다양한 교수법에 대한 연구와 노력이 있어 왔겠으나, 정작 중국문학을 가르치기 위한 교수 방법이나 강의 콘텐츠 계발에 대한 논의는 희소해 보인다. 따라서 시·사·소설·희곡·산문과 같은 문학 분야의 강의자가 강의를 위해 필요로 하는 방법과 내용에 대한 논의는 이제 문학 전공자가 강구해야 하는 또 하나의 화두 중 하나다.

필자는 소설 전공자로서 중국소설의 효율적인 교수법과 강의 콘텐츠 계발의 필요성을 인지하여 선행 연구로부터 계도적 도움을 얻고자 했으

---

183) 明人 당인은 문학사에서는 큰 주목을 받지 못하는 인물이지만, 현대에 이르러 연극·영화·드라마·무용에 이르기까지 다양한 문화콘텐츠에서 주목받는 인물이다. 따라서 위 논문은 그러한 연구의 필요성 때문에 〈역사인물 唐寅의 서사변천과 현대적 수용 고찰-小說 중심의 中國文學教育의 일 방안으로-〉(2018)이라는 제목으로 한국중국소설학회에 등재된 글이다. 본문은 학회에 등록된 원문을 수록하되, 목차와 마지막 부록으로 수록한 강의안을 생략하고 가독성을 위하여 일부 한자들을 한글로 변환하였다.

184) RISS(학술연구정보서비스)에 따르면 현재까지 '중국어 교육' 혹은 '중국어학 교육'에 대한 연구 자료는 학위논문이 3,602편, 학술지논문이 1,917편, 단행본이 1,915편, 연구보고서가 89편에 달한다.

나, 이러한 연구를 찾아보기 어려운 점이 늘 아쉬움으로 남았다. 또한 중국문학 분야의 연구는 주로 학문적 깊이를 강구하고 연구 분야의 외연을 확장하는 데에는 많은 노력을 경주해온 것으로 보이나, 문학교육과 같은 교육적 측면은 사각지대로 남아 있어서 수많은 지식을 양산하고도 이를 효과적으로 활용하고 전달할 실용적 방안은 부족해 보인다.

때마침 이러한 문제의식에 대한 학계의 논의가 진행되는 시점에서 필자는 소설분야의 시론적인 글을 통해 중국 문학교육에 대한 실험적인 방향에 대해 제의해보고자 한다. 이를 위해 필자는 기존에 번역과 개괄적 연구를 진행해온 소설 텍스트 중에서 〈唐解元一笑姻緣〉(≪경세통언≫제26권, 이하 '(경26)'으로 표기함)이라는 단편소설을 중심 텍스트로 삼고, 중심인물인 '당인'과 관련된 제 문헌들의 상호관계를 비교·분석함으로써 중국 서사문학의 발전과정에 대한 이해를 도울 수 있는 강의 콘텐츠를 결론에서 이끌어 낼 것이다. 아울러 중국 문학교육에서 이러한 인물과 소설 중심의 강의 콘텐츠 계발이 가질 수 있는 의의에 대해서도 논하고자 한다.

필자가 소재로 삼고 있는 역사인물 당인은 명대 인물로서, 그와 관련된 문헌으로는 ≪明史≫〈唐寅傳〉·≪國寶新編≫·≪情史≫권5〈唐寅〉·≪情史≫권5〈唐寅附〉·≪吳郡二科志≫〈唐寅〉·≪續吳先賢贊≫권11〈唐寅〉·≪列朝詩集小傳≫丙集〈唐解元寅〉·≪堅瓠丁集≫권4〈唐六如〉·≪茶餘客話≫권18·≪劇說≫권3·≪通俗編≫권37〈秋香〉·≪兩般秋雨盦隨筆≫권6〈秋香〉·≪茶香室叢鈔≫권17〈秋香〉·≪三借盧筆談≫권12〈秋香〉·≪曲海總目提要≫권8〈花舫緣〉·≪曲海總目提要≫권20〈文星現〉·≪小說叢考≫권下·≪小說考證≫권9〈三笑奇緣〉·≪小說叢考≫권下〈三笑因緣〉·〈唐解元一笑姻緣〉(警26) 등이 있다.[185] 그리고

---

185) 위의 문헌은 ≪明史≫·≪三言兩拍源流考≫·CAJ(중국학술정보)·바이두

현대에 이르러 당인을 소재로 제작된 여러 매체들이 있는데, 영화로는 〈唐伯虎點秋香〉(1957)·〈唐伯虎點秋香2〉(2010)를 포함한 14편이 있고, 드라마로는 〈風流唐伯虎〉(1997)·〈風流少年唐伯虎〉(2003)를 포함한 9편이 있으며, 연극으로는 〈越劇唐伯虎點秋香〉(2015)을 포함한 評劇·錫劇·越劇·粤劇·黃梅戲의 다섯 종류의 지방극 상연이 활발하다.[186]

필자는 이러한 제 문헌과 현대의 문화콘텐츠를 바탕으로 당인이라는 역사인물이 점차 허구화되어 문학과 문화콘텐츠의 핵심어로 발전해온 변천과정을 고찰하면서 허구적 창작의 핵심에 자리하고 있는 소설을 중심으로 각 장르 간 비교를 통해 소기의 결론을 도출하고자 한다.

(2) 역사인물 당인

'삼언' 소설의 원류 혹은 2차 창작의 소재는 사서·전설·민담·희곡·전기·필기류에 이르기까지 다양한 원천으로부터 유래되었는데, 당인을 소재로 한 소설의 경우에는 그가 역사적으로 실존한 인물이기 때문에 우선 정사를 통해 그 인물의 면모를 살펴볼 수 있다. 또한 인물에 대한 정사의 기록은 이후 문학작품 속에서 허구적 인물로 변모해 나간 모습과 대비해볼 수 있는 기준이 되며, 사적 기술이 허구적 소설로, 역사인물이 허구의 인물로 변모해나간 변천과정을 이해하는 첫 출발점이기도 하다. ≪명사≫〈당인전〉에는 221자의 비교적 짧은 기록이 전하고, 당인의 출생·관운·시문의 경지 등에 대한 대략적인 내용이 전한다.

(baidu.com)에서 확인 가능한 자료를 바탕으로 정리한 것이다. 각 문헌에 대한 설명은 각 장별로 따로 설명하였고, 여기에서는 전체 문헌의 목록만을 제시하였다.

186) 영화·드라마·연극과 같은 현대의 매체에 대한 자료는 中國電影網(www.1905.com).과 中國戲劇罔(www.xijucn.com)의 자료를 근거로 정리하고, 부분적으로 바이두(baidu.com)를 통해 보완하였다.

당인은 자가 백호이고 또 다른 자는 자외다. 천성이 총명하고 영민했으나, 이광생 장영과 늘 술을 마시면서 어떠한 생업에도 종사하지 않았다. 축윤명[187]이 그에게 충고를 하자 비로소 집에서 나오지 않고 열심히 공부하였다. 홍치 11년에 향시에서 일등으로 급제하였고, 시험관 양저가 그의 문장을 기특하게 여겨 조정으로 보내서 학사 정민정에게 보여주니, 정민정 또한 그의 문장을 기특하게 여겼다. 얼마 지나지 않아서 정민정은 회시를 주관하였는데, 강음의 부자 서경이 정민정의 집 하인에게 뇌물을 주어 시험문제를 얻었다. 이 사실이 발각되자 언관들이 정민정을 탄핵하였고, 그 추문이 당인에게까지 연루되어 하옥시키라는 조서가 내려졌고, (정민정은) 하급관리로 좌천되었다. 당인은 치욕스럽게 관직을 이루지 못하자, 집으로 돌아가서 더욱 방랑하게 되었다. 영왕 주신호가 후하게 대접하며 그를 초빙하였으나, 당인은 그가 다른 뜻이 있음을 간파하고 미치광이인 척하며 술주정을 부려서 그의 추한 모습을 드러냈다. 주신호는 이를 참을 수가 없어서 그를 돌아가도록 놓아주었다. (당인은) 복숭아꽃이 있는 곳에 집을 짓고 손님들과 그 속에서 술을 마셨고, 그의 나이 54세에 죽었다. 당인의 시문은 처음에는 그래도 재능이 있었으나, 만년에는 낙담하여 자포자기해 버렸다. (그는) 후인들이 나를 아는 것은 나의 이런 모습 때문은 아닐 것이며 논자들은 (이런 내 모습에) 상심할 것이라고 말하였다. 오중의 축지산의 무리들이 호탕하고 구애받지 않아서 세상 사람들에게 주목을 받았으며 이들의 문재는 경쾌하면서 화려하여 당시 사람들을 감동시켰기 때문에 말을 전하는 이가 더하고 늘리면서 더욱 미화되어 덧붙여졌다. 그러나 왕왕 유교의 범위를 벗어나는 것이었다.[188]

---

187) 祝允明(1460—1527)은 자가 希哲, 호는 枝山이며, 오른손이 육손이어서 스스로를 '枝指生和枝山'이라고 불렀다. 長洲(지금의 江蘇 蘇州) 사람이며, 시문을 잘 짓고 서예도 잘 써서 '唐伯虎의 그림, 祝枝山의 글자'라는 말이 전한다. 당인을 소재로 한 청대의 다수의 희곡 속에 등장한다.

188) ≪명사≫〈당인전〉에 나오는 원문은 다음과 같다 : "唐寅, 字伯虎, 一字子畏。性穎利, 與裏狂生張靈縱酒, 不事諸生業。祝允明規之, 乃閉戶浹歲。舉弘治十一年鄉試第一, 座主梁儲奇其文, 還朝示學士程敏政, 敏政亦奇之。未幾, 敏政總裁會試, 江陰富人徐經賄其家僮, 得試題。事露, 言者劾敏政, 語連寅, 下詔獄, 謫爲吏。寅恥不就, 歸家益放浪。寧王宸濠厚幣聘之, 寅察其有異志, 佯狂使

정사의 기록에서 알 수 있듯이 당인은 젊어서 총명하여 과거에 급제할 만한 재자로 평가받았으나, 시험문제의 부정유출과 관련된 억울한 추문에 휘말려서 평생 관직에 나아갈 수 없는 불운을 겪었다. 중국 역대로 이처럼 회재불우 했던 수많은 인물이 있었겠으나, '삼언' 속에는 출중한 문재를 가지고도 관운이 없었던 역사인물로 '初唐四傑'로 이름난 王勃, 盛唐을 대표하는 천재시인 李白, 宋代를 대표하는 詞 작가 柳永과 더불어 당인까지 모두 네 명의 인물이 등장한다.

풍몽룡은 이러한 회재불우 했던 문인들을 소설의 소재로 활용함에 있어서 '신선'과 '풍류'라는 두 가지 키워드를 활용하였는데, 유영·이백·왕발의 경우에는 이들이 인간 세상에서 불우한 것이 결국 그들이 원래 신선이었고, 신선으로 돌아갈 운명을 타고 난 것으로 귀결시키고 있다. 당인 또한 정사의 기록으로 볼 때, 관직을 얻지 못하고 낙향한 이후의 그의 행적에 대해, "복숭아꽃이 있는 곳에 집을 짓고 손님들과 그 속에서 술을 마셨고, 그의 나이 54세에 죽었다."라는 기록을 남긴 것으로 보아 그의 삶이 신선처럼 세속과는 거리가 멀었음을 시사한 함의를 엿볼 수 있다.189) 그러나 작가 풍몽룡은 소설 속에서 당인을 다른 세 인물들처럼 도가의 신선으로 변모시키기 보다는 '풍류재자'로 변모시킴으로써 다소 다른 각색을 시도하였다.

정사 이외에도 사서류의 기록으로는 ≪國寶新編≫190)·≪吳郡二科志≫

酒, 露其醜穢。宸濠不能堪, 放還。築室桃花塢, 與客飲其中, 年五十四而卒。寅詩文, 初尚才情, 晩年頹然自放, 謂後人知我不在此, 論者傷之。吳中自枝山輩以放誕不羈爲世所指目, 而文才輕豔, 傾動流輩, 傳說者增益而附麗之, 往往出名教外。"

189) ≪明史≫〈唐寅傳〉에 나오는 원문은 다음과 같다 : "築室桃花塢, 與客飲其中, 年五十四而卒。"

190) 명대의 顧璘이 지은 책이다. 고린은 자가 華玉, 吳縣사람이며, 사적으로는 ≪明史≫〈文苑傳〉이 있다. 이 책은 李夢陽·何景明·祝允明·徐禎卿·朱

'삼언(三言)' 소설이 된 역사인물

〈唐寅〉191) · ≪續吳先賢贊≫권11〈唐寅〉192) · ≪列朝詩集小傳≫丙集〈唐解元寅〉193) 등이 있다. ≪국보신편≫에는 당인의 출신, 출사의 과정, 시문의 기풍 등을 담고 있어서 정사와 거의 유사한 기록이라 할 만하다. ≪오군이과지≫ 또한 정사의 기록과 상당부분 일치하나, 당인이 낙향하여 자신의 신세를 한탄하며 지은 시와 사가 포함되어 있어서 그의 일대기보다는 시문에 대한 비중이 다소 높게 나타난다. ≪속오선현찬≫은 ≪오군이과지≫의 기록과 거의 일치하면서 내용이 보다 더 짧아진 차이가 있다. ≪열조시집소전≫ 또한 정사의 기록과 대략적으로 유사하나, 시집을 편찬하면서 남긴 기록이라는 특성 때문에 당인의 시문에 대한 평가가 보다 상세한 것이 특징이다.

(3) 필기류와 희곡의 수용 양상

당인에 관한 정사와 사서류의 기록 이외에도 당인을 소재로 한 다양한 필기류와 희곡이 있는데, 이를 필기류와 희곡으로 구분하여 살펴보자.

應登 · 趙鶴 · 鄭善夫 · 都穆 · 景暘 · 王韋 · 唐寅 · 孫一元 · 王寵의 13명의 기록을 두루 전하는데, 모두 친분이 있는 사람들이 좌절을 겪는 모습을 보고 느낀 바를 적어서 남긴 것이다.

191) 명대의 閻秀卿이 지은 책이다. 염수경은 蘇州 사람이며 생졸이 상세하지 않다. 이 책은 弘治(1488-1505) 연간에 撰한 것으로서 ≪文學≫과 ≪狂簡≫의 두 科로 나누어진다. 기록된 내용은 楊循吉 외의 일곱 사람들의 몇 가지 일을 기록한 것이며, 서로를 칭찬하던 글들을 모은 것이다.

192) 명대의 劉鳳이 지은 책이다. 유봉은 藏書家이자 文學家이며, 자는 子威, 長州(지금의 江蘇省 蘇州)사람이다. 嘉靖 23년(1544)에 진사가 되었고, 河南按察使僉使를 지냈다. 이 책은 모두 15권으로 구성되어 있고, 吳 지방 출신의 여러 현자들에 대한 기록을 담고 있다.

193) 명말 청초의 錢謙益(1582-1664)이 지은 책이다. 전겸익은 자가 受之, 호는 牧齋, 江蘇 常熟 사람이며 산문가이자 시인이다. 이 책은 전겸익이 ≪列朝詩集≫을 편찬할 때 작가를 선별하여 모아서 쓴 小傳이다. 명대의 약 2000명의 시인의 소전을 기록하고 있다.

가. 필기류

먼저 필기류의 대표 문헌으로는 ≪堅瓠丁集≫권4〈唐六如〉194) · ≪茶餘客話≫권18195) · ≪劇說≫196) · ≪通俗編≫197) · ≪兩般秋雨盦隨筆≫198) · ≪茶香室叢鈔≫권17〈秋香〉199) · ≪三借盧筆談≫권12〈秋香〉200) · ≪情史≫

---

194) 청대의 褚人獲(1635—1682)이 지은 책이다. 저인획은 자가 稼軒, 호는 石農 등이 있고, 江蘇 長洲(지금의 江蘇 蘇州) 사람이다. 명말 청초의 문학가로서 평생 과거에 합격하지 못하여 관직에 오르지 못하였으나, 문학가로서의 재능으로 이름났으며 ≪堅瓠集≫ · ≪讀史隨筆≫ · ≪隋唐演義≫ 등이 전한다. ≪堅瓠集≫은 고금의 전장제도, 인물사적, 시사예술, 사회 이야기, 해학적 이야기 등 다양한 내용을 담고 있다.

195) 청대의 阮葵生(1727—1789)이 지은 책이다. 완규생은 자가 寶誠, 호는 吾山, 淮安府 山陽縣(지금의 江蘇 淮安市 楚州區) 사람이다. ≪茶餘客話≫는 필기 소설이며, 대략 乾隆 36년 이전에 완성된 것으로 판단된다. 정치 · 경제 · 문화 · 법률의 학문적 영역을 담고 있을 뿐만 아니라, 중요한 사료를 다수 보존하고 있어서 비교적 높은 사료적 가치가 있는 문헌이다.

196) 청대의 焦循(1763˜1820)이 지은 책이다. 초순은 자가 理堂 또는 里堂이며, 甘泉(지금의 江蘇 揚州) 사람이다. ≪극설≫은 모두 6권으로 구성되어 있고, 전대 사람들의 곡과 극에 대한 논술을 집록한 책이다.

197) 청대의 翟灝(1721-1788)가 지은 책이다. 적호는 자가 大川 혹은 晴江이며, 浙江 仁和(지금의 항주) 사람이다. ≪通俗編≫은 각종 통속적인 어휘와 방언을 모두 38가지 항목으로 나누어 38권에 실었다. 수많은 어휘의 어원과 변천 과정을 담고 있어서 한어의 어원연구에 있어서 상당한 참고의 가치가 있는 책으로 평가된다.

198) 청대의 梁紹壬이 지은 책이다. 양소임은 자가 應來, 호는 晉竹, 浙江 錢塘 사람이다. 이 책은 잡다한 필기류를 편찬한 총서의 성격이며 내용이 풍부하다. 고문에 대한 변증, 시문에 대한 평술, 문단의 일사, 풍토의 명물과 같은 네 가지 내용으로 구성되어 있다.

199) 만청의 경학가 俞樾이 지은 책이다. 유월에 대해서는 ≪淸史稿≫권482에 열전이 전한다. 책명은 부인 姚氏가 머물던 '茶香室'의 이름을 따서 지은 것으로 모두 23권으로 되어 있다. 이후에 속집 25권, 3집 29권, 4집 29권도 나오면서 모두 106권이 되었다.

200) 청대의 鄒弢(1850-1931)가 지은 책이다. 추도는 자가 翰飛, 호는 酒丐, 江蘇 無錫 사람이다. 일찍이 ≪蘇報≫의 주편을 맡았고, 만년에는 上海啓明女學

권5〈唐寅附〉[201] 등이 있다. 이 문헌들을 고찰하는 데에 있어서 고려해야 쟁점은 바로 당인과 추향이라는 두 중심인물이 하나의 이야기로 결합되는 과정에 있다. 즉, 당인과 추향은 본래 아무런 관련이 없던 인물들이며, 두 사람의 이야기는 각각 별개의 이야기 속에 존재하다가 하나의 이야기로 정착된 경우다. 따라서 그 원형에 해당하는 고사는 어떠했으며, 어떤 결합과정을 거쳐서 당인과 추향의 이야기로 허구화되었는지가 중요한 핵심이다.

당인과 추향의 이야기는 그 탄생과정에서 모두 다섯 가지 유형의 유사한 이야기가 혼재해왔는데, 이를 중심인물별로 살펴볼 수 있다.

가) 陳玄超(陳元超)와 秋香의 이야기

≪耳談≫[202]
⇩
≪情史≫권5〈唐寅附〉
⇩

校에서 교편을 잡았다.
201) 명대의 馮夢龍이 지은 책이다. ≪情史類略≫ 혹은 ≪情天寶鑑≫이라고도 불리는 이 책은 역대 史書·筆記·小說·詩話 등의 작품 중에서 '情'과 관련 있는 이야기를 선별하여 모두 24권에 860여 편의 고사를 담고 있다. ≪정사≫의 편찬 연대는 대체로 삼언의 편찬 연대와 비슷하나 삼언보다는 다소 앞서는 것으로 보이며, 풍몽룡은 ≪古今譚槪≫·≪智囊補≫·≪太平廣記鈔≫·≪情史≫에 이르는 네 편의 문언소설집을 편찬하면서 周代부터 明代에 이르기까지 다양한 시대의 소설적 소재들을 확보할 수 있었을 것으로 보인다. 柳正一의 견해에 따르면 ≪情史≫에서 ≪古今譚槪≫나 다른 풍몽룡의 작품들을 거리낌 없이 인용하고 있음에도 불구하고 삼언이나 ≪太平廣記鈔≫와 ≪智囊≫ 등의 내용은 전혀 언급되지 않은 점 등을 근거로 ≪情史≫가 삼언 출간 이전에 간행된 것으로 보고 있다. 柳正一 〈≪情史≫의 評輯者와 成書年代 考證〉 중국소설논총 45 2015 참조.

≪宮閨聯名譜≫권1〈秋香〉[203] / ≪曲海總目提要≫권20〈文星現〉
/ ≪三借盧筆談≫권12〈秋香〉
/ ≪茶香室叢鈔≫권17〈秋香〉

　≪정사≫〈당인부〉에는 당인과 추향을 주인공으로 하는 ≪정사≫〈당인〉의 이야기 이외에도 진현초와 추향의 이야기를 부록으로 싣고 있다. 풍몽룡은 이 이야기의 원류를 ≪이담≫으로 말하고 있는데, 이후 ≪관규연명보≫ · ≪곡해총목제요≫ · ≪삼차노필담≫에도 진현초와 추향을 주인공으로 한 유사한 이야기가 실려 있다. 각 문헌은 자구가 완전히 같거나 거의 같지만, 청대에 편찬된 네 문헌의 경우 避諱를 위해 '陳玄超'의 '玄'자를 '元'자로 바꾸어 썼기 때문에 명대에 편찬된 ≪정사≫〈당인부〉와는 인명이 다르게 기술된 차이가 생겼다.[204]

　　나) 兪見安과 한 여인의 이야기

≪西神叢話≫[205]

⇩

≪茶香室叢鈔≫권17〈秋香〉

---

202) 명대 중기(1620년대 전후로 활동한 작가로 추정)의 王同軌가 지은 것으로 전하나 작가에 대한 자세한 생평은 전하지 않는다. 이 책은 필기류소설에 속하며 15권에 546편의 글이 수록되어 있다. 그 내용과 제재가 다양해서 후세의 '三言' · '二拍' · '≪聊齋志異≫' 등이 모두 상당한 영향을 받은 것으로 평가된다.
203) 청대에 나온 것으로 추정되는 이 책은 작자와 출판사명이 명확하게 전하는 것이 없다. 만청의 申報館의 활자본을 모방한 ≪宮閨聯名譜≫ 10冊을 4책 22권으로 합본한 것으로 추정되는 판본이 전한다.
204) 譚正璧 ≪三言兩拍源流考≫ 上海 上海古籍出版社 2012. 423쪽-424쪽 참조.
205) ≪茶香室叢鈔≫권17〈秋香〉에 이 이야기가 ≪西神叢話≫에서 인용한 것임을 밝히고 있으나, ≪서신총화≫는 현재 이름만 전하고 그 내용은 전하지 않는다.

《차향실총초》에는 진원초와 추향의 이야기 이외에도 유견안과 한 여인에 관한 이야기가 추가로 실려 있는데 원래 이 고사가 《서신총화》로부터 나온 것으로 말한다. 원래 주인공은 유견안과 한 여인으로만 등장하나, 호사가들이 유견안을 당인으로, 여인을 美娘으로 바꿔서 새로운 이야기가 탄생하였음을 밝히고 있다. 이 조합 또한 등장인물의 이름이 달라진 차이는 있으나 남자 주인공이 배 위에서 아름다운 여인을 보고 반해서 쫓아가고, 여인의 주인집에 낮은 신분으로 들어가서 그녀를 자신의 배필로 삼는 데 성공한다는 줄거리는 동일하다.206)

다) 唐寅·華學士·화학사의 애첩 세 사람이 술자리를 같이한 이야기

《桐下聽然》207)
⇩
《茶香室叢鈔》권17〈秋香〉 / 《小說考證》권9〈三笑奇緣〉 /
《堅瓠丁集》권4〈唐六如〉

이 이야기는 주인공이 강가에서 여인을 보고 반해서 자신의 신분을 낮춰가면서까지 여인을 얻고자했던 기존의 이야기와는 달리, 화학사와 친분을 쌓아서 허물없는 사이가 된 당인이 화학사와 함께한 술자리에서 그의 애첩을 보고 반한 줄거리다. 이 이야기는 《동하청연》에 처음 나온 것으로 전하며, 이후 《차향실총초》·《소설고증》·《견호정집》에도 자구가 완전히 같은 이야기가 전한다. 또한 《차향실총초》에는 이 세 사람의 이야기가 후인에 의해 꾸며져서 당인과 추향의 이야기로 만들어졌음을 이야기와 함께 밝히고 있다.208)

206) 俞樾《茶香室叢鈔》北京 中華書局 2006. 384-385쪽.
207) 명대 誇蛾齋主人이 편찬한 德壽堂刻本이 전하나 작자에 대한 상세한 정보고 없다. 崇禎 연간(1628-1644)에 편찬된 문헌으로 판단된다.

라) 江陰의 吉道人과 시녀의 이야기

길도인과 한 시녀의 이야기가 그 근원인 것으로 본 문헌은 ≪茶餘客話≫·
≪劇說≫권3≪古夫於亭雜錄≫·≪通俗編≫권37〈秋香〉·≪小說考證≫
권9〈三笑奇緣〉이 있다. ≪차여객화≫에서는 당인 고사가 실제로 당인이
주인공이 아니라 강음 길도인이라고 밝히고 있다. 그 내용은 86자의 짧
은 내용으로서, 길도인이 상해에서 유람 온 한 일행 중에서 추향이라는
시녀를 보고 반했으며 이후의 내용은 다른 줄거리와 유사하다. 또한 ≪극
설≫권3≪고부어정잡록≫ 역시 강음의 길도인과 추향이 중심인물이며
추향은 상해의 한 대갓집의 여인이지 吳興의 화학사의 여인이 아니라고
밝히고 있다. ≪통속편≫권37〈추향〉에서도 이와 유사한 이야기가 전한
다.209) ≪소설고증≫권9〈삼소기연〉의 경우에는 길도인과 한 시녀에 대
한 이야기를 처음 소개한 것으로 보아 당인 고사의 출발점 인 것으로
보고 있으나, 기타 ≪동하청연≫·≪서신총화≫의 이야기들도 함께 소개
함으로써 당인 고사의 전체적인 면모를 소개하고 있다.210)

마) 唐寅과 秋香의 이야기

≪涇林雜記≫211)(唐寅과 桂華)

⇩

≪蕉窗雜錄≫212)(唐寅과 秋香)

---

208) 兪樾 ≪茶香室叢鈔≫ 北京 中華書局 2006. 385쪽.

209) 譚正璧 ≪三言兩拍源流考≫ 上海 上海古籍出版社 2012. 426-428쪽.

210) 蔣瑞藻 ≪小說考證≫ 杭州 浙江古籍出版社 2016. 263-264쪽.

211) 명대의 周復俊이 지은 책이나, 周玄暐가 저자인 것으로 기록을 전하는 문헌
도 있다. ≪續修四庫全書≫〈子部·雜家類〉에 그 기록이 전하고 작가는 周復
俊으로 되어 있다. 買豔霞는 〈경림잡기〉의 내용과 周復俊의 생평을 비교함
으로써 작가가 周復俊임을 고증하였다. 買豔霞, 〈≪涇林雜記≫及其作者小
考〉, ≪文獻≫, 國家圖書館, 2010年 2期, 178쪽-180쪽 참조.

'삼언(三言)' 소설이 된 역사인물

⇩

≪古今譚槪≫권11〈傿〉²¹³⁾(唐寅과 桂華)

⇩

≪情史≫권5〈唐寅〉(唐寅과 桂華)

⇩

≪警世通言≫권26〈唐解元一笑姻緣〉(唐寅과 秋香)

⇩

≪古今閨媛逸事≫권4〈三笑之藍本〉/≪古今情海≫권8〈名士風流〉/
/≪曲海總目提要≫권20〈文星現〉

⇩

≪小說叢考≫권下

　원래 아무런 관계가 없던 당인과 추향이 호사가들에 의해 점차 하나의
줄거리 속으로 들어오는 과정에 있어서 후대의 여러 문헌들은 공통적으
로 周玄暐의 ≪涇林雜記≫를 그 출발점으로 보고 있다. ≪경림잡기≫는
모두 249자로 구성되어 있고, 작품 속 주인공도 당인과 계화로 되어 있어
서 아직 당인과 추향이 결합된 시기의 작품은 아니나, 줄거리 구성에 있
어서 이후에 나타나는 작품들의 원류라 할 수 있다. 풍몽룡이 쓴 ≪古今
譚槪≫권11〈傿〉도 ≪경림잡기≫와 같은 내용을 싣고 있다.²¹⁴⁾ 이후 項

---

212) 명대 項元汴(1525-1590)이 지은 책이다. 항원변은 자가 子京, 호가 墨林, 별
　　호가 墨林山人・墨林居士 등이며, 浙江 嘉興 사람이다. 명대의 저명한 수집
　　가이자 감정가였으며, 저서로는 ≪墨林山人詩集≫・≪蕉窗九錄≫ 등이 있
　　다. 이 책의 간행 연대는 정확히 전하지 않으나, 항원변이 죽은 해를 기준으
　　로 당백호는 죽은 지 60여 년이 지난 시점에 항원변이 사망하였으므로 당인
　　의 이야기는 그의 사후 4・50년이 지난 후에 서서히 소설로 변형되기 시작했
　　음을 추정할 수 있다.
213) 명대의 馮夢龍이 쓴 책이다. 이 책은 출판 초기 그다지 반향을 일으키지 못
　　하여 萬曆 庚申(1620)년 봄에 이름을 ≪古今笑≫로 개명하여 重刊되었다.
　　따라서 풍몽룡이 '三言'을 창작하기 이전에 편찬한 서적류에 해당한다.
214) 馮夢龍 編著 欒保群 點校 ≪古今譚槪≫ 北京 中華書局 2012의 139쪽에 〈傿〉

元汴이 간행한 ≪蕉窗雜錄≫에는 ≪경림잡기≫보다 60여자가 더해져서 310자의 분량으로 늘어났는데, 소설의 주인공도 당인과 추향으로 변모하였다. 그리고 풍몽룡의 ≪정사≫에 이르러서는 1022자의 편폭을 가진 하나의 완정한 문언소설로 탄생했으나, 작중 인물은 다시 당인과 계화를 중심으로 창작되었다. 이후 풍몽룡이 5264자에 달하는 의화본소설로 재창작한 〈당해원일소인연〉(경26)의 경우에는 다시 당인과 추향을 중심인물로 삼았고, 이후에 나온 여러 문헌들도 모두 당인과 추향을 중심으로 한 내용을 싣고 있다. 이중 ≪소설총고≫에는 추향의 주인이 錫山이 아니라 吳興 사람이고, 그가 華씨 성을 가진 인물이 아니라 어떤 관료인 것으로 보는 등의 몇 가지 문제에 대한 견해를 싣고 있다.215)

이 다섯 가지 유형 이외에 ≪兩般秋雨盦隨筆≫권6〈秋香〉에서는 추향이 옛날 남경의 기방 출신이라는 짧은 이야기가 전하나, 당인과 추향의 이야기의 형성과정과는 별개의 이야기이므로 상세한 분류에는 포함시키지 않았다.

이상의 필기류들은 대체로 명대와 청대의 문헌들이고, 당인과 추향의 이야기가 풍몽룡에 의해 소설로 정착된 시기보다 훨씬 뒤에 나온 문헌도 상당수이나, 시대의 선후관계와는 상관없이 청대에 나온 문헌들도 대체로 전대의 기록을 인용하는 방식으로 수록되어 있기 때문에 필기류의 기록이 소설보다는 더 앞선 기록임이 분명하다. 즉, 필기류들을 통해 전해져 오던 다양한 인물들의 이야기는 명말에 이르러 하나의 완정한 소설의 형식으로 정착되었는데, 그 과정에서 당인과 추향을 중심인물로 한 결합관계가 고착된 것이다.

條에는 ≪涇林續記≫에서 위의 기록을 인용한 것으로 밝혀놓았으나, 실상 ≪경림속기≫에는 그 기록이 없고, ≪涇林雜記≫에 전한다. 따라서 풍몽룡이 당인의 이야기를 인용하는 과정에서 오류가 있었던 것으로 추정된다.
215) 靜錢方 ≪小說叢考≫ 上海 古典文學出版社 1958. 179-180쪽.

'삼언(三言)' 소설이 된 역사인물

나. 희곡

李悅眉의 연구에 따르면 당인과 관련된 제재를 담고 있는 명·청대의 희곡작품은 모두 13종이 있는데, ≪明代雜劇全目≫·≪明代傳奇全目≫·≪淸代雜劇全目≫·≪古典戲曲存目滙考≫·≪孤本元明雜劇≫·≪古本戲曲劇目提要≫ 등의 자료를 그 근거로 들었다.[216] 이 13종의 희곡 중에서 9종은 현전하나 4종은 산실되어 전하지 않는다.

희곡의 내용적 측면에 대해서도 이열미는 당인 관련 희곡을 '三笑'류와 '非三笑'류의 작품으로 양분하여 설명하였는데, 여기서 '삼소'류란 바로 당인과 추향을 주인공으로 삼은 이야기를 말하는 것이고, '비삼소'류란 극중 등장인물이 당인과 추향뿐만 아니라 다른 중심인물이 복합적으로 등장하는 이야기를 말한다. 또한 명대에는 〈蘇州奇遘〉·〈花前一笑〉·〈花舫緣〉의 세 잡극이 나왔으나, 이중 〈소주기구〉는 이미 산실되었고, 〈화전일소〉와 〈화방연〉만이 전하는데 세 작품은 모두 당인과 추향의 이야기를 극화한 것이다. 이에 반해 청대에는 〈文星現〉·〈三笑姻緣〉·〈桂花亭〉 등의 작품이 대표적이라 할 만한데, 청대에는 당인과 추향의 이야기만을 극화했던 명대와는 달리 당인과 추향의 이야기에 祝允明·張靈·沈周·文徵明과 같은 인물의 이야기를 결합하는 복합적 구성이 나타났다.[217] 그 예로 朱素臣의 ≪曲海總目提要≫권20〈文星現〉에는 축윤명·당인·심주·문징명의 이야기가 극화되어 있는데, 극중에는 당인과 추향뿐만 아니라 축윤명과 그의 여인 何韻仙도 전체 극의 중심인물로 등장하고 있어서 명대의 잡극은 물론 소설과도 상당한 차이를 보인다.[218]

---

216) 李悅眉 〈明淸戲曲作品中的唐伯虎造型探究〉 安徽大學 碩士學位論文 2010. 2쪽과 附表(1) 참조.
217) 위의 논문. 5쪽 참조.
218) 譚正璧 ≪三言兩拍源流考≫ 上海 上海古籍出版社 2012. 429쪽-431쪽.

(4) 소설의 탄생과 서사 확장

앞서 언급한 당인 관련 문헌들 중에서 단순히 일화의 내원에 대한 설명이나 짧은 일화를 담고 있는 필기류의 기록을 제외하고 당인 고사의 허구적인 줄거리가 완정해지면서 이미 소설의 경계까지 들어섰다고 할 만한 문헌으로는 ≪정사≫권5〈당인〉(이하 〈당인〉(정)으로 표기함)을 들 수 있다. 문인소설에 해당하는 〈당인〉(정)은 1022자의 편폭으로 필기류의 글보다는 상당히 확장된 줄거리를 가지고 있으면서 이미 당인의 일대기와는 전혀 관련 없는 허구적 내용으로 소설화되어 있으며, 이후 창작된 〈당해원일소인연〉(경26)과 동일한 줄거리 구성을 가지고 있다. 이로 볼 때, 풍몽룡 자신이 앞서 편찬한 ≪정사≫에서 단편소설집 '삼언'을 창작하기 위한 소재를 가져온 것으로 보인다.

의화본소설은 화본소설·전기·필기류·희곡 심지어 사서에 이르기까지 다양한 원천에서 창작의 소재를 가져왔다는 것은 이미 주지하는 바다. 〈당해원일소인연〉(경26)의 경우에도 우선 전대의 여러 필기류로부터 하나의 완정한 문언소설로 허구적 이야기가 정착되었고, 다시 풍몽룡에 의해 의화본소설로 재창작되었다는 점에서 비교적 뚜렷한 계통적 발전과정을 보여주고 있다. 따라서 본 장에서는 작가 풍몽룡이 삼언 창작 이전에 출간한 문언소설 〈당인〉(정)과 의화본소설 〈당해원일소인연〉(경26)을 형식과 내용의 측면에서 비교해봄으로써 문언소설과 의화본소설이 가지고 있는 체재상의 차이는 물론, 당인 관련 소설의 확장 양상을 살펴보고자 한다.

가. 형식

먼저 두 작품간 비교에서 형식적 측면에서는 세 가지 정도의 변화를 확인할 수 있다.

첫째는 시·사와 같은 운문의 활용 유무다. 〈당인〉(정)은 문언소설이

'삼언(三言)' 소설이 된 역사인물

가지고 있는 일반적인 특징처럼 본문 속에 시나 사와 같은 운문을 일정한 형식적 틀에 맞추어 사용하고 있지 않다. 이에 반해 〈당해원일소인연〉(경26)의 경우에는 개장시와 산장시를 포함해서 모두 7수의 시와 사를 활용하고 있다는 점에서 문언소설과 구별된다. 소설 속에 운문을 활용하는 것에 대한 학계의 시각은 긍·부정적 측면으로 양분되어 있기는 하나, 필자가 보기에는 이러한 운문의 활용이 작품의 완성도를 높이는 데에 있어서 일정부분 역할을 하고 있는 것으로 판단되며, 〈당해원일소인연〉(경26)의 후반부에서 활용된 한 편의 시가 그 좋은 예시가 될 수 있다.

擬向華陽洞裏遊	본래는 화양동으로 놀러나 가려했는데
行蹤端爲可人留	가던 걸음은 잠시 미인 땜에 멈춰줬네
願隨紅拂同高蹈	홍불을 따라서 함께 멀리 가고자했으니
敢向朱家惜下流	대가댁으로 몸을 낮춰가는 것을 어찌 아끼리
好事已成誰索笑	좋은 일은 이미 이루어졌으니 누가 실없이 웃겠는가
屈身今去尚含羞	몸을 낮추었다 이제 가니 그래도 부끄럽네
主人若問眞名姓	주인께서 만약 진짜 이름을 물으신다면
只在康宣兩字頭	康宣이라는 두 글자 머리 위에 있다네

위의 시는 華安으로 신분을 낮추어 속이고 華學士의 집사로 들어갔던 당인이 뜻하던 대로 추향을 자신의 배필로 얻은 후에, 두 사람이 몰래 떠나면서 화학사에게 남긴 시다. 작가는 화학사의 유추를 통해 이 시의 의미를 결미에 밝혀나가는데, 시 속에는 작품 속 사건의 전체적인 인과관계를 유추할 수 있는 표현들이 함축적으로 담겨 있을 뿐만 아니라, 당인이 화학사의 집에 들어왔다가 수수께끼처럼 사라진 이후에 전개될 사건에 대한 암시까지 내포하고 있다.

시의 내용을 순서대로 따라가 보면, 첫 연의 '擬向華陽洞裏遊, 行蹤端爲可人留。'는 당인이 茅山에 향을 올리러 가는 길에 추향을 보고 그만

첫눈에 반하고 말았다는 것을 의미한다. 둘째 연의 '顧隨紅拂同高踏, 敢
向朱家惜下流。'는 그가 추향을 얻기 위해 신분을 낮추어 화학사의 집에
몸을 의탁한 것을 의미하고, 셋째 연의 '好事已成誰索笑? 屈身今去尙含
羞。'는 당인이 뜻을 이루고 떠나가면서 화학사에게 자신의 신분을 끝내
밝히지 못한 미안함이 담겨있다. 마지막 연의 '主人若問眞名姓, 只在康
宣兩字頭。'에서 '康'자와 '唐'자, '宣'자와 '寅'자는 서로 머리 부분이 같으
니, '당인'이라는 자신의 이름을 숨겨놓은 수수께끼다.

이 한 편의 시는 〈당인〉(정)에서 보이는 단선적이고도 밋밋한 이야기
의 전개와는 달리 적절한 休止를 통해 새로운 국면으로 전환되는 줄거리
의 단면을 보다 세련된 방식으로 이어주고 있다. 즉, 당인이 화학사의
집에서 지내다가 떠나가는 앞 단락과 후에 소주에서 화학사와 당인이 다
시 재회할 뒤 단락의 연결부위에 시를 사용함으로써, 앞 사건에 대한 전
체적인 개괄은 물론 뒷이야기에 대한 기대와 호기심을 유발시킨다. 물론
운문인 시가 산문인 소설 속에 혼용됨으로써 가독성을 해치는 것으로 보
는 시각도 있으나, 중국 고전소설이 걸어온 발전사를 고려할 때 이는 중
국 소설이 잉태하고 있는 고유한 창작 기제로 이해할 필요가 있다.

둘째는 복합적인 이야기의 재구성이다. 〈당인〉(정)에는 당인고사와
관련하여 또 한 편의 독립된 이야기가 뒤에 덧붙여져 있는데, 그 출처를
≪이담≫으로 밝힌 이 이야기의 주인공은 당인이 아닌 '진현초'와 '추향'
으로 되어 있다. 또한 풍몽룡은 작품의 말미에 두 이야기의 상관관계에
대해 다음과 같이 언급하였다.

> 두 일은 마치 하나에서 나온 듯하나, 화학사는 인재를 아꼈던 반면,
> 진현초의 주인은 권세와 이익을 쫓는 자였다. 다른 책 역시 추향의 일
> 을 당자외와 섞어서 만든 것이 있다.[219]

---

219) 魏同賢 主編 ≪馮夢龍全集≫ 上海 上海古籍出版社 1993의 440쪽 〈唐寅附〉

'삼언(三言)' 소설이 된 역사인물

즉, 작가 풍몽룡은 ≪정사≫를 집필할 당시에 같은 줄거리로 된 두 인물에 대한 이야기를 접하고 있었고, 당인과 추향을 결합하여 만든 이야기도 이미 존재했음을 시사하고 있다. 이후에 풍몽룡은 〈당해원일소인연〉(경26)을 창작하는 과정에서 이 두 이야기를 하나의 새로운 작품으로 창작하면서 한층 완성도 높은 의화본소설로 탄생시킨 것이다. 이처럼 복잡한 이야기의 전승과 결합과정은 명대 단편소설의 창작 유형을 이해할 수 있는 하나의 단초가 될 수 있다.

셋째는 문체의 차이다. 〈당인〉(정)은 풍몽룡이 〈경림잡기〉로부터 채록하여 평한 문언체의 소설이고, 〈당해원일소인연〉(경26)은 풍몽룡이 이 문언소설을 바탕으로 재창작한 백화체의 의화본소설이다. 따라서 두 문헌은 기본적으로 사용하고 있는 어휘와 표현에 있어서 뚜렷한 차이를 보이고 있는데, 유사한 줄거리에서 나타나는 표현을 중심으로 그 예를 살펴보면 다음과 같다.

구분 내용	≪情史≫〈唐寅〉	〈唐解元一笑姻緣〉(警26)
당인이 화학사의 집까지 따라가는 장면	唐不覺心動, 潛尾其後至一高門, 衆擁而入。(당백호는 자신도 모르게 마음이 설레어 몰래 그 뒤를 따라갔고, 한 큰 대문에 이르자 사람들이 한꺼번에 모두 들어가 버렸다.)	解元心中歡喜, 遠遠相隨, 直到一座大門樓下, 女使出迎, 一擁而入。(해원은 내심 기뻐서 아주 멀리까지 따라갔는데, 한 큰 누각의 문 아래에 도달하니 시녀들이 나와서 맞이하였고, 한꺼번에 우르르 몰려 들어갔다.)
화학사부의 집사와 만나는 장면	見主櫃者, 卑詞降氣曰,(집사를 만나서 겸손한 말투로 스스로를 낮추며 말하기를,)	與主管相見, 卑詞下氣, 問主管道,(집사와 만났고, 겸손한 말투로 자신을 낮추어 집사에게 말하기를,)

의 말미에 나오는 원문은 다음과 같다. : "二事若出一轍, 然華學士憐才, 而陳之主人未免勢利矣。他書亦有以秋香事混作唐子畏者。"

구분 내용	≪情史≫〈唐寅〉	〈唐解元一笑姻緣〉(警26)
여인에게 자신의 신분을 실토하는 장면	吾唐解元也.(내가 당해원이오.)	我乃蘇州唐解元也.(나는 바로 소 주의 당해원이라오.)
당인을 집사로 채용하는 장면	公欲令卽眞.(공은 그가 직책 을 맡게 하고 싶었다.)	學士欲遂用爲主管.(학사는 그를 집사로 삼아 기용하고 싶었다.)
화학사가 소주를 방문하여 당인을 발견하는 장면	年餘, 華偶至閶門, 見書房中 坐一人, 形極類安.(1년여가 지 나서 화공이 우연히 소주의 창문에 이르렀을 때 한 사람 이 책방 안에 앉아 있는 것을 보았는데, 그 모습이 화안과 매우 닮았었다.)	忽一日學士到蘇州拜客。從閶門經 過, 家童看見書坊中有一秀才坐 而觀書, 其貌酷似華安.(그러던 어느 날 학사는 소주에 손님으로 방문하였다. 창문을 통해서 지나 가다가 하인이 서방 안에 한 수 재가 앉아서 책을 보고 있는 것 을 보았는데, 그 용모가 화안과 상당히 닮았었다.)

위와 같이 두 작품이 사용하고 있는 어휘와 표현은 뚜렷한 차이를 보이고 있다. 이러한 차이를 문언체와 구어체의 차이인지에 대한 이견이 있을 수 있으나, 보다 입말에 더 가까운 백화체인지 아닌지의 구별은 분명해 보인다.

나. 내용

두 소설이 가지고 있는 내용상의 특징은 세 가지 측면에서 살펴볼 수 있다. 먼저 첫째는 두 작품이 가지고 있는 줄거리 상의 차이다.

구분 내용	≪情史≫〈唐寅〉	〈唐解元一笑姻緣〉(警26)
출사와 좌절의 과정	없음.	蘇郡에서 解元으로 합격한 후 會試를 치러 갔으나, 시험부정 사건에 휘말려 서 억울하게 처벌을 받고 낙향함.

내용 \ 구분	《情史》〈唐寅〉	〈唐解元一笑姻緣〉(警26)
화학사와의 관계	평소에 華虹山 학사를 흠모해 오던 차에 茅山에 참배하러 가는 길에 만나 볼 것을 결심함.	추향을 연모하게 된 이후에 그녀가 머무는 곳이 화학사(이름 없이 화학사로만 등장)의 집임을 확인하였을 뿐 화학사에 대해 모름.
첫눈에 반한 여인을 만나는 과정	강가에서 수레와 함께 지나가는 여인을 보고 첫눈에 반해서 따라감.	지나가던 놀잇배 안에 있던 여인의 자태를 보고 반하여 소주에서 無錫까지 가서 지나가는 여인을 보고 화학사의 집까지 따라감.
여인의 이름	桂華	秋香

상기 표와 같이 두 작품은 당인이 과거에 도전했다가 실패하여 낙향하고 만 줄거리의 유무가 가장 뚜렷한 차이로 보이며, 그 외에는 작품 속 등장인물의 이름이 다른 점, 인물 상호간의 관계가 약간 달라진 점, 그리고 당인과 여인(桂華 혹은 秋香)이 처음 만나는 과정을 각색한 점 등의 약간의 차이만을 보인다. 따라서 두 작품은 비록 편폭의 차이는 생겼으나 기본적으로 동일한 줄거리의 작품이라 할 만하다.

둘째는 서사의 축소다. 〈당해원일소인연〉(경26)은 〈당인〉(정)에 비해 대폭적인 확장이 이루어졌음에도 불구하고 일부 내용에 대해서는 줄거리를 축소하기도 하였다. 그 예는 당인이 첫눈에 반한 추향을 찾아가기 위해 동행하던 일행들을 따돌리려는 생각으로 꾸며낸 꿈 이야기를 하는 장면에서 찾아볼 수 있다. 〈당인〉(정)에서는 이 장면을 비교적 긴 내용으로 비중 있게 다루고 있는 반면, 〈당해원일소인연〉(경26)에서는 절반에 가까운 내용으로 축소되었다.

〈당인〉(정)
"방금 전에 꿈속에서 한 천신을 보았는데 그는 붉은 머리털에 툭 튀어나온 긴 이빨이 나와 있었고 손에는 쇠몽둥이를 쥐고 있었다네. 그가 내게 말하기를, "참배할 때 경건하지 않아 옥황상제께서 보시고 꾸짖으시며 나로 하여금 너를 두들겨 패도록 하셨다."라고 하지 뭔가. 그러더니 곧 쇠몽둥이를 들고 내리치려고 하여 나는 머리를 조아리고 연신 애걸하였지. 그가 말하기를, "일단 너를 용서해 주겠노라. 혼자 향을 들고서 가는 길을 따라 배례를 하고 산에 이르러 사죄하면 혹시나 요행히 화를 모면할 수도 있을 것이다. 만약 그렇지 않으면 당장 재앙이 내릴 것이다."라고 하기에 내가 놀라서 깨어나 벌벌 떤 것이라네. 자네들은 배를 타고 서둘러 돌아가서 내가 하는 일을 방해하지 말게나."[220]

〈당해원일소인연〉(경26)
"방금 전에 꿈속에서 한 쇠 갑옷을 입은 도인을 보았는데, 쇠몽둥이를 쥐고 나를 공격하면서 내가 향을 올리는 것이 경건하지 못했음을 책망했다네. 나는 고개를 숙이고 애걸하며 한 달 동안 단식하면서 경건히 혼자 산으로 가서 사죄드리겠다고 하였네. 날이 밝으면 자네들은 배를 출발시켜 가고, 나는 잠시 돌아가야 하니 같이 갈 수가 없겠네."[221]

즉, 당인이 신선을 만난 꿈 이야기로 이루어진 이 대목은 신괴적 요소가 다분한데 〈당인〉(정)과 달리 〈당해원일소인연〉(경26)에서는 최대한 소략하고자 한 작가의 의도가 엿보인다. 아마도 작가는 문인소설이 담고 있던 신괴적 요소에 대해 의식적인 각색의 필요성을 느낀 것으로 보이며, 이는 명말 작가의 글쓰기가 점차 비현실적 요소를 배제하고 현실적 리얼리티를 확보하고자 한 노력의 결과로 해석될 수 있다.

---

220) 魏同賢 主編 ≪馮夢龍全集≫ 上海 上海古籍出版社 1993년의 434쪽-435쪽에 나오는 원문은 다음과 같다 : "適夢中見一天神, 朱髮獠牙, 手持金杵. '進香不虔, 聖帝見譴, 令我擊汝.' 持杵欲下, 予叩頭哀乞再三, 云 : '姑且恕爾, 可隻身持香, 沿途禮拜, 至山謝罪, 或可倖免。不則禍立降矣!' 予警醒戰悚。今當尊神教, 獨往還願。汝輩可操舟速回, 毋溷乃公爲也。"

221) 馮夢龍 ≪警世通言≫ 臺北 鼎文書局 1980년의 402쪽에 나오는 원문은 다음과 같다 : "適夢中見一金甲神人, 持金杵擊我, 責我進香不虔。我叩頭哀乞, 願齋戒一月, 隻身至山謝罪。天明, 汝等開船自去, 吾且暫回 ; 不得相陪矣。"

'삼언(三言)' 소설이 된 역사인물

셋째는 서사의 확장이다. 〈당인〉(정)은 모두 1022자이고, 〈당해원일소인연〉(경26)은 모두 5264자로 작품의 편폭이 5배 이상 늘어났기 때문에 다양한 위치에서 그 예시를 확인할 수 있다. 그중에서 동일한 줄거리를 담고 있으면서 대폭적인 줄거리의 확장이 일어난 단락을 세 부분 정도만 살펴보면 다음과 같다.

가) 당인과 추향의 첫 만남

○ 강기슭을 걷다가 수레와 함께 지나가던 桂華를 보고 반함. ○ 華虹山 학사의 집까지 따라감.

⇨

○ 蘇州 강가에 있던 당인이 지나가던 놀잇배에서 모습을 보인 秋香을 발견하고 한 눈에 반함. ○ 추향의 배를 뒤쫓아 無錫까지 가기 위해 친구의 배를 얻어 타고 따라감. ○ 無錫 성내에 들어가서 수레와 함께 지나가는 추향을 발견하고, 華學士府까지 따라감.

나) 당인이 추향을 배필로 고르고 자신의 신분을 드러내는 장면

○ 당인이 시녀 중에서 자신의 배필을 고르기를 청함. ○ 당인이 계화를 고르자 화학사가 처음에는 난색을 보이다가 곧 승낙함. ○ 혼인날 밤, 당인이 자신의 신분을 계화에게 실토함.

⇨

○ 당인이 시녀 중에 배필을 고르기를 청함. ○ 시녀 스무 명 중에서 고르게 허락하였으나, 그중에 추향이 없자 당인이 난색을 표함. ○ 추향을 포함한 네 명의 시녀까지 다 보고 나서야 결국 추향을 선택함. ○ 혼인날 밤, 추향은 서로 만난 적이 있었음을 이미 간파하고 당인의 신분을 물어보았고, 당인은 추향에게 사실을 실토함. ○ 그간 맡았던 집사의 일을 깔끔하게 정리해놓고 두 사람은 몰래 떠나감.

다) 화학사가 소주를 방문하여 당인과 재회하는 장면

○ 화학사가 소주를 방문했다가 책방에 있는 당인을 발견함.
○ 당인을 찾아가서 술을 대작하며 당인이 화안이 아니었는지 수차례 질문하나, 당인은 응대만 함.
○ 화학사가 떠나려 하자, 후당으로 데려가서 계화를 인사시키고 사실을 밝힘.

⇒

○ 화학사가 소주를 방문했다가 책방에 있는 당인을 발견함.
○ 다음날, 화학사가 당인을 찾아가서 술을 대작하며 당인에게 康宣을 아는지, 華安을 아는지, 화안의 손이 육손이었는데 당인이 왜 육손인지, 화안이 남긴 시가 있는데 왜 당인의 처소에 그 시가 있는지 등 구체적인 질문들을 쏟아내나, 당인은 응대만 함.
○ 술이 취하자, 당인이 식사까지 대접한 후에 후당으로 화학사를 데려가서 추향을 인사시킴.
○ 당인이 모든 사실을 다 실토하자, 화학사는 박장대소하며 서로 장인과 사위의 예로 대하기로 함.

풍몽룡은 〈당인〉(정)의 간략한 줄거리를 〈당해원일소인연〉(경26)에서 보다 세밀한 구어적 대사의 흐름을 통해서 줄거리의 확장을 시도하였다. 특히 3)번의 경우처럼 화학사가 소주에서 당인과 재회하는 장면에서는 마치 두 사람이 서로 만나서 대화를 하고 있는 장면을 연상할 정도로 긴 대화체를 사용하고 있어서 한층 극적 긴장감을 고취시켰으며, 의화본소설이 문인소설에 비해 어떤 차이가 있는지가 충분히 드러나는 대목이다.

이상과 같이 문언소설과 의화본소설이 가지고 있는 형식과 내용적인 측면에서의 비교를 통해 비록 같은 명대에 창작된 동일 작가의 작품일지라도 각기 다른 색채를 가진 두 소설의 글쓰기를 살펴보았다. 문언소설은 간결하고 고아한 문체가 가진 아름다움은 있으나 줄거리의 전개가 밋밋하고 인물의 생동감이 부족한 반면, 의화본소설은 구어체와 대화체를 풍부하게 사용함으로써 단순한 서사적 줄거리를 탈피하여 보다 생동감 있는 소설적 리얼리티를 확보하였으며, 사건의 구성과 전개에 있어서도 보다 세밀한 필치가 돋보이는 점이 특징이다.

(5) 현대의 문화콘텐츠

역사인물이나 문학작품이 현대에 이르러 영화나 연극 같은 특정 장르로 재창작되는 경우가 종종 있다. 그러나 그 양상이 영화·드라마·연극·무용에 이르기까지 다양하게 수용되는 경우는 매우 이례적이라고 할 수 있다. 그런 의미에서 '당인'이라는 문화콘텐츠는 여타의 역사인물이나 문학작품 속 인물과는 다른 독특한 매력을 가지고 있다고 할 수 있는데, 필자는 이를 '희극'과 '풍류'라는 두 가지 키워드에서 그 원인을 찾고자 한다.

서양문학의 경우에는 어느 장르를 막론하고 '비극'이 문학 전반에 걸쳐서 하나의 흐름을 이어왔다고 할 만큼 보편적이다. 특히 그리스·로마시대의 고대문명으로부터 서양에서는 비극이라는 문학형식이 신과 인간의 이야기를 펼쳐내는 중요한 매개체였다. 그러나 중국문학의 경우에는 소위 'Happy Ending'에 비견될 수 있는 '大團圓'이라는 결말방식이 고전소설에 뿌리 깊게 자리하고 있고, 그나마 비극작에 가깝다고 할 만한 작품은 소수에 머물러 있다. 20세기 초 현대문학에 이르러 당시 중국 현대작가들이 서양문학을 접하고 창작하는 과정에서 상당수의 비극작품을 거의 쏟아낸 것과 같은 현상은 전통적인 창작 방식에 대한 반감에서 나온 현상은 아니었는지 돌아볼 일이다.

그러나 '희극'적 창작방식에 대한 중국 대중들의 오랜 사랑과 애정은 결코 일시에 단절될 수 없는 문화적 DNA로 각인되어 있는 것이기에 이러한 소재의 재창작이 지니고 있는 생명력을 결코 간과할 수는 없을 것이다. 당인의 경우에는 정사를 비롯한 사서류의 기록을 근거해보아도 애초에 그의 삶이 희극과는 무관했으나, 소설 속 인물로 변모하는 과정에서 중국문학 특유의 희극적 이미지로 변모하였다. 이는 회재불우 했던 당인의 삶과는 상반된다고도 볼 수 있는 의식적인 창작의 결과이자 설정이라는 점을 주목해 볼 만하다. '삼언' 속에는 이처럼 재자가인들의 사랑과 혼인이야기를 희극화한 또 다른 작품으로 〈蘇小妹三難新郎〉(醒11)이 있다. 작품 속 주인공인 陳小遊는 실존인물이고 蘇小妹는 소식의 손윗누이 八娘을 모티브로 탄생된 가상의 인물이나 두 사람의 낭만적인 사랑과 혼인이야기는 또 다른 재자가인들의 희극작으로 남아있다.[222]

　　현대의 창작물에서 드러나는 당인에 대한 희극적 이미지 이외에도 '풍류' 혹은 '해학'적 요소도 상당수의 작품에서 관찰되는 중요한 키워드다. 대체로 풍류란 철학적 의미와 해학적 의미가 공존하는 용어로서, 전자는 특히 우리 선조들이 유·불·선의 3도를 아우르는 한국 고유의 현묘한 경지를 일컫는 말로 여겨왔다. 그러다 이러한 형이상학적 의미의 용어는 학문에 재능이 있고 고아한 시문을 논할 줄 아는 문인들의 멋드러진 품격이나 기풍을 빗대는 말로도 쓰이게 되었고, 시대를 거듭하면서 점차 다양한 영역에 활용되어 온 듯하다. 풍류의 또 다른 의미 중에는 좋은 자연 속에서 詩·書·琴·酒로 즐기는 것, 혹은 그 무엇에도 구속되지 않으면서 한바탕 방탕하게 노는 것이란 의미도 엿볼 수 있다. 그런데 중국 현대 창작물에서 당인의 인물형상에 투영되어 있는 '강남풍류재자'라는 이미지는 자못 고아한 선비의 인품이나 기풍과는 거리가 있어 보인다. 물론 이러한 창작물에서 드러나는 당인의 이미지는 당시 사회의 질

---

222) 소소매는 작품 속에서 소식의 손아래누이로 등장한다. 소식의 형제는 모두 5남매로써 첫째와 둘째는 일찍 죽었고, 소식의 바로 손윗누이인 셋째 八娘이 있었으나 시집을 간 후 일찍 요절하였다는 기록이 전한다. 풍몽룡은 어려서 시문에 능하고 총명했던 팔낭을 소식의 손아래누이인 소소매로 변모시켜서 진소유와의 낭만적인 희극작을 창작한 것으로 보인다. 소소매가 실존인물이 아님을 고증한 대표적인 글로는 《霞外攟屑》제9권 〈秦淮海妻非蘇小妹〉가 있는데, 소소매와 진소유에 대한 고증이 상세하다. 潭正璧 《三言兩拍資料》 上海古籍出版社 上海 1980 442-443쪽.

서와 속된 명리를 벗어 버리고 자유로운 영혼으로 살아가는 당인의 모습도 투영되어 있으나, 여덟 명이나 되는 부인을 거느리고도 추향에게 반해서 그녀를 자신의 여인으로 만들기 위해 온갖 해학적인 사건을 일으키는 인물로 각색된 것은 분명 형이상학적인 의미의 풍류와는 거리가 멀다. 오히려 당인은 그러한 시대적 질서를 과감히 벗어나서 신분 질서를 어지럽히고 조롱하는 인물로 변모해왔기 때문에 지극히 서민적 기호에 들어맞는 속된 의미의 풍류객에 더 가깝다. 이는 소설과 희곡의 주된 소비자가 일반 대중이고, 문인을 세속화함으로써 얻을 수 있는 해학적 효과가 기저에 깊이 작용하고 있는 것이다.

당인을 소재로 한 현대의 문화콘텐츠로는 영화·드라마·연극·무용 등과 같은 다양한 대중매체들이 있다. 본 장에서는 이처럼 현대에 이르기까지 대중적인 사랑을 받고 있는 당인이 어떤 매체 속에서 다양하게 부각되고 있는지 각 분야별로 살펴보고자 한다. 단, 작품간 비교를 위해서 가장 완정한 소설로 탄생한 〈당해원일소인연〉(경26)을 비교의 중심으로 삼아 '원전'으로 칭하기로 한다.

가. 영화

현재까지 당인을 소재로 한 영화는 모두 14편으로 〈三笑姻緣〉(1926)·〈唐伯虎點秋香〉(1937)·〈新唐伯虎點秋香〉(1953)·〈唐伯虎與秋香〉(1956)·〈唐伯虎點秋香〉(1957)·〈三笑〉(1964)·〈唐伯虎點九美〉(1987)·〈唐伯虎〉(1988)·〈唐伯虎點秋香〉(1993)·〈唐伯虎點秋香2〉(2010)·〈唐伯虎沖上雲霄〉(2014)·〈那些年唐伯虎追的女票1〉(2016)·〈那些年唐伯虎追的女票2〉(2016)·〈北京遇上唐伯虎〉(2017)가 있다.[223] 시기적으로 살펴

---

223) 위의 영화들은 중국 '電影網_1905.com'의 자료들을 중심으로 조사한 것이며, 그 범위 밖에 있는 일부 작품들은 '바이두(baidu.com)'를 통해 보강하였다.

보면 2000년대를 기준으로 그 이전에는 홍콩에서 제작된 영화가 다수를 차지했고, 2000년 이후에는 대륙에서 제작된 영화가 다수를 차지하였다. 각 작품은 감독이 구현하고자 한 작품의 성격에 따라 그 특징을 달리하고 있는데 이를 정리해보면 다음과 같다.

작품명	제작 연도	제작 지역	감독	작품의 주요특징
〈三笑姻緣〉	1926	上海	邵醉翁	○ 모두 19本으로 된 연극의 형식. ○ 영화의 2배에 달하는 시간으로 인해 상하로 나누어서 방영됨.
〈唐伯虎點秋香〉	1937	香港	洪仲豪	○ 작품의 줄거리 외에는 기록이 남아 있지 않음.
〈新唐伯虎點秋香〉	1953	香港	吳回	○ 작품의 줄거리 외에는 기록이 남아 있지 않음.
〈唐伯虎與秋香〉	1956	香港	蔔萬蒼	○ 작품의 줄거리 외에는 기록이 남아 있지 않음.
〈唐伯虎點秋香〉	1957	香港	馮志剛	○ 당백호가 華府로 들어간 사실까지는 동일하나 사촌누이인 二少奶가 추향과의 결합을 방해하는 인물로 등장함. ○ 결국 오해를 풀고 당백호와 추향은 맺어짐.
〈三笑〉	1964	香港	李萍倩	○ 연극 형식의 노래와 대사를 하고 있으나 무대 외에도 야외 촬영까지 겸하고 있어서 연극과 영화를 결합한 형식의 작품임.
〈唐伯虎點九美〉	1987	香港/ 臺灣	湯易騰	○ 이미 여덟 명의 처첩이 있는 당백호는 추향을 보고 반해서 화부로 들어가서 추향을 얻는 후반부의 과정은 동일함.
〈唐伯虎〉	1988	浙江	陳獻玉	○ 과거를 보러 갔던 당백호가 시험관 程敏政과의 송사에 휘말리고 과거에도 급제하지 못함. ○ 귀향해서 아내에게 버림을 받은 당백호는 沈九娘을 만나서 평생을 함께하고 명사로 이름남.(추향은 등장하지 않음)
〈唐伯虎點秋香〉	1993	香港	李力持	○ 기본 줄거리는 동일하나 華府의 華夫人이 당인의 집안과 원한관계인 것으로 설정함. ○ 寧王 또한 화부인과 원한관계였으나 화부인이 무공으로 당해내지 못하자 당백호가 구해주면서 결국 추향과 혼인하게 됨.

'삼언(三言)' 소설이 된 역사인물

작품명	제작 연도	제작 지역	감독	작품의 주요특징
〈唐伯虎點秋香 2〉	2010	北京	李力持	○ 당백호와 倩倩이 서로 사랑하는 사이가 됨. ○ 천천이 당백호를 구하기 위해 대신 낭떠러지에 떨어져서 기억을 잃음. ○ 천천은 살아나서 華부인의 집으로 들어간 후 '추향'이라는 이름으로 지내게 됨. ○ 천천을 알아 본 당백호는 그녀를 따라감.
〈唐伯虎沖上雲霄〉	2014	香港	張敏	○ 현대의 인물 古九寒 등 세 사람은 비행도중 이상현상으로 明代로 가게 되고 거기서 당백호를 만남. ○ 당백호는 華府에서 추향을 찾고, 고구한 등은 많은 미녀들과 짝을 맺음. ○ 고구한이 당백호의 비행교관이 됨.
〈那些年唐伯虎追的女票1〉	2016	北京	劉存明	○ 당백호·徐湘宜·文征明·賀凝梅의 서로 얽힌 사랑이야기를 주제로 함.(추향은 등장하지 않음)
〈那些年唐伯虎追的女票2〉	2016	北京	劉存明	○ 여주인공이 당백호 역할을 맡은 것이 특징.
〈北京遇上唐伯虎〉	2017	北京	於建平	○ 형제 祝枝山의 병을 고칠 방법을 찾기 위해 당백호는 道士의 도움으로 미래의 2017년으로 옴. ○ 첫눈에 반한 여인을 만나고 결국 여인과 함께 明代로 돌아가서 그녀를 '秋香'이라 부름.

상기 표와 같이 영화의 주된 줄거리와 특징을 살펴볼 때 1900년대 초·중기에는 비교적 원전에 충실하면서 연극의 형식으로 촬영된 몇몇 작품이 있으며 그 각색의 폭도 좁았다. 이에 반해 1900년대 후반과 2000년대에 이르러서는 점차 원전에 다양한 내용을 결합하여 색다른 각색을 시도한 작품이 많아졌다. 특히 2000년대에 접어들어서는 명대와 현대를 오가는 시간여행이 소재가 된 작품이 2편이나 나오면서 당인 고사의 새로운 변신이 이루어졌다.

영화의 줄거리에 있어서 두드러진 특징은 세 가지 측면으로 살펴볼

수 있다. 첫째는 추향을 만나기 전 당인의 결혼의 유무다. 소설의 원전에
는 추향을 얻기 위해 쫓아간 당인이 이미 결혼을 한 인물인지 아닌지에
대한 명확한 제시가 없고, 정사의 기록에도 혼인관계에 대해서는 언급하
고 있지 않다. 그런데 영화의 경우 일부 작품은 추향과의 애정고사에만
집중한 경우도 있지만, 〈당백호점구미〉(1987)나 〈나사년당백호추적여표
1·2〉(2016)처럼 이미 8명의 처첩을 거느린 당인이 추향이라는 여인을
얻어서 모두 9명의 여인을 거느린 풍류재자로 그리고 있어서 두 가지
양상이 혼재한다. 둘째는 추향의 출현 유무다. 다수의 작품이 여주인공
으로 추향을 설정하고 있기는 하나, 〈당백호점추향2〉(2010)와 〈북경우
상당백호〉(2017)의 경우에는 원래 여주인공의 이름이 각각 '倩倩'과 '悠
悠'였다가 이후에 당인의 여인이 되면서 '추향'이라는 이름으로 개명한
것으로 되어 있다. 그러나 〈당백호〉(1988)와 〈나사년당백호추적여표
1·2〉(2016)의 경우에는 '추향'이라는 이름이 아예 나오지도 않는 차이가
있다. 셋째는 당인의 친구들의 등장 유무다. 원전에 충실한 일부 작품은
당인이 추향을 만나는 과정에서 친구의 역할이 거의 나타나지 않으나,
〈당백호점추향2〉(2010)과 〈나사년당백호추적여표1·2〉(2016)의 경우에
는 축지산과 문정명과 같은 인물이 당인의 의형제로 등장하면서 작품의
줄거리에서 일정한 역할을 하는 것으로 나타난다.

　나. 드라마
　당인과 추향을 소재로 한 드라마는 모두 9편으로 〈唐伯虎三戲秋香〉
(1983)·〈最佳才子〉(1990)·〈風流唐伯虎〉(1997)·〈新江山美人〉(1997)·
〈金裝四大才子〉(2000)·〈秋香〉(2002)·〈風流少年唐伯虎〉(2003)·〈秋香
怒點唐伯虎〉(2009)·〈江南四大才子〉(2014)가 있다. 이 9작품은 원전에
비교적 충실한 작품, 줄거리를 상당부분 각색한 작품, 중심인물과 내용
이 대폭적으로 달라진 작품으로 구분할 수 있다.

작품명	제작연도	제작지역	감독	작품의 주요특징
〈唐伯虎三戲秋香〉	1983	香港	李慧珠	○ 당백호는 이미 7명의 처첩을 거느리고도 만족을 못하고 어느 날 추향을 발견하고 반함. ○ 추향을 얻고 나서 華府를 떠나가는 길에 막부로 들이려는 寧王과 결탁하여 그만 화를 당함.
〈最佳才子〉	1990	香港	譚新源	○ 소설 원전의 내용과 대동소이함.
〈風流唐伯虎〉	1997	南京	董懷玉	○ 명 황제가 당백호를 궁으로 불러들였는데 궁에 있던 華귀비와 小공주가 당백호에게 반함. ○ 당백호는 이들을 피해 도망가지만 결국 공주와 혼인하게 되고, 황제가 공주에게 '추향'이라는 이름을 하사함.
〈新江山美人〉	1997	香港	袁祥雲	○ 당인과 추향의 이야기와 唐伯虎·祝枝山·文征明·周文賓 등의 江南才子들의 이야기가 결합된 형식.
〈金裝四大才子〉	2000	香港	羅永賢	○ 蘇州의 4대 문인인 唐伯虎·祝枝山·文征明·周文賓이 의형제가 되어 펼치는 내용이 주를 이룸. ○ 寧王이 네 사람의 명성을 듣고 막료로 활용하려함은 물론 숨겨진 보물을 찾아서 모반 자금으로 쓰려 하자 당백호는 그를 떠나고 우연히 正德 황제를 만나 도움을 주게 됨.
〈秋香〉	2002	湖南	孫樹培	○ 당백호가 장가를 갈 때 혼인할 陸昭容이 박색인 것으로 오해하여 그녀를 떠나자, 육소용은 결국 기원을 떠돌다가 모반을 꾀하던 寧王府의 여자가 됨. ○ 추향으로 이름을 바꾼 육소용의 외모에 대한 오해가 풀리자 당인은 그녀를 구해내고 영왕의 모반을 조정에 알려서 황제를 도움.
〈風流少年唐伯虎〉	2003	上海	朱德承	○ 당백호는 추향을 사모하나 추향은 宋仁傑을 사모함. ○ 송인걸이 다른 여인과 혼인하자 추향은 결국 당백호의 진심에 감동하여 연인이 됨.
〈秋香怒點唐伯虎〉	2009	香港	劉家豪	○ 당인이 추향에게 반하여 화부로 들어가는 전반부의 과정은 원전과 일치함. ○ 강남을 순시하러 와서 華府에 머물게 된 正德

작품명	제작 연도	제작 지역	감독	작품의 주요특징
				皇帝, 옥좌를 노리는 寧王의 공주 朱婷玉, 당 인, 추향 간의 얽힌 이야기로 각색함.
〈江南四大才子〉	2014	浙江	李力持	○ '江南才子'로 불린 唐伯虎・祝枝山・文征明 등 이 억압받는 백성들을 돕고, 탐관오리와 악한 토호들을 벌주는 내용이 주를 이룸.

상기 표와 같이 〈당백호삼희추향〉(1983)과 〈최가재자〉(1990)의 경우에는 비교적 원전의 내용을 충실히 따르면서 부분적인 각색만을 시도한 작품이다. 다만 〈당백호삼희추향〉(1983)의 경우에는 실제 역사와는 달리 당인이 영왕의 막부에 들어가는 바람에 화를 당한 것으로 변모시킨 것은 여타 작품에서는 볼 수 없는 차이다. 그리고 〈신강산미인〉(1997)・〈금장사대재자〉(2000)・〈강남사대재자〉(2014)의 세 작품은 당인과 추향의 사랑이야기가 기본 줄거리를 이루나 당인이 축지산・문정명・주문빈과 같은 '강남재자'들과 어울리면서 벌어진 사건들을 결합하고 있는 점에서 희곡류의 작품과 궤를 같이 하고 있어서 소설 원전과는 상당부분 차이가 있다.

그 외 작품들은 원전과는 대폭적인 줄거리 차이를 보이는 작품들인데, 대표적인 예로 〈풍류당백호〉(1997)와 〈풍류소년당백호〉(2003)를 들 수 있다. 〈풍류당백호〉(1997)의 경우에는 당백호가 황제의 신임을 얻어서 황궁으로 들어가는데, 황궁의 華貴妃와 小公主가 당백호를 사모하게 된다. 당백호는 두 사람을 피해서 황궁을 빠져 나오지만 결국 황제의 부탁으로 공주와 혼인하게 되는데, 그 공주가 바로 황제로부터 '추향'이라는 이름을 하사받는 것으로 변모했다. 따라서 이야기의 주 무대도 달라지고 연인으로 맺어진 여인도 시녀가 아닌 공주로 둔갑한 변화가 일어났다. 〈풍류소년당백호〉(2003) 또한 원전과는 달리 당백호・추향・宋仁傑이라는 세 인물의 삼각관계를 통해서 각자의 사랑을 찾아가는 과정을 그린

'삼언(三言)' 소설이 된 역사인물

드라마다. 추향은 본래 송인걸이라는 남자를 사모하였으나 결실을 얻지 못하자, 결국 당백호가 추향의 사랑을 쟁취하는 것으로 되어 있어서 다분히 현대 드라마의 성격을 띠고 있는 작품이다.

다. 연극

현대에 이르러 당백호와 추향에 대한 연극도 다수 상연되고 있는데, 연극의 경우에는 영화와는 달리 지역별 언어와 특색을 가진 지방극이 상연되고 있고, 그 중에서도 評劇·錫劇·越劇·粵劇·黃梅戱의 다섯 종류의 지방극에서 상연의 빈도가 높은 것으로 나타났다.[224] 評劇은 華北와 東北 지역의 지방극이고, 錫劇은 江蘇省 남부와 上海에서 주로 유행하는 지방극이며, 越劇은 浙江省·上海·蘇南 등지에서 유행하는 지방극이다. 粵劇은 廣東省·廣西省·홍콩·마카오 등지에서 유행하는 지방극이며, 黃梅戱는 湖北 黃梅縣에서 기원했으나 安徽 安慶 지역에서 발달한 지방극이다. 각 지역별 상연작과 상연횟수에 대한 수치적 통계는 파악하기 힘드나, '中國戱劇罔'의 자료에 따르면 당인의 출생지역에서 성행하는 越劇이 가장 많은 수를 차지하고 있는 것으로 나타난다.

영화·드라마·연극과 같은 매체 이외에도 '蘇州발레단'에서는 제10주년 창립신극으로 〈당인〉(2017)을 무대에 올리기도 했다. 고전의 이야기를 발레무용에까지 접목시킨 것은 상당히 참신한 기획이라 할 만한데, 당인이라는 문화콘텐츠가 가지고 있는 또 다른 힘을 엿볼 수 있는 대목이다. 또한 당인이 생전에 그린 그림과 글씨는 현대에 이르기까지 대중

---

224) 중국의 지방극은 語言·動作·舞蹈·音樂·木偶(꼭두각시)등에 따라 각기 지역별로 공연방식을 달리하고 있고 그 종류도 40여 가지에 달하나, 京劇·評劇·晉劇·豫劇·呂劇·滬劇·昆曲·錫劇·越劇·粵劇·閩劇·湘劇·川劇 등이 대표적이다. 현대에 상연된 당인 관련 연극에 대해서는 '中國戱劇罔(www.xijucn.com)'에서 소개되고 있는 내용을 참고하였다.

적인 사랑을 받으면서 다양한 전시회도 지속되고 있다.

(6) 나오며

본고는 중국 문학교육 방법에 대한 그간의 논의와 다양한 강의콘텐츠 계발에 대한 필요성에 대한 인식에 부응한 시론적 성격의 글이다. 필자는 명대 인물 '당인'을 소재로 삼아 그와 관련된 諸 문헌들을 고찰함으로써 중국 서사문학과 소설의 상관관계와 발전과정에 대한 계통적 흐름을 먼저 살펴보았다. 이를 통해 당인이 '역사인물'에서 '허구인물'로 변모하여 문학작품과 현대 문화콘텐츠의 핵심 키워드로 성장한 면모를 살펴보았고, 현대에 이르기까지 당인이 중국 대중들에게 사랑받는 동인을 '희극'과 '풍류'라는 두 가지 측면에서 고찰하였다.

그간 중국소설 연구는 문학적 가치와 작품성에 초점을 맞춘 장편소설류와 일부 단편소설에 편중된 시각을 넘어서 이제는 과거와 현재, 역사와 문학의 결합뿐만 아니라, 정치·경제·철학·종교·문화·사회와 같은 다층적이고 다각적인 영역과 소설의 상관관계를 스토리텔링으로 풀어내기 위한 노력을 경주해 왔다. 이는 급변하는 교육환경에 알맞은 중국소설교육, 나아가서는 중국문학교육을 위한 다양한 자양분을 축적하기 위한 노력의 과정이었다고 할 것이다. 본고는 역사와 문학, 그리고 현대의 문화적 현상이라는 세 가지 분야의 상관관계를 고찰한 연구이지만, 한 걸음 나아가서 이러한 연구의 결과를 교육현장에서 직접적으로 활용할 수 있는 실용적 측면까지 고려하고자 하였다.

23) 황종(況鐘)
─ 〈況太守斷死孩兒〉(≪경세통언≫권35)

'황태수가 죽은 아이의 사건을 판결하다.'라는 이 작품은 명대에 蘇州府太守를 지냈고, 백성들에게 '況青天'이라고 불렸던 황종이 한 아기의 죽음과 관련된 사건을 해결하는 일종의 공안류 작품이다. 황종에 대한 정사의 기록은 ≪명사≫〈황종전〉이 있는데, 그 편폭이 짧으므로 전문을 살펴보자.

황종은 자가 백률이고 정안 사람이다. 처음에는 관리가 되어 상서 여진을 섬겼는데, (여진이) 그의 재주를 기특하게 여겨 그에게 의제사 주사의 관직을 주도록 추천하였고, 낭중으로 관직을 옮겼다. 선덕 5년에 황제가 대부분의 군수가 업무에 적합하지 않다고 여겼는데 때마침 소주 등의 9부의 자리가 비어있었고, 9부 모두 중요하면서 업무가 많은 곳이었다. 육부와 도찰원의 신하들에게 그들 소속 중에 능력을 겸비한 자를 천거하여 그 자리를 보충하도록 명하였다. 황종은 상서 건의와 호영 등의 추천을 이용해서 지소주로 발탁되었고, 칙명을 받고 그곳으로 파견되었다.

소주는 조세가 많고 부역이 무거워서 횡포를 부리는 혹리들이 법조문을 농락하여 간사한 이익을 취해서 가장 다스리기 어려운 곳으로 불렸다. 황종은 조정의 명을 받들어 출사하여 소주부에 이르렀고, 처음 업무를 보는데 여러 관리들이 둘러서서 판결문을 청했다. 황종은 거짓으로 잘 몰라서 좌우에게 물어보는 체하며 단지 관리들이 하고자 하는 대로 행하게 했다. 관리들은 크게 기뻐하며 태수가 우둔하여 속이기가 쉽겠다고 말하였다. 3일이 지나자 (황종은) 그들을 불러서 꾸짖으며 말하였다. "이전의 모 사건은 마땅히 집행해야 했지만 그대들이 나를 가로막았고, 모 사건은 마땅히 집행해서는 안 되었지만 그대들은 내가 집행하도록 강요하였다. 그대들이 법조문을 농락한 지가 오래되어 그 죄가 죽어 마땅하도다." 그리고 그 자리에서 몇 사람을 쳐 죽인 후, 관료들 중에서 탐욕스럽고 잔인하며 용렬하고 겁 많은 자들을 호되게 꾸짖었다. 온 소주부에 큰 파동이 일자, 모두 법을 받들었다. 황종은 그리하여 가혹한 세금들을 면제해주고, 법규를 세웠으며, 일이 백성을 불편하게 하는 것은 즉시 상소를 올려서 그것을 설명하였다.

당시에 누차 소주와 송강의 무거운 조세를 감면해 주라는 조서가 있었다. 황종은 순무[225] 주침과 함께 전력으로 계획하여 조세 70여만 석을 황제께 아뢰어 면제해 주었다. 주침이 행한 것이 모두 좋은 정책이기만 하면 황종이 모두 협조하여 그것을 이루었다. 농민을 구휼하기 위해 창고에 쌓아놓은 곡식이 해마다 수십만 석이 되어서 기근으로 구휼한 것 이외에도 민간의 잡세 및 체납된 세금을 대신 내주었다. 그는 정치를 행함에 있어서 세밀하고 주도면밀했다. 일찍이 두 권의 장부를 배치한 후 백성들의 선악을 기록하게 하여 그들의 행실을 권장하기도 하고 벌주기도 하였다. 또 통관대조장부를 배치하여 출납상의 간악한 위조를 방지하였다. 그리고 강운부를 배치하여 인부들의 도둑질을 방지하였다. 관부부를 배치하여 타당하지 않은 요구를 방지하였다. 이로움을 흥하게 하고 해로움을 없애는데 전력을 다하였다. 횡포를 부리는 이들을 없애고 선량함을 세우니 백성들이 그를 신처럼 받들었다.

전에는 물건을 구매하고 꽃·나무·짐승들을 구매하던 중사직조가 연이어 오곤 했다. (그때마다) 군좌 이하는 걸핏하면 곤장을 맞고 속박을 당했다. 그리고 주둔군의 장졸들은 늘상 약한 백성들을 학대하였다. 황종이 있게 되자 종적을 감추고 감히 경거망동하지 못하였고, 비록 상급 관리 및 타 지역의 사람들이 그의 지역을 지나가더라도 모두 마음속으로 그를 두려워했다.

황종은 비록 무인출신이었지만 학교를 중시하며 유생에게 예를 다하였고, 가난한 서생들을 많이 발탁하였다. 추량이란 자가 있었는데 황종에게 시를 바쳤다. 황종은 그를 추천하고 싶었으나, 어떤 사람이 익명의 편지를 써서 추량을 헐뜯었다. 황종이 말하였다. "그것은 내가 추량의 이름을 더 빨리 이루게 할 따름이다." 곧 조정에 아뢰었다. (조정은 추량을) 불러들여서 이·형이부의 일을 맡도록 관직을 제수하였다.

처음에 황종이 아전으로 있을 때 오강 사람 평사충 또한 아전으로 집안을 일으키고 이부의 사무를 맡는데, 황종이 은혜를 입은 바 있었다. 그때에 황종은 여러 차례 그를 접견하면서 예를 다하여 대단히 정중히 대했으며, (평사충의) 두 아들을 밑에서 일하도록 해주었다. 황종이 말하였다. "심부름꾼이 없지 않지만 이것으로써 공께 보답하고자 할 따름입니다." 평사충의 집은 본래 가난했지만 (황종과의) 교제로 뭔가를 하려들지는 않았다. 사람들은 두 사람 다 어질다고 하였다.

황종이 일찍이 모친상을 당했을 때 군민들이 입궐하여 그가 남도록

---

225) 明代에 임시로 지방에 파견하여 민정과 군정을 순시하던 대신을 가리킨다.

간청하였다. (황종이) 다시 복직하도록 조서가 내려왔다. 정통 6년에 임기가 다 차서 옮겨가야할 때 부의 백성 2만 여명이 순안어사 장문창에게 가서 (황종이) 재임하기를 바란다고 호소하였다. (영종이) 조서를 내려서 정삼품의 봉록을 내렸고 계속 부의 업무를 보게 하였다. 이듬해 12월에 임지에서 죽었다. 아전들과 백성들이 모두 모여 통곡하였고 그를 위해 사당을 세웠다. 황종은 강직하고 청렴결백하였으며, 백성을 사랑하는 데 온 힘을 다하였기에 그의 전후에 온 소주지부들은 그에게 미칠 수가 없었다.[226]

이상과 같이 황종의 열전은 대부분 그의 관직 생활과 그가 행했던 목민관으로서의 능력과 선행 및 죽음 이후의 평가로 구성되어 있다. 열전

---

226) ≪명사≫〈황종전〉. "況鍾, 字伯律, 靖安人。初以吏事尙書呂震, 奇其才, 薦授儀制司主事。遷郎中。宣德五年, 帝以郡守多不稱職, 會蘇州等九府缺, 皆雄劇地, 命部, 院臣擧其屬之廉能者補之。鍾用尙書蹇義, 胡濙等薦, 擢知蘇州, 賜敕以遣之。蘇州賦役繁重, 豪猾舞文爲奸利, 最號難治。鍾乘傳至府, 初視事, 群吏環立請判牒。鍾佯不省, 左右顧問, 惟吏所欲行止。吏大喜, 謂太守暗, 易欺。越三日, 召詰之曰: "前某事宜行, 若止我; 某事宜止, 若强我行。若輩舞文久, 罪當死。"立捶殺數人, 盡斥屬僚之貪虐庸懦者。一府大震, 皆奉法。鍾乃蠲煩苛, 立條教, 事不便民者, 立上書言之。當是時, 屢詔減蘇, 松重賦, 鍾與巡撫周忱悉心計畫, 奏免七十餘萬石。凡忱所行善政, 鍾皆協辦成之。所積濟農倉粟歲數十萬石, 振荒之外, 以代居間雜辦及逋租。其爲政, 纖悉周密。嘗置二簿識民善惡, 以行勸懲。又置通關勘合簿, 防出納奸僞。置綱運簿, 防運夫侵盜。置館夫簿, 防非理需求。興利除害, 不遺餘力。鋤豪强, 植良善, 民奉之若神。先是, 中使織造採辦及購花木禽鳥者踵至。郡佐以下, 動遭笞縛。而衛所將卒, 時淩虐小民。鍾在, 斂跡不敢肆, 雖上官及他省過其地者, 鹹心憚之。鍾雖起刀筆, 然重學校, 禮文儒, 單門寒士多見振贍。有鄒亮者, 獻詩於鍾。鍾欲薦之, 或爲匿名書毁亮。鍾曰: "是欲我速成亮名耳。"立奏之朝。召授吏, 刑二部司務。初, 鍾爲吏時, 吳江平思忠亦以吏起家, 爲吏部司務, 遇鍾有恩。至是鍾數延見, 執禮甚恭, 且令二子給侍, 曰: "非無仆隸, 欲籍是報公耳。"思忠家素貧, 未嘗緣故誼有所幹。人兩賢之。鍾嘗丁母憂, 郡民詣闕乞留。詔起復。正統六年, 秩滿當遷, 部民二萬餘人, 走訴巡按禦史張文昌, 乞再任。詔進正三品俸, 仍視府事。明年十二月卒於官。吏民聚哭, 爲立祠。鍾剛正廉潔, 孜孜愛民, 前後守蘇者莫能及。"

은 대략적으로 다섯 단락으로 나누어 살펴볼 수 있다. 첫째는 황종이 처음 관직생활을 시작하여 지소주가 되기까지의 과정이다. 둘째는 소주에 부임한 황종이 그 지역의 만성적인 골칫거리였던 혹리들을 단죄하고 백성들의 불편한 점을 일소하기 위해 힘쓰는 과정이다. 셋째는 지역의 무거운 조세를 낮추도록 노력하고 모든 행정이 투명하게 집행되도록 제도적 장치를 만들며, 지역의 잘못된 관행들을 바로잡는 데에 전력을 다한 시기이다. 넷째는 능력은 있으나 가난했던 인물들의 앞길을 열어주고 어려움에 처한 이들을 돕는 선행에 대한 내용이다. 다섯째는 임기가 다 찬 황종이 재임되기를 간청하는 지역민들의 두터운 신뢰와 황종의 사후의 긍정적 평가에 대한 내용이다. 전체적으로 황종은 당시 모범이 될 만한 목민관의 전형을 보여주는 인물이었고, 백성들로부터 절대적인 신뢰와 존경을 받았던 관료였음이 드러난다.

그럼 소설은 황종을 어떻게 그려나가고 있는지 작품을 요약정리해서 살펴보면 다음과 같다.

> 明代 宣德 연간에 南直 직할 揚州府 儀眞縣에는 남편이 죽어서 수절하던 邵氏라는 여인이 있었는데, 사내종인 得貴의 유혹에 저항하지 못하고 정절을 잃어서 아이를 낳게 되었다. 실은 이것은 모두 그 지역에 사는 支助라는 인물의 은밀한 사주 때문이었다. 소씨는 결국 아이를 낳은 후, 사람들에게 들킬까봐 아이를 죽이고 득귀에게 아이를 갖다 묻으라고 시켰으나, 지조는 득귀를 꾀어서 돈을 주고 아이를 넘겨받았다. 지조는 아이를 썩지 않게 보관하면서 소씨를 꾀어내기 위해 득귀를 협박하자, 득귀는 어쩔 수 없이 이 사실을 소씨에게 고하였다.
>
> 약점을 잡힌 소씨에게 지조는 직접 찾아와서 그녀를 겁탈하려 하였으나 소씨가 이에 따르지 않자, 득귀로 하여금 소씨를 밤에 데리고 오도록 협박해 놓고 떠난다. 소씨는 결국 자신의 과오를 덮을 수 없다는 것을 알고 칼로 자결할 것인지 목을 맬 것인지 고민하다가 득귀가 들어오자 화를 참지 못하고 득귀를 한 칼에 죽이고 만다. 그리고 자신은 목을 매어서 함께 죽는다.

이때 況太守가 길을 가다 한 아이의 울음소리를 듣게 되었고, 이상하게 여겨 조사를 해보니 죽은 아이의 울음소리인 것을 알게 되었다. 사건의 전말을 확인하는 과정에서 지조라는 인물이 죽은 아기를 강에 버리는 모습을 목격한 사람이 있다는 것을 확인할 수 있었고, 다시 지조를 잡아들여 심문하니 그 아기는 죽은 소씨와 사내종 득귀 사이에서 태어났던 아기였음을 알게 되었다. 그러나 아이가 석회에 담겨져 있다가 버려진 이유를 알아내기 위해 지조를 심문한 결과, 지조의 탐욕 때문에 일어난 일임을 알게 된다. 황태수가 이 사건을 원만히 해결하자 모두들 그를 포청천이 다시 세상에 나왔다고 칭송하였다.[227]

소설은 한 아기의 살인사건에 얽힌 이야기가 주를 이루고 있는데, 황종은 작품의 후반부에 등장하여 사건을 해결하는 판관의 역할을 하고 있다. 따라서 황종이라는 인물의 일대기적 일화를 다룬 작품이라기보다는 한 공안 사건에 등장하여 사건을 해결하는 판관의 역할만 하고 있다. 물론 그 과정에서 명판관으로서의 황종의 진가가 드러나기는 하지만, 열전에서 말하고 있는 황종의 행적과 소설의 내용은 그 공통점이 대단히 적다. 그럼 열전과 소설은 어떤 차이가 있는지 소설을 중심으로 살펴보면 다음과 같다.

내용 \ 구분	≪明史≫〈況鍾傳〉	〈況太守斷死孩兒〉
친상을 당했을 때 상중에 관직에 재임명된 일	황종이 모친상을 당했을 때 군민들이 입궐하여 그가 蘇州에 남도록 간청하였고, 황종이 다시 복직하도록 조서가 내려짐.	황종이 蘇州府 太守를 지내다가 친상을 당해서 고향으로 가 있었는데, 황제가 친상 중에 기용하기 위해 교지를 내림.
아기 살해사건을 판결한 일화	없음.	수절 중인 과부와 하인간의 통정으로 태어난 아기와 얽힌 사건을 해결함으로써 '況青天'으로 칭송됨.

227) ≪경세통언≫ 참조.

먼저 소설에서 드러나고 있는 황종의 행적과 기록이 적기 때문에 열전과 일치하는 대목을 위주로 살펴보면, 열전에서는 황종이 소주부 지현으로 발탁될 때 尚書 蹇義와 胡濙 등의 천거로 지소주로 발탁되었다고 하였으나, 소설은 禮部尚書 胡濴이 소주부 태수로 추천하였다고만 하였기 때문에 추천한 인물의 수가 다르고 추천자 중 '胡濙'의 '濙'자가 다르게 쓰였다는 차이는 있으나, 황종이 소주부에 지현으로 취임한 사실은 동일하게 나타난다.

소설과 열전의 차이점은 크게 두 가지 점에서 살펴볼 수 있다. 첫째는 황종이 친상을 당하였으나 상중에 관직에 재임명된 일화인데, 이는 열전과 소설에서 공통적으로 등장하는 행적이다. 열전에서는 황종이 모친상을 당하여 소주를 떠나자 군민들이 입궐하여 그가 소주에 남도록 간청하였고, 결국 황종이 다시 복직되도록 조서가 내려진 것으로 되어있다. 소설도 이와 비슷하나 소설에서는 부친상인지 모친상인지에 대한 정확한 표현이 없고, 친상을 당해서 고향에 가 있다가 황제의 교지를 받고 다시 관직에 기용되었다는 간략한 기록만을 언급하고 있어서 약간의 차이를 보인다. 그러나 소설은 황종이 친상을 당하고 상중에도 관직에 복직되었던 역사적 기록을 기본 맥락으로 활용하고 있다는 측면에서 큰 차이는 아니다.

둘째는 아기 살해사건을 해결하고 판관으로서의 역량을 보여준 일화다. 이 사건은 소설을 이끌어가는 주된 줄거리이고, 황종은 이야기의 말미에 등장하여 사건의 전말을 파헤치는 판관으로 등장한다. 그러나 열전에서는 이 사건과 관련된 어떠한 기록이 없기 때문에 이는 작가의 창작에 해당하는 부분으로 이해할 수 있다.

이처럼 본편은 정사를 통해서 작품의 원형을 확인할 수 없기 때문에 기타 관련 문헌들을 더 살펴볼 필요성이 있으나, 다른 작품들과 달리 본편은 명대 인물에 대한 창작이라는 점과, 소설의 창작 시점이 황종의 생

'삼언(三言)' 소설이 된 역사인물

존했던 시기와 시대적 격차가 얼마 되지 않는다는 점 등으로 인해 소설의 원형이라고 할 만한 일화가 소수에 머물고 있다.

현재까지 확인된 문헌으로는 ≪國琛集≫권上·≪蘇談≫〈蘇治失火〉·≪濯纓亭筆記≫·≪見聞雜記≫·≪海公案≫71回〈判謀陷寡婦〉가 있다.[228] 이중 ≪국침집≫은 황종이 소주부를 다스릴 때의 치적에 대한 내용이고, ≪소담≫은 황종이 아전의 실수를 자신의 과실로 돌림으로써 관리된 자의 모범을 보여주는 일화를 담고 있다. 본편의 공안사건에 대한 일화와 관련해서 호사영은 ≪해공안≫71회의 〈판모몰과부〉에서 그 소재를 가져온 것으로 판단하고 있는데, 그 내용이 본편과 거의 흡사하다. 다만 〈판모몰과부〉의 주인공은 역시 명대의 명관으로 이름난 海瑞(1514-1587)이기 때문에 황종과는 아무런 상관이 없다. 아마도 풍몽룡은 해서와 관련된 공안작품을 소재로 빌려와서 황종과 연관시킨 것으로 추정된다.

24) 완안량(完顏亮)
― 〈金海陵縱慾亡身〉(≪성세항언≫권23)[229]

'금나라 해릉왕이 욕망을 좇다가 죽다.'라는 제목의 이 작품은 송대 금나라 해릉왕 완안량에 대한 작품이다. 해릉왕에 대한 정사의 기록은 ≪금사≫〈해릉왕본기〉가 전한다. 정사에 나오는 해릉왕에 대한 기록은 많은 편폭을 가지고 있기 때문에 전문을 요약정리해서 살펴보면 다음과 같다.

---

228) 胡士瑩 ≪話本小說槪論≫ 中華書局 北京 1980 pp.557-558 / 譚正璧 ≪三言兩拍源流考≫ 上海古籍出版社 上海 2012 p.471 참조.
229) ≪성세항언≫권23 〈금해릉종욕망신〉은 그 내용에 남녀 간의 성애묘사나 근친상간과 같은 윤리적 그 정도가 지나친 이야기가 나오는 관계로 許政揚 校注 人民文學出版社 발행본에서는 그 내용을 생략한 채 제목만을 싣고 있다. 본고는 楊家駱 主編의 鼎文書局 발행본을 저본으로 삼아 번역 및 요약하였다.

○ 황제에서 폐위되어 庶人이 된 완안량은 자가 元功이고, 본래 迪古乃라고 불렸으며, 遼王 宗幹의 둘째아들이다. 어미는 大氏며, 天輔 6년 壬寅년 태생이다. 天眷 3년 나이 18세에 종실의 자손으로서 奉國上將軍이 되었고, 梁王 宗弼의 군에 가서 임무를 맡았으며, 行軍萬戶가 된 후 驃騎上將軍으로 옮겨갔다. 皇統 4년에 龍虎衛上將軍의 관직을 더하고 中京留守가 되었으며, 光祿大夫로 옮겨갔다.

○ 皇統 9년 12월에 熙宗을 살해하고 皇統 9년에 天德 원년으로 연호를 바꾸며 황제가 되었다.

○ 天德 3년 5월에 해릉은 자손을 번창하게 하기 위해서 친척이면서 죄를 지은 이들의 부인들을 궁에 들이려 하자 平章政事 蕭裕가 반대했지만 이를 듣지 않았다. 宗本의 아들 莎魯啜, 宗固의 아들 胡里剌와 胡失打, 秉德의 동생 糺里 등의 처를 궁으로 불러 들였다.

○ 천덕 4년 7월에 崇義軍節度使 烏帶의 처인 唐括定哥로 하여금 그의 남편을 죽이게 하고 그녀를 받아들였다. 貞元 원년에 당괄정가를 貴妃에 봉하였다.

○ 貞元 원년 11월에 당괄정가는 옛 정인과 간통하여 사형을 받았다. 같은 달에 皇叔인 曹國王 宗敏으로부터 받은 妃 阿懶을 昭妃로 삼았다.

○ 정원 2년에 여러 친척 자매들을 모두 妃에 속하게 하여 궁중으로 출입하게 하였고, 그들과 음란한 짓을 하였다.

○ 正隆 5년 4월에 昭妃 蒲察阿里忽이 죄가 있어서 사형을 당하였다.

○ 정륭 6년 10월에 東京留守 曹國公 烏祿이 遼陽에서 즉위하였고, 大定으로 연호를 바꾸었으며 대사면을 실시했다. 그리고 해릉왕이 행한 악행을 나열하였다.

○ 같은 해 11월에 해릉은 한탄하며, "내가 본래 송을 멸한 후 大定으로 개원하려 하였는데 어찌 하늘의 뜻이 아니겠는가?"라고 말하였다.

○ 勸農使 完顏元宜로 하여금 浙西道兵馬都統制로 삼고, 刑部尚書 郭安國이 그를 보좌하게 하여 江北에 군을 주둔시켰다. 武平總管 阿鄰을 보내서 먼저 강을 건너 강 남쪽으로 가게 하였으나 실패하였고, 和州로 돌아가서 揚州로 진격하였다. 甲午일에 수군과 瓜洲에서 회합하여 다음날에 도강할 계획이었다. 乙未일에 浙西兵馬都統制 完顏元宜 등이 반란을 일으켜서 황제는 살해당하였고, 죽을 당

'삼언(三言)' 소설이 된 역사인물

시의 나이 40세였다.

○ 재위 10여 년간 남침을 목적으로 강에 전함을 만들기 위해 백성들
의 오두막의 목재를 훼손했으며 죽은 자를 끓여서 기름을 만들었
다. 그리고 백성을 말과 소처럼 부리고 재정을 물쓰듯하여 빈껍데
기 나라가 되었어도 다른 나라를 도모하려 하였으니 패배하게 된
것이다. 대정 2년에 해릉을 郡王으로 낮춰서 봉하였고 시호를 煬이
라고 하였다. 대정 20년에 신하의 간언을 받아들여 해릉을 庶人으
로 낮추었고, 山陵 서남쪽 40리에 이장하였다.[230]

　이상의 정사의 기록은 소설의 줄거리와 연관이 있는 내용만을 간추려
정리한 것으로서, 정사는 대략적으로 해릉이 황제가 되기까지의 과정과
관직의 이동, 황제가 된 후에 여러 여인들과 생긴 추문들, 그리고 남송으
로 출정하였다가 배신을 당하고 비참한 최후를 맞이하는 과정이라는 세
단락으로 나누어 볼 수 있다. 소설 또한 정사의 기록에 준하는 해릉왕의
일대기를 주 범위로 삼고 있으나, 소설이 강조하고 있는 부분은 두 번째
단락인 황제가 된 후에 여러 여인들과 생긴 추문들에 더 많이 치중되어
있다. 그럼 소설의 내용을 요약정리해서 살펴보면 다음과 같다.

　해릉왕 완안량은 원래 이름이 迪古였는데 후에 亮으로 개명하였으
며, 자는 元功으로 遼王 宗幹의 두 번째 아들이었다. 후에 정변을 일으
켜서 熙宗을 죽이고 스스로 황제에 올랐다. 그는 사람됨이 교활하고
의심이 많으며 잔인하였다. 게다가 미색을 밝혀서 아름다운 여인이라
면 동성이든 이성이든 지위고하를 막론하였고, 심지어 남편이 있는 경
우에도 수단을 가리지 않고 자신의 여인으로 만들었다.
　그중에서 阿里虎라는 미녀는 두 남자에게 시집을 간 적이 있었는데
도 해릉왕은 그녀에 대한 소문을 듣고 자신의 후궁으로 삼았다. 심지어
아리호의 딸 重節까지도 침소에 들게 하였다. 결국 두 모녀는 서로 시
기하여 크게 싸움이 났고, 다른 남자와 사통한 것이 들통이 난 아리호

---

230) ≪금사≫ 〈해릉왕본기〉 참조.

는 완안량에게 죽임을 당했다.

柔妃 彌勒이라는 여인은 耶律氏의 딸이었는데, 그녀가 대단한 미인이라는 소문을 들은 해릉왕은 禮部侍郞 迪輦阿不로 하여금 그녀를 데려오게 하였다. 적련아불은 미륵을 데려오는 과정에서 미륵의 유혹을 받아서 관계를 맺게 되었다. 해릉왕은 미륵이 처녀가 아닌 것을 알아차리고 적련아불을 죽였으며 적련아불의 아내까지 궁으로 불러들여서 관계를 맺어서 복수를 하였고, 미륵을 출궁시켰다가 후에 다시 불러서 유비에 봉했다.

완안량은 崇義節度使 烏帶의 아내인 唐姑定哥가 천하절색이라는 것을 알게 되었을 때, 그녀로 하여금 남편을 죽이고 자신의 후궁이 되게끔 하였다. 그러나 얼마 후 당고정가가 하인과 사통을 하게 되자, 이를 발견한 완안량이 두 사람을 아주 잔인하게 살해되었다. 이후 정가의 여동생 石哥를 비롯해서 수많은 여인들이 완안량의 후궁이 되었다.

또 다른 여인 耶律察八도 이미 시집을 간 미인이었는데 완안량이 자신의 후궁으로 삼아버렸고, 다른 남편을 그리워한다는 이유로 寶昌樓에서 칼로 벤 후 밀어 떨어뜨려서 죽이는 등 그 악행이 도를 넘었다.

심지어 秉德의 동생 糺里의 처인 高氏, 宗本의 아들 莎魯剌의 처, 宗固의 아들 胡里剌의 처, 胡失來의 처, 叔曹國 왕자 宗敏의 처인 阿懶 등 국가의 종실들까지 비로 삼았다.

완안량은 1161년에 대규모로 변경을 침범하느라 많은 수탈을 하였고, 이로 인해 남으로 출정한 후에 신하들이 曹國公 烏祿을 遼陽에서 황제로 옹립시켰다. 나라이름을 雍으로 바꾸고 大定으로 원호를 바꾸었으며, 해릉을 왕으로 내려버렸다. 해릉은 이 사실을 전해 듣고 다시 되돌아 가다가 瓜州에 이르렀는데 浙西路都統制 耶律元宜 등이 모의해서 그를 죽이려 하였고, 결국 延安少尹納合斡魯에 의해 칼에 맞아 죽었다. 世宗은 완안량을 해릉왕에서 다시 서인으로 폐위시켰다.[231]

이상과 같이 소설은 해릉왕이 황제가 되기까지의 과정과 관직의 이동이나 마지막에 남송을 침공했다가 배신을 당해서 살해당하는 과정에 대

---

231) ≪醒世恒言≫ 참조.

한 기술은 정사에서 이야기하는 내용과 비교했을 때 부분적 차이는 있지만 거의 흡사하다. 그리고 소설에서 가장 부각되어 있는 부분은 해릉왕이 여러 여인들과 일으켰던 추문들인데, 이는 정사에서 이야기하고 있는 내용보다 훨씬 많고 그 내용도 구체적이어서 아마도 작가의 상상력이 많이 가미된 부분으로 보인다. 그럼 정사와 소설은 어떤 부분에서 서로 차이를 보이고 있는지 살펴보면 다음과 같다.

내용 \ 구분	《金史》〈海陵王本紀〉	〈金海陵縱慾亡身〉
연호와 재임기간	天德 4년, 貞元 5년, 正隆 6년간 재임함.	天德 3년, 貞元 3년, 正隆 6년간 재임함.
등장인물의 이름	蒲察阿里忽	蒲察阿里虎
	唐括定哥	唐姑定哥
해릉과 추문을 일으킨 여인들의 이름	구체적 이름은 거론하지 않음.	蒲察阿里虎의 딸 重節, 彌勒, 麗妃 石哥, 昭緩察八, 그 외 종친의 자매들(莎里古, 什古, 奈刺忽, 女使 辟懶, 義察, 蒲速碗, 남자 張仲軻, 烏林答氏)
완안량의 죽음	浙西兵馬都統制 完顔元宜 등이 반란을 일으켜서 황제는 살해당함.	浙西路都統制 耶律元宜 등이 그를 죽이기로 모의하였고, 延安少尹 納翰幹魯補가 칼로 치고 목 졸라 죽임.

이상과 같이 정사와 소설은 크게 세 가지 정도의 차이를 보이고 있다. 첫째는 등장인물의 이름이 약간씩 다른 점을 들 수 있는데 완안량이 비로 삼았던 여인들 중 포찰아리홀은 포찰아리호로 이름이 달라졌고, 그리고 당괄정가는 당고정가로 성이 바뀌었다. 그리고 완안량을 죽음에 이르게 한 인물도 정사에서는 절서병마도통제 완안원의가 주동한 것으로 되어 있으나, 소설에서는 절서로도통제 야률원의가 주동한 것으로 되어 있어서 약간의 차이점을 보이고 있다. 둘째는 완안량이 황제로 있으면서

재임한 기간이 상기 표와 같이 정사와 소설은 일치하지 않고 있다. 셋째는 정사와 소설의 가장 큰 차이라고 할 수 있는 부분으로서, 정사에서는 완안량과 관계를 맺은 수많은 여인들 중에서 그 이름이 거론된 여인은 포찰아리홀과 당괄정가 밖에 없으나, 소설에서는 두 사람 이외에도 친족이나 남편이 있는 유부녀 할 것 없이 수많은 여인의 이름이 구체적으로 거론되어 있고, 그들과 난잡한 관계를 맺는 것으로 묘사되어 있어서 차이가 있다. 물론 정사에서도 친척이면서 죄를 지은 이들의 부인들과 여러 친척 자매들을 모두 비로 삼아 궁중으로 드나들게 하여 그들과 음란한 짓을 했다는 기록이 있는 것으로 보아 완안량의 여성편력을 미루어 짐작할 수 있지만, 소설은 이들의 이름을 하나하나 나열하며 세부적으로 묘사한 차이가 있다.

〈금해릉종욕망신〉(성23)은 ≪금사≫〈해릉왕본기〉의 내용과 비교했을 때, 인명을 바꾸거나 정사에 등장하지 않는 새로운 인물을 등장시키는 등과 같은 부분적 차이는 있지만, 기본적으로 정사의 기록과 소설의 줄거리는 동일한 흐름을 가지고 있다. 다만 완안량이라는 인물을 보다 난폭하고 문란한 성적 취향을 가진 인물로 묘사하기 위해 작가는 다소 많은 가공의 인물을 등장시키고 있고, 정사에서 짤막하게 언급된 인물들에 대해서도 매우 세부적인 줄거리를 만들어냈다. 현재까지 소설과의 대비가 가능한 기록으로는 ≪금사≫〈해릉왕본기〉와 ≪금사≫〈해릉제폐전〉이 있다.

25) 양광(楊廣)
— 〈隋煬帝逸遊召譴〉(≪성세항언≫권24)

'수 양제가 안일한 주유로 책망받다.'라는 제목의 이 작품은 수나라 문제의 둘째 아들 양제 양광에 대한 이야기다. 수 양제에 대한 정사의 기록은 ≪수서≫〈양제본기〉에서 확인할 수 있는데, 그 기록이 대단히 길기 때문에 소설과 일치하는 시간적 범위에 맞춰서 요약정리해보면 다음과 같다.

○ 煬황제는 이름이 廣이고, 또 다른 이름은 英이며, 어릴 때 자는 阿摠이다. 高祖의 둘째아들이며, 모친은 文獻獨孤皇后이다.

○ 어려서 준수하게 생기고 영민하여 여러 왕자들 중에서 특별히 고조와 황후의 총애를 받았다.

○ 양제는 가식적으로 행동하는 것을 좋아하여 자신의 진면목을 숨기면서 인애로운 효자로 불리었다.

○ 태자 楊勇이 폐위된 후, 고조가 양제를 황태자로 세웠다.

○ 仁壽 4년(604) 7월 고조가 죽자, 양제는 仁壽宮에서 제위에 올랐다.

○ 같은 해 8월에 幷州總管 漢王 楊瓊이 거병하여 모반하자, 尙書左仆射 楊素에게 명하여 반란을 평정케 하였다.

○ 같은 해 11월 성인 남자 수십만 명을 동원하여 수로를 파게 하였는데, 龍門으로부터 동으로 長平·汲郡으로 연결한 후 淸關에 도달하게 하였다. 황하를 건넌 후 다시 浚儀와 襄城까지 확장한 후에, 마지막에는 上洛까지 도달하게 해서 길목을 설치하고 방위를 강화하게 하였다. 같은 달에 東都를 짓도록 명하였다.

○ 大業 원년(605) 정월에 晉王 楊昭를 황태자로 세웠다.

○ 淮海 지역을 순시하고 풍속을 관찰하여 직접 정치를 하기 위한 명분을 내세워 東都를 짓게 하였음을 밝히면서 卑潤營에 顯仁宮을 짓고, 전국 각지의 진귀한 동물과 화초와 수목을 모아서 황실의 원림에 충당하게 하였다.

○ 3월 21일에 황하 이남의 각 군현의 남녀 100여 만 명을 동원하여 濟渠를 통하게 하였는데, 西苑으로부터 穀水·洛水·黃河로 통하게 하였으며, 板渚에서 황하의 물을 淮河로 향하게 하였다.

○ 3월 30일에 黃門侍郎 王弘과 上儀同 於士澄을 강남으로 파견하여 수목을 채집하게 하고, 龍舟와 鳳舟冒·黃龍·赤艦·樓船 등의 큰 배들 수 만 척을 건조하게 하였다.

○ 8월 15일에 양제가 龍舟를 타고 江都에 도착했다. 수행하는 문무관원 중 5품 이상에게는 樓船을 제공하고, 9품 이상에게는 黃篾大船

○ 을 제공하였으며, 배의 처음과 끝이 200여 리까지 이어졌다.

○ 대업 2년(606) 봄 정월 초엿새에 東京이 완성되었고, 등급에 따라 궁궐 건설을 감독한 관원들에게 상을 내렸다.

○ 3월 16일 황제는 江都로부터 출발하였고, 4월 26일에 東京에 들어갔다.

○ 7월 22일 황태자 楊昭가 죽었고, 7월 23일 上柱國 司徒 楚國公 楊素가 죽었다.

○ 대업 3년(607) 3월 2일에 다시 京城으로 돌아왔고, 4월 18일에는 북방을 순시하였다.

○ 5월 10일 황하 이북의 10여 개 군의 성인 남자를 동원하여 太行山을 파서 幷州까지 개통시켜서 도로를 열었다.

○ 6월 19일 성인 남자 100만 명을 동원하여 만리장성을 修建하였는데, 서쪽으로는 楡林까지 동쪽으로는 紫河까지 도달하였다. 열흘간 동원하고 멈추었는데 죽은 민공이 열에 다섯 여섯이었다.

○ 대업 4년(608) 1월 1일 황하 북부 각 군의 남녀 백여만 명을 동원하여 수로를 파도록 하여 沁水가 남으로 황하에 닿도록 하고 북으로는 涿郡을 통하게 하였다.

○ 대업 5년(609) 1월에 東京을 東都로 바꾸었다. 황제가 숭덕전의 西院에 도착해서 선왕이 있었던 자리를 보고 마음이 불편하여 시종에게 서원 옆에 새로운 궁전을 짓게 하였다.

○ 대업 8년(612) 1월에 대군이 탁군에 집결하였고, 兵部尙書 段文振을 左侯衛大將軍으로 임명하고, 조서를 내려서 고구려를 치도록 하였다.(고구려와의 전쟁 과정은 생략함)
(대업 11년(615)년부터 義寧 2년(618)까지 각지에 반란이 끝이지 않고 일어났으나, 상세한 내용은 생략함.)

○ 義寧 2년(618) 3월 右屯衛將軍 宇文化及, 虎賁郎將 司馬德戡, 元禮, 監門直閣 裵虔通, 將作少監 宇文智及, 武勇郎將 趙行樞, 鷹揚郎將 孟景, 內史舍人 元敏, 符璽郎 李覆과 牛方裕, 千牛左右 李孝本, 이효본의 동생 李孝質, 直長 許弘仁과 薛世良, 城門郎 唐奉義, 醫正 張愷 등이 반란을 일으켜서 황궁을 점령하였다. 수양제는 溫室에서 죽었고 이때의 나이 50이었다.

○ 소황후는 침대판을 뜯어내서 관으로 만들고, 황제를 장사지냈다.

우문화급이 떠나고 右禦衛將軍 陳棱이 황제의 관을 吳公臺 아래에 묻었다. 大唐이 강남을 평정시킨 이후에 수양제를 雷塘으로 이장시켰다.

○ 황제가 동서로 유람을 하며 놀 때 고정된 곳에 머무르지 않았기 때문에 이를 충당할 비용이 부족하여 미리 몇 년 치의 세금을 거둬들였다. 그가 이르는 곳마다 후궁과 빈비와 향략을 즐겼고, 젊은 남자들을 뽑아 와서 궁중의 여인들과 음란한 짓을 하게 하였는데, 이런 모든 행동은 법도에 합당하지 않았으나 황제는 이것을 오락으로 삼았다.

○ 그는 마지막까지 깨닫지 못하고 望夷宮 앞에서 살해당한 秦二世처럼 한 사람의 손에 죽었다. 그의 자제도 동시에 주살 당했고, 시체는 저자거리에 내던져졌으며 묻어 주는 사람이 없었다. 국가가 쇠락해지자 嫡庶子孫이 모두 멸절하였다.[232]

이상과 같이 정사의 기록은 태자 양용이 폐위되고 양제가 황태자로 세워진 과정이나 마지막에 죽음에 이르는 과정 등과 같이 소설에서는 세밀한 줄거리를 가지는 몇몇 부분이 매우 간결하게 기록되어 있고, 양제가 황제가 된 이후의 행적이 연월일자 별로 상세하게 기록되어 있는 특징이 있다. 또한 본기의 전체 기록을 모두 요약하는 것이 용이하지 않으므로 소설의 내용을 바탕으로 비교의 대상이 되는 내용만을 선별적으로 요약하였다. 그럼 〈수양제일유소견〉은 수 양제를 어떻게 묘사하였는지 그 내용을 요약해서 살펴보면 다음과 같다.

晉王 楊廣은 揚州都摠管일 때, 그의 어머니 모후와 楊素의 도움을 받아서 태자 楊勇을 폐위시키고 제위에 올랐다. 양광은 즉위한 후에 사치스럽고 음탕해져서 거리낌 없이 미색에 빠졌는데, 궁궐 한 채를 짓느라 국고를 다 낭비할 정도였다. 수 양제는 낮이고 밤이고 迷樓에서 음탕한 짓에 빠졌고 몸과 마음이 피폐해졌다. 그리고 이백 리의 땅을

---

232) ≪수서≫〈양제본기〉 참조.

골라서 화원으로 만들었고, 호수 다섯 개를 만들고 정자와 궁전까지 건설하였다.

大業 6년에 수 양제는 廣陵에 놀러가기로 결심하여 널리 병정들과 부역자들을 모집해서 운하를 건설하였다. 민간에서는 모든 가산을 탕진하고, 아들딸을 팔아서 바치고서야 운하건설을 완성할 수 있었고, 龍舟도 만들어졌다. 수 양제는 매우 기뻐하며 완성된 운하를 통해서 출발했고, 수행하는 자가 백만이었다.

수양제가 卞京에 도착하여 오월지역의 열대여섯 살의 여인 오백 명을 골라서 龍舟를 끌게 하였는데, 사람들은 그녀들을 殿脚女라고 불렀다. 또한 한 여름이 되자 虞世基의 말을 받아들여서 버드나무를 변경 수로의 양쪽에 심었다. 민간에서는 "천자가 먼저 재난을 일으키니 백성들은 재난을 당한다."라고 노래하였다.

수 양제는 광릉에 도착한 후로부터는 미색에 빠져서 음탕함이 극에 달했다. 한 번은 吳公宅의 鷄臺에서 놀고 있었는데 꿈속에서 陳 後主와 張麗華 貴妃와 만나게 되었고, 깨어나서 오랫동안 불안해하였다.

후에 수 양제는 용주를 탈 때, 슬픈 노래를 듣고 방황하며 자신의 운명이 다해가는 것을 느꼈다. 太史令 袁充을 불러서 하늘의 점괘를 물어보니, 원충은 땅에 엎드려 울면서 수 양제에게 점괘가 흉조라고 고하였다. 난쟁이 王義를 불러서 다시 묻자, 왕의는 수양제의 失政을 있는 그대로 간하고 스스로 목숨을 끊었다. 때마침 裴虔通·司馬德戡·宇文化及이 반란을 일으켜서 수 양제를 자진해서 죽게 만들었다. 황후는 침대의 나무를 뜯어서 관목을 만들고 수 양제를 吳公臺 아래에 묻었는데, 그곳이 바로 이전에 수양제가 진 후주와 만났던 곳이었다.[233]

소설의 내용은 정사에 전하는 수 양제를 주인공으로 한 점, 어려서 양제가 총명했던 점, 황태자 양용이 폐위되고 양제가 황태자로 등극한 점, 대규모 운하를 건설하기 위해 수많은 백성들을 동원한 점 등과 같은 역사 사실에 있어서는 정사의 기록을 바탕으로 하고 있다고 볼 수 있다. 그러나

---

233) ≪성세항언≫ 참조.

소설의 주 내용으로 등장하는 호화로운 궁궐 축조나 광릉으로 놀러가기 위해 운하를 건설하고, 용주를 끄는 오백 명의 전각녀를 두었다는 등의 여러 일화들은 정사와는 다른 내용들이다. 그러면 정사와 소설은 어떤 점에 있어서 차이를 보이고 있는지 표로써 살펴보면 다음과 같다.

구분 내용	≪隋書≫〈煬帝本紀〉	〈隋煬帝逸遊召譴〉
신하 楊素의 죽음	대업 2년(606) 7월 23일 上柱國, 司徒, 楚國公 楊素가 죽었다는 간략한 기록만이 전함.	황태자 양용을 폐위시키고 양제를 황태자로 세우기 위해 노쇠한 文帝를 핍박한 인물로, 양제 즉위 후 권세를 누리나 양제로부터 시기를 당해서 죽었으며, 구체적인 죽은 시기나 과정에 대한 언급은 역시 없음.
운하 건설을 위한 수로공사의 시행	○ 仁壽 4년(604) 11월 : 龍門→長平→汲郡→淸關→황하→浚儀→上洛을 연결하는 수로공사 시행. ○ 대업 원년(605) 3월 : 西苑→穀水→洛水→黃河→板渚→淮河를 연결하는 수로공사 시행. ○ 대업 4년(608) 1월 : 黃河→沁水→涿郡을 연결하는 수로공사 시행.	大業 6년 : 大梁→河陰→淮陰→廣陵을 연결하는 수로공사
운하 건설의 목적	방위를 강화하는 한편, 淮海지역을 순시하고 풍속을 관찰하여 직접 정치를 하기 위함.	광릉으로 가서 유람하고 감상하기 위함.
양제를 죽게 한 인물	나오지 않음. (秦二世처럼 한 사람의 손에 죽었다는 기록만 나옴)	司馬德戡이 반란을 일으킨 후, 수양제를 흰 명주에 스스로 목 졸라 죽게 만듬.
환관 왕의의 존재	없음.	양제를 측근에서 보필한 환관으로 마지막에 양제의 잘못된 정치에 대해 상소를 올리고 자결함.

내용 \ 구분	≪隋書≫〈煬帝本紀〉	〈隋煬帝逸遊召譴〉
셋째 아들 齊王 暕의 죽음	없음. (양제의 자제들도 양제와 동시에 주살 당했다는 기록만 나오고 구체적인 인명은 나오지 않음)	司馬德戡이 齊王 暕을 사로잡아 죽게 하였으나, 그는 양제가 자신을 미워하여 사람을 보내서 죽이는 것으로 오해하며 죽어감.

이상과 같이 정사와 소설의 차이점을 6가지로 정리하였으나, 이를 세 가지로 묶어서 그 차이를 살펴보자. 첫째 양제와 결탁하여 제위에 오르는데 결정적인 역할을 했던 양소의 죽음에 대한 기록에 대해 정사에서는 '대업 2년(606) 7월 23일 상주국 사도 초국공 양소가 죽었다[234]'는 간략한 기록만 나올 뿐이지만, 소설에서는 양제가 제위에 오른 후 온갖 권세를 누리다가 양제의 시기를 샀으며 금도끼를 들고 쫓아오는 죽은 문제의 혼령을 본 후 얼마 안 있어서 죽은 것으로 묘사하고 있어서, 소설은 양소의 죽음의 과정에 대해 보다 극적인 요소를 가미한 것으로 보인다.

둘째로 양제가 남북을 연결하는 대운하를 건설한 시기와 목적에 대해서도 정사와 소설은 다르게 말하고 있다. 즉 정사에서는 인수 4년(604) 11월, 대업 원년(605) 3월, 대업 4년(608) 1월의 세 번에 걸쳐서 백만 명이 넘게 동원된 대규모 운하 건설이 있었는데, 그 목적은 국가 방위를 강화하고 회해 지역을 순시하고 풍속을 관찰하여 직접 정치를 하기 위함이라고 밝히고 있다. 그러나 소설에서는 양제가 광릉으로 가서 유람하고 감상하기 위함이라는 지극히 사적인 이유로 백성들을 동원하고 수탈한 것으로 되어 있다는 차이가 있다.

셋째는 양제와 그의 자손의 죽음에 관한 기록이다. 수양제의 죽음에 대해서는 정사에서는 단순히 진이세처럼 한 사람의 손에 죽었다는 기록만을 전하면서 누구의 손에 어떻게 죽었는지에 대한 기록이 없다. 그러

---

234) ≪수서≫〈양제본기〉 참조.

나 소설에서는 배건통·사마덕감·우문화급이 반란을 일으킨 후, 사마덕감이 수양제를 핍박하여 흰 명주로 스스로 목 졸라 죽게 만들었다고 전하고 있어서 정사와는 차이가 있다. 아마도 정사는 황제에 대한 기록이기 때문에 누구에 의해 어떻게 죽었는지와 같은 부정적 면모를 부각시키지 않은 것으로 판단된다. 그리고 양제의 죽음 이후에 그의 아들들과 주변인의 죽음에 대해 정사에서는 양제의 자제도 동시에 주살 당했다는 기록만 있고 구체적으로 어떤 인물들이 어떻게 주살 당했는지에 대한 기록은 나오지 않는다. 그런데 소설에서는 유독 양제의 셋째 아들 간의 죽음만을 거론하며 그의 자손들이 모두 주살 당했음을 대표하고 있는 듯하다. 마지막으로 소설에서 황제를 보필하던 난쟁이 환관 왕의는 역사 기록에는 존재하지 않는 가상의 인물로 판단된다.

수 양제에 대한 기록은 정사 이외에도 다양한 자료들이 존재한다. 대표적인 문헌으로는 ≪隋遺錄≫·≪海山記≫·≪迷樓記≫·≪開河記≫·≪脚氣集≫卷上 등이 있는데, 각 문헌이 담고 있는 기록들을 정리해보면 다음과 같다.

문헌명		기본 내용
≪隋遺錄≫	卷上	大業 12년 東京에서 江都로 가는 여정에서 생긴 여러 가지 일화(장안에서 15세의 袁寶兒를 얻은 일, 何妥가 牛車라 불리는 수레를 바친 일, 洛陽에서 진귀한 迎輦花를 바친 일, 변경에서 매 배마다 전각녀 1000명이 배를 끌게 한 일, 전각녀 吳絳仙을 얻은 일, 陳 後主와 貴妃 張麗華의 혼령을 만난 일 등)가 전함.
	卷下	迷樓를 지은 일, 吳絳仙과의 사이에 있었던 일화들, 마지막에 부하장수 宇文化及 등이 반란을 일으켜서 교지를 내린 일에 대한 일화가 전함.
≪海山記≫		수 양제의 출생과 유년시절, 제위에 오르는 과정, 양소와의 관계, 西苑을 건축한 일, 진 후주의 혼령을 만난 일, 난쟁이 王義를 얻은 일, 江都로 주유한 일, 반란을 일으킨 司馬戡에게 핍박을 당한 일 등의 내용이 소설의 원형에 가까움.

문헌명	기본 내용
≪迷樓記≫	수 양제가 만년에 項升이란 인물에게 명하여 迷樓를 짓게 한 내용이 상세함.
≪開河記≫	廣陵으로 유람가기로 결정하는 과정과 운하를 건설하는 과정에서 백성들을 수탈하는 과정에 대한 기록만이 자세한데 소설과 거의 일치함.

상기 표와 같이 본편은 정사 이외에 기타 여러 문헌 속에 산재되어 있는 기록들을 소설화한 것임을 알 수 있다. 그 중에서 ≪해산기≫는 소설의 전체줄거리를 가장 잘 반영하고 있는 문헌으로서 수 양제의 출생부터 마지막 실권할 때까지의 전 과정이 모두 기록되어 있으며, 소설 속의 여러 일화들과도 가장 많이 일치하는 문헌으로 판단할 수 있다. 그러나 ≪수유록≫·≪미루기≫·≪개하기≫의 기록 또한 비록 부분적이라고는 하나, ≪해산기≫에는 없는 소설 속 일화들의 원형을 담고 있기 때문에 소설이 어느 한 문헌의 자료만을 전적으로 의존하여 창작한 것이 아니라, 적어도 네 문헌의 기록들을 종합적으로 배합한 것으로 보인다. 그 예로 ≪미루기≫에는 다른 문헌에서 간략하게 나오는 미루의 건축과정과 각 건물의 이름 등이 가장 상세하면서 소설의 내용과 유사하다. ≪개하기≫의 경우에는 수 양제가 처음 광릉으로 가고자 했던 계기에 대한 일화와 운하를 건설하는 과정에 대한 기록이 다른 문헌에 비해 상세하며 소설의 내용과도 가장 근접한 내용으로 보인다. 따라서 〈수양제일유소견〉은 정사의 기록과는 별개로 수 양제와 관련된 여러 문헌들에 산재되어 있는 일화들을 종합적으로 배합하여 각색한 것으로 판단된다.

26) 황손(黃損)
— 〈黃秀才徼靈玉馬墜〉(≪성세항언≫권32)
'황수재가 신령한 옥마추를 구하다.'라는 제목의 이 작품은 당·오대

시기의 인물 황손에 관한 작품이다. 황손에 대한 정사의 기록은 확인할
길이 없으나, ≪全唐詩≫ 등의 문헌에서 그에 대한 간략한 기록이 전하
고 있는 것으로 보아 황손이 실존인물임을 확인할 수 있다.[235] 다만 소설
내용과의 비교를 위한 문헌을 정함에 있어서 몇몇 기록들은 거의 소설화
되어 있어서 믿을만한 것이 못되고, ≪說郛≫에 나오는 내용은 간단하지
만 그의 일부 행적을 엿볼 수 있다.[236] 따라서 황손과 관련된 역사기록은
현대에 나온 ≪전당시≫주와 ≪설부≫의 내용을 소설과의 비교 대상으로
삼고자 하며, 그 전문을 살펴보면 다음과 같다.

> 황손은 자가 익지이고, 연주 사람이다. 량 롱덕 2년에 진사에 급제하
> 였고, 남한유엄의 벼슬을 하였으며, 관직이 상서부사에 이르렀다. ≪계
> 향집≫이 있는데, 지금은 시 4수가 남아있다.[237]

> 황손은 연주 사람이고 큰 뜻을 가지고 있었다. 여산에서 추천되어
> 상유한과 송제구와 서로 만났다. 매번 천하의 일을 논할 때마다 모두
> 황손보다 아래였다. 황손은 더욱 자부심이 있었다. (그는) 일정한 거주
> 지가 없었고, 오로봉에 놀러갔다가 반석을 만나 잠시 쉬었다. 얼마 후
> 한 노인이 긴 휘파람 소리를 내며 다가왔고, 상유한과 송제구를 가리키
> 며 말하였다. "공들은 모두 장상에 이르겠지만 각자 제명에 죽지는 못
> 할 것이오." 그 다음으로 황손을 가리키며 말하였다. "이 분은 도가의

---

235) ≪全唐詩≫ 卷734에 羅紹威 다음으로 五代의 인물(羅袞 · 王鎔 · 鄧洵美 · 李
　　京 · 許鼎 · 王易簡 · 朱褒 · 黃損 · 張袞 · 趙光逢)이 나열되어 있는데 그 중에
　　황손이 포함되어 있다. 황손이 남긴 시는 모두 다섯 편으로 〈句〉 · 〈公子
　　行〉 · 〈書壁〉 · 〈讀史〉 · 〈出山吟〉이 있다.
236) ≪劍俠傳≫ · ≪情史≫ 등에도 황손에 관한 이야기가 실려 있으나, 열전의
　　성격의 글은 아니고 이미 〈黃秀才徼靈玉馬墜〉와 유사한 형태로 소설화 된
　　내용을 담고 있는 아주 짧은 이야기다.
237) ≪전당시≫주. "黃損, 字益之, 連州人。梁龍德二年登進士第, 仕南漢劉龑, 累
　　官尚書仆射。有≪桂香集≫, 今存詩四首。"

기운이 있어서 은거를 해도 되겠구면. 만약 관직을 얻으려 한다면 일개 주에서 종사할 따름이오. 마땅히 그것을 생각해야 할 것이오." 황손이 매우 화를 냈다. 노인이 말하였다. "운명의 셈은 정해져 있는 것이고, 내가 먼저 아는 것일 뿐 화낼 것이 뭐가 있단 말이오?" 이후에 모두 그와 같이 되었다.[238]

≪전당시≫주에는 그의 출생지와 지냈던 관직 및 남긴 문학작품에 대한 기본적인 사항들을 기록하고 있는 반면, ≪설부≫의 내용은 황손의 인물됨과 친분관계에 있던 문인, 그리고 그가 도가적 성향을 띤 인물임을 드러나게 하는 일화로 구성되어 있다. 그러나 구체적인 정보가 결여된 간략한 내용으로만 되어있는 한계가 있다. 그럼 소설에서는 황손이 어떻게 묘사되어 있는지 그 내용을 요약정리해서 살펴보면 다음과 같다.

唐 乾符 연간에 揚州에 황손이라는 선비가 있었는데, 방년 20세에 잘생긴 외모에 학문도 뛰어나서 재자로 칭송되었다. 원래 명문가 출신이었으나 부모가 일찍 죽자 가세가 기울었고, 부친으로부터 玉馬墜 하나를 물려받은 것이 있었다. 어느 날, 시장에서 한 도인으로 보이는 노인을 만났는데 황손이 가지고 있는 옥마추를 줄 수 있는지 물었고, 황손은 인색하지 않았기에 그에게 옥마추를 선뜻 내주었다.
이후 황손은 荊襄節度使 劉守道로부터 막료로 일해 달라는 초빙을 받았고, 부임하러 가는 길에 韓翁이라는 인물의 배를 얻어 타고 물길로 가게 되었다. 그런데 그 배에는 비파를 멋들어지게 연주하는 한 여인이 있었는데, 통성명을 하고 보니 그녀는 한옹의 첩실에서 난 딸 玉娥였으며, 두 사람은 급격하게 사랑하게 되었다. 여정의 막바지에 황종이 임

---

238) ≪설부≫. "黃損, 連州人, 有大志。擧於廬山, 與桑維翰, 宋齊丘相遇。每論天下之務, 皆出損下。損益自負。居無何, 遊五老峯, 遇磐石少憩。頃之, 有叟長嘯而至, 指維翰, 齊丘曰, "公等皆至將相, 但各不得其死耳。" 次指損曰, "此子有道氣, 可以隱居。若求官, 不過一州從事耳。宜思之。"損甚怒。叟曰, "休戚之數定矣, 吾先知也, 何怒乎?" 後皆然。"

지로 떠나면서 두 사람은 涪州에서 10월 초사흘에 다시 만날 것을 약속하였다.

임지에 도착한 황손은 온통 옥아만을 생각하다가 결국 관직을 버리고 약속한 날짜에 맞춰 옥아를 만나기 위해 떠났고, 부주에서 옥아와 상봉하였다. 그러나 뜻밖에 옥아가 타고 있던 배가 급물살에 떠내려가는 사고가 일어나고, 두 사람은 생사를 모르는 채 다시 헤어지게 된다. 이후 옥아는 薛氏라는 기생어미에게 구출되고, 황생은 옥아를 잃은 죄책감에 자살하려다가 전에 시장에서 만났던 도인의 도움으로 다시 재기할 결심을 하기에 이른다.

황손은 장안으로 가서 과거에 급제하여 部郎이라는 관직을 제수 받았고, 당시 정치를 문란하게 하던 呂用之를 정치 일선에서 물러나게 하는 등의 공을 세운다. 황손에 의해 정치에서 물러나 있던 여용지는 한가하게 사저에 머물면서 사방에서 미녀들을 불러 모아서 자신의 첩으로 삼았는데, 옥아가 천하절색이라는 소문을 듣고 그녀를 자신의 집으로 강제로 데려온다. 그러나 도인이 몰래 전해주었던 황손의 옥마추의 신비한 힘 덕분에 여용지는 그녀를 겁탈할 수 없었고, 결국 옥아는 황손과 재회하게 된다.

두 사람이 다시 상봉하게 된 모든 과정이 바로 도인과 옥마추의 도움이었다는 것을 알게 된 황손과 옥아는 제사상을 준비하여 감사의 예를 올렸다. 이때 옥마추 속에 숨어 있던 백마는 하늘로 올라갔으며 도인도 백마를 타고 승천하였다. 두 사람은 혼인하여 부부가 되었고, 황손은 관직이 禦史中丞에 이르렀다.[239]

소설의 주된 내용은 옥마추를 매개로 하여 황손과 옥아가 고난 끝에 사랑을 이룬다는 이야기가 주를 이루고 있고, 황손의 출생과 성장과정 및 관직 생활에 대한 내용도 구체적이지 않다. 또한 소설은 다분히 도가적 색채가 강하여 황손이 관직을 얻고 사랑하는 여인을 얻는 과정에서 모두 도인의 도움을 얻는 등 신괴적 내용이 여러 군데 나오고 있다. 그럼 역사 문헌과 소설이 가지고 있는 내용에는 어떤 차이가 있는지 표로써

---

239) ≪성세항언≫ 참조.

살펴보면 다음과 같다.

구분 내용	《全唐詩》注, 《說郛》	〈黃秀才徼靈玉馬墜〉
黃損이 지낸 관직의 변화 추이	梁 龍德 2년에 進士에 급제하였으며, 南漢劉龑의 벼슬을 하였고, 관직이 尚書仆射에 이름.	과거에 합격하여 部郎이라는 관직을 제수 받았고, 呂用之를 권력에서 축출함으로서 천자의 신임을 얻고 젊은 나이에 고관대작이 됨. 이후 관직이 禦史中丞에 이름.
玉娥와의 혼인관계	없음.	荊襄節度使 劉守道로부터 막료로 일해 달라는 초빙을 받고 가던 길에 옥아를 만나 사랑하게 되고 우여곡절 끝에 결국 결혼하게 됨.
呂用之를 탄핵한 일화	없음.	당시에 呂用之가 권력을 독점하고 정치를 문란하게 하여 황손이 천자에게 간하였고, 천자는 그를 신임함. 여용지를 면직하여 낙향시키라는 칙령이 내려졌고, 황손은 젊은 나이에 고관대작이 됨.

문헌과 소설의 차이는 크게 세 가지 분야에 대해 살펴볼 수 있다. 첫째는 황손이 올랐던 관직의 추이다. 《전당시》주에 따르면, 황손은 양 용덕 2년에 진사에 급제하였으며, 남한유엄의 벼슬을 하였고, 관직이 상서부사에 이른 것으로 되어 있다. 소설에서도 황손이 과거에 급제한 것으로 말하고 있으나, 이후 제수 받은 관직은 남한유엄이 아니라 부랑으로 되어 있는 차이가 있다. 또한 그가 이룬 최고 관직도 문헌에서는 상서부사를 말하고 있으나, 소설에서는 어사중승에 이른 것으로 되어 있어서 차이를 보인다.

둘째는 황손의 혼인관계다. 문헌에서는 황손에 대한 자료의 한계로 인해 그가 누구와 결혼을 했는지 알 길이 없지만, 소설에서는 그가 과거에

'삼언(三言)' 소설이 된 역사인물

합격하여 출세하기 전에 옥아라는 여인을 만나게 되고 출세를 한 이후에 그녀와 결혼을 하는 것으로 되어 있다.

셋째는 황손이 조정에서 관직생활을 할 당시에 여용지를 탄핵하는 과정이 있었는지의 여부이다. 여용지에 대한 몇몇 기록들을 살펴보면 여용지는 황손과는 아무런 관련이 없다. 여용지는 영남절도사를 지낸 바 있고, 황소의 난 당시에는 번진 세력 간의 세력다툼이 많았다. 畢師鐸이라는 인물이 여용지에 의해 배척을 당하자 반란을 일으켰고, 여용지는 이에 대응하였으나 이길 수 없어서 조정의 가짜 명령을 만들어 盧州刺史 楊行密이 도와주도록 하였다. 결국 필사역을 몰아내고 승리하였으나, 양행밀이 여용지에게 책임을 물어서 삼교에서 죽임을 당하였다. 이에 반해서 소설은 여용지가 당시 조정의 실권을 잡고 전횡을 일삼았고, 황손이 이를 천자에게 하나하나 알림으로써 여용지를 실각하게 한 것으로 그려지고 있기 때문에 이 또한 사실과는 차이가 있는 부분이다.

≪전당시≫주와 ≪설부≫ 이외에 작품과 관련된 문헌으로는 ≪宣室志≫ 권6 · ≪劍俠傳≫권3 〈虯鬚叟〉 · ≪情史≫권9 〈黃損〉 · ≪歲時廣記≫권17 〈賜宮娥〉 등이 있는데, 이 중에서 가장 주목할 만한 문헌으로는 ≪정사≫를 들 수 있다. ≪정사≫의 일화는 소설의 줄거리와 거의 일치하며, 소설의 원형이었다고 할 수 있는 기록이다. 그 분량도 대략 2300자 안팎으로 8000자 안팎의 소설 작품의 3할에 가까운 분량이다. 그리고 ≪선실지≫에는 주인공이 황손이 아닌 沈攸之라는 인물로 등장하지만 玉馬에 얽힌 일화를 담고 있고, ≪검협전≫에는 여용지와 상인 劉損, 그리고 그의 아름다운 아내 裵氏에 얽힌 일화가 있는데, 여용지가 유손의 아내 배씨를 탐하여 빼앗았다가 도인에 의해 혼이 난 후 돌려준 내용이 있어서 소설 속의 여용지 · 황손 · 옥아 세 인물의 연결구도와 유사하다. ≪세시광기≫는 소설에서 황손과 친분이 있었던 薛瓊瓊에 대한 일화가 나온다. 궁중에서 악공으로 있던 설경경은 踏靑을 하러 나왔다가 崔懷寶를 만나

서 사랑에 빠지고 만다. 설경경은 다시 궁중으로 들어가야 했지만 그러
지 못했고, 두 사람의 사정을 알게 된 楊羔가 귀비에게 간청하여 결국
설경경을 출궁시켜 주고 두 사람을 혼례로 맺어 주었다는 일화이다. 이
일화에서 설경경은 악공의 신분으로 궁중에 있던 인물이었다는 사실은
소설과 일치하나, 최회보와 사랑을 이루었다는 점에서 황손과의 관련성
은 없다.

소설은 분명 ≪정사≫에 실린 내용을 바탕으로 의화본소설의 분량으
로 확장된 것으로 판단되나, ≪정사≫의 내용이 ≪선실지≫·≪검협전≫·
≪세시광기≫에 등장하는 옥마와 여용지, 설경경 등의 인물과 관련된 일
화들을 활용하여 각색된 것인지는 고증할 길이 없다. 다만 ≪정사≫〈황
손〉편의 말미에 "이 이야기는 ≪北牕誌異≫에서 보인다."라고 언급하고
있는 것으로 보아 ≪북창지이≫에 이와 같은 이야기가 전해졌음을 알 수
있다. 그러나 ≪북창지이≫가 어떤 문헌이었는지, 그리고 그 문헌은 또
≪선실지≫나 ≪검협전≫·≪세시광기≫ 등의 여러 문헌들을 활용하여
이야기를 구성해 낸 것인지 아닌지에 대해서는 더 이상 고증할 길이 없다.

본편은 거의 그 내용이 일치하는 ≪정사≫를 저본으로 삼고 있는 것으
로 보이나, 황손과 관련이 없는 다른 문헌들 속 일화들도 확인되는 것으
로 보아, 작가는 이러한 문헌들을 복합적으로 활용했을 개연성이 있다.

27) 두자춘(杜子春)
　　─ 〈杜子春三入長安〉(≪성세항언≫권37)
'두자춘이 세 번 장안으로 들어가다.'라는 제목의 이 작품은 서한 말에
서 동한까지 살았던 경학가 두자춘을 소재로 한 작품이다. 두자춘에 대
한 단독의 열전은 정사에서 확인할 길이 없고, ≪사기≫와 ≪후한서≫의
다른 인물의 열전 속에 그의 언행과 행적에 대한 아주 짧막한 일부 기록
을 확인할 수 있으나, 그 기록이 적어서 소설과의 비교가 용이하지 않다.

'삼언(三言)' 소설이 된 역사인물

따라서 소설과의 비교를 위해서 ≪太學≫에 언급된 그에 대한 짤막한 기록과 ≪太平廣記≫권16〈杜子春〉에 실려 있는 기록을 통해서 소설과의 비교를 시도하고자 한다. ≪태학≫의 기록은 58자로 아주 짧은 기록이므로 전문을 소개하고, ≪태평광기≫의 기록은 전체 1700여자의 분량으로 되어 있어서 요약정리해서 살펴보면 다음과 같다.

≪태학≫
≪주예≫의 책과 같이 영평 초년에 오로지 하남 구씨 두자춘만이 능히 그 구절을 이해할 수 있고, 그 내용을 꿰뚫고 있었다. 정중과 가규이 그에게 가서 수업을 받았다. 가규는 학식이 넓고, 또한 경서를 다른 식으로 증명하고 해석하였기 때문에, 가규의 해석이 그리하여 세상에 널리 알려졌다.[240]

≪태평광기≫
○ 두자춘은 北周에서 隋나라 사이의 사람일 것이다. 젊어서 호탕하여 재산을 탕진하고 친척에게 의탁하였으나 결국 버림을 받고 처량한 신세로 방황하였다.
○ 東市 西門에 갔다가 한 노인을 만나고, 그가 300만 냥을 빌려 주어서 다시 부유해졌으나, 2년을 채우지 못하고 다시 가난해졌다.
○ 다시 그 노인을 만났던 시장에 찾아가서 탄식을 하니, 노인이 또 나타나서 이번에는 1000만 냥을 빌려 주었으나, 이번에도 2년이 채 되지 않아서 다 써버렸다.
○ 세 번째로 다시 노인을 찾아간 두자춘은 다시 3000만 냥을 받았고, 이번에는 양주에 있는 기름진 밭 100이랑을 사서 어려움에 처한 사람들을 의롭게 도와주었다.
○ 두자춘은 세 번째 도움을 받을 때 다시 만나자는 노인과의 약속을 지키기 위해 華山 雲臺峰으로 갔는데, 그 노인은 알고 보니 도인이

---

240) ≪태학≫. "如≪周禮≫一書, 當永平初年, 唯有河南緱氏杜子春能通其句讀, 頗識其說。鄭眾、賈逵往受業焉。賈逵洪雅博聞, 又以經書轉相證明爲解, 逵解遂行與世。"

었다. 도인은 두자춘이 七情을 끊어내도록 시험을 하는 과정에서 선단을 주조할 것이니 두자춘에게 어떠한 일이 있어도 말을 하지 말라고 당부한다.

○ 두자춘은 모든 喜·努·哀·懼·惡·慾을 다 참아내며 말을 하지 않았으나, 여자로 환생한 자신이 자기가 낳은 아이가 죽어가는 모습을 보는 순간에 이를 참지 못하고 '아이고' 소리를 내고 말았고, 칠정 중에 마지막 '애'를 극복하지 못하였다.

○ 결국 선단을 완성하지 못한 두자춘은 속세로 돌아갔다.

○ 속세로 돌아온 두자춘은 스스로 힘을 다해 노력함으로써 속죄하려 했으나, 다시 운대봉으로 갔을 때는 사람의 흔적이 없어서 탄식하고 후회하며 돌아갔다.[241]

위와 같이 《태학》의 기록은 두자춘이 경학가로서 학문의 깊이가 있는 인물이며 제자들을 양성하였다는 짤막한 기록이 전한다. 그리고 《태평광기》에 등장하는 두자춘에 대한 기록은 두 부분으로 나누어 살펴볼 수 있다. 첫 번째 단락은 방탕하게 생활하다가 거지신세가 되었을 때, 세 번에 걸쳐서 한 노인에게서 거금으로 도움을 받는 이야기다. 그리고 두 번째 단락은 속세에서의 일을 잘 마무리 한 두자춘이 도인을 찾아가서 도가에 입문하기 위해 함께 선단을 조제하기로 하고 칠정을 끊어내는 시험에 들어갔으나, 결국 실패하고 다시 속세로 돌아왔다는 이야기다. 그럼 소설의 줄거리는 어떠한지 요약정리해서 살펴보면 다음과 같다.

隋 文帝 開皇 연간에 장안성에 두자춘이라는 사내가 있었다. 두자춘의 집안은 대대로 揚州에서 소금상을 해 온 대부호였으나 돈을 물 쓰듯 하다가 모든 재산을 다 날렸고, 결국 장안에 있는 친척들에게 도움을 요청해야 하는 처지가 되었다. 그러나 친척들은 오히려 그의 방탕함을 알고 선뜻 돈을 빌려주는 이가 없었다. 제대로 먹지도 못하는 어려운 처지에 있을 때, 한 노인이 나타나서 그에게 삼만 냥의 은자로 도와주

241) 《태평광기》〈두자춘〉 참조.

고자 했고 두자춘은 이 돈으로 다시 양주로 돌아가서 부자가 되었다.

그러나 다시 부자가 된 두자춘은 옛날 버릇을 버리지 못하고 방탕한 생활을 하다가 2년도 되지도 않아서 다시 거지꼴이 되고 말았다. 그때가 되어서야 다시 후회하면서 다시 장안에 있는 친척들에게 도움을 요청하러 찾아 갔다. 하지만 이번에도 친척들은 그의 요청을 거절했고, 두자춘은 또 다시 이전에 도움을 받았던 노인과 만났다. 노인은 이번에는 십만 냥의 은자를 줄 것을 제안했고, 두자춘은 그 돈을 받아서 양주로 돌아와서 다시 부자가 되었다.

노인이 두 번이나 도와주었지만 두자춘은 아직도 정신을 못 차리고 돈을 물 쓰듯 하였다. 삼 년이 되지 않아서 다시 거지꼴이 된 두자춘은 다시 장안에 있는 친척들을 찾아갔고, 전과 마찬가지로 또 다시 거절을 당한다. 그런데 두자춘은 그 노인을 또 만나게 되고, 이번에는 노인이 삼십만 냥을 줄 것을 제안했고, 이 돈을 받아 양주로 돌아온 두자춘은 이번에는 사치를 하지 않고 이전에 가지고 있었던 모든 재산들을 다시 되찾고 2년이 되지 않아서 엄청난 거부가 되었다.

그러던 어느 날, 두자춘은 자신을 도와준 노인과 약속한 華山 雲臺峰의 老君祠로 찾아갔고, 노인은 그로 하여금 인간세상의 칠정을 끊어내는 시험을 함으로써 단약을 완성하려 하였으나 결국 실패하고 말았다.

아쉽게 양주로 돌아온 두자춘은 자신의 집에서 부인 韋氏와 함께 수도생활에 들어갔고, 3년이 지나서 다시 운대봉으로 찾아가서 그 노인이 太上老君임을 알게 되었다. 이미 도인으로서 마음이 깨끗해진 두자춘은 태상노군이 준 단약의 절반을 먹었고, 나머지 절반은 부인 위씨에게 먹여서 두 사람은 득도하게 되었다.

이후 매정하게 자신을 내쳤던 친척들에게 조상의 저택을 태상로군의 神廟로 희사하고 황금 십만 냥으로 6丈 크기의 천신을 주조하여 신전을 모시는 일을 성사시키고 태상노군과 위씨와 함께 승천하였다.[242]

소설의 줄거리 또한 ≪태평광기≫의 기록과 마찬가지로 크게 두 단락으로 나누어 살펴볼 수 있다. 첫 번째는 거상의 후손으로 태어난 두자춘

---

242) ≪성세항언≫ 참조.

이 자신의 부유함을 한껏 누리다가 재산을 탕진하자 세 번에 걸쳐 장안으로 가서 한 노인으로부터 도움을 받아 결국 자신의 부를 되찾는다는 내용이다. 두 번째는 진정한 깨달음 이후에 예전처럼 부를 회복하였으나, 자신을 도와준 노인과의 약속을 지키기 위해 화산 운대봉으로 찾아간 두자춘이 도를 접하게 된다. 그러나 한 번의 좌절을 겪은 후 더욱 수련에 정진하여 결국 득도한 후, 자신의 아내 위씨와 함께 하늘로 승천한다는 내용이다. 소설은 이 두 가지 줄거리를 통해 인생무상과 현생의 물질적인 삶의 의미를 다시 생각하게 하고 있다는 점에서 도가적 색채를 전면에 내세우고 있다. 두자춘에 대한 문헌 속 기록과 소설은 기본적으로 그 줄거리가 큰 차이가 없고 유사하다. 그러나 소설이 단편소설 정도의 분량으로 대폭 늘어나면서 부분적인 차이점이 생겼는데, 이를 각 항목별로 살펴보자. 그기에 앞서 먼저 두자춘이 살았던 시대 배경에 대해서는 ≪史記≫와 ≪後漢書≫의 기록을 참고할 때 다음과 같은 차이가 있다.

구분 내용	≪史記≫와 ≪後漢書≫의 기록	〈杜子春三入長安〉
두자춘의 생존 연대	西漢 말에서 東漢代까지 살았으며 사기와 후한서에 기록이 나옴.	隋 文帝 開皇 연간에 長安城에 살았으며, 대대로 杭州에서 소금상을 해 온 대부호의 후손으로 태어남.

이어서 ≪태평광기≫에 수록된 내용과 소설을 서로 비교해 보면 다음과 같다.

구분 내용	≪太平廣記≫〈杜子春〉	〈杜子春三入長安〉
작품의 길이	1700여 자	11000 여 자

구분 내용	≪太平廣記≫〈杜子春〉	〈杜子春三入長安〉
아내 韋氏의 존재	나오지 않음	아내 韋氏와 함께 득도하게 되고 말미에 함께 하늘로 승천함.
노인이 준 금전	1차 : 300만 냥 2차 : 1000만 냥 3차 : 3000만 냥	1차 : 은자 3만 냥 2차 : 은자 10만 냥 3차 : 은자 30만 냥
친척에게 돈을 빌리는 과정	없음	세 차례 모두 친척들을 찾아가서 부탁하지만 거절당함.
도인을 만난 이후의 과정	속세로 돌아와서 스스로 노력한 후 다시 雲臺峰으로 찾아갔으나 흔적이 없음.	부인 위씨와 함께 도가의 수련을 하여 득도하고 太上老君과 함께 하늘로 승천함.

위와 같이 ≪태평광기≫의 기록은 대략 1,700여 자의 짧은 편폭을 가지고 있으나, 〈두자춘삼입장안〉은 11,000여 자의 단편소설의 분량으로 각색되었고, 두 작품이 가지고 있는 기본 줄거리는 거의 일치한다. 두 작품이 가지고 있는 차이점은 작품의 길이가 대폭 길어진 만큼 세부적인 항목에 있어서 다수의 차이점이 있으나, 그중에서 두드러진 차이는 위와 같이 네 가지 정도로 정리해 볼 수 있다.

이 중 첫째, 둘째, 셋째는 표에서 보는 바와 같이 작은 차이이나, 넷째에 해당하는 '도인을 만난 이후의 과정'은 두 작품의 후반부가 전혀 다른 방향으로 전개되는 차이가 있는 부분이다. ≪태평광기≫에서는 두자춘이 도가에 입문한 뒤 선단을 만드는 과정에 참여하였지만, 결국 실패한 후 속세로 돌아왔고, 이후 운대봉을 찾아가보았지만 아무런 흔적도 없었다는 마무리를 함으로써 도가적 신비주의를 드러내고 있다. 반면에 소설에서는 선단을 제조하는 것에 실패한 두자춘이 이에 굴하지 않고 더욱더 도가의 수련에 정진하여 결국 득도하게 되고, 자신에게 깨달음을 준 태상노군과 자신의 아내 위씨와 함께 하늘로 승천하는 것으로 끝을 맺는다. 이처럼 소설은 도가적 색채를 한껏 드러내면서 전작이 가지고 있는 상상력의 한계를 뛰어 넘고 있고, 각 인물간의 대화나 사건의 전개도 더욱 세밀하게 묘사되어 있는 차이가 나타난다.

본편은 두자춘이 세 번에 걸쳐서 한 도인의 도움을 받아서 지난날 방탕한 삶을 살았던 잘못을 뉘우친다는 개가천선의 이야기와, 두자춘이 도가에 입문한 후 결국 득도하여 승천한다는 도가적 색채의 이야기가 결합되어 있는 이중 구조로 되어 있다.

이 소설의 원류라고 할 수 있는 문헌으로는 《酉陽雜俎續集》권4 · 《太平廣記》권356 〈韋自東〉 · 《太平廣記》권16 〈杜子春〉 · 《續玄怪錄》 〈杜子春〉 등이 있다. 그런데 소설 작품 속에서 활용된 일화들은 각 문헌에서 두자춘에 대한 것과 두자춘이 아닌 다른 인물에 대한 것이 복합적으로 나타나고 있기 때문에 이를 문헌별로 살펴보면 다음과 같다.

문헌명	기본 내용
《續玄怪錄》 〈杜子春〉	北周 隋나라 사람 두자춘은 젊어서 호탕하여 가산을 탕진하고 장안을 헤매다가 東市 서문에 이르러 한 노인을 만났다. 노인은 그에게 300만냥을 빌려 주었으나, 두자춘은 이마저 다 탕진하고 나서 재차 시장을 배회하다 다시 노인을 만났다. 노인은 이번에는 1000만 냥을 빌려주었지만, 두자춘은 이 돈도 모두 탕진한다. 세 번째 노인을 만났을 때 노인은 그에게 3000만 냥을 빌려주었고, 두자춘은 이번에는 헛되이 낭비하지 않고 좋은 일에 돈을 썼으며, 노인과의 약속을 지키기 위해 華山 雲臺峰으로 갔다. 도가의 시험을 받게 된 두자춘은 노인의 당부대로 절대로 말을 하지 않겠다고 다짐하고 七情 중에 여섯 가지 관문을 모두 통과하였으나, 마지막 愛를 극복하지 못하고 그만 '악'하고 소리를 지르고 말았다. 두자춘은 신선이 되지 못하였고, 선단을 만드는 일도 실패로 돌아갔으며, 두자춘이 이후에 스스로 힘을 다해 속죄하러 다시 운대봉으로 갔으나 사람의 흔적이 없어서 탄식하고 돌아갔다.
《太平廣記》 〈杜子春〉	《속현괴록》과 거의 일치함.
《酉陽雜俎續集》	天寶 연간에 中嶽 도사 顧元績이 한 도인을 만나서 선단을 주조하게 되었는데, 도인의 당부대로 시험을 하는 동안 절대 말하지 않기로 하

'삼언(三言)' 소설이 된 역사인물

문헌명	기본 내용
	였다. 그러나 고원적이 大賈의 집에 환생하여 성장한 후 혼인을 하고 아이를 낳았는데, 자신의 자식을 죽이는 아내의 장면을 보고 그만 소리를 지르고 말았고, 선단을 주조하는데 실패하였다.
≪太平廣記≫ 〈韋自東〉	야차가 사람들을 괴롭힌다는 소문을 듣자, 韋自東은 야차가 감히 사람을 괴롭힌다는 것을 참지 못하고 그들을 모두 제거하였다. 이를 지켜본 도사 約이 그의 용맹스러움을 보고 함께 선단을 주조하기를 청하면서 선단을 주조하는 동안 요괴들의 접근을 막아 줄 것을 부탁하였다. 위자동은 모든 요괴들을 잘 막았으나, 도인으로 가장하여 접근한 요괴를 막지 못하여 결국 선단을 주조하는 데 실패하였다.

이중에서 ≪속현괴록≫과 ≪태평광기≫〈두자춘〉은 그 내용과 구성이 거의 일치하고 있고, 부분적으로 표현이 약간 다르다는 미세한 차이만 존재하였다. 따라서 시대적으로 ≪태평광기≫는 ≪속현괴록≫보다 후대의 기록이므로 ≪태평광기≫의 기록은 당시까지 전해지던 ≪속현괴록≫ 내지는 이와 유사한 기록을 바탕으로 정리되었을 것으로 판단된다. 두 문헌의 줄거리는 부분적으로 사용된 몇몇 자구를 제외하면 거의 큰 차이가 없다.

본편은 ≪속현괴록≫과 ≪태평광기≫의 내용과 비교했을 때, 전반부와 중반부에 해당하는 내용은 그 줄거리가 거의 일치하나 후반부에 접어들어서 확연하게 다른 줄거리 전개를 가지고 있다. 앞선 두 전기소설은 두자춘이 신선이 되기 위해 '칠정'을 끊어내는 시험을 치른 후 마지막 '애'를 끊지 못하고 결국 선단을 주조하는데 실패한 것으로 이야기는 결말을 맺고 있다. 그러나 〈두자춘삼입장안〉에서는 두자춘이 이에 굴하지 않고 집으로 돌아온 후에 도가의 수련에 전념한 후 다시 운대봉을 찾아가고, 태상노군을 만나서 단약을 건네받은 후 자신의 아내 위씨와 함께 복용하여 신선이 된다. 그리고 자신을 매정하게 박대했던 친척들에게 깨우침을 주기 위해 장안에 있는 조상의 저택을 太上禪寺로 만들고 金像을 만들어 그들을 교화한 후, 결국 하늘로 승천한다. 이는 이전 작품에서 두자춘이 도가에 입문하려 하였으나 이를 이루지 못한 미완의 숙제를 결국 극복하고 이루어 낸 새로운 결말을 이끌어 낸 것이다.

《유양잡조속집》과 《태평광기》〈위자동〉편의 경우에도 도사를 만나서 선단을 주조하려 하였으나 결국 실패하고 만 줄거리의 전개가 상당히 유사하나, 작품의 주인공이 두자춘이 아닌 각각 顧元績과 韋自東이라는 인물로 되어 있는 차이가 있다.

이상과 같이 본편은 대체로 《속현괴록》과 《태평광기》에 전하는 당 전기와 유사한 줄거리를 가지나, 새로운 줄거리를 가미한 형식으로 의화본소설로 재탄생되었음을 알 수 있다. 다만 이러한 일화들이 비단 《속현괴록》과 《태평광기》와 같이 두자춘을 주인공으로 삼은 문헌에만 전하는 것이 아니고, 두자춘이 아닌 다른 인물을 주인공으로 삼은 유사한 일화들이 공존하는 특징이 있다.

28) 왕발(王勃)
─ 〈馬當神風送滕王閣〉(《성세항언》권40)

'마당의 신풍이 등왕각으로 보내주다'라는 제목의 이 작품은 '초당사걸'로 이름난 왕발에 대한 작품이다. 왕발에 대해서는 《구당서》와 《신당서》에 모두 기록이 전하나, 본고에서는 《신당서》〈왕발전〉을 소설과의 비교를 위한 저본으로 삼았다. 정사의 기록은 대략 1,000자 안팎의 기록이나 소설과의 비교를 위한 부분은 열전의 절반 정도에 해당하는 전반부의 내용이다. 따라서 전반부 내용의 전문을 살펴보면 다음과 같다.

왕발은 자가 자안이고 강주 용문사람이다. 6살에 문장을 잘 썼고 9살에 안사고가 주를 단 《한서》를 얻어서 그것을 읽었으며, 《지하》를 지어서 그 잘못된 점을 들추어냈다. 인덕 초에 유상도가 관내를 순행할 때 왕발이 서신을 올려서 스스로를 펼쳐보였는데, 상도가 조정에

'삼언(三言)' 소설이 된 역사인물

표를 올려서 황제가 그를 직접 면접했다. 그의 나이 약관도 되지 않아서 조산랑을 제수 받았고, 수차례 황제에게 시문을 바쳤다. 패왕이 그의 명성을 듣고 서부로 불러들여서 ≪평대비략≫을 수찬하여 논하고 편집하게 하였다. 책이 완성되자, 왕이 그를 총애하며 중히 여겼다. 당시에는 여러 왕들이 투계를 하였는데, 왕발은 농으로 영왕의 닭을 성토하는 문장을 썼다가 고종이 노하여 말하였다. "이것은 분쟁거리로다." 왕부에서 (그를) 내쳤다.

왕발은 쫓겨나자 검남을 유랑하였다. 일찍이 갈궤산에 올라서 널리 바라보며 감개무량하게 제갈량의 공적을 생각하였고, 시를 지어 감격하였다. (왕발은) 괵주에 약초가 많다는 것을 듣고 참군의 관직을 구하여 들어갔다. 재주를 믿고 그 지역 관리들을 우롱해서 관리들에게 모두 미움을 샀다. 관의 노비 조달이 죄를 짓고 왕발의 처소에 숨어들었는데 이 사실이 드러나는 것이 두려워서 곧 그를 죽여 버렸다. 일이 탄로나서 사형을 당하는 것이 마땅했으나, 마침 사면을 얻어서 제명되었다. 그의 부친 왕복치는 옹주사공참군을 맡고 있었으나, 왕발에 의해 연좌되어 교지령으로 좌천되었다. 왕발은 부친을 뵈러 가면서 바다를 건너다가 물에 빠져서 두려워하다 죽었다. 그의 나이 스물아홉이었다.

전에 (왕발이) 종릉으로 길을 나섰을 때 9월 9일 날 도독이 등왕각에서 큰 연회를 열었는데, (도독은) 전날 밤에 이미 그의 사위에게 문장을 짓게 명하고 손님들에게 자랑하려고 하였다. 그러나 종이와 붓을 내어 빈객들에게 청했으나 감히 맡으려 하지 않았는데 왕발에게 이르자 당당하게 사양하지 않는 것이었다. 도독은 노하여 옷을 갈아입으러 일어났고 아전을 보내서 그 문장을 보고하게 하였다. 보고를 하면 할수록 글이 더욱 기발해지자 놀라서 말하였다. "천재로다!" 그래서 문장을 써주기를 청하였고 지극한 즐거움을 다하였다. 왕발은 문장을 쓸 때 처음에는 정성들여 생각하지 않고 먼저 먹을 많이 갈아놓고, 술을 실컷 마신 후 이불을 얼굴까지 덮고 잤다. 깨어나서는 붓을 들어 문장을 이루었는데 한 글자도 바꾸지 않아서 당시 사람들은 왕발의 이런 모습을 '복고'라고 불렀다. (왕발은) 문장 쓰는 것을 특히 좋아하였다.[243]

---

243) ≪신당서≫〈왕발전〉. "王勃字子安, 絳州龍門人。六歲善文辭, 九歲得顏師古注≪漢書≫讀之, 作≪指瑕≫以擿其失。麟德初, 劉祥道巡行關內, 勃上書自陳, 祥

열전의 기록에서 첫 번째 단락은 왕발의 성장과정부터 조정에 출사한 과정, 그리고 조정에서 쫓겨나는 과정까지를 담고 있다. 두 번째 단락은 왕발이 지방관으로 있다가 살인사건에 휘말려서 곤경에 처하고, 자신 때문에 좌천된 부친을 만나러 가다가 결국 죽음에 이르는 과정에 대한 내용이다. 세 번째 단락은 바로 소설에도 나오는 일화로서 왕발이 등왕각에서 열린 연회에 참석하여 어린 나이에도 불구하고 문장을 써서 그의 재주를 발휘한 일화다. 열전에는 왕발의 성장과정과 죽음에 이르는 과정에 대한 기록이 잘 드러나 있고, 그와 관련된 일화도 실려 있다. 다만 일반적인 다른 역사인물의 열전과 비교했을 때 출사하여 관직에 있을 때의 공적이나 사건에 대한 기록이 상대적으로 적게 드러나는데, 이는 왕발이 29살이라는 이른 나이에 요절하고 만 것에 그 원인이 있을 것이다. 그럼 열전과 달리 소설은 왕발을 어떻게 묘사하였는지 그 내용을 요약정리해서 살펴보면 다음과 같다.

> 大唐 高宗 때의 뛰어난 수재 왕발은 자가 子安, 선조의 본관은 晉州 龍門 사람이다. 어려서 재주가 많아서 九經을 모두 통달하고 詩書도 많이 알고 있었다. 13살이 되어서는 자주 외삼촌을 따라서 강남으로 유랑하였다.
> 하루는 金陵에서 九江으로 배를 타고 가는 길에 馬當山을 지나가는

道表於朝, 對策高第。年末及冠, 授朝散郞, 數獻頌闕下。沛王聞其名, 召署府修撰, 論次《平台秘略》。書成, 王愛重之。是時, 諸王鬪雞, 勃戲爲文檄英王雞, 高宗怒曰："是且交構。"斥出府。勃旣廢, 客劍南。嘗登葛愼山曠望, 慨然思諸葛亮之功, 賦詩見情。聞虢州多藥草, 求補參軍, 倚才陵藉, 爲僚吏共嫉。官奴曹達抵罪, 匿勃所, 懼事泄, 輒殺之。事覺當誅, 會赦除名。父福時, 繇雍州司功參軍坐勃故左遷交址令。勃往省, 度海溺水, 疹而卒, 年二十九。

道出鍾陵, 九月九日都督大宴滕王閣, 宿命其婿作序以誇客, 因出紙筆遍請客, 莫敢當, 至勃, 泛然不辭。都督怒, 起更衣, 遣吏伺其文輒報。一再報, 語益奇, 乃矍然曰："天才也！"請遂成文, 極歡罷。勃屬文, 初不精思, 先磨墨數升, 則酣飮, 引被覆面臥, 及寤, 援筆成篇, 不易一字, 時人謂勃爲"腹稿"。尤喜著書。"

'삼언(三言)' 소설이 된 역사인물

데 풍랑이 일어서 더 나아갈 수 없게 되자 배 위의 사람들은 모두 두려워했지만, 왕발은 침착하게 시 한수를 지어 물에 던지자 파도가 잔잔해졌다. 마당산 아래에 잠시 정박한 왕발은 한 묘당에서 용왕신을 만나고, 용왕신의 권유로 洪都 閻府君이 〈滕王閣記〉를 짓기 위해 연 연회에 참석하게 된다. 700리 물길이었지만 용왕신이 준비해준 배를 타고 하루 만에 홍도에 도착한 왕발은 무사히 연회에 참석한다.

都督 염부군은 연회를 주관하면서 참석해준 유생들에게 〈등왕각기〉를 지어 줄 것으로 권하였지만, 수많은 名士들이 다들 눈치만 보고 사양하였다. 그런데 나이가 어려서 맨 아래에 있었던 왕발은 선뜻 붓과 종이를 받아 들었고 연이어 문장을 써서 염부군과 명사들을 놀라게 한다. 그 과정에서 염부군의 사위 吳子章과는 각별한 사이가 되었고, 또한 염부군으로부터 많은 재물을 받았다.

마당산으로 돌아온 왕발은 다시 용왕신을 만나서 용왕신의 말대로 많은 재물을 얻었음을 이야기하자, 용왕신은 가는 길에 자신을 대신해서 長蘆의 사당에 들러서 지전을 태워주기를 부탁한다. 왕발은 용왕신의 말대로 지전을 태워서 빚을 갚아주었다.

왕발은 부친이 멀리 해안지역으로 부임하였기 때문에 부친을 뵈러 가기 위해 여정에 올랐다가 지난날 홍도에서 만났던 宇文鈞과 만난다. 그리고 두 사람은 멀리 바닷길을 가는 동안 함께하며 많은 교류를 한다. 바닷길을 가는 도중에 하루는 풍랑이 심해지면서 하늘에서 수십 명의 선녀들과 신선이 연이어 나타나서 왕발로 하여금 蓬萊方丈에게 함께 가기를 청하자, 왕발은 신선이 되어 그들과 함께 승천하였다.[244]

소설은 크게 세 부분으로 구성되어 있다. 첫째 단락은 왕발이 강남을 유랑하며 마당산에 이르러서 용왕신을 만나게 되고, 용왕신이 홍도로 가서 〈등왕각기〉를 지으면 많은 재물을 얻을 수 있다고 권유하는 내용이다. 두 번째 단락은 왕발이 용왕신의 도움으로 하루 만에 홍도에 도착한 후 모든 명사들을 제치고 자신이 〈등왕각기〉를 지음으로써 염부군의 신임을 얻고 많은 재물까지 얻는 내용이다. 세 번째는 왕발이 멀리 해안지

---

244) ≪성세항언≫ 참조.

역으로 부임해간 부친을 만나기 위해 길을 떠났다가 결국 바닷길에서 신선을 만나 함께 승천한 내용이다.

소설의 전체적인 줄거리는 왕발의 일대기적 기록에 맞춰진 여러 가지 사건을 소재로 하고 있다기보다는, 특정 시기의 그의 행적과 죽음을 다분히 도가적 색채를 가미하여 이야기하고 있다. 즉, 왕발이 홍도로 가서 〈등왕각기〉를 지은 것도 신선의 권유와 도움으로 이루어진 것이고, 그가 죽을 때에도 신선이 되어 승천하였다는 등의 내용으로 보아 재주는 많았으나 불우한 인생을 살았던 왕발을 도가의 인연을 타고난 인물로 재창조한 것이다.

그럼 열전과 소설은 어떤 차이가 있는지 표로써 살펴보면 다음과 같다.

구분 내용	≪新唐書≫〈王勃傳〉	〈馬當神風送滕王閣〉
왕발이 朝散郎을 제수 받는 등의 관직생활	劉祥道에게 추천되어 朝散郎을 제수 받았고, 沛王을 위해 ≪平台秘略≫을 수찬함. 鬪雞에 대한 글을 썼다가 고종의 노여움을 사서 내쳐짐.	없음.
吳子章의 등장	없음.	등왕각에서 오자장과 대면하게 되고 각별한 사이가 됨.
부친 王福畤가 좌천된 이유	왕발이 저지른 살인사건으로 연좌되어 雍州司功參軍에서 交址令으로 좌천됨.	없음
宇文鈞과의 만남	없음.	등왕각에서 만난 후 부친을 만나러 가는 길에 다시 만남.
죽음의 과정	부친을 만나기 위해 바닷길을 가다가 물에 빠져서 죽음.	부친을 만나러 바닷길을 가다가 신선의 부름을 받고 승천함.

위와 같이 열전과 소설은 다섯 가지 점에서 차이를 보이고 있다. 이를

'삼언(三言)' 소설이 된 역사인물

소설을 기준으로 살펴보면, 먼저 소설에서는 왕발이 황제를 알현하고 관직을 제수 받은 내용이 전혀 없는 반면에, 열전에는 그가 유상도에게 추천되어 황제를 알현하고 조산랑을 제수 받은 일과 이후 관직생활에 대한 대략적인 기록이 전한다.

둘째, 왕발이 등왕각에서 문장을 지은 일화에서 열전에는 염도독이 사위에게 글을 짓게 할 생각이라는 기록만 나오고 그 사위가 누구인지에 대한 내용이 나오지 않으나, 소설에서는 그 인물이 바로 오자장이며 왕발이 지은 문장에 대해 비판하면서 서로의 재주를 겨루는 인물로 등장하고 있다. 오자장은 당시 염도독의 사위였기 때문에 열전에서 이를 구체적으로 밝히고 있지 않다는 차이가 있을 뿐 큰 차이는 아니다.

셋째 부친 왕복치가 좌천된 이유에 대해서 열전에서는 왕발이 괵주에서 관리로 있을 때 살인사건을 저지르게 되는데, 결국 사면은 되나 부친이 연좌되어 한직으로 좌천된 것으로 되어 있다. 그러나 소설에서는 왕발의 부친이 멀리 해안지역의 관리로 좌천된 이유에 대해서는 어떠한 언급도 하고 있지 않다.

넷째, 왕발이 해안지역으로 좌천되어 간 부친을 만나러 가기 위해 바닷길을 가는 여정에서 우문균을 만났는지에 대해서는 열전에는 그 기록이 없고, 소설에서만 전한다.

다섯째, 왕발의 죽음에 대한 과정은 가장 큰 차이를 보이고 있는데, 열전에서는 부친을 만나기 위해 바닷길을 가다가 물에 빠져서 죽었다고 기록할 뿐 더 이상의 구체적인 기록을 확인할 수 없다. 그러나 소설은 바닷길을 가던 왕발이 선녀들과 신선을 만나서 신선의 세계인 봉래로 함께 떠난 것으로 되어 있어서 그의 죽음을 도가적 색채로 묘사하고 있는 차이가 있다. 이처럼 열전과 소설은 〈등왕각기〉에 대한 일화가 대체로 일치하는 것을 제외하면 다른 내용은 대부분 작가의 각색으로 이루어진 것으로 볼 수 있다.

열전에는 없는 여러 일화들을 담고 있는 문헌으로는 ≪唐摭言≫권5
〈切磋〉·≪太平廣記≫권175 〈王勃〉·≪類說≫권34 〈撫遺滕王閣記〉·≪新
編分門古今類事≫권3 〈王勃不貴〉·≪歲時廣記≫권35 〈記滕閣〉 등이 있
다.245) 이 문헌들에 실려 있는 고사들은 대체로 소설의 원형이 되었다고
할 만한 내용들이 대동소이하게 실려 있는데, 각 문헌이 담고 있는 내용
을 요약하여 살펴보면 다음과 같다.

문헌명	기본 내용
≪唐摭言≫ 권5 〈切磋〉	왕발이 14세에 〈등왕각기〉를 지었는데 염공이 처음에는 그를 신임하지 않았지만 그가 바친 문장을 보고 놀라서 칭찬하고 환대함.
≪太平廣記≫ 권175〈王勃〉	13살에 부친을 뵈러 가는 길에 江西에 이르러 등왕각에서 연회를 연 것에 참석함. 등왕각기를 쓴 과정은 ≪당척언≫과 유사함.
≪類說≫ 권34 〈撫遺滕王閣記〉	배를 타고 馬當을 지나가다가 신선을 만나고, 신선의 권유와 도움으로 등왕각에 가서 문장을 지음. 이후 다시 마당으로 돌아와서 다시 신선을 만나서 운명에 대해 이야기하고, 長蘆祠를 지나가는 길에 신선을 위해 빚을 갚아줌.
≪新編分門古今類事≫ 권3 〈王勃不貴〉	왕발이 13세에 외삼촌을 따라 江左를 유랑하다가 한 신선을 만났고, 신선의 권유와 도움으로 등왕각에 가서 문장을 지음. 다시 마당으로 돌아와서 신선과 자신의 운명에 대해 이야기함.
≪歲時廣記≫ 권35〈記滕閣〉	당척언에 이르기를, 왕발은 13살에 부친이 관직으로 부임하는 길에 같이 동행하다가 江左를 지나감. 배를 타고 마당을 지나가다가 마당산 아래에 있는 '中元水府之神'이라고 쓰인 한 사당을 방문하였고, 돌아오는 길에 한 신선 만남. 신선의 권유와 도움으로 등왕각 가서 글을 지음. 글을 짓는 과정에서 염공의 사위 吳子章이 나와서 서로 문장에 대해 격론을 벌이나 결국 왕발의 글이 채택됨. 왕발은 다시 마당으로 돌아와서 신선과 만나서 자신의 운명에 대해 이야기함. 신선

245) 譚正璧 ≪三言兩拍資料≫ 上海古籍出版社 上海 1980.

'삼언(三言)' 소설이 된 역사인물

문헌명	기본 내용
	을 대신해서 장노사를 지나는 길에 빚은 갚아줌. 후에 羅隱이 이에 대한 시를 지었고, 후인이 지은 〈傾盃序〉에 그 기록이 전함.

상기 표와 같이 왕발에 대한 일화는 '〈등왕각기〉를 지은 나이'와 '신선의 출현 여부'에 따라 약간씩의 차이를 보이고 있으나, 대체로 유사한 일화들을 담고 있어서 문헌별 차이가 많지 않다. 먼저 왕발이 〈등왕각기〉를 지은 나이에 대해서는 ≪당척언≫만이 14세에 지었다고 전하고 있고, 나머지는 모두 13세의 나이에 지은 것으로 서술하고 있는 차이가 있다. 그리고 ≪유설≫ · ≪신편분문고금유사≫ · ≪세시광기≫의 경우에는 모두 신선과의 만남을 계기로 왕발이 〈등왕각기〉를 지은 것으로 묘사하고 있어서 소설의 줄거리와 상당히 유사하다. 그중에서도 ≪세시광기≫의 경우에는 다른 문헌에서는 드러나 있지 않은 세부적인 내용까지도 소설의 내용과 일치하고 있다. 예를 들어, 마당을 지나가다가 마당산 아래에 있는 '中元水府之神'이라고 쓰인 한 사당을 방문하였다가 신선을 만난 일, 글을 짓는 과정에서 염공의 사위 오자장과 서로 문장에 대해 격론을 벌인 일 등이 그러하다. 또한 다른 문헌이 100여자에서 500여자 정도의 짧은 내용을 담고 있는 것과는 달리 1,000여자의 긴 내용으로 되어 있어서 소설의 원형이라고 할 만한 문헌으로 판단된다.

현재까지 본편과 관련된 화본소설이 확인된 바가 없기 때문에 확인 가능한 문헌을 바탕으로 종합해보면, 왕발과 관련된 여러 필기류 소설, 특히 ≪세시광기≫가 소설 창작의 주 원천이 되었을 것으로 추정해 볼 수 있다.

 삼언 속의 역사인물을 소재로 한 소설 또한 현대적 의미의 역사소설과 큰 차이는 없다. 역사소설은 늘 역사인물과 역사적 사건에 대한 후대인들의 지적 욕구를 채워주는 매개체였다. 중국의 경우에는 명말에 이르러 이러한 독자들의 호기심에 부응하는 다양한 역사연의류 소설들이 쏟아져 나왔으며, 단편소설집인 삼언 속에도 이런 부류의 작품들이 다수 전하는 것으로 보아 역사소설이 당시에 누렸던 인기를 실감케 한다.

 그러나 명대에 나온 이러한 역사소설류들에 대한 후대의 관심은 주로 장편소설에 한정되어 있었던 것이 사실이다. 단편소설 분야에 대해서는 그간 중국 학계는 지속적인 관심과 연구를 이어온 것과 달리, 국내에서는 크게 주목받지 못했던 분야였다. 사실 국내에서 삼언 연구에 대해 이제껏 다루어졌던 소재나 주제가 대체로 이와는 거리가 멀었고, 아직까지 삼언을 보다 체계적으로 들여다보고 분석할 수 있는 번역물이 나오지 않은 것도 그 이유로 꼽을 수 있을 것이다.

 필자는 삼언 속 역사인물을 소재로 한 30편의 작품을 하나의 작품군으로 선정하여 이에 대한 연구를 시도하였다. 이를 위해 먼저 역사인물이 정사에 그 기록이 전하는지의 여부에 따라 '정사인물'과 '비정사인물'로 분류하였고, 또한 인물의 구성에 따라 군주·문인·종교인·장군의 네 가지로 분류함으로써 역사인물의 계층별 면모를 살펴보았다. 그리고 이 30편의 작품을 그 주제에 따라 윤리도덕·발적변태·회재불우·우화등선·청심과욕이라는 네 가지로 나누어보았다.

 '윤리도덕'의 경우에는 전통적인 윤리도덕의 긍정적 측면을 선양하기 위한 작품과 윤리도덕에 반하는 부정적 측면을 견책하기 위한 작품으로 다시 세분할 수 있었고, 가장 많은 작품이 이에 해당되었다. 작가는 독자들에게 '죽음'이라는 극단적 방법을 통해 우정의 숭고함을 이야기하기도 하고, 의를 중시하는 영웅적 기개를 가진 인물을 이야기함으로써 윤리도덕을 선양하기도 하였다. 또한 이와는 반대로 세간의 남녀 사이의 그릇된 정조관념을 이야기하기도 하고, 정치적이나 도덕적으로 큰 과오를 저질렀던 인물에 대해서는 그가 황제든 문인이든 상관없이 신랄한 견책의 의미를 드러내기도 하였다. '발적변태'를 주제로 삼은 인물을 통해서는 독자들에게 분발할 수 있는 힘을 주고자 했고, '회재불우'를 주제로 삼은 인물에 대해서는 그들의 안타깝고 불우한 삶을 신선과 풍류로 승화시켜 이야기하기도 하였다. '우화등선'을 주제로 삼은 인물을 통해서는 신선이 되어 하늘로 승천하는 도가적 이상을 이야기함으로써 세속적 삶의 의미를 되돌아보게 하였고, '청심과욕'을 주제로 삼은 인물들을 통해서는 불가의 계율을 어긴 승려와 잘 지킨 승려를 대비시킴으로써 불가의 올바른 수행의 길을 인도하였다. 역사인물소설을 관통하고 있는 이러한 다양한 주제는 각 시대를 살았던 인물들의 여러 군상과 삶의 의미를 우리에게 전하고 있다.

중국 백화소설의 발전과정은 이른바 '三變'이라 하여 한위육조의 지괴에서 당대의 전기로 이어진 후 다시 송·원대의 백화소설로 이어지는 변화의 과정을 거쳤다. 이 과정에서 중국 고전소설은 소설의 가장 근원적 본질인 허구에 대한 인식에 큰 변화를 거쳐 왔다. 또한 명대에 이르러서는 소설 창작의 원칙에 있어서 '虛實相半(허와 실을 반씩 섞다)'이라는 말이 생겨난 것처럼 소설이라는 장르가 가지고 있는 허와 실에 대한 명확한 인식의 변화를 통해서 소설은 이제 새로운 하나의 장르로서 정착하기에 이르렀다. 그러나 이러한 소설의 발전과정을 고찰함에 있어서 의화본소설의 전 단계라고 할 수 있는 화본소설이 거의 남아있지 않은 지금의 현실은 각 작품이 어떤 전승과정을 거쳤는지에 대한 명확한 계통을 이해하는 데에 어려움을 주고 있다. 이로 인해 필자는 각 작품을 분석함에 있어서 시대적 흐름과 전승과정에 따라 각 작품이 가지고 있는 연원관계를 대체적인 추론을 통해 분석할 수밖에 없는 한계가 있었다.

따라서 본고는 역사인물에 대한 가장 신뢰성 있는 기록이자 원천이 되는 역사 기록을 먼저 고찰하고 이를 소설과 비교해봄으로서, 일차적으로 역사 기록과 소설이 가지고 있는 '허'와 '실'의 기본적 경계에 대한 이해를 이끌어내고자 하였다.

각색의 양상에 있어서는 텍스트로 삼은 30편의 작품을 현전하는 문헌을 바탕으로 고찰하였을 때, 역사 기록을 크게 벗어나지 않는 범위 내에서 각색이 이루어진 경우도 있고, 다양한 필기류 소설을 바탕으로 각색된 것도 있으며, 앞서 나온 화본소설을 바탕으로 윤색된 것도 있었다. 그러나 삼언소설의 원류와 각색양상을 고찰함에 있어서 한 가지 난제는 대체로 정사→필기류소설→화본소설→의화본소설이라는 계통성을 가지고 발전했을 것이라는 일반적 추론은 가능하지만, 정사와 필기류소설에 비해 현전하는 화본소설이 소수에 머물고 있다는 점이다. 만약 화본소설이 전부는 아니더라도 다수가 존재하는 상황이라면 모든 작품이 같은 발전과정을 거친 것은 아니라할지라도 각 작품이 정사에서 의화본소설에 이르는 계통성을 가지고 발전했을 것이라는 결과를 도출해낼 수 있을 것이다. 그러나 현재까지 역사인물을 소재로 한 작품의 경우 연원관계가 있다고 보이는 화본소설은 불과 6편 정도에 그치고 있다.

따라서 현재로서는 각 작품이 어떤 문헌들과 유사성을 띠고 있는지에 대한 개별적 고찰은 가능하나, 모든 작품이 정사→필기류소설→화본소설→의화본소설로의 발전 과정을 거쳤다는 섣부른 결론을 내릴 수가 없는 것이 사실이다. 따라서 필자는 이러한 분석의 한계를 통감하면서 각 작품과 관련된 현존하는 문헌을 바탕으로 각색양상을 고찰하는 것을 최

'삼언(三言)' 소설이 된 역사인물

선으로 삼았다.

역사인물의 각색양상에서 또 한 가지 주목할 점은 작가가 각 작품들과 연원관계가 있는 고사를 활용함에 있어서 해당인물의 고사를 활용하였는지, 他人物의 고사를 혼용하였는지에 따라 두 가지 유형을 나누어 볼 수 있다.

'해당인물의 고사 활용'은 작가가 소설을 창작하면서 활용한 연원고사의 주체가 주인공인 역사인물에 대한 기록만을 다루고 있는 경우를 말하는 것으로서, 모두 22편의 작품이 이에 해당한다. 이 유형에는 〈양각애사명전교〉·〈범거경계서사생교〉·〈유백아솔금사지음〉의 경우처럼 고대의 인물들을 통해서 독자들에게 특정 주제를 선양하기 위해 창작된 작품은 전대의 문헌 속 기록과 그 글이 담고 있는 취지를 크게 해치지 않는 범위 내에서 각색의 폭을 최소화하고 있는 특징이 있다. 이에 반해 내용상 정사와는 부분적 혹은 상당한 거리를 가지는 작품들 중에는 다양한 필기류 소설들을 각색의 원천으로 활용한 것으로 보이는 작품들이 있다. 이 경우에는 이미 역사기록과는 다소 거리가 멀어진 다양한 소설적 상상력, 즉 허구적 내용을 그 원천으로 하여 각색을 시도한 것으로 보인다. 이러한 유형은 소설이라는 장르의 본질에 보다 더 근접한 유형이라 할 만하다. 그러나 보편적으로 활용된 것으로 보이는 이 22편의 작품은 이미 있는 역사기록이나 필기류 소설을 윤색하여 그 분량을 대폭 늘리는 방식의 시도여서 창작보다는 모방에 더 중점을 둔 작품이라 할 수 있다.

이와는 달리 '타인물 고사의 혼용'에 해당하는 작품은 단순히 주인공과 관련 있는 행적과 사건만을 각색의 대상으로 삼은 것이 아니라, 다른 인물의 일화까지 결합함으로써 마치 그 사건이 주인공의 이야기인 것처럼 혼용한 방식의 각색을 말한다. 이러한 유형 중에는 〈왕안석삼난소학사〉처럼 명확히 다른 인물의 일화인 것을 주인공의 일화로 각색한 경우도 있었지만, 〈황수재요영옥마추〉처럼 하나의 일화에 대해 여러 인물의 이야기가 공존하고 있어서 어떤 일화를 각색의 원천으로 삼았는지 모호한 경우도 있었으며, 〈당해원일소인연〉처럼 각각 독립적으로 존재하는 두 이야기를 한 인물의 이야기인 것처럼 결합한 형태의 각색도 있었다. 타 인물의 고사를 혼용한 작품은 모두 7편이 있는데, ≪유세명언≫이 1편, ≪경세통언≫이 3편, ≪성세항언≫이 3편이 있다. 이 유형은 편수가 적기 때문에 분석에 한계는 있지만 ≪유세명언≫을 제외한 두 편의 소설집은 타인물의 고사를 혼용한 작품이 다소 높은 비중으로 활용되고 있는 것으로 보아 작가 풍몽룡이 단편소설집을 연이어 각색하고 창작하는 과정에서 보다 다채로운 각색 유형을 시도한 것으로 보인다. 또한 소설을 창작함에 있어서 해당인물에 대한 일차적 자료만을 각색의 근거로 삼지 않고, 보다 다양한 소설적 상상력을 동원하여 각색을 시도하였다는 점에서 한 단계 발전된 유형의 작품으로도 평가해 볼 수 있다.

역사소설류는 고대와 현대를 막론하고 역사를 비틀고 재창작하는 과정을 통해서 작가가 당대의 독자들에게 역사에 대한 새로운 시각을 던져주는 소설의 부류다. 그리하여 때로는 역사인물의 긍정적 혹은 부정적 측면을 한층 부각시켜서 그 주제를 전달하기도 하고, 때로는 역사에서 주목하지 못했던 역사인물의 인간적 고뇌를 우리에게 이야기하기도 한다. 더 나아가 역사와는 전혀 다른 전개를 가지는 대안역사는 작가가 꿈꾸는 새로운 이상향을 이야기한다는 측면에서 역사소설의 범주를 넘어서 판타지 소설로 나아가는 경우도 있다. 삼언에서 역사인물을 소재로 한 소설류는 그런 측면에서 우리에게 다양한 소설적 상상력을 제공하고 있고, 장편소설에 비해 아직은 많은 독자들과 조우하지 않은 새로운 영역으로 남아 있다.

'삼언(三言)' 소설이 된 역사인물

▌참고문헌

● 原典 및 基礎資料

馮夢龍 《喩世明言》 臺北 鼎文書局 1980

馮夢龍 《警世通言》 臺北 鼎文書局 1980

馮夢龍 《醒世恒言》 臺北 鼎文書局 1978

馮夢龍 《喩世明言》 北京 人民文學出版社 1991

馮夢龍 《警世通言》 北京 人民文學出版社 1991

馮夢龍 《醒世恒言》 北京 人民文學出版社 1991

左輔 《合肥縣志》 合肥王揖唐今傳是樓 1920

阮葵生 《茶餘客話》 北京 商務印書館 1936

繆荃孫 《京本通俗小說》 中國古典文學 1954

黃裳 《遠山堂明曲品劇品校錄》 上海 上海出版公司 1955

羅燁 《醉翁談錄》 上海 古典文學出版社 1957

趙弼 《效顰集》 上海 古典文學出版社 1957

錢靜方 《小說叢考》 北京 古典文學出版社 1957

陳壽 《三國志》 北京 中華書局 1959

範曄 《後漢書》 北京 中華書局 1965

阮一閱 撰 《增修詩話總龜後集》 廣文書局 1973

張廷玉 等撰 《明史》 北京 中華書局 1974

歐陽脩 《新五代史》 北京 中華書局 1974

李延壽 《南史》 北京 中華書局 1975

歐陽脩·宋祁 撰 《新唐書》 北京 中華書局 1975

南宋皇都風月主人編 《綠窗新話》 世界書局 1975

薛居正 等撰 《五代史》 北京 中華書局 1976

脫脫 等撰 ≪宋史≫ 北京 中華書局 1977

蕭統 編 李善 注 ≪文選≫ 北京 中華書局 1977

王定保 ≪唐撫言≫ 上海 上海古籍出版社 1978

幹實 撰 汪紹楹 校注 ≪搜神記≫ 北京 中華書局 1979

田汝成 輯撰 ≪西湖遊覽志餘≫ 上海 上海古籍出版社 1980

錢彩 ≪說岳全傳≫ 上海 上海古籍出版社 1980

李昉·扈蒙·徐鉉 等 ≪太平廣記≫ 北京 中華書局 1981

吳璿 ≪飛龍全傳≫ 北京 人民文學出版社 1981

胡仔 ≪苕溪漁陰叢話≫ 人民文學出版社 1981

嶽珂 撰 ≪桯史≫ 北京 中華書局 1981

章學誠 ≪章氏遺書外編≫ 文物出版社 1982

吳曾 ≪能改齊漫錄≫ 木鐸出版社 1982

謝傑 撰 ≪順天府志≫ 北京 北京大學出版 1983

周密 撰·張茂鵬 點校 ≪齊東野語≫ 北京 中華書局 1983

普濟 ≪五燈會元≫ 北京 中華書局 1984

吳自牧 ≪夢梁錄≫ 杭州 浙江人民出版社 1984

葉瑛 ≪文史通義校注≫ 北京 中華書局 1985

陳元靚 輯 ≪歲時廣記≫ 臺北 臺灣商務印書館 1986

曾敏行 著 朱傑人 標校 ≪獨醒雜志≫ 上海古籍出版社 1986

≪列子≫ 四庫全書 上海 上海古籍出版社 1987

馮夢龍 輯 齊林·王雲 點譯 ≪智囊補≫ 哈爾濱 黑龍江人民出版社 1987

張敦頤撰 ≪六朝事跡編類≫ 南京 南京出版社 1987

宋人佚名著 ≪京本通俗小說≫ 上海 上海古籍出版社 1988

梅鼎祚 ≪青泥蓮花記≫ 中州古籍出版社 1988

陶宗儀 ≪說郛≫ 上海 上海古籍出版社 1990

叢書集成初編 ≪朝野遺記≫ 北京 中華書局 1991

叢書集成初編 ≪三朝野史≫ 北京 中華書局 1991

叢書集成初編 ≪山房隨筆≫ 北京 中華書局 1991

叢書集成初編 ≪山居新話≫ 北京 中華書局 1991

'삼언(三言)' 소설이 된 역사인물

叢書集成初編 ≪貴耳集≫ 北京 中華書局 1991

曾慥 編 ≪類說≫ 上海 上海古籍出版社 1993

魏同賢 主編 ≪情史≫(馮夢龍全集) 上海古籍出版社 1993

石昌渝 校點 ≪清平山堂話本≫ 南京 江蘇古籍出版社 1994

李冗 撰 ≪獨異志≫ 上海 上海古籍出版社 1995

俞樾 ≪茶香室叢鈔≫ 北京 中華書局 1995

魏徵 ≪隋書≫ 北京 中華書局 1997

王讜 撰 ≪唐語林≫ 北京 學苑出版社 1998

祝穆 ≪方與勝覽≫ 中華書局 2003

左輔 ≪合肥縣志≫ 安徽 合肥 黃山書社 2006

褚人獲 ≪堅瓠集≫ 上海 上海古籍出版社 2007

周密 ≪武林舊事≫ 北京 中華書局 2007

脫脫 等撰 ≪金史≫ 北京 中華書局 2008

韓嬰 ≪韓詩外傳≫ 北京 中華書局 2009

劉向 ≪說苑譯注≫ 北京 北京大學出版社 2009

馮時化 撰 ≪酒史≫ 北京 學苑出版社 2009

葛洪 撰 胡守爲 校釋 ≪神仙傳≫ 北京 中華書局 2010

曹寅·彭定求 等 ≪全唐詩≫ 北京 中華書局 2011

葉夢得 ≪避暑錄話≫ 北京 中華書局 2012

劉肅 等 ≪大唐新語≫ 上海 上海古籍出版社 2012

田汝成 ≪西湖遊覽志≫ 北京 東方出版社 2012

褚人獲 ≪堅瓠甲集≫ 上海 上海古籍出版社 2012

馮夢龍 編著 欒保群 點校 ≪古今譚概≫ 北京 中華書局 2012

張慧楠 譯注 ≪幼學瓊林≫ 北京 中華書局 2013

司馬遷 ≪史記≫ 北京 中華書局 2014

● **單行本**

鄭振鐸 ≪插圖本中國文學史≫ 北京 作家出版社 1957

繆詠禾 ≪馮夢龍和三言≫ 上海 上海古籍出版社 1978

鄭振鐸 ≪中國文學論集≫ 香港 港靑出版社 1979

胡士瑩 ≪話本小說槪論≫ 北京 中華書局 1980

譚正璧 ≪三言兩拍資料≫ 上海 上海古籍出版社 1980

曾棗莊 ≪蘇軾評傳≫ 成都 四川人民出版社 1981

王琦珍 ≪曾鞏評傳≫ 南昌 江西高校出版社 1990

齊裕焜 ≪明代小說史≫ 杭州 浙江古籍出版社 1997

聶付生 ≪馮夢龍硏究≫ 上海 學林出版社 2002

王昕 ≪話本小說的歷史與敍事≫ 北京 中華書局 2002

程毅中 ≪明代小說叢稿≫ 北京 人民文學出版社 2006

程國賦 ≪三言二拍傳播硏究≫ 北京 新華書店 2006

楊訥 ≪文淵閣四庫全書補遺 集部≫·≪宋元卷≫ 北京 北京圖書館出版社
    2006

김학주 ≪중국문학사≫ 서울 신아사 2008

孫楷第 ≪滄州集≫ 北京 中華書局 2009

錢南揚 ≪宋元戲文輯佚≫ 北京 中華書局 2009

李國文 著 김세영 역 ≪중국문인의 비정상적인 죽음≫ 서울 에버리치홀딩
    스 2009

劉雲春 ≪歷史敍事傳統語境下的中國古典小說審美硏究≫ 北京 中國社會科
    學出版社 2010

안동림 역주 ≪莊子≫ 서울 현암사 2011

張祥浩 魏福明 著 ≪王安石評傳≫ 南京 南京大學出版社 2011

孫楷第 ≪中國通俗小說書目≫ 北京 中華書局 2012

譚正璧 ≪三言兩拍源流考≫ 上海 上海古籍出版社 2012

蔣瑞藻 ≪小說考證≫ 杭州 浙江古籍出版社 2016.

● 一般論文

崔桓 〈三言 中 發跡變泰 故事의 構造와 意味 分析〉 ≪人文硏究≫ 15-2
    1994

민관동 〈삼언의 발적변태 고사의 현실묘사〉 ≪中國語文論叢≫ 7 1994

孟昭連 〈明代小說創作虛實論〉《南開學報》 1998

史蘇苑 〈關於王安石評價的幾個問題〉《中州學刊》 第6期 1988

餘明俠 〈關於諸葛亮好爲〈梁父吟〉一事的辨析〉《徐州師範學院學報》 第2
　　　期 1991

조관희 〈《三國志演義》에서의 劉備의 人物 形象〉《人文科學》 78 1997

鄭尙憲 〈論古代文人風情喜劇的演變〉 廈門 廈門大學學報 1999年 3期

胡蓮玉 　〈從〈明悟禪師趕五戒〉對〈五戒禪師私紅蓮記〉的改寫論馮夢龍的藝
　　　術成就〉《安徽大學學報(哲學社會科學版)》 2001

黃大宏 〈唐人小說對"三言二拍"素材與成書方式的影響〉《延安大學學報(社
　　　會科學版)》 24-3 2002

黃大宏 〈譚正璧《三言二拍資料》劄記〉《古籍整理研究學刊》 第4期 2002

유영표 〈曾鞏과 王安石의 교유〉《중국문학》 38 2002

김옥란 〈《三國志演義》의 "赤壁大戰"에 대한 역사적 고찰〉《국제학술대회》
　　　11 2003

고숙희 〈包公, 歷史에서 文學 속으로〉《中國小說論叢》 18 2003

김진곤 〈역사 기술과 역사소설의 관계 탐색을 위한 서설 : 《三國志演義》
　　　의 경우〉《中國小說論叢》 17 2003

王述堯 〈歷史的天孔 - 略論賈似道及其與劉克莊的關係〉 《蘭州學刊》 第
　　　3期 2004

何忠禮 〈實事求是是正確評價歷史人物的關鍵〉 《探索與爭鳴》 2004

王輝斌 〈柳永生平訂正〉《南昌大學學報》 35-5 2004

韓希明·施常州 〈前代歷史人物故事在"三言二拍"中的衍變〉《鄭州大學學報》
　　　39-2 2006

鄒赫 〈《說嶽全傳》成書年代研究〉《內江師範學院學報》 2006

韓希明·施常州 〈前代歷史人物故事在"三言二拍"中的衍變〉《鄭州大學學報》
　　　39-2 2006

饒道慶 〈劉向《列士傳》佚文輯校增補〉《文獻》 第1期 2007

이지영 〈〈문장풍류삼대록〉에 나타난 소설의 역사 수용 양상〉《장서각》
　　　19 2008

김진곤 〈역사 인식의 변환과 역사소설의 창작〉≪中國小說論叢≫ 28 2008

賴瑞和 〈小說的正史化-以≪新唐書≫〈吳保安傳〉爲例〉≪唐史論叢≫ 第1期
    2009

오헌필 〈王安石과 蘇軾의 정치와 문학〉≪중국문화연구≫ 15 2009

李停停 〈明代前中期話本小說演變探徵-從〈五戒禪師私紅蓮記〉到〈明悟禪師
    趕五戒〉〉≪語言文學≫ 2010

買豔霞 〈≪涇林雜記≫及其作者小考〉≪文獻≫ 國家圖書館 2010年 2期.

권호종 · 강재인 〈≪三國演義≫의 歷史的 虛實 小考〉≪中國語文學誌≫ 37
    2011

何悅玲 〈中國古代小說與史傳關系認知的歷史變遷〉≪思想戰線≫ 37-1 2011

果然 〈佛門謎人佛印禪師〉 菩薩在線 2012

歐姝俐 〈淺析≪宋史≫中缺失柳永名字的原因〉≪教學交流≫ 第6期 2013

이근명 〈王安石 新法의 시행과 黨爭의 발생〉≪역사문화연구≫ 46 2013

이시찬 〈역사와 소설의 경계에 대한 고찰 -≪荊軻傳≫과 ≪燕丹子≫를 중
    심으로〉≪中國文學硏究≫ 53 2013

葛琦 〈三言中的蘇軾形象〉≪內蒙古師範大學學報≫ 43-6 2014

王君逸 〈羊角哀 · 左伯桃故事的演變及其文化內涵〉 ≪天中學刊≫ 29-6
    2014

柳正一 〈≪情史≫의 評輯者와 成書年代 考證〉≪中國小說論叢≫ 45 2015

정헌철 · 천대진 〈'三言'에 나타난 王安石의 形象〉≪中國學≫ 50 2015

● 學位論文

崔桓 〈三言題材硏究〉 國立臺灣大學 碩士學位論文 1985

김정욱 〈三言小說硏究〉 成均館大學校 博士學位論文 1987

孫步忠 〈古代白話小說中的詩詞韻文研究〉 上海師範大學 博士學位論文 2002

金源熙 〈≪情史≫故事源流考述〉 復旦大學 博士學位論文 2005

박지민 〈正史≪三國志≫와 小說≪三國演義≫比較 分析〉 慶熙大學校 碩士
    學位論文 2010

張璟 〈三言二拍改編及其傳播價值研究〉 瀋陽師範大學 碩士學位論文 2010

柳卓霞 〈≪新唐書≫列傳敍事硏究〉 上海大學 博士學位論文 2010

李悅眉 〈明淸戱曲作品中的唐伯虎造型探究〉 安徽大學 碩士學位論文 2010

元恩仙 〈≪淸平山堂話本≫에 나타난 歷史人物의 小說化過程 硏究〉 淑明女
　　　子大學敎 敎育大學院 碩士學位論文 2012

葉鑫 〈"三言"史傳軼事小說硏究〉 浙江大學 碩士學位論文 2013

李雯娟 〈明代白話小說對唐傳奇精怪類小說的接受硏究〉 陝西理工學院 碩
　　　士學位論文 2013

● 기타 자료

中國電影網(www.1905.com)

中國戱劇罔(www.xijucn.com)

지은이 소개

천대진
경남 통영 출생
경희대학교 중어중문학과 학사 졸업
경상대학교 중어중문학과 석·박사 졸업

학위논문
석사학위논문 〈三言 悲劇作品 試論〉
박사학위논문 〈三言 歷史人物 敍事 研究〉
풍몽룡이 집록한 명대 단편소설집 '三言'을 다년간 심도 있게 연구

대표 논문
〈三言小說 속 詩 研究〉(2017), 〈柳永의 小說化에 대한 고찰〉(2017), 〈三言小說 속 奸臣의 形象에 관한 考察〉(2017), 〈역사인물 唐寅의 서사변천과 현대적 수용 고찰-小說 중심의 中國文學敎育의 일 방안으로-〉(2018), 〈≪大宋宣和遺事≫의 체제와 내용 연구〉(2018) 등

저서
공저로 출판된 ≪동아시아 고전의 이해≫(2018)

'삼언(三言)'
소설이 된 역사인물

초판 인쇄 2018년 6월 12일
초판 발행 2018년 6월 19일

지 은 이 | 천 대 진
펴 낸 이 | 하 운 근
펴 낸 곳 | 學古房

주   소 | 경기도 고양시 덕양구 통일로 140 삼송테크노밸리 A동 B224
전   화 | (02)353-9908 편집부(02)356-9903
팩   스 | (02)6959-8234
홈페이지 | http://hakgobang.co.kr/
전자우편 | hakgobang@naver.com, hakgobang@chol.com
등록번호 | 제311-1994-000001호

ISBN   978-89-6071-752-7   93820

값 : 24,000원

이 도서의 국립중앙도서관 출판시도서목록(CIP)은 서지정보유통지원시스템 홈페이지(http://seoji.
nl.go.kr)와 국가자료공동목록시스템(http://www.nl.go.kr/kolisnet)에서 이용하실 수 있습니다.
(CIP제어번호: CIP2018017937)